Verheerung, Mord wird so zur Sitte werden
und so gemein das Furchtbarste, dass Mütter
nur lächeln, wenn sie ihre zarten Kinder
gevierteilt von des Krieges Händen sehn.

William Shakespeare, *Julius Caesar*

Christoph Scholder
Oktoberfest

Christoph Scholder

Oktoberfest

Thriller

Droemer

Alle Personen und die Handlung des Romans sind frei erfunden.
Jede Ähnlichkeit mit lebenden oder verstorbenen Personen
wäre rein zufällig und ist nicht beabsichtigt.
Das Gleiche gilt für die hier erzählten Ereignisse.

Besuchen Sie uns im Internet:
www.droemer.de

Die Folie des Schutzumschlags sowie die Einschweißfolie sind
PE-Folien und biologisch abbaubar.
Dieses Buch wurde auf chlor- und säurefreiem Papier gedruckt.

Copyright © 2010 Droemer Verlag
Ein Unternehmen der Droemerschen Verlagsanstalt
Th. Knaur Nachf. GmbH & Co. KG, München
Alle Rechte vorbehalten. Das Werk darf – auch teilweise – nur mit
Genehmigung des Verlages wiedergegeben werden.
Redaktion: Kerstin von Dobschütz
Umschlaggestaltung: ZERO Werbeagentur, München
Umschlagfoto: FinePic®, München
Satz: Adobe InDesign im Verlag
Druck und Bindung: CPI – Ebner & Spiegel, Ulm
Printed in Germany
ISBN 978-3-426-19888-9

2 4 5 3 1

Si vis pacem para bellum

Prolog

Als der alte Mann seinem Besucher lächelnd die Tür öffnete, konnte er nicht wissen, dass er nur noch neunzig Sekunden zu leben hatte. Sein von der Zeit gezeichnetes Gesicht wurde von weißem Haupthaar eingerahmt. Nur die buschigen schwarzen Brauen verrieten noch die frühere Farbe des Haares. In seinen klaren Augen spiegelte sich echte Freude.
Der Besucher tat einen Schritt auf den alten Mann zu.
Nach einer kurzen, herzlichen Umarmung wandte sich der alte Mann ab.
Er griff nach seinem Stock, den er an die Wand gelehnt hatte, um sich in Richtung Küche aufzumachen. Die Spitze seines Stockes schleifte wie Kreide an einer Tafel über das Fischgrätparkett, wenn er den rechten Fuß aufsetzte. Die altertümliche Holzprothese des linken Beines schien bei jedem Schritt zu seufzen.
Der Besucher schloss behutsam die Tür hinter sich.
»Ich freue mich wirklich sehr, dich zu sehen«, sagte der alte Mann. Seine Stimme war zwar brüchig, dennoch war er klar und deutlich zu verstehen.
»Wirklich sehr!« Ehrliche Ergriffenheit schwang im Klang der Wörter mit.
Nach wenigen Metern wandte er sich nach rechts, zur Küchentür. Der alte Mann schaltete das Licht ein.
Das Schleifen des Stockes klang schrill, als er über die Fliesen des Küchenbodens gezogen wurde. In der Mitte der Küchenzeile angekommen, griff er zunächst nach oben und nahm

zwei Gläser aus einem Hängeschrank. Dann bückte er sich und öffnete die Kühlschranktür.
Die Silhouette des Besuchers füllte den Rahmen der Küchentür nahezu vollständig aus.
»Man hat sich schlimme Sachen über dich erzählt.« Der alte Mann sprach langsam. Nachdem er sich wieder aufgerichtet hatte, schloss er mit einer erstaunlich geschickten Bewegung der Prothese die Kühlschranktür. In seiner rechten Hand hielt er eine Flasche ohne Etikett, gefüllt mit klarer Flüssigkeit.
»Ich habe ihnen aber nie geglaubt!«, sagte der alte Mann mit Nachdruck. Er lächelte, während er sich zu seinem Besucher umdrehte.
»Nicht eine einzige der Geschichten. Setz dich doch!« Die von Altersflecken übersäte Hand wies auf einen quadratischen Esstisch mit zwei passenden Stühlen.
Biedermeier.
Er stellte die beiden Gläser auf den Tisch. Dann plazierte er die Flasche mit einem Grinsen in der Mitte. Er zog den Korken heraus und goss beide Gläser halb voll. Der alte Mann ließ sich wohlig seufzend auf seinem Stuhl nieder und streckte seine Hände in einer einladenden Geste aus.
Der Besucher ergriff die Hände des alten Mannes. Fast zärtlich strichen seine Finger über die faltige Haut.
Noch während der Besucher auf dem angebotenen Stuhl Platz nahm, drückten seine Hände plötzlich mit einer ungeheuren Kraft zu.
Die Knochen in den Händen des Greises brachen wie trockenes Reisig.
Der Schock stand in den Augen des Alten.
Sein Mund öffnete sich zu einem Schrei.
Der Besucher bewegte sich sehr schnell und fließend. Seine linke Hand griff nach dem Haar seines Gegenübers. Seine rechte Hand zog ein Messer mit einer sieben Zentimeter

langen schwarzen Keramikklinge hinter dem Rücken hervor. Er schnitt dem alten Mann in einer einzigen Bewegung die bloßliegende Kehle durch.

Der Schmerzensschrei versiegte in einem blubbernden Gurgeln. Der Besucher zog den Kopf seines Opfers etwas nach hinten. Er ließ das Blut, das von dem sterbenden Herzen aus der klaffenden Wunde gepumpt wurde, in die auf dem Tisch stehenden Gläser laufen. Dann erhob er sich und ließ das Messer wieder hinter seinem Rücken verschwinden. Seine linke Hand hielt den alten Mann noch immer beim Schopf.

»O'zapft is'!«, sagte der Besucher in unverkennbar bayerischem Dialekt.

Der Besucher kannte sich in der Wohnung aus. Zielstrebig ging er in das Arbeitszimmer des alten Mannes und suchte die Regale ab. Bei den Buchrücken, die als Fotoalben erkennbar waren, stoppte er. Er griff das in der Mitte stehende heraus, um sich einen Überblick zu verschaffen.

Welche Jahre standen links? Welche rechts?

Schnell fand er, wonach er suchte. Der Besucher löste aus mehreren Alben Fotos heraus. Wenn sie festgeklebt waren, riss er sie mit Gewalt vom Papier. Ein gutes Dutzend Abzüge brachte er so an sich.

Danach nahm er die Alben eines nach dem anderen nochmals aus dem Regal. Aus jedem entfernte er nun willkürlich Bilder. Es würde nicht nachvollziehbar sein, was genau fehlte. Der Gedanke an die verzweifelten Ermittler ließ ein Lächeln über sein Gesicht huschen.

Es mochten an die einhundert Aufnahmen sein, die in den Taschen seiner Jacke verschwanden.

Der Besucher hielt inne.

In der Wohnung war es jetzt völlig still. Eine ganz besondere Art der Stille. Er lauschte seinem eigenen ruhigen Atem.

Er kannte diese Art der Stille.

Der Klang des Todes selbst.

Dann verließ der Besucher die Wohnung.
Beim Durchqueren des Flurs warf er einen Blick in die Küche. Die Leiche des alten Mannes lag in einer größer werdenden Lache von Blut, dessen schwärzliche Farbe die bereits einsetzende Gerinnung erkennen ließ.
»Wer hätte gedacht«, murmelte der Besucher mit gespieltem Erstaunen, »dass der alte Mann noch so viel Blut in sich hat?«

> Das Nahestehen ist nicht Bedingung der Freundschaft,
> sondern Folge der Wahl eines Freundes.
>
> Niklas Luhmann, *Die Gesellschaft der Gesellschaft*

I

Seit Karl Romberg vor dreißig Jahren nach München gekommen war, hatte es das Leben im Großen und Ganzen gut mit ihm gemeint. Das musste er zugeben.
Als gelernter Automechaniker hatte er damals in einer kleinen Werkstatt im Stadtteil Pasing eine Anstellung bekommen. Der Meister, dem die Werkstatt gehörte, mochte den jungen Mann. Karl Romberg war fleißig und zuverlässig, und er zeigte sich geschickt im Umgang mit den Kunden. Nachdem Karl seine Meisterprüfung abgelegt hatte, bot sein Chef ihm an, die Werkstatt zu übernehmen. Da der Betrieb gut lief, gewährte eine Bank ihm Kredit. Sein Chef zog sich aufs Altenteil zurück. Romberg spezialisierte sich zunächst auf die Reparatur ausgefallener Wagen. Überwiegend Oldtimer. Aber auch neuere und neueste Karossen. Allesamt sehr teuer.
Dementsprechende Kundschaft.
Anspruchsvoll.
Und Romberg zeigte sich den Ansprüchen gewachsen. Die Qualität seiner Arbeit sprach sich schnell bei den wohlhabenden Münchnern herum. Bald schon stellte er neue Mechaniker ein und baute ein weiteres Werkstattgebäude.
Wie stolz er war.
Er schuf etwas Neues.
Mit seinen eigenen Händen.

Romberg lebte zurückgezogen. Bis auf die freitägliche Skatrunde mit seinen beiden Vorarbeitern nahm er kaum am gesellschaftlichen Leben teil. Mit einer Ausnahme: Es machte ihm große Freude, die Bayerische Staatsoper in der Maximilianstraße zu besuchen. Oder auch die Konzerte in der modernen Philharmonie. Die Liebe zur klassischen Musik hatte er von seiner Mutter geerbt. Aber da er der Meinung war, diese Leidenschaft passe nicht zu einem Automechaniker, sprach er niemals darüber.
Seine Einsamkeit war selbst gewählt.
Das hing mit dem Traum zusammen, der ihn nachts oft heimsuchte. Mit seinem Gefährten, wie er ihn nannte.
Die Dunkelheit der Nacht drang dann in seine Seele ein.
Der Gefährte schuf nichts.
Er zerstörte nur.
Viele Jahre war er allein zu Konzerten gegangen, bis er an einem dieser Abende Judith kennenlernte, bei einer Aufführung von Mozarts *Don Giovanni*. Judith war zehn Jahre jünger, von Beruf Kindergärtnerin. Sie war in der Pause gegen ihn geschubst worden. Und aus ihrer schüchternen Entschuldigung entspann sich ein Gespräch. Sie redeten über die Inszenierung und Mozarts musikalische Sicht auf den steinernen Gast. Romberg verfluchte still das Klingeln der Pausenglocke. Da schlug Judith ihm vor, nach der Oper gemeinsam ein Glas Wein zu trinken.
Er spürte seinen Herzschlag noch immer im Halse, wenn er daran dachte.
Sie waren durch eine laue Münchner Sommernacht von der Oper zu einer Weinstube am Odeonsplatz spaziert. Aus dieser Begegnung entwickelte sich eine zarte Beziehung. An manchem Abend spürte er nach wie vor den Geschmack des weißen Burgunders auf der Zunge, von dem er an diesem Abend vor lauter Aufregung viel zu viel getrunken hatte.
Judiths Liebe verlieh ihm Flügel.

Im Jahr 1987 gründete er eine weitere Firma, die Kleintransporter vermietete. Vor allem an den Wochenenden waren solche Wagen in München sehr gefragt. Umzüge und private Transportfahrten waren der Grund. Seine Mechaniker warteten die Transporter mit der gleichen Sorgfalt, mit der sie die Autos der Kunden reparierten.

Nach zehn Jahren hatte Judith ihn verlassen.

Ein Sozialpädagoge, spezialisiert auf Erlebnispädagogik, war für sie interessanter gewesen.

Beim Anblick der beiden Verlobungsringe, mit denen er sie beim nächsten Konzertbesuch hatte überraschen wollen, hatte er Tränen der Trauer und Verzweiflung geweint. Er verbannte die Ringe in die hinterste Ecke des Tresors, in dem er wichtige Firmenunterlagen und seine eiserne Bargeldreserve aufbewahrte.

Zunächst hatte er Wodka getrunken.

Sehr viel Wodka.

Zu viel.

Fast wäre er daran zerbrochen. Allein die Erinnerung daran tat weh. Und obwohl das Ende dieser Beziehung nun schon viele Jahre zurücklag, zog der Trennungsschmerz gelegentlich in seinen Eingeweiden und ließ ihn in eine tiefe Traurigkeit verfallen.

Nie wieder hatte er jemanden wie Judith gefunden.

Noch nicht einmal annähernd.

Die Erinnerung an den Verlust zog wie ein schneller Schatten über Rombergs markantes Gesicht.

Er hatte sich gefangen.

War wieder aufgestanden.

Machte weiter.

Gerade seine wohlhabenden Kunden fragten mit der Zeit immer häufiger, ob er nicht zusätzlich zu den Leihwagen auch einen Fahrer und einige Packer vermitteln könnte. So kam es, dass Karl Romberg Anfang der neunziger Jahre eine

kleine Spedition gründete. Diese verfügte zunächst über nur einen Möbelwagen samt Besatzung.
Dann trat Werner Vogel in sein Leben.
Er erinnerte sich genau.

*

Es war ein kalter, regnerischer Herbsttag des Jahres 1996. Der Wind trieb das Laub vor sich her. Die Luft roch nach kollektiver Erkältung. Der Vormittag war ruhig. Karl Romberg saß nach einem Inspektionsgang durch seine Werkstätten im Büro und ärgerte sich mit dem Papierkram herum, den er so sehr hasste. Es klopfte.
»Herein!«
»Grüß Gott!« Eine angenehme Stimme, der junge Mann in der Tür machte sofort einen guten Eindruck auf ihn.
»Grüß Gott, was kann ich für Sie tun?«
»Ich werde Sie nicht lange aufhalten. Mein Name ist Werner Vogel. Lassen Sie uns das Kind gleich beim Namen nennen: Ich bin auf der Suche nach einer Stelle und dachte mir, ich bringe meine Bewerbungsunterlagen selbst vorbei. Ich weiß, das mag etwas ungewöhnlich scheinen.« Vogel senkte verlegen den Blick.
»Es tut mir leid, ich stelle keine Mechaniker mehr ein. Nach einem Möbelpacker sehen Sie der Statur nach nicht aus. Auch meine Lehrstellen sind alle besetzt«, entgegnete Romberg.
»Oh, das meinte ich nicht.« Vogel räusperte sich. »Ich bin gelernter Bankkaufmann. Ich wollte Sie fragen, ob Sie nicht jemanden für die Buchhaltung brauchen könnten. Außerdem habe ich in der Privatkundenabteilung der Bank gearbeitet, Kreditvergabe. Ich kann gut mit Menschen umgehen, haben meine Vorgesetzten gesagt. Ich könnte also auch hier im Büro die Kunden bedienen und eventuell in der Akquisition bezüglich neuer Kunden tätig sein.«

Romberg sah ihn misstrauisch an. »Warum sind Sie auf Arbeitssuche, wenn Sie solche Qualifikationen haben? Sind Sie mit der Kasse durchgebrannt?«
»Nein, das nun wirklich nicht.« Vogel machte ein beleidigtes Gesicht. »Die Banken schließen Filialen in großem Stil. Das Schaltergeschäft wird von Geldautomaten übernommen. Kundenbetreuer werden auf Verkaufslehrgänge geschickt und zu besseren Versicherungsdrückern umgeschult. Das Geld verdienen die Banken jetzt im Investmentbereich. Die großen Banken überlegen sich, das Privatkundengeschäft ganz aufzugeben. Nur noch große Vermögen zu verwalten und Geschäftskunden zu betreuen, das ist nicht mehr meine Welt.«
Romberg sah den jungen Mann einige Zeit nachdenklich an. Zwischen Rombergs Kinn und den hohen Wangenknochen verliefen zwei schnurgerade Falten. Die leicht zusammengekniffenen Augen verliehen seinem Blick etwas Stechendes.
»Was ist eigentlich dieses ominöse Investmentgeschäft? Ich lese immer davon, aber keiner dieser Artikel hat mir bisher erklären können, worum es dabei eigentlich geht. Wenn Sie vom Fach sind, erklären Sie mir das doch mal.«
Und Vogel erklärte es ihm. Erzählte davon, dass die Banken Geldsammelbecken einrichten, die sie Fonds nennen. Dass die Anteile der Fonds wiederum an der Börse verkauft würden und das Geld dadurch jeden Bezug zu wirklichen Werten verlöre. Dass diese Fondsanteile im Grunde nichts anderes seien als Wettscheine für Hunderennen, nur eben ohne rennende Hunde. Dass die Bank bei jedem dieser Geschäfte einen bestimmten Prozentsatz für sich behält.
»Die Bank gewinnt immer«, schloss Vogel seine Ausführungen.
Der kurze Vortrag beeindruckte Romberg. Er ließ sich die Bewerbungsunterlagen aushändigen. Noch am selben Nachmittag rechnete er aus, dass er sich einen weiteren Angestell-

ten leisten könnte. Zumal einen so jungen, der am Anfang noch wenig Geld verlangte. Zwei Tage später rief er Vogel an.
Der nahm das Angebot sofort an.
Dass diese Entscheidung sein Leben und seine Firma stark verändern würde, ahnte Romberg nicht. Vogel war fünfundzwanzig Jahre alt, als er 1996 bei ihm anfing. Einundzwanzig Jahre jünger als Romberg selbst.
Heute war er sehr froh über seine damalige Entscheidung.
Werner Vogel war ein Mann mit vielen Ideen, einem guten Sinn für Geschäfte und einem großen Überzeugungstalent. Er verfügte über ein gerüttelt Maß an Schlitzohrigkeit, und er war ebenso fleißig und gewissenhaft wie Romberg selbst.
Zudem war Vogel gebürtiger Münchner.

*

Prizren, Kosovo, 2003

Drückend lag die Sommerhitze über dem Kosovo. Heute Abend würde Kaspar Lohweg ein Geschäft abschließen. Das größte Geschäft, das er jemals gemacht hatte. Deshalb fuhr er quer durch die ganze Stadt.
Er trug zivile Kleidung.
Zur Tarnung.
Das Lokal, in dem er verabredet war, lag weit vom KFOR-Hauptquartier entfernt, wo Hauptmann Lohweg in der Waffenmeisterei arbeitete. Aber damit wäre demnächst Schluss. Heute würde er sich nämlich den Jackpot abholen. Bald schon wäre er ein reicher Mann.
Lohweg lächelte. Die Scheiben an seinem Wagen waren heruntergekurbelt. Der Fahrtwind kühlte sein Gesicht. Obwohl es mittlerweile dunkel war, war es immer noch sehr

warm. Er fuhr einen unauffälligen Wagen. Einen alten Golf, dunkelblau, mit einheimischem Nummernschild.
Außerdem hatte er sich maskiert. Niemand außerhalb des Hauptquartiers würde ihn erkennen. Kurz nach dem Verlassen der Kaserne hatte er sich einen Oberlippenbart angeklebt. Jetzt schwitzte er stark an der Oberlippe. Doch das war es wert.
Als er das Lokal erreichte, fuhr er noch einen Häuserblock weiter. Dann parkte er in einer Seitenstraße.
Vorsicht ist die Mutter der Porzellankiste, dachte er sich.
Den Wagen, der ihm gefolgt war, hatte er nicht bemerkt. Während er zum Lokal zurückging, sah er sich nach allen Seiten um. Niemand schien ihn zu beachten.
Im zweiten Stock des Hauses, das dem Lokal gegenüberlag, saß ein Mann in einer unbeleuchteten Wohnung. Er folgte den Schritten Lohwegs durch einen Restlichtverstärker. Die Straßenbeleuchtung in diesem Viertel war nur spärlich. Als Lohweg vor dem Lokal stehen blieb, um sich ein letztes Mal umzusehen, sprach der Mann in sein Funkgerät.
»Er kommt jetzt rein. Er ist allein.«
Lohweg betrat das Lokal und ließ seinen Blick durch den Raum gleiten. Er stand in einer niedrigen, kleinen Gaststube mit groben Holzmöbeln. Die Wände mochten einmal weiß gewesen sein. Jetzt waren sie dunkel vom Rauch von vielen Jahren. Das Lokal war gut besucht. Lärmende Musik drang aus einer alten Jukebox. An einigen Tischen wurde Karten gespielt.
Lohweg entdeckte seinen Kontaktmann im hinteren Teil des Raumes. Der Mann saß mit dem Rücken zur Wand. Er konnte von seiner Position aus das ganze Lokal überblicken. Neben dem Platz des Mannes führte ein Flur nach hinten, zu den Toiletten. Und zum Hinterausgang, mutmaßte Lohweg. Der Mann war ein Profi. Aber das bin ich auch, dachte Lohweg grimmig, während er auf den Tisch zuging.

»Es ist verdammt heiß dieses Jahr«, sagte er, als er den Tisch erreicht hatte.
»Es soll sogar noch heißer werden«, entgegnete der Mann. Lohweg setzte sich. Auch er hatte das Lokal im Blick. Sein Gegenüber sah ihn unverwandt an.
»Lassen Sie uns gleich zur Sache kommen.« Der Mann sprach Deutsch mit einem leichten osteuropäischen Einschlag. Lohweg hätte jedoch nicht sagen können, aus welcher Gegend oder aus welchem Land der Mann kommen mochte. »Sie wissen, dass es um einen größeren Posten geht. Können Sie in solchen Mengen liefern?«
»Wenn Sie mir sagen könnten, was genau Sie haben wollen und wie viel, dann kann ich Ihnen auch verbindlich sagen, ob ich die Sachen beschaffen kann.«
Wortlos griff der Mann in seine Hosentasche. Er zog ein Blatt Papier heraus und reichte es Lohweg.
Lohweg überflog die Liste und ließ einen leisen Pfiff hören.
»Das ist eine ganze Menge. Aber besorgen kann ich das. Das wird nur verdammt teuer.« Nach einer Pause setzte er hinzu: »Was haben Sie denn vor? Wollen Sie den Dritten Weltkrieg anfangen?« Lohweg lächelte den Mann an.
Der Mann lächelte nicht zurück.
»Wir halten zwei Millionen Euro für angemessen.«
Innerlich freute sich Lohweg diebisch. Mit so einem hohen Angebot hatte er nicht gerechnet. Das war so viel Geld, dafür konnte man schon seine Karriere riskieren. Er bemühte sich, ein unbeteiligtes Gesicht zu machen.
»Einige der Sachen auf der Liste sind recht ausgefallen. Ich werde zusätzliche Ausgaben haben. Sagen wir zweieinhalb Millionen.«
»Zweieinhalb Millionen. Gut. Ich bin einverstanden.« Die Stimme des Mannes klang gleichgültig. Wirklich ein Profi, dachte Lohweg.

»Wie wollen Sie die Sachen verschwinden lassen?«, fragte der Mann unvermittelt.

»Ich werde sie als Fehlbestände bei Neulieferungen melden. Über Monate. Dann haben die Jungs von der Versorgung und der Luftwaffe den Schwarzen Peter. Ich werde einfach behaupten, die Sachen nicht in der Stückzahl erhalten zu haben, die in den Papieren steht.«

»Sie meinen, das reicht?«

»Nun ja, ich werde sicher auch noch ein paar Bestandslisten frisieren müssen. Vor allem, was den Kleinkram betrifft. Und die Munition. Aber das bekomme ich schon hin. Ich mache den Job lange genug.«

»Weiß sonst noch jemand von diesem Geschäft? Von unserem Kontakt? Ich meine, innerhalb der Kaserne? Ich meine, jemand von Ihren Kameraden?« Der Mann sprach das Wort fast spöttisch aus.

»Natürlich nicht. Das erledige ich ganz allein. Kein Mensch weiß davon. Ich werde ein paar Unteroffiziere bestechen müssen, dass sie beide Augen zudrücken, aber das ist auch alles.« Lohweg machte eine Pause. »Glauben Sie denn, ich bin blöd?«

Beinahe wäre dem Mann die Kontrolle über seine ausdruckslosen Gesichtszüge entglitten. Nur mit Mühe unterdrückte er ein Lachen. Lohweg sah das kurze verräterische Zucken der Wangenmuskeln nicht.

Das war keine Frage des Glaubens.

Der Mann *wusste*, dass er einen Blödmann vor sich hatte.

Einen ausgemachten Vollidioten.

*

Werner Vogel war mittelgroß und hatte blondes Haar, seine Stirn war für sein Alter allerdings bereits recht hoch. Unter diesem blonden Haar blickten einen zwei wache, blaugraue

Augen an. Seine Gesichtszüge waren weich, die Haut war ohne Falten. Nur auf der Stirn hatten sich die Jahre bereits mit zwei parallelen Linien eingegraben.

Wenn er lächelte, zogen sich die Augenwinkel so weit nach oben, dass bei seinem Gegenüber das Gefühl entstand, die Augen lächelten mit. Aber nicht nur seine Mimik, auch sein gepflegtes Äußeres machten Werner Vogel zu einem Menschen mit einem sehr gewinnenden Wesen. Sein höfliches Auftreten verstärkte diesen Eindruck noch.

Romberg mochte den Mann von Anfang an.

Binnen kurzer Zeit stellte Vogel die Buchhaltung auf Computer um. All der lästige Papierkram, der früher ganze Tage verschlungen hatte, erledigte sich seither wie von Zauberhand.

Romberg beschäftigte sich in seiner Freizeit gelegentlich mit Kartenzauberei. Einige der einfacheren Tricks beherrschte er mittlerweile mit einer verblüffenden Präzision. Er hatte Judith damit immer zum Lachen bringen können. Deshalb wusste er, dass es in München ein berühmtes Geschäft gab, das Bedarf für Zauberer und Illusionisten verkaufte, den »Zauber Vogel«. Schon bald gab Romberg seinem Mitarbeiter im Stillen diesen Spitznamen.

Die bessere Übersicht über die geschäftlichen Aktivitäten führte dazu, dass die Firma stetig mehr Gewinn abwarf. Bereits nach einem Jahr bot Romberg daher Werner Vogel eine ordentliche Gehaltserhöhung an.

Jedoch nicht nur für die Entwicklung der Firma erwies sich der junge Mann als echter Glücksgriff. Auch im privaten Bereich merkten sie, dass sie viele Interessen teilten. Das Schachspiel war es, das sie zusammenbrachte. Romberg hatte als Kind viel Schach gespielt. Vogel war ein guter Spieler, aber Romberg erinnerte sich nach und nach an seine Fähigkeiten und entwickelte sich bald zu einem angemessenen Gegner.

Bei diesen Partien sprachen sie viel miteinander. Dabei erzählte Vogel von seinem Faible für Oldtimer. Und so gingen sie nach Feierabend oft gemeinsam in eine der Werkstätten, wenn es dort wieder ein besonders schönes Exemplar zu bestaunen gab.

Nach wenigen Jahren war das Verhältnis der beiden ein vertrautes, von Rombergs Seite fast liebevolles Vater-Sohn-Verhältnis geworden.

Auch Vogel mochte Romberg sehr. Er würde ihm nie vergessen, dass er ihm eine Chance gegeben hatte.

Vogel erinnerte sich an den entscheidenden Tag, einen glücklichen Tag.

Glückliche Erinnerungen sind das Wertvollste, was wir besitzen, hatte sein Vater ihm beigebracht.

*

Es war ein Nachmittag im Herbst des Jahres 2001 gewesen. Kurz nach fünf. Erst später wurde Werner Vogel klar, dass dieser Tag der fünfte Jahrestag ihrer ersten Begegnung war. Er saß in seinem Büro. Romberg kam herein.

»Kommen Sie mal mit, Herr Vogel. Ich möchte Ihnen etwas zeigen.«

Werner stand auf und folgte Romberg zum hinteren der mittlerweile drei Werkstattgebäude. Dabei bemerkte er die ernste Miene auf Rombergs Gesicht.

»Ist etwas passiert?«

»Nein.« Romberg lächelte kurz. »Aber gleich wird etwas passieren.«

Romberg blieb vor der Tür zur Werkstatt stehen und sah ihn lange an.

»Mein lieber Herr Vogel, ich möchte Ihnen für all Ihre bisherige Arbeit recht herzlich danken«, begann Romberg feierlich. »Ich habe so etwas zwar noch nie gemacht, aber auch

in meinem Alter gibt es noch erste Male. Ich möchte Ihnen anbieten, dass wir uns duzen. Mein Name ist Karl.«
Als Werner in die ausgestreckte Hand einschlug, fiel ihm zum ersten Mal auf, welche Kraft in den Händen seines Chefs steckte.
Er sagte seinen Vornamen und schaute etwas verdutzt.
»Das bedeutet in diesem Fall«, fuhr Karl fort, »dass ich dir den Posten eines Geschäftsführers anbieten möchte. Mit dem Versprechen einer Teilhaberschaft. Sobald deine finanziellen Mittel dies ermöglichen, wirst du mein Partner.«
Karl legte seine Hände an das Tor der Werkstatt. »Um das zu bekräftigen, möchte ich dir ein Geschenk machen.« Das Tor glitt auf Rollen zur Seite und gab den Blick auf ein abgedecktes Auto frei.
In Vogel stieg eine Ahnung auf.
Als er dann die Plane am Kühler zurückschlug und das gestreckte, verchromte Pferd sah, das quer über den Kühler zu galoppieren schien, brachte er nur einen spitzen Jubelschrei hervor.
Die Freude des jungen Mannes drückte Romberg eine Träne der Rührung aus dem Augenwinkel.
»Wir werden noch einiges an dem guten Stück machen müssen.«
»Wir werden jetzt ohnehin einiges zusammen machen. Wir werden es richtig krachen lassen, Karl!« Unverhohlene Begeisterung lag in Vogels Stimme.

*

Prizren, Kosovo, 2003

Das Gespräch in dem Lokal lag vier Monate zurück. Der Winter stand unmittelbar bevor. Es war November geworden. Vor einigen Tagen hatte es zum ersten Mal geschneit. Heute sollte die Lieferung erfolgen. Kaspar Lohweg war mit sich zufrieden. Er saß am Steuer eines Bundeswehr-Lastwagens und fuhr zum vereinbarten Treffpunkt. Drei kräftige Männer aus seiner Einheit hatten mit einem kleinen Gabelstapler vier Stunden gebraucht, um den Wagen zu beladen. Sein Geschäftspartner hatte ihm versprochen, dass er heute den Rest des Geldes erhalten sollte. Als Vorauszahlungen für Bestechungsgelder hatte er bereits dreißigtausend Euro erhalten.
Heute würde es mehr sein.
Viel mehr.
Es war ein ganzes Stück Arbeit gewesen.
Vor allem die technischen Spielereien aus amerikanischer Produktion zu besorgen gestaltete sich schwierig. Aber er war ein cleverer Bursche. Er fotografierte einen hohen amerikanischen Offizier in einem Kinderbordell. Dann stellte er den Mann vor die Wahl: Entweder er kooperierte oder die wunderbar detaillierten Bilder würden seiner Frau zugesandt. Der Mann hatte nicht lange überlegt.
Schon waren die Sachen verschwunden – als hätten sie niemals existiert.
So viel Geld. Ihm wurde fast schwindelig, wenn er daran dachte.
Wieder fiel ihm nicht auf, dass ihm ein Wagen folgte.
Der Lastwagen näherte sich dem Gebäude, in dem der Austausch stattfinden sollte. Das Tor stand offen. In der Halle brannte Licht. Lohweg steuerte den Wagen hinein. Er drehte den Zündschlüssel herum. Der Motor verstummte. Als er ausstieg, bemerkte er, dass zwei Männer bereits die Rolltore

hinter ihm geschlossen hatten. Sein Geschäftspartner kam ihm mit einem Lächeln entgegen.

»Mein lieber Hauptmann, wie schön, dass Sie den Weg gefunden haben!« Der Mann streckte ihm die Hand entgegen. Sie begrüßten sich. »Dann wollen wir doch mal sehen, was Sie uns Schönes mitgebracht haben.«

Sie gingen zusammen um den Wagen herum. Lohweg öffnete die Plane und kletterte geübt auf die Ladefläche. Im Licht der Hallenbeleuchtung konnte man nun zahllose aufeinandergestapelte Kisten erkennen. Manche waren aus Holz, andere aus Stahl.

»Alles da, wie versprochen«, sagte Lohweg triumphierend.

»Ich schaue nur mal eben nach, ob alles seine Richtigkeit hat. Kleine Stichprobe, gewissermaßen. Nicht, dass ich Ihnen nicht trauen würde, aber …« Der Rest des Satzes blieb ungesagt in der Luft hängen.

»Vorsicht ist die Mutter der Porzellankiste«, ergänzte Lohweg nickend.

Der Mann kletterte nun ebenfalls auf die Ladefläche. Er hielt ein Brecheisen in der Hand, das er an einer der Holzkisten ansetzte. Die Kiste hatte ein Firmenemblem auf der Vorderseite. Darunter stand »Heckler & Koch«. Und darunter, kleiner, »Made in Germany«.

Der Deckel löste sich und gab den Blick frei auf eine Reihe von zwanzig Maschinenpistolen vom Typ MP 5. In einer einzigen Kiste. Es befanden sich allein fünf dieser Kisten auf der Ladefläche. Neben vielen anderen.

»Fabrikneu, wie bestellt.« Lohweg strahlte.

Die Miene des Mannes blieb unbewegt. Er sah Lohweg an.

»Sind Sie nicht auch der Meinung, Herr Hauptmann, dass die MP 5 die beste Maschinenpistole ist, die gegenwärtig gebaut wird?«

»O ja, absolut. Eine sehr zuverlässige und wirkungsvolle Waffe. Gerade für kurze und mittlere Distanzen.«

Der Mann legte das Brecheisen neben sich und wandte sich einer kleineren, länglichen, sehr flachen Stahlkiste zu. Er ließ die Verschlüsse aufspringen. In Schaumstoff gebettet, lagen zwölf schwarze Kästchen in einer Reihe. Jedes ungefähr so groß wie eine Streichholzschachtel.
»Die digitalen Funkscrambler, die Sie wollten. Komplett mit Handbuch und Software.« Lohweg wies grinsend auf eine transparente Plastiktüte, die am Deckel angeklebt war. Darin waren mehrere CDs zu erkennen.
Der Mann nickte anerkennend. Dann sah er Lohweg scharf an.
»Und die AIMs?«, fragte sein Geschäftspartner. »Haben Sie auch die AIMs beschaffen können?«
»Das war mit am schwierigsten. Die Bestände werden genau kontrolliert. Ist auch verständlich. Die AIMs sind ja wirklich höllische Dinger.«
Lohweg holte tief Luft, bevor er mit Stolz in der Stimme weitersprach. »Aber ich habe es geschafft.« Er zeigte auf einige Kisten, die sich weiter hinten befanden.
»Leider habe ich nicht ganz so viele bekommen, wie Sie bestellt haben. Ich weiß, Sie wollten zehn Kisten. Jeweils mit einem Dutzend. Immerhin sechs Kisten habe ich abzweigen können. Das sind insgesamt zweiundsiebzig AIMs. Ich hoffe, das reicht Ihnen?« Seine Stimme klang unsicher, fast ängstlich, als er fortfuhr. »Ich hoffe, Sie kürzen mir deshalb nicht meine Bezahlung?«
»Aber, aber, mein lieber Hauptmann, wo denken Sie hin?«, sagte der Mann beschwichtigend. »Natürlich bezahle ich den vereinbarten Betrag in voller Höhe. Zweiundsiebzig Stück reichen völlig aus.« Er klopfte Lohweg partnerschaftlich auf die Schulter. »Tja, soweit ich das beurteilen kann, ist die Lieferung in Ordnung. Aber das hatte ich von Ihnen auch nicht anders erwartet. Schließlich ist so ein Geschäft Vertrauenssache, nicht wahr?«

Lohweg nickte beflissen. »Vertrauen, genau!«, sagte er bestätigend.
Sein Geschäftspartner wandte sich an drei Männer, die neben dem Lastwagen warteten. »Abladen!«
Einer ging zu einem kleinen Gabelstapler, der an der Rückwand der Halle geparkt war. Surrend erwachte der Elektromotor zum Leben.
»Nun sollen Sie haben, was Ihnen zusteht, Herr Hauptmann. Kommen Sie mit.«
Der Mann war von der Ladefläche gesprungen und winkte Lohweg, ihm zu folgen. Sie gingen auf einen Tisch zu, der an der Seitenwand der Halle stand. Auf dem Tisch lag ein schwarzer Koffer. Der Mann drehte den Koffer zu sich her. Lohweg stand direkt neben ihm, Habgier in den Augen. Der Mann wandte sich Lohweg zu.
»Nochmals vielen Dank für Ihre Hilfe.«
Die rechte Hand des Mannes schoss vorwärts. Daumen, Zeige- und Mittelfinger waren in Form eines gleichschenkligen Dreiecks nach vorne gerichtet. Die drei Fingerspitzen trafen Lohwegs Brustkorb genau auf dem Herzen und vollzogen im Moment des Auftreffens eine kurze, schnelle Drehung.
Hauptmann Lohweg war tot, noch bevor sein Körper auf dem Hallenboden aufschlug.
»Man kann so viele umbringen, wie man will.« Der Mann schüttelte langsam den Kopf, während er mit sich selbst sprach. »Die Schwachköpfe sterben einfach nicht aus.«
In den Augen des Mannes lag ein seltsames Flackern.

*

Werner Vogel stürzte sich mit jugendlichem Unternehmergeist in die neue Aufgabe. Er war nicht nur in München geboren, er war auch in dieser Stadt groß geworden. Sein Vater war Vorstandsmitglied der städtischen Volksbank gewesen

und hatte ihm stets Hilfe bei der Stellensuche und bei der Planung seiner Karriere angeboten.
Doch Vogel hatte immer abgelehnt.
Aus seinen bisherigen beruflichen Erfolgen schöpfte er nun aber so viel Selbstbewusstsein, dass er die Hilfe gern annahm. Sein Vater war zwar im Ruhestand, verfügte jedoch nach wie vor über viele Verbindungen, gerade zu alteingesessenen Münchner Unternehmen.
Diese Geschäftsfreunde klapperte Werner Vogel jetzt der Reihe nach ab. Karl Romberg konzentrierte sich derweil auf das, was er am besten konnte: Autos reparieren und pflegen.
Die Verwaltung der Firma war technisch auf dem neuesten Stand. Vogel hatte einen Kollegen aus der Bank als Buchhalter abgeworben. Sie konnten neue Möbelwagen kaufen und neue Packer und Fahrer einstellen.
Dennoch blieb die Auslastung des Transportraumes gleichmäßig hoch. Ihr ganzer Stolz waren vier Tieflader, die seit einem Jahr für »Romberg Transporte« fuhren. Seit sie diese Fahrzeuge angeschafft hatten, waren sie sogar im Container-Geschäft.
Romberg Worldwide.
Eines Abends, im Frühling des Jahres 2003, kam Vogel von einem weiteren Kundengespräch zurück. Dass Vogel aufgeregt war, erkannte Romberg bereits an der Art, wie er über den Parkplatz auf das Büro zulief: mit weit ausgreifenden Schritten.
Außerdem fiel Romberg noch etwas auf: Vogel hatte vergessen, sein mittlerweile originalgetreu restauriertes 66er Ford Mustang Cabrio abzuschließen. Schwarz. Rot fuhr ja jeder. Das war Vogel, soweit Romberg sich erinnern konnte, noch nie passiert.
»Karl!« Vogel sprach bereits, obwohl er noch nicht ganz durch die Tür getreten war. »Karl, wir müssen reden.«

»Beruhige dich doch. Setz dich erst mal und erzähl mir der Reihe nach, was passiert ist.«

Vogel ließ Romberg nicht aussprechen.

»Wir müssen Kühltransporter kaufen. Und zwar mindestens gleich ein halbes Dutzend.«

»Kühltransporter?«, fragte Romberg ungläubig.

Die Worte sprudelten aus Vogel nur so heraus. »Ich habe gerade mit einem alten Freund meines Vaters gesprochen. Die beiden kennen sich schon lange. Sie sind zusammen im Vorstand des Trachtenvereins in Murnau. Dieser Freund hat einen Vertrieb für frische Produkte der Höfe aus dem Umland. Er beliefert zahlreiche große Lokale hier in München, Brauereigaststätten, das Hofbräuhaus, sogar das Oktoberfest.«

Vogel musste Luft holen.

»Oktoberfest?«

»Der Mann hat großen Ärger mit seinem jetzigen Transporteur. Unzuverlässige Lieferungen, ungepflegte Wagen. Die Kühlungen fallen immer wieder aus. Die Ware verdirbt. Totalausfall. Der Transporteur sagt dann, er habe die Ware bereits verdorben erhalten. Die beiden können sich nicht mehr riechen. Da liegt ein Geschäft brach, das sollten wir uns schnappen.«

»Geschäft brach?«

»Gibt es hier ein Echo?« Vogel beruhigte sich langsam wieder und musste grinsen. »Karl, das ist ein riesiges Transportvolumen. Und es ist garantiert. Auf Jahre hinaus. Absolut sicher. Du musst zugeben, es ist sehr unwahrscheinlich, dass die Besucher der Münchner Brauereigaststätten keine Hendl und Haxen mehr zum Bier essen, vom Schweinsbraten ganz zu schweigen.«

Noch an diesem Abend begannen die beiden gemeinsam durchzurechnen, wie viel Geld sie brauchen würden, um in dieses Geschäft einzusteigen. Ihre Stimmung sank während

dieser Berechnungen gewaltig, weil sie die Firma bis auf den letzten Cent würden beleihen müssen.
Aber finanzierbar war es.
Es war zu schaffen.
Spät am Abend verabschiedeten sie sich voneinander.
Werner Vogel fuhr im Auto zurück zu seiner Wohnung. Er war aufgedreht. Zu aufgedreht, um gleich schlafen zu gehen. Und er wusste sofort, was er stattdessen tun würde. Er würde noch auf ein Bierchen in seiner Stammkneipe vorbeischauen.
Zur Entspannung.
Bisschen mit den Jungs reden. Ein Grinsen zeigte sich auf seinem Gesicht. Das Lokal »Klenze 66« konnte er von seiner Wohnung in der Utzschneiderstraße zu Fuß in zehn Minuten bequem erreichen.
Als er über den Gärtnerplatz ging, hatte er keinen Blick für die angestrahlte Fassade des Theaters, die den Platz beherrschte. Tief in Gedanken ging er den Tag und das Gespräch mit Karl noch einmal durch. Und wie er es auch drehte und wendete: Es war möglich. Sie konnten das wirklich schaffen!
Er beschleunigte seine Schritte, als er an das erste frische Bier dachte und an die Phalanx der Tresenkumpane. Wenn er Glück hatte, dann wäre Meierinho heute Abend auch da. Stefan Meier, Spitzname Meierinho, war ein guter Freund von ihm. Sie waren schon gemeinsam in den Urlaub gefahren. Mit dem Rucksack die französische Atlantikküste entlang. Er schätzte Meierinhos bisweilen sehr schwarzen Humor. Außerdem war er intelligent. Meierinho arbeitete bei einem großen Technologiekonzern.
Irgendwas mit Handys.
Dem würde er von der Sache erzählen. Er war gespannt, was der dazu sagen würde. Was für ein Geschäft.
Das Oktoberfest!

Das war wie ein Treffer im Lotto.
Jedes Jahr ein Treffer im Lotto.
Vogel zog den Reißverschluss seiner Jacke hoch. Die Nächte waren noch empfindlich kühl. Aber es konnte keinen Zweifel geben: Es wurde Frühling.

*

Karl Romberg schlief schlecht in dieser Nacht. Er träumte seinen Traum. Viele Jahre hatte er sich jeden Abend vor dem Einschlafen gefürchtet, weil er wusste, der Traum würde kommen. Und mit ihm die Angst. Es war besser geworden mit der Zeit. Lange hatte er ruhig geschlafen, doch in dieser Nacht war es wieder so weit.
Sein Gefährte war zurückgekehrt.
Er steht allein in sternloser Nacht.
Es ist kalt in dieser Nacht, weit unter dem Gefrierpunkt. Der eisige Sturm, der durch diese Nacht brüllt, schneidet mit kleinen Klingen in seine nackte Haut. Der Gefährte bringt Schmerzen. *Schwarze Milch der Frühe wir trinken sie abends ...*
Der träumende Romberg lag in seinem Schweiß. Die Augen hinter den geschlossenen Lidern zuckten unruhig hin und her, sein Mund formulierte unverständliche Worte. Schließlich, hörbar, eine Bitte um Vergebung.
Er steht allein in sternloser Nacht.
Seine Augen brennen vor Anstrengung.
Stundenlang versucht er, in der undurchdringlichen, bedrohlichen Dunkelheit etwas zu erkennen. *Wir trinken sie mittags und morgens wir trinken sie nachts ...*
Er hört, wie ein Zug sich nähert. Schreie. Laute Rufe. Er will etwas sagen, aber er bringt keinen Ton heraus. *Wir trinken und trinken ...*
Er steht allein in sternloser Nacht.

Das Geräusch genagelter Sohlen marschiert durch sein Unterbewusstsein. Von woher kommen sie? Was wollen sie von ihm? *Wir schaufeln ein Grab in den Lüften da liegt man nicht eng ...*
Da ist nur Angst, nur Angst. Zwielicht bricht sich Bahn durch das dichte Blätterdach des Waldes. Er wird verfolgt. Es regnet. Seine Lungen rasseln vor Anstrengung. Der Hang ist nass und von glitschigem Laub bedeckt. Er muss diese Böschung hoch, sich in Sicherheit bringen. *Ein Mann wohnt im Haus der spielt mit den Schlangen der schreibt ...*
Seine Füße rutschen ab.
Immer wieder.
Schweiß läuft ihm übers Gesicht. Hinter ihm sind die Hunde, er kann ihr wütendes Bellen hören. Sie kommen näher. Bald werden sie ihn einholen.
Schließlich legt sich die Hand auf seine Schulter.
Schwer, kräftig und furchteinflößend.
Er schreckte hoch.
Es dauerte einige Minuten, bis sich sein Atem wieder beruhigte und sein Herz nicht mehr gegen seine Rippen hämmerte. Er atmete tief durch und schüttelte den Kopf. Wie ein Hund, der sein nasses Fell schüttelt, versuchte er, die Bilder und Stimmen loszuwerden.
Er ging in die Küche, um ein Glas kaltes Wasser zu trinken. Das machte er immer, wenn er aus seinem Angsttraum erwachte. Das Wasser erfrischte ihn. Die Verspannung in seinen Schultern ließ nach.
Sein Gefährte war wieder gegangen.

*

Am nächsten Tag hatte Karl Romberg eine Entscheidung getroffen.
»Werner, das ist wirklich eine einmalige Chance.« Er hielt

kurz inne. »Wir haben morgen Vormittag einen Termin bei unserer Hausbank. Ich bin wild entschlossen, das Geschäft mit dir gemeinsam durchzuziehen.«
»Gut, dann kann ich dir jetzt auch verraten, mit wem wir es zu tun bekommen. Es handelt sich um niemand Geringeren als Josef Hirschmoser«, ließ Werner Vogel die Bombe platzen. Ein Name wie Donnerhall. Ein Gschaftlhuber, der jeden kennt und den jeder kennt.
»Hirschmoser?«, fragte Romberg etwas zu laut zurück. »Sepp Hirschmoser? Der hat auch dieses Vertriebsgeschäft unter sich? Da werden wir gut aufpassen müssen, dass der uns in seinem Janker nicht über den Tisch zieht.«
»Wer den Haien die Beute abjagen will, der muss zu ihnen ins Becken«, bemerkte Werner Vogel philosophisch. Den Spruch hatte er sich gemerkt. Meierinho hatte das gestern Abend gesagt, als er den Namen Hirschmoser erwähnt hatte.

*

Josef, genannt Sepp, Hirschmoser war ein mächtiger Mann in München.
Sein Lebensweg war von den örtlichen Boulevardblättern in aller Ausführlichkeit begleitet worden. Romberg und Vogel wussten beide, mit wem sie da ins Geschäft kommen wollten.
Begonnen hatte die Karriere von Hirschmoser, als er eine große Metzgerei in der Nähe von Prien am Chiemsee erbte. Er erkannte bald die Zeichen der Zeit und beteiligte sich am touristischen Aufbau des Chiemgaus. Seine Metzgerei schloss Verträge mit den Hotels und Landgasthöfen, die als Folge des immer stärker werdenden Fremdenverkehrs wie Pilze aus dem Boden schossen.
Er kaufte weitere Metzgereien auf.
Dann baute er einen Schlachthof.

Schließlich die erste Fabrik, die das im Schlachthof produzierte Fleisch weiterverarbeitete.

Seine jetzige Position im Münchner Wirtschaftsleben verdankte Hirschmoser allerdings vor allem seinen beiden hervorstechendsten Charaktereigenschaften. Er war erstens gierig und zweitens völlig skrupellos.

Während er die Zahl der Metzgereien, die ihm im Umland von München gehörten, ständig vergrößerte, machte er sich auch in der Münchner Gastronomie breit. Lokale, die er gerne haben wollte, deren Pächter aber weder mittels Geld noch guter Worte zu überzeugen waren, ihm ihr Geschäft zu überlassen, bekamen schon mal Besuch von seinen »Schankkellnern«.

Hinter diesem unscheinbaren, harmlosen Namen verbarg sich eine Gruppe seiner Angestellten: allesamt muskulöse, junge Männer, die für Geld Lokale zertrümmerten. Wenn die unliebsamen Konkurrenten nach einer solchen Maßnahme noch immer nicht verstanden hatten, statteten die »Schankkellner« auch persönliche Hausbesuche ab. Solche Hausbesuche waren mit Platzwunden und Knochenbrüchen verbunden. Das waren jedoch nur Gerüchte, niemals konnte Hirschmoser juristisch belangt werden.

Romberg dachte an die regelmäßig erscheinenden bissigen Kommentare in den lokalen Boulevardblättern.

Gleichzeitig betätigte sich Hirschmoser als Menschenfreund mit sozialem Gewissen und veranstaltete in seinen Großgaststätten in München regelmäßig Wohltätigkeitsbälle. Das öffnete ihm manche Tür im Rathaus.

So kam es, dass er sein eigenes Zelt auf dem Oktoberfest betreiben durfte. Außerdem wurden seine Hendln, Schweine und Ochsen in großer Zahl in Münchner Gaststätten und auf der Wiesn verkauft.

Er spendete stets großzügig an die bayerische Staatspartei, was dazu führte, dass auch die Oberen des Freistaates Bayern ein offenes Ohr für seine Probleme hatten. Schließlich wurde er zum Sprecher der Münchner Wiesn-Wirte gewählt.

Seitdem war er nicht nur der angesehenste Gastronom der bayerischen Landeshauptstadt, sondern auch der mächtigste.

*

An dem Nachmittag, an dem Romberg und Vogel in das riesige Büro von Hirschmoser eintraten, hatte der schlechte Laune. Aus einem einfachen Grund: Er hatte Zahnschmerzen.

Sepp Hirschmoser erhob seine massige Gestalt aus dem Sessel. Selbst der maßgeschneiderte Designer-Trachtenanzug konnte seine gewaltige Leibesfülle nicht verbergen. Der Sessel machte ein Geräusch, als ob er aufatme.

Hirschmoser reichte erst Romberg und dann Vogel seine fleischige Hand.

Sein Kopf schien direkt auf den Schultern zu sitzen. Das Gesicht war etwas gerötet, von zahlreichen kleinen Adern durchzogen und wurde noch etwas röter, als Romberg kräftig in die zur Begrüßung gebotene Hand einschlug.

»Nehmen Sie doch bitte Platz.«

Romberg und Vogel versanken beinahe in dem tiefen Teppich, als sie sich zu den angebotenen Besucherstühlen begaben. Aus den Fenstern des Büros hatte man einen phantastischen Ausblick über die Stadt. An klaren Tagen konnte man sogar die Alpen sehen.

»Ich habe schon gehört, um was es geht. Und wenn Sie die Kapazität aufbringen können, dann sind wir im Geschäft. Denken Sie aber jetzt schon daran, dass in einem halben Jahr Wiesn ist. Bis dahin muss alles laufen wie geschmiert.«

Sepp Hirschmoser sprach ein Honoratiorenbayerisch, wobei er eigentlich mehr grunzte, als dass er sprach. Außerdem war er schwer zu verstehen, weil er sehr leise redete. So mussten seine Gesprächspartner viel Konzentration aufwenden, um überhaupt mitzubekommen, was er zu sagen hatte.

Vogel unterdrückte ein Lächeln. Für ihn klang das wie eine schlechte Kopie von Marlon Brando als Don Corleone.

»Ja, Herr Hirschmoser, das wird alles in Ordnung gehen«, entgegnete Romberg. »Wir sind bereit, für Sie die Kühltransporte zu übernehmen. Über die Kapazitäten sind wir im Bilde. Unsere Finanzierung steht. Wir sind dazu technisch und logistisch in der Lage. Wir würden uns freuen, mit Ihnen zusammenarbeiten zu dürfen.«

Romberg stockte. Er hatte sich eine salbungsvolle Ansprache zurechtgelegt über gute Geschäftsbeziehungen und ihre wichtigste Grundlage, die Zuverlässigkeit. Aber Hirschmoser fiel ihm ins Wort.

»Jetzt reden Sie doch keinen Schmarrn! Dem Jungen vom alten Vogel glaub ich schon, dass er das packt. Und von Ihnen hab ich auch gehört, dass Sie ein zuverlässiger Kerl sind. Sie haben ja auch den alten Rolls-Royce von meinem Freund Moosberger wieder hingekriegt.«

Vogel holte Luft, um etwas zu sagen.

Hirschmoser ließ ihn nicht zu Wort kommen, wischte die erwartete Entgegnung mit einer Handbewegung weg. »Die Verträge haben meine Anwälte bereits ausgestellt. Wenden Sie sich an Herrn Dr. Schrebner. Wenn Sie unterschrieben haben, unterschreib ich auch. Ich unterschreib alles, was mir meine Leute hinlegen.« Hirschmoser verzog sein Gesicht zu einer Grimasse, die wohl ein Lächeln darstellen sollte. »Das war's also. Ich hab wenig Zeit. Auf eine gute Zusammenarbeit. Schlagen Sie ein!«

Hirschmoser erhob sich wieder und reichte beiden nochmals die Hand.

Damit waren Romberg und Vogel entlassen. Als die Tür hinter ihnen ins Schloss fiel, hielt sich Hirschmoser in seinem Büro fluchend die Wange.
Vor der Tür des Büros sahen Romberg und Vogel sich an.
»Also, ein Haifischbecken hatte ich mir gefährlicher vorgestellt«, sagte Romberg.
»Täusch dich da mal nicht. Die gefährlichsten Männer sehen am Anfang oft aus wie die besten Freunde«, entgegnete Vogel.
Sie gingen mit einem winkenden Gruß zur Sekretärin in Richtung Aufzug.
»Wieder so eine der Vogelschen Weisheiten.« Romberg lachte kurz.
Draußen vor der Tür konnten sie den Frühling riechen.
Überall waren Knospen zu sehen.

> Der Erfolg im Angriff ist das Resultat
> einer vorhandenen Überlegenheit.
>
> Carl v. Clausewitz, *Vom Kriege*

2

Afghanistan, Tschurangar-Tal, 1984

Jedes Mal, wenn Generalmajor Larmov nach Hauptmann Blochin schicken ließ, überkam ihn ein ungutes Gefühl. Nicht, dass er ein schlechtes Gewissen gehabt hätte, dem Feind den jungen Hauptmann und die von ihm geführte Speznas-Kompanie entgegenzuschicken.
Man befand sich schließlich im Krieg.
Beide Seiten kämpften erbittert.
Mit allen Mitteln.
Blochins Berichte waren tadellos und seine Einsätze sehr erfolgreich. Dafür, dass Oleg Blochin gerade mal vierunddreißig Jahre alt war, hatte er bereits viele Auszeichnungen erhalten. Seine Verluste waren die geringsten von allen Kampfkompanien der Speznas-Einheiten. Doch wenn Larmov sich selbst prüfte, musste er sich eingestehen, dass Blochin ihm unheimlich war. Was dieses Unbehagen bei ihm auslöste, war zunächst nur ein vages Gefühl. Und dieses Gefühl hatte vor allem mit Blochins Augen zu tun. Sie waren von einem blassen Grau und wirkten immer seltsam unbeteiligt. Augen wie heller Fels.
Was seine Befürchtungen schließlich bestätigte, war ein Bericht, den er im letzten Monat von einer Pionier-Einheit erhalten hatte.

Die Pioniere hatten den Auftrag gehabt, eine Brücke wieder aufzubauen, die der Feind gesprengt hatte.
Bei Erdarbeiten stießen sie auf ein Massengrab, das nicht älter als sechs Wochen war. Frauen, Kinder und Greise waren dort beerdigt worden, insgesamt etwa sechzig Menschen.
Die Leichen wiesen Spuren brutalster Folterungen auf.
Exartikulationen.
An den Apophysen durchtrennte Sehnen.
Quetschungen.
Zerschmetterte Gliedmaßen.
Offene Knochenbrüche.
Großflächige Brandwunden.
Der medizinische Offizier, der einige der Leichen examiniert hatte, bevor die Pioniere das Grab wieder zuschütteten, kam zu dem Schluss, dass die meisten der Menschen wohl noch gelebt hatten, als sie begraben wurden.
Larmovs weitere Ermittlungen ergaben, dass dieses Massengrab nur die Folge einer Operation von Blochins Kompanie gewesen sein konnte. In diesem Gebiet war keine andere Einheit zum Einsatz gekommen. Hauptmann Blochin hatte den Auftrag gehabt, in diesem Gebiet einen Mudschaheddin-Führer zu lokalisieren und zu bekämpfen.
Allerdings erwähnte Blochins Bericht dieses Grab mit keinem Wort, sondern protokollierte nur die »Durchführung geeigneter Maßnahmen zur Ermittlung des Aufenthaltsortes der Zielperson«.
Die Zielperson wurde gefunden und neutralisiert.
Larmov saß an seinem Schreibtisch und sah auf den Bericht, den er heute Morgen erhalten hatte. Er musste etwas tun. Manchmal schien ihm die Verantwortung seines hohen Ranges wie ein schweres Gewicht auf den Schultern zu liegen.
Die Lage im Tschurangar-Tal war momentan völlig inakzeptabel.
Am Ende des Tales befand sich eine Nachschub-Basis, stark

befestigt und durch die geographischen Gegebenheiten gut gedeckt. Diese Basis war von entscheidender logistischer Bedeutung für die Einsatzfähigkeit der Heeresgruppe, die Larmov kommandierte.

Die schweren Transporthubschrauber vom Typ Mil-26, die diese Basis anflogen und den Nachschub brachten, wurden jedoch in der Mitte des Tales von den steilen, steinigen Hängen mit Raketen beschossen. Allein in der vergangenen Woche waren zwei Maschinen abgestürzt.

Das musste ein Ende haben.

Deshalb hatte er Blochin rufen lassen.

Der General wurde aus seinen Gedanken gerissen.

Es klopfte.

»Herein!«

Die Tür öffnete sich, und Blochin trat ein, nahm Haltung an und salutierte.

Augen wie heller Fels.

»Sie haben mich rufen lassen, Gospodin General?«

»Stehen Sie bequem, Gospodin Kapitan. Ich habe eine Mission für Sie. Es geht um die Sicherung der Luftnachschubwege im Tschurangar-Tal. Unsere Helikopter werden von den Steilhängen vom Feind mit Stinger-Raketen beschossen. Wir haben Verluste. Der Beschuss muss aufhören. Neutralisieren Sie die Möglichkeiten des Feindes, uns aus diesen Bergen zu beschießen.«

»Zu Befehl, Gospodin General!«

Blochin salutierte abermals, machte auf dem Absatz kehrt und verließ den Raum. Als ideologisch geschulter Offizier der Roten Armee war Larmov selbstverständlich Atheist. Dennoch murmelte er sehr leise, selbst für die Mikrofone des eigenen Geheimdienstes, die in seinem Büro angebracht waren, unhörbar: »Möge Allah euren Seelen gnädig sein.«

*

Blochin beriet sich im Kartenraum des vorgeschobenen Regimentsgefechtsstandes mit seinen drei Zugführern, einem Leutnant und zwei Oberleutnants. Anwesend war auch ein Major, der für die Kartographie des Gebietes zuständig war und sie über die Lage des Dorfes, aus dem sich die Kämpfer vermutlich rekrutierten, unterrichtet hatte.

»Sagen Sie den Männern, wir fliegen morgen um drei Uhr früh ab. Gepäck, Munition und Verpflegung für vier Tage. Nachtsichtgeräte und Körperpanzerung. Wir steigen im Morgengrauen zu dem Dorf auf und umfassen es von drei Seiten. Niemand kann den darüber liegenden Steilhang erklimmen, ohne aus unserer Hinterhangstellung niedergemacht zu werden. Von dort aus werden wir das weitere Vorgehen planen. Zur Deckung des Steilhanges haben die beiden Flügelzüge einen Scharfschützen, einen Granatwerfer und ein PKS im Rückraum in unmittelbarer Feuerbereitschaft zu halten.«

»Zu Befehl, Gospodin Kapitan!«

*

Ein schneidender Wind trieb den Schnee von den Bergkämmen des Hindukusch und fegte in tieferen Regionen den Staub über die felsigen Abhänge. Es war früher Morgen, lange vor Sonnenaufgang. Die drei unbeleuchteten Transporthubschrauber flogen sehr niedrig in das Tal ein, um einem eventuellen Beschuss von den Hängen ausweichen zu können.

Als sie am vorgesehenen Landeplatz aufsetzten, trugen alle Soldaten über ihren Sturmhauben Schutzbrillen, um den Staub, den die Rotoren aufwirbelten, nicht in die Augen zu bekommen.

Die Dunkelheit war mit Händen zu greifen.

Die Elitekämpfer sprangen aus den Hubschraubern, alle mit

schwerer Ausrüstung. In ihren schwarzen Kampfanzügen waren sie in der Dunkelheit mit bloßem Auge nicht zu sehen.

Die Hubschrauber hoben wieder ab und entfernten sich schnell.

Nachdem der Lärm der Rotoren verklungen war, war die Stille zunächst vollkommen. Nur als die Männer ihre Nachtvisiere aufsetzten, war ein leises Rascheln zu vernehmen. Die Umwelt erschien vor den Augen der Männer im durch die Visiere verstärkten Restlicht in grünlichen Umrissen. Die Verständigung erfolgte über Handzeichen.

Vor der Einheit lag ein Marsch durch felsiges Gelände, über Geröll den Steilhang hinauf zu dem Dorf. In den Helmen der Männer erwachten die Kopfhörer der Funkgeräte mit einem Knacken zum Leben.

»Achtet auf getarnte Vorderhangstellungen!« Blochins Stimme. »Und los.«

Die Einheit hatte die gesamte Ausbildungszeit gemeinsam hinter sich gebracht. Sie kannten und vertrauten einander. Es war kein eigener Befehl nötig, um sie in Formation einer Schützenkette ausschwärmen zu lassen. In ihren Bewegungen lag vollkommene Präzision, eine schaurige Schönheit.

Sie waren noch etwa drei Kilometer von dem Dorf entfernt, als die Zugführer das Zeichen gaben, anzuhalten. Die Männer gingen in Deckung, legten sich flach auf den Boden. Zwei 120-mm-Granatwerfer wurden an den Flanken in Stellung gebracht. Fast jeder der Männer hatte Teile der beiden Waffen, die jede über zweihundertfünfzig Kilogramm wogen, mitgetragen.

»Zwei Scharfschützen über die Flanken nach vorne.« Blochins Stimme klang blechern aus den Funkgeräten. »Das Ziel umgehen und von höherer Stellung aus Bericht geben.«

Zwei Gestalten erhoben sich und bewegten sich katzengleich den Berg hinauf. Sie kletterten rechts und links an dem Dorf vorbei und gingen ungefähr einhundert Meter über dem Dorf hinter Felsen verborgen in Stellung.

Es war ein anstrengender Marsch gewesen, aber die Männer waren gut trainiert und daher nicht außer Atem.

Als die Sonne ihre ersten Strahlen über die Gipfel der im Osten liegenden Berge schickte, nahmen sie ihre Nachtvisiere ab. Die beiden Kundschafter hoben die schweren Armeeferngläser an die Augen.

»Es scheint alles ruhig. Keine Verteidigungsstellungen zu sehen«, meldete der Mann im Westen.

»Keinerlei Bewegungen erkennbar. Keine schweren Waffen außerhalb der Hütten.« Die Stimme des Kundschafters, der östlich des Dorfes in Deckung lag, kam knisternd aus dem Kopfhörer.

Die beiden Kundschafter machten ihre Scharfschützengewehre feuerbereit und behielten das Dorf über die Zielfernrohre im Auge.

»Schützenkette in Hinterhangstellung!«, befahl Blochin. »Umfassungsbewegung. Da darf keiner raus. Vorwärts!«

Die Soldaten bewegten sich in einem Halbkreis auf das Dorf zu, bis es vollständig eingeschlossen war. Die beiden Granatwerfer blieben in rückwärtiger Stellung hinter den Männern. Die Besatzungen an den Granatwerfern hatten die Montage der Waffen mittlerweile abgeschlossen.

Die morgendliche Dämmerung wich langsam dem frischen Licht eines beginnenden Tages. Die Einheit war auf ungefähr einen Kilometer an das Dorf herangerückt, als wiederum an den Flanken zwei 7,62-mm-Maschinengewehre vom Typ PKS auf ihre Dreibeinlafetten montiert wurden. »Granatwerfer aus dem Rückraum feuerbereit?«, fragte Blochin.

»Feuerbereitschaft bestätigt«, kam von den Männern an den Werfern die zweifache Antwort.

»PKS 1 hat freies Schussfeld und ist feuerbereit«, meldete sich die erste MG-Stellung.

Die beiden Männer am zweiten MG hatten ein Problem mit dem Verschluss. »Einen Moment noch, Gospodin Kapitan.«
»Feuerbereitschaft sofort melden.«
Aufgereiht wie die Perlen an einer Kette rückten die Männer weiter auf das Dorf vor. Sie machten sich bereit, den imaginären Hals, den sie umschlossen, erbarmungslos zu strangulieren.
Schließlich waren die Vordersten noch ungefähr einhundert Meter von den äußeren Hütten entfernt. Die Elitekämpfer gingen im Halbkreis in Deckung und warteten.
Achtzig Läufe verschiedener Kaliber hatten ihre lidlosen, schwarzen Augen aufgeschlagen und blickten stier auf das Dorf. Nach fünf Minuten knackte es wieder in den Kopfhörern.
»PKS 2 hat freies Schussfeld und ist feuerbereit«, meldete nun auch die zweite MG-Stellung.
»Über uns sind nur die Sterne.« Blochins Stimme sprach den berühmten Schlachtruf der Speznas-Einheiten.
»Über uns sind nur die Sterne«, raunten neunzig Männer flüsternd vor sich hin.
Wieder hörten sie die Stimme ihres Kommandeurs in den Kopfhörern. »Dann wollen wir mal guten Morgen sagen. Beide Werfer zwanzig Schuss zwischen die Hütten. Feuer frei!«

*

Bremerhaven, Januar 2004

Der Mann war heute früh mit dem Zug angekommen. Nachdem er im Hotel eingecheckt hatte, duschte er. Unbekleidet trat er aus dem Badezimmer. Sein Körper war muskulös. Die Haut war überzogen mit rötlich schimmernden, keloiden Streifen narbigen Gewebes. Spuren vieler Kämpfe und teilweise schwerer Verwundungen. Nackt setzte er sich auf das Bett. Dann legte er einen Aktenkoffer neben sich und klappte ihn auf.

Er entnahm dem Koffer eine Fotografie, deren Grobkörnigkeit zeigte, dass es sich um die Vergrößerung eines Ausschnittes handelte, aus einiger Entfernung aufgenommen.

Das Bild einer jungen Frau.

Das Bild einer jungen Frau mit einer schlanken, aber dennoch weiblich geschwungenen Figur. Offensichtlich war sie sich im Moment der Aufnahme nicht bewusst gewesen, dass sie fotografiert wurde.

Seine Fingerkuppen berührten das Papier nur am Rand. Mit andächtigen Bewegungen, als handele es sich um eine wertvolle Ikone, lehnte er das Foto gegen die Nachttischlampe. Zärtlich strichen seine Finger über das abgebildete Gesicht.

Ich komme dir näher, dachte der Mann.

Jeden Tag.

Immer näher.

Mit ruckenden, fast krampfartigen Bewegungen begann der Mann zu onanieren. Nach kurzer Zeit bedeckte ein feiner Schweißfilm sein Gesicht. Die ganze Zeit über waren seine Augen starr auf das Bild der jungen Frau gerichtet.

Ein wohliges Seufzen kam im Moment der Erleichterung aus seiner Kehle. Er legte sich aufs Bett, um sich auszuruhen. Ein wenig Zeit hatte er noch.

Er erwartete einen Anruf. Einen sehr wichtigen Anruf.

Die Stadt war mit Bedacht gewählt.

Die Container-Kaje von Bremerhaven erstreckt sich über fast fünf Kilometer am Ostufer der Weser an der Mündung zur Nordsee. Bremerhaven ist einer der größten Umschlagplätze für Container in Europa. Das Volumen der umgeschlagenen Waren ist riesig. Gewaltige Halden mit den Ausmaßen von Flugzeugrollfeldern nehmen die Container auf, bevor sie weitertransportiert werden.

*

Als das Containerschiff »Gagarin 3« an diesem Morgen in die Wesermündung einlief, waren alle an Bord froh, nun einen Tag Landgang zu haben. Kommend aus Kaliningrad, dem früheren ostpreußischen Königsberg, hatte das Schiff die Ostsee durchquert und dann den Nord-Ostsee-Kanal passiert.
In der Nordsee war das Schiff in einen schweren Wintersturm geraten. Noch bevor der Sturm losbrach, begann der Regen. Der Niederschlag fiel fast senkrecht. Dann stürzte die Temperatur binnen Minuten um etliche Grade in frostige Tiefen. Die Windgeschwindigkeit nahm ständig zu. In der Luft lag jener charakteristische Geruch, den jeder Seemann kennt.
Der Geruch eines zornigen Meeres.
Salzig und kalt und tödlich.
Bei Temperaturen weit unter dem Gefrierpunkt und durch das Orgeln des Sturms, der Eiskristalle wie kleine Projektile aus Nordwesten mit sich trug, hatte sich das über dreißig Jahre alte Schiff durch die aufgepeitschte Dünung der wütenden, grauen Nordsee gekämpft.
Während der letzten Nacht hatten sie sich auf ihr Radargerät verlassen müssen, die Sicht war gegen null gegangen. Der Erste Offizier hatte vorgeschlagen, dichter unter Land zu fahren. Aber das hätte einen Zeitverlust von mehr als einem halben Tag bedeutet. Und der Kommandant, Kapitän Jestschew, konnte sich eine solche Verzögerung nicht leisten.
Kapitän Jestschew war ein erfahrener Seemann. Er hatte lange bei der Marine der Sowjetunion gedient. Dann hatte er, durch ausbleibende Soldzahlungen demoralisiert, das

lukrative Angebot einer russischen Reederei angenommen. Seine Erfahrung lehrte ihn, dass die See ein fürchterliches, heimtückisches Wesen sein konnte. Allerdings kannte er sein Schiff und die Mannschaft und wusste, dass sie diesen Sturm würden abwettern können.
In diesem Moment tauchte der Bug wieder in einen Wellenberg ein. Ein Zittern lief durch das Schiff. Mit einem Seufzen der Nieten, die die Stahlplatten des Rumpfes zusammenhielten, richtete sich die »Gagarin 3« auf.
Eine Gischtfahne, die bis zu den Scheiben der Brücke aufstob, rauschte prasselnd über das Glas.
Schon rollte der nächste Brecher auf das Schiff zu.
»Bremerhaven kommt über der Kimm auf, Kapitan perwowo ranga«, meldete der Erste Offizier, der neben ihm auf der Brücke stand, und nahm das Fernglas von den Augen. Seine Stimme übertönte nur mühsam das Heulen des Sturmes. In der Takelage sangen die Böen ihr klagendes Lied. Schwere Brecher ließen das Schiff bedenklich rollen. Die beiden Offiziere standen, ebenso wie der Rudergänger, breitbeinig da, um die Bewegungen des Schiffes ausgleichen zu können.
»Wurde auch langsam Zeit«, brummte der Kapitän in seinen Bart und wandte sich ab, um zur Funkkabine zu gehen. Dort sprach er mit dem Funkoffizier. »Melden Sie dem Hafenmeister, dass wir reinkommen. Und stellen Sie mir eine Telefonverbindung mit Deutschland her. Hier ist die Nummer. Legen Sie das Gespräch in meine Kabine.«
Der Kapitän trat wieder ins Ruderhaus. »Sie haben die Brücke, Nummer eins«, sagte er und stelzte den Niedergang hinab zu seiner Kajüte.
Jestschew setzte sich an seinen kleinen Schreibtisch und starrte den Telefonhörer unverwandt an. Er brauchte nicht einmal eine Minute zu warten. Das Telefon in seiner Kabine meldete sich mit einem Summen. Der Kapitän nahm den

Hörer ab. »Die Verbindung steht. Es klingelt«, meldete sein Funkoffizier, um sich sofort aus der Leitung zu verabschieden. Nach dem vierten Klingeln wurde am anderen Ende abgehoben.
»Jestschew hier«, sagte der Kapitän auf Deutsch mit einem starken russischen Akzent. »Ich möchte mit Herrn Karl sprechen. Ist er da?«
Er wurde verbunden. Als sich sein Gesprächspartner meldete, sagte der Kapitän erneut seinen Namen. Eine kurze Begrüßung folgte.
»Allerdings! Wir hatten miserables Wetter. Unsere Verzögerung ist aber nur minimal.«
Der Kapitän wartete die Antwort ab. Ab und zu nickte er zustimmend, als ob sein Gesprächspartner diese Geste sehen könnte.
»In neunzig Minuten.«
Wieder wartete der Kapitän.
»Genau. Heute. Uhrzeit bleibt gleich.«
Er murmelte eine Verabschiedung, allerdings auf Russisch. Dann hängte er den Hörer in die Halterung zurück.
Sein Gesprächspartner blieb noch einige Minuten sitzen und sah auf das Telefon. Alles lief zu seiner Zufriedenheit. Sein Blick ruhte minutenlang auf dem Foto der jungen Frau. Schließlich nahm er den Hörer ein zweites Mal ab.
Kapitän Jestschew war auf dem Weg zurück auf die Brücke. Da traf ein besonders schwerer Brecher den Rumpf und warf das Schiff zur Seite. Er stieß mit der Schulter an die Stahlwand des Niederganges. Ein Fluch verklang stumm auf seinen Lippen. Mühsam richtete sich das Schiff wieder auf. Als Kapitän Jestschew die Brücke betrat, klatschte eine weitere Gischtfahne auf die Verglasung und nahm ihnen für mehrere Sekunden die Sicht.
»Die Hafenmeisterei hat sich gemeldet und uns einen Liegeplatz zugewiesen, Kapitan perwowo ranga«, berichtete sein

Erster Offizier. »Die Deutschen sagen, da hätten wir uns einen schönen Sturm ausgesucht, um einzulaufen. Auf jeden Fall heißen sie uns willkommen.«
»Ja, das sind höfliche Menschen, die Deutschen«, sagte Jestschew.
Gute eineinhalb Stunden später stand Kapitän Jestschew in der Brückennock und überwachte das Festzurren der letzten Leinen. Das Anlegemanöver war abgeschlossen. Einer der gewaltigen Containerkräne kam auf Schienen an der Kaje bereits auf das Schiff zu, um mit dem Löschen der Ladung zu beginnen.
Noch immer brüllten Sturm und Eisregen über die »Gagarin 3« hinweg, die an den dicken Leinen zerrte wie ein gefangenes Tier in Panik. Die beinahe waagrechten Reihen eisiger Nadeln bissen dem Kapitän in die Wangen.
»Ich glaube nicht, dass wir uns diesen Sturm ausgesucht haben«, murmelte der alte Seemann. Unheil schwang in seiner Stimme. »Ich glaube, wir bringen den Sturm mit.«

*

Afghanistan, Tschurangar-Tal, 1984

Als die Sprengköpfe der ersten beiden Granaten in dem Dorf einschlugen, waren bereits vier weitere Geschosse in der Luft. Die Friedlichkeit des Morgens wurde durch die Detonationen mit lodernder Endgültigkeit beendet.
Ein Inferno aus Feuer und Stahl ging auf das Dorf nieder.
Ein kleiner Eselskarren, der auf dem Dorfplatz stand, wurde von einem Volltreffer in einzelne Holzfasern zerlegt. Eine Gestalt kam aus einer der Hütten gerannt, die Arme panisch in die Höhe gereckt, den Mund weit offen.
Sekunden später wurde sie von Granatsplittern in einer blu-

tigen Wolke zerrissen. Ein Fuß sollte später gefunden werden.
Nach neunzig Sekunden kehrte wieder Ruhe ein.
»Stellung halten.« Blochins Stimme erreichte die Ohren seiner Männer, als der Detonationslärm verklang. Mit dem Befehl zur Meldung wandte er sich an seine beiden Kundschafter.
»Es kommen Menschen aus den Hütten. Einige sind verwundet. Keine Waffen zu sehen.« Es entstand eine Pause. »Ich sehe keine Männer, nur Frauen und Kinder und ein paar Alte.«
»Bestätigen!«
Sein zweiter Kundschafter gab über Funk durch, dass er ebenfalls keine Männer entdecken konnte.
»Vielleicht verstecken sich die Bastarde unter den Schleiern ihrer Frauen. Langsam vorrücken. Rückwärtige Stellungen Feuerbereitschaft. Behaltet den Steilhang über dem Dorf im Auge.«
Blochin erhob sich und ging in gebückter Haltung, sein AK-47 im Anschlag, langsam bergan auf das Dorf zu. Seine Männer erhoben sich ebenfalls und folgten ihm. Nervosität lag in der Luft.
Dies war der kritische Moment.
Jetzt waren sie für einen eventuellen Gegner sichtbar.
Ein einzelner Schuss krachte durch das Tal. Die Männer warfen sich auf die Erde.
»Woher kam das? Jemand getroffen?« Blochin bellte in sein Mikrofon.
Der Posten, der auf der rechten Seite des Dorfes Stellung bezogen hatte, antwortete. »Direkt über mir, ungefähr dreißig Meter, eine kurze Bewegung. Aber ich habe keinen Sichtkontakt.«
Neunzig Augenpaare blickten angestrengt aus den Schlitzen der schwarzen Sturmhauben und suchten den Berghang ab.

»Ich kann ein Ziel sehen, eine Bewegung, hinter einem Stein«, meldeten die Männer der rechten MG-Stellung.
»An PKS 2: Feuer frei!«, befahl Blochin mit ruhiger Stimme.
Das schwere MG schickte einen Kugelhagel in Richtung der Bewegung. Die Männer sahen die Staub- und Erdfontänen, die Einschläge anzeigten. Querschläger jaulten schrill durch die Luft. Geröllsplitter spritzten hoch. Auf den Scharfschützen, der unterhalb der beschossenen Stelle lag, ging ein Regen aus Erde und kleinen Steinen nieder.
Dann sahen die Männer, wie hinter einem größeren Stein zwei Arme in die Höhe gerissen wurden. Ein altertümlich anmutendes Gewehr fiel über den Stein und blieb liegen. Eines der silbernen Beschlagteile der Waffe blitzte in der Sonne. Eine Gestalt rollte den Abhang herunter und blieb ungefähr fünf Meter entfernt von dem Beobachtungsposten an einem Felsvorsprung liegen.
Das MG stellte das Feuer auch ohne Befehl augenblicklich ein. Die Männer waren gut ausgebildet. Im Feld musste man immer Munition sparen.
Der Kopfhörer knackte.
»Ein Knabe. Höchstens fünfzehn Jahre alt.« Die Stimme des Postens klang belegt.
Regungslos warteten die Männer.
Minuten verstrichen, drei, fünf.
Nichts geschah.
»Langsam weiter vorrücken. Bajonette aufpflanzen.« Blochin erhob sich und hinter ihm seine Männer. Die Bajonette rasteten mit leisem Klicken an den Läufen der AK-47 Sturmgewehre ein.
Die Kämpfer hatten den Rand des Dorfes erreicht, ohne auf weitere Gegenwehr zu stoßen. »Holt die Leute aus den Hütten und treibt sie auf dem Dorfplatz zusammen. Schickt den Dolmetscher zu mir.« Blochin trat mit zwei Männern in

eine der ärmlichen, aus Lehm gebauten Hütten. Im Zwielicht sah er im hinteren Teil der Hütte drei zusammengekauerte Personen.
Die Gestalten zitterten und weinten leise. Ihre Gesichter waren von Grauen und Angst gezeichnet.
Ja, ja, die Angst. Mein treuester Mitstreiter, dachte Blochin. Auf den Schock, den Granatwerferbeschuss auslöst, ist doch immer Verlass.
»Hände hoch! Raus hier! Ihr seid Gefangene!« Diese Sätze konnte jeder seiner Männer in der Landessprache der Afghanen in dieser Region, auf Paschtu. Wimmernd erhoben sich die Gestalten und gingen an Blochin und seinen Männern vorbei ins Freie. Der Wind wehte den Hang hinauf und trug den Pulvergeruch der MG-Salve mit sich.
Blochins Männer durchsuchten jede Hütte und hatten nach kurzer Zeit ungefähr einhundertfünfzig Bewohner auf dem Dorfplatz zusammengetrieben. Die Verletzten, die nicht mehr selbst gehen konnten, wurden von ihren Angehörigen gestützt oder getragen.
Der Haufen zerlumpter Gestalten wurde umgeben von den drohend auf sie gerichteten Bajonetten. Es waren tatsächlich ausschließlich Greise, Frauen, einige von ihnen mit Säuglingen im Arm, und Kinder. Das älteste mochte vierzehn Jahre alt sein.
Blochin trat mit seinem Dolmetscher vor die Leute.
»Sagen Sie ihnen, dass ich wissen will, wo ihre Männer sind. Sagen Sie ihnen, dass ihnen nichts geschieht, wenn sie mir sagen, wo sich ihre Männer verstecken.«
Der Dolmetscher sprach.
Nach einer kurzen Pause antwortete einer der alten Männer, nachdem er einen Schritt vorgetreten war. Seine vom Wetter lederne Haut war von tiefen Falten durchzogen. Seine rechte Wange blutete, ein Riss von einem Splitter. Er öffnete einen zahnlosen Mund, als er sprach.

»Er sagt, Sie seien der Satan. Und dass er lieber stirbt, als Ihnen zu sagen, wo die Männer sind«, übersetzte der Dolmetscher.
»Sagen Sie ihm, dass ich seine religiösen Visionen respektiere.«
Blochin wartete, bis seine Antwort übersetzt worden war.
»Und sagen Sie ihm, dass ich seinen geäußerten Wunsch in diesem Fall sogar erfüllen kann.«
Wieder wartete Blochin das Ende der Übersetzung ab.
Dann hob er das AK-47 und schoss dem Greis aus drei Metern Entfernung genau zwischen die Augen.

*

Bremerhaven, Januar 2004

Mittlerweile war es später Abend geworden. Die Ladung war fast vollständig auf den riesigen Containerhalden verschwunden. Jestschew hatte noch etwas zu erledigen. Er war der Einzige an Bord, der von der Zusatzladung wusste. Und er war der Einzige an Bord, der wusste, dass ein Mitarbeiter der Hafenmeisterei, Jensen hieß der Mann, der Spielsucht verfallen war. Deshalb brauchte Jensen ständig Geld.
Er traf den Mann in dessen Büro. Die Vorhänge waren zugezogen, damit niemand von außen das verräterische Licht hätte sehen können. Noch immer pfiff der Sturm um das Gebäude und rüttelte in Böen an den Fenstern.
Nach einer kurzen Begrüßung kam Jestschew zur Sache. »Es geht um vier Container, die ohne Ladepapiere am Zoll vorbei müssen. Ich biete Ihnen fünftausend Euro Aufwandsentschädigung pro Container.«
Jensens Züge spiegelten unverstellte Gier. Er sprach mit starkem niederdeutschem Dialekt.

»Ja, sicher, das wird klargehen. Ich habe gestern vier Container mit vergammelten Bananen reinbekommen. Die habe ich noch nicht wieder ausgetragen. Vier Container hätte ich also noch über.«

»Und die Papiere sind in Ordnung?«

»Ab-so-lut.« Jensen betonte jede Silbe des Wortes. »Der Zoll war auch schon da. Wir könnten also ohne Probleme die Zollsiegel fälschen. Das merkt kein Schwein. Und von den Zollsiegeln habe ich immer ein paar übrig.« Jensen grinste. »Für Notfälle!«

»In einer Stunde kommen die Zugmaschinen. Da müssten Sie dann noch persönlich anwesend sein, damit das in Ordnung geht.«

»Aber sicher, Chef, das machen wir!« Jensen hüstelte. »Und das alles bei dem Schietwetter. Da guckt sowieso keiner so genau hin. Da ist doch jeder froh, wenn er wieder zurück in die warme Stube kann.« Jensens Blick heischte nach Zustimmung.

»Sie warten am Tor. Wenn die Laster aus der Freihafenzone raus sind, kriegen Sie Ihr Geld.«

»Dann bis dann.«

Jestschew gab Jensen die Hand und verließ das Büro. Er ging gegen den Wind gebeugt zurück zu seinem Schiff. Der Funkraum war verwaist, die Mannschaft hatte Landgang bis zum Wecken. Bis dahin bliebe wohl ein Großteil der Heuer bei den Nutten in der Rickmersstraße. Aber das war nicht sein Problem.

Er hatte andere Probleme. Und er würde sie alle lösen. Zum einen schuldete er einem Freund einen großen Gefallen, und zum anderen war der Betrag, der ihm in Aussicht gestellt worden war, um ein Vielfaches höher als der, den der korrupte Jensen bekommen sollte.

Doch er hatte schließlich auch schon dafür gesorgt, dass die vier Container mit der Zusatzladung ungesehen an Bord gekommen waren. Er hatte sich sein Geld verdient. An den möglichen Inhalt der Container hatte er keinen Gedanken verschwendet. Einem Freund einen Gefallen zu tun war gleich noch mal so schön, wenn es dafür auch noch einen Haufen Geld gab.

Jestschew rieb sich die Hände und griff dann zum Funktelefon. Als am anderen Ende abgehoben wurde, meldete er sich auf Russisch.

»Einen Moment, ich notiere die Adresse noch mal schnell.« Jestschew klemmte sich den Hörer unters Kinn und schrieb etwas auf einen Zettel, wobei er sorgfältig darauf achtete, dass kein Papier darunter lag, das einen Abdruck hätte aufnehmen können.

»Ja, das Geld hat er dabei.« Jestschew gluckste über die Entgegnung des anderen. »Da hast du verdammt recht. Jeden Morgen wacht irgendwo ein Trottel auf. Man muss ihn nur finden.«

Am anderen Ende der Leitung wurde kurz gelacht. Dann hörte Jestschew seinem Gesprächspartner wieder konzentriert zu.

»Ach was, ich habe zu danken«, sagte er. »Ich schätze, in spätestens zwei Stunden ist er da. Wenn er in drei Stunden immer noch nicht gekommen ist, ist was schiefgelaufen. Dann meld dich kurz.«

*

Eine Stunde später winkte Jensen vier Zugmaschinen mit leeren Anhängern durch das Tor, um es direkt hinter dem vierten Wagen wieder zu schließen. Die Wagen hielten im strömenden Regen. Um sie standen Container, so weit das Auge reichte. Vier der riesigen stählernen Frachtbehälter standen bereit.

Ein Van Carrier näherte sich.

Seine hydraulischen Klauen fassten den ersten Container, hoben ihn hoch und setzten ihn millimetergenau auf dem ersten Anhänger ab. Ein Hafenarbeiter kontrollierte, ob die Container in ihren Halterungen festsaßen. Die Prozedur wiederholte sich viermal. Wegen der Kälte blieben die Fahrer in ihren Kabinen sitzen.
Der Regen schien die Welt ertränken zu wollen.
Jensen ging um die Container herum und prüfte die Zollsiegel, die er dort selbst vor dreißig Minuten angebracht hatte. Später unterschrieb Jensen im Hauptbuch der Hafenmeisterei. Für vier Container Bananen.
Er wandte sich an den Fahrer des ersten Wagens.
»Hier sind die Papiere. Vier Container Bananen, wie abgesprochen.«
Der Fahrer nickte. »Dann ist das erledigt.« Er nahm die Frachtpapiere entgegen.
Die schweren Motoren der Zugmaschinen sprangen mit dunklem Brummen an. Jensen winkte zum Abschied. Von den Reifen stob das Wasser in Fontänen hoch, die vom Wind weggerissen wurden. Auf den Türen war im Licht der Laternen ein Schriftzug zu erkennen: »Romberg Worldwide«.

*

Jestschew sah aus dem Bullauge seiner dunklen Kabine den abfahrenden Trucks hinterher. Dann wandte er sich einem Prepaid-Mobiltelefon zu. Er wusste, dass es in Kürze klingeln würde.
Gute zehn Minuten später klingelte das Telefon zweimal. Dann verstummte es wieder. Daraufhin klingelte es dreimal, um erneut zu verstummen. Jestschew nickte langsam mit dem Kopf. Die Container hatten ohne Probleme die Zollstation passiert und waren nicht länger in der Freihafenzone. Die Zugmaschinen fuhren durch den noch immer prasseln-

den Regen über den neuen Autobahnzubringer aus Bremerhaven hinaus auf die Autobahn.
Vier Container waren unterwegs.
So weit, so gut.
Nun würde Jensen seinen gerechten Lohn erhalten.

*

Afghanistan, Tschurangar-Tal, 1984

Blochin widmete der Leiche des Alten keinen Blick, stattdessen wandte er sich wieder den übrigen Dorfbewohnern zu. Die Sonne stand inzwischen über dem östlichen Bergkamm. Die Klingen der Bajonette blitzten.
»Sagen Sie den Leuten, dass ich mich vielleicht missverständlich ausgedrückt habe. Ich *will* nicht wissen, wo ihre Männer sind. Ich *muss* es wissen.«
Während er die Übersetzung abwartete, gab er sein Gewehr dem Soldaten, der rechts neben ihm stand. Er blickte aus den Schlitzen seiner Sturmhaube auf die Dorfbewohner und wartete schweigend.
Keiner der Dorfbewohner gab einen Laut von sich. Nur ein Kind weinte leise.
Mit vier schnellen Schritten war er bei einer Frau, die einen Säugling in ihren Armen hielt. Mit einer ruckartigen Bewegung entriss er der Mutter das Kind. Er hielt es am Nacken gefasst.
Langsam ging Blochin auf den Brunnen des Dorfes zu. Das Baby begann zu schreien. Der Brunnen war nur ein Loch im Boden, mit einigen aufgetürmten Steinen gegen Versandung geschützt. Ein leicht fauliger Geruch stieg vom Wasser auf.
Er hielt das schreiende Kind am ausgestreckten Arm über das Brunnenloch.

»Fragen Sie die Mutter, ob sie weiß, wo die Männer sich verstecken.«

Der Dolmetscher wandte sich an die Frau, die auf die Knie gesunken war und deren Hände mit flehenden Gesten Richtung Himmel ruderten. Mit tränenvoller Stimme entgegnete sie etwas auf Paschtu. »Sie sagt, sie weiß es nicht genau, aber es seien zwei Höhlen etwas oberhalb des Dorfes. Dort hätten sie als Kinder immer gespielt. Sie sagt, Sie sollen bitte ihr Kind verschonen.«

»Sagen Sie ihr, ich muss es aber genau wissen.«

Das Schreien des Kindes wurde schriller.

Eine der Frauen, die hinter der knienden Mutter stand, gab dieser einen Tritt und zischte etwas zwischen den geschlossenen Lippen hervor. Der Dolmetscher stand jedoch so nahe, dass er die Worte verstand.

»Sie hat ihr gesagt, sie sei eine Verräterin und würde bestraft, wenn sie mehr sagt«, erklärte er seinem Kommandeur.

»Aah so.« Blochin sprach gedehnt und nickte langsam mit dem Kopf.

Dann ließ er das Kind fallen.

Das Schreien verklang in dem tiefen Brunnenloch. Alle konnten das Aufschlagen des kleinen Körpers auf dem Wasser hören. Es dauerte nur Sekunden, dann lag plötzliche Stille über dem Platz.

Gepeinigt schrie die Mutter auf und warf sich, von Schluchzen geschüttelt, auf den Boden.

Ein kurzes Lächeln umspielte Blochins Mundwinkel unter der Sturmhaube. Er sagte etwas zu sich selbst, das keiner der Anwesenden verstand. Das lag daran, dass Oleg Blochin diesen Satz in akzentfreiem Hochdeutsch sprach.

»Hoppla, jetzt ist das Kind in den Brunnen gefallen.«

Aus der Gruppe von Gefangenen, die Blochin am nächsten stand, löste sich plötzlich eine Frau. Mit einer erstaunlich schnellen Bewegung zog sie ein Messer aus ihrem Gewand,

hielt es hoch über dem Kopf und stürmte auf den Hauptmann zu. Von ihren Lippen drang ein Schrei der Wut und Verzweiflung.
Die Männer waren völlig überrascht.
Blochin war selbst für Bruchteile einer Sekunde perplex. Wie in Zeitlupe sah er die Klinge näher kommen.
Da erwachte der Mann rechts neben ihm aus seiner Erstarrung. Er reagierte mit unglaublicher Geschwindigkeit. Mit einer schnellen Aufwärtsbewegung des Gewehrs fing er die heranstürmende Frau ab.
Die Frau sprang geschickt zur Seite.
Die zweiundzwanzig Zentimeter lange Klinge des Bajonetts verfehlte ihren Körper nur um eine halbe Handbreit. Der Mann ließ das Gewehr fallen, behielt aber den Schwung der eigenen Vorwärtsbewegung bei. In gebückter Haltung tat er einen Schritt auf die Frau zu, die noch immer mit erhobener Klinge nach vorn stürmte.
Die rechte Hand des Mannes schoss vorwärts. Daumen, Zeige- und Mittelfinger waren in Form eines gleichschenkligen Dreiecks nach vorne gerichtet. Die drei Fingerspitzen trafen den Brustkorb der Frau genau auf dem Herzen und vollzogen im Moment des Auftreffens eine kurze, schnelle Drehung.
Der Schrei verröchelte auf ihren Lippen.
Die Frau sank auf die Knie, ihre Augen verdrehten sich zum Himmel, dann fiel sie vorwärts in den Staub.
Die Männer hoben drohend die Bajonette. Nur der entfernte Schrei eines Vogels durchbrach die Stille.
Blochin sah den Soldaten an. Zwei Augenpaare begegneten sich.
Heller Fels.
»Wie heißen Sie, Soldat?«, fragte Blochin.
»Iljuschin, Gospodin Kapitan«, entgegnete der Mann und salutierte. »Offiziersschüler im zweiten Jahr. Ausbildungs-

schwerpunkt: Nahkampf. Nicht verwandt oder verschwägert mit dem Flugzeugkonstrukteur.«
»Ich will Sie im Kampf in Zukunft in meiner Nähe haben, Soldat. Ich werde Ihre Karriere im Auge behalten. Ich habe den Eindruck, Sie bringen mir Glück.«
Blochin reichte dem Mann die Hand. Dann wandte er sich an einen Oberleutnant, der herangetreten war. »Wir werden diese beiden Höhlen schon finden«, sagte er.
Sein Blick wanderte zu den anderen Frauen, die ebenfalls Säuglinge in ihren Armen hielten. Was er sah, war nichts als Angst. Er nickte zufrieden. Schließlich schaute er den Oberleutnant wieder an.
»Lasset die Kindlein zu mir kommen.«

*

Bremerhaven, Januar 2004

Jensen war bester Dinge. Das war ein Geschäft ganz nach seinem Geschmack gewesen. Und der russische Kapitän hatte ihm auch noch die Adresse eines illegalen Spielclubs mitgegeben, in dem heute Abend gespielt würde. Hoch gespielt. Ehrlich gespielt, wie der Kapitän ihm versichert hatte. Und auch noch sein Lieblingsspiel: Poker.
Ist ein feiner Kerl, der russische Kapitän, dachte er.
Er hatte zwanzigtausend Euro in bar dabei, und er hatte das untrügliche Gefühl, dass ihm das Glück heute hold sein würde. Er würde mit noch mehr Geld nach Hause gehen, als er jetzt bei sich hatte. Er würde seine Schulden zurückzahlen können und wäre in seinen angestammten Spiellokalen wieder ein gerngesehener Gast.
Diese Gedanken brachten ihn dazu, ein Liedchen zu pfeifen, während er durch die nächtlichen Straßen ging. Er hatte sich

überlegt, ein Taxi zu nehmen, aber die angegebene Adresse lag in der Nähe.
Der Wind ging zwar immer noch kräftig, aber der Regen war zu einem leichten Nieseln geworden. Und so ein bisschen frische Luft würde guttun vor dem Spiel.
Als er nach einem Fußmarsch von nicht ganz einer Viertelstunde die angegebene Adresse erreichte, zog er den Zettel aus der Tasche, den der russische Kapitän ihm gegeben hatte. Er kontrollierte nochmals Straße und Hausnummer, dann suchte er die Klingel mit dem Namen.
Noch bevor er den Knopf gedrückt hatte, öffnete sich die Tür. Ein schwarzhaariger Hüne stand im Türrahmen und musterte Jensen misstrauisch.
»Guten Abend«, sagte Jensen. »Ich komme von Jestschew.«
Die Züge des Hünen entspannten sich.
»Von Jestschew«, wiederholte er mit einem starken osteuropäischen Akzent. »Dann sind Sie uns willkommen. Sie müssen Jensen sein.«
»Ja, genau.«
Ein ungutes Gefühl beschlich Jensen. Es war ihm gar nicht recht, dass diese Leute seinen richtigen Namen kannten.
»Dann kommen Sie mal rein.« Der Hüne machte eine einladende Geste. »Und entschuldigen Sie den Zustand des Flurs. Wir haben gerade die Maler da.«
Der Flur war nur schwach beleuchtet und mit Plastikfolie ausgelegt. Jensen trat ein. Rechts von ihm war ein leerer Türrahmen, das Zimmer dahinter lag in völliger Dunkelheit.
Schlagartig wurde Jensen klar, dass dies kein illegaler Spielclub war, sondern ein leerstehendes Wohnhaus. Davon gab es in Bremerhaven jede Menge.
Er wollte sich gerade zu dem Hünen umdrehen, als eine Klinge ihm auf der rechten Seite in den Hals fuhr. Der kräftige linke Arm des Mannes hinter ihm hielt ihn aufrecht, die rechte Hand tastete Jensen ab.

All das bemerkte er mit erstaunlicher Klarheit, während das Leben aus ihm herausfloss. Der Scheißkerl wollte sein Geld. Er versuchte, die Arme zu heben, um seinen Reichtum zu verteidigen. Seine Knie gaben nach. Ihm wurde kalt.
Sein Denken und Fühlen zerfaserten in die Dunkelheit des Flurs.
Der schwarzhaarige Hüne wickelte Jensens noch warmen Körper mit geübten Bewegungen in die Plastikfolie, klebte das Paket zu, lud es in den Kofferraum seines Wagens und fuhr zum nächstgelegenen Hafenbecken.

*

Jestschew stand am Tor der Container-Kaje, dort, wo die Mannschaften der Schiffe von Zoll und Grenzschutz abgefertigt wurden. Es waren keine Probleme aufgetaucht. Der Regen hatte mittlerweile völlig aufgehört, und auch der Wind ließ merklich nach. Das waren eigentlich gute Zeichen für einen alten Seefahrer.
Dennoch: Kapitän Jestschew war ein vorsichtiger Mann. Er hatte für alle Fälle Sicherheitsmaßnahmen ergriffen. In seinem Rücken steckte im Hosenbund eine Makarov-Pistole. Er wartete auf seinen Kontaktmann.
Er würde heute Abend mehr Geld erhalten, als er jemals zuvor in seinem Leben besessen hatte. Er würde sich zur Ruhe setzen können. In einem Land seiner Wahl. Wenn er es nicht übertrieb, würde er von dem Geld den Rest seiner Tage leben können.
Der Mann, der ihm gegenübertrat, wies sich mit einem in der Mitte durchgerissenen Geldschein aus. Jestschews Hälfte, die er in Kaliningrad erhalten hatte, passte genau. Der Mann sprach Russisch mit ihm.
»Kommen Sie mit. Ich bringe Sie zu Ihrem Geld. Es liegt in einem Schließfach im Hauptbahnhof.«

Jestschew entspannte sich. Der Mann hatte offensichtlich keine üblen Absichten. Der Hauptbahnhof war ein belebter Ort. Dort waren Überwachungskameras.

Der Mann schlug vor, ein Taxi zu nehmen, aber Jestschew bestand darauf, mit dem Bus zu fahren.

Jestschew hatte eben Jensen in den sicheren Tod geschickt, zu einem alten Bekannten. Der war unehrenhaft aus der Armee entlassen worden, wegen fortgesetzter Gewalttätigkeit und Insubordination. Im Kampf war er ein guter Kamerad, doch für diesen Mann war die ganze Welt ein einziges Schlachtfeld geworden. Wenig später hatte sich der Mann nach Deutschland abgesetzt. Hier war er von gewissen russischen Kreisen mit offenen Armen empfangen worden. Von Leuten, die seine speziellen Qualifikationen zu schätzen wussten.

Was für eine Ironie, dachte Jestschew, dem korrupten Jensen den Henkerslohn für seine eigene Hinrichtung mitzugeben. Am Telefon hatten sein Bekannter und er noch gemeinsam darüber lachen müssen.

Aber Glücksspiel ist ein schlimmes Laster, Jensen hätte eben seine Finger von den Karten lassen sollen. Jestschew lächelte und besah sich sein eigenes Spiegelbild in der dunklen Scheibe des Busses, der sie beide Richtung Hauptbahnhof fuhr.

Am Hauptbahnhof stiegen er und der Mann an verschiedenen Türen aus und gingen auf getrennten Wegen zu den Schließfächern.

Besorgt hielt Jestschew Ausschau nach Überwachungskameras, die ihm Sicherheit geben könnten. Ah, da waren sie ja. Er atmete auf. Meine Güte, er machte sich verrückt.

Der General war ein Ehrenmann.

Immer gewesen.

Der Mann betrat den Gang, wo sich das Schließfach mit der vereinbarten Nummer befand. Jestschew kam von der anderen Seite auf ihn zu.

Sie waren allein.
Jestschew sah zur Kamera an der Decke am Ende des Ganges. Beruhige dich, sagte er sich. In wenigen Minuten bist du reich. Seine Finger tasteten trotzdem nervös nach der Makarov.
Die beiden Männer standen sich gegenüber. In diesem Moment fragte sich Jestschew, wieso der Mann eigentlich mitgekommen war und ihm nicht einfach den Schlüssel gegeben hatte.
Jähes Verstehen durchzuckte sein Gehirn.
Seine Hand fuhr zu der Waffe in seinem Hosenbund.
Da schoss die rechte Hand des Mannes vorwärts. Daumen, Zeige- und Mittelfinger waren in Form eines gleichschenkligen Dreiecks nach vorne gerichtet. Die drei Fingerspitzen trafen Jestschews Brustkorb genau auf dem Herzen und vollzogen im Moment des Auftreffens eine kurze, schnelle Drehung.
Der Mann fing den toten Kapitän auf und ließ ihn behutsam in eine sitzende Position gleiten. Gemessenen Schrittes verließ er den Hauptbahnhof. »Man kann so viele umbringen, wie man will.« Er schüttelte langsam den Kopf, während er mit sich selbst sprach. »Die Schwachköpfe sterben einfach nicht aus.«
In den Augen des Mannes lag ein seltsames Flackern.
Die durchtrennten Kabel an der Rückseite der Überwachungskamera hingen herab wie Galgenstricke.

*

Es gab keinerlei Verbindung mehr zwischen vier riesigen Hochseecontainern, die angeblich mit Bananen gefüllt waren, und einem Schiff namens »Gagarin 3«. Auch nicht zum Hafen von Kaliningrad. Keinerlei Verbindung mehr.
Der Mann ging in sein Hotel zurück.

Er dachte an die Frau auf dem Foto.
Die Fahrer der Lastzüge würden wegen des Nachtfahrverbots jetzt in ihren Kabinen liegen und schlafen. Oder fernsehen. Karten spielen. Was auch immer. Morgen früh wären sie wieder auf der Autobahn, strebten ihrem Ziel entgegen. Richtung Süden.

> Das einzige Mittel zur Zerstörung
> der feindlichen Streitkräfte ist das Gefecht.
>
> Carl v. Clausewitz, *Vom Kriege*

3

Es war der erste Montag im Oktober des Jahres 2003. Werner Vogel war erschöpft. Die letzten zwei Wochen hatten ihm alles abverlangt. Weder er noch sein Partner Karl Romberg waren viel zum Schlafen gekommen.
Aber sie hatten es geschafft. Ihr erstes Oktoberfest lag hinter ihnen. Eine Zentnerlast fiel von ihm ab. Sein Atem ging freier.
Die Sache mit den Kühltransportern war gut angelaufen. Sehr gut sogar. Viel besser als gedacht. Das konnte man in ihren Büchern nachlesen. Hirschmoser hatte Wort gehalten.
Er hielt sich an alle Vereinbarungen.
Er zahlte pünktlich.
Und seit dem Vertragsabschluss waren die Wagen der Firma täglich im ganzen Münchner Umland unterwegs. Sie holten die frische Ware ab und lieferten sie noch am gleichen Tag denen, die sie benötigten.
Erste herbstliche Kühle lag in der Luft. Vogel war unterwegs, um Romberg abzuholen. Josef Hirschmoser gab am heutigen Montagabend ein Festessen für alle, die für ihn auf dem Oktoberfest tätig gewesen waren. Genauer gesagt: für alle, die in verantwortlicher Position für ihn tätig gewesen waren.
Mittlerweile war Vogel bei Rombergs kleinem Haus angekommen, das dieser in einem der zahlreichen Neubauviertel gebaut hatte. Er ging durch den Vorgarten, klingelte und trat einen Schritt zurück.

Nichts geschah.
Er wartete.
Er klingelte noch einmal.
Diesmal länger.
Vielleicht sollte er um das Haus herumgehen und schauen, ob er durch die Tür zum Garten etwas sehen könnte. In dem Moment hörte er drinnen ein Geräusch. Schritte, die auf die Tür zukamen.
Die Tür öffnete sich. Romberg stand mit zerzausten Haaren vor ihm.
»O Gott, entschuldige, Werner, ich habe verschlafen.« Romberg gähnte. Auf seiner rechten Wange waren noch deutlich die Abdrücke des Kissens zu sehen.
»Komm rein und warte kurz. Ich halte nur meinen Kopf unter kaltes Wasser, dann können wir aufbrechen.«
»Ich kann dich nur zu gut verstehen. Ich habe die letzte Nacht geschlafen wie ein Stein. Die letzten beiden Wochen waren wirklich heftig. Der Hirschmoser kann ja ein echter Despot sein. Ich weiß noch immer nicht, wo mir der Kopf steht.«
Romberg rief etwas aus dem Badezimmer zurück, das Vogel nicht verstehen konnte, weil das Wasser rauschte. Dann kam Romberg wieder ins Zimmer, während er sich mit einem Handtuch den Kopf abtrocknete.
»Ich hab ja schon 'ne Menge im Leben mitgemacht, aber so eine Wiesn, das ist der pure Wahnsinn. Weißt du, was ich gelesen habe? Im Jahr 2002 wurden vierhundertneunundfünfzigtausendzweihundertneunundfünfzig Brathähnchen vertilgt. Kaum zu glauben, oder? Aber wahr. Offizielle Statistik.« Romberg schnaubte. »Doch dieses Jahr ging's auch ganz schön zu. Vor allem der Engpass am zweiten Wochenende hat mich geschafft. Plötzlich heißt es, die Würstl werden knapp. Roter Alarm!«
Romberg und Vogel besaßen beide den Lkw-Führerschein.

Eigentlich fuhren sie nur noch selten selbst, aber in den letzten zwei Wochen hatten sie beinahe pausenlos in der Fahrerkabine gesessen. Das Büro war in dieser Zeit verwaist, auf dem Anrufbeantworter häuften sich die Nachfragen der anderen Kunden. Gestern hatten sie deshalb gemeinsam beschlossen, so bald wie möglich eine Sekretärin einzustellen.
»Das kannst du laut sagen!«, pflichtete Vogel ihm bei. »Mitten in der Nacht mit drei Lastzügen frische Bratwürste aus dem Chiemgau abholen. Ich habe ja erst gedacht, die machen einen Scherz.«
»Wahrscheinlich war denen gar nicht die Wurstmaschine verreckt, sondern die ganze Truppe war am Tag vorher selbst auf der Wiesn. Von wegen der Techniker hat für die Reparatur so lange gebraucht. Die waren volltrunken.« Romberg grinste. »Und wer durfte es wieder ausbaden? Wir natürlich.«
»Am nächsten Tag hat Hirschmoser persönlich angerufen und sich überschwenglich dafür bedankt.«
»Na toll!«
Romberg knöpfte sein Hemd zu.
»Davon hatte ich aber auch keinen Schlaf. Außerdem ist das ja wohl das mindeste. Ich möchte nicht wissen, wie viel der in den letzten zwei Wochen verdient hat.«
»Na ja, wir können uns eigentlich nicht beschweren.« Jetzt war es Vogel, der lächeln musste. »Wir sind auch nicht gerade leer ausgegangen.«
Nickend zog sich Romberg seine Krawatte gerade. »Und heute Abend werden wir ordentlich reinhauen. Zumindest wissen wir sicher, dass die Sachen, die Hirschmoser uns auftischt, frisch sind.« Beide lachten.
Nachdem Romberg sich noch einmal kritisch im Spiegel betrachtet hatte, brachen sie auf. Sie gingen zu Vogels Wagen.
»Sollen wir nicht lieber ein Taxi nehmen?« Romberg sah die Maßkrüge mit Freibier bereits vor sich.

»Von mir aus. Du kannst mir meinen Wagen ja morgen ins Büro mitbringen.«

Auf dem Weg zum nächsten Taxistand unterhielten sie sich weiterhin angeregt. Sie hatten sich viel zu erzählen. Während der letzten zwei Wochen hatten sich reichlich Anekdoten angesammelt.

So bemerkten sie nicht den Wagen, der gegenüber von Rombergs Haus parkte. Auch nicht den Mann, der in dem Wagen saß. Auf dem Schoß des Mannes lag eine Spiegelreflexkamera mit Teleobjektiv. Er hatte Romberg und Vogel beim Verlassen des Hauses fotografiert und folgte ihnen jetzt mit seinen Blicken.

Der Mann wusste, dass man sich wiedersehen würde.

Spätestens nächstes Jahr.

Zum Oktoberfest.

*

Grosny, Tschetschenien, 1994

Er war ihnen in die Falle gegangen wie ein Anfänger. Oberst Blochin ärgerte sich maßlos über seine eigene Dummheit. Und wenn man schon so einen Fehler machte, dann musste natürlich das Funkgerät den Geist aufgeben.

Jetzt saßen sie in der Nähe des Minutka-Platzes fest und hatten keine Möglichkeit, Hilfe zu holen. Sie hatten sich in einer Hausruine verschanzt. Dort lagen sie seit mittlerweile achtzehn Stunden unter Feuer. Der Gegner hatte sie systematisch in diese Stellung getrieben. Die Sprengköpfe der RPG-7 heulten mittlerweile von allen Seiten heran.

Ein erneuter Einschlag ließ das Haus erzittern.

Staub rieselte auf Blochin herab.

»Das MG, das nach Osten sichert, hat keine Munition mehr,

Polkownik Blochin«, meldete ein Hauptmann. Blochin antwortete sofort. »Wir haben noch sechs Kisten. Nehmen Sie zwei mit. Sagen Sie den Männern, sie sollen Munition sparen. Nur auf klar erkennbare Ziele feuern.«
Blochin ging in den Raum, wo die Verletzten und Sterbenden lagen. Er hatte noch fünfzig kampftaugliche Männer. Dreißig waren verwundet. Zehn bereits tot. Und es würden noch mehr werden, wenn nicht bald Hilfe käme.
Die hässliche Fratze des Krieges grinste ihn hämisch an.
Vor zwölf Stunden hatte er Major Iljuschin losgeschickt. Weit war der mit seinen Männern allerdings nicht gekommen. Er saß nur einige Häuserblocks entfernt ebenfalls fest. Granatwerfer deckten Iljuschins Einheit mit Sperrfeuer ein. Die kleinen Funkgeräte, die sie dabeihatten, ermöglichten es ihnen, miteinander zu sprechen. Aber der große Sender, der stark genug gewesen wäre, das Hauptquartier zu erreichen, war kaputtgegangen.
Einfach so.
Dabei hätte ein Funkspruch genügt. Durch den Einsatz von Kampfhubschraubern und Panzern wäre ihr Problem schnell gelöst.
Es war zum Haareraufen.
Blochin schritt die Reihen der Verwundeten ab. Sie lagen auf Decken oder auf der bloßen Erde. Manche waren bewusstlos. Andere murmelten im Morphiumrausch wirr vor sich hin. Diejenigen, die bei Bewusstsein waren, erkannten ihn. Viele Legenden erzählte man sich in der Armee über ihren Befehlshaber.
Er war schon oft in scheinbar ausweglosen Situationen gewesen. Und er war immer rausgekommen. Zuversicht leuchtete in den Augen der Männer auf. Blochin nickte den Verwundeten zu. Seine Blicke suchten seinen medizinischen Offizier.
Ein junger Oberleutnant, dem ein Granatsplitter den linken

Arm am Ellbogen abgerissen hatte, hob seine unversehrte Hand. Blochin ging zu ihm. Er kniete sich neben den Mann auf den Boden.

»Polkownik Blochin«, begann der Mann mit schwacher Stimme, »ich möchte, dass Sie zu meiner Frau gehen. Sagen Sie ihr, dass ich tapfer gekämpft habe. Sagen Sie ihr und meinen Kindern, dass ich sie liebe.« Der Atem des Mannes ging flach. Er presste die Worte stoßweise hervor.

»Das werden Sie ihnen gefälligst selbst sagen, Starschi Leitenant.« Blochin hob die Stimme. »Haben Sie mich verstanden? Sie sterben erst, wenn ich es Ihnen befehle.« Er drückte die Hand des Mannes. Der verwundete Oberleutnant nickte.

»Ich werde dem Arzt sagen, er soll nach Ihnen sehen. Er soll Ihnen Schmerzmittel geben, damit Sie sich erholen können.«

Blochin erhob sich.

Er nickte auch anderen Männern zu, während er den Raum durchquerte. Er sah seinen medizinischen Offizier, Dr. Wladimir Kusnezow, wie er hinter einer aufgehängten Decke einen Verband anlegte. Hinter dieser Decke stand ein Tisch, der mit einem gelblichen Desinfektionsmittel bestrichen war.

Der provisorische Operationstisch.

Eine weitere Granate krachte in die Ruine. Sie flog durch eines der glaslosen Fenster im zweiten Stock. Der Sprengkopf detonierte in einem Raum, in dem einer der Scharfschützen in Stellung gelegen hatte.

Ein Sanitäter hängte sich seine Verbandtasche um und nahm eine Tragbahre. Er winkte einem Leichtverwundeten zu, mitzukommen. Von der Straße hörte man die Feuerstöße einer Kalaschnikow. Blochins Männer erwiderten das Feuer.

Dr. Kusnezow beendete seine Arbeit an dem Verband und wandte sich Blochin zu. »Lange halten wir das nicht mehr

durch. Mir geht das Verbandszeug aus. Ich habe keine Antibiotika mehr. Auch das Morphium wird langsam knapp.«
»Wenn nur dieses verdammte Funkgerät funktionieren würde. Oder wenn Iljuschin weiterkäme. Das Ganze ist ein ziemlicher Schlamassel, mein lieber Doktor. Aber in einem Monat werden wir darüber lachen.« Bestimmtheit schwang in seiner Stimme mit. »Ach, und geben Sie dem Oberleutnant etwas Morphium. Die Schmerzen machen ihm schwer zu schaffen. Er glaubt, er würde bald sterben.«
»An seiner Wunde wird er nicht sterben. Ich habe den Arm amputiert. Der Verband hält. Keine Nachblutungen. Aber wenn wir nicht bald Desinfektionsmittel bekommen, kann das eine böse Entzündung werden. Ich werde ihm Morphium geben, dann kann er etwas schlafen.«
Blochin verließ den Sanitätsraum. Er ging zu seinen Männern, die hinter den Fensterhöhlen in Deckung lagen. Eine weitere Explosion prüfte das Haus auf seine Standfestigkeit. Instinktiv zogen die Männer die Köpfe ein.
»Polkownik Blochin!« Der Mann, dem er den Auftrag gegeben hatte, den Funk für kurze Distanzen zu überwachen, kam aus einem anderen Raum herangestürzt. »Ein Trupp Versprengter hat sich gemeldet. Unsere Leute. Sie liegen einen Block weiter südlich in Deckung. Sie sagen, sie seien keine Kampftruppen, sondern von einer Versorgungseinheit. Sie bitten um Feuerschutz. Sie wollen zu uns kommen.«
»Sagen Sie ihnen, wir holen sie rein. Sie bekommen ihren Feuerschutz. Sagen Sie ihnen, sie hätten Glück.« Blochin sprach sehr viel leiser weiter. »Wir sind die Elite. Wir sind Speznas.«
Der Sanitäter kam unverrichteter Dinge wieder durch das Treppenhaus herunter. Er stieg über einen herabgestürzten Balken. »Da war nichts mehr, was das Einsammeln gelohnt hätte«, sagte er mit tonloser Stimme, bevor er müde zum Lazarettraum schlurfte.

Blochin ging zu den Soldaten, die an der südlichen Ecke des Hauses die Stellung hielten.
»Es kommt ein Trupp von unseren rein. Sie brauchen Feuerschutz. Auf mein Kommando Feuer auf alle bekannten Gegnerstellungen.« Er wandte sich zu einem seiner Männer. »Bringen Sie noch einen Kasten für das MG.«
Der Mann nickte und holte die Munition.
»Sie warten auf unseren Feuerschlag. Sie sind bereit.« Der Mann am Funkgerät.
»Dann lasst sie uns reinholen. Feuer frei!«
Das MG ratterte los. An der Fassade der gegenüberliegenden Häuserfront konnte man der Reihe der Einschläge folgen. Ein Gegner, der sich gerade in einer Fensterhöhle erhob, um zu feuern, wurde nach hinten gerissen.
Einen Häuserblock weiter rannten ein halbes Dutzend Gestalten aus einem Hauseingang.
Staub wirbelte auf.
Dreck spritzte hoch.
»Sie laufen zu nah an der Mauer!« Blochin fluchte. »Sagen Sie ihnen, sie sollen sich von den Mauern fernhalten.« Das sind wirklich keine Kampftruppen, dachte er. Ein übler Fehler, so nah an den Mauern entlang.
Die Männer rannten buchstäblich um ihr Leben. Einer stolperte, wurde jedoch von seinem Nebenmann hochgerissen. Taumelnd fand er wieder in den Lauf.
Noch zwanzig Meter.
Eine 40-mm-Rakete wurde vom Dach gegenüber abgefeuert. Sofort antwortete das MG mit einem wütenden Feuerstoß. Der Mann mit dem Raketenwerfer auf der Schulter drehte sich um die eigene Achse. Dann kippte sein Körper über den Dachrand und fiel auf die Straße.
Zischend zog die Rakete über die flüchtenden Männer hinweg. Der Sprengkopf schlug mit einer mächtigen Detonation drei Meter neben ihnen auf der Straße ein.

Sie hasteten weiter.
Bis auf einen.
Schließlich erreichten sie den Eingang der Hausruine. Sie lehnten sich an die Innenwände und rangen nach Atem. In der Luft mischten sich der Geruch von Pulver, Schwefel, Öl und verbranntem Fleisch.
Ein Mann lag noch auf der Straße und schrie vor Schmerzen.
»Der Major ist getroffen worden!« Einer der Ankömmlinge fand die Sprache wieder. Seine Miene zeigte Ungläubigkeit. Darüber, dass er in Sicherheit war. Zumindest vorläufig.
Neben Blochin kniete ein Leutnant, die AK-47 in Feuerstellung. Blochin sah den Mann an.
Heller Fels.
»Ich habe noch nie dabei zugesehen, wie einer meiner Männer verblutet. Ich werde heute nicht damit anfangen. Ich werde ihn holen gehen.« Der Leutnant riss die Augen auf.
»Aber …« Der Leutnant stotterte. »Ääää, Polkownik Blochin, das …«
»Über uns sind nur die Sterne.« Blochin murmelte mehr, als dass er sprach.
»Feuerschutz!« Die Stimme des Leutnants füllte brüllend den Raum. Er zog den Sicherungsstift aus einer Nebelgranate und warf sie auf die Straße. Zwei weitere Soldaten folgten seinem Beispiel. Rauch wallte auf.
Die Elitekämpfer schossen, was die Läufe hergaben.
Oberst Blochin rannte los.
Mitten ins Feuer.

*

Werner Vogel kam erst um elf Uhr ins Büro. Er war noch immer leicht verkatert. Nach der dritten Maß Bier hatte Karl Romberg sich verabschiedet. Daraus leitete Vogel ab, dass er wohl noch etwas bleiben könnte.

Er befand sich zu diesem Zeitpunkt in einem angeregten Gespräch mit einer jungen Dame. Einer jungen Dame, die ihm ausnehmend gut gefiel.

Zum Glück hatten sie später die Telefonnummern ausgetauscht.

Romberg saß in seinem Büro, als Vogel hereinkam. Mit einer beinahe andächtigen Miene füllte er eine Postkarte aus.

»Ah?«, fragte Vogel. »Mal wieder ein Preisausschreiben?«

Romberg hob nur kurz den Blick. »Ich bin mir ganz sicher, dass ich eines Tages gewinnen werde.«

»Worum geht es denn diesmal? Ferien auf dem Bauernhof?« Vogels Stimme hatte einen leicht spöttischen Unterton. Als er seinen Partner näher kennengelernt hatte, hatte er festgestellt, dass er bei *jedem* Preisausschreiben mitmachte. Das war eine Marotte von ihm. Gewonnen hatte er allerdings noch nie.

Seither entspann sich zwischen den beiden jedes Mal, wenn Romberg ein neues Preisausschreiben ausfüllte, dasselbe Gespräch. Eine Art Spiel.

»Gibt es wieder einen Motorroller zu gewinnen? Kauf dir doch einen, wenn du einen haben willst«, sagte Vogel bissig.

»Darum geht's doch nicht«, antwortete Romberg mit einer übertrieben beleidigten Stimme. »Es geht darum, zu gewinnen«, fuhr er mit Nachdruck fort, während er seinen Namen und seine Adresse auf die Postkarte schrieb. »Und wenn es um ein Freiabonnement der Fachzeitschrift für Rasenpflege ginge. Es geht nur darum, zu gewinnen. *Ich bin mir ganz sicher, dass ich eines Tages gewinnen werde.* Apropos gewinnen ...« Romberg hob den Blick. »Wie ist das denn gestern mit der Dame ausgegangen? Du warst ja ziemlich engagiert. Meinem Eindruck nach ...«

»Dir entgeht aber auch nichts.« Vogel ging zur Kaffeemaschine und füllte Pulver in den Filter. »Eine interessante

Frau. Journalistin. Hat gerade bei der Lokalredaktion der größten deutschen Boulevardzeitung angefangen.«
»Und sie gefällt dir?«
»O ja, sehr.« Die unverhohlene Begeisterung in seiner Stimme ließ Vogel betreten zu Boden blicken. Er wurde rot.
»Du bist im besten Heiratsalter. Also häng dich rein.«
»Mal sehen, Karl. Ich weiß nicht, ob ein Spediteur das ist, wovon eine junge Journalistin träumt. So eine will doch lieber einen Rechtsanwalt. Oder einen Zahnarzt. Oder einen Konzertpianisten.« Vogel machte eine kurze Pause. »Aber wir haben uns gestern wirklich gut verstanden.« Er versank in der Erinnerung an den vergangenen Abend. »Mal abwarten. Kann ja auch am Bier gelegen haben.«
Die Kaffeemaschine blubberte laut.
»Aber du musst sie anrufen, hörst du? Nicht wieder drei Wochen warten und dann sagen, jetzt erinnert sie sich eh nicht mehr. Ruf doch gleich jetzt an. Wie heißt sie denn?«
»Amelie heißt sie. Amelie Karman.« Vogels Augen bekamen einen verträumten Ausdruck, als er den Namen aussprach.
»Hübscher Name. Bei einer Frau, die wie ein Oldtimer heißt, müsstest du doch gute Chancen haben.« Romberg grinste seinen Juniorpartner an. »Du rufst jetzt an«, sagte er bestimmt. »Wenn der Kaffee durchgelaufen ist, werden wir auf eure erste Verabredung anstoßen.«
Und so kam es. Werner verabredete sich mit Amelie für Donnerstagabend in einem feinen französischen Fischlokal im Stadtteil Haidhausen. Stolz kam er aus seinem Büro zurück.
»Sie klang so, als ob sie sich wirklich gefreut hätte, dass ich angerufen habe. Mann, Karl, jetzt heißt es: Daumen drücken. Ich werd verrückt, wenn das klappen würde. Mein Gott, und sie ist so hübsch. Ich hätte nie gedacht, dass ich bei so einer Chancen habe.«
»Ja, ja, du bist eben viel zu bescheiden. Du kennst deine

eigenen Qualitäten nicht und traust dir zu wenig zu.« Romberg goss den Kaffee in zwei Tassen. »Das gilt allerdings nicht für den geschäftlichen Bereich. Da bist du manchmal richtig dreist«, fügte er feixend hinzu. Er reichte Vogel die Tasse.
»Dann wollen wir mal hoffen, dass das was wird.«
Sie stießen an.
Romberg sah seinem Partner in die Augen. Wenn ihn seine Menschenkenntnis nicht täuschte, hatte es Werner Vogel schwer erwischt.
»Und du kannst dich darauf verlassen, dass ich dir die Daumen drücken werde.«
Am nächsten Tag war auf der Seite mit dem regionalen Klatsch ein großer Bericht über Hirschmosers Fest. In der langen Liste der Namen prominenter Gäste entdeckte Werner Vogel auch seinen eigenen.
Die Überraschung wich dem Verstehen.
Werner Vogel musste lächeln.
Das war ein gutes Omen.

*

Grosny, Tschetschenien, 1994

Blochin rannte.
Er achtete nicht auf die Kugeln, die neben, vor und hinter ihm einschlugen. Starr richtete er seinen Blick nach vorne. Durch den Rauch der Nebelgranaten fixierte er den Körper des Mannes, der auf der Straße lag. Als er ihn erreicht hatte, erkannte er sofort, dass der Mann noch bei Bewusstsein war. Er trug die Uniform eines Majors der Fernmeldetruppen.
Ein Granatsplitter hatte den rechten Oberschenkel aufgerissen.

»Du bist spät dran, Kamerad! Der Kaffee wird kalt«, sagte Blochin, während er den Mann hochhob, als wäre er ein Kind. In kniender Haltung legte er sich den sicherlich achtzig Kilo schweren Körper auf die Schultern.
Noch im Aufstehen rannte der Oberst wieder los. Der Mann auf seinen Schultern zog scharf die Luft ein. »Zähne zusammenbeißen, Kamerad!«, brüllte Blochin, um den Lärm der Waffen zu übertönen.
Der Krach des ununterbrochen feuernden Maschinengewehrs war ohrenbetäubend. Die Feuerstöße der Sturmgewehre und das Fauchen eines RPG-Raketenwerfers vervollständigten die Symphonie des Todes.
»RPG auf deiner linken Seite!«, brüllte ihm jemand aus der Hausruine entgegen. Blochin änderte die Richtung, drehte nach rechts ab. Einige Sekunden später schlug die Rakete ein. Der Sprengkopf detonierte krachend. Heiß traf ihn die Druckwelle der Explosion. Splitter sirrten um ihn herum.
Er hetzte weiter.
Noch vier Schritte, vielleicht fünf.
Da traf ihn ein Schlag im Rücken. Blochin stolperte, fast wäre er vornübergefallen. Mit zwei schnellen Schritten fand er jedoch das Gleichgewicht wieder. Glühender Schmerz breitete sich über seinem rechten Schulterblatt aus.
Als er die Türöffnung erreichte, schickte er ein Stoßgebet des Dankes an den Konstrukteur seiner schweren Schutzweste. Das würde ein schöner, großer, tiefblauer Fleck werden. Aber mehr nicht.
Dann war er im Haus.
In Deckung.
Die Männer stellten das Feuer ein. Die Stille klingelte in ihren Ohren. Beißender Pulverdampf waberte in Schwaden durch den Raum. Der glühend heiße Lauf des MGs knackte, während der Stahl abkühlte.
Blochin legte den Major auf die Tragbahre, die seine Sanitä-

ter bereitgestellt hatten. Die Hose des Majors war zerrissen und die Wunde am Oberschenkel blutete. Das Blut floss gleichmäßig, nicht pulsierend. Kein großes Gefäß verletzt, registrierte Blochin erleichtert.

Der Mann sah ihn an, dann griff er nach der Hand des Obersten.

Ihre Augen trafen sich.

Heller Fels.

»Danke, Kamerad«, sagte der Mann mit leiser Stimme, bevor die Sanitäter ihn ins Lazarett trugen.

Ein Soldat reichte Blochin eine Feldflasche mit Wasser. Er trank mit gierigen Schlucken. Als er die Feldflasche zurückgab, bemerkte er, dass alle Männer ihn ansahen. Einer fing zu klatschen an. Die anderen fielen ein. In den Applaus hinein skandierten sie ihren Schlachtruf.

»Über uns sind nur die Sterne!«, schallte es durch die Hausruine. Zuversicht erfasste die Männer.

Blochins Gedanken wanderten zu seinem Vater. »So wie ich dein Vater bin, so ist der Offizier der Vater der ihm anvertrauten Männer«, hatte der ihm einmal gesagt. Blochin nickte seinen Männern zu. Seine Schulter schmerzte. Er machte sich auf den Weg zum Lazarett, um nach dem Major zu sehen.

Eine weitere Rakete schlug in das Haus ein und ließ die Wände beben.

Es war kurz nach Mittag.

Der Wind nahm zu und trieb den Staub durch die Straßen der vom Krieg gepeinigten Stadt.

*

Das »Rue des Soleils« war ein kleines, sehr ambitioniert geführtes Restaurant. Es lag in einem Wohngebiet im Münchner Stadtteil Haidhausen. Parkplätze waren hier so selten wie eine professionelle Prostituierte in den päpstlichen Privatgemächern. Deshalb und wegen des Weines, den er trinken würde, war Werner Vogel mit dem Taxi gekommen. Zwar hätte er Amelie gerne mit seinem Auto beeindruckt, aber dafür war bei weiteren Treffen hoffentlich noch Gelegenheit.

Es war ohnehin nicht die Jahreszeit, offen mit einem Cabrio zu fahren. Schon gar nicht abends, wenn die Sonne untergegangen war.

Werner Vogel betrat das Lokal eine Viertelstunde vor der vereinbarten Zeit. Er wollte Amelie auf keinen Fall warten lassen.

»Bon soir.« Ein Kellner in einer weißen Schürze trat auf ihn zu. »Haben Sie reserviert?« Der französische Akzent war so stark, dass er aufgesetzt wirkte.

»Ja, ich hatte um einen schönen Tisch für zwei Personen gebeten. Auf den Namen Vogel.«

Der Kellner zog kurz die Augenbrauen hoch. Dann ging er zum Tresen, auf dem das aufgeschlagene Buch mit den Reservierungen lag.

»Ah oui, Monsieur Vogel. Wenn Sie mir folgen wollen?« Der Kellner ging durch das Lokal und wies mit der Hand auf einen Tisch am Fenster. »Ist dieser Tisch schön genüg?«, fragte der Kellner mit einem leicht spöttischen Unterton. Werner Vogel fragte sich inzwischen, ob er Amelie nicht besser in ein Lokal von Hirschmoser eingeladen hätte. Dort hätte es niemand gewagt, so mit ihm zu sprechen.

»O ja, ganz ausgezeichnet. Vielen Dank«, antwortete er betont höflich. Es war ohnehin recht schwierig, ihn zu provozieren. Abgesehen davon war er viel zu aufgeregt, um sich zu ärgern. Er nahm Platz. Die Stühle waren bequem, das musste man dem Lokal schon mal zugestehen.

»Möchten Monsieur vielleicht einen kleinen Aperitif?«, fragte der Kellner.

»Sehr gern. Bringen Sie mir bitte ein Pils und einen doppelten Lagavulin.«
Der Kellner blickte ihn wegen der ungewöhnlichen Bestellung verblüfft an. Vogel freute sich. Die blöden Bemerkungen würde der Mann sich für den Rest des Abends verkneifen.
»Bringe ich Ihnen sofort.« Der Kellner verschwand.
Er sah sich um. Das Lokal war in hellen, freundlichen Pastelltönen gehalten und zu gut zwei Dritteln besetzt. Auf allen freien Tischen standen Reservierungskärtchen. Die leise Streichermusik im Hintergrund mischte sich mit dem Gemurmel der Gäste.
Am Nachbartisch wurde das Essen serviert. Der Duft war sehr vielversprechend. Es war wohl doch die richtige Entscheidung gewesen, dieses Lokal auszusuchen.
Der Kellner brachte die Getränke und reichte Vogel die Speisekarte. Noch bevor er die Karte aufschlug, langte er nach dem Whisky und prostete sich im Geiste selbst zu. Der wunderbar torfige Geschmack des Islay Malt ließ ihn wohlig seufzen. Die Anstrengungen, die das Oktoberfest mit sich gebracht hatte, hatten auch ihr Gutes. Eigentlich verdankte er die Bekanntschaft mit Amelie ja seiner Arbeit für Hirschmoser.
Vielen Dank, du fette Sau, dachte er bei sich, als er den zweiten Schluck auf Josef Hirschmoser trank.
Die scharfe Flüssigkeit brannte in seiner Kehle. Er nahm einen tiefen Zug aus dem Bierglas. Er fühlte, wie der Alkohol seine wundertätige Wirkung begann. Er seufzte ein zweites Mal. Dann lockerte er seine verspannten Schultern.
Wird schon schiefgehen, dachte er und schlug die Speisekarte auf.
Als Amelie das Lokal betrat, reckten die Männer die Hälse. Sie sah atemberaubend aus.
Amelie war siebenundzwanzig Jahre alt. Ihr volles schwar-

zes Haar war kinnlang geschnitten und seitlich gescheitelt. Das betonte die Attraktivität ihres langen, schlanken Halses. Ihr vornehmer blasser Teint ließ ihre makellose Haut erscheinen, als wäre sie von feinstem Porzellan.
Die schlanke, sportliche Figur kam in dem knielangen, engen Kleid, das den Blick auf ihre wohlgeformten Beine freigab, hervorragend zu Geltung. Der schwarze Stoff bildete einen reizvollen Kontrast zu ihrer hellen Haut. Ein einzelner Brillant, der an einer dünnen Goldkette hing, funkelte in ihrem Dekolleté.
Ihre Augen glitten suchend durch das Lokal. Als sie Werner Vogel fanden, hatte der sich bereits erhoben. Sie kam mit einem strahlenden Lächeln auf ihn zu. Die Blicke der anderen Männer im Lokal folgten ihr verhohlen.
»Hallo, Amelie«, begann er etwas linkisch.
Das Grün ihrer Augen war umwerfend. Leuchtende Edelsteine, dachte er.
Sein Mund war plötzlich trocken.
»Werner!« Amelie beugte sich etwas nach vorne und hauchte ihm einen Kuss auf die Wange. »Ich freue mich, dass wir uns schon so bald wiedersehen.«
Werner half Amelie aus ihrem Mantel. Der Kellner erschien wie gerufen. Er musterte Amelie mit einem anerkennenden Blick. Dann grinste er Werner verschwörerisch an.
»Soll ich den Mantel von Mademoiselle zur Garderobe bringen?« Vogel warf ihm einen dankbaren Blick zu. Der Kellner war in seiner Achtung wieder gestiegen. »Und möchten Mademoiselle vielleicht ein Glas Prosecco als Aperitif?«
Amelie nickte.
Dann nahmen sie Platz.
Während sie die Speisekarte studierten, sprachen sie über Belanglosigkeiten. Wie man von Hirschmosers Fest nach Hause gekommen war und wie das Wetter sich entwickelte.
Der Prosecco wurde an den Tisch gebracht.

Sie prosteten sich zu.
Werner entspannte sich zusehends.
Er wählte als Vorspeise eine Hummerterrine in Trüffelsahne. Als Hauptgericht bestellte er Waller im Safransud mit Marktgemüsen. Nach dem Studium der Weinkarte entschied er sich für eine Flasche schweren weißen Meursault.
Amelies Wahl fiel auf ein Langustinencarpaccio, gefolgt von Filet vom gegrillten Zander auf einem Champagner-Limonenschaum.
Amelie gefiel das Lokal. Sehr geschmackvoll. Und die Speisekarte ließ einiges erwarten. Werner hatte wohl geahnt, dass sie gerne Fisch aß. »Bei uns zu Hause gab es oft frischen Fisch. Als ich klein war, mochte ich allerdings nur Fischstäbchen. Ich glaube, da sind alle Kinder gleich.« Amelie gluckste. »Erst später kam ich dann auf den Geschmack.«
»Ich mochte als Kind Fischstäbchen auch am liebsten«, entgegnete Werner. Er senkte den Blick. Eine kurze Verlegenheit ließ ihn leicht erröten. Dann sah er Amelie wieder an. »Und das hat sich bis heute nicht geändert, ich mag die Dinger immer noch. Am besten mit Kartoffelsalat und Remoulade.« Er hielt kurz inne. »Aber frischer Fisch ist ja hier in der Gegend eher ungewöhnlich. Wenn man mal von den Fischereien am Chiemsee und so absieht. Stammst du nicht von hier?«, fragte er.
Amelie ließ ein helles Lachen hören, das Werner förmlich überwältigte. Himmel, war dieses Lachen hinreißend.
»Nein, in der Tat. Ich stamme nicht von hier. Ich komme aus Norddeutschland. Mein Vater ist Tierarzt in Elmshorn«, entgegnete Amelie.
»Sieh an, eine Preußin.« Werner lächelte Amelie verschmitzt an. »Noch so eine Zugereiste.«
Als er lächelte, hatte Amelie das Gefühl, seine Augen lächelten mit.
Sehr sympathisch.

Und attraktiv.
Das Gespräch entspann sich wie von selbst. Es war tatsächlich so, dass sie sich einfach gut verstanden.
Die Vorspeise war ausgezeichnet. Zum Hauptgang bestellte er eine zweite Flasche Wein. Der passte nicht nur hervorragend zum Fisch, sondern half ihm auch ein wenig über seine Schüchternheit hinweg.
»Ich habe mich übrigens sehr gefreut, dass du mich in deinem Artikel in den Kreis der Münchner Prominenz erhoben hast«, sagte Werner, als sie mit dem neuen Wein anstießen.
»Ehre, wem Ehre gebührt.« Amelie lächelte ihn kokett an. »Du glaubst doch wohl nicht, dass ich mit einem Mann ausgehe, der nicht prominent ist?«
Sie mussten beide lachen.
Nach dem Essen hatte Werner endlich alle Schüchternheit überwunden und fragte Amelie geradeheraus: »Möchtest du vielleicht noch einen Cocktail trinken? Ich kenne hier in der Nähe eine sehr nette kleine Bar, das ›Maria Magdalena‹, dorthin würde ich dich gerne noch entführen.«
Amelie neigte den Kopf zur Seite. Ihre Haarspitzen umspielten ihre Schulter.
Werner verdrängte seine pornographischen Phantasien und lächelte unschuldig.
»Gleich am ersten Abend noch in ein anderes Lokal?« Sie dachte kurz nach. »Warum eigentlich nicht?«
So gingen sie die kurze Strecke nebeneinander. Amelie hängte sich bei ihm ein. Es durchlief ihn heiß und kalt.
Auch in der Bar erzählten sie sich voneinander. Das Gespräch ließ sie die Zeit vergessen. Um halb eins beschlossen sie dennoch, den Abend zu beenden. Nicht ohne sich gegenseitig zu versichern, dass man bald ein neues Treffen verabreden müsse. Werner musste sich eingestehen, dass er ziemlich angetrunken war. Er bat den Barkeeper, zwei Taxen zu bestellen.

»Wie ritterlich«, sagte Amelie.
»Ehre, wem Ehre gebührt«, konterte er. »Du glaubst doch wohl nicht, dass ich mit einer Frau ausgehe, die gleich am ersten Abend zu haben ist?«
Abermals mussten sie beide lachen.
Als die Taxen kamen, brachte Werner Amelie zu dem vorderen Wagen. Er öffnete ihr die Tür. Sie stellte sich auf die Zehenspitzen. Der Kuss, den sie ihm diesmal gab, war nicht nur gehaucht. Seine Wange brannte, wo ihre Lippen sie berührt hatten.
»Bis bald!«, sagte sie und stieg ein.
»Das hoffe ich sehr«, entgegnete er und schloss die Wagentür.
Nachdem das Taxi um die Ecke verschwunden war, sprang Werner Vogel in die Luft und stieß einen Freudenschrei aus.
Das war ein guter Anfang gewesen.
Ein sehr guter.
Er ging zu dem zweiten Taxi, das auf ihn wartete.
Das Auto, das ungefähr sechzig Meter entfernt parkte, fiel ihm nicht auf. Auch nicht der Mann, der in dem Wagen saß. Auf dem Schoß des Mannes lag eine Spiegelreflexkamera mit Teleobjektiv. Er hatte beim Verlassen des Lokals einige Fotos von Amelie und Werner gemacht und verfolgte Vogels Abfahrt jetzt mit unbeteiligtem Gesichtsausdruck.
Da hast du dir ja eine wahre Schönheit ausgeguckt, dachte der Mann in dem Wagen beifällig, während er dem Taxi hinterhersah. Hoffentlich verhebst du dich da mal nicht, mein junger Freund.

*

Grosny, Tschetschenien, 1994

Dr. Kusnezow arbeitete schnell und konzentriert. Die Wunde war nicht tief. Er bekam den Splitter mit einer Pinzette zu fassen. Nachdem er das scharfkantige Metallstück entfernt hatte, wusch und desinfizierte er die Wunde, vernähte sie und legte einen Druckverband an.
»Eine Narkose habe ich für so eine Wunde leider nicht zu bieten, Major. Ich muss meine Mittel für die schwerer Verwundeten sparen. Aber diese Wunde wird heilen. Und Sie werden laufen können.« Dr. Kusnezow wandte sich ab und übergoss seine Hände mit Wasser. Danach rieb er sie mit Wodka ab.
Das Gesicht des Majors war kalkweiß vor Schmerz, als Blochin an den provisorischen Operationstisch trat.
Der Major sprach leise und angestrengt, aber seine Worte waren gut verständlich. »Der Arzt hat mir gesagt, wer Sie sind. Sie sind Polkownik Oleg Blochin. Ich verdanke Ihnen mein Leben. Ihnen, einer verdammten Legende. Ich habe nie geglaubt, dass es Sie wirklich gibt.« Er versuchte zu grinsen. »Und Sie können mir glauben, dass ich heilfroh bin, dass ich mich getäuscht habe.«
»Das glaube ich Ihnen gerne. Wie ist Ihr Name, Major?«
»Major Edouard Okidadse, zu Ihren Diensten.« Er presste die Worte zwischen den Lippen hervor. »Fernmeldetruppen der Armee der Russischen Föderation.«
»Ah, georgische Abstammung.« Blochin sah dem Mann in die Augen. »Ich würde Ihnen ja gerne ein wenig Ruhe gönnen, Major. Aber wenn Sie von den Fernmeldetruppen sind, können Sie vielleicht unser aller Leben retten. Dann wären wir quitt.«
Okidadse sah ihn fragend an.
»Unser Funkgerät ist kaputt. Ist äußerlich nicht beschädigt. Hat einfach den Geist aufgegeben.«

»Ich werde tun, was ich kann, Polkownik Blochin. Fragen Sie meine Leute, ob einer von ihnen meinen Tornister mitgenommen hat. Und dann bringen Sie mich zu der störrischen Maschine.«

Blochin wandte sich an einen der Sanitäter. »Bringen Sie den Mann in den Funkraum.«

Dann verließ er das Lazarett.

Einer der Männer, die noch immer kaum glauben konnten, dass sie mit dem Leben davongekommen waren, hatte tatsächlich den Tornister mitgenommen. »Der Sender ist kaputt, heißt es. Vielleicht haben wir jetzt wirklich Glück. Der Major ist der beste Fernmeldetechniker, der mir jemals begegnet ist. Und ich kenne einige.«

Blochin nickte. Er nahm den schweren Tornister vom Boden hoch und trug ihn in den Funkraum.

Major Okidadse wurde von zwei Männern gestützt, die ihn zu einer leeren Munitionskiste eskortierten. Die Männer ließen ihn langsam herunter, bis er auf der Kiste zu sitzen kam. Sein rechtes Bein war ausgestreckt. Die Lippen des Majors waren nur ein dünner Strich. Schweiß stand auf seiner Stirn.

»Dann wollen wir mal.« Er klappte den Tornister auf. Werkzeuge und Ersatzteile aller Art wurden sichtbar. Alles ordentlich aufgereiht und mit Klettverschlüssen gesichert. Okidadse warf einen schnellen Blick auf das Funkgerät und nahm dann einen Schraubenzieher. Mit flinken Bewegungen, die auf jahrelange Übung schließen ließen, löste er die Frontplatte des Apparates.

Blochin musterte den Inhalt des offenen Tornisters. Sein Blick fiel auf mehrere kleine transparente Plastikbeutel. In jedem dieser Beutel befand sich ein winziges schwarzes Etwas.

Ein winziges schwarzes Etwas in Form des Buchstabens X.

»Was ist denn das?« Blochin deutete auf einen der Beutel.

»Abhörmikrofone. Amerikanische Herkunft. Sehr leistungsfähig.«

»Wie sind Sie denn da rangekommen?«

»Organisationstalent und Kaviar.« Okidadse zuckte mit den Schultern und wandte sich wieder dem Funkgerät zu. Sein Gesicht war fahl vom Schmerz.

Mehrere Minuten starrte der Major auf das vor ihm liegende Gewirr aus Kabeln und Platinen. Die Konzentration bildete Falten über seiner Nasenwurzel. Den Einschlag einer weiteren Rakete schien er nicht zu bemerken. Als neben ihm eine Platte des Deckenputzes auf den Boden stürzte, zuckte er nicht einmal mit der Wimper. Mehrere Feuerstöße der AK-47 hallten durch den Raum. Mit tiefem Hämmern schickte ein MG zwei Salven gegen den Feind.

»Was ist da los?«, herrschte Blochin seine Männer an.

»Einige hatten sich von Osten angeschlichen. Aber wir haben sie erwischt«, kam die Antwort.

Gerade als Blochin sich wieder umwandte, sah er ein plötzliches Erkennen im Mienenspiel des Majors. Seine Hände arbeiteten sehr geschickt. Blochin musste unwillkürlich an Dr. Kusnezow denken. Okidadse zog eine Platine aus dem Sender.

»Immer dasselbe«, murmelte der Major. Er sah auf. »Ich brauche Strom für den Lötkolben.« Einer der Männer des Majors schloss den Lötkolben an. Während Okidadse wartete, dass der Kolben heiß wurde, suchte er aus seinem Tornister einige Bauteile heraus. Dann begann er mit konzentrierter Miene seine Arbeit.

Nach zehn Minuten richtete er sich mit einem Stöhnen auf und setzte die Platine in den Sender ein.

»Schließen Sie das Mistding mal an.«

Sein Mann trennte den Lötkolben von der Stromversorgung und schloss den Sender an. Der Major betätigte einen Schalter.

Nichts geschah.
»Verdammt noch mal.«
Der Major blickte wieder angestrengt auf die Innereien des Funkgerätes. Gefechtslärm wehte zu ihnen herein. Der Major versetzte einem Bauteil einen kräftigen Hieb mit der Faust.
Lämpchen flammten auf. Die Beleuchtung der Frequenzskala erhellte sich. Aus dem Lautsprecher war Rauschen zu hören. Und schließlich ein Rufzeichen.
»Hier spricht Alpha 3. Alpha 3 für Schwarzer Stern. Wie ist Ihre Position? Wie ist Ihr Status? Schwarzer Stern, kommen!« Nach einer kurzen Pause wurde der Funkruf wiederholt.
Der Major richtete sich auf und verzog den Mund zu einem Lächeln. »Na also! Sind Sie Schwarzer Stern?«
Blochin nickte. Er hielt das Mikrofon bereits in der Hand. »Hier ist Schwarzer Stern für Alpha 3.«

*

Dreißig Minuten später füllte das knatternde Schlagen von Rotoren die Luft. Kampfhubschrauber der Mil-Reihe näherten sich rasch.
Fauchend fuhren die schweren Luft-Boden-Raketen aus den Werfern.
Lodernde Detonationen ließen den Boden beben.
Haus um Haus versank in Schutt und Asche.
»Drache über Funk. Der Gegner zieht sich zurück«, rief der Mann an dem kleinen Funkgerät über den Lärm hinweg. Iljuschins Codename lautete »Drache«.
In Blochins Gesicht regte sich kein Muskel. Er sprach mit ruhiger Stimme: »Sagen Sie dem Drachen, er soll sie verfolgen. Sagen Sie ihm, er soll sie abschlachten. Keine Gefangenen. Sagen Sie ihm, ich will vom Weinen ihrer Mütter und

Witwen in den Schlaf gesungen werden. Ich werde diese Mistkerle lehren, was es heißt, sich mit Speznas anzulegen.«

Major Okidadse sah Blochin an. Die unbeteiligte Kälte, die sich in dessen Augen spiegelte, trieb dem erfahrenen Fernmeldeoffizier einen Schauer über den Rücken.

Heller Fels.

»Ich hätte Sie im Kampf in Zukunft gerne in meiner Nähe, Major. Ich habe den Eindruck, Sie bringen mir Glück.«

»Das beruht auf Gegenseitigkeit. Es wäre mir eine Ehre, unter Ihnen zu dienen, Polkownik Blochin.«

Die beiden Männer reichten sich die Hand.

Langsam brach die Dämmerung herein.

Im flackernden Feuerschein der brennenden Häuser sahen ihre Schatten an den Wänden aus wie tanzende Teufel.

*

In dieser Nacht träumte Karl Romberg wieder seinen Traum.

Sein Gefährte war zurückgekehrt.

Er steht allein in sternloser Nacht.

Seine Glieder sind taub. Er ist hungrig und friert. Er kann sich kaum auf den Beinen halten.

Schwarze Milch der Frühe wir trinken sie abends/wir trinken sie mittags und morgens wir trinken sie nachts/wir trinken und trinken ...

Ein Zug kommt näher. Laute Rufe. Das Bellen der Hunde.

Wie nahe sind sie schon?

Es regnet. Er muss diesen Abhang hoch. Der Boden ist glitschig. Seine Füße rutschen aus.

Er keucht vor Anstrengung. Wasser läuft ihm in die Augen.

Mit festem Tritt marschieren die Stiefel. Es sind Hunderte.

Es ist so kalt. Seine Augen brennen.

Wir schaufeln ein Grab in den Lüften da liegt man nicht

eng/Ein Mann wohnt im Haus der spielt mit den Schlangen der schreibt ...
Er steht allein in sternloser Nacht.
Dann legt sich die Hand auf seine Schulter.
Romberg schreckte schweißgebadet hoch.
Sein Gefährte war wieder gegangen.

All is fair in love and war.

Francis E. Smedley, *Frank Farleigh*

4

Der Eindruck, der am ersten Abend entstanden war, täuschte nicht. Zwischen Werner Vogel und Amelie Karman hatte es gefunkt. Und zwar ganz gehörig.
Sie schienen füreinander geschaffen zu sein. Der Herbst kam und ging. Der Winter stand vor der Tür. Aber während es kälter wurde, die Tage kürzer und der Himmel grauer, erlebten Amelie und Werner einen wunderbaren Frühling.
Jede freie Minute verbrachten sie miteinander. Sie genossen gemeinsam das Leben in München. Sie gingen ins Theater und besuchten die Oper. Sie sahen sich viele Filme in den Kinos an. Sie speisten oft gemeinsam in schönen Lokalen. Wenn sie dann nach ihren Unternehmungen nach Hause kamen, ließen sie sich von ihrer Leidenschaft überwältigen. Amelie war ihm alles, was ein Mann sich nur wünschen konnte. Werner war noch nie in seinem Leben so glücklich gewesen.
Manchmal ertappte sich Karl Romberg dabei, dass ihm Vogels entrücktes Dauergrinsen auf die Nerven ging. Aber eigentlich freute er sich sehr für ihn.
Es war schön, zu sehen, wie die beiden ihr Glück genossen. Zwar bot Werner Vogel ihm immer an, mitzukommen, wenn sie etwas unternahmen. Doch er wusste, dass er nur gestört hätte. Vielmehr überlegte Romberg, wie er den beiden eine Freude machen könnte. Irgendwann kam ihm dann die Idee, Werner und Amelie einen Urlaub zu schenken.
Einen, der es in sich hatte.

Noch am gleichen Nachmittag ging er in ein exklusives Reisebüro, um sich beraten zu lassen. Nachdem er sein Ansinnen geäußert hatte, wurde er sehr zuvorkommend bedient. Man bot ihm ein Glas Champagner an, das er dankend ablehnte. Die Schale mit Joghurt und frischen exotischen Früchten nahm er jedoch an.

Seine Entscheidung fiel auf Mauritius. Hin- und Rückflug erster Klasse. Romberg wollte sich nicht lumpen lassen. Das sollte ein Urlaub werden, den sie ihr Leben lang nicht vergessen würden. Er buchte eine Suite in einem sehr luxuriösen Hotel, direkt am Strand. Die Fotos, die ihm im Reisebüro vorgelegt wurden, waren beeindruckend. Allein der Name des Hotels ließ bereits einiges erwarten: »Le Saint Geran«. Als Reisetermin wählte er die zweite Januarhälfte. Wenn es hier in München richtig kalt und unangenehm wäre, dann würde das frischgebackene Liebespaar für zwei Wochen in die Sonne fliegen.

Romberg war zufrieden, als er das Reisebüro verließ. Ein teures Geschenk. Angemessen, wie er fand. Ausdruck seiner Verbundenheit und Dankbarkeit.

Zu Silvester würde er sie damit überraschen.

Zurück im Büro rief er Werner Vogel zu sich. Vogel war sofort bei ihm.

»Werner«, begann er mit verschwörerischer Miene, »nehmt euch mal für die zweite Hälfte Januar frei.«

Vogel sah ihn überrascht an. »Warum denn das? Kannst du deutlicher werden?«

»Mehr werde ich nicht sagen. Ich sage das auch nur, damit Amelie ihren Urlaub früh genug beantragen kann.«

»Na gut, ich werde ihr das so ausrichten.« Vogel überlegte kurz. »Hast du gerade etwas Zeit? Wir könnten die Disposition für die nächste Woche durchgehen.«

Sie sprachen eine halbe Stunde lang über die Aufträge der nächsten Zeit, teilten Fahrzeuge ein und überlegten sich die

Dienstzeiten für die verschiedenen Fahrer. Danach verließ Vogel Rombergs Büro.

Als es im Büro still wurde, schaltete sich ein winziges schwarzes Etwas automatisch ab, um Batterie zu sparen.

Ein winziges schwarzes Etwas, das an der Unterseite von Rombergs Schreibtisch angebracht war.

Ein winziges schwarzes Etwas in Form des Buchstabens X.

*

Er saß in einer Transall-Maschine der Bundeswehr. Er war unterwegs in das Kosovo. Nach Prizren. Die Heizung des alten Flugzeugs war den Außentemperaturen nicht gewachsen.

Es war kalt.

Scheißkalt.

Er fluchte.

Kapitän zur See Wolfgang Härter war Offizier der Deutschen Marine. Kampfschwimmer. Er war jedoch kein aktiver Seeoffizier mehr, sondern für die Spionageabwehr tätig. Er war der Leiter der Abteilung A&Ω beim Militärischen Abschirmdienst, MAD.

A&Ω stand für Analysen und Operationen. Seine Abteilung hatte innerhalb der militärischen Abwehr einen Sonderstatus. Sie verfügte über besondere Vollmachten und unterlag strengster Geheimhaltung. Nur sehr wenige Menschen wussten überhaupt von der Existenz dieser Abteilung.

Noch weniger Menschen wussten von der Existenz Wolfgang Härters.

Seine Mitarbeiter waren über das ganze Bundesgebiet verteilt. Dezentrale Struktur. Schwer zu lokalisieren. Zudem hatte er Kontaktoffiziere in Botschaften im Ausland und bei den vier Wehrbereichskommandos sowie bei den Stäben des Streitkräfteunterstützungskommandos in Rheinbach und des Einsatzführungskommandos in Schwielowsee. Er selbst unterstand direkt dem Verteidigungsminister. Im Friedensfall. Im Verteidigungsfall wäre er nur noch dem Bundeskanzler gegenüber weisungsgebunden.

Kapitän zur See Wolfgang Härter war das, was man gemeinhin einen Geheimagenten nennt. Er persönlich bevorzugte jedoch die Berufsbezeichnung des verdeckten Operateurs.

Das sonore Geräusch der Triebwerke setzte sich als Zittern im ganzen Rumpf des Flugzeuges fort. Die gute alte Trall. Er war jedes Mal erstaunt, wenn eine dieser altersschwachen Maschinen abhob. Sein Fallschirm lag in Reichweite. Er war allein im Laderaum der Maschine. Das Flugzeug hatte Nachschubgüter geladen, vor allem Winterkleidung. Es roch nach Maschinenöl.

Offiziell war er gar nicht an Bord.

Der Minister persönlich war es gewesen, der ihm den Auftrag erteilt hatte, vor Ort zu ermitteln. Der Vorfall war in seinen Auswirkungen noch gar nicht abzuschätzen. Er rief sich die wenigen Informationen ins Gedächtnis, die er bisher hatte. Ein Hauptmann, Kaspar Lohweg war sein Name, war mitsamt einem Lastwagen spurlos verschwunden. Das war jetzt vier Tage her. Der Mann hatte in der Waffenmeisterei gearbeitet, weshalb eine komplette Bestandsprüfung vorgenommen worden war.

Das Ergebnis war niederschmetternd.

In den Beständen fehlten große Mengen an Infanteriewaffen. Allein einhundert Maschinenpistolen vom Typ H&K MP 5. Laservisiere. Sechs Präzisionsschützengewehre H&K PSG 1. Tragbare Luftabwehrraketen. Panzerfäuste. Sogar Anti-Infanterie-Minen. Die ganze Palette. Doch damit nicht genug. Weitere Nachforschungen hatten ergeben, dass auch viele technische Geräte verschwunden waren. Modernste digitale Funkgeräte. Überwachungselektronik. Chiffriergeräte. Minikameras. Bewegungssensoren. Störsender. Geräte

aus dem Bereich der Radartechnik. Ortungsgeräte. Richtmikrofone. Funkzünder. Lichtschranken. Ein komplettes Sortiment der neuesten NATO-Technik.
Eine Katastrophe.
Die Maschine ging in den Sinkflug und setzte zur Landung an. Ein Rütteln lief durch das Flugzeug. Als der Minister ihm versichert hatte, die Truppen vor Ort würden für seine Sicherheit sorgen, hatte Härter sich bewaffnet. Er trug seine Glock 17 im Fallholster unter der linken Achsel. Er wollte nicht darauf angewiesen sein, von jemand anderem geschützt zu werden.
Er war sich selbst immer der beste Schutz gewesen.
Nach der Landung wurde er in einem nur schwach beleuchteten Bereich des Flugfeldes von zwei MAD-Offizieren erwartet. Nach einer kurzen militärischen Begrüßung brachten sie ihn zu einem Schützenpanzer, der sie zum KFOR-Hauptquartier transportieren sollte. Auch in dem Panzer war es kalt. Er wurde während der Fahrt über die neuesten Ergebnisse der Ermittlungen informiert. Die Leute hier konnten ihm jedoch nichts sagen, was er nicht schon gewusst hätte.
Vom Umfang her war der Diebstahl nicht einmalig. Bei der Bundeswehr waren bereits komplette Panzer aus Stützpunkten spurlos verschwunden. Was ihn jedoch zutiefst beunruhigte, waren die Qualität und die Zusammenstellung der fehlenden Ausrüstung.
Seine Mitarbeiter hatten die Liste der Geräte analysiert. Sein Adjutant, ein junger Kapitänleutnant, hatte versucht, ihn zu beruhigen: »Um diese Technologie benutzen zu können, muss man ausgebildet sein. Nur absolute Spezialisten können mit diesen Sachen etwas anfangen. Für die Bedienung braucht man jahrelange, hochspezialisierte Ausbildung und Übung. Für Fanatiker oder Freischärler sind die Apparate nutzlos.«

Diese Argumente konnten den Kapitän jedoch nicht überzeugen.
Ganz im Gegenteil.
Sie trafen genau den Punkt, der Kapitän Härter Sorgen bereitete.
Große Sorgen.

*

Die Überraschung zum Jahreswechsel gelang Karl Romberg hervorragend. Werner, Amelie und er waren gemeinsam auf den Silvesterball von Josef Hirschmoser eingeladen. Es gab ein Menü aus bayerischen Traditionsgerichten, von einem berühmten Sternekoch in die Exklusivität erhoben.
Getrüffelter Leberkäse an einem Schaum von süßem Senf.
Gratin vom Breznknödel.
Nachdem sie um Mitternacht miteinander angestoßen hatten, zog Romberg den Umschlag mit den Reiseunterlagen aus der Tasche.
»Damit das neue Jahr für euch gleich gut anfängt.« Mit diesen Worten überreichte er ihnen das Geschenk.
Werner und Amelie steckten die Köpfe zusammen und öffneten den Umschlag. Als sie zu verstehen begannen, was diese Unterlagen bedeuteten, bekamen ihre Gesichter einen ungläubigen Ausdruck.
»Das können wir nicht annehmen. Zumindest die Hälfte des Geldes werde ich dir zurückgeben«, sagte Werner mit fester Stimme zu Karl.
Der wischte das Angebot mit einer schnellen Geste beiseite.
»So weit kommt's noch. Nix da.«
»Zwei Wochen. Mauritius.« Amelies Stimme hatte einen andächtigen Klang. Sie flüsterte fast. »Das ist ja unglaublich. Und Flüge erster Klasse.« Sie stockte. Stürmisch fiel sie ihm um den Hals. »Vielen, vielen Dank! Oh, Mann, Karl, das ist

ja ein echter Hammer.« Er bekam einen dicken Kuss auf die Wange gedrückt, woraufhin sein Gesicht vor Freude strahlte. Dann wandte Amelie sich wieder ihrem Geliebten zu.
»Mein Gott! Das ist unglaublich, oder?«
»Ja, aber es ist wahr, mein Engel.«
Werner Vogel hob sein Glas. Er hatte das Gefühl, einen Trinkspruch zum Besten geben zu müssen.
»Wohl dem, der solche Freunde hat.«
Sie stießen an.
Werner und Amelie verabschiedeten sich um halb drei. Karl Romberg allerdings beschloss, sich aus reiner Selbstgefälligkeit so richtig zu betrinken.
»Bringen Sie mal eine Flasche Wodka an den Tisch!«
Wenn er viel trank, kam sein Gefährte nicht.

*

Zwei Wochen später standen sie zu dritt am Flughafen. Rombergs Plan war aufgegangen. Das Wetter spielte mit. Es war kalt und windig. Der Schneeregen bedeckte die Straßen mit grauem Matsch.
Er winkte Werner und Amelie hinterher, als diese durch die Zollabfertigung gingen und sich zu ihrem Flugzeug begaben. Ein wirklich schönes Paar, dachte er. Dann ging er zur Besucherplattform, um den Start zu beobachten.
Als das Langstreckenflugzeug beschleunigte und schließlich in den winterlichen Himmel abhob, summte er leise den Anfang einer Arie aus dem Oratorium *Die Schöpfung* von Haydn.

Auf starkem Fittiche
schwinget sich der Adler stolz
und teilet die Luft
im schnellsten Fluge
zur Sonne hin.

Ein tiefes Gefühl der Befriedigung ließ Romberg lächeln, während er dem Flugzeug nachsah, das sich schnell entfernte.
Der Zufall wollte es, dass genau in dem Moment, in dem das Flugzeug von der Startbahn abhob, um München hinter sich zu lassen, vier Containerlastzüge die Stadtgrenze passierten.
In den langen Hochseecontainern befanden sich laut der Frachtpapiere Bananen.
Angelandet in Bremerhaven.

*

Die Lastzüge fuhren zu der in den Papieren angegebenen Lieferadresse. Sie lag in einem Industriegebiet in einem Münchner Vorort. Sie bogen durch das offen stehende Rolltor auf das Gelände einer Import-Export-Firma ein.
Das Areal hatte gut die Größe eines Fußballfeldes. Es wurde von einem drei Meter hohen Wellblechzaun vollständig umschlossen. Die vordere Hälfte bildete ein großer asphaltierter Platz. Drei Kleinbusse standen auf dem Gelände. Dahinter erhob sich eine Werkshalle.
Die Halle war riesig. Allein das Tor war fünfunddreißig Meter breit und zehn Meter hoch. Es stand ebenfalls offen. Männer in blauer Arbeitskleidung erschienen und winkten die erste Zugmaschine hinein.
Die Fahrer der Lastzüge wunderten sich. Nach einem Südfrüchtehändler sah das nicht aus. Aber sie wurden offensichtlich erwartet, also waren sie an der richtigen Adresse.
Der erste Containerzug fuhr durch das Tor. Der Fahrer hielt in der Mitte des Raumes an. Als er aus seiner Kabine stieg, kam ihm einer der Männer in Blau entgegen.
»Grüß Gott!«, sagte der Mann. »Sie wollen sicher eine Unterschrift und einen Stempel. Das sollen Sie bekommen. Schön, dass Sie so pünktlich sind. Kommen Sie mit.« Der

Mann wandte sich ab und ging zu einem kleinen Büro an der Seitenwand. Seine Schritte auf dem Betonboden hallten. Von den Wänden kam ein Echo zurück.

Das gewaltige Gebäude wirkte seltsam leer. Nirgendwo konnte der Fahrer Obst entdecken. Auch keine Kühlräume. Das war wirklich merkwürdig.

Von innen waren die Ausmaße der Halle noch beeindruckender. Ihre Breite betrug ungefähr fünfzig Meter, und sie erstreckte sich sechzig Meter in die Tiefe. Das Dach ruhte auf schweren T-Trägern aus Stahl. Ein Kran setzte sich an Schienen unter der Decke in Bewegung.

Die Männer in den blauen Arbeitsanzügen kletterten über Leitern auf das Dach des ersten Containers. Der Kran stoppte über dem Container. Vier massive Ketten hingen von ihm herab. Die Männer brachten die Ketten an den Ecken des Containers an und verschraubten die schweren Karabinerhaken.

Auf den Fahrer machte die Halle den Eindruck, als würde sie sonst nicht benutzt werden.

Dieser Eindruck trog nicht.

Aber das würde sich ab heute ändern.

In dem kleinen Büro übergab der Fahrer dem Mann die Frachtpapiere. Seinen Durchschlag erhielt er unterschrieben und gestempelt zurück. Währenddessen sprachen sie über das Wetter. Dann griff der Mann in seine Hosentasche und zählte vier 50-Euro-Scheine auf den Tisch.

»Das ist für Sie und Ihre Männer. Meine Leute werden nicht lange brauchen, die Container abzuladen.«

»Oh, vielen Dank.« Der Fahrer nahm die Geldscheine und steckte sie ein.

Als sie aus dem Büro traten, erfüllte das Brummen des Krans die Luft. Der erste Container schwebte bereits durch den Raum. Der Weg des Krans beschrieb eine Parabel und setzte den Container in der hinteren rechten Ecke ab.

Der Fahrer sah einige Maschinen an der Wand stehen. Die meisten waren abgedeckt, aber bei einer war die Plane ein wenig zu kurz. Es handelte sich um eine Stahlfräsmaschine, das erkannte der Fahrer sofort. Eine solche Maschine gehörte eher zu einem metallverarbeitenden Betrieb als zu einem Südfrüchteimporteur.

Er ging zu seiner Zugmaschine zurück und fuhr rückwärts den leeren Anhänger aus der Halle. Während er wendete, rollte der zweite Lastzug durch das Tor.

Die Männer in den blauen Anzügen arbeiteten zügig. Es dauerte keine zwanzig Minuten, und alle vier Container standen auf dem Boden. Zwei nebeneinander in der rechten hinteren Ecke, zwei in der vorderen rechten Ecke.

Der Vorarbeiter verabschiedete sich von den Fahrern. »Nochmals vielen Dank für die pünktliche Lieferung. Wir werden Sie weiterempfehlen.«

Nachdem auch die vierte Zugmaschine das Gelände verlassen hatte, schlossen die Männer das Rolltor. Das Gelände war nun von außen nicht mehr einzusehen. Auch die Hallentore wurden geschlossen. An der Decke flammten zusätzliche Neonröhren auf. Einer der Männer zog die Plane von einem kleinen Gabelstapler und rollte mit surrendem Elektromotor auf den ersten Container zu. Zwei andere Männer öffneten die Türen, und es wurden Maschinenteile, Gasflaschen und Holzkisten sichtbar.

Die Gasflaschen waren mit nichts weiter als einem schwarzen Kreuz gekennzeichnet. Auf den Kisten war ein Firmenemblem zu erkennen.

Darunter befand sich ein Schriftzug: »Heckler & Koch«.

Keine Bananen.

*

Härters Ermittlungen verliefen im Sande. Er fand zwar heraus, dass Hauptmann Lohweg einige Unteroffiziere bestochen hatte. Diese Unteroffiziere waren sofort von Feldjägern in Gewahrsam genommen worden. Auf sie wartete ein Militärgericht. Die Verhöre ergaben jedoch nichts, was verwendbar gewesen wäre. Lohweg war alleinstehend gewesen, ein Einzelgänger.
Seine alte Mutter war völlig schockiert, als sie vom Verschwinden ihres Sohnes erfuhr. Die näheren Umstände wurden ihr gar nicht erst mitgeteilt.
Die Ermittlungen in der Halbwelt von Prizren endeten ebenfalls ergebnislos. Härter hatte starken Druck ausgeübt, hatte Razzien in den entsprechenden Lokalen durchführen lassen. Viele Verdächtige wurden vorübergehend festgesetzt.
Er selbst hatte verdeckt gearbeitet.
Wie immer.
Einige der übelsten Schläger von Prizren hatten persönlich Bekanntschaft mit Kapitän Härter gemacht. Äußerst unangenehme Bekanntschaft. Keiner seiner Gegner würde die eigene, totale Niederlage je vergessen. Einer von ihnen würde nicht einmal mehr ohne Krücken laufen können. Dieser Mann hatte ein Messer gezogen. Das hätte er besser bleiben lassen. Wolfgang Härter zertrümmerte ihm in Abwehr des Angriffs mit einem einzigen gezielten Tritt den Beckenknochen und das rechte Hüftgelenk.
Stahlkappenschuhe.
Offener Bruch.
Dauerhafte Schädigung des Gegners billigend in Kauf genommen.
Ein paar Zuhälter und Drogenhändler waren bei dieser Gelegenheit ausfindig gemacht worden. Man hatte sie der örtlichen Justiz übergeben. Ein Kinderpornoring war aufgeflogen. Das organisierte Verbrechen vor Ort war ordentlich

durchgeschüttelt worden. Aber dabei war nichts herausgekommen, was Härter weitergeholfen hätte.

Auch aus den Sachen von Hauptmann Lohweg ergaben sich keine Anhaltspunkte. Schließlich fanden sie ein Flugticket nach Brasilien, das an der Unterseite seines Spinds festgeklebt war. Kaspar Lohweg hatte offensichtlich vorgehabt, zu desertieren.

Hinweise, die auf seinen jetzigen Aufenthaltsort oder auf den Verbleib der gestohlenen Waffen und technischen Ausrüstung hätten schließen lassen, fanden sie nicht.

So blieb Kapitän Härter nichts weiter zu tun, als einen Bericht zu schreiben. Diesen ergänzte er um ein Gefährdungsprofil und eine Risikoabschätzung. Er kam in diesen Berichten einerseits zu dem Schluss, dass die Waffen und die Ausrüstung in den Händen von militärisch ausgebildetem Personal eine ungeheure Bedrohung darstellten.

Andererseits schwächte er diese Einschätzung wieder ab, denn die Geräte allein würden nichts nützen. Es brauchte eine ganze Menge weiterer Ausrüstung, wenn man die Technologie adäquat einsetzen wollte. Ein Chiffriergerät beispielsweise, das die Freund-Feind-Kennungen von NATO-Flugzeugen entschlüsseln konnte, war ohne ein modernes Radargerät nichts wert.

Am Ende des Berichts sprach er noch die Empfehlung aus, verbündeten Geheimdiensten eine Liste zukommen zu lassen, mit den Seriennummern der gestohlenen Waffen und Geräte. Damit man informiert würde, wenn Teile des Diebesgutes irgendwo auftauchten.

Drei Wochen später wurde die Leiche von Hauptmann Lohweg gefunden. Pioniere entdeckten sie bei Minenräumarbeiten. Völlig verbrannt. Die Identifikation erfolgte durch die Unterlagen des Zahnarztes. Die genaue Todesursache war nicht mehr feststellbar.

Einen Hinweis allerdings fanden sie dennoch.

Jemand hatte der Leiche einen Fetzen Papier in die lippenlose, verkohlte Mundhöhle gesteckt. Darauf stand mit ungelenker Schrift: »Freiheit für Palästina«.
Daraufhin wurde die Angelegenheit an den Auslandsgeheimdienst BND weitergegeben. Der begann im Nahen Osten mit Nachforschungen.

*

Karl Romberg war vom Flughafen noch einmal ins Büro gefahren. Aus seinem Fenster konnte er sehen, wie vier Zugmaschinen mit leeren Anhängern auf das Firmengelände fuhren. Ah, die Fuhre aus Bremerhaven, dachte er.
Er ging auf den Hof hinaus, um die Männer zu begrüßen. Der gute Kontakt zu seinen Angestellten war ihm sehr wichtig.
»Hallo!«, rief er den Männern zu, die aus den Fahrerhäusern kletterten. »Alles gutgegangen?«
»Servus, Chef!« Der Fahrer der ersten Zugmaschine gab ihm die Hand. »Keine Probleme, alles glattgelaufen.« Der Fahrer hielt kurz inne. »Aber komische Leute gibt's ja schon. Wir haben gerade die vier Container mit Bananen bei einem Betrieb abgeliefert, der eher den Eindruck machte, als würden die da Flugzeuge bauen.« Der Fahrer schüttelte den Kopf.
»Nicht unser Bier«, sagte Romberg und winkte ab. »Und wo geht's morgen hin?«
»Budapest. Maschinenteile nach Frankfurt.«
»Na, dann mal gute Fahrt.«
Romberg winkte den anderen Männern zu, die sich gerade voneinander verabschiedeten, und ging zurück in Richtung Büro.

*

Mauritius, Hotel »Le Saint Geran«

Der kleine Ort Belle Mare schmiegte sich in eine malerische Bucht. Das mondäne Hotel, das Karl für Werner und Amelie ausgewählt hatte, lag etwas außerhalb des Städtchens, inmitten von Palmen und anderer tropischer Vegetation.

Ein eher kleines Haus mit einhunderteinundachtzig Zimmern. Das luxuriöse, modern eingerichtete Restaurant des Hotels befand sich etwa einhundert Meter vom Strand entfernt. Die großen Panoramafenster waren geöffnet. Glitzernd lag das Meer vor ihren Augen. Eine frische Brise wehte von See und trug einen Hauch von Salz mit sich. Leises Brandungsrauschen drang an ihre Ohren.

Kurz nach der Landung hatten sie noch Witze über ihre neue Umgebung gemacht: ein Realität gewordener Reiseprospekt. Die Farben und das Licht waren so ungeheuer intensiv, dass es übertrieben wirkte.

»Das sieht hier ja aus wie in einem Comic. Da hat doch ein Grafiker auf LSD an der Farbsättigung herumgepfuscht«, hatte Amelie konstatiert.

»Die ganze Insel ist übrigens nach Plänen von Walt Disney errichtet worden«, hatte Werner im Ton eines Fremdenführers ergänzt.

Aber bereits nach fünf Tagen waren Ironie und Sarkasmus vergangen. Der Zauber dieser Insel hatte den Alltag von ihnen abfallen lassen wie zerschlissene Kleidungsstücke. Sie waren mittlerweile seit acht Tagen hier. Und noch immer empfanden sie die Welt, die sie umgab, als unwirklich.

Sie saßen einander gegenüber an einem kleinen Tisch des Restaurants. Die Gläser, gefüllt mit einem exzellenten Weißwein, waren beschlagen. Kleine Tropfen Kondenswasser perlten an den teuren Kristallglaskelchen herab. Sie hatten ihr Abendessen bereits beendet.

Der Küchenchef des Hotels war ein Schüler des berühmten

Alain Ducasse, dem wahrscheinlich besten Koch der Welt und hervorragenden Lehrmeister. Eine Einschätzung, die Werner und Amelie nur bestätigen konnten. Beide hatten andächtig die unglaublichen Kompositionen genossen.
Ein Fest für ihre Geschmacksnerven.
Eine ungekannte sinnliche Erfahrung.
Vor wenigen Minuten war die Sonne blutrot im Meer versunken. Der weite Himmel leuchtete nun in den unglaublichsten Farben. Im Osten schon nachtschwarzer Samt. Nach Westen hin in tiefes Blau verlaufend, das in ausgereiztes Rosa überging. Das Rosa in feurigen Schlieren dunkler werdend bis zu einem besinnungslos satten Rot. Direkt über dem Horizont brannte sich schließlich ein schmaler Streifen glühendes Magma in ihre Netzhäute.
»Wenn wir in den Ferien am Meer waren, hat mein Vater immer gesagt, Sonnenuntergänge wären die Lightshow Gottes. Als Kind habe ich nie verstanden, was er damit gemeint hat. Später, auch noch nach der Pubertät, habe ich ihn dann für einen sentimentalen alten Knacker gehalten, der das Leben nur noch an sich vorbeiziehen lässt.« Amelie schluckte. »Aber jetzt verstehe ich ihn.« Sie hatte unbewusst zu flüstern begonnen, als könnte ein zu lautes Wort die Magie des Augenblicks zerstören.
»Das verstehe ich. Dein Vater scheint ein weiser Mann zu sein.« Werner nickte kaum merklich. »Wenn es Gott wirklich gibt, dann muss er gelächelt haben, als er diesen Ort erschuf.« Er sah seine Geliebte an. Überwältigt von der Intensität seiner Gefühle legte sich ein feuchter Schleier über seine Augen.
»Da wir gerade über unsere Väter sprechen: Von meinem Vater habe ich gelernt, dass glückliche Erinnerungen das Wertvollste sind, was ein Mensch besitzen kann. Das beginne ich auch erst jetzt zu verstehen.« Er machte eine kurze Pause, bevor er weitersprach. »Und eines weiß ich, ich

werde die Erinnerungen an dich und diesen Ort immer in mir tragen«, fuhr er fort. Dann ließ er seinen Blick über die gemächliche Dünung des Indischen Ozeans schweifen. Lächelnd wandte er sich wieder zu Amelie und blickte ihr lange in die Augen.
»Vielleicht werden wir beide ja langsam erwachsen.«
Wortlos lehnte sich Amelie über den Tisch nach vorne. Werner kam ihr entgegen.
Sie küssten einander.

*

Werner hatte sich noch niemals zuvor einem anderen Menschen emotional derart geöffnet. Er hatte das gar nicht vorgehabt, dennoch war es geschehen. Ungeplant. Er hatte die Angst, verletzt zu werden, die ihn früher immer davon abgehalten hatte, sich einer Frau völlig hinzugeben, einfach vergessen. Und als er sich mit Leib und Seele fallenließ, fing Amelie ihn auf. Auch ihre Gefühle für Werner waren zunehmend stärker geworden. Etwas Tiefes und Seltenes hatte sich zwischen ihnen entwickelt. Als hätten sie einen wertvollen Schatz entdeckt. Und sie waren beide entschlossen, diesen Schatz zu bewahren und zu mehren.
Als sich ihr Urlaub dem Ende zuneigte, erfüllte zwar ein wenig Wehmut ihre Gemüter. Gleichzeitig aber wussten sie, dass sie ein ungesagtes Versprechen aus diesem Urlaub mitnehmen würden.
Beide bemerkten, dass etwas mit ihnen geschehen war.
Etwas Großes.
Unerklärlich.
Ein Mysterium.
Den Gast von Nummer 42 bemerkten sie *nicht*.
Das war auch schwer möglich. Nicht bemerkt zu werden war ein wichtiger Bestandteil des Berufes, den der Gast von

Nummer 42 ausübte. Und er war nicht zum Spaß auf dieser Insel. Er hatte zu arbeiten. Und wie immer tat er das sehr präzise, effizient und zielstrebig.
Unbemerkt.
Lautlos.
Gewaltsam.
Mauritius. Ein Refugium für Superreiche. Der Gast von Nummer 42 war rund um den Erdball tätig. Aber hier hatte er noch nie gearbeitet. Umso besser. Das Ziel seines aktuellen Projekts war ein älterer Herr, der auf der Insel ein Anwesen besaß. Aufsichtsratsmitglied mehrerer europäischer Großbanken und global agierender Pharmakonzerne. Der Gast von Nummer 42 hatte sich für einen Selbstmord entschieden.
Das war stets seine erste Wahl, wenn es sich realisieren ließ. Dabei wechselte er ständig die Methodik. Es war zwar kaum vorstellbar, dass jemand auf die Idee kam, seinen Modus operandi überhaupt nur zu suchen. Doch selbst wenn das geschehen sollte, dann würde niemand einen solchen Modus operandi, eine Besonderheit oder Regelmäßigkeit in der Art seines Vorgehens, entdecken können.
Für sein aktuelles Projekt hatte er sich wieder etwas Besonderes einfallen lassen: Eröffnung der Schlagader an der Innenseite des linken Oberschenkels.
Nur ein kleiner Schnitt für ihn, aber ein großer Schnitt für sein Opfer. Tod durch Verbluten. Das Ziel seines aktuellen Projektes würde mit einem Skalpell in der rechten Hand aufgefunden werden. Passend zur Tätigkeit in der Pharmabranche. Das machte für ihn den Reiz seines Berufes aus.
Variatio delectat.
Der Einzige, der sich an den Gast von Nummer 42 später hätte erinnern können, war der Küchenchef. Er hatte den Mann zwar nie zu Gesicht bekommen, denn der verließ die Suite Nummer 42 nur sehr selten. Und wenn, dann im Schutz

der Dunkelheit. Das Essen ließ er sich auf seinem Zimmer servieren. Aber der Mann war, was das Essen betraf, ein heikler Gast. Er hatte einen sehr feinen Geschmack. Einen Fisch, der bereits einen Tag alt war, hatte er zurückgehen lassen. Mit der spitzen Bemerkung, er sei es nicht gewöhnt, verfaultes Essen vorgesetzt zu bekommen.
Und der Gast von Nummer 42 hatte einen Tick, was das Essen betraf: Er aß nichts Rohes.

*

Es war Sommer geworden. Die Luft flimmerte vor Hitze. Josef Hirschmoser saß in seinem Büro und rieb sich die Hände. Er würde im Vergleich zum Vorjahr viel Geld sparen. Sein Bauleiter hatte gerade angerufen. Sie hatten den Fortschritt der Aufbauarbeiten für das Oktoberfest besprochen. Auf der Theresienwiese ging es gut voran.
Letztes Jahr hatten sie ihre Handwerker über eine Zeitarbeitsfirma gemietet, alles Männer mit mangelhaften Qualifikationen. Das war dieses Jahr anders. Sein Bauleiter war ein schlauer Fuchs. Der Auftrag war bereits im letzten Herbst ausgeschrieben worden. Viele Baufirmen, Schreinereien und Arbeitslose hatten sich beworben.
Dann war dieser Malow erschienen. Ein Russe.
Sein Bauleiter war zuerst misstrauisch gewesen. Malow trat jedoch sehr gepflegt und gesittet auf. Er konnte gut Deutsch, obwohl er mit einem starken Akzent sprach. Ganz anders als die Jugos letztes Jahr. Versoffenes, diebisches Pack, dachte Hirschmoser im Stillen. Malow bot ihnen an, sechzig Arbeiter zur Verfügung zu stellen. Alles fleißige, ehrliche Männer, für die er persönlich bürgen würde.
Das Beste war jedoch die finanzielle Forderung gewesen. Die Russen boten ihre Arbeitskraft zu absoluten Tiefstpreisen an. Sein Bauleiter empfahl ihm, das Experiment mit den

Männern zu wagen. Malow wurde zunächst nur für eine Woche engagiert. Das Ergebnis übertraf ihre Erwartungen. In Malow hatte sein Bauleiter einen Ansprechpartner, der schnell verstand, was man von ihm wollte. Er äußerte manchmal sogar eigene Vorschläge, wie ein bestimmtes Problem gelöst werden konnte. Alle diese Vorschläge hatten Hand und Fuß. Malows Männer arbeiteten wie die Besessenen. Sie stellten alle Aufträge pünktlich fertig. Ihre Arbeitsqualität war hervorragend. Ohne zusätzliche Bezahlung schufteten sie oft bis spät in die Nacht. Der Vertrag wurde verlängert. Schließlich erhielten Malows Männer den Auftrag, das gesamte Oktoberfest aufzubauen.

Malow hatte in den Reihen seiner Männer Fachleute für alle Bereiche. Nicht nur, dass die Holzarbeiten an den Gerüsten der riesigen Bierzelte in echter Spitzenqualität ausgeführt wurden. Auch die Installationen, egal, ob es um Wasserleitungen, Stromkabel oder Gasrohre ging, wurden absolut fachmännisch erledigt.

Hirschmoser kannte viele Handwerker, vor allem aus dem Umland. Die kamen alle paar Tage auf die Baustelle, um die Arbeit von Malows Männern zu begutachten. Für das städtische Bauamt und auch für die Versicherungen brauchte Hirschmoser die Bestätigung eines Handwerksmeisters, dass die Arbeiten fachmännisch ausgeführt worden waren. Diese Bestätigungen stellten seine Freunde ihm gerne aus.

Heute Nachmittag hatte Hirschmoser einen Termin mit einem Inspekteur vom städtischen Bauamt. Der würde vermutlich gleich noch einen Mann von der Feuerpolizei dabeihaben. Hirschmoser war zuversichtlich, dass es keine Beanstandungen geben würde. Das hing einerseits mit der Qualität der Arbeit von Malows Männern zusammen. Andererseits mit der Tatsache, dass der Leiter des städtischen Bauamtes ein guter Bekannter war. Das, was man in Bayern einen »Spezl« nennt.

Hirschmoser verließ sein Büro.
»Ich geh jetzt auf die Wiesn. Muss nach dem Rechten sehen. Wenn Sie was Wichtiges haben, dann rufen Sie mich auf meinem Handy an«, sagte er noch im Vorbeigehen zu seiner Sekretärin.
Mit dem Aufzug fuhr er in die Tiefgarage und stieg in seinen silbernen 7er-BMW. Dass draußen Hochsommer war, störte Hirschmoser wenig. Seine Klimaanlage hielt ihm die Hitze vom massigen Leib. Er fuhr über den Bavariaring, Richtung Theresienhöhe, dann bog er auf die Theresienwiese ein. Dort stand ein junger Polizist, der ihn kontrollierte. Hirschmoser zeigte seine Zufahrtserlaubnis. Der junge Polizist stammte nicht aus München, deshalb hatte er Hirschmoser nicht sofort erkannt.
Langsam rollte die Limousine die Wirtsbudenstraße entlang. Überall wurde gearbeitet. Links von ihm glitt das Gerüst des Zeltes der »Fischer-Liesl« am Fenster seines Wagens vorbei. Sechs Männer arbeiteten daran, den Dachstuhl fertigzustellen. Einer der dicken Dachbalken schwebte an einem Kranseil zu den Männern, die ihn in Empfang nahmen. Langsam wurde der Balken herabgelassen. Die Männer auf dem Zeltgerüst gaben sich Handzeichen. Als der Balken an der vorgesehenen Stelle plaziert war, begannen sie unverzüglich, ihn mit Bohrmaschinen zu fixieren.
An dem sehr viel größeren Zelt der Korbinian-Brauerei wurde gerade die Vorderfront angebracht. Hier arbeiteten Männer mit Akkuschraubern, um die Spanplatten am dahinterliegenden Gerüst zu befestigen. Innerhalb des Rohbaus waren andere damit beschäftigt, die Böden der Balkons zu verlegen. Wuchtig dröhnten Hammerschläge an Hirschmosers Ohren. Irgendwo fraßen sich kreischend die Zähne einer Kreissäge durch einen Balken.
Er hielt an und stieg aus seinem Wagen. Die Hitze traf ihn wie eine Keule.

Sein Bauleiter kam auf ihn zu. Es roch nach frischem Holz.
»Ah, Herr Hirschmoser. Willkommen auf der Wiesn!« Der Bauleiter beschrieb mit dem ausgestreckten rechten Arm einen Halbkreis über die Theresienwiese. »Die Herren vom Baureferat sind eben angekommen. Folgen Sie mir bitte.«
Nach wenigen Schritten griff Hirschmoser in seine Hosentasche, um ein großes, rot-weiß kariertes Taschentuch zutage zu fördern. Er wischte sich den Schweiß aus Nacken und Gesicht.
Der Inspekteur des städtischen Bauamtes trug den bayerischen Allerweltsnamen Huber. Das Gesicht kam Hirschmoser bekannt vor, als sie sich begrüßten. Schließlich fiel es ihm wieder ein. Er hatte den Mann einmal auf der Pferderennbahn getroffen.
Einer von Hubers Mitarbeitern war gerade dabei, mit einem Messgerät einen Sicherungskasten zu überprüfen. Ein anderer hatte einen Zollstock in der Hand und kontrollierte die Maße eines Balkens.
»Sieht ja alles ganz fabelhaft aus, Herr Hirschmoser«, sagte Huber. Er klopfte gegen eine Wand aus Spanplatten. »Meine Mitarbeiter schauen sich jetzt alles in Ruhe an, aber meinem ersten Eindruck nach leisten Ihre Leute hier hervorragende Arbeit.«
Malow steuerte direkt auf den Bauleiter zu, wohl um etwas mit ihm zu besprechen. Er hatte den Plan mit den Spülwasserleitungen in der Hand. Da entdeckte er Sepp Hirschmoser.
»Oh, Herr Hirschmoser. Ich freue mich, Sie zu sehen. Wir kommen gut voran. Wenn es etwas zu beanstanden gibt, können Sie jederzeit mit mir reden. Ich hoffe, Sie sind mit unserer Arbeit zufrieden.« Sein osteuropäischer Akzent war nicht zu überhören.
Hirschmoser wandte sich an Huber.
»Herr Huber, darf ich vorstellen? Mein Vorarbeiter, der

Herr Malow. Ein Pfundskerl, wenn Sie mich fragen.« Die beiden Männer gaben sich die Hand. Dann ging Malow weiter zum Bauleiter, der nur wenige Schritte entfernt stand.

Seine Gedanken wanderten kurz zu der jungen Frau auf dem Foto. Zu der jungen Frau mit der schlanken, aber dennoch weiblich geschwungenen Figur. Die Aufnahme trug er immer bei sich. In seiner linken Brusttasche. Direkt über dem Herzen.

Ich komme dir näher.

Jeden Tag.

Immer näher.

»Ich habe das Gefühl, Herr Hirschmoser«, hörte er Huber in seinem Rücken sagen, »dass das heuer eine Bomben-Wiesn wird.«

Da hast du verdammt recht, dachte Malow, während er den Plan mit den Spülwasserleitungen ausrollte.

*

Am späten Abend dieses Tages fuhr Werner Vogel in seinem offenen Cabrio über die Theresienhöhe. Er war auf dem Weg nach Hause. Leider allein. Amelie war in Hamburg. Ihr Chef, der Leiter der lokalen Redaktion, hatte sie zur zentralen Konferenz mitgenommen. Sie sollte dem Chefredakteur vorgestellt werden. Dem Mann, der über die Inhalte der größten deutschen Boulevardzeitung zu entscheiden hatte. Dem Mann, der darüber bestimmte, was Millionen Deutsche jeden Morgen lasen.

Werner hatte lange im Büro gearbeitet. Jetzt war es elf Uhr abends, Zeit für ein Bier vor dem Schlafengehen. Er würde im »Klenze 66« vorbeischauen. Vorher wollte er Meierinho anrufen. Vielleicht käme sein Freund ja noch. Vielleicht war der aber auch schon da.

Sein Blick glitt nach rechts, auf die Theresienwiese. Im Licht

einiger Scheinwerfer wurde dort noch immer gearbeitet. Er sah das blaue Gleißen eines Schweißgerätes. Die armen Schweine, dachte er. Die haben offensichtlich einen mörderischen Termindruck. Die hängen wohl hinter ihrem Zeitplan.
Da täuschte sich Werner Vogel.
Die Männer waren genau im Zeitplan.
In ihrem eigenen, wohlgemerkt. Sie lagen weit vor dem offiziellen, den der Bauleiter von Josef Hirschmoser ausgearbeitet hatte.
Ihr eigener Zeitplan sah allerdings auch eine ganze Menge zusätzliche Arbeit vor, von der Sepp Hirschmoser und sein Bauleiter nichts ahnten. Und Malow und seine Männer hatten noch viel zu tun.
Heute Abend wurden einige Balken ausgetauscht. Die Balken, die sie einsetzten, waren zuvor in der Halle der Import-Export-Firma bearbeitet worden. Diese Veränderungen waren von außen nicht sichtbar.
Auch die Verbindungen der Balken wurden mit zusätzlichen Stahlstiften verstärkt. Und die Eisenwinkel waren wesentlich dicker und stabiler, als der Plan es vorsah. Hohlräume in den Holzböden wurden mit einem speziellen Kunststoff ausgekleidet, der für Metalldetektoren undurchdringlich war.
Eine andere Gruppe von Männern war damit beschäftigt, Glasfaserkabel zu verlegen. Der offizielle Plan sah an diesen Stellen, wenn überhaupt, nur herkömmliche Telefonkabel vor. An den Stellen, wo offiziell keine Kabel eingezeichnet waren, verlegten die Männer sie innerhalb der Balken oder tarnten die Kabelkanäle mit Holzkitt.
Etwas abseits machten sich einige Männer in der Dunkelheit zu schaffen. Sie trugen Nachtvisiere. Sie gruben Kanäle, in die sie Kabel und Rohre legten. Dann wurden die entsprechenden Stellen wieder zugeschüttet. So arbeiteten sie sich zwischen den Zelten vor.

Immer weiter.
Jede Nacht.
Doch nicht nur auf der Theresienwiese wurden im Verborgenen Vorkehrungen getroffen, sondern auch darunter. Ein Trupp von Männern war in der Kanalisation unterwegs.
Im Untergrund.
Oberst Iljuschin, der sich Malow nannte, trieb die Männer zur Eile an. Wenn unvorhergesehene Verzögerungen auftauchen würden, wäre es besser, wenn man auch dem eigenen Zeitplan etwas voraus wäre.
Er beugte sich mit drei Männern über eine technische Zeichnung, die die schematische Darstellung eines Röhrensystems zeigte. Sein Finger deutete auf einen seiner Meinung nach neuralgischen Punkt.
Im Prinzip sah dieser Plan genauso aus wie der Plan mit den Frisch- und Abwasserleitungen. Oder der Plan mit den Erdgasleitungen für die riesigen Grillmaschinen, auf denen Tausende Hühnerleiber geröstet würden. Und im Prinzip sah dieser Plan auch genauso aus wie der Plan, auf dem sämtliche Strom- und Telefonleitungen eingezeichnet waren.
Aber eben nur im Prinzip.
Niemand wusste von den zusätzlichen Leitungen, die neben den regulären gezogen wurden. Größtenteils wurden die Leitungen in anderen Röhren verlegt. Von außen nicht erkennbar. Und noch zwei Eigenschaften unterschieden die Röhren, die zusätzlich montiert wurden, von denen, die auf den offiziellen Plänen eingezeichnet waren.
Zum einen das Material: Sie waren alle aus Kunststoff.
Zum anderen die Stabilität: Sie würden einem extremen Innendruck standhalten.

*

Zwei Wochen später betrat Werner Vogel morgens sein Büro. Er hatte bei Amelie übernachtet. Das bedeutete, dass er einen längeren Weg zur Firma hatte als sonst, und deshalb war er spät dran.

Umso mehr verwunderte es ihn, dass Karl Romberg noch nicht da war. Er begrüßte ihre gemeinsame Sekretärin und machte sich daran, die Post vom Tage durchzuarbeiten. Er war gerade beim Diktat des dritten Antwortbriefs, als er Rombergs Stimme hörte.

Romberg sprach offensichtlich sehr laut. Nein, er sprach nicht, er rief irgendetwas. Sonst wäre seine Stimme nicht durch die geschlossene Bürotür gedrungen. Vogel erhob sich und ging zur Tür. Als er diese öffnete, bot sich ihm ein bizarres Bild.

Karl Romberg stand im Vorraum, und dem Gesichtsausdruck der Sekretärin nach zu schließen, war sein Partner verrückt geworden. Mit einer Hand hielt er einen Brief in die Höhe und fuchtelte damit in der Luft herum. Mit der anderen Hand deutete er immer wieder auf das Schriftstück. Sein Gesicht war gerötet.

»Ha!«, rief Romberg. Und dann noch mal: »Ha!«

»Karl?«, fragte Vogel mit vorsichtiger Stimme. »Alles in Ordnung?«

Karl kam mit aufgerissenen Augen auf ihn zu. »Ha!« Wieder deutete seine Hand auf den Brief, den er noch immer über seinem Kopf schwenkte.

»Was ist denn los?«

»Ich hab gewonnen!«

Es dauerte einige Sekunden, bis Werner verstand. Dann lachte er laut. »Du hast gewonnen? Na, herzlichen Glückwunsch, lieber Freund!«

Er hakte seinen Arm bei ihm unter, und dann hüpften sie beide im Kreis herum. Sie begannen zu singen. »Ge-won-nen, ge-won-nen!«

Der Sekretärin wurde in diesem Moment klar, dass offensichtlich soeben beide Chefs des Unternehmens den Verstand verloren hatten.

Nachdem sie ihren Tanz beendet hatten, nahm Vogel Rombergs Kopf zwischen beide Hände und schüttelte ihn.

»Was ist es denn? Ein Motorroller? Oder ein Rasenmäher? Ein Bademantel? Ein Jahr lang kostenlose Rasierklingen?«

»Ha!«, rief Romberg nochmals. »Etwas viel Besseres! Halt dich fest! Ich habe eine Reise gewonnen. Zehn Tage Fotosafari in Afrika! Im berühmten Okavango-Delta! Da staunst du, was?«

Er rang nach Luft.

»Eine Reise!«, sagte Vogel anerkennend. »Das ist allerdings was anderes. Dann noch mal umso herzlicheren Glückwunsch. Wann soll es denn losgehen?«

Schlagartig verdüsterte sich Karls Miene. »Das ist leider ein Problem. Ich habe schon nachgefragt. Es gibt keine Ausweichtermine. Die Reise beginnt am zweiten Oktoberfest-Samstag. Ich glaube deshalb nicht, dass ich fahren werde. Ich kann dich doch hier nicht allein lassen. Ausgerechnet während des Oktoberfestes.« Er machte eine Pause. »Aber gewonnen habe ich, siehst du!«, schickte er zur Bekräftigung noch einmal hinterher.

Karl Romberg war sich immer ganz sicher gewesen, dass er eines Tages gewinnen würde.

Werner wischte diese Bedenken mit einer Geste beiseite.

»Natürlich fährst du!« Er sprach sehr bestimmt. »Das wäre ja noch schöner. Das schaffen wir hier schon. Wir haben doch jetzt schon etwas Erfahrung. Wir werden hier den Laden für dich schmeißen.« Er wandte sich zur Sekretärin. »Oder etwa nicht?«

»Äh, doch, äh, sicher«, antwortete die Sekretärin, noch immer unsicher bezüglich des Geisteszustandes der beiden Herren.

»Meinst du wirklich, das ginge?«, fragte Karl, Zweifel im Blick.
»Na klar, das muss einfach gehen! Du wartest doch schon so lange darauf, dass du einmal gewinnst. Jetzt ist es so weit, und du willst deinen Gewinn nicht in Anspruch nehmen? Kommt nicht in Frage.«
Karl umarmte Werner und schlug ihm auf die Schulter.
»Danke! Dann werde ich zusagen. Die erste Woche des Oktoberfestes bin ich ja noch da.« Er holte Luft. »Ich werde mir eine dicke Kamera kaufen. Wenn ich zurück bin, wirst du dir zusammen mit Amelie stundenlang Dias anschauen müssen.« Er feixte.
»Ach, du Schreck! Vielleicht solltest du doch besser hierbleiben.«
Sie lachten.

*

Kaliningrad, Russland

Noch vier Wochen bis zum Beginn des Oktoberfestes. Generalmajor Oleg Blochin saß an seinem Schreibtisch im Hauptquartier der operativen Einheiten des militärischen Geheimdienstes GRU, besser bekannt unter dem Namen Speznas. Die Männer seiner persönlichen Kompanie kamen mit den Vorbereitungen der Operation gut voran. Sie lagen sogar etwas vor dem Zeitplan. Eigentlich hätte er zufrieden sein müssen, aber in seinem Herzen war völlige Leere.
Sein Land ging vor die Hunde. Zuerst hatte er miterleben müssen, wie die Sowjetunion zerfiel. Dann kam die sogenannte Demokratie und mit ihr die Korruption. Das Land, das zu verteidigen er geschworen hatte, dem er sein ganzes Leben lang gedient hatte, für das er – wenn nötig – sein Leben geopfert hätte, existierte nicht mehr.

Oleg Blochin war in seinem Leben nie verliebt gewesen. Nicht ein einziges Mal. Keine Frau hatte ihn länger als ein paar Stunden bei sich halten können. Und selbst diese wenigen Stunden lagen schon lange zurück. Natürlich war er als junger Soldat mit seinen Kameraden ins Bordell gegangen. Das gehörte dazu. Aber die Faszination, die seine Geschlechtsgenossen für Sexualität empfanden, war ihm unverständlich.
Seine Liebe hatte immer seinem Land gegolten.
Er und seine Männer sollten die letzte Verteidigungslinie gegen den Imperialismus bilden. Doch der Imperialismus hatte sie über die Flanken umgangen und sich in ihrem Rücken festgesetzt, während sie noch nach ihm Ausschau hielten.
Er hatte einen bitteren Geschmack im Mund.
Er war gescheitert.
Er hatte versagt.
Die Ausrüstung der einstmals so stolzen Roten Armee war nur noch Schrott. Die mächtigen Kriegsschiffe der Marine verrotteten in den Häfen. Die Piloten der Luftwaffe hatten gerade noch Sprit für einen Übungsflug im Monat. Er fühlte sich seinem Land, so wie es jetzt war, nicht mehr verpflichtet.
Die Entwicklung hatte ihn von seinem Eid entbunden.
Seine Männer bekamen den Sold nicht mehr regelmäßig. Oft blieb er über Monate aus. Dann versorgte er sie mit Mitteln des Geheimdienstes. Auch hatte er so manches Mal beide Augen zugedrückt, wenn Drogen ins Land geschmuggelt oder Rohstoffe verschoben wurden. Dieses Wegsehen wurde ihm großzügig bezahlt. Aber die Vorbereitungen der Operation, seiner letzten Operation, verschlangen eine Menge Geld.
Er verdrängte die düsteren Gedanken über den Niedergang seines Landes und sah die Berichte seiner Leute durch. Seine persönliche Kompanie setzte sich aus den besten Männern

zusammen, die er während seiner Karriere kennengelernt hatte. Jeder war auf einem hervorragenden Ausbildungsniveau.
Die Ausrüstung entsprach modernsten Anforderungen. Iljuschin hatte im Kosovo noch einige Waffen und Technik aus westlicher Produktion beschafft. Diese Waffen ergänzten nun ihre eigene Ausrüstung. Seine Männer waren psychisch und physisch topfit. Alle hatten Kampferfahrung. Eine verschworene Gemeinschaft. Mit dieser Kompanie hätte er die Hölle erobern können, wäre das nötig gewesen. Nun ja, so etwas Ähnliches hatten sie ja auch vor.
Er tauschte die Männer, die bei den Vorbereitungen eingesetzt wurden, regelmäßig aus. Niemandem fiel auf, dass ständig Soldaten in der Kaserne fehlten. Die Papiere, die sie für ihre Reisen benutzten, stammten aus der ausgezeichneten Fälscherwerkstatt der Speznas-Verbände. Die Visa für die Einreise nach Deutschland waren kinderleicht zu bekommen. Seine Männer würden ihm folgen, wohin er sie auch führte.
Und er würde sie führen.
Mitten ins Feuer.
In vier Wochen würde er eine Geländeübung mit seiner Kompanie beginnen. Das machten sie in regelmäßigen Abständen. Turnusmäßig. Zu diesem Zweck unterhielt Oleg Blochin ein eigenes Camp im Nirgendwo, in der Nähe der polnischen Grenze. Seine Männer nannten es den »Spielplatz«.
Dieses Camp war nach wie vor gut ausgestattet. Dafür hatte er immer gesorgt. Unterkünfte für einhundertfünfzig Mann, Verpflegung, Waffen, Munition, Fahrzeuge, Treibstoff, sogar eine Yakovlev Yak-42D, ein Transportflugzeug, standen dort bereit. Er und seine Männer waren operationsfähig. Immer noch.
Er las den Bericht, den die Techniker um Oberst Okidadse

ihm übermittelt hatten. Auch das Problem der Übernahme der Videokameras war mittlerweile gelöst. Okidadse war mit der ganzen westlichen Technik bestens zurechtgekommen. Wir sind die Elite, wir sind Speznas, dachte er. Trotz allem, das sind wir.
Immer noch.
Er klappte die Akte zu, um sie in seinen Tresor zu legen. Als er zu dem Panzerschrank ging, summte er leise eine Melodie.
In München steht ein Hofbräuhaus.
Immer noch.

*

Zehntausende von Schaulustigen säumten die Straßen der Münchner Innenstadt. Es war bestes Spätsommerwetter. Weiß-blaue Fahnen wehten vor einem weiß-blauen Himmel. Die ganze Stadt hatte sich herausgeputzt. Sogar an den Wagen der Straßenbahnen wehten weiß-blaue Wimpel. Mit dem traditionellen Einzug der Festwirte begann auch dieses Jahr das Oktoberfest.
Vorneweg ritt, in schwarz-gelbem Gewand, das Münchner Kindl auf dem Kaltblüterhengst Schorsch. Es folgten in langer Reihe die sechsspännigen Brauereiwagen, die Wagen der Festwirte und die Kutschen der Münchner Prominenz. Auch die Schäffler in ihren historischen Trachten fehlten nicht.
Sechzehn Tage lang würde in der sonst so beschaulichen bayerischen Landeshauptstadt der Teufel los sein. Gut sechs Millionen Besucher würden während dieser Zeit auf die Festwiese kommen.
Romberg und Vogel fuhren in der Kutsche von Josef Hirschmoser mit. Sie winkten den begeisterten Menschen zu, die klatschten und zurückwinkten. Die Blaskapelle, die ihrem

Wagen voranschritt, spielte gerade den Bayerischen Defiliermarsch.
Sicher schon zum zehnten Mal.
Alle Bierzelte waren bis auf den letzten Platz gefüllt. Mehr als einhunderttausend Gäste aus aller Welt warteten auf ihre erste frische Maß mit Oktoberfest-Bier. Der Ausschank würde aber wie jedes Jahr erst beginnen, nachdem der Münchner Oberbürgermeister das erste Fass angezapft hätte.
So fuhren die geschmückten Pferdewagen den Altstadtring entlang, am Stachus und am Hauptbahnhof vorbei, über den Bavariaring, Richtung Festgelände. An der Theresienwiese angekommen, bog der Umzug in die Wirtsbudenstraße ein. Die Statue der Bavaria, der Schutzpatronin Bayerns, blickte milde auf das Treiben zu ihren Füßen.
Romberg und Vogel kletterten vom Wagen, als dieser vor dem Schattenrummel-Zelt hielt. Sie machten sich auf den Weg zu ihren reservierten Plätzen. Auf der Bühne war bereits alles vorbereitet. Die Honoratioren Münchens waren versammelt.
Mächtig stolz waren sie gewesen, als Hirschmoser sie eingeladen hatte. Sie gehörten jetzt zu den sprichwörtlichen »oberen Zehntausend« in München. Hirschmoser eilte davon. Die Geltungssucht beflügelte seinen Gang. Der kapitale Gamsbart, der seinen grünen Filzhut zierte, wippte im Takt seiner hastigen Schritte. Er wollte den Oberbürgermeister und den Ministerpräsidenten begrüßen.
Der Oberbürgermeister trieb mit drei Schlägen den Zapfhahn in den »Hirschen«, wie die großen Zweihundert-Liter-Holzfässer genannt werden. Er hob den ersten Krug Wiesn-Bier in die Höhe.
»O'zapft is'!«, erschallte sein Ruf. In diesem Moment setzten sich in den vierzehn Zelten des Oktoberfestes die Bedienungen in Bewegung. Es würde einige Zeit dauern, bis alle

Gäste ihre Maß vor sich hatten, aber der Startschuss war gegeben.
»Auf eine friedliche Wiesn!«, rief der Oberbürgermeister und prostete dem Ministerpräsidenten zu. Das Bayerische Fernsehen übertrug das Ritual wie jedes Jahr live. Das Blitzlichtgewitter wollte nicht enden. Neben dem Oberbürgermeister und dem Ministerpräsidenten stand, feist und feixend, Josef Hirschmoser. Er freute sich auf die Bilder in den Zeitungen.
Auch Werner Vogel prostete seinem Partner zu. »Auf die Wiesn! Und auf deinen Urlaub!«
Karl Romberg sah ihn an. »Ja, prost!« Sie tranken in tiefen Zügen. Das frische, kühle Bier schmeckte herrlich. Die Kapelle begann zu spielen. Den *Zillertaler Hochzeitsmarsch*. Noch waren die Mienen entspannt, aber auch vor den Musikern lagen nun zwei Wochen Dauerstress.
Das größte Volksfest der Welt hatte begonnen.
Am Abend fielen in der Wiesn-Wache der Münchner Polizei zum ersten Mal die Monitore aus, auf denen die Bilder der Überwachungskameras zu sehen waren. Das gesamte Oktoberfest wurde flächendeckend mit Kameras überwacht. Hier, in den Räumen der Wiesn-Wache, liefen alle Fäden zusammen, die die Sicherheit betrafen.
Nach fünf Minuten erledigte sich das Problem von selbst, und alles funktionierte wieder. Alois Kroneder, der Einsatzleiter der Polizeikräfte auf dem Oktoberfest, atmete auf.
»Wenn's anfangs gleich schiefläuft, dann läuft's später besser«, konstatierte er mit der berühmten bayerischen Bierruhe.
Da irrte sich Alois Kroneder allerdings.
Alois Kroneder irrte sich sonst nur sehr selten.
Aber in diesem Falle irrte er sich.

*

Werner Vogel hatte sich nicht geirrt. Durch die Erfahrungen, die sie letztes Jahr gesammelt hatten, funktionierte die Versorgung des Oktoberfestes dieses Jahr wesentlich reibungsloser. Oft kamen die Kühllaster schon an den Zelten an, bevor diese den Nachschub angefordert hatten. Genau zum richtigen Zeitpunkt. Hähnchen, Ochsen und Würstl, Schweinsbraten, Enten und Kalbshaxen wurden ausgeladen. Die Kühltransporter der Firma fuhren ununterbrochen.
Nur am ersten Sonntag war es zu einem Engpass gekommen.
Romberg hatte drei Fahrer der Bereitschaft angerufen und war selbst mit einem der vier Kühllaster auf die Theresienwiese gefahren. Eine Fehlbestellung, wie sich später herausstellte. So etwas konnte in der Eile und Hektik schon mal passieren.
Vor allem das gute Wetter sorgte für Rekordumsätze. Der Deutsche Wetterdienst kündigte jedoch für die zweite Woche eine Verschlechterung an. Regen, Wind und kühlere Temperaturen.
Karl hat es gut getroffen, dachte Werner Vogel. Wenn hier das Wetter schlechter wird, fliegt er für zehn Tage nach Botsuana, mitten hinein in die Naturwunder des Okavango-Deltas. Vor allem aber: in die Sonne.
Am Freitagabend verabschiedete sich Karl Romberg. »Ganz wohl ist mir ja nicht dabei, dich hier allein zu lassen«, sagte er.
»Das hatten wir doch schon!« Werner winkte ab. »Ich wünsche dir einen tollen Urlaub. Ich soll dich auch von Amelie grüßen. Wir versprechen dir, dass wir uns alle deine Bilder anschauen werden.«
Karl lachte. »Versprich nichts, was du nicht halten kannst.«
Werner hatte ihm angeboten, ihn am nächsten Tag zum Flughafen zu chauffieren, aber Romberg wollte die S-Bahn nehmen. Während des Oktoberfestes war der Verkehr in

München noch chaotischer als sonst. So hatte Werner gerne darauf verzichtet, ihn zu fahren.

*

Am nächsten Tag saß Werner Vogel allein im Büro. Er hing am Telefon. Es war der mittlere Wiesn-Samstag, einer der umsatzstärksten Tage überhaupt. Er koordinierte seine Kühltransporter.
Nachmittags war er in Gedanken bei Karl. Der saß jetzt im Flugzeug. Der hatte es gut. Aber nach dem Oktoberfest würde er selbst mit Amelie für ein paar Tage wegfahren. Er bevorzugte Italien, Amelie wollte an die Nordsee. Doch sie würden sich schon einigen. Und sonst fuhren sie eben erst nach Italien und dann an die Nordsee. Oder umgekehrt.
Gerade wollte er erneut zum Telefon greifen, um in Hirschmosers Geflügelfabrik anzurufen, als die Tür aufging.
Karl Romberg kam herein.
Fassungslos starrte Werner Vogel ihn an.
»Was … was zum Teufel machst du hier?«, fragte er entgeistert.
»Ich war schon am Flughafen«, antwortete Romberg. »Aber ich hab's einfach nicht übers Herz gebracht. Ich hatte das Gefühl, ich würde dich hängenlassen. Dich im Stich lassen. Da bin ich nicht geflogen, sondern bin wieder umgekehrt.«
Werner versuchte, seiner Verblüffung Herr zu werden.
»Aber wir haben das doch so oft besprochen. O Mann, Karl, das wäre nicht nötig gewesen. Dein schöner Urlaub …«
»Ach was!« Karl fiel ihm ins Wort. »Ich kann mir den Urlaub ja zu einem späteren Zeitpunkt immer noch selbst schenken. Und gewonnen habe ich ja trotzdem.«
»Das wäre nicht nötig gewesen«, wiederholte Werner Vogel langsam, noch immer überrascht.
»Morgen kannst du dir am Nachmittag freinehmen«, sagte

Romberg. »Mach doch mit Amelie einen Ausflug. Ich halte hier die Stellung.«

»Na gut.« Verdutzt schüttelte Werner den Kopf. »Vielleicht gehen wir auf die Wiesn. Am Sonntag ist es nicht ganz so voll.«

Das Telefon klingelte.

»Die Arbeit ruft, mein lieber Freund«, sagte Romberg und zeigte auf den Apparat. »Willst du nicht rangehen?«, fragte er und ging in sein eigenes Büro.

Es war in der Firma allgemein bekannt, dass Romberg während der Wiesn-Zeit in Urlaub fahren würde. Die Angestellten kannten auch die Umstände und nahmen ihrem Chef die Entscheidung nicht übel. So waren auch die Mitarbeiter reichlich erstaunt, als sie Karl Romberg am Sonntagmorgen ins Büro gehen sahen.

Dass der Chef offensichtlich schlechte Laune hatte, irritierte seine Angestellten zusätzlich. Er sprach in einem unwirschen Ton mit ihnen und behandelte sie herablassend.

»Der Alte hat ja eine Scheißlaune. Er ist doch sonst immer so ausgeglichen. Heute wirkt der irgendwie wie ausgewechselt«, sagte einer der Fahrer, der gerade einen deftigen Rüffel bekommen hatte.

»Oh, Mann! Bloß weil der das mit seinem Pflichtgefühl nicht geschafft hat, in Urlaub zu fahren. Und wir kriegen's jetzt ab!«, erwiderte ein Kollege. »Wenn das jetzt die nächste Woche so weitergeht, werden wir uns alle noch wünschen, er wäre geflogen.«

*

Am Sonntagnachmittag um halb sechs fuhr ein weiterer Konvoi von vier Kühllastern auf die Theresienwiese. Im Fahrerhaus des ersten Wagens saß Romberg selbst.

Er hielt bei den Sperren, die von Polizisten bewacht wurden. Der diensthabende Beamte erkannte ihn. »Ah, Herr Romberg! So spät noch so viel Nachschub?«

»Ja, das ist die letzte Fuhre für heute. Und wenn wir heute ein bisschen mehr bringen, dann müssen wir morgen nicht so früh wieder raus.«

Der Polizist nickte verständnisvoll und öffnete die Schranke. Die vier Kühllaster passierten die Absperrung.

Alois Kroneder, der Polizeichef des Oktoberfestes, folgte den Lastwagen auf den Bildschirmen in der Wiesn-Wache. Sie fuhren zum Zelt der Benediktiner-Brauerei. Drei fuhren rückwärts in die schmalen Gassen auf beiden Seiten des Zeltes. Zwei links, einer rechts. Einer blieb an der Rückseite des Zeltes stehen.

Dann wurden die Bildschirme dunkel.

> Wo die Überraschung gelingt,
> sind Verwirrung und gebrochener Mut
> beim Gegner die Folgen.
>
> Carl v. Clausewitz, *Vom Kriege*

5

In dem riesigen Zelt der Benediktiner-Brauerei ging es hoch her. Das Zelt war an diesem Sonntagnachmittag nicht ganz gefüllt, aber gut zwei Drittel der Plätze waren mit singenden, trinkenden und lachenden Menschen besetzt.
Manche sah man durch den Alkohol in tiefsinnige Gespräche verwickelt, einige in heftigen Bemühungen um Vertreter des anderen Geschlechts. Die Kapelle hatte eine Pause gemacht, begann jetzt jedoch wieder zu spielen.
Die ersten Akkorde von *Fürstenfeld* erklangen. Einige der Besucher des Zeltes stellten sich auf die Bierbänke, schunkelten und grölten den Refrain lauthals mit.
I will wieda hoam ...
Professor Peter Heim war mit seinen Mitarbeitern und Doktoranden auf das Oktoberfest gegangen.
Betriebsausflug, sozusagen.
Ins Benediktiner-Zelt.
Ehrensache.
Das hatte bei ihm schon Tradition. Seit er den Lehrstuhl für Kulturtheorie an der Universität München übernommen hatte, machte er diesen Ausflug jedes Jahr. Nun saßen sie zu acht an einem Biertisch, und der Professor dozierte, von drei Maß Bier beflügelt.
»Was man hier sehen kann«, sagte er mit geübter Vortrags-

stimme und wies mit einer ausladenden Geste durch das Zelt, »ist so etwas wie die Heimat der Weltgesellschaft. Hierher kommen sie aus allen Ländern und allen Schichten. Und sie einigen sich inexplizit auf einen kulturellen Kanon des Umgangs miteinander.« Der Professor hielt inne. »Aber man kann auch die Konfliktlinien erkennen. Denken Sie daran, wer hier nicht herkommt. Muslime müssen qua ihrer religiösen Überzeugung dieses alkoholzentrierte Beisammensein als degeneriert empfinden. Dadurch, dass durch die Essenz dieses Festes ganze Kulturkreise ausgegrenzt werden …« Der Professor brach ab.

»Die Heimat der Weltgesellschaft«, wiederholte Dr. Robert Hermanns, einer seiner Assistenten, etwas zu laut. »Das haben Sie mal wieder schön gesagt.« Seine Aussprache war bereits etwas undeutlich, was nach vier Maß Bier allerdings niemanden am Tisch überraschte. Dr. Hermanns trank für gewöhnlich nur wenig Alkohol.

Peter Heim dachte darüber nach, ob er diesen Terminus für sein nächstes Buch verwenden könnte. Vielleicht sogar als Titel. *Die Heimat der Weltgesellschaft*. Klang gar nicht mal so übel.

Vom Nachbartisch lehnte sich ein muskulöser Mann mit kurzgeschorenen grauen Haaren herüber und fragte auf Englisch nach der Uhrzeit. Seine Stimme hatte einen starken amerikanischen Akzent.

Peter Heim gab in bestem Akademikerenglisch Auskunft. Es war zwanzig vor sechs. Der Mann vom Nebentisch bedankte sich und prostete ihm zu.

»Auf geht's zum Prosit der Gemütlichkeit!«, erschallte der Ruf von der Bühne.

»Die Krüge …«, rief der Vorsänger gedehnt und mit ansteigender Stimme.

»Hoch!«, donnerte es ihm aus dem Zelt entgegen.

»Die Krüge …«

»Hoch!«
»Die Krüge ...«
»Hoch!«
Während das Ritual seinen Lauf nahm, stellte Peter Heims historisch geschulter Verstand spontan einen Vergleich mit den Nürnberger Reichsparteitagen an. Hier wie da eine riesige Masse von Menschen, die scheinbar ohne Sinn und Verstand einfach nachbrüllten, was ihnen jemand vorsagte. Menschen, die sich an ihrer eigenen Massenhaftigkeit berauschten.
Eine Bedienung trug ein Tablett mit sechs halben Grillhendln an seinem Tisch vorbei.
Im Vergleich zu einem Reichsparteitag der NSDAP war das Oktoberfest jedoch wahrlich völlig harmlos, dachte der Professor. Er schnupperte dem appetitlichen Duft nach. Peter Heim musste schmunzeln.
Das Oktoberfest war ja eher ein »Triumph des Grillens«.
Die Menschen im Zelt hoben die Bierkrüge. Die Kapelle begann erneut zu spielen, und das ganze Zelt sang mit.
»Ein Prosit, ein Prosit der Gemütlichkeit!
Ein Prosit, ein Pro-ho-sit der Ge-müüüüt-lich-keit!«
»Oans, zwoa, drei, g'suffa!« Die Luft im Zelt vibrierte von fünftausend Stimmen.
Tausende von Bierkrügen rasselten aneinander.
»Auf die Heimat der Weltgesellschaft!«, rief Hermanns, und die anderen am Tisch stimmten ein. Es war Viertel vor sechs.
Genau in diesem Moment knackten bei der patrouillierenden Polizei die Funkgeräte. Die Wiesn-Wache meldete sich bei den Patrouillen.
Bildausfall, hieß es.
Schon wieder.

*

Der Mann hatte sich einen Spaß daraus gemacht, eine Schießbude an den Rand des Ruins zu bringen. Jeder Schuss ein Treffer. Den großen Teddy schenkte er einem Kind.
»Wie heißt denn der Bär?«, fragte das Kind mit großen Augen.
Der Mann schaute verständnislos zurück.
»Wie heißt der Bär?«, fragte das Kind nochmals und zeigte dabei mit dem Finger auf den Bären.
Die Züge des Mannes hellten sich auf.
»Boris«, sagte er nickend.
»Boris«, echote das Kind und lächelte. Es sah dem großen Plüschtier in die Augen. »Boris!«, wiederholte das Kind noch einmal, sehr bestimmt. Da rief sein Vater nach ihm. Das Kind wandte sich ab und rannte los, den Bären im Arm. Nach drei Schritten hielt es inne und drehte sich noch einmal nach dem Mann um.
Doch der Mann war nirgends zu entdecken.

17:45 Uhr

Der Mann war pünktlich. Er war zusammen mit den anderen in der schmalen Gasse an der linken Seite des Benediktiner-Zeltes angekommen, als die Lastwagen eintrafen. Insgesamt neunzig Mann von Blochins persönlicher Kompanie waren in den letzten Stunden einzeln oder zu zweit auf das Festgelände eingesickert.
Sie liefen um die Fahrzeuge herum und sammelten sich zwischen den beiden Transportern, die mit gegenüberliegenden Rückseiten in die schmale Gasse eingefahren waren. So waren sie nach außen vor Blicken geschützt.
Die Männer öffneten die Türen der Kühllaster. Mit Spaten gruben zwei Männer eine Röhre frei, die unter der Erde verborgen lag. Ein Schlauch wurde aus einem der Wagen gerollt und mit dem Anschluss verschraubt. Zwei schlossen neben

dem verborgenen Rohr ein 2Mbit-Interface an, dessen Kabel ebenfalls im Boden verschwand. Jeder der Männer wusste genau, was er zu tun hatte. Und jedem war klar, es ging um Sekunden.

Acht Männer zogen sich Uniformen des Sicherheitsdienstes vom Benediktiner-Zelt über, dann hasteten sie zu den Eingängen. Der Zugang zum Zelt wurde gesperrt. Sie brachten Schilder an den Türen an: »Wegen Überfüllung geschlossen«.

»Jetzt sind die Zelte schon am Sonntagnachmittag überfüllt«, hörten die Posten einen Besucher sagen, der kopfschüttelnd weiterging.

Blochin nickte Dr. Kusnezow zu, der in einen der Lastwagen gesprungen war. Der Arzt öffnete ein Ventil. Zischend entlud sich der Überdruck mehrerer Gasflaschen in den Schlauch. Die meisten anderen Männer hatten sich inzwischen ebenfalls umgezogen. Sie trugen schwarze Kampfanzüge. Kugelsichere Westen, Kehlkopfmikrofone und Kopfhörer wurden aus den Wagen verteilt. Die Bewegungen der Männer waren schnell und konzentriert.

Vier trugen mittlerweile Polizeiuniformen. Jeder der Männer erhielt eine Maschinenpistole MP 5.

Die Kampfkoppeln, die aus einem Gürtel und zwei Schultergurten bestanden, wurden angelegt. Jede Kampfkoppel trug eine Nummer. Die an den Gurten angebrachten Ausrüstungsgegenstände waren genau an die Aufgaben des jeweiligen Mannes angepasst.

Das Reißen der Klettverschlüsse und die metallischen Geräusche der Koppelschnallen gingen in den Bässen der aktuellen Wiesn-Hits völlig unter. Dagegen kam ja sogar eine Polizeisirene nur schwer an. Selbst als in einem der Lastwagen ein Generator ansprang, war das Geräusch bereits in fünf Metern Entfernung nicht mehr zu hören. Die Männer luden die Waffen durch.

Die falsche Polizeipatrouille machte sich auf den Weg.
Die Männer setzten sich Gasmasken auf und zogen die Riemen hinter ihren Köpfen fest. Noch immer konnten sie das Zischen hören, mit dem das Gas in dem Anschluss im Boden verschwand.
Schließlich setzten sie Kevlar-Helme auf. Auf den Helmen waren an Vorder- und Rückseite Nummern in einer reflektierenden Lackierung aufgemalt.
Okidadse startete die Wiedergabe der Videoaufzeichnungen vom letzten Sonntag.

17:52 Uhr

Alois Kroneder atmete in der Wiesn-Wache hörbar auf. Die Bilder waren wieder da. Fast sieben Minuten hatte der Ausfall diesmal gedauert. Die längste Zeit bisher. In der vergangenen Woche waren die Kameras und die Bildschirme wiederholte Male ausgefallen. Techniker hatten den Fehler gesucht, und sie hatten jedes Mal behauptet, ihn nun gefunden zu haben. Aber der Fehler hatte sich hartnäckig gehalten.
Kroneder beobachtete, wie die Kühltransporter zu einem weiteren Zelt fuhren. Er konnte Romberg erkennen, der gerade mit einem der Küchenchefs vom Zelt der Korbinian-Brauerei sprach. Alles in Ordnung. Die Bilder, die die Kameras lieferten, sahen genau so aus, wie sie an einem Sonntagnachmittag auszusehen hatten.
Er war kurz davor gewesen, zusätzliche Patrouillen auszuschicken, um das Festgelände zu kontrollieren. Aber das war jetzt nicht mehr nötig.
Sie hatten die Sache im Griff.

17:56 Uhr

Blochin blickte zu Dr. Kusnezow.
Ein kurzes Nicken. »Wir haben den nötigen Druck, General. Auf Ihr Kommando ...« Der Arzt vollendete den Satz nicht.
»Dann mal los, Herr Doktor.« Blochins Stimme war völlig ruhig.
Dr. Kusnezow drückte einen Knopf an einer Schalttafel, die im Wagen angebracht war. Die Keramikverschlüsse der einhundert Hochdruckventile, die in den Balken des Benediktiner-Zeltes verborgen waren, öffneten sich. Der ungeheure Druck sprengte die dünne Schicht Holzkitt, mit der die Ventile getarnt worden waren, einfach weg. Der gesamte Innenraum des Zeltes wurde gleichmäßig mit einem Narkosemittel begast.
Dr. Kusnezow hatte einige Zeit tüfteln müssen, bis er die richtige Mischung zwischen Narkosewirkstoff und Herz-Kreislauf-Mitteln gefunden hatte.
Die Menschen im Zelt sollten betäubt werden. Aber sie sollten nicht an Atemlähmung sterben. Dr. Kusnezow hatte das Betäubungsgas, das beim Sturm auf das Theater des Musicals »Nord-Ost« verwendet worden war, deutlich verbessern können.
Ganz ohne Verluste würde es dennoch nicht ablaufen.
Eine gewisse Mortalität war eingeplant.
Die Wirkstoffe sanken auf die fünftausend Insassen des Zeltes herab. Die meisten kippten nach vorne auf die Tische. Einige schafften es noch, aufzustehen, bevor sie zusammenbrachen. Diejenigen, die an den Enden der Bierbänke saßen, fielen seitlich in die Gänge.
Die Bedienungen wurden im Stehen oder Laufen ohnmächtig. Geschirr und Krüge zerbrachen scheppernd. Bier floss und versickerte. Knöchel knacksten. Die groben Dielen rissen Schürfwunden. Das Küchenpersonal kollabierte vor den

Grillstationen und Herdplatten. Tote Hühner glitschten über den Boden.

Den Musikern der Kapelle knickten die Knie ein. Das Lied *Resi, i hol' di' mit mei'm Traktor ab* endete abrupt in einem schaurigen Misston.

Das Gas wirkte in Sekunden.

Plötzlich war es in dem riesigen Bierzelt still.

Totenstill.

Blochin kannte diese Art der Stille. Er lauschte seinem eigenen, ruhigen Atem. Eine ganz besondere Art der Stille.

Der Klang des Todes selbst.

Mit einem Knacken erwachte Blochins Kopfhörer zum Leben. Es rauschte einige Sekunden. Noch ein Knacken. Dann hörte er Okidadses Stimme.

»Das interne Funksystem steht, General. Sie können sprechen.«

In den Kopfhörern der Männer war jetzt ein leises Rauschen zu hören. Kleine leistungsfähige 256bit-Scrambler verschlüsselten die Funksignale. Kein Außenstehender konnte mithören.

»Willkommen bei der ›Operation Freibier‹!« Die Männer mussten unter ihren Gasmasken lächeln. Vor einigen Tagen hatte Blochin ihnen die Bedeutung dieses deutschen Wortes erklärt.

»Phase eins beginnt. Über uns sind nur die Sterne.«

Die Männer wiederholten ihren Kampfruf wie ein Gebet.

»Über uns sind nur die Sterne.«

Dann öffneten sie die seitlichen Notausgänge des Zeltes.

Die ersten dreißig Mann rannten ins Zelt.

Jeder kannte seine Position genau. Sie hatten den Ablauf oft genug in der Halle der Import-Export-Firma geübt.

18:00 Uhr

Petra Gruber arbeitete seit vielen Jahren als Bedienung im Biergarten vor dem Benediktiner-Zelt. Aber so etwas war ihr noch nie passiert. Die Sicherheitsleute ließen sie nicht mehr ins Zelt, um Essen für die Gäste zu holen. Sie hatte sich schon überlegt, bei der Wiesn-Wache anzurufen. Diese Sicherheitsheinis nahmen sich jedes Jahr mehr heraus. Dabei waren die eigentlich nur ganz normale Angestellte. Sie dagegen war so etwas wie eine Subunternehmerin. Das musste sie sich nicht gefallen lassen.
Doch dann waren Polizisten aufgetaucht. Der Patrouillenführer hatte ihr erklärt, dass in dem Zelt einem wichtigen Hinweis nachgegangen werden müsse. Dass sie nicht ins Zelt dürfe, geschehe zu ihrer eigenen Sicherheit.
Merkwürdig war das trotzdem, denn die Kapelle spielte nicht mehr.
Was sollte sie den Gästen sagen, die auf ihr Essen warteten? Wenigstens Bier gab's ja noch. Der Ausschank befand sich im Freien.
»In zehn bis fünfzehn Minuten wissen wir mehr«, sagte der Polizist gerade.
So, wie der sprach, kam der nicht aus Bayern.

*

Haruki Sato aus Hiroshima hatte seit Jahren auf diesen Urlaub gespart. Und dieses Jahr war es so weit. Seit langem hatte er seinen Freunden und Bekannten von dem Plan erzählt, Urlaub in Europa zu machen. So lange, dass sie ihn zuletzt schon damit aufgezogen hatten. Aber er hatte es letztendlich wahr gemacht: Er war mit seiner Frau und seinem Kind nach Europa geflogen. Er konnte es selbst noch kaum glauben, aber er stand in München auf dem Oktoberfest.

Und alle waren sie jetzt neidisch.

Er hob seine digitale Spiegelreflexkamera, um seine Frau und sein Kind vor dem Eingang zum Benediktiner-Zelt zu fotografieren. Er würde mehrere Bilder machen, damit auf jeden Fall ein gelungenes dabei wäre.

Haruki Sato wartete, bis die Automatik der Kamera das Bild scharf gestellt hatte. Dann drückte er mit einem tiefen Gefühl des Stolzes und der Befriedigung auf den Auslöser.

Klick!

Der Lauf der Dinge erstarrte zu Millionen Pixelinformationen auf der Speicherkarte der Kamera.

18:05 Uhr

Blochin erhielt über Funk die Berichte seiner Leute. Er stand mit verschränkten Armen auf der Bühne neben den bewusstlosen Musikern. Die Luft in der Gasmaske roch nach Gummi und Trockenheit. Er trug zwanzig Kilogramm Ausrüstung am Körper, die ihn jedoch nicht beeinträchtigten. Denn das entsprach genau dem Gewicht der Bleiweste, die Oleg Blochin seit dreißig Jahren trug, wenn er sich nicht unter Operationsbedingungen befand.

Im ganzen Zelt lagen Menschen verstreut, wie sie gefallen waren. Erschlaffte Leiber hingen auf den Biertischen, niemand bewegte sich. Seine Männer räumten die Körper in den breiten Gängen zur Seite.

An den Lastwagen waren stählerne Rampen angebracht worden. Schwere Transportkisten auf Rollen rumpelten herab. Die Männer schoben sie zu dritt oder zu viert durch große Öffnungen zwischen den seitlichen Planen in das Zelt.

Noch immer zählte jede Sekunde.

Aber sie lagen im Zeitplan.

An der Rückseite des Zeltes entfernten vier der vermumm-

ten Kämpfer ein großes Stück der Spanplattenverkleidung. Das Loch, das entstand, war gerade so groß, dass ein Kühllaster hindurchpasste. Das Fahrzeug, das hinter dem Zelt geparkt hatte, fuhr rückwärts durch die Öffnung.
Der Fahrer war ein Vollprofi. Er hatte schon viele schwere Fahrzeuge zentimetergenau gelenkt und geparkt. Dieses spezielle Manöver hatte er zudem unzählige Male geübt.
Als der Laderaum des Transporters sich vollständig im Inneren des Zeltes befand, stoppte der Fahrer. Nur noch das Fahrerhaus ragte aus dem Zelt. Der Fahrer sprang heraus, um sich seine Ausrüstung zu holen.
Im Innenraum des Zeltes wurden die Türen an der Rückseite des Wagens geöffnet. Okidadse und zwei weitere Männer saßen mit Gasmasken im Laderaum des Wagens. Vor ihnen eine Wand aus vierundzwanzig großen TFT-Flachbildschirmen, darunter verschiedene Tastaturen.
Okidadse hob kurz den Daumen, als Männer eine Treppe an dem Wagen anbrachten.
Sie hoben vier armdicke Kabel aus dem Inneren des Wagens. Eines der Kabel brachten sie in das Büro des Zeltes. Dort verbanden sie dessen Enden mit Telefonbuchsen und Faxanschlüssen sowie mit dem Internet. Andere Kabelenden steckten sie in die Antennenbuchse. Schließlich wurde Okidadses Gefechtsstand noch an den Drehstrom angeschlossen. Im Inneren des Wagens erwachten zahllose weitere elektronische Geräte zum Leben.
»Wir sind online, General!« Blochin erkannte Okidadses Stimme in seinem Kopfhörer. »Videoeinspielung läuft. Keine außergewöhnlichen Aktivitäten bei der Wiesn-Wache oder in den anderen Zelten erkennbar.«
»Hervorragend, mein lieber Polkownik«, sagte Blochin. »In fünfzehn Minuten bekommt der Oberbürgermeister unser Glückwunschtelegramm.«
Das Zelt glich einem Bienenstock.

Unter dem Dach im hinteren Teil des Zeltes hingen Männer in Klettergeschirren. Sie brachten an den Balken drei große Flaschenzüge an. Andere entfernten zwei der fünf Meter breiten Kunststoffbahnen, die das Dach des Zeltes bildeten. Der Schweiß lief ihnen unter ihren Gasmasken über die Gesichter.

Dr. Kusnezow hatte darauf hingewiesen, dass es wichtig war, das Zelt schnell zu entlüften. Aber das war nicht der einzige Grund. Die Öffnung im Dach sollte noch einem anderen Zweck dienen.

Mittlerweile standen auf den seitlichen Balkons im vorderen Teil des Zeltes zwei schwere Maschinengewehre auf Dreibeinlafetten. Ein weiteres wurde gerade auf der Bühne aufgebaut, neben den Instrumenten der Kapelle.

Mein Instrument, dachte Blochin, während er beobachtete, wie die Männer einen Munitionsgurt in die Waffe einlegten.

Immer mehr große Kisten wurden in das Zelt gerollt. Zwei hingen bereits an den Ketten der Flaschenzüge und schwebten auf die seitlichen Balkons zu. Nachdem die Männer die Betäubten weggetragen und die Bierbänke zusammengeklappt hatten, wurden die Kisten heruntergelassen.

Die Männer nahmen die Wände der Behälter ab, und jeder entlud ein bestimmtes Teil, um daran zu arbeiten. Schon wurde die nächste Kiste an den Ketten des Flaschenzugs befestigt, um nach oben transportiert zu werden. Diese Männer setzten auf den Balkons etwas zusammen.

Etwas Großes.

Und sie taten das nicht zum ersten Mal.

Der angestrengte Atem ließ die Ventile in den Aktivkohlefiltern ihrer Masken rhythmisch und laut klackern.

Rechts neben Okidades Gefechtsstand wurden ebenfalls die Verschlüsse mehrerer Kisten geöffnet. Ein Kompressor sprang an. Sie brauchten Druck für die Hydraulik. An dem dritten Flaschenzug wurde ein futuristisch anmutendes Gestänge langsam aufgerichtet.

Die Abendsonne sandte ihre milden Strahlen durch das offene Dach des Zeltes.

In Blochins Kopfhörer meldete sich Okidadse.

»Ich schicke das Glückwunschtelegramm los, General. Bitte bestätigen.« Okidadse war gut vorbereitet. Aus den Akten des militärischen Geheimdienstes hatte er sehr viele Telefon- und Faxnummern, Zugangscodes und Internetadressen in einer Datenbank zusammengefasst. Drei dieser Nummern rief er nun über die vor ihm liegende Tastatur ab. Sein rechter Zeigefinger schwebte über der Enter-Taste.

»Einen Moment, ich frage, ob es irgendwo Verzögerungen gibt.«

Iljuschin und Dr. Kusnezow meldeten, dass sie mit ihren Vorbereitungen im Zeitplan lagen. Der erste Kühllaster war vollständig entladen. Einer der Männer, der in Zivilkleidung außerhalb des Zeltes gewartet hatte, fuhr den leeren Wagen zu einem nahe gelegenen Parkplatz für Lieferfahrzeuge. Nun fuhr der zweite Kühllaster, der rechts vom Zelt gewartet hatte, rückwärts in die schmale Gasse links neben dem Benediktiner-Zelt. Das Entladen ging weiter.

Die Scharfschützen waren an der Vorderseite des Zeltes bereits in Stellung. Auch der Aufbau des Feldlazaretts ging voran. Die Fenster des Zeltes wurden mit dunkler Folie beklebt. Von außen würde niemand mehr ins Zelt sehen können.

»In Ordnung, Polkownik Okidadse. Legen Sie los. Die werden ihren Augen nicht trauen!«

18:20 Uhr

Das Fax ging gleichzeitig im Polizeipräsidium, beim Oberbürgermeister und beim Ministerpräsidenten ein. Der Inhalt des Schreibens war so ungeheuerlich, dass Minuten vergingen, bevor überhaupt jemand reagierte. Und zunächst waren die Reaktionen eher verärgert als verängstigt. Das konnte nur ein Scherz sein.

Und zwar ein verdammt schlechter.

Der diensthabende Büroleiter in der Staatskanzlei rief im Polizeipräsidium an. Der Mann, der im Rathaus Wochenenddienst schob, versuchte, den Oberbürgermeister über sein Mobiltelefon zu erreichen. Der Schichtleiter im Polizeipräsidium meldete sich bei Alois Kroneder auf der Wiesn-Wache.

»Sagen Sie mal, Kollege Kroneder, was ist da bei Ihnen los? Wir haben ein Fax ohne Absenderkennung in das Büro des Schichtleiters bekommen. Das ist eine interne Nummer. Kommt der Scherz von Ihnen?«

»Wieso? Äh, was für ein Fax? Was für ein Scherz? Hier ist alles ruhig.«

»Hören Sie mal genau zu: Jemand behauptet, er habe das Oktoberfest in seiner Gewalt. Er sagt, sämtliche Zelte seien von ihm mit Giftgas bestückt. Er sagt, die Insassen aller Zelte seien seine Geiseln.« Der Beamte holte tief Luft.

»Haben Sie das verstanden? Hier steht *aller* Zelte.« Wieder ließ er eine kurze Unterbrechung folgen. »Er schreibt, die Bereitschaftspolizei hätte innerhalb von einer Stunde dafür zu sorgen, dass niemand mehr die Zelte verlässt. Zuletzt schreibt er noch, er habe das Benediktiner-Zelt in seiner unmittelbaren Gewalt. Was sagen Sie dazu?«

Kroneder hatte angefangen zu schwitzen, während sein Vorgesetzter ihn anherrschte. Ängstlich sah er zu seinen Monitoren herüber. Alles wie gehabt. Über Funk waren auch keine Besonderheiten gemeldet worden.

»Das, äh, das muss ein Irrtum sein, hier ist alles ruhig«, stotterte er.

»Schicken Sie sofort eine Patrouille zum Benediktiner-Zelt. Ich will wissen, was da los ist. Ich will in fünf Minuten eine

Antwort haben.« Die Stimme des Schichtführers hatte sich bedrohlich gehoben. »Haben Sie mich verstanden?«, brüllte er ihn schließlich an.

Ohne eine Antwort abzuwarten, brach der momentan höchstrangige Polizist Münchens das Gespräch ab. Sofort klingelte das Telefon erneut.

Das Büro des Ministerpräsidenten war dran. Einer dieser geschniegelten Einser-Juristen.

»Ich habe hier ein höchst seltsames Fax. Es kann sich eigentlich nur um einen Scherz handeln. Aber ich wollte sichergehen. Können Sie mir sagen, ob wir auf dem Oktoberfest irgendeine Situation haben, die sich als kritisch erweisen könnte? Ist irgendetwas los, von dem ich wissen sollte? Ihnen ist klar, dass der Herr Ministerpräsident ein großes Interesse an der Sicherheit der Gäste des Oktoberfestes hat. Ich schicke Ihnen das Fax mal zur …«

»Nicht nötig«, unterbrach ihn der Schichtleiter im Polizeipräsidium. »Wir haben das Fax auch bekommen. An eine interne Nummer. Ich habe eben mit der Wiesn-Wache telefoniert. Die schicken gerade eine Patrouille zum Benediktiner-Zelt. Wir hier im Polizeipräsidium sind jedoch ebenfalls der Ansicht, dass es sich nur um einen Scherz handeln kann.« Es folgte eine kleine Pause. »Da sind wir wohl einer Meinung.«

»Ja. Lassen Sie es mich wissen, wenn etwas passiert. Ich gebe Ihnen mal die Durchwahl.«

Das Blinken auf seiner Telefonkonsole ließ den Schichtleiter im Polizeipräsidium seinen Gesprächspartner bitten, kurz dranzubleiben. Auf der anderen Leitung war der Oberbürgermeister.

Persönlich.

»Grüß Gott, Herr Oberbürgermeister. Hat Ihr Anruf mit einem Fax zu tun, das …«

Der Oberbürgermeister ließ ihn nicht ausreden.

»Da haben Sie allerdings recht. Was soll dieses Fax, das ich da bekommen habe, bedeuten? An die interne Nummer meiner Rufbereitschaft kommt man doch von außen nicht ran. Ist irgendwas los auf der Wiesn? Ist irgendetwas passiert?«, fragte er. Er sprach schnell. Die Verärgerung in seiner Stimme war nicht zu überhören.

»Ich habe das gerade schon mit dem Büro des Ministerpräsidenten besprochen. Wir sind der Meinung, das ist ein schlechter Scherz. Wir haben eine Patrouille zum Benediktiner-Zelt losgeschickt, um dort mal nach dem Rechten zu sehen.«

»Mit dem Büro des MP?«, fragte der Oberbürgermeister überrascht. »Was hat denn der MP mit der Sache zu tun?«

»Die haben da auch das Fax bekommen.«

Eine längere Pause trat ein.

»Das ist bedenklich. Ich möchte sofort unterrichtet werden, wenn etwas Ungewöhnliches auf dem Oktoberfest geschieht.«

»Das machen wir selbstverständlich gerne, Herr Oberbürgermeister. Wir …«

Ein weiteres Lämpchen auf seiner Telefonkonsole blinkte.

»Warten Sie mal ….«

Die Leitung der Wiesn-Wache. Aber nicht die Leitung, auf der er vorhin gesprochen hatte.

Die andere.

Die Leitung, die ausschließlich für Einsätze reserviert war.

18:30 Uhr

Polizeihauptmeister Martin Ulgenhoff erlebte das Oktoberfest zum vierten Mal als Polizist, als Patrouillenführer zum ersten Mal. Aber er kannte die Wiesn schon länger. Schon, seit er sich in München verliebt hatte. Seiner Bitte um Standortänderung war stattgegeben worden. Er lebte bereits seit elf Jahren hier. Und er liebte diese Stadt noch immer.

Mit Tausenden Lichtern begrüßte das Oktoberfest die hereinbrechende Dämmerung. Als er mit seiner Patrouille die breite Wirtsbudenstraße abging, freute er sich mit all den Menschen, die lachend und friedlich das Oktoberfest feierten.
Natürlich gab es Übergriffe. Diebstähle. Schlägereien. Verletzte. Volltrunkene. Vergewaltigungen.
Aber es gab eben auch diesen Geruch der gebrannten Mandeln und der Zuckerwatte. Das Lachen der Kinder, wenn sie aus dem Flohzirkus kamen. Das Röhren der Motoren auf der Go-Cart-Bahn, dieses sprotzende Überdrehtsein. Die gemächlich schwingenden Bewegungen der Krinoline. Das Kreischen der Jugendlichen, wenn sie von irgendwelchen Höllenmaschinen in die Höhe gerissen oder im Kreis herumgeschleudert wurden. Das Johlen des Publikums im Teufelsrad.
Das machte für ihn das Oktoberfest aus.
Sie bogen von der Wirtsbudenstraße ab, zum Benediktiner-Zelt, und Ulgenhoff erkannte auf den ersten Blick, dass etwas nicht stimmte. Sein Instinkt ließ in seinem Hinterkopf Alarmglocken schrillen. Eigentlich sah alles aus wie immer, aber ...
Eine Bedienung kam auf ihn zu.
»Grüß Gott, ich bin die Gruber Petra. Das ist prima, dass Sie jetzt endlich da sind. Sagen Sie Ihren Kollegen mal, dass sie mich schleunigst in die Küche reinlassen sollen.« Sie hob die Stimme. »Sie können doch das Zelt nicht einfach zusperren.«
»Moment, Moment, welche Kollegen?« Ulgenhoffs ungutes Gefühl wurde stärker.
»Na die da ...« Mit einer Geste des rechten Armes wies Petra Gruber auf den Biergarten. Doch dort waren keine Polizisten zu sehen. Auch keine Männer des Sicherheitsdienstes. Nur ein Biergarten.

Während Petra Gruber noch darüber nachgrübelte, wohin die Polizisten verschwunden waren, gab Ulgenhoff seinen Männern die Anweisung, die Augen offen zu halten.
Langsam ging Ulgenhoff auf die Türen des Zeltes zu. Durch die Fensterscheiben konnte er nichts erkennen. Die Scheiben waren von innen verdunkelt worden. Die Türen des Zeltes waren verriegelt.
»Wegen Überfüllung geschlossen«.
Das konnte nicht sein. Kein Zelt war an diesem Sonntagnachmittag so voll, dass es hätte geschlossen werden müssen. Davon hätte er gewusst. Er hielt seine Männer an, stehen zu bleiben. Die Art, wie er das sagte, ließ die Beamten augenblicklich erstarren. Die Situation begann, ihnen unheimlich zu werden.
Polizeihauptmeister Ulgenhoff griff zum Funkgerät, um Alois Kroneder zu verständigen.
»Hier stimmt was nicht. Das Zelt ist zu. Ich kann durch die Fenster nichts erkennen. Keine Sicherheitsleute zu sehen. Die Bedienungen dürfen seit einer halben Stunde nicht mehr ins Zelt. Angeblich waren Polizisten hier, die irgendwas erzählt haben. Sie müssten wichtigen Hinweisen nachgehen. Etwas in der Art. Die Situation hier ist völlig unübersichtlich.« Martin Ulgenhoff machte eine Pause. »Ach, und noch was. Die Kapelle im Zelt spielt nicht mehr.«
Das war der Moment, in dem Alois Kroneder begriff, dass etwas passiert sein musste. Er konnte das Innere des Benediktiner-Zeltes auf seinem Bildschirm sehen. Die Gäste standen teilweise auf den Bänken. Alle im Zelt hoben gerade die Krüge. Er sah eindeutig ein Prosit der Gemütlichkeit.
»Sie hören nichts?«
»Nein, gar nichts«, bestätigte Ulgenhoff.
Kroneder traf eine Entscheidung.
Ob das, was in dem Fax stand, stimmte oder nicht, war zweitrangig. Es konnte ja stimmen. Sie hatten jetzt einen be-

gründeten Tatverdacht. Das reichte. Der Schutz von Menschenleben war nun das Wichtigste. Gefahrenabwehr hieß das Gebot der Stunde.

»Beruhigen Sie die Bedienungen. Beginnen Sie vorsichtig und unauffällig mit der Räumung des Biergartens. Vermeiden Sie unter allen Umständen eine Panik. Dies könnte eine verdammt ernste Sache sein. Jemand spielt uns hier ein falsches Videobild zu. Mindestens eins. Verstärkung ist unterwegs. Ich schicke einen zweiten Trupp zu Ihrer Position. Ich melde mich gleich wieder. Ach, und dass mir niemand den Helden spielt!«

Komischerweise fühlte sich Alois Kroneder plötzlich seltsam ruhig.

Die Bereitschaftspolizei musste sofort alarmiert werden. Deeskalation. Evakuierung und Absperrung der Theresienwiese.

Die entsprechenden Pläne lagen vor.

Er nahm den Hörer ab und rief im Polizeipräsidium an.

18:38 Uhr

Professor Peter Heim fand nur mühsam in die Realität zurück. Das Erste, worüber er sich klar wurde, war der Schmerz. Seine Wange tat weh. Sein Hals war ausgetrocknet. Nach und nach hoben sich die Schleier von seinen Augen. Sein Kopf lag auf einem Tisch. Er erinnerte sich dunkel. Er war auf das Oktoberfest gegangen. Wieso war er eingeschlafen? Die Kapelle spielte nicht. Zuletzt hatten sie diesen bayerischen Schlager gespielt. Was war passiert? Hatte er zu viel ... Nein, das war undenkbar. Was war mit den anderen?

Langsam hob er seinen Kopf von dem Biertisch. Sofort durchzog ein bohrender Schmerz seinen gesamten Schädel. Seine Schläfen hämmerten. Ihm war übel. Er hob die Hände an den Kopf und hielt in der Bewegung inne.

Auf dem Tisch vor sich sah er an der Stelle, wo sein Kopf gelegen hatte, einen dunklen Fleck. Daneben lag ein umgestürzter Maßkrug mit blutigem Rand. Er musste würgen. Seine Finger tasteten nach der rechten Wange. Als sie die Wange berührten, fuhr ihm der Wundschmerz durch die Nervenbahnen. Ein blutiger, nässender Schorf.

Er hob den Blick. Zunächst verweigerte sein Gehirn ihm den Dienst, als es das Gesehene für die Wahrheit halten sollte. An manchen Stellen bewegten sich ein paar Menschen, die meisten jedoch lagen regungslos auf den Tischen oder auf dem Boden. Der Platz auf der Bank gegenüber, auf dem Dr. Robert Hermanns gesessen hatte, war leer. Hermanns war verschwunden.

Dann sah er Gestalten, die aussahen wie Astronauten. Astronauten in schwarzen Anzügen.

Nein, das waren keine Astronauten.

Das waren irgendwelche … Dann sah er die Gasmasken. Feuerwehr? Oder Katastrophenschutz. THW. Irgend so etwas.

Genau.

Das musste der Katastrophenschutz sein. Eine Welle von Panik stieg in ihm hoch. Aber halt. Wenn der Katastrophenschutz da war, dann wurde ja bereits geholfen.

Die Welt verschwamm kurz vor seinen Augen. Während sein Blick sich klärte, sah er von links nach rechts. Ein erneuter starker Brechreiz lief wie eine Welle durch seinen Körper. Von ferne hörte er etwas, das wie eine Durchsage auf einem Bahnhof klang.

Plötzlich bemerkte er die Waffen. Die Männer waren alle mit kleinen schwarzen Maschinenpistolen bewaffnet. Viele trugen Faustfeuerwaffen am Bein oder vor der Brust, einige auch Messer. Das war doch nicht der Katastrophenschutz. Das musste die Polizei sein. Das musste irgendeine Sondereinheit sein. Er war in Sicherheit.

Dann sah er, dass einige der Männer vorne und auf dem Rücken das Zeichen des roten Kreuzes trugen. Offensichtlich Sanitäter. Menschen wurden auf Bahren durch das Zelt getragen. Also doch der Katastrophenschutz.
Wo war Robert Hermanns? Wie ging es den anderen, die bei ihm gewesen waren?
Ihm wurde schwindelig.
Peter Heim verlor erneut das Bewusstsein.

*

Drei Prozent Mortalität hatte Dr. Kusnezow prognostiziert. Tatsächlich waren es einhundertachtundsechzig Personen, deren unnatürlich blasse Gesichtsfarbe anzeigte, dass sie die Narkose nicht überlebt hatten. Einige seiner Leute hatten die Toten auf Bahren durch die seitlichen Öffnungen aus dem Zelt getragen. Dort wurden die Leichen von Männern in Empfang genommen, die die leblosen Körper im Inneren eines Kühltransporters stapelten. Dieser Wagen war der einzige, dessen Kühlaggregat nicht nur eine Attrappe war. Gerade eben warfen sie die Leiche von Dr. Robert Hermanns zu den anderen, dann schlossen sie die Türen.
Die Kühlung sprang an.
Es war Iljuschins Idee gewesen, einige der Panzerwesten mit einem roten Kreuz zu bekleben. Die langsam erwachenden Geiseln merkten dadurch nicht, dass diese Männer keine Verwundeten abtransportierten, sondern Leichen.
Dr. Kusnezow hatte die Risikogruppen klar umrissen: die Alten und die Hochschwangeren, von denen jedoch nur wenige zu erwarten waren. Die Herzkranken. Die Übergewichtigen.
Und die völlig Besoffenen.
Aus der letzten Gruppe gab es die meisten Opfer.

18:50 Uhr

Das zweite Fax kam an dieselben Nummern. Und wieder ohne Anschlusskennung. Nur der Text war diesmal sehr viel kürzer.

Er erinnerte in knappen Worten an das Ultimatum. In dreißig Minuten musste die Bereitschaftspolizei in der Lage sein, zu verhindern, dass jemand die Zelte verlässt. Wenn das nicht geschehe, werde ein zufällig ausgewähltes Zelt durch den Einsatz von Giftgas exekutiert.

Der Oberbürgermeister telefonierte mit dem Polizeipräsidenten. »Das sind merkwürdige Geiselnehmer«, sagte der Polizeipräsident gerade. »Die ersten, von denen ich höre, die nach *mehr* Polizei am Tatort verlangen. Was mögen die vorhaben?«

»Dies ist nicht der Zeitpunkt, um zweifelhafte Witzchen zu reißen, Herr Polizeipräsident.« Der Oberbürgermeister legte seine Stirn in Falten. Seine Stimme klang nachdenklich. »Beten Sie lieber, dass es uns gelingt, den Grund für die Polizeiaktion lange genug geheim zu halten. Stellen Sie sich vor, die Presse bekäme jetzt Wind von der Sache.«

*

Mit der Polizeiaktion meinte der Oberbürgermeister das Schauspiel, das gerade vor den Augen von Alois Kroneder ablief.

In unauffälligen Reisebussen wurden die Beamten der Bereitschaftspolizei aus ihren Kasernen zur Theresienwiese gebracht. Hundertschaften. Die Planungen wurden auf der Wiesn-Wache koordiniert. Das zentrale Problem bestand darin, das Oktoberfest zu evakuieren, ohne dass eine Panik ausbrach. Das war Kroneder klar.

Ebenso musste in den Zelten eine Panik verhindert werden. Kroneder war es völlig rätselhaft, wie es den Tätern gelun-

gen sein sollte, das Benediktiner-Zelt unter ihre Kontrolle zu bringen. Alle polizeiinternen Szenarien gingen davon aus, dass es bei einer Bedrohung der Zeltinsassen, beispielsweise durch Feuerwaffen, sofort zu einer Massenpanik kommen würde.
Das wäre eine unglaubliche Katastrophe. Die Leute würden sich zu Tausenden gegenseitig tottrampeln.

*

Der Ministerpräsident beruhigte sich nur langsam wieder. Sein Büroleiter hatte recht. Mit der Frage, wie das hatte passieren können, kamen sie im Moment nicht weiter. Vermutlich war die Lage auch gar nicht so ernst, wie sie im Moment eingeschätzt wurde.
Jetzt waren Besonnenheit und Umsicht gefragt. Der Innenminister war inzwischen auf dem Weg zu ihm. Entscheidungen mussten getroffen werden.
»Wir brauchen die Beamten des Sondereinsatzkommandos der Polizei vor Ort. Vielleicht ist es ja möglich, das Benediktiner-Zelt zu stürmen. Oder die anderen Zelte zu evakuieren.«
»Das SEK ist bereits verständigt, Herr Ministerpräsident. Auch die Evakuierung der Außenbereiche der Wiesn ist angelaufen. Wir werden …«
Der Ministerpräsident unterbrach ihn.
»Wie viele Männer sind vor Ort?«
»Inzwischen müssten es an die zweihundert sein. In einer halben Stunde haben wir siebenhundert Polizisten auf dem Gelände. Das sind fünfzig Mann für jedes Zelt. Das müsste zunächst ausreichen.«
»Wenn sich die Verhandlungen die ganze Nacht hinziehen, brauchen wir Decken für die Leute in den Zelten. Und medizinische Versorgung.«

»Das Rote Kreuz ist informiert. Auch die Krankenhäuser wissen Bescheid. Wir ziehen im Moment Rettungssanitäter aus ganz Bayern zusammen.«

Der Ministerpräsident nahm seine Brille ab und massierte sich mit der anderen Hand die Stirn. »Haben wir eigentlich irgendwelche Forderungen erhalten? Wissen wir, was diese Leute wollen? Wissen wir, wer diese Leute sind? Oder wie viele? Oder wie sie bewaffnet sind? Ob es überhaupt Giftgas gibt?« Er hielt kurz inne. »Nein, das wissen wir nicht«, beantwortete er seine Fragen selbst. »Wir wissen überhaupt nichts.«

Die Sekretärin streckte den Kopf durch die Tür.

»Ihre Verbindung nach Berlin, Herr Ministerpräsident. Der Bundesinnenminister auf Leitung eins.«

19:05 Uhr

Die Räumung des Festgeländes kam wider Erwarten gut voran. Die Polizisten waren in Gruppen zu sechs Mann unterwegs und sprachen die Besucher auf Deutsch, Italienisch und Englisch an. Sämtliche Beamten der Wiesn-Wache waren im Einsatz.

Die Bitte, das Festgelände ruhig, aber zügig zu verlassen, wirkte.

Überall waren Polizisten zu sehen, was der Aufforderung der Beamten Nachdruck verlieh. Manche Gäste, die zunächst nicht gehen wollten, wurden innerhalb von wenigen Minuten mehrfach von verschiedenen Patrouillen angesprochen. Das überzeugte sie davon, dass etwas Ernstes passiert sein musste.

Alois Kroneder hatte den Einsatz der Lautsprecherwagen im letzten Moment verhindern können. Die Gäste, die in den Zelten saßen, durften ja nichts bemerken. Die Männer der Bereitschaftspolizei, die noch immer mit Bussen heran-

gekarrt wurden, besetzten Zelt um Zelt. Sie riegelten die Eingänge ab.
»Wir haben ein Sicherheitsproblem. Bitte bleiben Sie im Zelt. Dann wird niemandem etwas geschehen«, war die stereotype Antwort der Beamten auf Nachfragen der Besucher. In manchen Zelten war es zu kleinen Reibereien mit uneinsichtigen Betrunkenen gekommen. Größere Probleme gab es jedoch bislang nicht.

19:10 Uhr

»Sie reagieren wie vorausgesehen, General«, sagte Okidadse über Funk durch. »Sie riegeln die Zelte ab und räumen das Gelände. Sie hatten recht mit Ihrer Einschätzung. Jeder Münchner erinnert sich noch an den Bombenanschlag von 1980. Die haben Angst. Deshalb gehorchen sie.«
»Na bitte. Der Mensch ist eben ein Herdentier. Im Zweifelsfall läuft er immer in die Richtung, in die die Mehrheit ohnehin schon läuft.«
Es knackte, als sich Dr. Kusnezow meldete. »Wirkstoffkonzentration bei null, General. Wir können die Gasmasken abnehmen.«
»Danke, mein lieber Doktor.«
Blochin drückte eine Taste auf seinem Funkgerät. Jetzt konnte er mit allen Männern sprechen. »Gasmasken abnehmen. Der Wirkstoff ist durch das Dach verflogen. Aber erinnert euch daran, dass die Masken weiterhin am Mann zu tragen sind. Vielleicht kommt der Gegner auf die Idee, ebenfalls Gas einzusetzen.«
Beinahe synchron nahmen die Männer die Helme vom Kopf und die Gasmasken von den verschwitzten Gesichtern. Sofort zogen sie sich schwarze Sturmhauben über die Köpfe. Zunächst holten sie nur vorsichtig Luft, merkten jedoch schnell, dass sie normal atmen konnten. Dann setzten sie die

Helme wieder auf und zogen die Riemen unter dem Kinn fest.

Die fünftausend Gäste des Benediktiner-Zeltes waren inzwischen zu einem Großteil wieder bei Bewusstsein. Sie waren noch benommen und bewegten sich nur langsam. Ungläubig schauten die Erwachenden auf das, was da vor sich ging.

Die Bedienungen und das Küchenpersonal waren schon länger wieder bei sich. Dr. Kusnezow hatte jedem von ihnen eine Spritze mit starkem Herz-Kreislauf-Mittel und Aufbaupräparaten gegeben. Deshalb waren die Angestellten wesentlich schneller wach geworden.

Iljuschin erklärte ihnen gerade vor den Schänken, dass sie weiterarbeiten sollten.

Die Angestellten hörten ihm mit zweifelnden Mienen zu.

»Und wenn jemand von Ihnen auf die Idee kommen sollte, zu fliehen, werden ihn unsere Scharfschützen auch außerhalb des Zeltes noch erwischen. Außerdem werden wir für jeden Fluchtversuch fünf andere Geiseln erschießen. Also lassen Sie das bleiben.« Iljuschin hielt kurz inne. »Und das Kassieren lassen Sie auch bleiben. Bis auf weiteres zahlt mein Chef alles.« Er deutete auf Blochin, der in diesem Moment auf die Bühne kletterte.

Während die Angestellten ihre Köpfe drehten und Blochin mit ihren Blicken folgten, kehrten Iljuschins Gedanken zu der Frau auf dem Foto zurück.

Das Foto trug er in der linken Innentasche seines Kampfanzuges.

Direkt über dem Herzen.

Vor seinem inneren Auge sah er diese wunderbare Figur. Dieser schlanke, sportliche Körper, der dennoch weiblich geschwungen war. Der General würde sich noch wundern. Mit einer schnellen, reptilienhaften Bewegung glitt seine Zunge über seine Lippen.

Ich komme dir näher, dachte er.
Jeden Tag.
Immer näher.
Ein Geräusch ließ Iljuschin seinen Kopf zur Bühne drehen. Blochin klopfte mit dem Finger zweimal auf das Mikrofon, um zu überprüfen, ob es eingeschaltet war. Die beiden dumpfen Schläge kamen verstärkt aus den Lautsprechern. Dann begann Oleg Blochin zu den Menschen im Zelt zu sprechen. Auf Deutsch.
Ohne Akzent.

*

Polizeiwillkür.
Diese Kasperlköpfe vor den Eingängen ließen sie nicht wieder ins Zelt. Dabei war Werner doch noch drin.
Amelie Karman war verwirrt und ärgerte sich. Was hatte das zu bedeuten? Sie war vor ungefähr einer Viertelstunde auf die Toilette gegangen. Die Schlange vor den Klos im Zelt war wie immer so lang, dass sie es vorgezogen hatte, eine Toilette außerhalb des Bärenbräu-Zeltes aufzusuchen.
Auch dort hatte sie dann warten müssen. Und jetzt ließen die niemanden mehr hinein oder hinaus.
Doch damit nicht genug. Die Polizisten baten jeden, so schnell wie möglich die Theresienwiese zu verlassen. Es gebe ein Sicherheitsproblem, hieß es. Zurzeit würde die Lage überprüft.
Nachdem Werner von Karl freibekommen hatte, hatten sie sich entschlossen, auf die Wiesn zu gehen. Einer von Amelies Kollegen hatte eine Boxe im Bärenbräu-Zelt gemietet, deshalb waren sie in dieses Zelt gegangen.
Sie sah sich um. Die Leute liefen tatsächlich zu den Ausgängen der Festwiese oder zwischen den Zelten und Fahrgeschäften hindurch zum Bavariaring oder zur Theresien-

höhe. Nur noch wenige der Fahrgeschäfte waren in Betrieb. Irgendetwas war passiert. Amelie wandte sich erneut an den Polizisten.

»Ich bin von der Presse. Ich rufe jetzt meine Redaktion an und sage denen, was hier los ist. Oder Sie lassen mich wieder ins Zelt, damit ich meinen Lebensgefährten holen kann.«

»Ah, Sie sind von der Presse?« Der Polizist musterte sie unverwandt. »Dann werden wir Sie vorübergehend in Haft nehmen müssen.«

Fassungslos starrte Amelie Karman den Polizisten an.

Zwei Beamte brachten sie zur Wiesn-Wache. Währenddessen wich die Wut, die sie empfunden hatte, der Furcht. Mit kalten Fingern griff die Angst nach ihrem Herzen. Erst jetzt fiel ihr auf, wie viele Polizisten unterwegs waren. Überall. Vor der Wache beobachtete sie, wie einem Bus noch mehr Beamte entstiegen.

Sie musste Werner helfen. Aber wie? Sie musste verhindern, dass sie hier festgehalten wurde. Sie musste die Redaktion anrufen.

Was um Himmels willen passierte hier gerade?

19:20 Uhr

Das Ultimatum lief ab. Und sie hatten es geschafft. Alois Kroneder sah auf seine nutzlosen Videoschirme, die ein Oktoberfest zeigten, das es nicht mehr gab. Aber es war keine Panik ausgebrochen.

Manchmal ist das Glück tatsächlich mit den Tüchtigen, dachte Kroneder.

Die Zelte waren abgesperrt. Keiner kam mehr rein, keiner kam raus.

Noch immer befanden sich Tausende Gäste auf dem Festgelände, doch die Theresienwiese leerte sich jetzt schnell. Weitere Beamte waren zusammengezogen worden. Die

Fahrgeschäfte standen still. Die Buden wurden geschlossen. Drahtzäune wurden aufgebaut. Das gesamte Gelände wurde abgesperrt.

Er sah aus seinem Fenster. Gerade kamen zwei Panzerwagen des Grenzschutzes an. Die Hubschrauber waren auf dem Weg hierher. Bald würden sie sich von oben ein Bild machen können. Auch der Befehl an die Polizeikräfte war eindeutig: Bis auf weiteres nähert sich niemand dem Benediktiner-Zelt.

*

Kabel schlängelten sich in allen Richtungen durch das riesige Bierzelt. An Okidadses Gefechtsstand liefen sie zusammen. Wie eine Spinne in der Mitte ihres Netzes saß er dort an einer der Konsolen.

Drei Meter neben dem Dachfirst erhob sich ein Gestänge, das an eine Raumstation erinnerte. Ein Mast ragte heraus. Ein stählernes Monument schierer Aggressivität.

Die hydraulischen Muskeln im Inneren der Konstruktion begannen, den Mast nach oben zu schieben. Dem Himmel entgegen. An der Spitze des Mastes befand sich eine Radarantenne von sechs Metern Breite. Es dauerte fast fünf Minuten, bis die Stahlkonstruktion über dem offenen Dach des Benediktiner-Zeltes zum Vorschein kam. Dann begann das Radar zu rotieren. Mehrere große Funkantennen und zwei Satellitenschüsseln waren ebenfalls an dem Mast angebracht.

Blochin sah zu Okidadse.

»Können wir jetzt den Mobilfunk stören?«

Okidadse nickte stumm.

»Dann machen Sie das. Unterbrechen Sie die Kommunikation. Die Nachrichtenagenturen werden die Sache bald bringen. Wir wollen ja eine Panik in den Zelten vermeiden.«

Okidadse aktivierte den Störsender, der sämtliche Mobiltelefone im Umkreis von fünf Kilometern lahmlegte.
Kein Netz.
No service available.
Blochins Mundwinkel kräuselten sich unter der Sturmhaube zu einem kleinen Lächeln.
Er stand neben Okidadse, als der einen weiteren Bildschirm aktivierte. Wie ein langer, grüner Finger zog der Radarstrahl seine Kreise. Konturen erschienen. Höhenlinien. Grüne, weiße und gelbe Dreiecke. Die Reflexionen der Radarstrahlen, die von der rotierenden Antenne abgestrahlt wurden. Der Waffensystemoffizier nahm seinen Lichtgriffel und begann an einem Grafiktablett mit der Arbeit.
Auf zwei weiteren Bildschirmen wurden Luftaufnahmen von München sichtbar.
»Wir haben Kontakt mit Cosmos-14, General. Der Satellit ist online.« Okidadses Stimme klang gleichgültig. Er sah auf die Digitaluhr, die zwischen den Bildschirmen angebracht war.
Genau im Zeitplan.
Zwei dicke Kabel verbanden den Gefechtsstand mit den Balkonen. Dort hatten die Männer ihre Arbeiten gerade abgeschlossen. Okidadse legte mehrere Schalter um, und zwei Maschinen erwachten zum Leben.
Das sonore Surren starker Elektromotoren erfüllte das Zelt. Die Balken, auf denen die enormen Apparate standen, waren mit verdichteter Karbonfaser verstärkt. Wie urzeitliche Monster erhoben sich die Abschussvorrichtungen. Und mit ihnen die Raketen. Auf jeder Seite drei.
Die Gefechtsköpfe von sechs Luftabwehrraketen reckten sich drohend in den dunklen Münchner Abendhimmel.
Hinter den Abschussrampen waren Hitze absorbierende, feuerfeste Decken angebracht worden. Das Zelt würde nicht abbrennen, wenn Raketen abgefeuert würden.

»Phase eins ist abgeschlossen. Wir sind feuerbereit, General.« Okidadse sah Blochin an.
Heller Fels.
Okidadse senkte die Stimme.
»Der Himmel über München gehört Ihnen.«

> Ein Verteidigungsheer ohne Festung hat hundert verwundbare Stellen, es ist ein Körper ohne Harnisch.
>
> Carl v. Clausewitz, *Vom Kriege*

6

Das Krisenzentrum wurde im Kabinettssaal der bayerischen Staatskanzlei eingerichtet. Der Ministerpräsident und sein Büroleiter sowie der bayerische Innenminister, der Präsident des Landeskriminalamtes, der Polizeipräsident und der Oberbürgermeister waren versammelt. Mehrere Thermoskannen Kaffee wurden hereingebracht.

»Wir sollten eine kurze Erklärung an die Presse geben, bevor die sich irgendetwas zusammenreimen und dadurch unnötig Unruhe stiften«, sagte der Büroleiter des Ministerpräsidenten.

»Aber wir wissen doch selbst nichts. Was sollen wir der Presse da mitteilen?« Skepsis schwang in der Stimme des Oberbürgermeisters.

Der Präsident des LKA meldete sich zu Wort. »Trotzdem. Irgendetwas Beruhigendes. Wir haben die Lage unter Kontrolle und so weiter.«

Der Ministerpräsident wandte sich an seinen Büroleiter. »Dafür haben wir doch bestimmt einen vorbereiteten Text. Wir sollten die Standardmeldung herausgeben, die wir immer verwenden, wenn irgendeine Geiselnahme stattfindet. Aber fügen Sie hinzu, dass es sich nur möglicherweise um eine Geiselnahme handelt. Dass wir alles tun, um die Sicherheit unserer Gäste zu gewährleisten und so weiter. Setzen Sie den Text auf und geben Sie ihn über den Presseverteiler raus.«

Der Büroleiter erhob sich und verließ den Raum. Er trug einen Anzug in gedecktem Blau. Sein Jackett stand offen. Um seiner Erscheinung mehr Dynamik zu verleihen, steckte er die rechte Hand in die Hosentasche. Er lief mit schnellen, sicheren Schritten. Sein linker Arm begleitete seine Bewegungen mit rhythmischem Schlenkern.
Der Oberbürgermeister runzelte die Stirn. »Das ist aber nicht irgendeine Geiselnahme. Wenn das stimmt, was die mutmaßlichen Täter in ihren bisherigen Mitteilungen schreiben, dann ist dies die größte Geiselnahme der Kriminalgeschichte. Es ist noch gar nicht abzusehen, was dieses Verbrechen für München bedeutet.«
»Jetzt behalten Sie mal die Nerven«, sagte der Ministerpräsident. »Wir haben diese Schreiben ernst genommen, weil wir kein Risiko eingehen wollen. Wir wissen aber nicht, ob es auf der Wiesn überhaupt *irgendwelches* Gas gibt. Wie sollte so etwas technisch realisierbar sein?«
Die Sekretärin kam abermals herein. Sie war bleich. »Ein neues Fax von den Geiselnehmern, Herr Ministerpräsident. Ich habe mir erlaubt, Kopien für die Herren zu machen.«
Der Ministerpräsident nickte.
Sie legte vor jedem der Anwesenden drei Seiten auf den Tisch. »Ach ja, und es ist eine Standardmeldung über den Agenturticker gekommen. Die habe ich obenauf gelegt.«
Die Meldung war kurz: »Auf dem Oktoberfest in München findet gegenwärtig ein großer Polizeieinsatz statt. Die Hintergründe dieses Einsatzes sind noch unklar. Die Theresienwiese ist evakuiert worden. Die Besucher der Zelte befinden sich jedoch weiterhin dort. Die Sicherheitskräfte sind vor Ort. Das Gelände wird weiträumig abgesperrt.«
»Na, wunderbar«, entfuhr es dem Polizeipräsidenten. »Dann geht's jetzt los.« Er schnaubte. »Aber der Kroneder ist ein tüchtiger Mann. Der wird die Stellung schon halten. Der hat heute ganz hervorragend reagiert.«

Während alle die Seiten lasen, senkte sich Stille über den Raum. Fast gleichzeitig hoben die mächtigsten Männer Bayerns wieder den Blick. Ihre Mienen waren versteinert. In ihren Augen stand völlige Fassungslosigkeit.

Der Oberbürgermeister fand als Erster die Sprache wieder. »Das kann nicht wahr sein.« Er sah den Ministerpräsidenten an. »Sie müssen sofort den Bundesinnenminister davon unterrichten. Fordern Sie die GSG 9 an.«

Der Ministerpräsident starrte zurück. Sein Blick schien aus weiter Ferne zu kommen. »Nun mal langsam, Herr Oberbürgermeister. Wir wissen nicht, ob das stimmt. Wie Sie selbst gesagt haben, kann das eigentlich nicht stimmen. Außerdem ist das bayerische SEK eine Spitzentruppe.«

»Trotzdem sollten wir die Hubschrauber umgehend zurückholen. Wir können nicht riskieren, einen von ihnen zu verlieren. Und wir müssen den Flughafen zumindest vorübergehend schließen. Bis wir wissen, woran wir sind.« Die Stimme des Oberbürgermeisters klang sehr bestimmt.

Der Ministerpräsident sah sich um. Der Chef des Landeskriminalamtes und der Polizeipräsident sahen zu Boden, nickten aber langsam.

Der bayerische Innenminister schlug mit der Faust auf den Tisch. »Den Flughafen sperren? Jetzt? Mitten in der Wiesn-Zeit? Wissen Sie, was das heißt? Die Presse wird sich darauf stürzen. Und nicht nur die deutsche. Das ...«

Der Ministerpräsident fiel ihm ins Wort. »Der Oberbürgermeister hat recht. Wir holen die Hubschrauber zurück und schließen den Flughafen. Nur ein Hubschrauber soll in großer Höhe das Gelände überfliegen.« Er lehnte sich in seinem Sessel zurück. »Dann werden wir weitersehen.«

19:45 Uhr

»Die Hubschrauber kehren um, General. Bis auf einen. Und seit sieben Minuten ist kein Flugzeug mehr gestartet. Die ankommenden Maschinen werden umgeleitet. Die kleineren fliegen nach Augsburg. Die größeren landen, soweit ich das beurteilen kann, in Stuttgart.«

»Nehmen Sie den verbliebenen Hubschrauber mit dem aktiven Feuerleitradar aufs Korn, Polkownik Okidadse. Das werden sie bemerken. Vielleicht kehren sie dann um. Und versetzen Sie den ersten Donnervogel in unmittelbare Feuerbereitschaft. Der Gegner darf auf keinen Fall das Gelände überfliegen.«

»Wird gemacht, General.«

Blochin und Iljuschin beobachteten, wie die letzten Kisten sowie vier Käfige hereingerollt wurden. Die Hundeführer öffneten die Käfigtüren. Sie nahmen die Tiere an die Leine und sprachen beruhigend auf sie ein. Die Hunde hielten ihre Nasen in die Höhe, um kurz darauf am Boden zu schnüffeln. Sie mussten sich in ihrer neuen Geruchswelt erst einmal orientieren. Die Männer führten die Hunde zu den vier Ecken des breiten Hauptganges, denn von dort aus würden sie ihre Patrouillengänge durch das Zelt aufnehmen. Schließlich nahmen die Hundeführer den vier Schäferhunden die Maulkörbe ab.

Blochin wusste aus seiner Erfahrung mit Gefangenenlagern, dass ein Hund einem unbewaffneten Gegner gegenüber eine sehr viel wirkungsvollere Waffe darstellte als eine Maschinenpistole. Der Feuerstoß einer Maschinenpistole tötete sofort. Wurde man jedoch von einem Hund angegriffen, musste man miterleben, wie der Hund einen zerfleischte.

Das bedeutete ein Mehr an Angst.

Und das wiederum bedeutete ein Mehr an Kontrolle.

*

Der Polizeihubschrauber Edelweiß-7 stand über der Isar in der Luft, auf Höhe der Brudermühlbrücke, einige Kilometer vom Gelände der Theresienwiese entfernt. Unter sich konnte der Pilot den Verlauf des Flusses erkennen. Die Stimme des Funkers meldete sich im Kopfhörer des Piloten.
»Ich fange starke Radaremissionen auf. Sie kommen von der Theresienwiese. Könnte schlimmstenfalls eine aktive Zielerfassung sein. Aber genau kann ich das nicht sagen. Da bräuchten wir Radartechniker mit militärischer Ausbildung. Und eine bessere Radarausrüstung.«
»Geben Sie das an die Leitstelle durch. Sagen Sie denen, dass es hier langsam ungemütlich wird. Wir bleiben zunächst auf Position und fliegen nicht näher heran.«

*

Wie eine Schockwelle lief die Nachricht von der Räumung des Festgeländes durch München.
An der Theke im »Klenze 66« saßen die üblichen Verdächtigen zusammen. Wackie, Salm und Meierinho kannten sich seit Jahren. Die drei hatten zahllose Abende gemeinsam an diesem Tresen verbracht. Das Gespräch war gerade bei den unverschämten Bierpreisen auf der Wiesn angelangt. Eines ihrer Lieblingsthemen. Neben Sport, Filmen, Musik, Büchern, Autos, Nachrichten im Allgemeinen und Neuigkeiten aus dem gemeinsamen Bekanntenkreis. Und natürlich neben einem ewig sprudelnden Quell der Thekengespräche: Betriebssysteme und ihre Vor- und Nachteile.
Von ihrem Platz am Tresen hatten die drei die Tür im Blick. Sonno stürmte herein. Er musste sehr aufgeregt sein. Mit schnellen Schritten durchquerte er den Raum und gesellte sich zu seinen Thekenkumpanen.
»Servus, Sonno, wie immer?« Vogtländer, der Barmann, hat-

te bereits den ersten Strich auf den Bierdeckel gemacht. Sonno trank immer ein Helles. Und dann meist noch eins. Oder fünf. Oder neun.

»Servus, Länderer! Ja klar.« Dann wandte Sonno sich an seine Kumpels, die ihn erwartungsvoll ansahen. »Habt ihr schon gehört? Auf der Wiesn ist was passiert. Alles voller Bullen. Die sperren alles ab.«

»Die sperren die Wiesn ab? Na, das wird 'ne Bombendrohung sein oder so was«, sagte Wackie. Jeder erinnerte sich sofort an den Bombenanschlag, der 1980 auf dem Oktoberfest verübt worden war.

»Oder so was«, wiederholte Meierinho mit nachdenklicher Stimme. Seine Hände spielten mit einer Zigarettenschachtel.

»Ist ja schon merkwürdig, man hört gar keine Hubschrauber.«

»Wollte der Vogel heut nicht auf die Wiesn?«, fragte Salm.

»Stimmt«, bestätigte Meierinho. »Ich versuch mal, den zu erreichen.« Er zückte sein Mobiltelefon, wählte Werner Vogels Nummer und wartete. »Klingelt nicht mal, geht gleich die Mailbox ran.«

»Dann hat der auch keine neueren Infos. Wahrscheinlich ist der eh schon völlig strack«, ließ Salm sich vernehmen.

»Nee, das glaub ich nicht. Der wollte doch mit Amelie hingehen. Da kann er sich nicht vollkommen abschießen«, gab Meierinho zu bedenken. Auf den Gedanken, dass sein Freund in Lebensgefahr schweben könnte, kam er nicht.

»Weißt du noch irgendwas anderes?«, fragte Wackie.

»Nee«, antwortete Sonno. »Ich hab's ja auch nur von 'nem Kumpel gehört, der heute Abend noch hingehen wollte. Die Bullen bauen Gitterzäune auf. Angeblich sind die schon mit ihren Panzerwagen da. Scheint 'ne ernste Sache zu sein.«

Stefan Meier sah Wackie, Salm und Sonno an. »'ne ernste Sache, soso.« Meierinho grinste schmal und zündete sich eine Zigarette an. »Na spitze. Wenn auf der Wiesn was passiert ist,

dann kommt das bestimmt live auf CNN. Dann kann ich heute Nacht noch 'n bisschen Wiesn-Terror glotzen.«
Er zog genüsslich an seiner Zigarette.
»Wie sie's wohl nennen werden? Die Kris'n auf der Wiesn?« Meierinho war für seinen sarkastischen Humor bekannt.
»Doch nicht auf CNN. Aber dein Vorschlag wäre was für die Jungs von RTL«, entgegnete Wackie.
Hätten die vier die Bilder sehen können, die in diesem Moment im Fernsehen übertragen wurden, wären ihnen die Witze im Halse stecken geblieben.

20:00 Uhr

Hier ist das Erste Deutsche Fernsehen mit der Tagesschau.
»Guten Abend, meine Damen und Herren. Auf dem Oktoberfest in München kommt es aus bislang ungeklärten Gründen gegenwärtig zu einem großen Polizeieinsatz. Das Gelände wird zur Stunde vollständig abgeriegelt. Mehrere Hundertschaften der Bereitschaftspolizei sind im Einsatz. Vor zwanzig Minuten wurde der Münchner Flughafen geschlossen. Ob die Schließung des Flughafens mit den Vorgängen auf dem Oktoberfest in Zusammenhang steht, ist noch unklar. Nach Angaben der bayerischen Staatsregierung handelt es sich möglicherweise um eine Geiselnahme. Vor Ort ist unsere Korrespondentin Friede Heimann. Guten Abend, Frau Heimann. Können Sie uns neue Informationen geben?«
Auf den Fernsehschirmen der Nation wurde das Gesicht der Journalistin sichtbar. Im Hintergrund sah man die Theresienwiese. Man konnte die Zelte erkennen. Licht schien von innen durch die Zeltplanen. Die Lichter der Fahrgeschäfte waren dunkel. Scheinwerfer wurden aufgebaut. In deren Schlaglicht war erkennbar, dass sich eine große Zahl Uniformierter auf dem Gelände bewegte.

»Auch hier vor Ort gibt es zur Stunde keine weitere offizielle Stellungnahme. Nach Berichten von Augenzeugen hat die Polizei ab halb sieben damit begonnen, das Gelände zu räumen und die Zelte abzusperren. Inzwischen ist der Zugang zum Gelände nicht mehr möglich. Warum die Zelte ...«
Friede Heimann brach ab. Hinter ihr war bereits seit einer knappen halben Minute ein merkwürdiges Geräusch zu hören. Es kam zweifellos vom Festgelände. Und es wurde ständig lauter. Ihre Professionalität verbot es ihr jedoch, sich umzusehen.
So leicht war sie nicht aus der Ruhe zu bringen.
Jetzt aber bemerkte sie, wie ihr Kameramann das Objektiv von ihrem Gesicht weg nach oben hob. Er nahm offensichtlich etwas auf, das sich über ihr befand. Sie wandte den Kopf von der Kamera ab und sah in den Himmel über der Theresienwiese. In Richtung des Geräusches.
Friede Heimann traute ihren Augen nicht.

*

Blochin sah sich zusammen mit Okidadse und Iljuschin die Nachrichten an. Als die Korrespondentin ins Bild kam, nickte er dem Waffensystemoffizier zu.
»Showtime!«
Zunächst war im Zelt nur ein tiefes Grummeln zu hören, das in der Tonhöhe anstieg. Die Elitekämpfer hatten ihre verabredeten Positionen eingenommen und bedrohten die Geiseln mit erhobenen Waffen. Mit einem dumpfen Schlag zündete das Strahltriebwerk der ersten Luftabwehrrakete. Zischender Lärm schwoll ohrenbetäubend an.
Dann erhob sich die Rakete mit einem brüllenden Fauchen in den Münchner Himmel. Zunächst beschrieb ihre Flugbahn eine Parabel. Am Scheitelpunkt ging die Rakete augenblicklich in den Marschmodus über.

Die kybernetischen Regelkreise ihrer Zielsuchelektronik erkannten die Wärmesignatur des Hubschraubers klar und deutlich. Zusätzlich erhielt ihr Leitwerk noch die Daten der Radarpeilung. Vor dem dunklen Hintergrund des bewölkten Nachthimmels war das weiße Feuer des Triebwerksstrahls gut zu erkennen. Ein heller Knall war zu hören, als die Lenkwaffe die Schallmauer durchbrach.
»Der Donnervogel hat das Ziel erfasst, General!«
»Gefechtskopf scharf machen!«
Der Lichtgriffel glitt in schnellen Bewegungen über das Grafiktablett.
»Gefechtskopf ist scharf!«
Blochin blickte unverwandt auf den Fernsehschirm, der den Start der Rakete live übertrug. Mit dem Finger deutete er zu dem Lichtpunkt auf dem Bildschirm.
»Der Start ist doch jedes Mal wieder ein erhabenes Schauspiel.« Einige Sekunden versank er in Schweigen. »Ist ein Jammer, mit so einem riesigen Vogel ein so kleines Ziel zu bekämpfen.« Blochin lachte blechern. »Wenigstens können wir uns ab jetzt der ungeteilten Aufmerksamkeit der deutschen Behörden sicher sein.«
An den Ketten des Flaschenzuges hing bereits eine neue Rakete. Rasselnd wurde sie nach oben gezogen. Drei Männer luden sie auf den leeren Werfer der Abschussrampe neben die beiden anderen. Die volle Verteidigungsfähigkeit musste gewährleistet bleiben. Während Oberst Iljuschin mechanisch die nötigen Kommandos gab, sah er im Geiste die junge Frau auf dem grobkörnigen Foto.
Ich komme dir näher, dachte er.
Jeden Tag.
Immer näher.

*

Um zwanzig nach sieben hatte die Polizei sie gehen lassen. Sie war mit einigen anderen Journalisten in einem der großen Ausnüchterungscontainer neben der Wiesn-Wache festgehalten worden. Der Gestank war unerträglich gewesen. Man hatte ihr das Mobiltelefon abgenommen.
Jeder Journalist, der sich als solcher zu erkennen gegeben hatte, war festgesetzt worden. Der Chef der Wiesn-Wache hatte sich bei ihrer Entlassung entschuldigt und um Verständnis für die Maßnahme gebeten. Nur durch die vorübergehende Geheimhaltung hätte die Sicherheit der Menschen auf dem Oktoberfest gewährleistet werden können, hatte er gesagt.
Dann hatte sie auch ihr Telefon zurückerhalten. Sofort versuchte sie, Werner zu erreichen. Es gab jedoch kein Netz.
No service available.
Danach war Amelie Karman nach Hause gegangen, tief verstört. Als Norddeutsche erkannte sie ein Radar, wenn sie eines sah. Sie hatte sofort gewusst, was sich da über dem Benediktiner-Zelt drehte. Noch immer war ihr völlig unklar, was da passiert sein könnte. Unterwegs bemerkte sie, dass ihr Telefon wieder funktionierte. Nochmals rief sie ihren Geliebten an. Der hatte sein Mobiltelefon jedoch abgeschaltet. Amelie hinterließ eine Nachricht auf der Mailbox.
Ein Blick auf die Wanduhr im Flur sagte ihr, dass in wenigen Minuten die Tagesschau beginnen würde. Sie würde sich die Nachrichten ansehen und danach in der Redaktion anrufen.
Amelie schaffte es gerade noch, sich einen Pulverkaffee zu machen. Dann setzte sie sich auf ihr Sofa und schaltete den Fernseher ein. Es war genau acht Uhr.
Sie sah die Live-Übertragung.
Als im Hintergrund des Bildes die Rakete abhob und ihre Bahn über den Himmel zog, verschüttete sie vor Schreck

etwas Kaffee. Ein gänzlich unweiblicher Fluch kam über ihre Lippen.

Die Kamera folgte der Flugbahn der Lenkwaffe, bis sie über den Dächern verschwunden war, und schwenkte zurück zu Friede Heimann. Ihr war deutlich anzusehen, dass sie um Fassung rang.

»Das war …« Ihre Stimme versagte. Sie räusperte sich.

»Das war wohl eine Rakete, dem ersten Anschein nach. Wir werden versuchen, weitere Informationen zu bekommen. Eine Rakete ist vom Gelände des Oktoberfestes gestartet. Wenn ich das richtig gesehen habe, wurde sie vom Benediktiner-Zelt aus abgeschossen.« Sie brach ab. Was sollte sie jetzt noch sagen? Sie sollten nach Hamburg zurückschalten und versuchen, eine offizielle Stellungnahme zu bekommen.

Das war unglaublich.

Eine Rakete.

Mitten in München.

Friede Heimann wollte gerade ihre Abmoderation beginnen, da blitzte am südlichen Horizont über der Stadt ein feuriges Flackern auf. Ein rotes Wetterleuchten. Einige Sekunden vergingen, dann hörte sie das dumpfe Grollen einer fernen Explosion.

Amelie saß wie versteinert vor ihrem Fernseher und hörte das Grollen ebenfalls. Die Angst um Werner ließ sie erzittern.

Die ganze Fernsehnation hörte es.

Live.

*

Die Besatzung des Hubschraubers Edelweiß-7 hörte die Explosion nicht mehr. Die Lenkwaffe hatte auf ihrem kurzen Flug ihre volle Geschwindigkeit noch nicht erreicht.

Dennoch flog die Rakete bereits mit fast dreifacher Schallgeschwindigkeit, als sie für den Piloten sichtbar wurde. Für den Prozessor der Rakete waren die heißen Turbinen des Hubschraubers nicht mehr als der Endpunkt einer komplexen Vektorberechnung. Er glich die Peilung ein letztes Mal mit den Radardaten ab, die die Rakete über Funk erhielt. Die Programmierung der elektronischen Zielerfassung ließ das Geschoss schnurgerade und unbeirrbar auf die Lichtpunkte zujagen.

»Gott im Himmel, was ist das? Verdammte Sch…«

Es war dem Piloten nicht vergönnt, seinen Fluch zu beenden.

Als der Gefechtskopf in den Hubschrauber einschlug, erblühte hoch über der Isar ein glutroter Feuerball.

Blendend hell.

Die Detonation ließ die Luft von berstendem Krachen erzittern. Als sich die flammenden Blütenblätter öffneten, regneten wie bei einem überdimensionalen Feuerwerk Tausende von glühenden Stahlfetzen auf das Flussbett herab. Die meisten Trümmer versanken zischend im Wasser der Isar. Einige Teile fielen auf den steinigen Strand des Flusses oder auf die Isarauen und blieben dort glosend liegen.

Dann legte sich Ruhe über den Schauplatz des Abschusses. Eine dicke, schwarze Rauchwolke stieg zum Himmel auf.

20:40 Uhr

Oleg Blochin hatte recht behalten. Seit einer guten halben Stunde besaß er in der Tat die ungeteilte Aufmerksamkeit der deutschen Behörden.

Im Kanzleramt in Berlin kam das kleine Sicherheitskabinett zusammen. Dringlichkeitssitzung. Die Herren trafen sich in dem Konferenzraum direkt neben dem Büro des Bundeskanzlers. Der Innenminister und der Kanzler fanden sich als

Erste ein. Kurze Zeit später traten der Verteidigungsminister und der Außenminister hinzu. Vor wenigen Minuten waren die Präsidenten des Bundesnachrichtendienstes BND, des Bundesamtes für Verfassungsschutz BAfVS und des Bundeskriminalamtes BKA mit ihren Hubschraubern angekommen. Die Stimmung war angespannt.

Nach einer schnellen Begrüßung durch den Kanzler übernahm der Bundesinnenminister das Wort.

»Meine Herren, ich habe mit dem bayerischen Ministerpräsidenten telefoniert. Die Lage stellt sich im Moment dar wie folgt: Eine bislang unbekannte Zahl von Tätern hat ein Zelt auf dem Oktoberfest unter ihre Kontrolle gebracht. Ob es dabei Opfer gab, kann zur Stunde niemand sagen. Es ist den Tätern gelungen, das Zelt von der Außenwelt abzuschotten. Hierbei sind sie aller Wahrscheinlichkeit nach als Polizisten aufgetreten. Die Täter sind mit den bayerischen Behörden mittels mehrerer Faxbotschaften in Verbindung getreten. Diese Faxe habe ich Ihnen kopieren lassen. Sie liegen vor Ihnen. Es wurde bisher verlangt, dass die Polizei die Zelte absperrt und niemanden herein- oder herauslässt. Dieser Forderung ist nachgekommen worden. Alle Zelte sind abgeriegelt. Den Zugang für Polizei und Hilfskräfte haben die Täter ausdrücklich gestattet.«

Der Bundesinnenminister räusperte sich kurz.

»Auch die Forderung, den Flughafen zu schließen, ist erfüllt worden. Als der Sperrung des Münchner Luftraums nicht bis zum geforderten Zeitpunkt entsprochen wurde, haben die Täter mit einer Luftabwehrrakete einen Polizeihubschrauber abgeschossen. Diese Rakete ist von dem besetzten Zelt aus abgefeuert worden. Bei diesem Zelt handelt es sich um das der Benediktiner-Brauerei. Die drei Beamten an Bord des Hubschraubers sind bei dem Abschuss ums Leben gekommen. Die Täter drohen damit, die Insassen einzelner oder auch aller Zelte mit Giftgas zu töten. Sie bedrohen nach

eigenen Angaben sämtliche Zelte mit einer Giftgaskontamination. Weitere Forderungen der Täter sind bislang noch nicht eingegangen. In den Zelten auf der Theresienwiese befinden sich im Moment schätzungsweise siebzigtausend Menschen. Mehr wissen wir zur Stunde nicht.«
Der Innenminister sah den Kanzler an.
Ein schnaufendes Nicken vom Regierungschef.
Er erteilte den Präsidenten des Auslandsgeheimdienstes BND und des Inlandsgeheimdienstes BAfVS das Wort.
Die Referate der Geheimdienstoberen fielen knapp aus. Es hatte keine Anzeichen gegeben, dass in München ein Anschlag vorbereitet würde. Es war völlig unklar, wer die Täter sein könnten. Auch über die Herkunft der Waffen lagen keine Erkenntnisse vor.

»Es ist also möglich, auf dem Oktoberfest Luftabwehrraketen in Stellung zu bringen, ohne dass irgendjemand etwas bemerkt?« Die Ironie in der Stimme des Bundeskanzlers war nicht zu überhören, als er seine beiden obersten Staatsschützer ansah. »Meine Herren, ich muss schon sagen, das ist eine bemerkenswerte Leistung.«

Der Präsident des BKA ergriff das Wort. »Unsere operativen Möglichkeiten sind durch die Sperrung des Luftraumes extrem verlangsamt. Manche Optionen, wie ein Versuch, das Zelt von Hubschraubern aus zu stürmen, stehen nicht mehr zur Verfügung. Wir versuchen gerade, eine Infrarotabbildung vom Innenraum des fraglichen Zeltes zu bekommen. Wir wissen ja nicht, was dort vorgeht. Wir wissen noch nicht einmal, ob dort überhaupt noch jemand am Leben ist.«

Der letzte Satz traf die Anwesenden wie ein Schlag.

Niemand im Raum mochte sich auch nur vorstellen, was es bedeuten würde, wenn die Gäste eines ganzen Bierzeltes auf dem Oktoberfest tot waren. Fünftausend Tote. Ein ängst-

liches Schweigen lastete über ihnen, bis der Verteidigungsminister das Wort ergriff.
»Herr Bundeskanzler, meine Herren, ich hätte einen Vorschlag zu machen. Ich möchte einen Mann zu unseren Beratungen hinzuziehen. Er leitet eine Abteilung des militärischen Geheimdienstes, von deren Existenz Sie bisher nichts wissen.«
Der Bundeskanzler hob die Augenbrauen.
»Das war bislang auch nicht nötig«, fuhr der Verteidigungsminister fort. »Die Amerikaner haben ein Wort dafür: deniability. Wörtlich übersetzt, heißt das Verneinbarkeit. Gemeint ist die Fähigkeit, etwas glaubhaft zu leugnen. Eine Fähigkeit, die für einen Regierungschef unabdingbar ist.« Er sah den Bundeskanzler an. »Bitte entschuldigen Sie meine Offenheit. Aber ich muss Ihnen in diesem Moment mitteilen, dass der militärische Abschirmdienst eine operative Abteilung hat. Auch wenn bisher immer das Gegenteil behauptet worden ist.«
Der Minister schwieg kurz, um seine Gedanken zu ordnen.
»Die Verbrecher, die das Oktoberfest überfallen haben, sind ohne Zweifel im Umgang mit militärischem Gerät geschult. Sie werden alle ...«
»Dann kann es sich ja wohl kaum um Deutsche handeln«, unterbrach ihn der Innenminister sarkastisch.
»Sie werden alle zugeben«, sprach der Verteidigungsminister unbeirrt weiter, »dass solche Leute nicht vom Himmel fallen. Die müssen irgendwo ausgebildet worden sein. Die müssen sich die Waffen irgendwo besorgt haben. Wenn wir wüssten, mit wem wir es zu tun haben, wären wir ein gutes Stück weiter. Da sind wir wohl alle einer Meinung.«
Der Minister sah in die Runde. Die Männer am Tisch nickten langsam. Sie mussten die Mitteilung des Verteidigungsministers erst einmal verdauen. Der MAD hatte eine operative Abteilung. Und niemand wusste davon. Die Geheim-

haltung war tatsächlich gelungen. Schon allein *das* war unglaublich.

Der Bundeskanzler sprach betont langsam. »Wenn Sie meinen, dass dieser Mann uns helfen könnte, dann schaffen Sie ihn her.«

Der Verteidigungsminister erhob sich. »Danke, Herr Bundeskanzler. Ich werde das sofort veranlassen. Wenn ich den Mann unverzüglich erreiche, kann er in eineinhalb bis zwei Stunden hier sein. Wenn Sie mich entschuldigen.«

Der Verteidigungsminister ging auf die Tür zu.

»Wo ist dieser Mann denn stationiert?«, fragte der Innenminister.

Er erhielt keine Antwort.

»Verstehe schon, Herr Kollege. Deniability.«

Der Verteidigungsminister verließ den Raum.

Der Innenminister schüttelte den Kopf. »Jetzt haben wir doch tatsächlich einen Geheimdienst, der so geheim ist, dass wir selbst nicht wissen, dass wir ihn haben.«

Keiner der Anwesenden lachte.

*

Kapitän zur See Wolfgang Härter war nicht überrascht, als er die Kennung des Verteidigungsministers auf dem Display seines GSMK-Cryptophones las. Ihn wunderte nur, dass es so lange gedauert hatte, bis man ihn anrief.

Auch er hatte die Tagesschau gesehen. Er hatte die Rakete nicht genau erkennen können. Aber der Flugbahn nach zu urteilen, die das Geschoss beim Start beschrieben hatte, war er ziemlich sicher, dass es sich um ein Waffensystem aus russischer Produktion gehandelt hatte.

Er hatte daraufhin eine frisch gebügelte Uniform der ersten Garnitur angezogen und zivile Kleidung in seine Reisetasche gepackt. Er rief beim dritten Marinefliegergeschwader in

Nordholz an. Er kündigte an, dass er noch heute Abend einen Flug nach Berlin brauchen würde.
Deshalb stand der Sea-Lynx-Helikopter schon bereit, als der Kapitän seinen mattschwarzen Wiesmann GT auf das Gelände des Militärstützpunktes steuerte. Die Aufschrift »Marine« reflektierte im Licht, als die Scheinwerfer des Wagens über den Rumpf des Hubschraubers strichen. Er ließ Johnny Cash noch *Don't take your guns to town* zu Ende singen, dann stieg er aus.
Er kannte den Piloten persönlich. Der junge Kapitänleutnant war einer der Männer, mit denen er ein Hubschrauberpilotentraining in Amerika durchlaufen hatte. Ein Kamerad. Härter ging ihm winkend entgegen. Dabei blitzte die Kampfschwimmerspange an seiner Brust kurz im Licht der Flugfeldbeleuchtung auf.
Nach einer militärischen Begrüßung reichte der Pilot Härter einen Helm, dann stiegen sie ein. Härter begrüßte den Bordelektroniker.
Mit geübten Handgriffen startete der Pilot die Maschine. Während die Turbinen in Aktion traten und der Rotor sich langsam zu drehen begann, meldete sich der Pilot über die Bordsprechanlage.
»Wo soll's denn hingehen, Herr Kapitän?«
»Direkt in den Garten des Kanzleramtes«, erwiderte Härter knapp.
»Oha! Ist das Ihr Ernst?« Die Stimme des Piloten klang beeindruckt.
Härter nickte nur.
»Dann geht es bestimmt um die Vorgänge in München. Ich hoffe, dass Sie da was tun können, Herr Kapitän. Denn wenn nicht Sie, wer dann?«
Härter schwieg.
Ihm war nicht nach Smalltalk zumute.
Er musste über viele Dinge nachdenken. Sie waren bereits

seit zehn Minuten unterwegs, als er sich doch noch an den Piloten wandte.
»Achten Sie auf eventuelles Feuerleitradar, hören Sie?«
»Na klar, Chef!« Der Kapitänleutnant lachte und sah ihn an. Sein Lachen erstarb.
Kapitän zur See Wolfgang Härter lachte nicht. In seinem kantigen Gesicht regte sich kein Muskel.
Das war sein voller Ernst.

20:45 Uhr

»Wir müssen etwas tun, bevor uns Berlin das Heft aus der Hand nimmt. Wir müssen zeigen, dass Bayern handlungsfähig ist. Dass wir uns so etwas nicht bieten lassen.«
Während der Übertragung der startenden Rakete hatte der Ministerpräsident einen Wutanfall bekommen. Nur mühsam war es dem Büroleiter gelungen, seinen Chef wieder zu beruhigen. Noch immer lief der Ministerpräsident aufgeregt im Kabinettssaal der Staatskanzlei auf und ab.
»Ich erwarte Ihre Vorschläge, meine Herren.«
Nach einem kurzen Moment brach der Innenminister das Schweigen.
»Wir haben im LKA ein Szenario für die Evakuierung eines Zeltes, das mit Giftgas bedroht wird, ausgearbeitet. Das Hauptproblem, das es dabei zu berücksichtigen gilt, ist die Entlüftung. Wenn die Aktion beginnt, werden wir zunächst große Zu- und Abluftleitungen von außen am Zelt anbringen müssen. Diese Leitungen werden durch die Zeltplane in den Innenraum gelegt. Auf der einen Seite werden wir dann mit einem leistungsfähigen Kompressor Frischluft in das Innere pumpen. Auf der anderen Seite werden wir die Luft, die sich im Zelt befindet, innerhalb von Minuten absaugen und in einem Filtersystem dekontaminieren.«
Der Minister holte tief Luft.

»Dabei ist wichtig, dass die Abluftleitung möglichst weit oben liegt. Wir werden ein Loch ins Dach schneiden und dort die Luft absaugen. Die Wirkstoffe von Kampfgas sind normalerweise schwerer als Luft und senken sich von oben herab. Das kann man durch das Absaugen von oben weitgehend verhindern. Gleichzeitig werden SEK-Beamte in Schutzanzügen versuchen, so viele Zeltplanen wie möglich zu entfernen und die Menschen im Zelt zu den so entstehenden zusätzlichen Ausgängen zu führen. Die bestehenden Zugänge zum Zelt werden von Beamten ohnehin gleichzeitig geöffnet.«

Er hob den Blick und sah in die Runde.

»Wir gehen davon aus, dass die Täter unser eigenes Videosystem benutzen, um zu überwachen, was auf der Theresienwiese vor sich geht. Wir haben in dem zweiten Fax die Drohung erhalten, dass die Täter sofort ein Zelt exekutieren werden, sollten wir versuchen, sie von den Kameras oder dem Stromnetz zu trennen. Sie können mit diesen Kameras allerdings nicht sehen, was jenseits des Haupteingangs passiert. Dort können wir die Vorbereitungen treffen. Ich schlage als Einsatzort das Zelt der Fischer-Liesl vor. Eines der kleineren Zelte. Im Augenblick dürften sich ungefähr zweitausend Menschen in diesem Zelt befinden. Das Zelt liegt am Rand der Theresienwiese und ist vom Haupteingang her schnell zu erreichen.«

Der Minister ließ seine Ansprache kurz wirken. »Was halten die Herren von diesem Prozedere?«

»Das klingt eigentlich recht vielversprechend.« Der Oberbürgermeister hatte das Wort ergriffen. »Ich möchte nur zu bedenken geben, dass die Täter dann ein anderes Zelt exekutieren könnten, selbst wenn die Aktion gelingt. Ich frage mich, ob wir dieses Risiko eingehen können?«

»Ich denke durchaus, dass das Risiko vertretbar ist.« Jetzt sprach der Präsident des Landeskriminalamtes. »Vor allem aus einem Grund: Wie verschiedentlich schon festgestellt worden ist, ist es eigentlich undenkbar, dass es gelungen sein soll, Giftgas in der erforderlichen Menge in die Zelte zu schaffen. Wir wissen nicht, ob die Täter überhaupt Giftgas auf dem Gelände haben oder wie sie dieses zum Einsatz bringen wollen.« Der LKA-Präsident blätterte in einigen Papieren, die vor ihm auf dem Tisch lagen. Der Polizeipräsident nickte heftig, als der oberste Kriminalbeamte des Landes fortfuhr.

»Und noch eins: Das Gas müsste von den Tätern in den Zelten gleichmäßig verteilt werden. Wenn irgendwo in einem Zelt eine Gasflasche geöffnet wird, bricht Panik aus, und die Menschen werden auf ihrer Flucht die Zeltplanen selbst zerstören. Auf der Wiesn hat doch jeder vierte einen Hirschfänger in seiner Krachledernen stecken. Zum Aufschlitzen der Zeltplanen taugen diese Messer allemal.«

In seiner Entgegnung beharrte der Oberbürgermeister auf seinem Standpunkt. »Die Täter waren auch in der Lage, vom Festgelände aus eine Luftabwehrrakete zu starten und einen Hubschrauber abzuschießen, der sich weit außerhalb ihrer Sichtweite befand. Wir alle haben die Bilder gesehen. Über dem Oktoberfest rotiert eine Radarantenne. Das hätte bis vor einer Stunde auch niemand für möglich gehalten.«

»Da haben Sie recht. Aber bedenken Sie, Herr Oberbürgermeister. Mit solch einem Szenario hat niemand gerechnet. Auf eine Bedrohung mit Giftgas sind wir vorbereitet.«

»Zumindest sollten wir abwarten, bis die ersten Infrarotbilder aus dem Inneren des Benediktiner-Zeltes vorliegen.«

»Die werden in der nächsten halben Stunde verfügbar sein. Bis dahin möchte ich die nötige Ausrüstung bereits vor Ort bringen lassen.« Der Innenminister hob die Augenbrauen. »Mit Ihrer Erlaubnis, Herr Ministerpräsident?« Er sah den Chef der Staatsregierung an.

Der Ministerpräsident war den Ausführungen schweigend

gefolgt. Er hatte seine Brille abgenommen und massierte sich die Nasenwurzel. Er sah in die Runde und nickte. »Lassen Sie die Sachen zur Wiesn schaffen«, wies er den Innenminister an. »Wir werden jedoch auf jeden Fall auf die Bilder aus dem Benediktiner-Zelt warten, bevor wir in Aktion treten.«

Es klopfte. Zum wiederholten Mal trat die Sekretärin ein. Und sie hielt abermals Papiere in der Hand.

»Wir haben ein neues Fax der Täter bekommen. Sie stellen jetzt ihre Forderungen.«

Wie vorhin legte sie jedem eine Kopie auf den Tisch. Die Männer begannen zu lesen.

Die Ungeheuerlichkeit der Forderung passte zu den unglaublichen Dingen, die sich seit dem späten Nachmittag in München ereigneten. Während ihre Gehirne den Sinn der Worte, die sie lasen, erfassten, wich alle Farbe aus ihren Gesichtern.

*

Die Wohnung befand sich im obersten Stock eines der großen Wohnblöcke neben der Theresienhöhe. Vom Balkon aus hatte man einen phantastischen Blick über das ganze Festgelände und die umliegende Gegend.

Die Vormieter Oskar und Maria Graf waren überraschend verstorben.

Zum ersten September war ein neuer Mietvertrag abgeschlossen worden.

Dennoch war die Wohnung völlig leer. Bis auf eine Apparatur im Wohnzimmer. Eine große Kamera war auf einem sehr hohen, massiven Stativ montiert. Ein dickes Kabel führte von der Kamera zu einem Gerät von der Größe eines Bierkastens neben dem Stativ. Aus der Oberseite dieses Gerätes ragte eine Antenne bis unter die Zimmerdecke.

Die Balkontür stand weit offen. Die Kamera war ungefähr drei Meter hinter der Tür plaziert, im Inneren des Zimmers. Ihr gläsernes Auge war auf die Theresienwiese gerichtet. In der Wohnung war es völlig dunkel und still.
Ab und an wurde die Stille durch ein leises Surren unterbrochen. Dieses Surren rührte von den Motoren im Objektiv der Kamera her. Dann bewegten sich die Ringe, die um das Objektiv liefen.
Gelegentlich ließ sich auch ein kaum hörbares Brummen vernehmen. Verursacht von einem der Elektromotoren, die die Kamera drehen, schwenken und neigen konnten. Die Aktionen der Motoren und des Objektivs hingen von den Befehlen ab, die sie über Funk erhielten. Die Antenne sendete die Bilder der Kamera zum Empfänger.
Die Kamera war keine gewöhnliche. Sie konnte nicht nur das gesamte Spektrum sichtbaren Lichts abdecken, sondern auch Restlicht verstärken. Ebenso konnte sie Wellen im Infrarotbereich aufnehmen. Selbst den Ursprung von Funkwellen konnte sie sichtbar machen.
In diesem Moment fixierte die Kamera das Gelände vor dem Haupteingang des Oktoberfestes.
Surrend stellte das Objektiv die Bilder scharf.

21:00 Uhr

Immer mehr Schaulustige versammelten sich an den Gitterzäunen, die das Gelände des Oktoberfestes mittlerweile umgaben. Die Zäune wurden von Polizisten bewacht.
Auch die Zahl der Journalisten und Kamerateams nahm ständig zu. Die Kameras, die das Geschehen auf der Theresienwiese mit ihren Teleobjektiven beobachteten, folgten einer Gruppe von Polizisten, die von Zelt zu Zelt ging. An der Spitze dieser Gruppe marschierte Alois Kroneder. Ihm war die Aufgabe zugeteilt worden, die Gäste des Oktober-

festes über den Stand der Dinge aufzuklären. Gerade erreichte er mit seinen Leuten das Bärenbräu-Zelt.

*

Werner Vogel traute seinen Ohren nicht. Von Anfang an sprach der Polizeibeamte auf der Bühne in eindringlichem Ton.
»Im Moment ist es in den Zelten völlig sicher. Wir möchten Sie daher bitten, keinen Versuch zu unternehmen, das Zelt zu verlassen. Im Laufe des Abends werden Decken in die Zelte gebracht werden. Medizinische Versorgung wird durch uns ebenfalls hier vor Ort gewährleistet.«
Das klang beängstigend. Als er sich umsah, las er Unsicherheit und Furcht in vielen Gesichtern. Aber Werner Vogel war ein zutiefst pragmatisch veranlagter Mensch. Er würde die Situation nehmen, wie sie war. So schlecht war das doch gar nicht. Bei den nächsten Worten des Polizeibeamten überzog ein Lächeln sein Gesicht.
»Bis auf weiteres wird die Bewirtung aufrechterhalten. Die Kosten dafür trägt die bayerische Staatsregierung. Wir tun alles, um Ihnen diese Situation so angenehm wie möglich zu gestalten. Gäste mit chronischen Krankheiten sollen sich bitte sofort an einen Beamten wenden. Sollten Sie Medikamente oder ärztliche Hilfe benötigen, werden wir Ihnen diese selbstverständlich zur Verfügung stellen.«
Das Lächeln verzog sich zu einem breiten Grinsen.
Das klang doch prima.
Freibier.
Werner Vogel winkte nach Kroneders Ansprache eine der Bedienungen zu sich und bestellte sich ein halbes Hendl und eine frische Maß. Der Mann, der ihm gegenübersaß, war einer von Amelies Kollegen. Er sah Vogel bestürzt an.
»Wie können Sie so ruhig bleiben, Herr Vogel? Das kann

noch ewig dauern. Wo sollen wir denn schlafen, wenn wir die ganze Nacht hier im Zelt bleiben müssen?«
»Sagen Sie der Einfachheit halber doch Werner zu mir. Ich sehe die Sache so: Im Moment können wir nichts tun, was unsere Situation ändern würde. Also sollten wir das Beste daraus machen. Das wird sich schon alles finden. Immerhin gibt es Freibier. Eigentlich ist das doch ein Traum, wir sitzen auf dem Oktoberfest, und es gibt jede Menge Freibier.«
Sein Gegenüber rang sich ein zaghaftes Lächeln ab. »Da hast du eigentlich recht, Werner. Ich heiße übrigens Matthias.« Das Lächeln wurde breiter.
»Na dann prost, Matthias!«
Die beiden Männer, die das Schicksal in dieser ungewöhnlichen Situation zusammengeführt hatte, hoben ihre Krüge und tranken sich zu.
Das Einzige, was Werner wirklich beunruhigte, war die Frage, wie es wohl Amelie gehen mochte. Aber der Polizist hatte gesagt, dass die Evakuierung der Außenbereiche erfolgreich abgeschlossen worden sei. Niemandem war etwas geschehen.
In dem Balken, genau über Werner Vogels Kopf, befand sich ein Bohrloch. Nur eine sehr dünne Schicht Holzkitt bedeckte das Ventil, das in dem Loch verborgen lag.

*

Kaliningrad, Russland, November 2003

Generalmajor Oleg Blochin und die drei Führungsoffiziere waren in seinem abhörsicheren Büro versammelt. Sie hielten eine ihrer wöchentlichen Sitzungen ab, in denen der Fortgang der Vorbereitungen besprochen wurde. Es galt die Frage zu erörtern, welchen chemischen Kampfstoff man einsetzen könnte, falls man gezwungen wäre, der Drohung Nachdruck zu verleihen.

Dr. Kusnezow zog ein Resümee. »Ich bin zu dem Schluss gekommen, dass neuroreaktive Kampfstoffe für unsere Zwecke am besten geeignet sind. Sie sind unsichtbar und geruchlos. Ich möchte Ihnen die Wirkungsweise dieser Kampfstoffe kurz erläutern.«

Dr. Kusnezow sah in die Runde. Blochin und Okidadse blickten ihn interessiert an. In Iljuschins Augen lag ein seltsames Flackern.

»Sämtliche Reaktionen des menschlichen Körpers – von den Eigenreflexen einmal abgesehen – werden durch das zentrale Nervensystem gesteuert. Dabei ist es unerheblich, ob es um eine gedankliche Leistung, eine bewusste Bewegung, die Atmung oder die Darmperistaltik geht. Das zentrale Nervensystem hat, wie Sie wissen, eine Schaltzentrale: das Gehirn. Vom Gehirn aus werden alle Befehle zur Steuerung des Körpers über das Rückenmark an die Nervenbahnen weitergegeben. Die Nervenbahnen verlaufen zwischen kleinen Schaltstellen, den Synapsen. Hierbei unterscheiden wir Synapsen, die *zwei Nerven miteinander verbinden* von Synapsen, die *einen Nerv mit einem Muskel verbinden*. Für uns geht es um den zweiten Typus, die sogenannte neuro-muskuläre Endplatte.«

Dr. Kusnezow sah aus dem Fenster. Sein Blick schien sich am Horizont zu verlieren.

»Die Synapsen der neuro-muskulären Endplatte arbeiten nicht mit elektrischen Impulsen, sondern über biochemische Prozesse. Kommt an einer solchen Synapse der Impuls zur Kontraktion eines Muskels an, wird ein Botenstoff namens Acetylcholin freigesetzt. Dieser dockt an einem Rezeptor des Muskels an. Der Muskel zieht sich zusammen. Damit der Muskel sich wieder entspannen kann, muss das Acetylcholin wieder von dem Rezeptor abgekoppelt werden. Das geschieht durch ein bestimmtes Enzym, das wir Cholinesterase nennen.«

»Cholinesterase.« Iljuschin wiederholte das Wort mit einem beinahe wollüstigen Unterton. Sein Mund zeigte ein heimtückisches Lächeln. Okidadse musterte den Nahkampfspezialisten skeptisch von der Seite. Diese Frontschweine waren schon merkwürdige Leute. Mit einer abrupten Bewegung des Kopfes sah Iljuschin ihm kalt in die Augen.

Okidadse senkte den Blick. Iljuschin war ihm nicht ganz geheuer. Oder genauer gesagt: Okidadse war sich insgeheim absolut sicher, dass Oberst Iljuschin ein Irrer war. Aber der General hatte Iljuschin hundertprozentig im Griff.

»Der Wirkstoff, den ich im Auge habe«, fuhr Dr. Kusnezow mit sachlicher Stimme fort, »ist eine Weiterentwicklung eines Gases namens Sarin. Chemisch gesehen handelt es sich um einen Phosphorsäureester. Pharmakologisch gesehen um einen Cholinesterasehemmer. Übrigens ursprünglich von den Deutschen entwickelt. Während des Großen Vaterländischen Krieges.«

»Der Tod ist ein Meister aus Deutschland«, murmelte Blochin in deutscher Sprache, während der Arzt seine Erläuterungen weiterführte.

»Die Wirkungsweise basiert darauf, dass die körpereigene Freisetzung der Cholinesterase blockiert wird. Das Acetylcholin bleibt an den Rezeptoren angedockt. Die Muskeln können sich nicht mehr entspannen. Der Gegner erstickt, da die Atemmuskulatur gelähmt ist. Der Tod tritt in einhundert Prozent der Fälle innerhalb von Minuten ein. Zudem haben die neuroreaktiven Wirkstoffe den Vorteil, dass sie nicht eingeatmet werden müssen. Sie dringen durch die Haut in den Körper ein. Eine Gasmaske bietet also keinen Schutz. Die einzige wirksame Gegenmaßnahme besteht in der intravenösen Injektion von Atropin, Toxogonin und

Valium. Das stellt allerdings bei der aerosolen Ausbringungsart, die wir im Auge haben, keine realistische Option für den Gegner dar. Darüber hinaus zerfallen die modernen Vertreter dieser Kampfstoffe nach ungefähr fünfzehn Minuten. Man kann also – gerade in geschlossenen Räumen – sehr gezielt vorgehen. Und das, ohne eine unkontrollierte Ausbreitung des Gases zu riskieren.«

Dr. Kusnezow schob die Papiere, die vor ihm auf dem Tisch lagen, zusammen.

»Noch Fragen?«

Nachdem sich niemand meldete, ergriff Oleg Blochin das Wort.

»Wir sind etwas vor der Zeit. Hat sonst noch jemand etwas über aktuelle Entwicklungen vorzutragen, das wir wissen sollten?«

Iljuschin holte tief Luft, bevor er zu sprechen begann.

»Wir haben in letzter Zeit die Ausrüstung des Gegners auf eventuelle Schwachstellen überprüft. Möglicherweise haben wir etwas gefunden.«

Blochin sah Iljuschin scharf an.

Heller Fels.

»Inwiefern?«, fragte er knapp.

»Das hat mit den Nachtsichtgeräten zu tun, die der Gegner verwendet. Sie haben ein sehr großes Sichtfeld. Das gilt eigentlich als Vorteil. Wir haben allerdings festgestellt, dass bei seitlicher Lichteinstrahlung sehr schnell ein sogenannter Blinder-Effekt auftritt. Das Bild des Nachtsichtgerätes wird dann weiß. Der Soldat kann nichts mehr sehen. Minutenlang. Unsere eigenen Nachtsichtgeräte sind in dieser Hinsicht weit weniger anfällig. Es ist also möglich, den Gegner bei einem potenziellen Nachtangriff seitlich zu blenden, ohne dass unsere eigene Kampfkraft dadurch geschmälert würde. Wir könnten also …«

Blochin brachte ihn mit einer Geste zum Schweigen.

»Sagen Sie mal, Polkownik Okidadse.« Er wandte sich an den Angesprochenen. »Können wir nicht außerhalb des Zeltes zusätzlich Lampen anbringen, die den Gegner bei einem solchen Angriff blenden würden?«
Okidadse nickte.
»Dann ändern Sie die Baupläne der Verteidigungsanlagen entsprechend.« Blochin senkte die Stimme. »Denn über eines müssen wir uns im Klaren sein: Der Gegner wird uns angreifen. Wir werden um dieses Zelt kämpfen müssen.«

> Die Feststellung, dass das Bundesgebiet mit Waffengewalt angegriffen wird oder ein solcher Angriff unmittelbar droht (Verteidigungsfall), trifft der Bundestag mit Zustimmung des Bundesrates.
>
> *Grundgesetz Art. 115 a, Abs. 1*

7

Amelie Karman hatte einen Coup gelandet. Sie hatte ihren ganzen Mut zusammengenommen und den Chefredakteur in Hamburg angerufen.
Sie sagte ihm, sie sei eine Augenzeugin und deshalb wäre es nur logisch, wenn *sie* den Artikel schreiben würde. Sie hatte sich Stichpunkte gemacht, die sie dem Chefredakteur vortrug. Der mächtige Journalist war nach anfänglicher Skepsis auf ihren Vorschlag eingegangen.
»Also gut, Frau Karman, Sie sollen Ihre Chance bekommen. Ich will den Text und die Schlagzeile in spätestens einenhalb Stunden auf meinem Tisch haben. Gutes Gelingen! Ach und …« Der Chefredakteur zögerte kurz. »Sie wissen ja, geben Sie man ordentlich Butter bei die Fische.«
»Ja, ich weiß. Vielen Dank. Sie hören von mir.«
Sie legte auf und wandte sich ihrem Computer zu.
Jetzt zeige ich, was ich kann, dachte sie grimmig. Jetzt mache ich den Verantwortlichen ordentlich Druck.
Das war sie sich nicht nur als Journalistin, das war sie auch Werner schuldig.
Wenn sie an ihren Geliebten dachte, zogen sich ihre Eingeweide vor Sorge zusammen. Sie hatte Sehnsucht nach ihm. Hoffentlich würde ihm nichts geschehen. Wenn sie wenigs-

tens wüsste, wie es ihm gerade geht ... Dieses Nichtwissen, diese Hilflosigkeit machten sie fast wahnsinnig.
Doch nun konnte sie etwas tun. Sie konnte die Öffentlichkeit aufrütteln und damit Werner vielleicht helfen. Eine Idee für die Schlagzeile hatte sie schon. Die musste richtig sitzen. Im Kopf formulierte sie den ersten Satz.

*

Ulgenhoff und Kroneder beobachteten die Situation mit einer Mischung aus Misstrauen und Ungläubigkeit. Starke Scheinwerfer beleuchteten den Schauplatz. Schatten geisterten in weißem Licht.
Sie standen in der Nähe einiger Spezialfahrzeuge der Polizei. Die SEK-Beamten legten bereits ihre Schutzanzüge an, die zuvor noch einmal auf ihre Luftundurchlässigkeit geprüft worden waren. Mit breitem Klebeband wurden die Übergänge an den Handschuhen und an den Stiefeln zusätzlich abgedichtet. Die Anzüge waren aus dickem Kunststoff. Auf dem Rücken war in fluoreszierender Schrift das Wort »Polizei« aufgedruckt. Die unförmigen Kopfbedeckungen waren vorne mit einer großen Plexiglasscheibe versehen. Die Atemgeräte wurden auf den Rücken geschnallt, knapp unterhalb des Schriftzugs.
Etwas abseits standen ein Kompressorwagen und eine Filtereinheit. Zwei Schläuche mit einem Durchmesser von eineinhalb Metern lagen neben den Wagen. Die Schläuche waren wie eine Ziehharmonika zusammengefaltet. Sie würden sich jedoch über mehrere hundert Meter in die Länge ziehen, wenn die Männer sie zu dem Zelt trugen.
Langsam gingen die beiden Polizisten der Wiesn-Wache den kurzen Weg zu ihrem Dienstgebäude zurück. Ulgenhoff schüttelte den Kopf.
»Wenn das mal gutgeht«, sagte er.

»Ja, vor allem, weil wir ja nicht wissen, wie es in dem Zelt aussieht.«

Vor einer halben Stunde waren die Bilder der Infrarotkameras ausgewertet worden. Mit dem ernüchternden Ergebnis, dass man auf den Aufnahmen nichts erkennen konnte. Der Techniker, der die Abzüge überbracht hatte, konnte sich die Fotos auch nicht ganz erklären. »Wie Sie sehen, sehen Sie nichts«, waren seine Worte, als er die Aufnahmen auf dem Tisch ausbreitete. Nur rötliche Schlieren waren zu erkennen. Die einzig plausible Erklärung für das Versagen der Infrarotkamera war, dass die Außenwände des Zeltes auf irgendeine Art und Weise beheizt worden waren. Auf vierzig Grad, so dass im Inneren des Zeltes keine Konturen erkennbar wurden.

»Die wollen jetzt Frischluft in das erste Zelt hier am Eck pumpen. Dadurch soll die Wirkung von eventuellem Giftgas weitgehend neutralisiert werden.« Die Skepsis in Kroneders Stimme war nicht zu überhören.

»Geübt haben die Kollegen vom SEK den Einsatz oft genug«, gab Ulgenhoff zu bedenken.

»Das mag ja sein«, antwortete Kroneder. »Aber ...« Er ließ den Rest seines Einwandes ungesagt.

Ulgenhoff sah seinen Vorgesetzten fragend an.

»Nun ja, sie haben das nie mit richtigem Giftgas geübt. Von einem echten Einsatz der Ausrüstung und der Maschinen ganz zu schweigen. Ich befürchte eben«, Kroneder senkte die Stimme, »dass sich die Herren Verantwortlichen noch immer Illusionen machen, was die Entschlossenheit und die Professionalität der Täter angeht. Aber das bleibt unter uns.« Er deutete mit dem ausgestreckten Arm auf die gewaltige Radarantenne, die sich schwarz und bedrohlich über dem Benediktiner-Zelt drehte.

»Sehen Sie sich das da nur mal an. Das ist eigentlich unmöglich.«

Ulgenhoff nickte grimmig. »Da haben Sie verdammt recht. Mit Verlaub, man kann wohl sagen, dass die Leute, die das Benediktiner-Zelt besetzt halten, uns ganz schön ...«
»In den Arsch getreten haben«, vervollständigte Alois Kroneder den Satz.
»Und zwar mit Anlauf«, setzte Ulgenhoff hinzu.

22:00 Uhr

Der Ministerpräsident hatte eine Entscheidung getroffen. In der letzten Stunde war in unterschiedlicher Besetzung ständig beratschlagt worden. Vor allem ging es um eine Risikoabschätzung. Die war jedoch eigentlich gar nicht möglich. Die Tatsache, dass es nicht gelungen war, Bilder aus dem Benediktiner-Zelt zu bekommen, war einfach beiseitegewischt worden. Technisches Versagen. Schließlich hatten sich dann der Innenminister und der Präsident des LKA gegen die Skepsis des Oberbürgermeisters durchgesetzt. Die Argumentation der Befürworter des Einsatzes basierte in erster Linie auf der Annahme, dass es nur geringe Mengen von Giftgas in den Zelten gab. Wenn überhaupt.
Der Ministerpräsident legte soeben den Telefonhörer auf. Er wandte sich an die versammelten Herren. »Ich habe den Einsatzbefehl gegeben.« Als er weitersprach, klang seine Stimme plötzlich rauh. »Die Schwarze Madonna von Altötting stehe uns bei.«

*

Im Benediktiner-Zelt war alles ruhig. Keine rebellierenden Geiseln, keine Nervenzusammenbrüche. Bis jetzt. Die Kühle der Nacht war durch das offene Dach ins Zelt gedrungen. Dann waren die Heizdrähte, die in den Zeltplanen der Außenwände verlegt waren, angeschaltet worden.

Auf den Bildern der Videoüberwachung war der gepanzerte Grenzschutzwagen mit der Infrarotkamera gut sichtbar gewesen.

Inzwischen war es wieder recht warm in dem riesigen Bierzelt. Die Menschen fügten sich in ihr Schicksal. Einige hatten begonnen, sich vorsätzlich zu betrinken. Auch gegessen wurde eine Menge. Vor allem die große und sehr teure Platte mit gemischten Grillschmankerln fand reißenden Absatz.

»Kommen Sie mal zu mir in den Gefechtsstand, General. Ich möchte Ihnen was zeigen. Ich glaube, der Gegner legt los.« Okidadses Stimme erreichte Blochin während einer seiner Patrouillengänge. Dabei sah er in die Gesichter der Geiseln und versuchte, in den Augen ihre Verfassung abzulesen.

»Verstanden, Polkownik Okidadse.« Blochin machte sich mit zügigen Schritten auf den Weg zu seinem technischen Offizier.

Dort angekommen, sah er auf die Bildschirme und musste grinsen.

»Wieder mal lagen Sie mit Ihrer Einschätzung richtig, General. Sie haben Kompressoren aufgefahren und bereiten einen Sturm auf das erste Zelt im Eingangsbereich vor. Es geht also um das Zelt der Fischer-Liesl.«

»Wie sieht es denn mit unserem Kompressordruck aus? Haben wir genug Dampf, um die Fischer-Liesl zu erreichen?«

»Ich habe vor zwei Minuten die Hochkompression eingeleitet. Der Druck in den Verbindungsleitungen steht bereits. Wir sind einsatzbereit in T minus fünf Minuten.«

Blochin wandte sich an seinen Weggefährten. Selbst durch den kleinen Sehschlitz, der vorne in der Sturmhaube Blochins Augen freiließ, erkannte Okidadse einen sorgenvollen Zug in der Mimik seines Kommandeurs. Okidadse sah ihn

fragend an, sagte jedoch nichts, bis Oleg Blochin zu sprechen begann.
»Ich hatte gehofft, dass wir das vermeiden können.« Blochin zeigte mit einem Finger auf den Bildschirm. Er deutete auf die Schläuche zwischen den wuselnden Polizisten. »Ich hatte gedacht, dass sie uns direkt angreifen. Deren Evakuierungspläne sind doch nutzlos.« Blochin spuckte den letzten Satz verächtlich aus und atmete tief ein. »Jetzt wird die Operation eskalieren. Verschuldet durch die Dummheit und Ignoranz der Verantwortlichen. Wir reagieren nur. Was nun geschieht, wäre vermeidbar gewesen. Ich werde Dr. Kusnezow sagen, er soll den Kampfstoff scharf machen.«
Okidadse nickte langsam und sah seinen Kommandeur an.
Heller Fels.
Blochins Stimme wurde eisig.
»Auslösen, wenn der Gegner mit dem Sturm beginnt!«

22:15 Uhr

Die Scheinwerfer unter ihnen tauchten den Hubschrauberlandeplatz des Kanzleramtes in gleißendes Licht. Langsam ließ der Pilot die Maschine sinken. Die Herrschaften, die Kapitän Härter begrüßen sollten, mussten ihre Jacken festhalten und sich nach vorne lehnen, um auf den Beinen zu bleiben.
»Haben Sie vielen Dank, Herr Kapitänleutnant«, sagte Härter. Er nahm seinen Helm ab. Der Pilot drosselte die Turbinen. Das Schlagen der Rotoren nahm in Lautstärke und Frequenz stetig ab.
Härter öffnete die Tür des Helikopters, dann wandte er sich nochmals an den Piloten.
»Fliegen Sie nach Schwielowsee und tanken Sie auf. Besorgen Sie uns was zu essen. Ich möchte nicht ausschließen, dass wir heute Nacht noch nach Augsburg oder Moos wei-

terfliegen. Näher werden wir wohl an München aus der Luft nicht herankommen.«

Härter tippte sich mit zwei Fingern grüßend an die Stirn.

»Gott schütze uns vor Feind und Wind und vor dem ungewollten Kind!«

Der Kapitän setzte sich seine weiße Mütze auf und zog sie tief ins Gesicht, damit sie nicht weggeweht würde. Er schlug den Mantelkragen hoch, nahm seinen Aktenkoffer und seine Reisetasche und stieg aus dem Hubschrauber. Der Rotor trieb den Geruch von Flugbenzin und Maschinenöl durch die Luft.

»Zu Befehl, Herr Kapitän.« Der Pilot legte die rechte Hand zum Gruß an den Helm.

Er musste lächeln.

Wer auch immer der Gegner ist, *ganz* wehrlos trifft er uns nicht an, dachte der Pilot. Seine Finger huschten über die Instrumententafeln im Cockpit. Er wusste um die Geschichten, die über den Kapitän und seine Abteilung in der Marine kursierten. Und wenn diese Geschichten auch nur zur Hälfte stimmten, dann war Kapitän zur See Wolfgang Härter ein Mann, den man besser nicht zum Feind hatte.

Er sah seinem Fluggast nach.

Der schwere, dunkelblaue Marinemantel des Kapitäns wehte im Luftstrom der Rotorblätter wie das Feldzeichen eines ganzen Bataillons.

Einer der Wartenden streckte dem Kapitän die rechte Hand zur Begrüßung entgegen. Härter ignorierte die Geste. Er blieb nur kurz vor seinem Empfangskomitee stehen und grüßte militärisch.

»Lassen Sie uns gehen, meine Herren. Wir haben viel zu tun und wenig Zeit.«

*

Die SEK-Beamten bekamen über Funk das *Go*, den Befehl, loszuschlagen. Jeweils ein halbes Dutzend hatte sich an den beiden Schläuchen aufgestellt. Nun hoben sie die Schläuche an den Griffen an und begannen zu rennen.
Bereits dreißig Sekunden zuvor hatten sich zwanzig Mann in Bewegung gesetzt. Ihre Aufgabe war es, die Leitern für den Abluftschlauch an das Zelt anzulegen und die Planen zu zerschneiden. Sie trugen dafür martialisch aussehende Macheten am Gürtel.
An der Spitze dieser Gruppe rannte Thomas Aschner, der Kommandeur der bayerischen Sondereinsatzkommandos. Der Polizeipräsident und der Innenminister hatten ihm zunächst untersagt, in vorderster Front an dem Einsatz teilzunehmen. Aber Aschner hatte darauf bestanden.
Zwar war er nicht mehr der Jüngste, doch immer noch in erstklassiger Form. Seine Kondition sowie seine Ergebnisse im Nahkampftraining und auf dem Schießstand ließen die meisten seiner Männer vor Neid erblassen.
Er war mit Abstand der SEK-Beamte mit der größten Erfahrung. Er hatte in vielen brenzligen Situationen riskante Entscheidungen treffen müssen. Seine Nervenstärke war legendär. Ebenso wie seine gefürchteten cholerischen Ausbrüche.
Zahllose Einsätze lagen hinter ihm. Verfolgungsjagden. Geiselnahmen. Lösegeldübergaben. Banküberfälle. Zugriffe auf schwerbewaffnete Tatverdächtige. Zweimal war Aschner im Einsatz verwundet worden. Seine Männer respektierten ihn nicht nur, sie vertrauten ihm bedingungslos.
Und bei diesem Einsatz wollte er seine Männer nicht im Stich lassen.
Aschner war noch ungefähr zwanzig Meter vom Zelt der Fischer-Liesl entfernt, als einige Kollegen der Bereitschaftspolizei aus den Türen kamen. Sie bewegten sich merkwürdig ruckartig. Wie Marionetten, deren Fäden einem wahn-

sinnigen Puppenspieler in die Hände gefallen waren. Die Uniformen sahen aus, als hätten sich die Beamten mit irgendetwas bekleckert. Nach wenigen Metern brachen die Polizisten zusammen. Ihre Leiber erstarrten in den unglaublichsten Verrenkungen.

Skulpturen, die von der Endzeit kündeten.

»Schneller, verdammt noch mal!«, rief Aschner in sein Mikrofon, das ihn mit seinen Männern verband. »Schneller!« Seine Stimme hatte ungewollt einen flehenden Unterton bekommen. Er selbst zog die Geschwindigkeit seines Sprints nochmals an. Seine Lungen brannten von der komprimierten Atemluft aus der Flasche auf seinem Rücken.

Endlich hatte er das Zelt erreicht. Mit einem wuchtigen Hieb trieb er die rasiermesserscharfe Klinge seiner Machete von oben nach unten durch die Zeltplane.

Ein Schnitt von zwei Metern Höhe entstand.

Ein weiterer Beamter war neben ihm eingetroffen. Sein Buschmesser fuhr in der Horizontalen durch den dicken Kunststoff. Als seine Klinge Aschners Schnitt kreuzte, klappte die Plane auf und gab den Blick auf das Innere des Zeltes frei.

Die Apokalypse.

Aschners Atem stockte angesichts des Grauens, das sich seinen Augen bot.

Armageddon.

Die zweitausend Besucher der Fischer-Liesl waren auf biologische Organismen reduziert. Ihre Körper kämpften gegen einen biochemischen Prozess an, dessen Verlauf unabänderlich und unumkehrbar war.

Jeder einzelne Muskel verkrampfte sich bis zum Zerreißen. Leiber wanden sich.

Ihr, die ihr hier eintretet, lasset alle Hoffnung fahren, durchfuhr es Aschners Gehirn.

Kinder, Frauen und Männer versuchten aufzustehen, zu

laufen, die Türen zu erreichen. Doch binnen Minuten verloren sie jede Kontrolle über ihre Körperfunktionen. Der Inhalt ihrer zusammengepressten Mägen brach aus den Mündern hervor. Die Nachfolgenden stolperten über die Leiber derer, die den Kampf bereits verloren hatten.
Die Kraft der vollständig kontrahierten Muskulatur bog manchem den Rücken so weit durch, dass nur noch Kopf und Fersen den Boden berührten.
Der Tod fuhr reiche Ernte ein.
Schließlich erreichten die SEK-Beamten mit den Schläuchen die Öffnungen in der Zeltwand. Die Schlauchenden wurden ins Innere des Zeltes gestoßen. Mit kräftigen Schlägen trieben Beamte Heringe in den Boden, um die Schläuche zu fixieren. Als der sechste Hering im Boden versunken war, gab Aschner den Befehl, die Lüftung einzuschalten.
Die gewaltigen Kompressoren brüllten los, und die entfesselte Kraft der Maschinen ließ den Boden beben.
Nur wenige Meter entfernt stand Alois Kroneder am Fenster seines Büros und sah nach draußen. Auf seinem Schreibtisch kippten klappernd die Fotos seiner Frau und der beiden gemeinsamen Kinder um.
Überrascht stellte Alois Kroneder fest, dass er betete.

*

Härter weigerte sich, seine Glock abzugeben. Er war vor der Tür des Sitzungsraumes neben dem Kanzlerbüro angekommen. Die Personenschützer des Regierungschefs verstellten ihm den Weg. Nach einigen Minuten fruchtloser Diskussion rief einer der Leibwächter den Verteidigungsminister heraus.
»Herr Minister, die Vorschriften verlangen, dass niemand bewaffnet diesen Raum betritt. Bitte sagen Sie Ihrem Mitarbeiter, Herrn ...« Der Beamte der Sicherungsgruppe hob

fragend die Stimme. Die Frage nach dem Namen des unbekannten Besuchers blieb unbeantwortet in der Luft hängen.
»… dass er uns seine Waffe übergeben soll. Auch im Interesse Ihrer eigenen Sicherheit, Herr Minister.«
Der Verteidigungsminister winkte ab. »Ich fühle mich in der Gegenwart dieses Herrn völlig sicher. Umso mehr, wenn er bewaffnet ist.«
Er wandte sich zur Tür, öffnete sie und bat Härter mit einer Geste, einzutreten.
Härter ließ die Reisetasche an der Tür stehen. Er musterte die versammelten Herren der Reihe nach. Schließlich trafen sich die Blicke des Kapitäns mit denen des Kanzlers. Härter salutierte.
»Herr Bundeskanzler, meine Herren, bitte entschuldigen Sie, dass ich nicht früher hier sein konnte. Wir haben leider keine schnelleren Hubschrauber. Sparmaßnahmen beim Verteidigungshaushalt. Sie wissen das ja.«
Der Außenminister ließ ein entrüstetes Schnauben hören. Der Innenminister hob an, etwas zu sagen, überlegte es sich dann jedoch anders und schwieg.
Alle folgten dem Kapitän mit ihren Blicken, als er an den runden Konferenztisch trat. Härter öffnete seine Aktentasche und entnahm ihr einige Papiere, die er vor sich auf den Tisch legte. Mit einer wortlosen Geste bot ihm der Verteidigungsminister einen Sitzplatz an.
Härter legte seinen Mantel ab und nahm am Tisch Platz.
Der Verteidigungsminister räusperte sich.
»Herr Bundeskanzler, verehrte Kollegen, der Name dieses Mannes ist bis auf weiteres Poseidon. Sie brauchen seine wahre Identität nicht zu kennen.«
»Meinen Sie nicht, dass Sie es jetzt etwas übertreiben?«, fragte der Innenminister bissig.
»Es reicht ein etwas zu langer Blick, eine winzige Geste des Wiedererkennens auf einem Botschaftsempfang oder Ähn-

lichem, und dieser Mann ist enttarnt. Von einer Nennung des Namens ganz zu schweigen. Für diesen Mitarbeiter wäre eine Enttarnung mit unmittelbarer Lebensgefahr verbunden.«

Härter hatte begonnen, ungeduldig mit den Fingern auf die Tischplatte zu trommeln.

»Wenn die Herren mit der Erörterung meiner Lebenserwartung fertig sind, würde ich mit Ihrer Erlaubnis gerne anfangen.«

Der Kapitän fixierte den Bundeskanzler.

»Einen Moment noch, Poseidon. Bevor Sie Ihre Überlegungen vortragen, möchte ich Sie davon in Kenntnis setzen, dass mittlerweile eine Forderung der Geiselnehmer bei der bayerischen Staatsregierung eingegangen ist. Wir haben diese Forderung vor einer knappen Stunde erhalten.«

Der Bundeskanzler atmete tief ein.

»Sie wollen Geld. Viel Geld.«

»Geld?« Der Kapitän verbarg seine Verblüffung nicht. »Einfach nur Geld?«

»Nicht direkt Geld«, ergänzte der Verteidigungsminister. »Sie wollen Rohdiamanten. Einhundertfünfzig Kilogramm. Kein Stein unter eineinhalb Karat.«

Härters Miene hellte sich auf, während er die Menge im Kopf überschlug. Gute zwei Milliarden Euro. Und nur einhundertfünfzig Kilogramm Gewicht. Wären die Steine erst einmal professionell geschliffen, würde sich ihr Wert vervielfachen.

Er nickte. »Das passt schon eher ins Profil.«

»Wir haben vier Tage Zeit, die Diamanten zu beschaffen. Übergabe ist am Donnerstag um zwölf Uhr mittags.«

»High noon«, ließ sich der Innenminister vernehmen.

»Das bedeutet«, fuhr der Verteidigungsminister fort, »dass die Täter die momentane Situation bis Donnerstag aufrechterhalten wollen. Daher ...«

Härter hob die Hand, und der Minister brach ab. Aller Augen richteten sich erwartungsvoll auf den Kapitän.
»Dann wissen wir jetzt wenigstens, woran wir sind. Wir haben es mit Dieben zu tun. Mit ungewöhnlich gut bewaffneten Dieben. Aber mit Dieben. Und wir wissen, dass wir Zeit haben, unsere Schritte genau zu überlegen. Ich wollte sowieso am Anfang eine Bitte an den Herrn Bundeskanzler äußern. Bitte stellen Sie sicher, dass niemand in München etwas Unüberlegtes tut. Rufen Sie beim Ministerpräsidenten an. Polizei ist zwar Ländersache. In diesem Fall aber ...« Er brach ab.
Der Bundeskanzler nickte, griff zu dem Telefon, das vor ihm stand, und ließ sich mit dem bayerischen Ministerpräsidenten verbinden.
Härter wandte sich an den Innenminister.
»Wie ist der Status der GSG 9? Wie viele einsatzfähige Beamte sind derzeit in der Bundesrepublik? Die meisten sind meines Wissens in Afghanistan und im Irak zur Sicherung der Botschaften und des diplomatischen Personals.« Während er sprach, wanderte sein Blick zum Außenminister und wieder zurück zum Innenminister.
Der Bundeskanzler telefonierte währenddessen.
»Eine vollständige Einsatzeinheit – sechs Spezialeinsatztrupps – steht in St. Augustin bereit, Poseidon. Ich habe sie um neunzehn Uhr in Alarmbereitschaft versetzen lassen. Morgen im Laufe des Tages wird eine weitere Einsatzeinheit bereit sein. Wir holen die Männer gerade aus dem Urlaub zurück. Momentan sind zwei der vier Einsatzeinheiten der GSG 9 im Ausland tätig.«
»Das heißt, dreißig Mann könnten sofort aufbrechen? Und morgen im Laufe des Tages noch einmal dreißig?«
Der Innenminister nickte.
»Wie sieht es mit den technischen Einheiten aus?«, fragte der Kapitän.

»Ganz ähnlich. Wir haben einen Spezialeinsatztrupp Technik im Ausland. Die anderen beiden sind hier. Morgen werden also auch zwei technische Trupps bereit sein.«
»Das sind ja mal gute Nachrichten.« Auf dem Gesicht des Kapitäns zeigte sich ein schmales Lächeln.
Da ließ ihn die laute Stimme des Kanzlers herumfahren.
»Sie haben WAS?« Der Bundeskanzler brüllte die Frage ins Telefon. »Brechen Sie sofort ab. SOFORT!«
Der Regierungschef schwieg, während am anderen Ende der Leitung etwas entgegnet wurde.
»Dann erwarte ich in wenigen Minuten Ihren Bericht. Rufen Sie sofort an, wenn Sie etwas wissen.« Wütend beendete er das Gespräch.
»Der Ministerpräsident hat mir soeben berichtet, dass das SEK auf seinen Befehl hin mit der Evakuierung eines Zeltes begonnen hat.«
Stille senkte sich über die Runde im Berliner Kanzleramt.
»Diese hirnverbrannten Idioten!« Die Stimme von Kapitän zur See Wolfgang Härter war nur noch ein Flüstern.

*

Als die Frischluft in Orkanstärke aus dem Schlauch ins Zelt gepumpt wurde, riss sie die Bänke und Tische mit sich in die Höhe. Wirbelnd flogen die schweren Möbel durch die Luft, bevor sie auf die wehrlosen Sterbenden herabfielen. Selbst in ihren Schutzanzügen konnten die Beamten das Brechen der Knochen noch hören. Der Boden schwamm von Erbrochenem.
Thomas Aschner stand noch immer wie versteinert da. Zweitausend Menschenleben. Wie ein Hammerwerk dröhnte die Zahl in seinem Bewusstsein. Zweitausend Menschenleben. Wieder und immer wieder.
Münder zu tonlosen Schreien aufgerissen.

Stilles Sterben überall.

Das Gas ließ die Muskulatur des Verdauungsapparates versagen. Kot und Urin besudelten die Toten und die Sterbenden. In seinem Schutzanzug bemerkte Aschner nicht, wie ein unerträglicher Gestank in dem Zelt aufstieg.

Eine junge Frau im Dirndl wankte auf ihn zu. Exkremente liefen an ihren Beinen herab. Das schöne, jugendliche Antlitz war in namenlosem Schmerz zu einer animalischen Fratze verzerrt. Ihre weit aufgerissenen Augen schienen aus den Höhlen treten zu wollen. Ihre Pupillen hatten die Größe von Stecknadelköpfen. Tränen liefen über ihre Wangen. Die Finger der rechten Hand hielten einen Bierkrug in unlösbarem Griff umklammert.

Unmenschliche Laute entrangen sich ihrer Kehle. Die Extremitäten zuckten in einem jenseitigen Veitstanz. Der Speichel warf Blasen. Schaumiger Ausfluss troff der jungen Frau vom Kinn.

Die Frau kam in mühsamen, ruckartigen Schritten weiter auf ihn zu. Die Kontraktion der Muskeln hatte Blutgefäße unter der Haut zerrissen. Handtellergroße Hämatome breiteten sich über ihren Hals aus und zeichneten violette Muster in ihrem Gesicht.

Eine Landkarte der Hölle.

Unwillkürlich wich Aschner zurück.

Da blieb Aschners linkes Bein an einem der Stahlheringe hängen, mit denen der Schlauch im Boden verankert war. Er stürzte nach hinten.

Noch im Fallen hörte er das helle Geräusch, als der dicke Kunststoff des Schutzanzuges zerriss.

Die Frau war noch zwei Meter von Aschner entfernt, als ihre Beine einknickten. Sie fiel auf die Knie. Ihre Augen verdrehten sich zum Himmel. Sie stürzte nach vorne. Ihr Körper erstarrte in einem letzten Krampf.

Aschner rappelte sich hoch. Sie hatten dieses Vorgehen oft

geübt. Diese vielen Übungen hatten zur Folge, dass Aschner nur noch ein einziges Wort denken konnte:
DEKONTAMINATION.
Aschner rannte in Richtung der Spezialfahrzeuge los. Über Funk rief er die Leitstelle. »SEK Eins Eins hat einen Schaden am Schutzanzug. Ich komme jetzt zu Ihnen. Dekontaminationseinheit bereitmachen.«
Die Männer in den Einsatzfahrzeugen verfolgten seit einer Minute die Bilder der beiden Kameras, die mit den Schläuchen ins Zelt geschafft worden waren. Schweigendes Entsetzen lag seitdem über dem Kommandostand.
Aschners Funkspruch riss die Männer aus ihrer Erstarrung. Ein Dekontaminationsteam machte sich auf den Weg, um ihm entgegenzulaufen.
Das erste Anzeichen, das Aschner spürte, war ein Ziehen im linken Wadenmuskel. Es fühlte sich an, als wäre er zu lange gelaufen und bekäme jetzt einen Krampf wegen Übersäuerung. Seine Hand fuhr zu seiner Wade herab und versuchte, die Muskeln mit massierenden Bewegungen wieder zu entspannen.
Vergeblich.
DEKONTAMINATION.
Seine Nase begann zu laufen, als hätte er starken Schnupfen. Aschner beschleunigte seine Schritte. Dann registrierte er, wie sich die Muskeln in seinem linken Bein schmerzhaft zusammenzogen und nicht mehr lockerten. Mehr und mehr verlor er die Kontrolle über sein linkes Bein. Die Muskulatur fühlte sich an, als stünde sie in Flammen. Unter Qualen zwang er sich, weiterzurennen. Jeder Schritt wurde zu einer Konzentrationsleistung.
DEKONTAMINATION.
Plötzlich konnte er nicht mehr atmen. Genauer gesagt: Er konnte nicht mehr ausatmen. Die Muskeln weigerten sich, die verbrauchte Luft aus dem Brustkorb zu pumpen.

Seine Lungen waren erstarrt.
Atemstillstand.
Der Gehalt an Kohlendioxid in seinem Körper nahm zu. Das Blut stieg ihm in den Kopf. Sein Schädel schien jede Sekunde zerplatzen zu müssen. Als sich seine Gesichtsmuskeln verkrampften, zogen sie seine Mundwinkel zu einem irren Grinsen nach hinten.
Übelkeit überkam ihn. Er musste würgen. Der Inhalt seines Magens klatschte an die Innenseite der Plexiglasscheibe vor seinem Gesicht. Ein säuerlicher Geschmack füllte seine Mundhöhle. Sein Schließmuskel versagte. Blase und Darm entleerten sich in den Schutzanzug.
DEKONTAMINATION.
Eine ungeheure Welle der Panik und des Grauens erfasste ihn. Mit donnernden Schlägen hämmerte der Puls in seinen Schläfen. Er hörte das Rauschen des Blutes in seinen Ohren. Der Druck in seinem Kopf stieg ins Unerträgliche.
Er war unter Wasser.
Ohne die Möglichkeit, aufzutauchen.
Er war im Begriff, bei vollem Bewusstsein zu ersticken. Ein Alptraum. In heller Todesangst versuchte er, sich auf den Brustkorb zu schlagen, um die Atmung wieder in Gang zu bringen. Seine Arme schienen nicht mehr ihm zu gehören.
Hol Luft!
Atme!
Du brauchst Luft!
Sein Brustkorb reagierte nicht. Muskel für Muskel verkrampfte sich sein ganzer Körper. Ihm wurde schwindelig. Die Welt schien nach links unten wegzurutschen. Mit taumelnden Schritten bewegte Aschner sich weiter.
Reiß dich zusammen!
Konzentrier dich!
DEKONTAMINATION.
Ein scharfer Schmerz fuhr durch seinen Kopf, als sich die

Wangenmuskeln vollständig zusammenzogen. Die ungeheure Kraft der Kiefermuskulatur ließ die Zähne in seinem Mund splittern. Er hörte krachende Geräusche des Berstens im Innenohr. Er schmeckte Blut.
Thomas Aschner stolperte. Seine Arme reagierten nicht, konnten den Sturz nicht abfangen. Mit voller Wucht schlug sein Körper auf dem Asphalt der Wirtsbudenstraße auf. Die beiden Männer, die ihm entgegenkamen, waren noch zehn Meter entfernt, als seine Augen keine Konturen mehr erkennen konnten. Die Welt vor seinen Augen wurde zu einem wilden Spiel tanzender Farben.
Die Farben wichen gnädiger Dunkelheit.
DE-KON-TA …

22:30 Uhr

Nachrichtensperre. Soeben war über die Ticker der Agenturen die Meldung gekommen, dass die bayerische Staatsregierung in Abstimmung mit der Bundesregierung bis auf weiteres eine Nachrichtensperre verhängt hatte. Aus polizeitaktischen Gründen, wie es hieß.
General Oleg Blochin wandte seinen Blick vom Monitor mit den Online-Nachrichten wieder den Schirmen zu, die die Vorgänge auf der Theresienwiese überwachten. Ungerührt blickte er auf die Bilder der Kameras, die das Innere der Fischer-Liesl zeigten.
Er empfand angesichts der Leichenberge einen gewissen Ärger über die Dummheit des Gegners. Er hatte versucht, die gesamte Operation so zu inszenieren, dass keine Zweifel an seiner Entschlossenheit entstehen konnten. Doch der Gegner hatte ihm nicht geglaubt. Selbst schuld.
Er erhob sich und kehrte ins Zelt zurück. Er wollte seine Kontrollgänge fortsetzen. Er wollte überprüfen, ob und wann jemand im Zelt kurz davor war, durchzudrehen.

Aber nicht nur das.

Seine Augen suchten auch nach anderen Merkmalen, als er langsam die Reihen zwischen den Bierbänken abschritt. Einer seiner Männer ging vor ihm. Hinter ihm folgte ein Hundeführer, der den Schäferhund an kurzer Leine hielt. Iljuschin kam der Gruppe entgegen.

Trotz der Sturmhaube konnte Blochin sehen, dass der Nahkampfspezialist grinste.

»Die werden jetzt ein bisschen mehr als nur *einen* Kühllaster brauchen, General.« Iljuschin sprach Russisch mit ihm. Blochin hörte ein Glucksen. »Wann, glauben Sie, wird der erste direkte Angriff des Gegners erfolgen?«

»Momentan steht die Gegenseite unter Schock. Auf den Schock folgt normalerweise die Wut. Je nachdem, wie besonnen sie sind, werden sie uns noch eine Weile warten lassen. Es kann allerdings auch sein, dass wir bereits im Morgengrauen Besuch bekommen.«

Ein wohliger Schauer durchlief Iljuschin.

»Wir werden sie gebührend empfangen.«

*

Der bayerische Innenminister und der Münchner Polizeipräsident boten dem Ministerpräsidenten bereits Minuten später ihren Rücktritt an. Sie waren diejenigen gewesen, die den Einsatz befürwortet hatten. Das Vorgehen des Sondereinsatzkommandos hatten sie zu verantworten. Aber der Ministerpräsident lehnte die angebotenen Rücktritte ab. Seine Stimme schien von weit her zu kommen.

»Sie sind und bleiben meine erfahrensten Mitarbeiter in diesem Bereich. Der Freistaat kann in dieser schweren Stunde nicht auf Ihre Kompetenzen verzichten. Die Versorgung der Geiseln in den anderen Zelten muss koordiniert werden. Machen Sie sich an die Arbeit.«

Nach wie vor lag der Schatten des Unwirklichen über der bayerischen Staatskanzlei. Immer wieder schüttelte einer von den versammelten Herren den Kopf, als wollte er die Bilder, die er eben gesehen hatte, einfach herausschütteln.
Zweitausend Tote.
Ermordet.
Erstickt.
Vergast.
Der Büroleiter ergriff das Wort. »Vor der Presse haben wir bis auf weiteres Ruhe. Die Verhängung der Nachrichtensperre ist über die Agenturen rausgegangen. Wir werden Sichtblenden brauchen, wenn wir die Opfer abtransportieren. Ich werde das mit dem Einsatzleiter vor Ort klären.« Die Stimme des Mannes klang bei weitem nicht mehr so selbstsicher wie in den Stunden zuvor.
»Die Landesregierung von Baden-Württemberg hat uns Hilfe angeboten. Sie können unverzüglich fünfhundert Mann Bereitschaftspolizei in Marsch setzen. Sie bieten auch die Mitwirkung von zweihundert Mann des Technischen Hilfswerks mit schwerem Gerät und fünfzig Rettungswagen an. Soll ich das Angebot in Ihrem Namen annehmen, Herr Ministerpräsident?« Fragend sah er seinen Chef an.
Der Ministerpräsident nickte müde. »Ja, tun Sie das. Wir werden jeden Polizisten brauchen, den wir bekommen können. Wenn morgen früh der Flughafen nicht wieder geöffnet wird, haben wir hier in der Stadt ein unglaubliches Chaos.«
»Ich werde in diesem Sinne antworten.« Der Büroleiter verließ den Raum, um zu telefonieren.
Langsam erholte sich auch der Oberbürgermeister von seinem Schock und fand die Sprache wieder.
»Die Forderungen der Täter müssen jetzt ernster genommen werden denn je. Sind wir in der Lage, die geforderte Menge an Diamanten bereitzustellen? Wo kriegt man solche Mengen überhaupt her? Wie sollen wir den Kauf von so

vielen Diamanten refinanzieren? Wir brauchen schließlich mindestens zwei Milliarden Euro.«
Der Innenminister nickte und wandte sich an den Ministerpräsidenten.
»Der Oberbürgermeister hat recht. Auf alle Fälle müssen wir am Donnerstagmittag in der Lage sein, die geforderte Menge an Diamanten zu übergeben.«
»Das ist Angelegenheit von Berlin. Diese Sache muss der Bundesfinanzminister abwickeln. Da können wir nichts tun.«
»Wir müssen aber etwas tun. Wenn sich Berlin aus Gründen der Staatsräson weigert zu bezahlen, haben wir hier siebzigtausend Leichen. Das müssen wir unter allen Umständen verhindern«, sagte der Oberbürgermeister.
»Sie wollen gegen einen eventuellen Entschluss der Bundesregierung aktiv werden?«
»Wenn es sein muss, ja. Das ist keine Frage der Staatsräson, das ist ein Gebot der Menschlichkeit.«

*

Professor Peter Heim war sich mittlerweile sicher, die Situation richtig einzuschätzen. Er und alle anderen Menschen im Zelt waren Geiseln. Die Männer in den schwarzen Anzügen waren Geiselnehmer. Verbrecher. Der Mann, der vorhin gesprochen hatte, musste der Anführer sein.
Allem Anschein nach kamen die Männer aus Deutschland. Der Anführer hatte ohne Akzent gesprochen. Und er hatte einige Redewendungen gebraucht, wie sie nur ein Deutscher benutzen würde. Er hatte ihnen erklärt, dass niemandem etwas geschehen würde, wenn alle ruhig blieben und sich an die Anweisungen hielten. Für ihr leibliches Wohl würde bestens gesorgt. Das war eine der sprachlichen Wendungen gewesen, die dem Professor aufgefallen waren. Dass Essen

und Trinken als leibliches Wohl bezeichnet werden, steht in keinem Wörterbuch, hatte er im Stillen konstatiert.
Seine verletzte Wange schmerzte noch immer.
Er beobachtete, wie auf dem rechten Balkon Schlafplätze eingerichtet wurden. Die Männer klappten die Bänke und Tische zusammen und bauten Feldbetten auf. Die Menschen, die dort gesessen hatten, wurden zu anderen freien Plätzen eskortiert.
Da tippte ihm jemand von hinten auf die Schulter.
Peter Heim schrak zusammen und wandte sich um.
Der Mann, der ihn vorhin nach der Uhrzeit gefragt hatte, lächelte ihn an. Wann war das gewesen? Wie lange war das her? Es kam Peter Heim so vor, als wäre seitdem eine Ewigkeit vergangen.
Er erinnerte sich. Es war zwanzig vor sechs gewesen. Der Mann hatte Englisch gesprochen. Seiner Aussprache nach zu urteilen, handelte es sich um einen Amerikaner. Sein Haar war grau und militärisch kurz geschnitten. Der Mann mochte Anfang fünfzig sein. Trotzdem war sein Oberkörper breitschultrig und muskulös. Peter Heim sprach ihn in seinem Akademikerenglisch an. »Kann ich Ihnen irgendwie helfen?«
»Ja, das können Sie. Ich habe nicht alles verstanden, was der Mann auf der Bühne gesagt hat. Mein Deutsch ist nicht so gut. Könnten Sie das für mich noch einmal zusammenfassen?«
Peter Heim erklärte dem Mann die Situation. Dabei blickte er in aufmerksame, wache Augen. Manchmal fragte der Mann auch nach oder bat ihn, bestimmte Passagen zu präzisieren.
»Haben Sie den Eindruck, der Mann ist Deutscher? Oder haben Sie einen Akzent erkannt, irgendetwas, das darauf schließen ließe, dass er sich nicht seiner Muttersprache bedient hat?«, fragte der Amerikaner schließlich.

Peter Heim runzelte die Stirn. »Wieso interessiert Sie das? Wer sind Sie überhaupt?«

»Oh, entschuldigen Sie, dass ich mich nicht vorgestellt habe. Mein Name ist Patrick McNamara. Ich bin ein Marine. US Marine Corps. Ich arbeite im Naval Intelligence Center in Stuttgart. Marinegeheimdienst. Ich bin seit einer Woche aus dem Irak zurück und wollte mit meiner Frau Brighid hier auf dem Oktoberfest meine Rückkehr feiern.«

Er deutete auf eine junge, rothaarige Frau, die ihm gegenübersaß.

Ihr sommersprossiges Gesicht war etwas blass. Sie hob grüßend die rechte Hand und winkte dem Professor kurz zu. Der erwiderte nickend.

»Morgen wollten wir Schloss Neuschwanstein besichtigen«, fuhr der Mann fort. »Und dann nach Salzburg weiterfahren. Die *Sound-of-music*-Tour mitmachen und uns die Stadt ansehen. Ein Wiener Schnitzel essen.« Der Mann seufzte. »Tja, daraus wird wohl vorerst nichts.«

»Wenn Sie Soldat sind, dann verstehe ich Ihre Frage.« Peter Heim lächelte den Mann an. »Ich habe mir, ehrlich gesagt, schon so etwas gedacht. Sie sehen so aus, als seien Sie in einer sehr guten körperlichen Verfassung. Welchen Rang bekleiden Sie denn?«

»Ich bin Oberstleutnant, wenn Sie damit etwas anfangen können.«

»Ja, und nicht nur die Offiziersränge sind mir bekannt. Wissen Sie, ich bin Professor für Kulturtheorie an der hiesigen Universität.« Peter Heim hatte das Gefühl, als spräche er über ein anderes Leben, das er zu einer anderen Zeit, in einer anderen Welt einmal gelebt hatte. »Das Militär ist eines der ältesten Kulturphänomene der Menschheit. Deshalb habe ich mich damit auseinandergesetzt. Meiner Überzeugung nach bin ich allerdings Pazifist.«

»Eine Einstellung, die in Ihrem Land aus verständlichen

Gründen nicht ganz unüblich ist. Darf ich Sie nach Ihrem Namen fragen?«
»Peter Heim. Es wäre mir lieber, ich hätte Sie und Ihre Frau unter angenehmeren Umständen kennengelernt.«
McNamara nickte dem Professor lächelnd zu.
»Ich möchte meine Frage von vorhin noch mal wiederholen. Haben Sie den Eindruck, dass der Mann, der vorhin gesprochen hat, Deutscher ist?«
»Ja, allerdings. Er hat sich während seiner Ansprache einiger Ausdrücke und Redewendungen bedient, die nur ein Muttersprachler so verwenden würde.«
»Das ist erstaunlich. Ich habe diese Männer jetzt einige Zeit beobachtet. Das sind ohne jeden Zweifel Soldaten. Profis. Nicht irgendwelche Soldaten. Das ist eine Eliteeinheit. Kommandosoldaten. Ich erkenne das. Allein die Art, wie sie sich bewegen. Ihre Gesten. Die Art, wie sie mit ihren Waffen umgehen. Aber ich kann mir beim besten Willen nicht vorstellen, wieso deutsche Elitesoldaten ein Bierzelt auf dem Oktoberfest besetzen sollten.« McNamara ließ seinen Blick durch das Zelt schweifen. »Aber sie haben es offensichtlich getan.«
Peter Heim sah den amerikanischen Geheimdienstoffizier nachdenklich an. Der Mann hatte recht. Das war wirklich erstaunlich.
Mehr als das.
Das war eigentlich undenkbar.

*

Lange Zeit sagte keiner der Anwesenden ein Wort. Die Filme, die die beiden Kameras im Zelt der Fischer-Liesl aufgenommen hatten, waren nach Berlin überspielt worden. Während die Filme liefen, waren vereinzelt kurze Laute der Ungläubigkeit und des Entsetzens hörbar geworden. Der

Präsident des BKA hatte sich übergeben müssen. Würgend war der Mann zur Toilette gerannt. Der Kanzler saß starr, eine Hand vor den Mund geschlagen. Seit zwei Minuten war es in dem Raum völlig still. Niemand bewegte sich.
Das Einzige, was zu hören war, war der Atem der versammelten Entscheidungsträger der Republik. Bestürzung war in den Mienen zu lesen.
Der Außenminister holte tief Luft. Er setzte mehrfach an, bevor er schließlich die ersten Worte hervorbrachte.
»Was für eine Katastrophe«, sagte er krächzend.
Jetzt fand auch der Regierungschef die Sprache wieder.
»Eine unfassbare Tragödie. Für die Opfer. Für die Angehörigen.« Der Kanzler ließ seinen Blick über die Gesichter der anderen Herren wandern. »Für unser Land.«
Er schob seinen Kopf zwischen den Schultern nach vorne. Sein Gesicht, das eben noch völlige Fassungslosigkeit gezeigt hatte, spiegelte nun Entschlossenheit.
»Meine Herren, ich erwarte Ihre Vorschläge.«
»Ich werde umgehend in St. Augustin anrufen und die GSG 9 in Marsch setzen. Wir brauchen diese Leute jetzt dort vor Ort. Ich denke, ich habe Ihr Einverständnis?« Der Innenminister sah den Bundeskanzler an.
Der nickte.
Der Innenminister griff zum Telefon.
Es klopfte.
»Herein!«, rief der Regierungschef unwirsch. Seine Büroleiterin trat ein.
»Herr Bundeskanzler, wir haben dringende Anfragen aus den Botschaften Amerikas, Australiens, Italiens, Englands, Japans und noch einiger weiterer Länder. Sie wollen wissen, was auf dem Oktoberfest in München vor sich geht. Sie wollen wissen, ob Bürger ihrer Länder betroffen sind. Und der Kanzleramtsminister hat sich gemeldet. Er ist unterwegs und wird in den frühen Morgenstunden hier sein.«

»Danke. Ach, und rufen Sie den Finanzminister an. Wir müssen klären, ob und wie wir die geforderten Diamanten beschaffen können. Ich erwarte seine Vorschläge morgen früh. Sagen Sie ihm, er kann jederzeit anrufen. Hier wird sowieso niemand zum Schlafen kommen, denke ich.«
»Ich werde mich sofort darum kümmern, Herr Bundeskanzler«, sagte die Frau und verließ eiligst den Raum.
Der Außenminister hatte bereits mit seinen zuständigen Mitarbeitern zu telefonieren begonnen.
Inzwischen hatte der Innenminister sein Telefonat beendet. Die GSG 9 hatte den Marschbefehl Richtung München erhalten. Er wandte sich wieder an den Regierungschef.
»Außerdem brauchen wir einen Koordinator und Verhandlungsführer vor Ort. Ich denke an einen meiner Staatssekretäre. Ich denke an Dr. Roland Frühe, der für innere Sicherheit zuständig ist. Der hat auch das nötige Auftreten, um sich Respekt bei den bayerischen Sturköpfen zu verschaffen.«
»Ja, schicken Sie Frühe als offiziellen Vertreter der Bundesregierung nach München. Das ist eine gute Idee. Der kann auch die Verhandlungen führen. Falls überhaupt welche zustande kommen. Rufen Sie ihn an und holen Sie ihn her.«
Der Präsident des BKA kam mit fahlem Gesicht von der Toilette zurück und setzte sich wieder an den Tisch.
Schweigend hatte Wolfgang Härter den Gesprächen gelauscht. Während er die Bilder aus dem Zelt verfolgt hatte, war ein lodernder, heiliger Zorn in ihm aufgestiegen. Der Zorn war bald darauf kalter Wut gewichen. Jetzt hatte er seine Gefühle wieder unter Kontrolle. In seinen Augen jedoch brannte ein blaues Feuer.
Er wandte sich mit fragendem Gesichtsausdruck an den Verteidigungsminister. Der nickte seinem obersten Agenten aufmunternd zu.
»Herr Bundeskanzler, meine Herren«, begann der Kapitän

211

mit fester Stimme. »Ich hätte auch einen Vorschlag zu machen. Der wird Ihnen sehr ungewöhnlich erscheinen. Aber die Situation ist eben ungewöhnlich.« Härter unterbrach sich. »Wobei ungewöhnlich eigentlich der falsche Ausdruck ist. Die Situation ist einzigartig. Wir haben es in der Geschichte der Bundesrepublik noch niemals mit einer Situation zu tun gehabt, die auch nur annähernd mit dieser vergleichbar wäre. Dies ist, im Hinblick auf die Zahl der Opfer ebenso wie im Hinblick auf die Brutalität der Täter, eine Situation ohne Vergleich.«

Alle hörten dem Kapitän aufmerksam zu. Der Kanzler und der Verteidigungsminister nickten.

»Zunächst einmal muss ich mich korrigieren. Ich habe mich getäuscht. Das sind keine Diebe. Der Massenmord, den wir alle eben mit ansehen mussten, war kein Verbrechen. Das war ein Angriff. Ein Angriff mit Waffengewalt. Wenn ich die Symptome vorhin richtig interpretiert habe, wurde neuroreaktives Kampfgas eingesetzt. Zweifellos ein kriegerischer Akt. Ich denke an Artikel 115 a der Verfassung, Herr Bundeskanzler.«

Er las Erstaunen in den Gesichtern.

Doch damit hatte Kapitän zur See Wolfgang Härter gerechnet.

»Die Menschen, die das getan haben, die uns das angetan haben, sind keine mutmaßlichen Täter im Sinne unseres Rechtsverständnisses. Diese Menschen sind unsere Feinde, sind Feinde unseres Landes. Diese Menschen sind Kombattanten im Sinne der Haager Landkriegsordnung. Wir sollten sie als solche behandeln.«

Langsam verstanden die Herren im Raum, worauf der Kapitän hinauswollte.

»Herr Bundeskanzler, ich schlage vor, den Bundestag zu einer Dringlichkeitssitzung einzuberufen. Ich schlage vor, den Verteidigungsfall zu erklären.«

»Das ist, bei allem Respekt, völliger Unsinn«, rief der Innenminister erregt. »Unsere Sicherheitsorgane sind der Situation vollauf gewachsen. Wir können uns doch nicht auf eine Stufe mit diesen Barbaren stellen.«

»In der Tat, das ist ein ungeheuerlicher Vorschlag«, pflichtete ihm der Außenminister bei.

»Wollen Sie das den Müttern der Getöteten so sagen, Herr Innenminister?« In der Stimme von Wolfgang Härter lag unverhohlener Sarkasmus. Mit jedem Wort steigerte sich die Schärfe des Tons. »Wollen Sie auf zweitausend Grabsteine den Satz eingravieren lassen: Die Sicherheitsorgane der Bundesrepublik waren der Situation vollauf gewachsen?«

Der Regierungschef hob beschwichtigend die Hände.

»Meine Herren, bitte, so kommen wir nicht weiter. Ihr Vorschlag ist tatsächlich sehr radikal, Poseidon. Ich denke auch, dass wir mit der GSG 9 eine adäquate Antwort geben können. Und die Erklärung des Verteidigungsfalles bleibt ja weiterhin eine Option. Wir müssen die Situation in München genauestens beobachten. Und wir sollten die Einheiten der Bundeswehr in Bayern in erhöhte Alarmbereitschaft versetzen.«

»Herr Bundeskanzler, wenn ich einen weiteren Vorschlag machen dürfte«, ließ sich der Verteidigungsminister vernehmen. »Es geht um Poseidon und seine spezifischen Kompetenzen. Wir sollten Poseidon …«

Der Bundeskanzler unterbrach ihn.

»Daran habe ich auch gedacht, Herr Verteidigungsminister. Und ich habe meine Entscheidung in dieser Sache schon getroffen. Poseidon …« Der Regierungschef sah Wolfgang Härter an. »Ich ernenne Sie hiermit zu meinem Sonderermittler. Sie erhalten uneingeschränkte hoheitliche Vollmachten. Ich werde ein Schreiben aufsetzen, das alle offiziellen Stellen dazu verpflichtet, Ihnen jede nötige Unterstützung zu gewähren. Finden Sie heraus, wer die Täter sind. Finden

Sie heraus, wo ihre Schwachstellen sind. Versuchen Sie zu ermitteln, wie diese Leute das Oktoberfest mit ihrer Beute wieder verlassen wollen. Und setzen Sie dem Treiben dieser Leute ein Ende, wenn Sie können.«
Wolfgang Härter hielt den Blick des Bundeskanzlers fest, während er sich erhob.
Blaues Feuer.
»Zu Befehl, Herr Bundeskanzler. Mein Hubschrauber wartet aufgetankt in Schwielowsee. Ich müsste nur kurz telefonieren, um ihn hierher zu beordern. Ich werde als Ermittler des Bundeskriminalamtes auftreten. Ich werde den Namen Müller benutzen. Entsprechende Papiere habe ich dabei.« Er wandte sich zum Präsidenten des BKA, der nach wie vor bleich war. »Sie wissen hiermit Bescheid. Ich werde mich auf Sie berufen.«
Der BKA-Präsident nickte müde und machte sich eine Notiz.
»Und ich bräuchte einen Raum, um mich umzuziehen. Ab jetzt ist zivile Kleidung wohl angemessener.«
Der Bundeskanzler wies mit dem Daumen auf die Tür in seinem Rücken. »Sie können mein Büro benutzen, Poseidon.«

23:55 Uhr

Härter hatte beim Wehrbereichskommando Süd in München angerufen. Der dortige A&Ω-Offizier hatte ihm zugesichert, dass man ihm einen zivilen Wagen nach Augsburg schicken würde, um ihn abzuholen. In der Innentasche seines Jacketts trug er die vom Kanzler unterschriebene Vollmacht.
Sämtliche Mitarbeiter seiner Abteilung waren bereits alarmiert. Die Angehörigen der Abteilung A&Ω saßen an ihren Arbeitsplätzen in Köln, Wilhelmshaven, Schwielowsee, Gels-

dorf, Rheinbach, Grafschaft, Mayen und Mittenwald. Die operative Abteilung des Militärischen Abschirmdienstes begann, ihre Netze im weltweiten Ozean der Informationen auszuwerfen.

Der Sea-Lynx-Helikopter stand mit laufenden Turbinen auf dem Landeplatz des Kanzleramtes, als der Kapitän das Gebäude verließ. An beiden Seiten waren Zusatztanks angebracht, um den Aktionsradius der Maschine zu erhöhen. Mit Genugtuung registrierte Härter die Sea-Skua-Raketen. Sie würden sich verteidigen können.

»Und wo soll's diesmal hingehen, Herr Kapitän?«

»Nach Augsburg. Wir fliegen unter Gefechtsbedingungen. Geben Sie Gas.« Härter deutete auf die Borduhr des Hubschraubers. »Es ist fünf vor zwölf.«

Der Pilot lachte kurz. »Zu Befehl, Herr Kapitän.«

Die Nase des Marinehelikopters senkte sich nach unten, als er Geschwindigkeit aufnahm und die deutsche Hauptstadt hinter sich ließ. Das 360-Grad-Radar des Hubschraubers tastete den Boden ständig nach Anzeichen eines Angriffs ab. Zudem durchdrangen die elektronischen Augen des Infrarotsystems die Dunkelheit und hielten Ausschau nach möglichen Feinden.

Was auch immer die Politiker geredet hatten und noch reden würden, dem Sonderermittler des Bundeskanzlers war vollkommen klar, was er zu tun hatte. Kapitän zur See Wolfgang Härter zog in den Krieg.

Dem Feind entgegen.

Richtung Süden.

> Die Gewalt des Staates wird eingesetzt, um Gewalttätigkeiten anderer Provenienz zu unterbinden. Gewalt dient der Austreibung von Gewalt.
>
> Niklas Luhmann, *Die Politik der Gesellschaft*

8

Auf die Dauer wurde es doch unbequem. Werner Vogel sah den Mitarbeitern des Roten Kreuzes und des Technischen Hilfswerks zu, wie sie Matten und Decken ins Bärenbräu-Zelt brachten. Manche der Menschen schliefen dort bereits sitzend. Sie hatten den Kopf vor sich auf die Unterarme gebettet.

In den Boxen an den Seiten wurden provisorische Schlafplätze eingerichtet. Auch war es im Zelt mittlerweile recht kühl geworden. So war Werner Vogel dankbar, als ihm ein Mann vom Technischen Hilfswerk eine Decke anbot. Nachdem er sie sich um die Schultern gelegt hatte, wurde ihm rasch wärmer. Er sah in die verschlafenen Augen seines Gegenübers.

»Wir sollten auch versuchen, ein bisschen zu schlafen«, sagte Werner zu Matthias.

»Ich bin vor kurzem an der Schulter operiert worden und kann unmöglich hier am Tisch schlafen.«

»Dann musst du dich an einen der Helfer wenden. Sie sollen dir eins der wenigen Betten zur Verfügung stellen. Genau für solche Fälle bringen sie diese Dinger doch hier rein.«

Matthias nickte. »Du hast recht.« Er hob eine Hand, um die Aufmerksamkeit der Helfer auf sich zu lenken. Ein Bereitschaftspolizist näherte sich.

»Kann ich etwas für Sie tun?«

»Ja. Ich wollte fragen, ob ich eines der Betten haben könnte. Ich bin erst vor vier Wochen an der Schulter operiert worden und werde hier wohl nicht schlafen können, weil ich dann zu große Schmerzen bekomme.«
Der Polizist sah ihn verständnisvoll an.
»Dann kommen Sie mal mit. Ich glaube, das lässt sich machen. Einer der Ärzte kann sich Ihre Schulter auch noch mal ansehen, wenn Sie das wollen.«
»Ich glaube nicht, dass das nötig sein wird. Trotzdem danke!«
Sein neuer Bekannter verabschiedete sich von Werner Vogel.
»Dann schlaf mal gut, Werner, soweit das möglich ist. Mannomann, wir leben in verrückten Zeiten, was?«
»Ja, wohl wahr. Dir auch eine gute Nacht. Bis morgen früh zum Wiesn-Frühstück!« Werner grinste Matthias aufmunternd an, der dem Polizisten in Richtung der provisorischen Schlaflager folgte.
Werner Vogel war ziemlich angetrunken und müde. Er rollte seine Jacke zu einem Kissenersatz zusammen und legte sie vor sich auf den Biertisch. Dann bettete er sich hin und schloss die Augen.
Er seufzte. Seine letzten Gedanken, bevor er einschlief, galten seiner geliebten Amelie. Wie mochte es ihr gehen? Bestimmt war sie in Sicherheit. Wahrscheinlich lag sie in ihrem schönen, gemütlichen Bett. Da wäre er jetzt auch gerne.
Bald fiel er in einen leichten Schlaf.
Auch in den anderen Zelten wurde es langsam ruhiger. Die Müdigkeit gewann die Oberhand über die Aufregung. Die Gespräche ebbten ab. Immer mehr Geiseln schliefen nach und nach ein.

2:45 Uhr

Am Flughafen in Augsburg herrschte reinstes Chaos. Beim Anflug auf das relativ kleine Rollfeld konnte Härter erkennen, dass unzählige Passagiermaschinen herumstanden. Den ganzen Abend über, bis in die Nacht hinein, waren aus München umgeleitete Flugzeuge hier gelandet. Die Hotels der Stadt waren bis auf das letzte Bett belegt. Auch die Gasthöfe im Umland hatten kaum noch Zimmer frei.

»Da sind aber viele Reisende gestrandet«, sagte der Pilot, als er aus der Kanzel nach unten sah.

Ein Gedanke nahm in Wolfgang Härters Kopf Gestalt an.

Ein Moment der Klarheit.

Er hatte etwas übersehen.

Er hätte eine Verbindung herstellen müssen. Härter konzentrierte sich. Als er den Gedanken greifen wollte, war ihm, als versuche er, einen Nebelfetzen festzuhalten. »Was haben Sie gerade gesagt?«

»Ich habe gesagt, dass da unten eine Menge Leute gestrandet sind.«

Härter schüttelte den Kopf. Er kam einfach nicht darauf. Doch irgendetwas hätte er verstehen können, verstehen *müssen*.

»Kennen Sie das, Herr Kapitänleutnant? Ihnen fällt etwas ein, Sie können es aber nicht in Worte fassen?«

»O ja, das kenne ich. Es liegt einem auf der Zunge, will aber nicht rauskommen.« Der Pilot nickte mehrfach, während er mit dem Landemanöver begann.

Doch der Gedanke bekam keine Konturen.

Nachdem der Pilot auf einem abseits gelegenen Bereich des Flughafens gelandet war, stieg Härter aus und verabschiedete sich.

»Herr Kapitänleutnant, ich könnte mir vorstellen, dass ich Sie bald wieder brauche. Bleiben Sie also in der Nähe. Tanken Sie auf. Essen Sie was. Ruhen Sie sich aus.« Er sah einen

Wagen des Bundesgrenzschutzes über das Rollfeld näher kommen.

»Wenn Sie eine Empfehlung von mir annehmen wollen, fliegen Sie zum Gebirgsjägerbataillon 233 nach Mittenwald. Der Kommandeur der Gebirgsjägerbrigade 23 ist mir persönlich bekannt. General Moisadl. Ich werde ihn anrufen und Ihr Kommen ankündigen. Sagen Sie ihm einen schönen Gruß von mir. Dann bekommen Sie Treibstoff sowie eine gute Unterbringung und erstklassige Verpflegung für sich und Ihre Crew.« Härter hielt kurz inne. »Mit Blick auf ein beeindruckendes Gebirgspanorama«, setzte er dann grinsend hinzu.

Der Kapitän hat wirklich eine ganz eigene Art, Befehle zu erteilen, dachte der Pilot. Deshalb wagte er es, auf das obligatorische »zu Befehl« zu verzichten.

»Danke für den Tipp, Herr Kapitän. Ich werde Ihren Gruß ausrichten. Was zu essen wäre jetzt nicht schlecht. Sie wissen ja: Ohne Mampf kein Kampf.« Der Pilot grinste zurück.

»Nichts zu danken. Ich melde mich wieder.« Der Kapitän hob grüßend zwei Finger an die Stirn.

»Gott schütze uns vor Feind und Wind …«, begann er.

»… und vor dem ungewollten Kind!«, ergänzte der Pilot. Härter zwinkerte dem Marineflieger zu, schloss die Tür des Helikopters und ging auf den Wagen zu, der ihn zum Flughafenterminal bringen sollte. Hinter ihm kamen die Turbinen des Sea Lynx orgelnd auf Touren.

Der Grenzschutzbeamte, der den BKA-Mann namens Müller von dem Hubschrauber abholen sollte, wunderte sich. Nicht nur darüber, dass offensichtlich ein Zivilist aus einer Militärmaschine ausgestiegen war. Nein, noch eine andere Frage beschäftigte den Mann: Was um alles in der Welt hatte ausgerechnet die Marine mitten in der Nacht in Augsburg zu suchen?

Als Härter das kleine Flughafengebäude durchquerte, stieß er überall auf Wartende. Viele hatten keine Hotelzimmer mehr bekommen. Und die Busse, die Fluggäste zu anderen Unterbringungen transportierten, hatten viel zu geringe Kapazitäten, um so viele Personen aufzunehmen.
Angestellte des Flughafens gaben Kaffee und Tee sowie heiße Suppe und Bockwürste aus. Die gestrandeten Reisenden saßen auf den Stühlen in den Wartebereichen oder hatten sich auf ihre Gepäckstücke gesetzt. Die Rucksacktouristen waren am besten dran. Sie hatten ihre Schlafsäcke ausgerollt und schliefen. Das Ganze erinnerte an ein Feldlager.
Sein Wagen war noch nicht da. Die Autobahnen von und nach München waren völlig verstopft.
In Richtung Stuttgart versuchten viele, die am nächsten Morgen einen Termin hatten und deshalb aus München weg mussten, den dortigen Flughafen zu erreichen.
In der anderen Richtung reihten sich Konvois der baden-württembergischen Bereitschaftspolizei, des THW und Rettungswagen zu einem Lindwurm aneinander. Über viele Kilometer sah man den rotierenden Schein der Blaulichter durch die Nacht streichen.
Der Fahrer hatte ihn über Funk im Hubschrauber erreicht und gesagt, dass er über Landstraßen fahren müsse und vermutlich erst gegen drei Uhr den Flughafen erreichen würde. Das passte dem Kapitän sehr gut, denn er war hungrig.
Er ließ sich einen Teller Linsensuppe und drei heiße Würstchen geben, setzte sich an einen der Tische in der Wartehalle und aß. Die Halle summte von aufgeregten Gesprächen.
Wolfgang Härter sperrte die Ohren auf.
So konnte er die Gerüchte und Geschichten hören, die hier die Runde machten. Der Klang der Stimmen reichte ihm, um zu bemerken, dass die Menschen Angst hatten. Mutmaßungen über die Täter wurden geäußert. Auch der Grund für die Geschehnisse rief ein großes Rätselraten hervor. Fast

jeder der Anwesenden kannte jemanden, der sich noch auf der Theresienwiese befand.
Er tunkte eine Bockwurst in den Klecks scharfen Senf auf dem Pappteller. Die Würstchen schmeckten hervorragend, frisch und knackig, wie sie sein mussten.
Im Stimmengewirr schnappte Wolfgang Härter ein Wort auf, an das er selbst noch gar nicht gedacht hatte. Ein Wort, das eine kurze Hitzewelle durch seinen Körper laufen ließ. Ein Wort, das unbedingt von der Öffentlichkeit fernzuhalten war. Ein Wort, dessen Gehalt gleichwohl dringend überprüft werden musste.
Für Sekunden hielt er mit dem Kauen inne.
Atombombe.

*

Amelie Karman schreckte hoch.
Das Telefon klingelte. Desorientiert sah sie auf den Digitalwecker auf ihrem Nachttisch. Es war halb vier morgens. Wer konnte das sein? Dann durchfuhr es sie wie ein Blitz: Werner!
Sie stand auf und taumelte, so schnell ihre schlaftrunkenen Bewegungen das zuließen, zum Telefon ins Wohnzimmer. Sie nahm ab und ließ sich in das Sofa fallen.
Es war nicht Werner Vogel.
Es war der Chefredakteur aus Hamburg.
»Guten Morgen, Frau Karman. Bitte entschuldigen Sie die ungewöhnliche Uhrzeit. Wir haben hier die Nacht mit Redaktionssitzungen zugebracht. Alle waren von Ihrem Artikel sehr angetan. Und auch von der Schlagzeile.« Der Chefredakteur räusperte sich. »Gute Arbeit!«
Bei diesen Worten röteten sich ihre Wangen vor Stolz.
»Danke. Ich freue mich natürlich, dass Ihnen meine Arbeit gefallen hat. Warum rufen Sie jetzt an? Was kann ich tun?«

»Wir planen für morgen eine Sonderausgabe. Am Abend. Bundesweit. Über die neuesten Entwicklungen. Wir möchten, dass Sie weiterhin vom Geschehen auf dem Oktoberfest berichten. Zapfen Sie Ihre Münchner Kanäle an. Wir erwarten Ihren Bericht bis zwölf Uhr.«
»Aber es ist eine Nachrichtensperre verhängt worden. Die offiziellen Stellen geben keinerlei Informationen mehr an die Presse weiter. Wir hängen in der Luft.«
»Das hat einen guten Journalisten noch nie aufgehalten. Dann müssen wir uns eben auf inoffizielle Stellen berufen. Jetzt schlafen Sie erst mal noch ein bisschen. Ich wollte Ihnen das nur gleich sagen, damit Sie sich darauf einstellen können.«
»Das, äh, ehrt mich«, begann Amelie etwas ungeschickt. »Ich will sehen, was ich tun kann. Ich melde mich wieder bei Ihnen.«
»Das hoffe ich. Bis später, Frau Karman. Wir zählen auf Sie.«
Dann legte der Chefredakteur auf.
Der Mann hat ja Nerven, dachte Amelie. Wie sollte sie denn nach so einem Anruf einfach weiterschlafen? Sie dachte nach. Wie sollte sie die Geschichte aufziehen? Wen konnte sie anrufen? Wen kannte sie, der ihr vielleicht zusätzliche Informationen geben konnte?
Einige Minuten saß sie in Gedanken versunken auf dem Sofa, bis ihr plötzlich ein Name einfiel. O ja, sie würde doch noch ein wenig schlafen können. Morgen früh um sieben würde sie den Mann anrufen. Der würde sicher irgendetwas erzählen. Der Mann redete nämlich ausgesprochen gerne mit der Presse. Und er kannte sich mit dem Oktoberfest aus wie kein zweiter.
Josef Hirschmoser.

*

Morgens um kurz nach vier passierte der dunkelblaue Fünfer-BMW mit dem BKA-Mann namens Müller die Stadtgrenze von München. Der Fahrer kannte sich sehr gut aus und hatte seinen schweigsamen Fahrgast über viele Schleichwege in die bayerische Landeshauptstadt gebracht. Mehrere Male hatte sein Passagier in ein merkwürdig aussehendes Mobiltelefon gesprochen.

Härter schaute aus dem Fenster. Die Stadt lag da, als wäre nichts geschehen. Es waren vielleicht ein paar Polizeiwagen mehr als sonst zu sehen. Aber nichts wirklich Außergewöhnliches.

Er wandte sich an seinen Fahrer.

»Ist es überall in der Stadt so ruhig?«

»O nein! Die Hauptstraßen sind völlig verstopft. Auch haben wir erste Meldungen über nächtliche Unruhen in den Stadtteilen Perlach und Milbertshofen.«

»Soziale Brennpunkte?«, fragte Härter knapp.

Der Fahrer nickte. »Ja. Aber zum Glück kommen jetzt die Polizisten aus Baden-Württemberg, um die hiesigen Kräfte zu unterstützen. Es ist nichts vorgefallen, was einem ernsthaft Sorgen bereiten müsste.«

Nach einer Pause von mehreren Minuten, in der sich der Fahrer geschickt durch ein Gewirr kleiner Straßen bewegte, hob der Kapitän wieder zu sprechen an.

»Was hat sich in der Frage meiner Unterbringung ergeben?«

»Zunächst war für Sie ein Zimmer im Gästehaus der bayerischen Staatsregierung vorgesehen. Das hat aber irgendjemand abgelehnt. Viel zu öffentlich und auffällig, hieß es. Danach haben wir übernommen. Es war gar nicht so einfach, ein freies Bett für Sie zu organisieren. Doch wir haben ein kleines Innenstadthotel gefunden. Da sind einige Reservierungen für heute abgesagt worden. Die Gäste können die Stadt ja per Flugzeug nicht mehr erreichen. Außerdem woll-

ten die meisten eh auf die Wiesn. Und das fällt wohl bis auf weiteres flach.«
»Nicht für mich. Ich würde Sie bitten, mich gleich zur Theresienwiese zu fahren. Ich möchte mir die Sache unverzüglich selbst ansehen, bevor ich mich ein wenig ausruhe. Meinen Sie, das ist möglich?«
»Möglich schon. Aber es wird eine ganze Weile dauern. Um die Theresienwiese herum ist alles von Fernsehsendern und Polizei zugestellt. Wir werden einige Zeit brauchen, um dorthin zu gelangen.«
»Auch um diese Uhrzeit? Na ja, wir haben wohl keine andere Wahl.« Eine Pause folgte. »Ist mein Gepäck schon da?«
»Nein, noch nicht. Wird aber sofort in Ihr Hotel gebracht, wenn es eintrifft.«
»Sehr gut. Und jetzt möchte ich zur Theresienwiese.«

*

Je mehr sich der Wagen dem Festgelände näherte, desto gespenstischer wurde die Szenerie. Die Lichtkegel starker Scheinwerfer schnitten durch die Dunkelheit. Straßensperren der Polizei leiteten den Verkehr um. Kamerawagen mit Hebebühnen standen an den Metallzäunen und versuchten, Bilder von der Theresienwiese aufzunehmen. Auf dem Bavariaring reihten sich die Rettungswagen aneinander.
Auch die Polizisten, die im Einsatz waren, sahen in der Nähe des Oktoberfestes martialischer aus. An den Sperren, die einen äußeren Ring um das ganze Stadtviertel zogen, waren noch gewöhnliche Streifenpolizisten im Einsatz. Die Beamten, die den inneren Ring bewachten, trugen kugelsichere Westen, Helme und Maschinenpistolen.
Härter zeigte nun schon zum dritten Mal seinen BKA-Ausweis vor, der ihn als Herrn Müller auswies. Dann bogen sie vom Bavariaring ab und fuhren auf die Wiesn-Wache zu.

Ein Panzerwagen des Grenzschutzes sicherte die Zufahrt.
Das Gelände um die Wache wurde von Scheinwerferwagen beleuchtet. Auf der Theresienwiese brannten nur die Straßenlaternen entlang der Wirtsbudenstraße, der Schaustellerstraße und der Matthias-Pschorr-Straße, die direkt auf die Bavaria zuführt. Weltberühmt. Hier steht traditionell das Riesenrad.
Die Fahrgeschäfte lagen im Dunkeln. Die Buden, die am Tage Filzhüte, Magenbrot, Zigaretten, Bratwürste, Luftballons, gebrannte Mandeln, Stofftiere, Fischsemmeln, Souvenirs, Zuckerwatte oder Hochprozentiges anboten, waren verrammelt.
Durch die Planen der Bierzelte drang schwaches, milchiges Licht. Polizisten, Sanitäter und Männer des THW liefen geschäftig auf dem Gelände umher. Der Lichtschein vieler Taschenlampen flackerte über den Boden.
Das Benediktiner-Zelt war von weitem zu sehen.
Durch die Öffnung im Dach drang Licht aus dem Inneren. Von unten beleuchtete es den Radarmast und die rotierende Antenne an dessen Spitze. Licht und Schatten ließen das Radar wie eine unwirkliche Installation erscheinen.
Durch die Drehung der Antenne reflektierte diese die Innenbeleuchtung wie eine überdimensionale Discokugel. Lichtstreifen und tanzende, helle Punkte wurden von glänzenden Schrauben durch die Dunkelheit und auf die Blätter der umstehenden Bäume geworfen.
Härter sah sich um. Er prägte sich die Positionen der Überwachungskameras ein, die ihn erfassen könnten. Dann stieg er aus dem Wagen.
Die Angreifer haben offensichtlich einen Sinn für effektvolle Inszenierungen, dachte er, während sein Blick über die Theresienwiese schweifte. Sie beleuchten das Denkmal, das sie sich selbst gesetzt haben.
Auch die Regisseure der Nachrichtensender hatten diese

Einstellung für sich entdeckt. Auf unzähligen Fernsehkanälen ging das Bild des angestrahlten Radarmastes um die Welt.

Härter sah zum Zelt der Fischer-Liesl. Dort wurden hohe Gitterzäune aufgebaut. Weitere Männer waren damit beschäftigt, Planen über die Zäune zu spannen, um einen Sichtschutz zu errichten. Gerade kamen einige Gestalten in Schutzanzügen aus dem Zelt.

Wortlos wandte der Kapitän sich wieder zu seinem Begleiter. Gemeinsam gingen sie zur Wiesn-Wache.

*

»Holen Sie diesen Mann näher heran.«

Blochin hatte seine Patrouille durch das Zelt unterbrochen und stand hinter Okidadse im Gefechtsstand. Der General deutete mit dem Finger auf einen Bildschirm. Das Objektiv der Kamera, die hoch über der Theresienwiese in der Mietwohnung stand, war auf den Eingangsbereich der Wiesn-Wache gerichtet. Das leistungsstarke Teleobjektiv vergrößerte den Besucher, bis seine Gestalt den ganzen Monitor füllte.

»Wieso? Was ist mit diesem Mann, General?« Okidadse drehte sich zu Blochin herum. Er konnte erkennen, dass die Augen seines Kommandeurs zu schmalen Schlitzen verengt waren. Die Brauen waren zusammengezogen.

Blochin sprach leise und abgehackt weiter.

»Nur so eine Ahnung, Polkownik Okidadse. Es liegt an der Art, wie der Mann sich bewegt. Und wie er sich umgesehen hat, als er aus dem Wagen stieg. Ohne Zweifel ein geschulter Beobachter. Können Sie das Kennzeichen des Wagens feststellen? Ist das einer von hier? Oder kommt er von außerhalb?«

»Das wird kein Problem sein, General.« Einige Sekunden

vergingen. Okidadse richtete das Objektiv der Kamera auf die BMW-Limousine.
»Ziviles Münchner Kennzeichen, General. Warum interessiert Sie das? Stimmt irgendetwas nicht?«
»Es ist alles in Ordnung, Polkownik Okidadse. Ich habe nur das unbestimmte Gefühl, dass dieser Mann Schwierigkeiten machen könnte. Aber wahrscheinlich täusche ich mich. Speichern Sie die Aufnahmen für alle Fälle ab und schicken Sie die Bilder über den Satelliten an unsere Männer auf dem ›Spielplatz‹. Die sollen mal sehen, ob sie irgendetwas über den Mann in Erfahrung bringen können. Und überprüfen Sie das Kennzeichen.«
»Zu Befehl, General.«
Wenige Minuten später war die Satellitenübertragung abgeschlossen. Jenseits der polnisch-russischen Grenze erhielten Blochins Männer, die in seiner Operationsbasis, dem »Spielplatz«, die Stellung hielten, zwanzig Bilder zur Überprüfung.
Das Gesicht des Mannes war leider auf keinem der Bilder vollständig zu erkennen.
Eine biometrische Analyse war nicht möglich.

*

Alois Kroneder war müde und niedergeschlagen. Seit mehr als zehn Stunden koordinierte er die Polizisten und Hilfskräfte auf dem Oktoberfest. Die Erschöpfung allein wäre nicht so schlimm gewesen. Kroneder war ein belastbarer Mann.
Nervenstark und kaffeegestählt.
Aber die zweitausend Opfer, die tot in der Fischer-Liesl lagen, hatten nach einer Welle des Zorns tiefe Hoffnungslosigkeit in ihm ausgelöst. Dann hatte er die Nachricht vom Tod Thomas Aschners erhalten.

Er hatte Aschner gut gekannt. Sehr gut sogar. Er war der Patenonkel eines seiner Kinder.
Gewesen, setzte er in Gedanken hinzu. Gewesen. Zischend ließ er die lang angehaltene Luft aus dem Brustkorb entweichen.
Alois Kroneder war kurz davor, schlappzumachen.
Es klopfte.
Langsam hob er den Kopf.
Die Tür zu seinem Büro wurde geöffnet und Ulgenhoff streckte seinen Kopf herein.
»Herr Kroneder, da ist ein Herr vom BKA, der Sie gerne sprechen möchte.«
»Ah, die hohen Herren aus Wiesbaden lassen sich blicken. Schicken Sie ihn herein.« Sarkasmus schwang in seiner Stimme mit.
Als der Besucher den Raum betrat, konnte Kroneder sein Erstaunen kaum unterdrücken. Der Mann sah so ganz anders aus als die BKA-Leute, die er bislang kennengelernt hatte.
Das war keiner der üblichen Bürokraten. Die Figur des Mannes, die sich unter dem klassisch geschnittenen, dunkelblauen Anzug abzeichnete, war eher die eines austrainierten Leistungssportlers.
Zehnkämpfer vielleicht.
Oder Schwimmer.
»Guten Morgen, Herr Kroneder. Wenn man unter diesen Umständen von einem guten Morgen sprechen kann. Müller ist mein Name.« Der Mann sprach Hochdeutsch. Er streckte seine rechte Hand zur Begrüßung aus. Der kräftige Händedruck hatte etwas Beruhigendes. Unterschwellig wirkte der Mann auf Alois Kroneder jedoch zugleich seltsam bedrohlich.
Er war auf der Hut.
Das lag an den Augen des Mannes. Während sie Kroneder

fixierten, hatte er den Eindruck, als ob diese Augen ein Eigenleben hätten. Ein lodernder Blick.
Blaues Feuer.
»Nehmen Sie Platz, Herr Müller. Ich werde Sie kurz auf den neuesten Stand bringen. Und dann bin ich gespannt zu hören, wie Sie weiter vorgehen wollen. Welche Schritte planen Sie? Was haben Sie vor?«
»Eins nach dem anderen. Zunächst hätte ich eine einfache Frage: Haben Sie einen Geigerzähler zur Verfügung? Wir sollten das Benediktiner-Zelt auf Strahlungsquellen hin überprüfen.« Härters Stimme klang ruhig.
»Einen *was?*« Kroneder war für Sekunden völlig verblüfft. Doch nach und nach begriff er, was die Frage seines Besuchers bedeutete. Er senkte den Kopf und schlug die Hand vor die Augen, was den Ausdruck grenzenlosen Erschreckens in seinem Gesicht jedoch nicht verbergen konnte.
Die Frage bedeutete …
Entsetzlich.
»Einen Geigerzähler. Sie wissen schon. Man misst radioaktive Strahlung damit.«
»Ja, inzwischen habe ich verstanden.« Kroneders Stimme war plötzlich brüchig. »Ich werde das sofort in die Wege leiten.« Der Polizist griff zum Telefon. Nachdem er die Anweisung erteilt hatte, das Benediktiner-Zelt mit einem Geigerzähler zu kontrollieren, wandte er sich wieder seinem Besucher zu.
Das Gesicht des BKA-Mannes namens Müller zeigte keine Regung.
»Und jetzt?«, fragte Kroneder. Die Verunsicherung in seiner Stimme war nicht zu überhören.
»Jetzt sagen Sie mir erst mal, was hier in der letzten Stunde passiert ist.«
Kroneder holte tief Luft.
»Ja, natürlich. Also: Die ABC-Abwehr des Bundesgrenz-

schutzes und des Technischen Hilfswerks hat den Tatort untersucht. Sie behaupten, mittlerweile sei der Wirkstoff zerfallen. Aber solange die selbst ihre Schutzanzüge nicht ausziehen, habe ich nicht vor, auch nur einen weiteren Mann in dieses Zelt zu schicken.«

»Das ist vernünftig. Haben sie den Wirkstoff schon analysiert?«

»Das scheint schwierig zu sein.« Kroneder blätterte in einer dünnen Akte, die auf seinem Schreibtisch gelegen hatte. Dann zeigte seine Miene an, dass er gefunden hatte, was er suchte. »Aber die Stoffklasse haben sie bestimmen können. Es handelt sich um Phosphorsäureester. So steht es jedenfalls in einem vorläufigen Bericht des mobilen Labors. Nicht, dass mir das etwas sagen würde.«

»Aber mir sagt das was.« Der Kapitän brach ab. Für Kroneder sah es so aus, als hätte sein Besucher an der Wand hinter ihm etwas unglaublich Spannendes entdeckt.

Da sein Gegenüber nicht weitersprach, platzte Kroneder heraus: »Jetzt reden Sie schon, Herr Müller. Was sagt Ihnen das? Oder ist das jetzt geheim und für die Ohren eines einfachen Polizisten nicht bestimmt?« Ungewollt hatte seine Stimme einen Unterton von Verbitterung angenommen.

»Selbst wenn es geheim wäre, würde ich es Ihnen sagen. Sie haben sich mehr als jeder andere das Recht verdient, dass ich offen mit Ihnen rede.«

»Äh, wieso denn das?« Kroneder blickte den BKA-Mann namens Müller misstrauisch an.

»Herr Kroneder, eines kann ich Ihnen gleich sagen: Soweit ich den Ablauf der Ereignisse hier überschauen kann, sind Sie ein sehr besonnener Mann. Hätte man Sie einfach Ihre Arbeit machen lassen, anstatt dass die hohe Politik Ihnen ins Handwerk pfuscht, würden die Menschen in der Fischer-Liesl und die Kollegen vermutlich noch leben.«

Das überraschende Kompliment zeichnete ein schwaches

Lächeln auf das Gesicht des Polizisten. Das erste seit vielen Stunden.
»Um auf Ihre Frage zurückzukommen«, fuhr sein Gegenüber fort, »die Täter haben einen Phosphorsäureester eingesetzt. Ein Nervengift. Einen chemischen Kampfstoff. Vermutlich Sarin. Das ist auf der ganzen Welt gemäß der aktuellen C-Waffen-Konvention offiziell verboten.«
Der BKA-Mann namens Müller ließ ein kurzes, kaltes Lachen hören.
»Aber natürlich lagern in den Depots der Militärs dieser Welt noch immer gewaltige Mengen von diesem Teufelszeug. Und das sagt mir, dass wir es mit Profis zu tun haben. Mit menschenverachtenden Arschlöchern allererster Kajüte, wenn Sie mir dieses offene Wort gestatten.«
Eine kurze Pause folgte.
»Und wenn Sie wissen wollen, was ich vorhabe, nun, ich kann Ihnen zumindest sagen, was ich *nicht* vorhabe: Ich habe nicht vor, diese Leute davonkommen zu lassen.« Während des letzten Satzes hatte sein Besucher die Stimme gehoben.
Kroneder nickte. Sein Erstaunen nahm immer mehr zu. Ein kleiner Keim der Zuversicht blühte in ihm auf. Vielleicht war ja doch noch nicht alles verloren.
»Ich hätte einen Vorschlag zu machen.« Der Besucher hatte seine Stimme wieder gesenkt.
»Und der wäre ...« Misstrauen und Interesse schwangen in Kroneders Stimme mit.
»Suchen Sie über die Medien nach Zeugen, die von – sagen wir – halb sechs bis zur Evakuierung im Biergarten des Benediktiner-Zeltes waren. Befragen Sie die Bedienungen. Irgendjemand muss etwas gesehen haben. Wenn wir Glück haben, finden wir auf irgendeinem Videoband ein erstes verwertbares Bild eines Täters.« Müller lächelte ihn an.
Während Kroneder ebenfalls zu lächeln begann, griff er nach

dem Telefon. Das war eine verdammt gute Idee. Trotzige Entschlossenheit überkam ihn. Er richtete sich in seinem Stuhl auf. Mit knappen Anweisungen veranlasste er eine Suchmeldung, dann erhob er sich und deutete mit ausgestrecktem Arm auf die Tür.
»Was halten Sie davon, wenn ich Ihnen das Gelände zeige? Eine Tatortbegehung verbunden mit einer kleinen Privatführung über die Theresienwiese?«
»Darum hätte ich Sie ohnehin gebeten.«
Der BKA-Mann namens Müller stand ebenfalls auf und strich mit den Händen über seinen Anzug.
»Hätten Sie vielleicht eine Polizeiuniform für mich? Ich würde mich gerne umziehen.«
»Äh ... Bestimmt haben wir eine Uniform für Sie. Aber warum?«
»Ich möchte nicht mehr auffallen als unbedingt nötig. Außerdem hat eine Polizeimütze einen Schirm. Die Kameras, die die Täter benutzen, hängen alle relativ hoch. Der Schirm wird mein Gesicht verdecken.«
Über diese Eigenschaft einer Uniformmütze hatte Alois Kroneder noch nie nachgedacht. Dieser Müller war in der Tat ein ungewöhnlicher Polizist.
Nein, das stimmte nicht.
Dieser Müller war der ungewöhnlichste Polizist, den er jemals getroffen hatte.

8:30 Uhr

Als Stefan Meier an diesem Montag aufstand, bemerkte er als Erstes, dass der Wind zugenommen hatte. Er war noch nicht ganz wach, hatte gerade seinen Wecker ausgestellt, als er ein leises Pfeifen hörte.
Er zog die Jalousie hoch und sah nach draußen.
Der Wind ging böig, war allerdings noch nicht besonders

stark. Einige frühe Herbstblätter wurden von den Bäumen herab auf die Straße geweht.

Schlaftrunken ging er in die Küche, um die Kaffeemaschine in Betrieb zu nehmen. Dann wandte er sich zum Badezimmer, um sein morgendliches Hygieneprogramm zu absolvieren. Während er sich die Zähne putzte, fiel ihm schlagartig wieder ein, dass gestern ja die Theresienwiese abgesperrt worden war. Er spülte sich hastig den Mund aus, ging ins Wohnzimmer und griff nach der Fernbedienung des Fernsehers.

Die ARD interviewte gerade irgendeinen Terrorexperten über die »Gefahr für die Bevölkerung«. Was für ein Quatsch, dachte Meierinho. Was für eine Gefährdung soll das denn bitte sein? Er schaltete den Fernseher wieder aus.

Dann ging er in die Küche zurück und goss sich eine große Tasse Kaffee ein. Er schmierte sich Butter und Schmelzkäse auf ein Brötchen, um es augenblicklich zu vertilgen. Seine Zeit am Morgen war wie immer recht knapp kalkuliert, so dass er den Berichten im Fernsehen nicht länger seine Aufmerksamkeit schenken konnte.

Vier Minuten später verließ er seine Wohnung im Stadtteil Giesing, um sich auf den Weg zur Arbeit zu machen. Stefan Meier war Diplom-Ingenieur für Nachrichtentechnik. Er arbeitete in der Software-Entwicklung. Seine Fachgebiete waren mobile Kommunikation und Kryptologie.

Er entwickelte Ver- und Entschlüsselungsalgorithmen. Allerdings nicht für die zivilen Produkte der Firma, sondern für den militärischen Bereich. Da seine Arbeit der Geheimhaltung unterlag, wussten selbst nahe Freunde nur, dass er »irgendwas mit Handys« zu tun hatte.

Er näherte sich der Trambahnhaltestelle, an der er jeden Morgen in die Straßenbahn stieg, um ins Büro zu fahren. Auf der vierspurigen Straße staute sich der Verkehr in beide Richtungen. Viele hatten den Motor bereits abgestellt. Hier

hatte sich offensichtlich schon länger nichts mehr bewegt. Das beunruhigte ihn jedoch nicht. Die Trambahnschienen lagen in der Mitte der Straße und konnten von Autos nicht blockiert werden.
Die armen Irren, dachte er.
Sein Blick fiel auf die Schlagzeile des größten deutschen Boulevardblattes in einem Zeitungskasten am Straßenrand. Augenblicklich verstand er, was dieser Stau bedeutete. Jetzt war auch klar, von welcher Gefahr für die Bevölkerung im Fernsehen die Rede gewesen war. Er würde wohl doch zu spät zur Arbeit kommen. Vermutlich sah es überall in der Stadt so aus wie auf dieser Straße.
Oder schlimmer.
Da hat irgendein Schmierfink aber ganze Arbeit geleistet, dachte er sich.
Allein die Schlagzeilen reichten da völlig aus. Seit einigen Stunden beschäftigte sich die ganze Republik mit der Frage, die die Zeitung in ihren größten Lettern stellte.
»Terror-Alarm auf dem Oktoberfest«, hieß es da.
Und darunter, riesengroß:
»ATOMBOMBE IM BIERZELT?«

*

Das Tohuwabohu war in der Tat beachtlich.
In den frühen Morgenstunden war der Münchner Knoten der Telekom vorübergehend zusammengebrochen. Verwandte, Freunde und Bekannte versuchten, in München anzurufen, um Menschen, die ihnen am Herzen lagen, dazu aufzufordern, die Stadt zu verlassen.
Ein neuer Gast war in der Stadt: die Angst.
Mittlerweile stauten sich die Autos an einigen Ausfallstraßen bis in die Innenstadt zurück. Die Polizei hatte große Mühe, die wichtigsten Straßen für die Einsatzfahrzeuge offen zu halten.

Ein Exodus.
Das war der Status quo, wie er sich den Angehörigen des Krisenstabs in München darstellte. Seit zwei Stunden waren die Herren wieder vollzählig in der bayerischen Staatskanzlei versammelt.
»Das ist immer noch meine Stadt. Ich bin der höchste gewählte Vertreter der Bürger dieser Stadt. Ich werde mich mit einer Ansprache an die Bevölkerung wenden«, sagte der Oberbürgermeister erregt.
Gerade hatte er erfahren, dass der Ministerpräsident ebenfalls eine Rede vorbereiten ließ.
»Der Repräsentant der Bundesregierung ist vor einer Viertelstunde in Augsburg gelandet und kommt jetzt her«, rief der Büroleiter des Ministerpräsidenten in die Runde und schloss die Tür hinter sich.
»Was heißt hier Repräsentant? Kommt der Innenminister nicht selbst?«, fragte der Ministerpräsident erstaunt.
»Nein. Aus Berlin heißt es, dass sie das kleine Sicherheitskabinett zusammenhalten wollen, um handlungsfähig zu sein.«
»Na prächtig. Und wen schicken sie uns? Den Verkehrsminister?«
»Sie schicken uns Dr. Roland Frühe.«
Der Ministerpräsident, der Innenminister und der LKA-Präsident sahen einander an. Ein kurzes, scharfes Einatmen wurde hörbar. Die Miene des Ministerpräsidenten verdüsterte sich.
»Das kann ja heiter werden.«
Der bayerische Innenminister ließ nur ein Hüsteln hören.
Der LKA-Präsident hob die Stimme. »Was haben Sie denn gedacht? Es ist doch wohl klar, dass Berlin in dieser Situation den schärfsten Hund von der Kette lässt.«
»Schärfster Hund? So nennen Sie den? Bitte! Ich fände arroganter Schnösel passender.«

»Aber er kennt sich in Sicherheitsfragen zweifellos gut aus. Und er ist intelligent und entscheidungsfreudig.«

»Na, wenn Sie das so sehen wollen, ist das Ihre Sache. Für mich bedeutet das, dass wir alle hier bald nichts mehr zu sagen haben.«

In diesem Moment betrat der Polizeipräsident den Raum. Er blieb an seinem Platz stehen, bis ihn alle ansahen. »Die Sache mit der Bombe ist vom Tisch«, sagte er mit einem triumphierenden Ton in die Stille hinein. »Mit an Sicherheit grenzender Wahrscheinlichkeit, wie man so schön sagt.«

Der Oberbürgermeister schlug mit der flachen Hand auf den Tisch. »Das ist ja mal eine gute Nachricht. Die erste, seit diese Krise begonnen hat. Das ist der Aufhänger für meine Ansprache.« Plötzlich hielt er inne. Seine Stimme klang misstrauisch, als er weitersprach. »Woher wissen Sie denn das? Ist das wieder eine Annahme aus einem Ihrer Szenarien?«

»Oh, nein. Wir haben Messungen vorliegen. Ich habe Ihnen doch gesagt, dass dieser Kroneder ein guter Mann ist. Der hat noch in der Nacht veranlasst, dass Messungen angestellt werden. Inzwischen haben wir mit den empfindlichsten Geräten, die uns zur Verfügung stehen, noch mehrfach nachgemessen. Nichts. Absolut nichts.«

»Aber könnten die Täter die Bombe nicht abgeschirmt haben? Können wir da wirklich sicher sein?« Nach wie vor war der Oberbürgermeister nicht überzeugt.

»Kroneder hat eine Kalkulation beigefügt. So ein Bleimantel hat ein enormes Gewicht. Es ist praktisch auszuschließen, dass die Täter solch ein Gewicht transportieren konnten.«

»Aber sie haben doch auch Raketen transportieren können.«

»Eben. Die sind schon so schwer, dass sich das mit der Ladekapazität nicht mehr bewerkstelligen lässt. Außerdem schreibt er in einer kleinen Notiz, dass die Täter doch vor-

haben, das Oktoberfest wieder zu verlassen. Wieso sollten die dann alles in die Luft sprengen wollen? Und sich selbst gleich mit?«
»Da ist was dran.« Der Oberbürgermeister nickte. »Ich wende mich mit den Messungen so bald wie möglich an die Menschen in dieser Stadt. Das muss an die Öffentlichkeit. So schnell kriegen die uns nicht klein. Und mit Ihrer Einschätzung haben Sie offensichtlich recht.«
Der Polizeipräsident sah ihn verwundert an. »Welche Einschätzung meinen Sie, Herr Oberbürgermeister?«
»Ihre Meinung bezüglich dieses Kroneders. Das scheint mir wirklich ein sehr fähiger und geistesgegenwärtiger Mann zu sein.«

*

Der Konvoi raste über die Standspur der Autobahn nach München. Vorneweg fuhren zwei Polizeimotorräder mit gellenden Martinshörnern. Dann folgten, mit aufmontiertem Blaulicht, zwanzig gepanzerte Mercedes-Limousinen der S-Klasse. Die Seiten- und Heckfenster waren genauso schwarz wie die Wagen selbst.
Eine martialische Demonstration geballter Staatsmacht.
Im ersten Wagen saßen die Leibwächter des Staatssekretärs im Innenministerium. Im Fond des zweiten Wagens befand sich Roland Frühe selbst. Neben ihm saß Polizeidirektor im BGS Hartmut Rainer, der Kommandeur der GSG 9. Ihnen folgten mit einer Geschwindigkeit von über einhundertsechzig Stundenkilometern dreißig Männer der Spezialeinheit zur Bekämpfung von Terrorismus und Schwerstkriminalität. Die Fahrzeuge der Technischen Einheiten, die Kommunikations- und Dokumentationstrupps waren etwas zurückgefallen und wurden von einer eigenen Polizeieskorte begleitet.

Dr. Frühe beendete gerade ein Telefonat mit dem Innenminister. Er hielt sich den Hörer mit der linken Hand ans Ohr. Roland Frühe war Linkshänder.
»Richtig, Herr Minister. Genauso sehe ich das auch.«
Dr. Frühe sah den Kommandeur der GSG 9 an. Man konnte hören, dass am anderen Ende der Leitung gesprochen wurde. Die rechte Hand des Staatssekretärs klappte mehrfach auf und zu wie ein Vogelschnabel. Hartmut Rainer musste lächeln.
»Nein, da kommen ganz bestimmt keine Alleingänge mehr vor. Jawohl, Herr Innenminister. Richten Sie dem Bundeskanzler meine Empfehlungen aus. Auf Wiederhören, Herr Minister.«
Er legte den Hörer des abhörsicheren Telefons zurück in die Halterung.
»Ich schlage vor, dass mein Stab und ich in die Staatskanzlei fahren und dort ein Lagezentrum einrichten. Da können wir diesen Provinzsheriffs am besten auf die Finger schauen. Mein Vorschlag wäre: Sie und Ihre Männer fahren direkt zur Theresienwiese.« Dr. Frühe fixierte sein Gegenüber mit einem scharfen Blick. »Wie stellen Sie sich die ersten Maßnahmen Ihrer Männer vor?«
Als der Kommandeur der GSG 9, Polizeidirektor im BGS Hartmut Rainer, zu sprechen begann, hatte er die volle Aufmerksamkeit von Roland Frühes messerscharfem Verstand.

9:30 Uhr

Das Telefon auf dem Nachttisch klingelte. Härter war schlagartig wach. Er nahm den Hörer ab.
»Ja, bitte?«
»Guten Morgen, Herr Müller. Sie wollten geweckt werden.«
Die Rezeption. Der Stimme nach eine junge Frau.

»Ja, richtig. Danke.« Er legte auf und schüttelte den Kopf, um die Müdigkeit zu vertreiben.
Immerhin fast drei Stunden Schlaf.
Tief und traumlos.
Er stand auf und absolvierte in aller Eile sein morgendliches Programm: einhundertfünfzig Liegestütze, dann dieselbe Anzahl an Sit-ups. Bevor er unter die Dusche sprang, schüttete er sich zwei Liter stilles Mineralwasser die Kehle hinab, ohne auch nur ein einziges Mal zu schlucken.
Als er wieder aus dem Badezimmer kam, lief sein Kreislauf auf vollen Touren. Er zog sich seinen Anzug an und setzte sich an den kleinen Schreibtisch in seinem Zimmer. Dann breitete er ein weiches Tuch auf der Tischplatte aus und begann, seine Waffe zu reinigen.
Wie jeden Morgen.
Waffendrill.
Schlafwandlerische Sicherheit.
Mit Bewegungen, denen ein ungeübtes Auge nicht hätte folgen können, nahm er die Glock auseinander. Er kontrollierte alle Teile und rieb den Schlitten mit Waffenöl ein.
Gerade als er die Waffe zusammensetzen wollte, klingelte erneut das Telefon.
Diesmal das andere.
Er stand auf und ging zum Nachttisch, wo sein GSMK-Cryptophone an der Steckdose hing. Die Akkuanzeige stand wieder auf »voll«.
Die Kennung auf dem Display zeigte eine Nummer aus München an. Ein ungesichertes Gespräch.
»Ja, bitte?«
»Äh, spreche ich mit Herrn Müller?«
Er erkannte die Stimme von Alois Kroneder sofort.
»Guten Morgen, Herr Kroneder. Auch schon wieder auf den Beinen?«
»Ja. Ich habe hier in der Wache geschlafen. Ich werde diesen

Posten nicht verlassen, es sei denn, dass mich einer mit Gewalt wegjagt.« Härter hörte, wie Kroneder am anderen Ende ein verunglücktes Lachen versuchte.

»Was gibt's, Herr Kroneder? Kann ich etwas für Sie tun?«

»Sie haben doch gesagt, ich soll Sie anrufen, wenn sich hier etwas Außergewöhnliches tut. Ich wollte ...«

Härter unterbrach ihn abrupt. »Warten Sie kurz, Herr Kroneder, ich rufe Sie in einer Minute zurück.«

Im Laufe der Nacht hatte die Abteilung A&Ω dafür gesorgt, dass der Telefonanschluss in seinem Hotelzimmer abhörsicher war. Er rief die Nummer an, die er auf dem Display seines Cryptophones abgelesen hatte. Kroneder nahm sofort ab.

»Müller hier. Schießen Sie los.« Sekundenbruchteile später bereute er bereits seine unglückliche Wortwahl.

»Die GSG 9 ist hier eingetroffen, Herr Müller. Wahrscheinlich wissen Sie das ohnehin, aber ...«

»Nein, das ist absolut in Ordnung, dass Sie mich anrufen. Lieber einmal zu viel als einmal zu wenig«

»Ich habe denen bisher noch nicht gesagt, dass Sie bereits hier waren. Ich dachte mir ...«

»Und wieder ins Schwarze, Herr Kroneder. Ich komme jetzt so schnell wie möglich zu Ihnen.« Abermals bemerkte Härter seine Metaphorik erst, als die Worte seinen Mund bereits verlassen hatten. Er musste aufpassen. Dieser Kroneder war ihm sympathisch. Deshalb rutschte er in die ihm vertraute Sprache. Das war jedoch seine Sprache und nicht die des Mannes namens Müller. Am anderen Ende entstand eine Pause.

»Sonst noch was?«

»Na ja, ich weiß nicht, ob es wichtig ist, aber es geht um den Abtransport der Leichen.« Härter hörte aufmerksam zu, während Kroneder fortfuhr. »Die Kühlräume in den Pathologien der Stadt sind inzwischen voll. Und irgendjemand ist

auf die Idee gekommen, die Leichen in die Kühlhäuser von Hirschmoser zu fahren. Jetzt hat der von der Tragödie hier und von den Toten Wind bekommen und ...«
»Wer ist das?«
»Eine lokale Berühmtheit, wenn man so will. Großmetzger und Wiesn-Wirt. Hat zudem jede Menge Kneipen in der Stadt. Für meinen Geschmack eine zwielichtige Figur. Aber offiziell hoch angesehen.«
»Und wo liegt Ihrer Meinung nach das Problem?«
»Der Mann hat eine bekannte Schwäche, die sich fatal auswirken könnte.«
»Und die wäre?«
»Der Mann sieht sich zu gern in der Zeitung. Der kann seinen Mund nicht halten.«

*

Er zog seine Codekarte durch den Schlitz des Kartenlesers und tippte dann seine Zugangsnummer ein. Das Licht, das über der Konsole links neben dem Türrahmen rot geleuchtet hatte, verlosch. Dann flammte es in grüner Farbe wieder auf.
Ein metallisches Klicken signalisierte, dass sich die Schlösser, die die schwere Stahltür verriegelt hatten, öffneten.
Er trat drei Schritte vor, in die Sicherheitsschleuse. Hinter ihm schloss sich die äußere Tür. Der Boden der Schleuse war eine Waage. Das Körpergewicht jedes Mitarbeiters war in einer Datenbank gespeichert. Der Rechner verglich das gespeicherte Gewicht mit den Messwerten. Der Vorgang dauerte zehn Sekunden, dann öffnete sich die innere Tür der Schleuse.
Nachdem Stefan Meier den Sicherheitsbereich betreten hatte, schloss sich die Tür mit einem satten Schmatzen hinter ihm.

Wie jeden Morgen.
Während er durch den Gang schlenderte, grüßte er durch die offen stehenden Türen in die Büros. Mindestens jeder dritte Arbeitsplatz war verwaist. Stefan Meier spürte die gedrückte Stimmung, die sich auf den Mienen der anderen Mitarbeiter spiegelte, beinahe körperlich. Schließlich erreichte er die Tür seines Büros.
Rechts daneben befand sich das Büro eines befreundeten Kollegen. Meierinho klopfte kurz und steckte seinen Kopf durch die Tür. Der Mann, der an seinem Schreibtisch saß und einen Bildschirm anstarrte, blickte auf.
»Guten Morgen, Stefan!«
»Ja, guten Morgen. Wo sind die denn alle?« Auf dem Gesicht des Kryptologieexperten zeigte sich ein schiefes Grinsen. »Grippeepidemie?«
»Ein paar haben angerufen und sich krankgemeldet. Manche stecken vermutlich noch im Verkehr fest. Aber viele werden wohl einfach nicht erscheinen. Die machen, dass sie wegkommen. Ich habe mir das heute Morgen auch überlegt. In anderen Betrieben soll es sogar noch schlimmer sein.«
»Dass die Leute auch immer so schnell in Panik geraten. Mir unverständlich. Die Täter, die die Wiesn überfallen haben, wollen doch irgendetwas. Wenn die die Stadt in die Luft jagen wollten, dann hätten sie das doch längst getan.«
»Ja, das habe ich mir dann auch gesagt und bin hergekommen. Aber in Extremsituationen denken die Menschen eben nicht mehr logisch.«
»Wollen wir hoffen, dass das nicht allzu sehr um sich greift. Ich werde mich mal an die Arbeit machen. Gehen wir am Mittag zusammen in die Kantine?«
»Ja klar, gerne.«
»Dann schau kurz bei mir rein. Bis später und frohes Schaffen.«
Kopfschüttelnd ging Stefan Meier in sein Büro, startete die

Kaffeemaschine, plumpste in seinen Sessel und ließ den Rechner hochfahren. Seine Hände suchten nach der Zigarettenschachtel. Er musste an einen Ausspruch denken, den Albert Einstein geprägt hatte: »Zwei Dinge sind unendlich: Das Universum und die menschliche Dummheit. Was das Universum angeht, bin ich mir allerdings nicht ganz sicher.«

> Mit dem Worte Nachrichten bezeichnen wir
> die ganze Kenntnis, welche man vom Feinde hat,
> also die Grundlage aller eigenen Ideen und Handlungen.
>
> Carl v. Clausewitz, *Vom Kriege*

9

Die Listen mit den Wach- und Schlafzeiten der Männer existierten seit Monaten. Die erste Schicht legte ihre Waffen, Kampfkoppeln, Helme und Schutzwesten neben die Feldbetten, die auf dem rechten Balkon aufgebaut worden waren. Dann legten sich die Soldaten hin. Die meisten von ihnen schliefen sofort ein. Bislang war ja nichts Außergewöhnliches passiert.
Alles nach Plan.
Fast ein Routineeinsatz.
Auch Oleg Blochin würde sich jetzt ausruhen. Er stand neben Okidadse. Das kalte Licht der TFT-Monitore überzog Blochins Gestalt mit gespenstischer Blässe. Über Funk wandte er sich an Iljuschin. Er sprach in scharfem Ton.
»Wir haben das ja bereits diskutiert, Polkownik Iljuschin. Ich wollte nur noch einmal daran erinnern, dass Polkownik Okidadse das Kommando hat, während ich schlafe.« Blochin brach kurz ab, um mit erhobener Stimme fortzufahren. »Und niemand anderes! Haben Sie das verstanden, Polkownik Iljuschin?«
»Laut und deutlich, General.« Selbst durch das Funkgerät konnte Blochin die nur mühsam unterdrückte Verärgerung des Nahkampfspezialisten hören.
Iljuschin dachte an die Frau auf dem Foto.
Der General würde sich noch wundern.

Blochin sah Okidadse an. »Ich glaube nicht, dass wir während des Tages etwas zu befürchten haben, Polkownik Okidadse. Wenn sie gekommen wären, dann im Morgengrauen. Aber vermutlich hat unser entschlossenes Vorgehen dem Gegner doch stärker zugesetzt, als wir angenommen haben. Umso besser. Wenn, dann kommt der Gegner nachts oder am frühen Morgen. Jedenfalls ich habe immer nur im Morgengrauen angegriffen. Alter Indianertrick.« Blochin lächelte unter seiner Sturmhaube. Das Lächeln erreichte seine Augen nicht.

Okidadse sah seinen Kommandeur an.

Heller Fels.

»Wir werden die Stellung schon halten, General. Bislang hat der Gegner reagiert, wie wir das vorausgesehen haben. Ich glaube nicht, dass wir bei der Vorbereitung der Verteidigungsanlagen etwas übersehen haben. Die können kommen.«

»Je später, desto besser. Wir können unmöglich voraussagen, wie sich die Geiseln in den Zelten verhalten, wenn in ihrer unmittelbaren Nähe ein Feuergefecht losbricht. Das wird sich alles finden. Ist es nicht immer so bei Operationen? Viel Glück, Polkownik. Sie haben das Kommando.«

Während der letzten Worte hatte Blochin sich abgewandt und begann, die Treppe aus dem Kühllaster herabzusteigen. Die Sohlen seiner Kampfstiefel knallten auf den Stahl der Stufen.

»Machen Sie sich keine Sorgen, General. Schlafen Sie gut.«

11:30 Uhr

»Genau das meine ich, Herr Verteidigungsminister.« Härter sprach ruhig in sein GSMK-Cryptophone. »Genau deshalb glaube ich ja, dass ein Externer viel besser geeignet ist. Irgendjemand aus der militärischen Forschung. Jemand, den niemand auf dem Schirm hat. Jemand, bei dem es unmöglich vorauszuahnen war, dass wir ihn einsetzen würden. Auf keinen Fall jemanden von der Fernmeldeschule in Feldafing. Das wäre antizipierbar. Dieser ganze Angriff stinkt zum Himmel. Wir müssen noch vorsichtiger sein als sonst. Sie wissen doch, Herr Minister: Esse non videtur.« Der Minister entgegnete etwas.

»Natürlich nicht irgendjemand. Sie verstehen schon, was ich meine. Den besten Mann in Sachen Kommunikationssicherheit. Einen Kryptologiecrack. Den brauche ich. Ja, genau. Ich erwarte Ihren Rückruf. Nein, ansonsten kann ich über den Stand der Ermittlungen nichts Neues sagen.«

»Auf Wiederhören, Poseidon.«

»Auf Wiederhören, Herr Minister.«

Härter ließ das Telefon in die Außentasche seines Jacketts gleiten und sah über die Theresienwiese. Er war den Hügel zur Theresienwiese hochgegangen, um sich einen Überblick zu verschaffen. Er sah auf die Wirtsbudenstraße. Das erste Zelt auf der linken Seite, die Fischer-Liesl, war noch immer von hohen Sichtschutzzäunen umgeben.

Seine Augen glitten über das Festgelände. Sanitäter, Polizisten und THW-Mitarbeiter liefen geschäftig umher. Es hatte in der Nacht keine größeren Probleme gegeben. Die Geiseln in den Zelten verhielten sich ruhig und besonnen. Wie lange noch? Hoch über dem Dach des Benediktiner-Zeltes rotierte die Radarantenne. Russische Herkunft. Seine Abteilung hatte das inzwischen bestätigt. Das hatte aber noch nicht viel zu bedeuten. Russische Waffen waren weltweit im Handel.

Härter ging seine eigenen Profilpunkte im Geiste nochmals durch. Wer konnten die Täter sein? Auf jeden Fall militärisch ausgebildet. Daran konnte es keinen Zweifel geben. Die kompromisslose Brutalität deutete darauf hin, dass es sich vermutlich sogar um Soldaten mit Kampferfahrung handelte.

War das ein privates Unternehmen?
Oder war hier irgendein Staat im Spiel, der seinen Haushalt aufbessern wollte?
Steckte irgendeine Börsenspekulation dahinter?
Er machte sich eine Notiz in seinem Moleskine. Seine Leute sollten den Diamantenmarkt durchleuchten. Wem würde eine plötzliche Knappheit nützen? Cui bono? Einfachste Regel, dachte Wolfgang Härter grimmig.
Folge dem Geld.
Das wirklich irritierende Element des Profils war die Qualität der Kenntnis, die der Gegner vom Oktoberfest hatte. Warum kannten sich die Täter mit der deutschen Behördenstruktur so gut aus? Wie war das Gas in die Zelte gelangt? Mittlerweile hatte die Polizei in den Balken aller Zelte getarnte Bohrlöcher entdeckt. Waren auch in allen Bohrlöchern Ventile? Nun, davon mussten sie ausgehen. Zweifelsfrei ein logistisches Husarenstück.
Und noch eine wichtige Frage: Wo kamen die Täter her? Der Söldnermarkt war im Moment leergefegt. Der Bedarf war vor allem im Irak und in Afghanistan sehr groß. Die besten arbeiteten für die Firma Blackwater Security und verdienten sich eine goldene Nase. Oder einen schmucklosen Sarg. Manchmal auch nur ein namenloses Grab an einem unbekannten Ort.
Und manchmal Schlimmeres.
Es war noch gar nicht lange her. Ziemlich genau ein halbes Jahr. Er hatte die Bilder vom 31. März noch sehr deutlich im Kopf. Bilder aus Falludscha im Irak. Verbrannte und verstümmelte Leiber, die von Aufständischen wie Trophäen zur Schau gestellt wurden.
Arme Schweine!
Außerdem wurde der Markt für PMC-Personal von den Geheimdiensten ständig im Auge behalten. Es war kaum denkbar, dass es gelungen sein konnte, so viele Spitzenkräfte

anzuheuern. Der MAD hätte Wind davon bekommen. Oder ein verbündeter Dienst hätte etwas davon erfahren. Waren die Täter also Deutsche?

In seinem Telefonat mit dem Verteidigungsminister hatte er darum gebeten, den Aufenthaltsort von General a.D. Henkel festzustellen. Er kannte den Mann persönlich. General Henkel war vor einiger Zeit vom Minister fristlos gefeuert worden. Wegen politisch und menschlich inakzeptabler öffentlicher Äußerungen.

Völlig zu Recht, wie Härter fand.

Er selbst hatte die interne Ermittlung gegen General Henkel geführt. Henkel war ein Mann, der am liebsten den Stechschritt offiziell wieder eingeführt hätte. Ein Mann, dessen Weltsicht aus einer übelriechenden Melange von reaktionärem Nationalismus und motivfreier Fremdenfeindlichkeit bestand. In seinem Abschlussbericht hatte er General Henkel als »Verfassungsfeind« bezeichnet. Kein Kamerad.

Exkrementfarbene Gesinnung.

Ein Ekel.

Gleichwohl war der Mann Elitesoldat. Der hätte die Fähigkeiten, so eine Riesensauerei auf die Beine zu stellen. Aber hätte der Kerl auch tatsächlich auf den Knopf gedrückt, als es so weit war? War dem Mann eine solche Rachsucht zuzutrauen?

Derart in Gedanken versunken, stieg er den Hang wieder hinab. Neben der Wiesn-Wache wurde gerade ein mobiler Einsatzleitstand der GSG 9 aufgebaut. Härter wusste jedoch bereits, dass der eigentliche Leitstand in einem anderen Wagen untergebracht war, der am Bavariaring stand. Als Rettungswagen getarnt. Direkt neben dem Eingang zum U-Bahnhof Theresienwiese. Der Leitstand, dessen Aufbau er beobachtete, sollte im entscheidenden Moment Inaktivität vortäuschen.

Sandkastenspiele.

Wenn er mit seinem Profil nicht vollkommen danebenlag, dann würden sich die Täter nur sehr schwer täuschen lassen. Und überraschen ließen sie sich vermutlich gar nicht.

*

Zur akustischen Unterstützung seiner freundlichen Begrüßungsworte ließ er die flache Hand mit voller Wucht auf die Resopalplatte des Kaffeetisches sausen, der neben der Tür stand.
Einige der Herren des Münchner Krisenstabes zuckten zusammen.
»Eine Meisterleistung, meine Herren, das muss ich schon sagen!« Innenstaatssekretär Dr. Roland Frühe war eingetreten, ohne anzuklopfen. Er befand sich in Begleitung von zwei Mitarbeitern seines Stabes.
Alle Köpfe fuhren herum. Der Ministerpräsident erhob sich und ging auf den Ankömmling zu. Roland Frühe überragte mit seiner Körpergröße von einem Meter achtundneunzig den Ministerpräsidenten um einen ganzen Kopf. Und sein Anzug saß sehr viel besser.
»Grüß Gott, Herr Dr. Frühe. Ich hoffe, Ihre Anreise ist einigermaßen problemlos gelaufen?«
»Guten Tag, Herr Ministerpräsident.« Dr. Frühe gab dem Chef der bayerischen Staatsregierung die Hand. »Guten Tag, die Herren.« Er nickte in die Runde.
»Meine Anreise wäre wesentlich unproblematischer verlaufen, wenn ich mir nicht hätte Gedanken machen müssen, wie wir das Chaos, das Sie hier angerichtet haben, wieder halbwegs in Ordnung bringen. Ihnen allen ist doch hoffentlich klar, was uns bevorsteht. Früher oder später werden wir der Welt erklären müssen, wieso hier zweitausend Leichen liegen. Irgendjemand wird dafür seinen Kopf hinhalten müssen.«

Dr. Frühe sah die versammelten Herren einen nach dem anderen an.
Und einer nach dem anderen senkte den Blick.
»Und das werde ganz bestimmt nicht *ich* sein«, setzte er hinzu, während er am Präsidium des Tisches Platz nahm und seinen Aktenkoffer aufklappte. Mit einer wegwischenden Bewegung des linken Armes schaffte er Platz. Einige Akten fielen zu Boden. Er entnahm dem Koffer mehrere Papiere und legte sie vor sich auf den Tisch.
»Bitte, meine Herren.« Er wies mit der flachen Hand auf die leeren Stühle. Der Handteller war von dem Schlag auf den Tisch noch immer leicht gerötet. Wortlos setzten sich die anderen. Roland Frühe begann seinen Vortrag. Allein seine tiefe Stimme wirkte einschüchternd.
»Ad eins: Aufklärung. Die Bundesregierung ist der Meinung, dass wir Bildmaterial aus dem Zelt benötigen. Die Bundesregierung hat sich bereits zum Handeln entschlossen. Die GSG 9 wird eine Operation zur Informationsgewinnung durchführen. Wir brauchen eine gesicherte Nachrichtenlage. Wir müssen feststellen, wie wir das Zelt in den nächsten drei Tagen stürmen können.«
Der Oberbürgermeister sah ihn erschrocken an. »Das ist schon beschlossene Sache? Ich meine, dass gestürmt wird? Das ist nur noch eine Frage der Zeit?«
»Nein, Herr Oberbürgermeister.« Der Staatssekretär blickte ihm direkt in die Augen. Er fuhr in einem übertrieben geduldigen Tonfall fort, als spreche er mit einem begriffsstutzigen Kind. »Die Bundesregierung verschickt vielmehr zur Stunde Einladungskarten an das Gesindel in aller Welt. Die sollen alle herkommen und unser Land beklauen. Alleinerziehende schwarze Witwen können ab jetzt Waisengeld für ihre Kinder beantragen, bevor sie den Sprengstoffgürtel zünden. Da haben wir überhaupt kein Problem damit. Und natürlich dürfen die Täter das Oktoberfest mit

zwei Milliarden Euro Beute unbehelligt verlassen. Die muss letztendlich ja sowieso der Steuerzahler aufbringen. Vielleicht sollten *wir beide persönlich* den Tätern noch ein paar Brote für die Heimreise schmieren. Die sind bestimmt hungrig nach so einem anstrengenden Unternehmen.« Der Oberbürgermeister war in seinem Stuhl zusammengesunken. Er hatte den Blick gesenkt und sprach nur leise. »Entschuldigen Sie, Herr Dr. Frühe. Das war eine unbedachte Äußerung. Ich dachte nur an die Risiken, die mit einer Erstürmung verbunden sind. Ich habe an das Leben der Geiseln gedacht.«

Der Staatssekretär nickte kurz. »Das ist Ihr gutes Recht und Ihre schwere Pflicht, lieber Herr Oberbürgermeister.« Dann ließ er seinen Blick durch die Runde schweifen, bis er am Gesicht des Ministerpräsidenten hängenblieb. »Ad zwei: Stabilisierung der Situation. Lassen Sie uns zum Kleinkram kommen. Wie sieht die polizeiliche Operationslage im Stadtgebiet aus?«

»Hat sich seit der Ansprache des Oberbürgermeisters stark verbessert. Im Moment sieht es so aus, als hätte sich die Lage zumindest in den Außenbezirken wieder normalisiert. Auch der Verkehr in der Innenstadt nimmt ab. Wir sind allerdings etwas knapp an Personal. Wir werden ja auch in der Nacht starke polizeiliche Präsenz in der ganzen Stadt brauchen. Die Menschen sind sehr verunsichert«, fasste der bayerische Regierungschef die Situation zusammen.

Roland Frühe sah daraufhin den Oberbürgermeister wieder an und nickte ihm aufmunternd zu. »Ja, ja, Ihre Ansprache vorhin habe ich gehört. Das war richtig gute Arbeit. Meinen Respekt. Dass Sie bereits heute Morgen Messergebnisse verfügbar hatten, die sie vorlegen konnten, hat uns eine Menge Ärger erspart. Da war jemand auf Draht.« Er nahm eine Akte zur Hand und schlug sie auf. »Ich habe hier die Verfügbarkeitslisten der Bereitschaftspolizei des gesamten Bun-

desgebietes. Wir müssen mal sehen, wie wir das hinbekommen. Haben Sie eine konkrete Vorstellung, wie viel zusätzliche Kräfte wir hier noch brauchen werden?«
Da meldete sich der Präsident des LKA zu Wort.
»Ich hätte noch eine andere Frage, Herr Dr. Frühe. Wenn Sie gestatten?« Er räusperte sich. »Reine Neugier. Wie will sich die GSG 9 denn dem Zelt nähern?« Gespannt sah er den Staatssekretär an.
Der blickte nicht einmal von seiner Akte auf. »Das geht Sie zwar nichts an, aber warum soll ich es Ihnen nicht sagen?« Staatssekretär Dr. Roland Frühe hob den Blick und lächelte milde. »Gewissermaßen als vertrauensbildende Maßnahme.« Er machte eine dramatische Pause, bevor er weitersprach. »Die Männer gehen durch die Kanalisation. Mit ABC-Schutzausrüstung und Black-Hole-Anzügen«, sagte Frühe in die erwartungsvolle Stille hinein.
»Was sind denn Black-Hole-Anzüge?«, fragte der LKA-Präsident nach. Davon hatte er noch nie gehört.
»Ihre Neugier in Ehren, aber *das* geht Sie nun wirklich nichts an.«

*

Irgendwo war ihm der Mann schon einmal begegnet. Diese Augen vergaß man nicht so schnell. Merkwürdige Augen, die ein Eigenleben zu haben schienen.
»Ich komme mit. Das ist mein letztes Wort. Basta! Wenn Sie bezweifeln, dass ich die nötigen Kompetenzen dafür habe, dann rufen Sie den BKA-Präsidenten an. Oder von mir aus auch den Bundeskanzler persönlich.«
Wo hatte er diesen lodernden Blick schon einmal gesehen? Hartmut Rainer versuchte, sich zu erinnern. Denn eines wusste der Kommandeur der GSG 9 mit ziemlicher Sicherheit: Dieser Herr Müller war nicht vom BKA.

Er kannte alle hohen Ermittlungsbeamten. Außerdem war der Mann mit einer Glock bewaffnet. Er hatte die charakteristische Form der Waffe erkannt, als Herr Müller sich über den Plan der Kanalisation gebeugt hatte. Diese Waffe wurde nur von Spezialeinheiten verwendet. Doch all diese Erkenntnisse nützten Hartmut Rainer im Moment herzlich wenig.
Tatsache war: Er hatte diesen Müller an der Backe.
Der war einfach aufgetaucht, hatte mit seinem BKA-Ausweis herumgefuchtelt und sich den Stand der Planungen darlegen lassen. Sofort hatte dieser Müller erklärt, dass er in die Kanalisation mitkommen würde. Dass er an der Operation teilnehmen würde heute Nacht. Nur als Nachhut. Selbstverständlich.
Nein, er würde die Beamten der GSG 9 nicht behindern. Ja, er sei mit dieser Art polizeilichen Vorgehens vertraut. Nein, er sei nicht persönlich von der Geiselnahme betroffen. Ja, er sei im Umgang mit der Ausrüstung geschult. Ja, er sei sich des Risikos bewusst.
Wenn der Müller heißt, bin ich der Kaiser von China, dachte Hartmut Rainer.

*

Es hatte ewig gedauert, bis sie Hirschmoser endlich erreicht hatte. Amelie Karmans Wangen glühten. Das konnte nicht sein. Das war nicht möglich.
»Aber wenn ich's Ihnen doch sag. Mei, Sie können mir ruhig glauben. Ich lüge Sie doch nicht an. Sie sind doch das Gschbusi vom jungen Vogel. Aber sagen Sie nicht, dass Sie das von mir haben«, hörte sie Hirschmosers Stimme.
Das war eine Geschichte, wie man sie im Leben nicht oft bekam, das wusste sie. Konnte sie Hirschmoser glauben? Allerdings war dem Mann kaum die Phantasie zuzutrauen, sich so etwas auszudenken.

»Und sonst weiß niemand davon? Könnte irgendjemand das bestätigen?«, fragte sie.
»Bei der Nachrichtensperre? Aber die werden es Ihnen schon noch bestätigen.«
»Ich meine nur, das ist ganz schön starker Tobak, den Sie mir da auftischen, Herr Hirschmoser. Zweitausend Tote im Zelt der Fischer-Liesl. Mit Giftgas ermordet. Die Leichen werden in den Kühlhäusern von Schlachthöfen gelagert. Das ist ja wie im Krieg. Können Sie sich vorstellen, was da los ist, wenn wir das melden?«
»Das werden wir dann ja sehen.« Hirschmoser gluckste. »Und ich habe bei Ihnen etwas gut, gell, Frau Karman? Denken Sie dran!« Seine Stimme hatte einen anzüglichen Unterton bekommen. Eine Welle des Abscheus lief durch ihren Körper.
Was für ein unangenehmer Mensch.
Nachdem Amelie sich von Hirschmoser verabschiedet hatte, saß sie mehrere Minuten fast unbeweglich auf ihrem Schreibtischstuhl.
Ihre Gedanken rasten.
Zweitausend Tote im Zelt der Fischer-Liesl.
Mit Giftgas ermordet.
Konnte sie diese Nachricht bringen?
Würde sie damit Werners Leben in Gefahr bringen?
Bislang wusste niemand außer ihr davon. Diese Meldung war eine echte Sensation. Das würde ihr in Hamburg viele Punkte einbringen. Wie es Werner wohl ging? Offiziell hieß es, allen Geiseln in den Zelten gehe es gut.
Doch das stimmte nicht. Hoffentlich war ihm nichts passiert. Hoffentlich passierte ihm auch weiterhin nichts, denn wenn diese Verrückten in dem einen Zelt die Menschen vergasen konnten, dann vielleicht auch in jedem anderen. Angst kroch ihren Nacken hoch. Sie mochte sich ein Leben ohne ihren geliebten Werner nicht vorstellen.

Gerade deshalb musste sie etwas tun.
Sie würde die Geschichte schreiben. Dann könnten die Verantwortlichen sich nicht mehr hinter ihrer Nachrichtensperre verkriechen. Dann müssten sie zugeben, was auf der Theresienwiese passierte.
Sie brauchte unbedingt Klarheit.
Das war das Wichtigste.

*

»Dieses Gerät ist Ihre einzige Möglichkeit, mit Poseidon Kontakt aufzunehmen. Übrigens die einzige Möglichkeit, die es im gesamten Kanzleramt gibt. Das ist ein sogenanntes Cryptophone.« Der Verteidigungsminister öffnete einen Holzkasten, der mit Schaumstoff ausgelegt war. Er entnahm dem Kasten ein Mobiltelefon, das aussah wie ein kleiner, tragbarer Organizer, ein PDA.
»Die Geräte sind abhörsicher. Das funktioniert jedoch nur, wenn die Geräte sich gegenseitig erkennen.« Der Verteidigungsminister holte tief Luft. »Um zwölf wollte Poseidon anrufen.« Sein ausgestreckter Arm wies auf die mittlere der Wanduhren. »Berlin«, verkündete die Messingtafel über der Uhr. »In wenigen Minuten ist es so weit.«
Der Bundeskanzler sah den Minister an. Die beiden Männer waren allein im Büro des Regierungschefs. »Sagen Sie mal, was hat es mit Poseidon eigentlich auf sich? Wie konnten dieser Mann und seine Abteilung geheim bleiben?«
»Also, ich habe von der Existenz von Poseidon und der Abteilung A&Ω aus dem Brief erfahren, den mein Amtsvorgänger mir auf dem Schreibtisch hinterlassen hat. Darin empfahl mir mein Vorgänger, das Budget und die Struktur der Abteilung genau so zu belassen, wie sie sind. Und mit niemandem darüber zu sprechen. Daran habe ich mich gehalten. Das erschien mir das Beste. Die operativen Vorteile

liegen auf der Hand: Poseidon ist ein Mann ohne Schatten. Und die Ergebnisse rechtfertigen die Aufwendungen voll und ganz.«

Der Verteidigungsminister brach ab und sah zum Fenster hinaus auf den Spreebogen. »Sie kennen Poseidon übrigens schon unter einem anderen Namen.«

»Ach?« Der Kanzler hob fragend die Augenbrauen.

»Poseidon ist der Mann, der die Zerberus-Berichte zu verantworten hat.«

»Die Zerberus-Berichte stammen von Poseidon?« Der Bundeskanzler pfiff ganz leise durch die Zähne.

Er kannte die Dossiers der Quelle Zerberus. Oftmals war es vorgekommen, dass diese Quelle besser informiert war als die beiden riesigen Behörden in Pullach und Köln zusammen. Zerberus hatte mehrfach erfolgreich bei der Befreiung von deutschen Geiseln im Ausland mitgearbeitet. Afghanistan, Algerien, Indonesien, Kolumbien und der Irak fielen ihm spontan ein. Und ebenso war es Zerberus wiederholt gelungen, sensible Informationen zu beschaffen. Sowohl der Innen- als auch der Außenminister hatten die Quelle mehrfach lobend erwähnt.

»Jetzt wird mir einiges klar.« Der Regierungschef nickte langsam. »Ich werde ihn aber weiterhin als Poseidon ansprechen. Der Name Zerberus darf im Zusammenhang mit dem Oktoberfest niemals fallen.«

»Selbstverständlich, Herr Bundeskanzler. Da bin ich ganz Ihrer Meinung«, antwortete der Minister servil. Deshalb hatte er ja einen zweiten Decknamen eingeführt. Aber das behielt er besser für sich. Wenn der Kanzler das Gefühl hatte, alle guten Ideen kämen von ihm selbst, dann hatte der nämlich sehr viel bessere Laune.

Da begann das Cryptophone auf dem Schreibtisch plötzlich, die ersten vier Takte der Marseillaise zu spielen.

Der Kanzler sah den Verteidigungsminister überrascht an.

Der Minister zuckte mit den Schultern. »Die Einstellungen werden von der Abteilung A&Ω vorgenommen.«
Der Kanzler grinste, drückte auf den grünen Knopf und hielt sich das Telefon ans Ohr.
»Moment, Moment!«
Der Verteidigungsminister nahm einen verschlossenen Umschlag aus dem Holzkasten und gab ihn dem Regierungschef. »Ihr persönlicher Schlüssel, Herr Bundeskanzler. Über den authentifizieren Sie sich. Prägen Sie sich den Schlüssel ein und vernichten Sie das Papier, das sich in diesem Umschlag befindet.«
Der Bundeskanzler legte das Telefon nochmals kurz aus der Hand.
Mit einem großen Brieföffner, der auf seinem Schreibtisch gelegen hatte, schlitzte er den Umschlag auf. Er enthielt einen Computerausdruck. Eine fünfstellige Folge von Buchstaben, Satzzeichen und Zahlen.
Der Verteidigungsminister stand noch immer neben dem Schreibtisch. Aber er wandte dem Regierungschef diskret den Rücken zu.
Der Bundeskanzler tippte den Code in den Touchscreen. Er hob das Telefon wieder an sein Ohr. Zunächst hörte er nur ein leises digitales Rauschen. Zweimaliges Knacksen. Dann vernahm er die Stimme des Mannes, den er unter dem Namen Poseidon kannte.
»Herr Bundeskanzler, hier spricht Poseidon. Können Sie mich verstehen?«
»Ja, Poseidon, ich höre Sie. Ich muss schon sagen, einen eigenwilligen Musikgeschmack haben Sie.«
»Wieso denn, Herr Bundeskanzler? Was ist gegen *All you need is love* von den Beatles einzuwenden?« Der Regierungschef unterdrückte ein Glucksen. Der Mann hatte recht: Die ersten vier Takte der beiden Hymnen waren identisch.
Eine kurze Pause entstand, bevor Härter fortfuhr. »Zur

Sache: Ich möchte kurz die Punkte, die mir wichtig erscheinen, zusammenfassen. Haben Sie Zeit? Oder störe ich gerade?«
»Ich habe Ihren Anruf erwartet, Poseidon. Neben mir steht nur der Verteidigungsminister. Wir können reden.«
»Gut. Sehr vieles spricht dafür, dass es sich bei den Tätern um Soldaten handelt. Ehemalige oder noch aktive.«
»Noch aktive?«, unterbrach ihn der Bundeskanzler heftig. »Was meinen Sie damit? Noch aktive?«
»Die Forderung ist so hoch, das würde man sogar im Haushalt eines Staates merken. Zumindest eines kleineren. Ich wollte nur die Möglichkeit nicht ausschließen, dass wir von Truppen eines fremden Landes angegriffen worden sind. Von Truppen, die den Auftrag haben, uns zu bestehlen. Aber wahrscheinlich ist das nicht der Fall. Wahrscheinlich sind das freiberufliche Gewaltspezialisten. Söldner. Meine Abteilung überprüft das gerade. Haben eigentlich die Ermittlungen in Sachen General Henkel was ergeben? Wenn der Verteidigungsminister bei Ihnen ist, dann fragen Sie ihn doch gleich.«
»Moment, bitte.« Der Regierungschef nahm das Telefon vom Ohr. Nachdem er kurz mit dem Minister gesprochen hatte, hob er das Cryptophone wieder an sein Ohr. »Bis jetzt noch nicht viel. Bei seiner Heimatadresse heißt es, er sei im Urlaub. Seine Haushälterin hat erzählt, dass er immer an den Wörthersee fährt. Wir suchen gerade die Verzeichnisse der touristischen Unterkünfte durch. Mehr wissen wir nicht, sagt der Minister.«
Kapitän zur See Härter atmete hörbar aus. Seine Stimme klang kalt, als er fortfuhr.
»Jetzt kommen zwei unangenehm hohe Wahrscheinlichkeiten. Erstens: Die Täter haben Unterstützung irgendwo im Stadtgebiet. Das ist eine Voraussetzung für einen realistischen Fluchtplan. Die denken ja, sie kommen von hier weg.

Zweitens: Die Täter haben mit Sicherheit schon seit längerer Zeit Mitwisser in Deutschland. Dieser Angriff ist von langer Hand vorbereitet und mit Sach- und Ortskenntnis durchgeführt worden. Da hat vorher ein langwieriger Infiltrationsprozess stattgefunden. Könnten Sie dafür sorgen, dass diese Tatsachen der Ermittlungsleitung der Polizei bekannt gemacht werden?«

»Ja, sicher. Aber Komplizen in Deutschland? Bei einem solchen Verbrechen? Wie stellen Sie sich das vor? Haben Sie einen Verdacht?«

»Nein. Ich möchte nur sagen, dass es sich durchaus auch um offiziell Verantwortliche handeln kann, die hier falschspielen. Oder auch um andere einflussreiche Leute, die irgendwie kompromittierbar sind. Bei der Vorbereitung dieses Angriffs war auf jeden Fall sehr viel Geld im Spiel. Und Sie wissen so gut wie ich, dass es auch einiges zu gewinnen gibt.«

Kapitän Härter räusperte sich. »Dann noch etwas. Ist zwar ziemlich abwegig, aber versuchen sollten wir es. Eine internationale Anfrage. Das können Sie offiziell und auf höchster Ebene besser und schneller erledigen als irgendjemand sonst.«

»Und wonach sollen wir fragen?«

»Fragen Sie, ob jemand eine kleine Eliteeinheit vermisst. Topleute. Kommandosoldaten. Ich tippe von der Größe her maximal auf Kompaniestärke. Und ob jemand größere Mengen von Nervengas, das offiziell natürlich sowieso niemand besitzt, trotzdem vermisst.«

»Habe ich Sie richtig verstanden, Poseidon? Ich soll beispielsweise den britischen Premierminister fragen, ob zufällig ein paar seiner Soldaten verrückt geworden sind und Massenmord begehen?« Der Regierungschef seufzte. »Von Politik verstehen Sie nicht besonders viel.«

»Wie viel ich von Politik verstehe, steht hier nicht zur De-

batte«, entgegnete Kapitän Härter scharf. »Ich möchte Ihnen nur einen Rat geben. Aufgrund einer Analyse der mir aktuell zugänglichen Nachrichtenlage. Das ist mein Beruf. Ich arbeite für Sie, schon vergessen? Und ich möchte meinen Ratschlag noch präzisieren. Jeder weiß, dass Ihr Verhältnis zum russischen Präsidenten sehr gut ist. Es gibt ein paar Indizien, die eine solche Anfrage begründbar machen. Erstens wurde die Rakete in Russland gebaut, zweitens ist die Radaranlage, die auf der Theresienwiese steht, ebenfalls eine russische Konstruktion. Die Täter haben sie zwar modifiziert, aber sie kommt ursprünglich aus Russland.«
»Wie stellen Sie sich das vor?«
»Zusammenhalten im internationalen Kampf gegen den Terrorismus. So heißt doch die Zauberformel. Rufen Sie den russischen Präsidenten an. Fragen Sie ihn, ob alle seine Kommandoeinheiten da sind, wo sie sein sollten. Bitten Sie ihn, zu überprüfen, ob ein komplettes Luftabwehrsystem verschwunden ist. Sie können ihm ja sagen, wir bräuchten eventuell militärische Hilfe. Packen Sie ihn bei seiner Eitelkeit. Das wird den Mann motivieren.«
Der Regierungschef atmete tief ein, bevor er zu seiner Entgegnung ansetzte.
»Sie werden verstehen, dass ich das vorher mit dem Außenminister abklären muss. Aber ich werde tun, was ich kann.« Der Kanzler hustete kurz. »War es das?«
»Fürs Erste, ja. Ich melde mich wieder. Und bleiben Sie an dem Henkel dran. Sie wissen ja jetzt, wie Sie mich erreichen können. All you need is love, Herr Bundeskanzler.«
»Viel Glück, Poseidon. Bis bald.«
Der Regierungschef beendete das Gespräch. Er sah den Verteidigungsminister an. Seine Entscheidung hatte er längst getroffen. Er würde den russischen Präsidenten anrufen. Persönlich. Unbewusst hatte er begonnen, mit der rechten Hand die Krawatte zu lockern.

Ein Gespräch von Mann zu Mann.
Zielführend.
Auf dem kleinen Dienstweg.

*

Die Matrone in der Kantinenküche hatte glücklicherweise die Nerven behalten. Sie war zur Arbeit erschienen. Das Essen war heute sogar überdurchschnittlich gut gewesen. Rollbraten mit Butterkartoffeln und Karottengemüse. Zum Nachtisch hatte er sich eine Götterspeise genehmigt. Seine Lieblingssorte: Waldmeister. Während er zu seinem Büro zurückging, dachte er an Werner Vogel.
Zweimal hatte Meierinho versucht, seinen Freund zu erreichen. Aber Vogel hatte sein Telefon abgeschaltet. Langsam begann sich Stefan Meier Sorgen zu machen. Beim Essen war ihm die Idee gekommen, in Vogels Firma anzurufen. Seitdem Vogel Geschäftsführer war, konnte man da zumindest immer eine Sekretärin erreichen. Es bei Werners Freundin zu probieren hatte keinen Sinn. Wenn Werner auf dem Oktoberfest festsaß, dann würde es Amelie genauso gehen. An seinem Schreibtisch angekommen, zündete er sich eine Zigarette an. Dann rief er die Nummer aus dem Speicher des Telefons auf. Nachdem er ungefähr fünf Minuten mit der Sekretärin gesprochen hatte, legte er nachdenklich den Hörer auf. Tiefe Falten zeigten sich auf seiner Stirn.
Werner Vogel war heute nicht in der Firma erschienen. Er hatte sich auch nicht abgemeldet. Sein Freund war offensichtlich tatsächlich eine der Geiseln. Und Amelie somit ebenfalls. Außerdem hatte die Sekretärin aufgeregt erzählt, dass auch der Seniorchef heute nicht ins Büro gekommen sei. Das irritierte Stefan Meier noch mehr. Wieso war der Seniorchef in München? Er erinnerte sich vage an ein Gespräch mit Werner. Der hatte ihm erzählt, dass sein Partner

in Urlaub fahren würde. Genau, jetzt fiel es ihm wieder ein.
Der hatte eine Reise gewonnen.
Afrika.
Dingsbums-Delta.
Er hatte den Seniorpartner seines Freundes sogar einmal kennengelernt. Ein sehr sympathischer und trinkfester Zeitgenosse, der am späten Abend zur allgemeinen Begeisterung noch ein paar verblüffende Kartentricks vorgeführt hatte.
Wie hieß der Mann noch?
Ach, richtig.
Karl Romberg.

17:00 Uhr

Die Lage in der Stadt hatte sich etwas gebessert. Mühsam war es gelungen, die öffentliche Ordnung wiederherzustellen. Und nun das. Als die Vorabmeldung über die Ticker der Nachrichtenagenturen lief, brach die Hölle los.
»GIFTGAS«.
»ZWEITAUSEND TOTE«.
Dr. Roland Frühe entschied, zunächst einmal nichts verlautbaren zu lassen. Das Bundespresseamt hüllte sich in Schweigen. Weiterhin Nachrichtensperre. Das Außenministerium hatte noch nicht einmal alle befreundeten Regierungen über den tausendfachen Tod auf dem Oktoberfest informiert. Die Reaktionen waren umso heftiger.
CNN reagierte am schnellsten. Das Logo in der rechten oberen Bildschirmecke wurde ausgetauscht. Bisher waren die Bilder aus München mit dem Slogan »ASSAULT IN MUNICH« betitelt gewesen.
Der neue Spruch war um einiges drastischer, was die weltweiten Einschaltquoten sprunghaft ansteigen ließ. Und er führte nicht nur zu zahlreichen Protesten, sondern brachte auch die Telefonleitungen der Bundesregierung zeitweise an

den Rand ihrer Leistungsfähigkeit. Der Slogan, der jetzt auf den Bildschirmen der Welt zu lesen war, war in seiner Prägnanz nur schwer zu übertreffen. Ganz bestimmt aber war er von einmaliger Geschmacklosigkeit: »GAS IS BACK IN GERMANY«.

*

Generalmajor Oleg Blochin war ausgeruht und satt. Nachdem er sieben Stunden lang tief geschlafen hatte, aß er die große Platte mit den Grillschmankerln und trank drei große Gläser Apfelsaftschorle dazu. Okidadse hatte ihn geweckt. Kaum hatte Blochin das Feldbett verlassen, lag sein technischer Kommandooffizier flach. Tiefes, gleichmäßiges Atmen signalisierte, dass Okidadse Minuten später bereits schlief. Der nächste Wechsel war für Mitternacht vorgesehen.

Als Blochin die Stufen zum Gefechtsstand hinaufstieg, beobachtete er, wie Iljuschin an einer Tasse Kaffee nippte. Reste von Schmalz- und Schnittlauchbroten lagen auf einem Teller, den der Nahkampfspezialist auf den Knien balancierte. Der diensthabende Waffensystemoffizier, Hauptmann Tomjedow, nagte gerade den letzten Knochen eines Brathähnchens ab. Tomjedow sah Blochin nur kurz an und nickte kauend zur Begrüßung. Dann hefteten sich seine Augen wieder auf die Bildschirme.

»Guten Morgen, General. Haben Sie gut geschlafen?«, begrüßte Iljuschin seinen Kommandeur.

»Ja, danke, Polkownik Iljuschin. Und? Wie sieht es bei Ihnen aus? Lage?«

Iljuschin kicherte. »Die nehmen uns die Arbeit ab. Irgendwie ist es einer Journalistin gelungen, die Nachrichtensperre zu durchbrechen. Jetzt erscheint die größte deutsche Boulevardzeitung mit einer Sonderausgabe. Wir müssen unsere

vorbereitete Presseerklärung gar nicht mehr abschicken.« Iljuschin tippte mit einem Finger auf den Bildschirm vor sich, der die Online-Ausgabe der Zeitung zeigte.
»Wir kennen die Journalistin sogar, die das zustande gebracht hat. Sehen Sie nur.«
Blochin lehnte sich nicht nach vorne, um den Namen in der Autorenzeile zu lesen. Er sah den Obersten nur an. »Ist das Ihr Ernst? Ist es tatsächlich …«
Als Iljuschin sich nickend zu seinem Kommandeur wandte, dachte er an das Foto, das sich in seiner linken Brusttasche befand. Direkt über dem Herzen. Mit einer schnellen, reptilienhaften Bewegung glitt seine Zunge über seine Lippen. Die seltsame mimische Regung des Nahkampfspezialisten entging Blochin.
Der General würde sich noch wundern, dachte Iljuschin. Ganz gewaltig wundern.
»Ja, General. Die Dame ist nicht nur augenscheinlich sehr attraktiv. Sie ist auch mit allen Wassern gewaschen. Würde mich ja schon interessieren, wie die junge Frau Karman das herausgefunden hat.«
»Das werden wir später sicher noch erfahren. In einem Jahr, wenn dann ihr Buch über unsere Operation erscheint, wird sie die Welt sicher wissen lassen, wie sie das angestellt hat.« Er schlug Iljuschin freundschaftlich auf die Schulter. »Und wo immer wir dann sein werden, wir werden dieses Buch lesen und uns köstlich amüsieren.«
Blochin musste sich eingestehen, dass er Respekt für die Leistung des Fräuleins empfand. Es war bestimmt nicht einfach gewesen, an diese Information zu kommen. Eigentlich hatten sie vorgehabt, um kurz vor acht eine Pressemeldung zu verschicken. Pünktlich zur Tagesschau. Eine detaillierte Schilderung des Massakers und seiner Entstehung. Mit ein paar ausgewählt grausamen Bildern zur Illustration. Psychologische Kriegsführung.

Schwächung des Gegners.
Mit Hilfe der Wahrheit.
Aber so war es eigentlich noch besser. Je weniger sie sich selbst äußerten, desto stärker würde die Eigendynamik der sogenannten freien Presse entfesselt. Da waren die Demokraten doch immer so stolz drauf. Auf ihre freie Presse. Jetzt sollten sie mal sehen, was sie davon hatten.
Ein schmales Lächeln zeigte sich auf dem Gesicht des Generals. Die Sturmhaube, die er nach dem Essen sofort wieder über sein Gesicht gezogen hatte, verdeckte allerdings die Bewegung seiner Mundwinkel.
»Ich werde mal überprüfen, was sich im Zelt tut.« Blochin winkte einen Hundeführer zu sich und nahm seine Patrouille durch das Zelt wieder auf. Seine Augen glitten durch die langen Reihen der Geiseln. Dabei suchte er, wie schon seit Beginn der Operation, nach ganz bestimmten Anzeichen.
Aber er hatte diese Anzeichen noch nicht entdecken können.
Sollte er sich in diesem Punkt geirrt haben?

*

Werner Vogel konnte die Langeweile auf dem Gesicht von Matthias deutlich ablesen. Ihm erging es nicht anders. Sein neuer Bekannter sah jedoch sehr viel ausgeruhter aus, als er sich selbst fühlte. Sein Nacken schmerzte. Er hatte in einer unglücklichen Position geschlafen. Er bewegte den Kopf hin und her, um die Muskeln zu lockern.
Dabei klopfte er die Taschen seiner Jacke ab, ohne zu wissen, was er eigentlich finden wollte. Er hatte Lust auf eine Zigarette. Vor zwei Jahren hatte er das Rauchen aufgegeben. Doch jetzt wurde der Stress einfach zu viel, seine Nerven verlangten nach Beruhigung. Er winkte einen der Verkäufer zu sich an den Tisch. Sogar die Zigaretten waren umsonst.

Über die Versorgung konnte man sich wirklich nicht beklagen. Am Morgen waren kostenlose Kopfschmerztabletten ausgegeben worden, um den zahlreichen Verkaterten den Start in den Tag zu erleichtern.

Ein Feuerzeug hatte er doch bestimmt dabei. Die Angewohnheit, ein Feuerzeug mitzunehmen, hatte er beibehalten. Da ertasteten seine Finger einen länglichen, flachen Kasten in einer der geräumigen Außentaschen seiner Jacke.

Ein Lächeln machte sich auf seinem Gesicht breit.

Er sah Matthias an. »Kannst du Schach spielen?«, fragte er.

»Na ja.« Matthias erwiderte seinen Blick mit einem skeptischen Gesichtsausdruck. »Ich weiß, wie die Figuren ziehen. Aber ich würde nicht sagen, dass ich wirklich Schach spielen kann.«

»Das ist egal«, sagte Werner und zog das kleine magnetische Schachspiel aus seiner Jackentasche. »Ich bringe es dir bei. Ich bin ein ganz passabler Spieler. Wenn wir hier noch lange festsitzen, dann kommst du als Schachexperte aus diesem Zelt wieder raus. Ich meine, so in ein, zwei Jahren.« Er grinste Matthias an. »Wollen wir's versuchen?«

»Von mir aus. Aber ich habe dich gewarnt.« Matthias orderte zwei frische Maß Bier bei einer der Bedienungen.

Erst die zweite Runde an diesem Tag.

Sie hielten sich zurück.

Was man nicht von jedem im Zelt behaupten konnte.

*

Sämtliche Geräte entsprachen dem letzten Stand der Technologie. Auf einigen der Bildschirme erkannte er eine Linux-Oberfläche. Open Source. Sehr gute Performance. Nicht der übliche Windows-Mist.

Da war eine Menge Sachverstand am Werk gewesen. Manche dieser Apparate standen nicht einmal seiner Abteilung zur Verfügung. Da hatte jemand offensichtlich Zugang zu sehr exklusiver Hardware. Hochsicherheitstechnologie. Gekapselte Rechner. Gegen Abtastung von außen abgeschirmte Verkabelung. Ein paar ganz spezielle Spielereien würde er noch aus der Firma besorgen müssen. Aber hier würde er an der Lösung des Problems arbeiten können. Was für eine Aufgabe!

Stefan Meier hatte ereignisreiche Stunden hinter sich. Nach wie vor konnte er kaum glauben, was passiert war. Alles hatte mit einem Anruf in seinem Büro begonnen. Auf dem Display seines Apparates war der Name des Chefchefchefs zu sehen gewesen.

Oberstes Management.

Geschäftsleitung.

Das bedeutete normalerweise nichts Gutes.

Deshalb klang seine Stimme nur mäßig begeistert, als er sich am Telefon meldete. Und tatsächlich: Er wurde sofort ins Büro des Chefchefchefs beordert. Sechs Etagen höher. Mit dem gläsernen Aufzug im Atrium. Während der Fahrt grübelte er darüber nach, welchen Bock er in der letzten Zeit geschossen haben könnte.

Das Gespräch im Büro des Vorgesetzten des Vorgesetzten seines Vorgesetzten verlief dann ganz anders, als er sich das vorgestellt hatte.

Der Manager empfing ihn betont höflich. Er bot ihm Kaffee an und setzte sich mit ihm in die Besprechungsecke. Ein Privileg, das nur wenigen zuteilwurde.

Dann fragte ihn der Mann, ob er wisse, was in Artikel 12 a, Absatz 1 des Grundgesetzes stehe. Der Dienstpflichtartikel. Meierinho nickte. Ja, den Artikel kannte er. Der Mann eröffnete ihm daraufhin, dass er aufgrund dieses Artikels vom BKA angefordert worden sei. Zur Unterstützung der Aufklärungsarbeit. Dass ein Wagen auf ihn warte. Dass die Firma sehr stolz auf ihn sei und dass er ihm im Namen der

Geschäftsleitung alles Gute wünsche. Dass er alles Weitere von einem Mann des BKA erfahren würde.

Von einem Mann mit dem Allerweltsnamen Müller.

Na ja, dachte sich Stefan Meier. Da muss ich gerade reden.

Ein Polizeifahrzeug brachte ihn zur Wiesn-Wache. Dort wurde ein Foto von ihm gemacht. Er erhielt einen Sicherheitsausweis.

Der Kommandant der Wiesn-Wache, ein hoher Polizeibeamter namens Kroneder, hatte ihn zu einem Büro begleitet. Ein blickdichtes Rollo war am Fenster heruntergezogen. Der Raum war vollgepackt mit modernster Kommunikationselektronik. Fast alle Geräte hatte Stefan Meier auf den ersten Blick erkannt.

»Guten Tag, Herr Meier. Ich freue mich, dass Sie sich bereit erklärt haben, mit uns zusammenzuarbeiten«, begrüßte ihn Herr Müller.

Als ob ich eine andere Wahl gehabt hätte. Der Mann hat ja Humor, dachte er. Sie gaben sich die Hand.

Dann erklärte ihm Herr Müller, worum es ging. Der Mann kannte sich in technischen Dingen sehr gut aus. Ein kompetenter Mann. Und Kompetenz wusste Meierinho zu schätzen. Schon allein deshalb, weil sie so selten vorkam. Herr Müller stellte ihm zwei junge Männer vor, die als seine Assistenten fungieren würden.

Der BKA-Mann strahlte in all der Hektik um sie herum eine geradezu unnatürliche Ruhe aus. Das Wort »kaltblütig« kam Meierinho in den Sinn. Das passte.

»Sie sollen das Kommunikationsnetz der Täter knacken. Codierter Digitalfunk. Sie sollen versuchen, uns da reinzuhacken. Ohne dass die etwas merken. Und Sie berichten ausschließlich mir oder Herrn Kroneder. Niemandem sonst. Das ist sehr wichtig, wenn wir Erfolg haben wollen. Sie können mich über Ihr Terminal erreichen. Es ist mit einem Schlüssel ausgestattet.«

Der BKA-Mann namens Müller zog ein kleines Gerät aus der Tasche seines Anzugs und sah ihn fragend an. Stefan Meier verstand sofort. Ein GSMK-Cryptophone. Er nickte grimmig. »Einer meiner besten Freunde und seine Freundin sitzen in einem der Zelte fest. Die ganze Stadt ist in Angst und Schrecken. Und wenn das stimmt, was vorhin in den Nachrichten kam, dann haben diese Leute zweitausend Unschuldige umgebracht. Machen Sie sich also um meine Motivation keine Sorgen. Sie können sich darauf verlassen, dass ich tun werde, was ich kann.« Meierinho sah auf die Wand aus Bildschirmen, Tastaturen und Apparaten und straffte die Schultern. »Und wenn das nicht reicht, dann tue ich einfach ein bisschen mehr.«
»Das will ich stark hoffen, Herr Meier. Die Welt ist voll von Menschen, die immer tun, was sie können. Von dieser Sorte gibt es mehr als genug. Ich habe Sie ins Boot geholt, weil Sie als ein Mann gelten, der nicht nur tut, was er kann, sondern der auch kann, was er tut.«
Das Wortspiel ließ Meierinho kurz lächeln.
Das würde er sich merken.

*

Die U-Bahn-Linien vier und fünf hatten bereits am gestrigen Nachmittag den Betrieb eingestellt. Der U-Bahnhof Theresienwiese hätte also still und verlassen sein müssen. Auf den Bahnsteigen herrschte jedoch seit Stunden hektische Betriebsamkeit. Im kalten Licht der Neonröhren bereitete die GSG 9 ihren Einsatz vor.
Die Männer waren mitsamt der Ausrüstung in U-Bahn-Wagen zur Haltestelle gebracht worden. Jetzt lagen sämtliche Waffen und technisches Gerät sowie die Schutzwesten und die Black-Hole-Systeme auf langen Tapeziertischen bereit.

Die Männer sprachen die einzelnen Aspekte des Einsatzes durch. Große Pinnwände waren aufgebaut, Pläne der Kanalisation daran befestigt worden.

Kapitän zur See Wolfgang Härter stand vor einer der Pinnwände und prägte sich Einzelheiten ein. Die verschiedenen Durchmesser der Rohre. Entfernungen. Gefälle und Steigungen.

Welche standen unter Wasser?

Welche hatten Rattensperren?

Immer wieder schloss er die Augen und murmelte bestimmte Details vor sich hin. Dann öffnete er die Augen wieder, um zu überprüfen, ob er sich alles richtig gemerkt hatte. Härter war in verschiedenen Mnemotechniken ausgebildet. Immer wieder nickte er bestätigend mit dem Kopf, wenn er sich einen weiteren Satz Zahlen richtig gemerkt hatte.

Wenige Meter entfernt stand Hartmut Rainer mit seinen drei Truppführern vor einem Flipchart. Sie hatten gerade die Zeiten ausgerechnet, die sie für die einzelnen Wegabschnitte benötigen würden.

Daraufhin wandten sie sich einem anderen Plan zu. Bunte Linien in verschiedenen Farben waren darauf eingezeichnet. Alle diese Linien begannen am U-Bahnhof Theresienwiese. Immer mehr Beamte der GSG 9 fanden sich vor diesem Plan ein. Erwartungsvoll sahen sie ihrem Kommandeur entgegen.

Die Eckpunkte des Operationsplans standen bereits fest. Vier Trupps sollten auf das Benediktiner-Zelt vorrücken. Aus verschiedenen Richtungen. Die Trupps würden mit Schwanenhalskameras ausgerüstet. Das Objektiv einer solchen Kamera ragt aus einem langen, frei beweglichen Schlauch. Nicht ganz zwei Zentimeter Durchmesser. In dem Schlauch verläuft ein Glasfaserkabel. Das Objektiv kann ferngesteuert werden. Mit diesen Kameras sollten Bilder aus dem Zeltinneren aufgenommen werden. Hartmut Rainer erläuterte die genaue Vorgehensweise.

»Unter dem Benediktiner-Zelt befinden sich vier Abwassereinleitungen. Zwei für Regenwasser, eine für die Abwässer der Küche und eine für die Toiletten. Jeder der Trupps soll versuchen, sich durch unterschiedliche Kanäle bis unter das Bierzelt vorzuarbeiten. Die beiden Trupps, die die Abflüsse für das Regenwasser zugeteilt bekommen, sind in der aussichtsreichsten Position.« Hartmut Rainer zeigte mit ausgestrecktem Finger auf den Plan. Der Finger folgte erst einer roten Linie und dann einer gelben.

»Trupp Rot und Trupp Gelb benutzen diese beiden Routen. Wenn alles glattgeht, kommen sie hier an.« Sein Finger deutete nacheinander auf zwei Punkte unter dem Benediktiner-Zelt, an zwei gegenüberliegenden Ecken.

»Wir bohren von unten ein Loch in den Holzboden. Dann bringen wir die Objektive der Kameras ins Zelt. Wir filmen langsame 360-Grad-Bewegungen. Wir dürfen nicht vergessen, das Objektiv auch nach oben gerichtet kreisen zu lassen. Wir brauchen Bilder von diesen verfluchten Abschussrampen.« Hartmut Rainer machte eine kurze Pause, bevor er fortfuhr.

»Ich habe mich dazu entschlossen, an diesem Einsatz persönlich teilzunehmen. Ich selbst werde Trupp Rot anführen.« Die anderen drei Truppführer nickten.

»Trupp Grün geht hier entlang.« Sein Finger folgte der grünen Linie, während er weitersprach. »Sie kommen unterhalb der Küche raus. Versuchen Sie, an die Wasserleitung von einer der großen Gläserspülmaschinen heranzukommen. Dann können Sie aus dem Inneren der Maschine heraus Aufnahmen machen. Vielleicht ist es möglich, die Kameras dauerhaft zu installieren. Das gilt übrigens für alle Trupps. Auch für Trupp Blau.« Sein Finger fuhr wieder über das Papier des Plans. »Trupp Blau wird unter den Toiletten an-

kommen. Entweder Sie bohren ein Loch durch den Boden, oder Sie bekommen den Hals der Kamera durch den Abfluss der Waschbecken, Pissoirs oder Kloschüsseln.« Einige der umstehenden Männer mussten ein Lachen unterdrücken.
»Was für ein Scheißjob«, platzte schließlich einer heraus. Gelächter folgte.
»Die Farben der Trupps werden ausgelost«, sagte Hartmut Rainer mit erhobener Stimme.
Das Gelächter erstarb augenblicklich.
»Was Sie betrifft, Herr Müller«, fuhr der Kommandeur der GSG 9 fort, »Ich habe Sie bereits fest eingeplant. Sie bilden die Nachhut von Trupp Blau. Alles klar?«
Härter wandte den Kopf von den Plänen ab und sah Hartmut Rainer an. Dann nickte er müde. »Alles klar, Herr Rainer. Jede andere Entscheidung von Ihnen wäre eine ziemliche Überraschung gewesen.«

22:25 Uhr

Kurz vor Beginn der Tagesthemen ließ Dr. Roland Frühe eine Presseerklärung verbreiten. Darin wurde erstmals offiziell bestätigt: Bei den Vorgängen in München handelt es sich um eine Geiselnahme. Das Außenministerium hat mit der Erstellung einer Namensliste sämtlicher Geiseln begonnen. Den Geiseln geht es gut. Sie werden medizinisch betreut und haben ausreichend Lebensmittel. Die Bundesregierung tut alles, um das Leben der Geiseln zu schützen.
Die Meldung, auf dem Oktoberfest habe es zweitausend Tote gegeben, blieb unkommentiert. Für den nächsten Morgen wurde eine Pressekonferenz des Regierungssprechers angekündigt.

*

Alles fließt.
Heraklit, wenn er sich richtig erinnerte. An seine Ohren drang die ganze Bandbreite der Geräusche fließenden Wassers: das dumpfe Rauschen der träge dahintreibenden, schmutzigen Brühe des Hauptkanals. Das hellere Sprudeln der kleineren Kanäle, die seitlich in den Hauptkanal mündeten. Das Plätschern kleiner Rinnsale, die an den bemoosten Wänden herabliefen. Das Klatschen einzelner Tropfen, großer und kleiner, die von der Decke fielen und auf den feuchten Boden oder in das Wasser der Kanäle schlugen. Seine Schritte schmatzten auf dem nassen Betonboden. Der Kapitän lauschte angestrengt, ob er noch etwas anderes hören konnte. Außer dem allgegenwärtigen Fließen und Tropfen. Durch den Hall und das dauernde Wasserrauschen war es jedoch unmöglich zu sagen, aus welcher Richtung ein bestimmtes Geräusch kam.
Die Männer trugen Kopfhörer und Kehlkopfmikrofone und sprachen im Flüsterton miteinander. Doch schon der leiseste Zischlaut erzeugte sofort eine Hallfahne.
An den Wänden brachen sich die Echos.
Die Atemmaske hing um seinen Hals. In Sekunden könnte Härter sie aufsetzen. Er hatte das Angebot, eine MP 5 mitzunehmen, abgelehnt. Seine Glock mit Schalldämpfer und aufmontierter Laservisieroptik trug er im Brustholster.
Ein fauliger Geruch durchströmte die Kanäle. Aus manchen der kleineren wehte unglaublicher Gestank in den Hauptkanal herein.
Er schaltete seine Brille von Restlichtverstärkung auf Infrarot um. Ohne diese Brille hätte er kaum die Hand vor Augen sehen können. Die Beamten des Trupps Blau, die sich vor ihm befanden, waren dennoch nur schwer zu erkennen. Nahezu unsichtbar. Und das auf so kurze Entfernung. Ein kurzes Lächeln huschte über sein Gesicht.

Diese Black-Hole-Anzüge waren wirklich erstaunlich. Sie passten ihre eigene Temperatur ständig der Umgebung an. Kein Wärmebild. Ihre Oberfläche war ionisiert. Kein Radarecho. Die Zentraleinheit des Tarnanzugs brummte leise an seinem Gürtel. Er spürte mehr die Vibrationen, als dass er etwas hätte hören können.

Seit fast einer Stunde war er gemeinsam mit den fünf Beamten des Trupps Blau in der Dunkelheit unterwegs. Die vollkommene Lichtlosigkeit ließ eine leichte Beklemmung in ihm aufsteigen.

Und sie hatten gerade mal ein Drittel des Weges geschafft.

Aber das war im Plan auch nicht anders vorgesehen. Allen war klar, dass sie nur sehr langsam vorankommen würden. Genauigkeit war das Wichtigste, wenn sie Erfolg haben wollten, denn sie durften nichts übersehen.

An der Spitze des Trupps arbeiteten sich drei Beamte vor. Der mittlere trug ein dünnes Rohr in der Hand. Die elektronischen Kampfstoffsensoren links und rechts neben der Spitze waren nach vorne gerichtet. Die beiden anderen Männer deckten ihn mit schallgedämpften Maschinenpistolen. Aus der Spitze des dünnen Rohres schoss in kurzen Intervallen ein feiner Sprühnebel hervor. Damit konnten sie eventuelle Lichtschranken sichtbar machen.

Zwei hatten sie schon entdeckt. Und Härters Befürchtungen waren bestätigt worden. Moderne Dinger. Militärische Technik. NATO-Material. Doch ihre Pläne waren offenbar detaillierter als die der Täter. Bislang hatten sie immer eine Ausweichroute gefunden.

Momentan befanden sie sich in einem längeren geraden Abschnitt eines der Hauptkanäle. Sie konnten sogar aufrecht gehen.

Die Wolke des Sprühnebels erschien vor seinen Augen bläulich im Infrarotbild. Er schaltete zurück auf Restlichtverstärkung. Auch jetzt konnte er die Männer nur schwer er-

kennen. Die Oberflächen ihrer Overalls waren reflexfrei. Sie verschluckten das Licht förmlich.
Er ahnte die Männer mehr, als dass er sie sah. Sie waren nur schwarze Schatten an der Wand.
Härter war voll konzentriert. Seine Sinne waren bis auf das äußerste geschärft. Unentwegt glitten seine Augen über Wände und Boden, tastend untersuchte er Unebenheiten. War hier vor kurzem etwas verändert worden? Denn die Täter waren hier unten gewesen. Zweifellos. Bislang hatte er zwar noch nichts entdecken können, aber wozu sollten die Täter sonst die Lichtschranken angebracht haben?
Er bemerkte, wie der Truppführer die Faust hob. Das Zeichen für die Männer, stehen zu bleiben. Härter erinnerte sich. Die Pläne der Kanalisation tauchten vor seinem inneren Auge auf. Da vorne musste eine Leiter sein. Die höher gelegene Röhre würde erst mit Spiegeln auf eventuelle Sprengfallen gecheckt werden. Und dann mussten sie zweihundert Meter auf dem Bauch kriechen. Danach wieder eine Leiter runter.
Weiter durch einen halbhohen Gang.
Wasserführend.
Nur gebücktes Gehen möglich.

*

War da etwas?
Hauptmann Tomjedow, der diensthabende Waffensystemoffizier, sah auf seine Bildschirme. Es war das zweite Mal, seit Okidadse sich schlafen gelegt hatte, dass er irritiert auf seinen Infrarotbildgeber sah. Tat sich da irgendwas in der Kanalisation? War es so weit? Aber er konnte nichts erkennen, das einen Alarm gerechtfertigt hätte. Es gab keinen Grund, den Oberst zu wecken.
Ihm war so, als ob er die Umrisse von zwei Beinen gesehen

hätte, vor dem Blau eines Kaltluftrohres. Doch die Umrisse waren sofort verschwunden. Langsam schüttelte er den Kopf und überprüfte den Status der Lichtschranken. Alles in Ordnung.

Anschließend ging Hauptmann Tomjedow die Aufzeichnungen der Radarsensoren noch mal durch. Keine Auffälligkeiten. Halt, was war das? Nein, das konnte nichts Gefährliches sein. Zu klein. Wahrscheinlich ein paar von diesen widerwärtigen Ratten. Ekelhafte Viecher!

Von denen gab's da unten jede Menge.

*

Stefan Meier verließ den kleinen Arbeitsraum, um eine Zigarette zu rauchen. Er streckte sich, schüttelte Arme und Beine aus, und mit kreisenden Bewegungen des Kopfes versuchte er, die Verspannung im Nacken zu lockern. In seinen Gedanken lösten trotziger Kampfesmut und realistische Einschätzung einander ab.

Mittlerweile hatten sie das Funksystem der Täter angepeilt. Das war schneller gegangen als gedacht. Euphorie hatte sich bei ihm und seinen beiden Assistenten breitgemacht. Sein Respekt vor diesem Müller war noch gewachsen. Wo auch immer der Mann diese Jungspunde aufgetrieben hatte, die beiden wussten, was sie taten. Stefan Meier hätte sie sofort eingestellt.

Ihre Euphorie war jedoch schnell verflogen. Erste Muster der Verschlüsselung hatten sie isolieren können. Und diese Muster hatten ihnen gezeigt, dass sie mit einem gewaltigen Problem konfrontiert waren. Die Technik der Täter war mehr als zeitgemäß. Wenn es überhaupt gelingen würde, die Algorithmen zu knacken, würde das ein hübsches Stück Arbeit werden. Und es würde Zeit brauchen. Ein Schnellschuss war damit so gut wie ausgeschlossen.

Verdammter Mist!
Ein heftiger, kühler Windstoß fuhr durch den Gang, als Polizeihauptmeister Ulgenhoff die Tür öffnete und die Wiesn-Wache betrat. Der senkrecht aufsteigende Rauch von Meierinhos Zigarette wurde seitlich weggerissen. Verwundert sah er den Beamten an.
»Was ist denn da draußen los? Wo kommt denn der Wind auf einmal her? Wieso ist es so kalt?«
»Na, Sie scheinen seit längerem nicht mehr vor der Tür gewesen zu sein, Herr Kollege. Das Wetter verschlechtert sich rapide. Da draußen hat es gerade noch acht Grad. Das Barometer befindet sich im freien Fall. Eine Gewitterfront von Westen. Schöne Scheiße. Wenn man den Wetterfröschen glauben kann, dann steht uns in dieser Nacht noch ein schweres Unwetter bevor.«

> Kein Gefecht entscheidet sich in einem einzelnen Moment, obwohl in jedem es Momente von großer Wichtigkeit gibt, welche die Entscheidung hauptsächlich bewirken.
>
> Carl v. Clausewitz, *Vom Kriege*

10

Wien, Februar 2004

Seit der gestrigen Nacht lag die österreichische Hauptstadt unter einer frischen Schneedecke. Der 1. Bezirk, dessen Bauten aussahen, als wäre ein Zuckerbäcker ins Architekturfach gewechselt, erschien durch den Neuschnee noch unwirklicher als sonst.

Glitzernd reflektierte das Weiß die strahlende Wintersonne.

Viele Touristen, die zum ersten Mal das Stadtzentrum besuchten, hatten den Eindruck, eine Zeitreise hinter sich zu haben. Die Zeitmaschine hatte sie in die Glanzzeit der österreichisch-ungarischen Monarchie versetzt. Nur Autos, Ampeln, Straßenbahnen, Wurstbuden und Souvenirstände erinnerten daran, dass man sich im 21. Jahrhundert befand.

Viktor Slacek lebte seit fünfzehn Jahren in Zürich, obwohl ihm Wien eigentlich viel besser gefiel. Die Wahl seines Wohnortes hatte jedoch praktische Gründe. Zum einen waren es die ökonomischen Vorteile, zum anderen die politischen.

Viktor Slacek war ein reicher Mann. Und in keinem anderen Land der Welt – von Saudi-Arabien und Monaco einmal abgesehen – war Reichtum so alltäglich und unauffällig wie in der Schweiz. Die Hermetik des eidgenössischen Bankge-

heimnisses erlaubte ein Leben in völliger Diskretion. Und die Steuergesetzgebung des neutralen Landes tat das Ihrige dazu.
Viktor Slacek war viel auf Reisen. Er kannte beinahe jeden Großflughafen des Planeten. Und die Vorteile eines Schweizer Passes waren beträchtlich. Keine Schikanen. Keine übertriebenen Kontrollen an den Grenzen oder auf den Flughäfen. Keine historisch, ideologisch oder politisch motivierten Anfeindungen. Oft sogar ein freundliches Lächeln.
Seine Dienste waren weltweit gefragt. Seine Erfolgsquote lag bei beeindruckenden einhundert Prozent. Er war freiberuflich tätig und konnte sich über einen Mangel an Arbeit nicht beklagen.
Viele Projekte musste er aus Zeitgründen ablehnen.
Viktor Slacek war für seine eigenen Begriffe kein besonders eitler Mann. Er hätte nicht widersprochen, wenn jemand bezweifelt hätte, dass er *weltweit* der Beste in seinem Beruf war. Es mochte noch ein, zwei andere geben, die möglicherweise ebenso gut waren. Aber wenn jemand behauptet hätte, es gäbe einen besseren in *Europa*, dann hätte Viktor Slacek zumindest unwillig die Stirn gerunzelt und möglicherweise sogar nachgefragt, wer das denn bitte sein solle.
Vor drei Wochen hatte ein alter Freund mit ihm Kontakt aufgenommen.
Auf die übliche Art.
Über eine Kleinanzeige in der *Neuen Zürcher Zeitung*.
Diese Anfrage konnte er unmöglich ablehnen. Für heute Abend war ein Gespräch verabredet worden. Es war sein Vorschlag gewesen, sich in Wien zu treffen. Auf seine Kosten, selbstverständlich. Er freute sich darauf, seinen alten Freund wiederzusehen.
Slacek wusste zwar ganz genau, dass Unauffälligkeit eine zentrale Voraussetzung für seinen Beruf war. Dennoch war er nicht von Zürich nach Wien geflogen, sondern mit seinem

Auto gefahren. Mit einem sehr auffälligen, sehr schnellen Auto.
Fünfhundertundsechzig PS.
Er liebte schnelle Autos. Eine seiner wenigen Schwächen.
Deshalb war er über deutsche Autobahnen gefahren. Kaum Geschwindigkeitsbegrenzungen. Wundervoll!
Er sah sich um. Das bullige Grollen der zwölf Zylinder ließ die Passanten auf dem Gehsteig die Köpfe drehen. Sein schmallippiger Mund zeigte ein dünnes Lächeln, als seine Augen kurz am Display seines Radarwarngerätes hängen blieben.
Vienna von Ultravox drang aus den Lautsprechern des High-End-Soundsystems. Die manikürten Finger seiner blassen, feingliedrigen Hände trommelten den getragenen Takt des Liedes auf das Lenkrad. Leise sang Viktor Slacek mit: *A man in the dark in the picture frame, so mystic and soulful…*
Er fuhr über die Wiener Ringstraße zum Hotel. Die prachtvollen Bauten der Universität und des Parlamentes zogen an ihm vorbei.
A voice reaching out and a piercing cry stays with you until…
Die nächste Ampel zeigte Rot. Er bremste sanft ab. Sein Blick ruhte kurz auf dem berühmten Opernhaus. O ja, Wien gefiel ihm.
The feeling is gone. Only you and I…
Er kannte wahrlich die ganze Welt. Aber Wien war seine Stadt. Durchdrungen von einer weisen, tiefen Melancholie.
It means nothing to me…
Alles atmete hier die eigene Vergänglichkeit.
This means nothing to me…
Hier fühlte er sich wohl. Bis zum Abendessen war noch etwas Zeit. Er würde der Kapuzinergruft einen Besuch abstatten können. Darauf freute er sich schon. Das war ein Ort,

der ihm jedes Mal Behagen bereitete. Genau die richtige Atmosphäre, um in Kontemplation zu versinken. Als die Ampel auf Grün sprang, brüllte der Motor auf wie ein wütendes Tier.
Mit einem Satz katapultierte das ungeheure Drehmoment der Maschine den obsidianschwarzen Bentley Continental GT nach vorne.
Oh Vienna.
Er hatte für sich und seinen alten Freund zwei Suiten im Hotel »Imperial« reserviert. Er war dort als Gast unter dem Namen Siedlazek bekannt. Das erste Haus am Platze. Ursprünglich 1863 als Privatresidenz des Fürsten von Württemberg erbaut. Altes Gemäuer. Anlässlich der Weltausstellung 1873 war das stolze Palais dann zum Hotel geworden. Gediegen. Verschwiegen. Da würde sein Wagen nicht auffallen. Und das Restaurant war ausgezeichnet.
Zudem kannte der Küchenchef bereits die Eigenheiten des Herrn Siedlazek. Der Gast namens Siedlazek hatte nämlich einen Tick, was das Essen betraf:
Er aß nichts Rohes.

0:07 Uhr

Härter hatte sich mit der Zeit immer weiter zurückfallen lassen. Der Trupp vor ihm bewegte sich zwar langsam, aber in gleichmäßigem Tempo auf das Ziel zu. In einer knappen Stunde würden sie unter den Toiletten des Benediktiner-Zeltes angekommen sein.
Wie es den anderen Trupps erging, wussten sie nicht. Die Trupps operierten unter absoluter Funkstille. Nur im Falle eines Angriffs durften die Männer die stärkeren Sender benutzen. Status EMCON war befohlen. EMission CONtrol.
Bedächtig und mit größter Genauigkeit suchte er nach Spuren der Täter. Auch deshalb war er hinter dem Trupp zu-

rückgeblieben. Seine Augen brannten leicht vor Anstrengung. Nach wie vor war seine Ausbeute jedoch mehr als dürftig. Das Einzige, was seine Aufmerksamkeit erregt hatte, war ein drei Zentimeter langes Stück leerer Kabelisolation. Aber das konnte auch auf andere Art hierher geraten sein. Das hatte nicht unbedingt etwas zu bedeuten. Er hatte das kleine Stück schwarzes Plastik in ein Tütchen gesteckt und in einer seiner Taschen verstaut.
Sein Blick glitt über die Seitenwände des Kanals. Abwässer flossen um seine Knöchel. Glücklicherweise waren seine Kampfstiefel wasserdicht. Marinematerial. Erneut fand er einen Stein, der etwas aus der Mauer hervorstand. Er hatte schon viele solcher Steine untersucht, aber jedes Mal feststellen müssen, dass es sich um Ungenauigkeiten im Mauerwerk handelte.
Tastend fuhren seine Finger an den Rändern des Steins entlang. Er begann, an dem Stein zu ziehen, wendete nach und nach mehr Kraft auf. Aber das Ding saß fest.
Da entdeckte er im grünlich gefärbten Bild der Restlichtverstärkung, wie kleine Brocken morschen Mörtels unter dem Stein hervorrieselten. Der Zement war wohl mürbe geworden. Nun, das war in der ewigen Feuchtigkeit hier unten nichts Bemerkenswertes.
Er zog noch etwas stärker und fing an zu rütteln. Plötzlich hörte er ein leises mechanisches Klicken. Ein Mechanismus? Hier? Härter war alarmiert. Der Stein löste sich aus dem Mauerwerk. Das Ding war viel zu leicht. Er sah auf den Stein in seiner Hand.
Und wurde selbst zu Stein.
Der Ziegel war nicht einmal drei Zentimeter tief. Er war mit einem Meißel bearbeitet worden, und zwar vor kurzem. Die Rückseite hatte die helle, rötliche Farbe neuen Backsteins. Links und rechts waren kleine metallische Klemmen angebracht, die den Stein in Position gehalten hatten.

Er unterdrückte den Impuls, über Funk sofort einen Warnruf auszusenden. Schließlich war Funkstille befohlen. Und das hier konnte ja auch das Versteck eines Drogenhändlers sein. Oder einer Jungenbande.
Er bückte sich und spähte in das Loch in der Mauer. Doch es war dort so dunkel, dass er nichts erkennen konnte. Er zückte seine bleistiftdünne Photonenpumpe, reduzierte die Leistung seiner Brille und leuchtete in die Öffnung, die der Ziegel hinterlassen hatte. Der Lichtstrahl erfasste einen schwarzen Kasten. Das konnte alles Mögliche sein. Er leuchtete noch einmal die Ecken der Vertiefung aus, um sicherzugehen, dass keine Kontaktdrähte irgendwo versteckt waren. Alles in Ordnung! Sofort schaltete er seine Photonenpumpe wieder aus und steckte sie zurück in seine Brusttasche. Dann griff er nach dem Kasten und zog ihn heraus.
Der Kasten war etwa zwanzig mal zehn Zentimeter groß und fünf Zentimeter tief. Langsam drehte er ihn in seiner Hand, um die Rückseite zu begutachten.
Sein Erschrecken hätte nicht größer sein können.
Kapitän zur See Wolfgang Härter wusste, was er da in Händen hielt: nicht mehr und nicht weniger als den sicheren Tod.
AIM-64.
In dem ewigen Bestreben des menschlichen Geistes, Werkzeuge und Maschinen zu erschaffen, die es ermöglichten, seinesgleichen effizient und in großer Zahl zu töten, war die AIM-64 sicherlich eine der grausamsten Spitzenleistungen. Technik gewordene, pure Bösartigkeit.
Seit die Menschheit existiert, führt sie Kriege. *Der Krieg ist der Vater aller Dinge*, hatten bereits die alten Griechen formuliert.
Heraklit, wenn er sich richtig erinnerte.
Und wenn dem so war, dann war die AIM-64 eines der unheiligsten Kinder dieses Vaters.

Die AIM war an der Rückseite des Kastens angebracht. Der Kasten selbst war nur der Auslöser. Funktionierte vermutlich über Funk. Wäre es ein Erschütterungs- oder Bewegungszünder gewesen, dann wäre er jetzt bereits tot. Die AIM-64 sah aus wie ein schwarzes Ei, nur etwas größer und in die Länge gezogen. Bei den Pionieren wurde sie deshalb auch das »Überraschungsei des Teufels« genannt. Während ein Schaudern seinen Rücken heraufkroch, rekapitulierte er reflexhaft die Daten. Eine Folge seiner Ausbildung.
AIM-64.
Anti-Infanterie-Mine.
Gefechtsfeld- und Rückraumwaffe. Auslösemechanismus frei wählbar. Zugdrähte. Lichtschranken. Erschütterung. Bewegung. Wärme. Radar. Licht. Funk. Überall anzubringen. Decken. Wände. Boden. Kunststoffkonstruktion. NATO-Technologie.
Bevor die Dinger explodierten, sprangen sie vom Boden einen Meter dreißig in die Höhe, ließen sich von der Decke fallen oder schnellten von der Wand seitlich in den Raum. Dann folgte die Detonation, die Splitter und Feuer in alle Richtungen schoss.
Wirkungswinkel dreihundertsechzig Grad.
Keine Möglichkeit, irgendwo in Deckung zu gehen. Tausende von rasiermesserscharfen Splittern wurden mit ungeheurer Geschwindigkeit durch die Luft gejagt. Die Splitter selbst bestanden aus mit Teflon beschichteten Titanspänen. Nichts hielt dem stand.
Kein Helm.
Keine Schutzweste.
Nichts.
Sein Blick fiel auf einen kleinen weißen Aufkleber, der an der AIM angebracht war.
Jemand hatte etwas darauf geschrieben, aber er konnte die Schrift nicht entziffern. Zu dunkel. Er erhöhte die Leistung

seiner Brille. Die Buchstaben wurden schärfer. Jetzt konnte er die Aufschrift lesen.
Ein Wort und eine Zahl.
Handschriftlich.
Kyrillisch.

*

Oberst Okidadse hatte nicht sonderlich gut geschlafen und wirres Zeug geträumt. Aber das kannte er schon. Das war für ihn nichts Ungewöhnliches im Feld. Er war dennoch erholt und guter Laune, als er in den Kommandostand zurückkehrte. Seit einigen Minuten ging er gemeinsam mit Tomjedow die Protokolle der letzten Stunden durch.
»Haben Sie die beobachteten Auffälligkeiten auch akustisch überprüft?«, fragte Okidadse.
»Nein, Polkownik. Das habe ich nicht für nötig gehalten. Was sollte das sein, das Radargeräte und Infrarotsensoren überlisten kann? Die Reaktion der Sensoren war minimal. Ich schätze mal, das waren welche von diesen widerlichen Ratten.«
Hauptmann Tomjedow hatte es für überflüssig gehalten, Mikrofone in der Kanalisation anzubringen. Aber Okidadse hatte die Montage eines akustischen Systems befohlen. Das ist mal wieder typisch für diese alten Männer mit ihren bescheuerten Erfahrungswerten, dachte sich Tomjedow.
Mikrofone waren eine uralte Technologie. Die neue Technik war diesen alten Sachen weit überlegen. Doch er hatte den Befehl befolgt und war mit einigen Kameraden ein zusätzliches Mal in die Kanalisation hinabgestiegen. Es stank dort. Sie hatten Dutzende getarnter Stereomikrofonpaare in den Kanälen installiert. Das Schlimmste waren die Ratten gewesen.
Tomjedow schüttelte unbewusst den Kopf. Er führte Oki-

dadses Befehle ohnehin bloß widerwillig aus. Für ihn hatte die ganze Operation nur einen wahren Befehlshaber: Oberst Iljuschin. Schon in der Anfangsphase der Vorbereitungen hatte er sich für Iljuschin und seinen alternativen Plan entschieden. Tomjedow war jedoch klar, dass sein direkter Vorgesetzter davon nichts mitbekommen durfte.
»Ein Roboter zum Beispiel«, seufzte Oberst Okidadse.
Tomjedow schluckte. »Oh, daran hatte ich ... gar nicht gedacht«, stammelte er entschuldigend.
Unvermittelt brüllte Okidadse ihn aus vollem Halse an. »Daran haben Sie nicht gedacht? Aha! Ich habe den Eindruck, dass Denken ohnehin nicht zu Ihren Stärken zählt. Deshalb werden Sie jetzt auch nicht denken, sondern genau das tun, was ich Ihnen sage. Sie werden jetzt das akustische Material auswerten. Nach der bewährten Methode: Nehmen Sie einen FFT-Fingerprint von den archivierten Hintergrundgeräuschen. Subtrahieren Sie ihn in der Frequency Domain von den neueren Aufnahmen. Transformieren Sie das Ergebnis zurück in die Time Domain. Das erzeugt bekanntlich einen fast vollständigen Auslöschungseffekt. Wir werden hören, was dann übrig bleibt. Denn selbst ein Roboter kann sich nicht geräuschlos bewegen. Haben Sie das verstanden? Oder soll ich es Ihnen noch mal ganz langsam wiederholen?«
Tomjedow war während der Standpauke in sich zusammengesunken. Jetzt richtete er sich in seinem Stuhl wieder auf und nickte beflissen. »Nein, nein, alles klar! Zu Befehl, Polkownik Okidadse! Sofort!«

*

»Der Bundespräsident? Jetzt? Mitten in der Nacht?«
Der Bundeskanzler blinzelte irritiert, als er sich von der Liege erhob, die in sein Büro gebracht worden war. Er hatte

sich vor einer Stunde hingelegt, um etwas auszuruhen. Die Sekretärin sah den Regierungschef mitleidig an und zeigte nickend auf das Telefon auf dem Schreibtisch.
»Auf Leitung eins.«
Der Bundeskanzler hob an, etwas zu sagen. Die Sekretärin hatte sich bereits abgewandt und winkte ihm beim Hinausgehen freundlich zu. »Natürlich bringe ich Ihnen einen Kaffee.« Mit einem Lächeln schloss sie die Tür hinter sich.
Der Bundeskanzler ging zu seinem Schreibtisch und ließ sich in den Sessel fallen. Er schüttelte kurz den Kopf. Er musste die Müdigkeit schnell vertreiben, brauchte jetzt seine ganze Konzentration. Seine Gedanken klärten sich. Er sah auf die Uhr. Kurz nach Mitternacht. Er drückte die leuchtende »1« auf seiner Telefonkonsole.
»Guten Morgen, Herr Bundespräsident«, sagte er mit einer noch etwas belegten Stimme. »Was kann ich für Sie tun?« Er räusperte sich.
»Ich möchte mit Ihnen über eine Frage sprechen, die mich sehr beschäftigt. Also, soweit ich das beurteilen kann, ist doch unser Hauptproblem, dass wir keinen Kontakt zu den Geiselnehmern haben. Wir haben mit Verhandlungen noch nicht einmal begonnen. Sehe ich das richtig? Stimmen Sie mir da zu?«
»Das ist zweifelsfrei ein großes Problem«, bestätigte der Bundeskanzler.
»Sehen Sie«, fuhr der Bundespräsident fort, »und da habe ich mich gefragt: Kann ich als Staatsoberhaupt etwas tun? Muss ich vielleicht sogar etwas tun?« Der Bundespräsident zögerte. »Ich habe mich gefragt, ob es sinnvoll wäre, wenn ich mich selbst als Geisel zur Verfügung stellen würde. Im Austausch gegen möglichst viele andere Geiseln. Damit wäre ein Anfang gemacht. Wir hätten Kontakt mit den Geiselnehmern und könnten verhandeln.«
»Das ist ein inakzeptabler Vorschlag. Dieses Land braucht

sein Staatsoberhaupt. Das wäre eine Geste unglaublicher Unterwürfigkeit.«

»Meinen Sie? Ich denke auch daran, welche Reaktionen dieses Vorgehen im Ausland hervorrufen würde.« Der Bundespräsident hatte eine weiche, volltönende Stimme, in der eine natürliche Würde lag.

»Hm ...« Der Kanzler rieb sich das Kinn. »Das wäre natürlich ein starkes Signal.«

»Ich sehe das so: Ich repräsentiere diesen Staat. Und dieser Staat sollte seine unbedingte Verbundenheit mit dem Schicksal der Geiseln demonstrieren.«

»Bislang haben wir noch nicht mal eine Möglichkeit, den Tätern dieses Angebot zu unterbreiten.«

»Wir könnten uns an die Presse oder das Fernsehen wenden.«

»Aber dann können Sie hinter dieses Angebot nicht zurück, auch wenn die Täter niemanden freilassen. Ich halte das für sehr riskant.«

»Riskant ist es. Aber meinen Sie nicht, dass sich das Risiko in einem vertretbaren Rahmen hält?«

»In einem vertretbaren Rahmen? Bei allem Respekt: Nein, das glaube ich nicht. Das Risiko ist gar nicht kalkulierbar. Sie würden sich damit in unmittelbare Lebensgefahr begeben. Wir haben es mit Tätern zu tun, denen ein Menschenleben nichts gilt. Die könnten Sie einfach erschießen. Und nichts wäre gewonnen.«

»Da haben Sie recht.« Der Präsident ließ eine kurze Unterbrechung folgen. »Aber ich wollte Sie auf jeden Fall wissen lassen, dass ich zu einem solchen Schritt bereit bin. Ich werde mit meinen eigenen Mitarbeitern nochmals prüfen, ob wir vielleicht noch andere Optionen haben.«

»Dann bedanke ich mich dafür. Ich halte das aber wirklich für keine gute Idee. Zumindest nicht, wenn wir dadurch nicht in Verhandlungen treten können. Ich werde auch noch

mal darüber nachdenken. Mich mit Mitarbeitern hier im Sicherheitskabinett beraten. Ich darf noch persönlich sagen, dass ich Sie für Ihre Bereitschaft bewundere.«
Nach einer kurzen, peinlichen Pause antwortete der Präsident:»Da ist nichts Bewundernswertes dran. Das halte ich für meine Pflicht. Was kann ich denn sonst tun? Im Moment wohl nur noch eines: Ich kann Ihnen viel Glück wünschen, Herr Bundeskanzler.«
»Danke. Auf Wiederhören.«
»Auf Wiederhören.«
Kaum hatte der Kanzler aufgelegt, drückte er eine Kurzwahlnummer. Vielleicht bekam man doch noch Kontakt zu den Geiselnehmern, dann wären sie bereits ein gutes Stück weiter. Er musste das mit einigen Leuten besprechen. Die Krisenreaktionsstäbe in den Berliner Ministerien waren alle bei der Arbeit. Er würde die Leute sofort erreichen.

*

Wer auch immer sich da von unten dem Zelt näherte, war verdammt clever. Trotzdem konnte es keinen Zweifel geben. Sie hatten vier klare Audiokontakte. Geräuschfahnen, die sich auf der Zeitachse rückwärts verfolgen ließen. Sie hatten also Feindberührung.
Es ging los.
Okidadse rief Blochin über Funk zu sich in den Gefechtsstand.
»Und Sie sind sich sicher?«, fragte Blochin, als er in den Kühllaster stieg.
Okidadse nickte nur.
»Die Bastarde sind gut getarnt. Sie haben den ganzen neumodischen Schnickschnack hinters Licht geführt. Sie scheinen sehr detaillierte Pläne von der Kanalisation zu haben. Manche unserer Lichtschranken haben sie einfach umgan-

gen. Aber ich habe sie über ihre akustischen Spuren trotzdem immer wieder lokalisiert. Es sind vier Gruppen. Ich würde sagen, fünf bis zehn Mann pro Gruppe. Wenn wir sie nicht aufhalten, sind sie in ungefähr einer halben Stunde unter dem Zelt. Dann könnten wir sie direkt hier begrüßen.« Blochin schüttelte den Kopf.
»Nein, wir werden sie früher abfangen. Machen Sie die Minen scharf.«
»Iljuschin wäre sicher ärgerlich, wenn er erfährt, dass Sie seine Babys gezündet haben, ohne ihn zu wecken«, gluckste Okidadse.
Blochin lächelte sein unsichtbares Lächeln unter der Sturmhaube. »Da haben Sie recht. Das Vergnügen sollten wir ihm gönnen. Ich werde den Oberst wecken. Aber machen Sie die Minen trotzdem jetzt schon scharf.«
Gerade als Blochin an seinem Funkgerät den Weckruf für Iljuschins Kampfkoppel aktivieren wollte, zuckte plötzlich ein helles, gespenstisches Licht durch das Innere des Zeltes. Sekunden später folgte ein lauter Knall, der dumpf rollend abebbte.
Alarm!
Die Männer wussten im Bruchteil einer Sekunde, dass es sich um den Beginn eines Sturmangriffs handelte. Mit geübten Bewegungen gingen sie in Deckung. Reflexhaft schlossen sie die Augen und öffneten den Mund. Druckausgleich. Sonst konnten die Trommelfelle platzen.
Knall-Blitz-Granaten.
Zur Verwirrung des Gegners.
Die Männer öffneten ihre Augen wieder. Die Läufe ihrer Waffen fuhren auf der Suche nach Zielen mit einer tödlichen Systematik durch das Zelt. Die roten Punkte der Laservisiere glitten bedrohlich über Wände und Decken, krochen über den Boden oder sprangen zwischen den Geiseln hin und her. Dann hörten sie die ersten schweren Tropfen auf die Zelt-

planen klatschen. Bald schon konnten sie keine einzelnen Tropfen mehr unterscheiden. Ein ständig lauter werdendes Pladdern erfüllte das Zelt. Das dumpfe Rollen eines weit entfernten Donners drang an ihre Ohren. Die Spannung löste sich, als die Männer verstanden.
Das war kein Sturmangriff. Nur ein Gewitter. Ein Blitzeinschlag ganz in der Nähe.
Die Elitekämpfer richteten sich langsam wieder auf und senkten die Waffen. Nicht ein einziger Schuss hatte sich in der Schrecksekunde gelöst. Die Männer hatten gute Nerven.

*

Professor Peter Heim war vor drei Stunden auf seiner Bierbank eingenickt. Doch der Knall hatte ihn aufschrecken lassen. In seiner aufgeschlagenen Wange pulsierte der Schmerz. Auch er bemerkte, dass es angefangen hatte zu regnen.
Peter Heim sah zu den Abschusslafetten der Raketen hinüber. Durch die Öffnungen im Dach stürzte der Regen herein, als hätten sich im Himmel Schleusen geöffnet. Die Apparate standen nun in einem wahren Wolkenbruch. Die Besatzungen hatten bereits schwarze Plastikcapes übergeworfen.
Was für ein Unwetter!
Eigentlich nicht ungewöhnlich für die Jahreszeit, doch dieses war besonders heftig.
Oberstleutnant McNamara war ebenfalls aufgewacht. Der Geheimdienstoffizier hatte schützend den Arm um seine Frau gelegt und redete beruhigend auf sie ein.
Er hob den Blick und sah den Professor an. Ihre Augen trafen sich. »Thunderstorm«, bemerkte der amerikanische Marineinfanterist lapidar.

Inzwischen hatte er die Aufschrift an der AIM entziffern können.

»Номер 8«.

Härters Gehirn arbeitete auf Hochtouren.

Übersetzt hieß das zunächst einmal nur »Nummer 8«. Es waren also wahrscheinlich mindestens acht dieser höllischen Sprengsätze hier unten verborgen. Russisch beschriftete NATO-Technologie. Eine russische Radaranlage. Russische Raketen. Und westliche Minen. Das wollte nicht zusammenpassen. Noch immer stand er starr da und hielt die AIM-64 mit dem Zünder in der Hand.

Er aktivierte sein Funkgerät, um mit Trupp Blau Kontakt aufzunehmen. Sollte der Truppführer entscheiden, ob er die anderen auch warnen wollte. »Minen«, sagte er knapp, als der Truppführer sich meldete. »Hier unten sind Minen. AIM-64. Mindestens acht Stück.«

»AIM-64?«, fragte der Truppführer ungläubig zurück. »Sind Sie sicher?«

»Positiv.«

»Dann muss ich die Funkstille brechen. Ich muss die anderen warnen. Ich werde mich direkt an den Kommandeur wenden. Ich werde Trupp Rot rufen.« Der Truppführer hielt inne. »Sind Sie sich wirklich hundertprozentig sicher? Sie haben eine AIM-64 gefunden?«, fragte er dann noch einmal nach. Zu ungeheuerlich erschien ihm diese Entdeckung. Und woher, fragte sich der Truppführer im Stillen, wusste ein BKA-Ermittler, wie Anti-Infanterie-Minen aussahen?

»Bestätige: AIM-64. Positiv«, kam die nüchterne Antwort. Der Kasten in der Hand von Wolfgang Härter gab ein leises Klickgeräusch von sich. Er hielt die Luft an. Wie versteinert wartete der Kapitän auf den Moment der Explosion, auf seinen Tod.

Immerhin: Es würde ein schneller Tod sein.

Schmerzlos.

Aber nichts geschah. Langsam atmete er wieder aus.
Er durfte noch ein bisschen weiterleben.
Trotzdem, jemand hatte den Zünder aktiviert und die Mine scharf gemacht. Ihnen blieb nicht mehr viel Zeit. Das bedeutete, dass die Geiselnehmer sie wahrscheinlich entdeckt hatten. Das war eigentlich nicht vorstellbar.
Wie sollte jemand sie hier unten lokalisieren können?

*

Sie waren praktisch unsichtbar. Und niemand kann ein unsichtbares Ziel bekämpfen, oder doch?
Hartmut Rainers Gedanken endeten jäh, als sein Funkgerät anzeigte, dass der Führer des Trupps Blau die Funkstille brach. Er wies die Männer seines Trupps an, in Verteidigungsstellung zu gehen.
Augenblicklich verteilten sich die Elitepolizisten um ihren Kommandeur, um ihn nach allen Seiten abzusichern.
»Hier ist Leader red. Leader blue, kommen!«
»Hier ist Leader blue für Leader red. Die Kanalisation ist vermint. Herr Müller hat mir eben mitgeteilt, dass er eine AIM-64 gefunden hat. Er behauptet, es befänden sich mindestens acht Minen dieses Typs in der Kanalisation. Ich wiederhole: Die Kanalisation ist vermint. Wir haben eine AIM-64 gefunden.«
»Hier ist Leader red für Leader blue. Haben Sie die Mine selbst gesehen?«
»Hier ist Leader blue für Leader red. Negativ. Herr Müller befindet sich ungefähr sechzig Meter hinter mir. Aber er hat den Fund auf Nachfrage bestätigt. Mit genauer Typenangabe. Für mich besteht kein Zweifel.«
Hartmut Rainer runzelte die Stirn. Kein Zweifel? Woher sollte ein Zivilist wie dieser Müller wissen, was eine AIM-64 ist? Sie selbst hatten die Dinger während einer Schulung nur

ein einziges Mal gezeigt bekommen. Daher wusste er um die Gefährlichkeit dieser Waffen. Aber die Ausrüstung mit AIMs war streng geheim. Die Dinger wurden in Irland montiert, damit sie nicht offiziell in einem NATO-Land hergestellt wurden. In NATO-Ländern war die Produktion von Anti-Personen-Minen generell verboten.

Hartmut Rainer wollte dem Truppführer gerade die Anweisung geben, sich selbst vom Typus der Mine zu überzeugen, als ihm schlagartig einfiel, wo er diesen Müller schon mal gesehen hatte. Es war, als rückten in seinem Kopf die verstreuten Teile eines Puzzles plötzlich an ihren Platz.

Die Armbanduhr, die dieser Herr Müller trug.

Er hatte die Uhr zwar erkannt, aber keinen Schluss daraus gezogen. Doch jetzt passte eins zum anderen. Es handelte sich um eine U2 des Frankfurter Uhrenherstellers Sinn. Sinn rüstete Eliteeinheiten aus. Auch die Taucher der GSG 9. Die interne Bezeichnung für diese Uhren lautete EZM. Einsatzzeitmesser. Die U2 war eine Uhr aus U-Boot-Stahl. Gehärtetes Spezialglas. Wasserdicht. Extrem robust. Praktisch unzerstörbar. Wieso war ihm das nicht schon früher aufgefallen? Verdammt noch mal, das hätte er nicht übersehen dürfen! Eine solche Sinn-Uhr war eine sehr ungewöhnliche Wahl.

Und dann diese Augen.

Gestochen scharf, wie auf einem Foto, tauchten die Augen in seinem Gedächtnis wieder auf. Sie blickten ihn aus den Schlitzen einer Sturmhaube an. Auf einem Truppenübungsplatz.

Die Übung hatte vor ungefähr zwei Jahren stattgefunden. Ein Spezialeinsatztrupp der GSG 9 hatte sich aus Hubschraubern abgeseilt, um eine Geiselbefreiung aus der Luft zu üben. Die vermeintlichen »Geiselgangster« wurden von Angehörigen der Bundeswehr gemimt. Und der Anführer dieser »Geiselgangster« hatte ihn mit genau diesen lodern-

den blauen Augen angesehen, als sie gemeinsam die Übung analysiert hatten.
Auch an die Stimme erinnerte er sich jetzt.
Genau diese Stimme hatte ihm durch den feuerfesten Stoff der Sturmhaube die Fehler seiner Männer aufgezählt. Mit bestechender Präzision und völliger Kälte. Wäre die damalige Übung ein Ernstfall gewesen, wären zwei Drittel der Geiseln gestorben und ein Drittel seiner Männer. Die »Geiselgangster« wären mit geringen Verlusten, aber mit dem gesamten Lösegeld entkommen.
Die Übung damals war ein Fiasko für ihn und seine Männer gewesen. Vermutlich hatte er sich deshalb nicht sofort daran erinnert. Er hatte diesen Fehlschlag einfach verdrängt. Jetzt jedoch war ihm die Sache klar: Dieser Müller war Soldat. Elitesoldat.
Welche Einheit, wusste Hartmut Rainer nicht. Die Namen der »Geiselgangster« waren nicht genannt worden. Er hatte vermutet, dass es sich um Soldaten des Kommandos Spezialkräfte, KSK, gehandelt hatte. Oder um Kampfschwimmer der Marine.
Aber aus welcher Einheit auch immer dieser Mann stammte: Dieser Müller arbeitete mit Deckung von ganz oben. Und er trug eine Waffe. Das war ein Verstoß gegen die Verfassung. Soldaten durften im Inland nicht eingesetzt werden. Es sei denn, es wäre Gefahr im Verzug. Er dachte nach.
Artikel 91, Absatz 2 des Grundgesetzes. Innerer Notstand. Aufgrund dieses Artikels war der Einsatz der GSG 9 befohlen worden. Hartmut Rainer kannte das Grundgesetz gut.
Er überlegte weiter.
Artikel 87 a, Absatz 4. Befugnisse der Streitkräfte. Er ging den Text gedanklich durch. »Zur Abwehr einer drohenden Gefahr für den Bestand oder die freiheitlich-demokratische Grundordnung des Bundes oder eines Landes kann die Bundesregierung, wenn die Voraussetzungen des Artikels

91, Absatz 2 vorliegen (...) *Streitkräfte* zur Unterstützung der Polizei und des Bundesgrenzschutzes (...) bei der Bekämpfung organisierter und militärisch bewaffneter Aufständischer einsetzen.«

Also doch kein Bruch der Verfassung. Zumindest nicht in seinen Augen. Jetzt war auch klar, *was* der BKA-Mann namens Müller war: ein verdeckter Operateur der Bundesregierung.

Diese Erkenntnisse nützten Hartmut Rainer momentan jedoch wenig. Tatsache war: Dieser Herr Müller – oder wie immer der Kerl auch hieß – erkannte mit Sicherheit eine AIM-64, wenn er eine vor sich hatte. Hartmut Rainer traf seine Entscheidung sehr schnell.

Abbruch.

Das Risiko war zu hoch.

Sie mussten sich zurückziehen und es in ein paar Stunden in der Begleitung von Sprengstoffexperten noch einmal versuchen. Zusätzlich würden sie Störsender mitnehmen, die mögliche Funksignale für die Zünder blockierten. Er aktivierte sein Funkgerät und holte Luft, um die entsprechenden Befehle zu geben.

Da ließ ihn ein leises Geräusch seinen Kopf drehen.

Es klang, als ob ein Kieselstein ins Wasser fällt.

Dabei war es genau andersherum: Etwas sprang aus dem Wasser des Kanals, in dem sie sich gerade befanden, in die Höhe.

Ein Gegenstand, der aussah wie ein schwarzes Ei.

Nur größer.

Und in die Länge gezogen.

»Mine!«, brüllte Hartmut Rainer. Dann schloss er die Augen und öffnete den Mund. Druckausgleich. Ein antrainierter Reflex: Mund auf, Augen zu.

Ein Lichtblitz und ein scharfer, heller Knall.

Hartmut Rainer wurde von der feurigen Druckwelle in die

Luft gehoben und nach hinten geschleudert. Die Hitze versengte seine Augenbrauen. Er knallte mit dem Rücken gegen die Wand des Kanals. Dann kippte er nach rechts auf den Boden.

Ein höllischer Schmerz brandete von seinem rechten Oberschenkel ausgehend durch seine Nervenbahnen. Sein Körper fühlte sich an, als wäre er mit heißen Kohlen beworfen worden. Hunderte glühender Nadeln. Ein furchtbares Brennen überall.

In seinen Ohren hörte er ein Klingeln.

Unerträglich laut und schrill.

Mühsam öffnete er die Augen. Mehrfach musste er blinzeln, um die roten Schleier zu vertreiben. Als er sich umsah, erkannte er im grünlichen Licht seiner Nachtsichtbrille, dass ein weiterer Beamter an der Wand gegenüber auf dem Boden lag. Sein Gesicht unter der Brille war verzerrt. Sein rechter Arm fehlte. Der Mund des GSG-9-Beamten war weit geöffnet.

Aber Hartmut Rainer hörte nur das Klingeln.

Die drei anderen Beamten seines Trupps konnte er nirgends entdecken. Dann bemerkte er, dass die Wände um ihn herum mit irgendetwas bespritzt waren. Nur langsam fand sein Gehirn sich dazu bereit, einzusehen, dass es sich um die Überreste seiner drei Kameraden handeln musste. Er kannte die Witze, die über diese Mine gemacht wurden. Es gab einen feststehenden Begriff für die Wirkung der AIM-64: Geschnetzeltes.

Sein Atem ging keuchend, eine neue Schmerzwelle überrollte ihn. Er biss die Zähne zusammen und versuchte, seinen rechten Arm zu bewegen, um sich aufzurichten. Aber sein rechter Arm wollte ihm nicht gehorchen.

Er sah wieder zu seinem Kameraden an der gegenüberliegenden Wand. Die Gesichtszüge des Mannes waren mittlerweile entspannt. Der Mund war nur noch halb geöffnet, und

ein stetiger Blutfluss strömte zwischen den schlaffen Lippen hindurch auf den nassen Boden.
Ihr Hurensöhne, schrie Hartmut Rainer innerlich. Ihr gottverfluchten Hurensöhne! Fahrt zur Hölle!
Er musste hier weg. Er brauchte dringend medizinische Versorgung. Sein Kreislauf war kurz davor, zu kollabieren. Schweiß lief ihm in Bächen am ganzen Körper entlang. Er versuchte, seine Beine zu bewegen, aber das ging aus irgendeinem Grunde nicht. Sein Blickfeld wurde kleiner und trübte sich ein. Mühsam bewegte er den Kopf, um nachzuschauen, warum er seine Beine nicht bewegen konnte.
Als er an sich herabsah, waren da keine Beine mehr.
Aus zwei Stümpfen von zerfetztem, dunklem Fleisch und hellerem Fettgewebe hingen einige zerrissene Muskelstränge. Die schartigen Enden seiner Oberschenkelknochen ragten daraus hervor. Aus den Oberschenkelarterien schoss das Blut im Rhythmus seines Herzens.
Ein unglaubliches Entsetzen überkam ihn.
Sein Mund öffnete sich.
Er spürte zwar, wie seine Stimmbänder vibrierten.
Er schrie aus vollem Hals.
Aber Hartmut Rainer hörte nur das Klingeln.
Sein letzter Gedanke galt weder seiner Frau noch seinen Kindern. Sein letzter Gedanke galt dem Mann, den er als Herrn Müller kennengelernt hatte. Wie auch immer du heißt, wer auch immer du bist und welcher Höllenschlund auch immer dich ausgespuckt haben mag: Reiß diesen Hurensöhnen den Arsch auf, flehte er still. Reiß ihnen den Arsch auf!
Heiße Tränen der Wut quollen aus seinen verlöschenden Augen.
Auch war sein letztes Gefühl nicht etwa Liebe oder Reue.
Sein letztes Gefühl war der unbändige Wunsch nach Rache.

*

Stefan Meier mochte es, wenn er im Trockenen saß und es draußen regnete. Er lauschte dem Regen, der auf das Flachdach der Wiesn-Wache prasselte. Hin und wieder hörte er das Rollen des Donners.

»Wow! Jetzt schifft's aber gewaltig«, sagte er zu einem der beiden jungen Assistenten. Der Mann saß links von ihm am Schreibtisch und starrte mit verkniffener Miene auf seinen Bildschirm. Scheinbar endlose Zahlenketten zogen an seinen Augen vorbei. In einem zweiten Fenster waren die Wellenformen des unverständlichen Funkverkehrs der Geiselnehmer zu sehen.

»Das kann man wohl sagen!«, schickte der junge Mann bestätigend hinterher, ohne den Kopf von seinem Monitor abzuwenden.

Wie schön ist es doch, ein Dach über dem Kopf zu haben, dachte Stefan Meier. Er seufzte wohlig, während er sich an seinen letzten Urlaub erinnerte. Da war das ganz anders gewesen.

Stefan Meier war Rucksacktourist aus Überzeugung. Er hatte schon alle Erdteile bereist, aber er fand immer noch neue Reiseziele, die ihn reizten. Letztes Jahr war er in Australien gewesen. Sie hatten in der endlosen Weite des Outbacks campiert, er und eine Gruppe von schwedischen Backpackern. Und dort waren sie von einem Unwetter überrascht worden. Ein Ereignis, das in Australien Seltenheitswert hatte. Nach wenigen Minuten schon hatte sich der Boden in einen schlammigen Morast verwandelt. Die Zelte hatten den Wassermassen nicht trotzen können.

Zum Glück war das Unwetter schnell vorübergezogen und die Wärme der Sonne hatte alles in kurzer Zeit wieder getrocknet. Er hatte ein paar Fotos von ihrem abgesoffenen Zeltlager gemacht und sie von einem Internet-Café aus ins Netz gestellt.

Moment mal!

Stefan Meier hatte plötzlich eine Eingebung. Dieser Müller und der Herr Kroneder suchten doch nach Zeugen, die Bilder vom Biergarten des Benediktiner-Zeltes gemacht hatten. Er hatte gehört, wie die beiden sich darüber unterhalten hatten. Bislang waren die Aufrufe über die Medien allerdings erfolglos geblieben. Möglicherweise lag das daran, dass die Menschen, die entsprechende Bilder gemacht hatten, den Aufruf nicht verstanden. Weil sie kein Deutsch konnten. Aber vor allem bei Asiaten war das Einstellen von aktuellen Urlaubsbildern ins Internet ganz groß in Mode.
Er hatte das damals ja auch gemacht. Großer Spaß. Seine Freunde in München hatten sich vor allem über seine kurzen, launigen Kommentare amüsiert. Von der australischen Nationalsportart »Freiluft-Schlammcatchen« hatte er da geschrieben. Und dass es in Australien viele seltene Tiere zu bestaunen gebe. Beispielsweise »begossene Pudel«.
Es gab dafür eigene Seiten im Netz. Die Leute bezahlten den Speicherplatz für die Bilder. Ihre Familien und Bekannten zu Hause konnten die Reise dann zeitgleich und hautnah mitverfolgen. Die bekannteste dieser Seiten war seines Wissens »getjealous.com«. Vielleicht hatten sie ja Glück und fanden dort etwas.
Denn mit der Entschlüsselung des Digitalfunks kamen sie nur sehr langsam voran. Sie hatten zwar inzwischen einige Algorithmusklassen bestimmen können, aber ein eventueller Durchbruch lag noch in weiter Ferne.
Und Stefan Meier hasste es, nicht voranzukommen.
Er wandte sich mit seinem Drehstuhl um, damit er seinen neuen Plan mit seinen beiden Assistenten besprechen konnte. Wenn sie zu dritt suchten, würden sie nicht allzu lange brauchen. Sie wussten ja genau, wonach sie suchen mussten, denn Ort, Uhrzeit und Datum waren bekannt. Und dann hätte er wenigstens etwas, das er diesem Herrn Müller präsentieren konnte. Er wollte gerade anfangen zu sprechen, als

ihm noch eine andere Idee kam. Er würde vorher noch eine kleine Zigarettenpause einschieben.
So viel Zeit musste sein.

*

Härter hörte, wie die Echos von mindestens einem Dutzend Explosionen dröhnend durch die dunklen Kanäle im Münchner Untergrund rollten. Sie schienen von überall zu kommen. Kurz darauf drangen noch andere Geräusche an seine Ohren. Seine Nackenhaare stellten sich auf.
Gellende Schreie hallten durch die Gewölbe und Gänge.
Ein Massaker.
Ein ungeübtes Ohr hätte vermutlich gar nicht erkannt, dass diese Laute von Menschen stammten. Doch der Kapitän hatte solche Schreie bereits gehört, wenn auch noch nie in Deutschland. Menschen, die unter entsetzlichen Schmerzen elendiglich krepierten.
Einigen Beamten der anderen Trupps gelang es noch, ihre Funkgeräte zu aktivieren. So hörte Wolfgang Härter nicht nur die hundertfachen Reflexionen des Todes, die sich an den Wänden brachen und Echo um Echo erzeugten. Er hörte auch, wie Menschen nach Sanitätern riefen, die niemals kommen würden.
Niemand würde kommen.
Die Männer der GSG 9 starben allein. Unter der Erde. Umgeben von völliger Dunkelheit. Inmitten fauligen Unrats und stinkender Abwässer. Und er musste ihnen dabei zuhören.
»Mein Arm, o Gott, mein Arm! Ich blute stark!« Die Worte waren kaum verständlich.
»Wir haben Verluste!« Ein zweiter Mann.
»SANITÄTER!!« Er erkannte die Stimme des Truppführers Gelb, obwohl sie von Qualen entstellt war.

»Wir brauchen Verstärkung!« Blut blubberte in der Stimme des Mannes.
»Hilf mir doch jemand, bitte! Himmel! Alle anderen sind tot! Ich bin verwundet!« Der blanke Horror schwang in jedem Wort mit.
Номер 8 war noch immer nicht hochgegangen. Sie hatten Glück. Hatten die Geiselnehmer Trupp Blau möglicherweise nicht bemerkt?
Der Kapitän lief mit der Mine in der Hand bis zur Abzweigung des nächsten Seitenkanals. Er musste das Ding schnellstens loswerden. Aber an einen konventionellen Wurf war nicht zu denken. Die Decke des Kanals war viel zu niedrig. Deshalb drehte er sich dreimal mit zunehmender Geschwindigkeit um die eigene Achse wie ein Diskuswerfer, dann ließ er die AIM-64 los.
Sie flog in die Schwärze des Seitenkanals. Er drückte auf die Sprechtaste an seinem Funkgerät.
»Versuchen Sie, sich in Sicherheit zu bringen! Suchen Sie Deckung! Versuchen Sie Ihr Glück in den kleinen Seitenkanälen!« Er stieß die Worte im Kommandoton in sein Kehlkopfmikrofon. Ohne eine Antwort der Männer von Trupp Blau abzuwarten, wandte er sich um und begann, den Weg zurückzusprinten, den sie gekommen waren.
Vor seinem inneren Auge erschien der Plan der Kanalisation, und in Sekunden ging er die Möglichkeiten der Deckung und der Flucht durch. Danach wusste er genau, wohin er wollte.
In ungefähr einhundert Metern Entfernung befand sich in gut einem Meter Höhe der Abfluss eines Seitenkanals, der als Überlaufschutz für ein Regenwasser-Sammelbecken fungierte. Ein kleines Rohr. Er würde kriechen müssen. Dann in ein Fallrohr. Abwärts bis zum Wasserspiegel, danach müsste er tauchen. Die Rattensperre würde er mit seinem Messer schon beseitigen können. Weiter unter Wasser, die

Steigleitung auf der anderen Seite wieder aufwärts. Er würde unter irgendeinem Kanaldeckel hochkommen. Wo dieser sich befand, wusste er nicht genau. Irgendwo in der Nähe der Bahngleise, die zum Hauptbahnhof führten. Wenn er den Kanaldeckel erreichte, wäre er an der Oberfläche. In Sicherheit.

Während er rannte, bemerkte er irritiert, dass das Geräusch seiner Schritte sich geändert hatte. Statt des leisen Schmatzens war jetzt ein lautes Platschen zu hören. Er senkte kurz den Blick und sah seine Stiefel bei jedem Schritt ins Wasser klatschen. Auch die Strömung schien zugenommen zu haben.

Merkwürdig. War der Wasserspiegel gestiegen?

Das konnte eigentlich nicht sein. Nicht so schnell. Das waren ja mindestens zehn Zentimeter. Egal. Er konzentrierte sich wieder auf sein Ziel: die kleine Röhre, die in den Hauptkanal mündete.

Schon konnte er die Öffnung im grünlichen Licht seiner Nachtsichtbrille erkennen.

Vielleicht noch zwanzig Meter.

*

Iljuschin trug Kopfhörer. Er saß im Kommandostand vor einem Monitor. Seine Finger huschten über die Tastatur. Auf seinen Knien lag ein Grafiktablett. Er schaltete zwischen den einzelnen Mikrofonen von Okidadses Audiosystem hin und her. Was er hörte, bereitete ihm großes Vergnügen. Deutlich konnte er seine Erektion spüren.

Okidadse musterte den Gesichtsausdruck des Nahkampfspezialisten. Iljuschins Züge hatten etwas Andächtiges, etwas Entrücktes. Als höre er eine wunderbare Symphonie. Okidadse wandte sich ab. Das war einer der Momente, in denen Iljuschin ihm wirklich Angst machte.

Das hatte nichts mehr mit professioneller militärischer Arbeit zu tun. Das war der schiere Irrsinn.
Plötzlich verfinsterte sich Iljuschins Miene. »Da rennt einer. Da versucht einer, abzuhauen! Da will mir einer mein schönes Finale versauen«, sagte Iljuschin mit der viel zu lauten Stimme eines Menschen, der Kopfhörer trägt. Der Nahkampfspezialist sah konzentriert auf den Monitor vor sich. Der Bildschirm zeigte die Lage der versteckten Minen. Seine Augen suchten nach der passenden Nummer.
»Komm zu Papa«, hörte Okidadse die viel zu laute Stimme sagen.
Dann tippte Iljuschin mit dem Stift auf das Grafiktablett, um die Mine zu zünden.

*

Noch fünf Schritte.
Der Kapitän hörte in seinem Rücken einen scharfen, hellen Knall.
Noch drei Schritte.
Er holte mit beiden Armen Schwung. Wolfgang Härter hechtete mit einem gewaltigen Sprung in die enge Röhre. Ein aus dem Mauerwerk heraustehendes Metallteil riss den Anzug an seinem linken Oberarm auf. Er achtete nicht auf den Schmerz. Knallend landete er auf den Knie- und Ellbogenschützern.
In diesem Moment hörte er die Schreie der armen Kerle von Trupp Blau, die das Pech hatten, nicht sofort in Stücke gerissen worden zu sein. Härter robbte tiefer in die Röhre hinein. Nur Bruchteile einer Sekunde später detonierte im Hauptkanal hinter ihm eine weitere Mine.
Mund auf, Augen zu!
Die heiße Druckwelle fuhr über ihn hinweg wie eine Dampfwalze.

Mit unglaublicher Wucht wurde er zu Boden gedrückt. Alle Luft wurde aus seinen Lungen gepresst. Der Rand seines Helms schlug auf den steinernen Boden. Er spürte, wie die Photonenpumpe in der Brusttasche seiner Schutzweste zu Bruch ging. Splitter schlugen prasselnd ins Mauerwerk. Er konnte den Atemreflex nicht unterdrücken. Als glühende Luft in seine Lungen fuhr, glaubte er, sein ganzer Brustkorb stünde augenblicklich in Flammen. Er spürte die Umrisse seiner gepeinigten Lungen in seinem Inneren. Er zwang sich, nicht zu atmen. Der Sauerstoffmangel machte sich sofort bemerkbar.

Er hatte einen Sprint hinter sich, war außer Atem. Sein Körper brauchte schnellstens Sauerstoff.

Ein Knirschen. Steine lösten sich aus der Decke und fielen auf ihn. Er kroch weiter. Noch immer hielt er die Luft an. Ein weiterer Stein traf seine linke Schulter. Doch er hörte nicht das befürchtete Knacken. Seine Knochen hatten gehalten. Dennoch tat es höllisch weh. Einfach ignorieren. Noch einen Meter weiter.

Dann stürzte mit einem ohrenbetäubenden Getöse die Röhre hinter ihm ein. Eine Wolke aus Staub raubte ihm jede Sicht. Zwei Steine stürzten auf sein rechtes Bein, ein weiterer auf seinen Rücken. Bunte Punkte tanzten vor seinen Augen. Er versuchte, einzuatmen. Aber er musste sofort heftig husten. Er würgte. Der Staub machte jeden Atemzug unmöglich.

Aus den Kopfhörern in seinem Helm drang nur noch ein gleichmäßiges Rauschen.

Kein Funkkontakt mehr.

Er fingerte an seinem Hals herum, um die Atemmaske aufzusetzen. Als er das Gerät schließlich vor Mund und Nase fixiert hatte, musste er feststellen, dass sich seine Atemmuskulatur durch den Hitzeschock verkrampft hatte.

Er schnappte nach Luft wie ein Fisch auf dem Trockenen.

Nochmals zog er sich mit den Armen einige Meter nach vorne.
Er erhöhte die Leistung der Brille. Drei Meter vor sich erkannte er eine Nische auf der rechten Seite. Der aufgedunsene Kadaver eines verendeten Hundes war dort angeschwemmt worden.
Da bewegte sich irgendetwas.
Er kniff die Augen zusammen, um besser sehen zu können: Ratten. Eine Rattenfamilie nistete in der aufgeplatzten Bauchhöhle des toten Tieres. Schlaue Biester, dachte er. Der Nachwuchs kann das eigene Kinderzimmer auffressen, bevor er seine Reise durchs Leben antritt.
Wieder ein kleines Luftschnappen.
Er brauchte mehr Sauerstoff. Alles vor ihm begann sich zu drehen. Er entspannte seine Muskeln. Er musste seinen Energieverbrauch reduzieren.
Seine Konzentration ließ nach. Seine Gedanken schlugen Kapriolen.
Die Rattenkinder auf ihrer Reise durchs Leben. Wäre das Fleisch seines Körpers nicht eine weitere willkommene Starthilfe?
Fürsorgliche Ratteneltern.
Genauso fürsorglich wie Menscheneltern.
Sein Vater.
Jetzt musste er sich aber wirklich zusammenreißen. Seine Gedanken gehorchten seinem Willen nicht mehr. Er war dabei, das Bewusstsein zu verlieren.
Er war im Urlaub. Die Sonne wärmte ihn. Er war mit seinem Vater auf Reisen.
Schön war es da.
Sein Vater erzählte von seiner Arbeit. Der zwölfjährige Wolfgang lauschte gebannt. Das war interessant. Sein Vater war Professor für Ornithologie. Forschungsschwerpunkt: genetische Disposition und soziale Mimikry als Determi-

nanten für den Ausflugswinkel von Zugvögelpopulationen.
Auch die Vögel gingen auf Reisen.
Er zog sich einen weiteren Meter nach vorne. Erneut versuchte er, dringend benötigte Luft in seine Lungen zu ziehen. Aber die Muskulatur sperrte sich noch immer dagegen.
Sein ganzer Oberkörper schien innerlich zu glühen.
Schlug ihm nun die Stunde?
Trat er jetzt seine letzte Reise an?
Im Unterbewusstsein registrierte er merkwürdige Geräusche: Gurgeln, Plätschern, Glucksen. Die Geräusche kamen aus der Röhre vor ihm. Die Rattenfamilie verließ ihr Zuhause.
Auf Reisen.
Schön war es da.
Die bunten Punkte tanzten nun schneller. Härter konnte kaum noch etwas sehen. Sein Puls trommelte in seinen Schläfen.
Er saß wieder im Cockpit des Hubschraubers im Anflug auf Augsburg. Was hatte der Pilot gesagt? *»Da sind aber viele Reisende gestrandet.«*
Номер 8.
Da war die Verbindung. Der Blitz der Erkenntnis traf ihn völlig unvermittelt.
Abduktion.
Das war es, was er übersehen hatte. Darauf hätte er schon früher kommen müssen.
Reisende. Auf Russisch: Puteschestwenniki. Путешественники.

Infiltrationseinheiten der Speznas-Verbände. Trainiert für verdeckte Einsätze im Ausland. Geschult in Sprache, Geschichte und Kultur eines Landes. Ausgebildet an den Waffen des Feindes. Eine körperliche und intellektuelle Elite. Das war lange her. Kalter Krieg. Fast schon historisch. Die-

se Einheiten waren längst aufgelöst. Diese Information war sicher. Von drei unabhängigen Quellen bestätigt. Zumindest die Einheiten, die für einen Einsatz in Deutschland vorgesehen waren, existierten schon seit Jahren nicht mehr. Aber das wäre eine Erklärung. Das passte ins Profil. Die Gegner waren ehemalige Puteschestwenniki. Oder wurden möglicherweise zumindest von einem kommandiert.
Abermals versuchte er einzuatmen. Diesmal ging es etwas besser. Die Drehbewegungen der Röhre ließen nach. Sein Schwindel verging. Der nächste Atemzug ging nochmals leichter.
Er bekam wieder Luft. Sauerstoff!
Путещественники.
Puteschestwenniki.
Das war ein Fall für Dr. Urs Röhli. Er musste seine Abteilung informieren. Möglicherweise konnte Dr. Urs Röhli da etwas herausfinden. Und er brauchte ein klares Ermittlungsergebnis in Sachen General Henkel. Reaktionärer Schwachkopf!
Neuer Mut überkam ihn, und er zog sich einen weiteren Meter nach vorne. Sein linker Arm war deutlich schwächer als der rechte. Er sah auf den Oberarm. Das Gewebe des Black-Hole-Systems und der darunterliegende Kampfoverall waren zerrissen. Aus einem hässlichen Riss sickerte Blut hervor. Diese Wunde war nicht weiter tragisch. Es sei denn, sie würde sich infizieren. Für Schmerzen hatte er jetzt keine Zeit.
Ein weiterer tiefer Atemzug.
Luft war etwas Wundervolles!
Die merkwürdigen Geräusche wurden lauter. Schäumendes Rauschen. Sprudeln. Was war das? Wasser? Noch ein tiefer Atemzug, dann war er wieder ganz bei sich. Jetzt konnte er in fließenden Bewegungen vorwärtsrobben.
Noch habt ihr mich nicht erwischt. Noch nicht.

Not yet, Kameraden, not yet.
Die merkwürdigen Geräusche steigerten sich zu infernalischem Lärm. Kapitän zur See Wolfgang Härter hob den Kopf. Sein Atem stockte. Eine tosende Wand stürzte auf ihn zu. Er holte tief Luft und krallte sich mit Händen und Füßen seitlich in das Gemäuer der Röhre, um Halt zu finden. Ohne Effekt. Seine Hände und Füße rutschten wieder und wieder ab. Meter um Meter wurde er rückwärtsgedrückt, bis er schließlich gegen die herabgefallenen Steine der Einsturzstelle prallte.
Dort staute sich das Wasser, stieg an und füllte schnell die ganze Röhre. Zwischen zwölf und vierzehn Grad Wassertemperatur, schätzte der Kapitän. Er holte ein letztes Mal tief Luft.
Mit einem kurzen Knistern gab seine Nachtsichtbrille den Geist auf.
Kurzschluss.
Nur noch kalte Dunkelheit umfing ihn.
Schwarzes Wasser.

*

Seit fünf Minuten hörte Iljuschin nun nichts mehr. Er setzte den Kopfhörer ab und zog sich kurz die Sturmhaube vom Kopf. Die Geiseln konnten in den Gefechtsstand ja nicht hineinsehen. Er strich sich die schweißnassen Haare aus der Stirn.
Das war herrlich gewesen. Nur langsam ließ seine Erregung nach.
Wer auch immer da versucht hatte, an sie heranzukommen, hatte eine gehörige Abreibung bekommen.
Er wandte sich über Funk an Blochin, der irgendwo im Zelt unterwegs war. »Vielen Dank, General, dass Sie mich geweckt haben. Ich weiß das zu schätzen. Und ich kann Ihnen

melden, dass der Gegner einhundert Prozent Verluste erlitten hat.«

»Ich habe zu danken, Polkownik Iljuschin. Gute Arbeit!«, hörte er die Stimme seines Kommandeurs.

Iljuschin erhob sich und zog die Sturmhaube wieder über den Kopf. Er wollte jetzt weiterschlafen. Er streckte sich. O ja, er würde gut schlafen können.

Hätte Iljuschin den Kopfhörer noch aufbehalten, hätte er in diesem Moment wieder etwas gehört. Vielstimmiges Piepsen erklang in der Kanalisation.

Man konnte meinen, aus hunderttausend kleinen Nagerkehlen stiege ein gepiepstes Dankesgebet zum Rattengott himmelan – ein Gebet für den so unerwartet reich gedeckten Tisch.

> Zu den vielen Dingen im Kriege, für deren Gebrauch keine Polizeitaxe ein Maß festsetzen kann, gehört hauptsächlich die körperliche Anstrengung.
> Carl v. Clausewitz, *Vom Kriege*

11

Gewitterdonner grollte durch die Münchner Nacht wie Geschützfeuer ferner Gefechte. Bei dem Krach konnte ja keine Sau schlafen. Zumindest nicht hier draußen. Peter Panuschek, von den anderen Stadtstreichern nur Pepe gerufen, saß auf der Kante seiner Bettkonstruktion und sah dem Regen zu. Er zog den zerschlissenen, speckigen Mantel enger um die Schultern. Kalt war es geworden.
Seufzend nahm er einen tiefen Schluck aus seiner Lambrusco-Flasche. Früher hatte man ihn Pillen-Pepe genannt. Was war das für ein Leben gewesen. Sportwagen, First-class-Nutten, Champagner aus Magnumflaschen und Drogen, Drogen, Drogen.
Er war mal eine große Nummer gewesen. Alle hatten bei ihm gekauft. Er hatte sämtliche Diskotheken und Bordelle der Stadt mit chemischen Drogen beliefert. Mit allem, was das Herz begehrt: Pappen, Pillen, Pulver. Ein überaus einträgliches Geschäft.
Dann hatte er einen Fehler gemacht.
Einen schwerwiegenden Fehler.
Drogen an einen Bullen verkauft. Scheißzivilfahnder. Aber der Mann war wirklich gut getarnt gewesen. Freistaat Bayern eben. Top Bullen. Scheiß drauf!
Aus.
Vorbei.

Nicht mehr zu ändern.
Er nahm einen weiteren Schluck und begann, sich eine Zigarette zu drehen. Seine Hände in den fingerlosen Wollhandschuhen zitterten. Etwas Tabak fiel zu Boden. Er fluchte stumm. Vier Jahre hatte er gebrummt. Für zweieinhalb Kilo. Eine bunte Mischung, ein Feuerwerk der guten Laune, ein komplettes Sortiment: Amphetamine, LSD, MDMA.
Vier Jahre in Stadelheim.
Von dort war er für ein halbes Jahr in die Psychiatrie überstellt worden. Wegen schwerer psychotischer Schübe aufgrund von jahrelangem LSD-Konsum. Die Ärzte da hatten ihn wieder ganz gut hinbekommen. Er hatte schon länger keine Wahnvorstellungen mehr gehabt und auch keine Panikattacken.
Als er entlassen worden war, war sein Leben aus den Fugen geraten. Komplett. Niemand wollte mehr was von ihm wissen. Er hatte keine Ausbildung und keine Freunde. Die Leute, die er für seine Freunde gehalten hatte, hatten längst andere Bezugsquellen aufgetan. Keiner gab ihm auch nur einen müden Euro als Anschubfinanzierung.
Er hatte es als Hilfsarbeiter versucht. Zuerst im Großmarkt, dann im Schlachthof. Aber Pünktlichkeit war noch nie seine Stärke gewesen. Deshalb war er jedes Mal nach wenigen Wochen wieder rausgeflogen. Er hatte seine Miete nicht mehr bezahlen können und war höchst unsanft auf der Straße gelandet.
Seit drei Jahren schlug er sich nun als Obdachloser durch. Und mittlerweile kam er in dieser Welt ganz gut zurecht. Er wohnte immerhin in der Innenstadt. Unter der Reichenbachbrücke. Tagaus, tagein sah er die Isar fließen und die Menschen ihrem hektischen Tagwerk nachgehen. Dass er auch mal einer von denen gewesen war, deren Autos oben über die Brücke rollten, konnte er sich kaum noch vorstellen.
Wie hielten die Leute das nur aus?

Er stieß von dem billigen Wein sauer auf und kratzte sich zwischen den Beinen. Es goss in Strömen. Doch er saß im Trockenen. War auch schon was wert. Er musste lächeln. Als er hier neu gewesen war, hatte er am Rand schlafen müssen. Die Plätze am Rand waren längst nicht so gemütlich. Wenn der Wind ungünstig stand, dann trieb er den Regen unter die Brücke. Das Lager wurde nass und klamm. Das konnte ihm nicht mehr passieren.

Mit der Zeit war er in der Hierarchie aufgestiegen und durfte einen der Plätze in der Mitte beziehen. Er war hier inzwischen ein angesehener Mann.

Er wandte seinen Blick vom Regen ab und starrte auf das Wasser des Flusses. Zitternd klebte er die Kippe zu. Dann erhob er sich und ging zu dem Feuer, das er und seine Brüder hier unten die Nacht über unterhielten. Mit einem brennenden Stöckchen zündete er sich seine Zigarette an und inhalierte tief. Er streckte die Arme nach vorne, um seine Hände zu wärmen.

Eine kalte Windböe ließ ihn frösteln.

Sein Blick ging wieder zum Fluss. Im flackernden Licht des Feuers sah er ein dunkles Bündel im Wasser treiben. Langsam wurde es von der Strömung in seine Richtung getragen, bis es schließlich im Kies des Ufers liegen blieb.

Was war das?

Möglicherweise etwas, das man brauchen konnte. Er sah sich um, ob noch ein anderer die gleiche Entdeckung gemacht hatte, aber im Lager war alles ruhig. Er ging auf das Bündel zu.

Noch immer konnte er nicht erkennen, was er da vor sich hatte.

Erneut zuckte ein Blitz über den Himmel und übergoss das vollkommen durchnässte Bündel für Sekundenbruchteile mit fahlem Licht. Jetzt sah er, was da angespült worden war. Das war ein menschlicher Körper. Genauer: der Rest eines menschlichen Körpers. In schwarzer Kleidung. Beide Arme und ein Bein fehlten. Das andere Bein reichte nur bis zum Knie. Furchtbare Wunden klafften ihn an.

Auf dem Kopf trug der Körper irgendein unförmiges Ding. Er ging noch einen Schritt näher heran. Das war ein Helm. Genauer: der Rest eines Helms. Der Helm war an der Oberseite aufgerissen. Und dem Kopf fehlte ein Teil der Schädeldecke. Blut und Hirnmasse sickerten heraus.

Er stutzte.

Der Schädel bewegte sich. Peter Panuschek blinzelte irritiert. Er war sich sicher, dass der Schädel sich bewegt hatte. Sich ihm zugewandt hatte. Zwei augenlose Höhlen blickten ihn wissend an. Er sah, wie der Schädel ihm zunickte. Der Mund in dem zerschundenen Gesicht verzog sich zu einem boshaften Lächeln.

Der Leibhaftige war gekommen.

Satanas.

Diabolisches Grausen packte ihn mit knöchernen Krallen.

Der dunkle Gewitterhimmel zeigte ihm ein endzeitliches Schreckensbild. Zwischen den Wolken galoppierten die apokalyptischen Reiter, ihre Geißeln schwingend. Der Regen war der Schweiß ihrer Rösser. Und mit den Blitzen fuhr ihr Fürst, der gefallene Engel, auf die Erde nieder.

Jetzt hörte er auch die Stimme.

Tief, viele Jahrtausende alt und unendlich böse.

Er kannte diese Stimme. Die Ärzte hatten ihm damals weismachen wollen, es gäbe diese Stimme nicht. Aber er wusste es besser. O ja, er wusste es besser.

»Ich bin hier«, sagte die Stimme. »Hier, in dieser Stadt. Ich bin gekommen, euch alle zu holen.«

Peter Panuschek rannte schreiend hinaus in den Regen, tanzende Dämonen im Kopf.

*

Neben der Sinn-Uhr trug der Kapitän einen Kompass am Unterarm. Alte Angewohnheit aus Kampfschwimmertagen. Die beiden Anzeigen fluoreszierten. Nördlich halten. Kurs Nordnordwest. Dreihundertzwanzig bis dreihundertvierzig Grad. Er war heilfroh, dass er den Kompass trug. Zu dumm, dass er keine Flossen bei sich hatte. Dann wäre er viel schneller vorangekommen. Aber er war gar nicht auf die Idee gekommen, dass er Flossen nötig haben würde.

Wo kam das Wasser auf einmal her?

War irgendein Reservoir leckgeschlagen?

Oder hatte es einen Wolkenbruch gegeben, von dem ihnen niemand etwas gesagt hatte?

Mit kraftvollen Zügen tauchte er durch die Röhre. Immer wieder sah er auf die Uhr. Einhundert Meter. Zwei Minuten. Zusätzlich zählte er. Fünfundvierzig Züge.

Hier musste an der Decke ein Zufluss sein. Zu eng, um hindurchkriechen zu können und nach oben zu klettern. Aber dort würde er Luft holen können. Seine Finger tasteten im schwarzen Wasser nach der Öffnung. Er schätzte, er hatte noch für eine Minute Sauerstoff in den Lungen.

Seine Finger verhakten sich in einer Vertiefung. Er zog die Atemmaske über den Kopf, riss ein dreißig Zentimeter langes Stück Schlauch ab und ließ das mittlerweile nutzlose Gerät dann los.

Härter schob den Schlauch durch die Öffnung im Mauerwerk nach oben. Vorsichtig sog er das Wasser aus dem Schlauch und entließ es wieder aus dem Mund. Daumen auf die Öffnung. Dann noch ein Zug. Ein schlürfendes Geräusch. Raus mit dem restlichen Wasser.

Er konnte atmen.

Er begann zu hyperventilieren, um sein Blut mit Sauerstoff anzureichern. Der nächste Abschnitt würde sehr viel länger sein. Zweihundertfünfundzwanzig Meter. Viereinhalb Minuten. Diesmal würde er mehr Luft brauchen.

Wassertretend zog er das Black-Hole-System aus und entledigte sich auch der Zentraleinheit an seinem Gürtel. Dann öffnete er die Klettverschlüsse der Schutzweste und zog sie seitlich unter dem Brustholster heraus.
Funkgerät, Helm, weg damit!
Kein unnötiger Ballast.
Kapitän zur See Wolfgang Härter holte noch mehrmals tief Luft, pumpte sich die Lungen bis zum Bersten voll, stieß sich dann mit beiden Beinen von der Seitenwand ab und glitt wie ein Raubfisch durch die eisige Schwärze des Wassers.
Seinem nächsten Wegpunkt entgegen.

2:28 Uhr

Der Bundesinnenminister war grau im Gesicht und fühlte sich auch so. Er hatte nur kurz geschlafen, als ihn die Nachricht aus München erreichte. Dr. Roland Frühe hatte angerufen und ihn kurz über die Vorgänge in der Kanalisation in Kenntnis gesetzt. Was für ein katastrophaler Fehlschlag! Wie sein Staatssekretär, stand auch der Innenminister momentan unter Schock.
Das konnte einfach nicht sein.
Die Helden von Mogadischu.
Die unbesiegbare GSG 9.
Keiner war zurückgekehrt. Zwanzig Tote. Dr. Frühe hatte veranlasst, dass der stellvertretende Kommandeur, der mittlerweile die Befehlsgewalt übernommen hatte, den Mitschnitt des Funkverkehrs als E-Mail nach Berlin schickte. Der stellvertretende Kommandeur war ohnehin Leiter des Führungsstabes der GSG 9 und konnte die Aufgaben seines getöteten Vorgesetzten sofort übernehmen.
Der Minister hatte die Audiodatei abgespielt. Als er die Geräusche und Schreie hörte, die nach Hartmut Rainers Aus-

ruf »Mine!« zu vernehmen waren, hatte er mit der Übelkeit kämpfen müssen.
Er griff zum Telefon, um sich mit dem Bundeskanzler verbinden zu lassen. Dann überlegte er es sich doch anders und ließ seinen Wagen rufen.
Er überspielte die Audiodatei auf eine CD, schloss den obersten Knopf seines Hemdes, zog seine Krawatte wieder nach oben und verließ sein Büro. Diese schlechte Nachricht wollte er selbst überbringen. Er war nicht der Typ, der Problemen aus dem Weg ging. Er musste sich mit dem Kanzler abstimmen. Auch wegen der Pressekonferenz, die in nicht einmal mehr fünf Stunden abgehalten werden sollte. Sie mussten überlegen, was nun zu tun war.
Dr. Frühe hatte ihm gesagt, dass das Hauptproblem seiner Meinung nach noch nicht einmal in den zwanzig toten Elitepolizisten bestand, sondern in der psychischen Wirkung auf die restlichen Beamten der GSG 9. Einige glühten vor Rachsucht, andere waren vollkommen demoralisiert.
Während er im Fond seines gepanzerten Audi A8 zum Kanzleramt fuhr, blickte er aus dem Fenster. Alles sah aus wie immer. Natürlich. Trotzdem hatte er geglaubt, irgendetwas müsste sich doch auch hier verändert haben.
Die Welt war doch nicht mehr dieselbe.
Als der Wagen vor dem Kanzleramt hielt, wartete er nicht darauf, dass ihm die Tür geöffnet wurde. Er sprang aus dem Auto und eilte durch den Haupteingang zum Büro des Regierungschefs. Bereits in der Eingangshalle bemerkte er, dass die Beamten der Sicherungsgruppe aufgerüstet hatten. Sie trugen automatische Waffen.
H&K MP 5.

*

Achtmal hatte er unterwegs Luft holen können. Die Ruhepausen waren von Mal zu Mal länger geworden. Seine gemarterten Lungen waren an der Grenze ihrer Leistungsfähigkeit angelangt und schmerzten immer stärker. Seine Glieder wurden langsam steif. Er kühlte aus. Sein ganzer Körper schrie nach Ruhe. Der Abschnitt, den er jetzt hinter sich zu bringen hatte, war der längste. Seine linke, nach vorne ausgestreckte Hand stieß an ein Hindernis.
Endlich.
Da war das Scheißding ja.
Die Rattensperre.
Mit der rechten Hand zog er das Messer, das er am Bein trug, aus der Scheide. Mit einem kräftigen Stoß trieb Wolfgang Härter die Klinge in den oberen Rand des Metallgitters, das ihm den Weg versperrte. Mit brachialer Gewalt zog er die Schneide durch das rostfreie Gewebe nach unten durch.

In der Wunde an seinem linken Oberarm spürte er ein quälendes Klopfen, das in den Unterarm und die Schulter ausstrahlte. Er ließ ein wenig Luft aus den Lungen entweichen.

Er griff in den Schnitt und versuchte, die Rattensperre wegzureißen, aber es ging nicht. Irgendetwas Weiches strich über seine von Kälte klammen Finger. Er zog die Hand zurück und setzte das Messer rechts am Rand erneut an. Seine Kräfte ließen nach. Die Klinge rutschte ab.

Mit voller Wucht stieß er abermals zu. Er spürte, wie die Schneide durch das Metall drang. Mit einer weiteren Kraftanstrengung zog er das Messer durch das widerspenstige Material bis zur linken Seite durch.

Kapitän zur See Wolfgang Härter spürte seinen linken Arm kaum noch. Nur den pulsierenden Schmerz in der Wunde. Ein Taubheitsgefühl kroch von der Schulter abwärts in seine Finger. Er schlug sich mit der rechten Hand auf die Wunde.

Ein glühender Impuls jagte durch seine Nervenbahnen und brachte das Gefühl zurück.
Mit beiden Händen drückte er nun die Teile des durchschnittenen Gitters zur Seite. Plötzlich war ein Gewusel um ihn, dass er Mühe hatte, die aufsteigende Welle der Panik zu unterdrücken.
Ratten!
Tausende von Ratten trieben, schwammen, schlängelten sich an ihm vorbei. Die von hinten nachdrängenden Tiere schoben die Leiber ihrer ertrunkenen Artgenossen vor sich her. Härter rammte die Klinge des Messers ins Mauerwerk, um sich mit beiden Händen daran festzuklammern. Ratten in seinem Gesicht. An seinem Körper. Ratten überall. Ein Strom von Tieren in Todesangst ergoss sich durch das Fallrohr über ihn.
Wie viele kamen da noch?
Er drohte mitgerissen zu werden.

*

Ludwig Lochbihler, den die Obdachlosen unter der Reichenbachbrücke Wiggerl riefen, wachte auf. Irgendjemand schrie herum. War da wieder einer im Delirium? Waren wieder weiße Mäuse und rosa Spinnen unterwegs? Er hob den Kopf von seinem Lager und sah sich um.
Meine Güte, was für ein Wetter! Sein Blick fand Pepe, der mit zum Himmel gereckten Armen schreiend am Ufer der Isar entlangrannte. Zu der Treppe, die zum Hochufer führte. Was war denn mit dem alten Pepe auf einmal los? Er suchte mit seinen Augen die Umgebung ab, ob er irgendetwas Außergewöhnliches entdecken konnte. Ein Blitz zuckte über den nächtlichen Gewitterhimmel, und in diesem Moment sah Wiggerl das schwarze Bündel am Ufer liegen.

Er erhob sich von seinem Lager und schlurfte zu diesem merkwürdigen Ding.

Ludwig Lochbihler war schwerst alkoholkrank, aber er hatte sich vor dem Schlafengehen eine ordentliche Ladung Doppelkorn verpasst. Deshalb war er momentan ruhig und ausgeglichen. Er bekam zwar einen Schreck, als er sah, was da am Ufer lag. Doch er dachte vor allem daran, ob und wie er aus diesem Fund Kapital schlagen konnte.

Nicht, dass er die Uniform der Leiche erkannt hätte. Aber irgendwie roch das nach einer Prämie. Er bemerkte, dass der Tote eine kugelsichere Weste trug. Mit Löchern drin, wie merkwürdig. Die verstümmelte Leiche mit diesem komischen Anzug, das war doch ein Bild für die Presse. Für so etwas bezahlten die Zeitungen bestimmt gut.

Natürlich nur, wenn man sie anrief, noch bevor die Polizei anrückte. Er hatte keine Zeit zu verlieren. Er würde es gleich bei der größten Zeitung von allen probieren. Die Telefonnummer der Lokalredaktion stand auf jedem Zeitungskasten. Da waren doch bestimmt fünfhundert Euro drin. Vielleicht auch nur dreihundert.

Auf jeden Fall aber eine Stange Geld.

Er tastete seine Taschen ab. Da war sie ja. Sein Schatz. Die Telefonkarte. Mit fünf Euro Guthaben. Jetzt musste er nur noch eine Telefonzelle finden. Ein prima Plan.

Ludwig Lochbihler rieb sich selbstzufrieden die Hände.

Dann machte er sich auf den Weg, das Geschäft abzuwickeln.

*

Dr. Frühe hatte völlig recht. Die psychischen Auswirkungen waren noch gar nicht abzuschätzen. Nicht nur die Auswirkungen innerhalb der Polizei und des Grenzschutzes waren kaum kalkulierbar, auch die Auswirkungen innerhalb der

Bevölkerung bereiteten dem Bundeskanzler Kopfzerbrechen. Der Tod der GSG-9-Beamten zeigte doch, dass der Staat diesen Terroristen nicht gewachsen war. Zumindest würde es die Presse so hinstellen: die Toten zu Helden verklären und die politisch Verantwortlichen ans Kreuz nageln. Die Gedanken des Bundeskanzlers kreisten um den Vorschlag des Mannes, den er unter den Decknamen Poseidon und Zerberus kannte. Wäre das alles zu verhindern gewesen, wenn sie gleich das Militär eingeschaltet hätten? Da öffnete sich die Tür, und der Verteidigungsminister trat ein. Er hob grüßend die Hand. Noch wusste er nichts über das Fiasko in München.

»Guten Morgen, die Herren!« Seine Miene verdüsterte sich schlagartig, als er die mutlosen Züge des Innenministers sah. »Wie schauen Sie denn aus der Wäsche? Ist etwas passiert?«

»Allerdings. Hören Sie mal«, sagte der Innenminister mit tonloser Stimme und drückte auf den Abspielknopf des Laptops. Wieder ertönte der Funkverkehr der letzten Minuten der GSG-9-Operation.

»Mein Arm, o Gott, mein Arm! Ich blute stark!« Die Worte waren kaum verständlich. »Wir haben Verluste!« Eine andere Stimme. »SANITÄTER!!« Etwas blubberte in dem Wort. »Wir brauchen Verstärkung!« Die Stimme von Qualen entstellt. »Hilf mir doch jemand, bitte! Himmel! Alle anderen sind tot! Ich bin verwundet!« Der blanke Horror.

Der Innenminister stoppte die Aufzeichnung. Die Bestürzung stand dem Verteidigungsminister ins Gesicht geschrieben. Der Bundeskanzler räusperte sich. »Haben wir eigentlich etwas Neues von Poseidon gehört? Wissen Sie, wo der Mann ist?«

»Poseidon wollte mit den Männern der GSG 9 in die Kanalisation gehen. Das ist das Letzte, was ich von ihm weiß.«

»Was? Heißt das, wir haben auch Poseidon verloren? Der Mann ist auch tot?«

Der Verteidigungsminister wiegte den Kopf hin und her, während er weitersprach. »Das glaube ich nicht. Ich möchte auch den Rest der Aufzeichnung hören.«

Der Innenminister fuhr mit dem Finger über das Trackpad des Laptops und klickte auf »Fortfahren«.

Schreie. Hilferufe.

Dann eine Stimme, von Interferenzen verzerrt. »Versuchen Sie, sich in Sicherheit zu bringen! Suchen Sie Deckung! Versuchen Sie Ihr Glück in den kleinen Seitenkanälen!«

Der Verteidigungsminister sah den Bundeskanzler an. »Wessen Stimme ist das, Ihrer Meinung nach?«

»Ich weiß nicht«, begann der Regierungschef zögernd. Aber er musste dem Verteidigungsminister recht geben. Das konnte die Stimme von Poseidon sein. Er wandte sich an den Innenminister. »Steht etwas darüber in den Protokollen zu dem Mitschnitt?«

Der Innenminister hatte bereits begonnen, in seinen Unterlagen zu blättern. »Nein. Steht nicht im Protokoll. Ist nicht erwähnt.«

»Wieso steht nichts über diesen Funkspruch in den Protokollen?«, fragte der Regierungschef irritiert nach. »Die Dokumentation bei solchen Einsätzen ist doch lückenlos. Wie kann so etwas sein?«

Der Verteidigungsminister antwortete: »Sehen Sie, Herr Bundeskanzler, offiziell waren nur die zwanzig Männer der GSG 9 an dieser Operation beteiligt. Da niemand im BKA jemanden namens Müller vermisst, taucht er auch nicht in den Protokollen auf. Ich habe Ihnen doch gesagt: Poseidon ist ein Mann ohne Schatten.«

Der Bundeskanzler rieb sich mit der rechten Hand mehrmals über Stirn und Augen. »Mein Gott, Sie sind aber wirklich zynisch. Ich meine, Sie haben vermutlich einen Ihrer besten Männer verloren. Das wollen Sie einfach ignorieren?«

»Nein, Herr Bundeskanzler. Was ich sagen wollte, war, dass ich berechtigten Grund zu der Annahme habe, dass Poseidon noch lebt.«

»Ach, und wie kommen Sie darauf? Ist der Mann unsterblich? Hat er mit Ihnen telepathischen Kontakt aufgenommen? Haben Sie das zweite Gesicht?«, fragte der Innenminister bissig nach.

Der Verteidigungsminister ließ sich nicht aus der Ruhe bringen. »Nein, nichts von alledem«, sagte er. »Aber erstens bin ich meiner inneren Einstellung nach Optimist, und zweitens kenne ich die Akten seiner Abteilung. Zumindest die Teile der Akten, die Poseidon dem Ministerium zugänglich gemacht hat. Und wenn ich aus diesen Akten etwas herauslese, dann, dass schon einige wirklich üble Zeitgenossen versucht haben, Poseidon am Zeug zu flicken. Und alle haben sie sich die Zähne ausgebissen. Der Mann ist zäh. Dass er nicht in den Protokollen erwähnt wird, hat nichts zu bedeuten.«

Der Regierungschef sah den Minister kopfschüttelnd an. »Ich verstehe nicht.«

»Langer Rede kurzer Sinn: Wenn es einfach wäre, Poseidon umzubringen, dann wäre der Mann schon lange nicht mehr am Leben.«

*

Der Spuk verschwand so schnell, wie er gekommen war. Das Gewimmel um ihn herum endete abrupt. Zumindest einen Vorteil hatte das Ganze: Die Ratten hatten das Gitter so weit zur Seite gedrückt, dass er ohne Probleme hindurchschwimmen konnte.

Die Rattensperre war am tiefsten Punkt der Steig- und Fall-

leitung angebracht. Ab jetzt ging es aufwärts. Wolfgang Härter mobilisierte die letzten Kräfte. Mit kräftigen Beinzügen stieß er sich immer weiter nach oben. Da er kaum noch Luft in seinen Lungen hatte, hatte er nur noch geringen Auftrieb.
Endlich brach sein Kopf durch die Wasseroberfläche. Luft! Der Druck in seinem Schädel ließ sofort nach, als er in tiefen Zügen atmete.
Noch immer konnte er die Hand nicht vor Augen sehen. Aber das Schlimmste lag jetzt hinter ihm. Ab jetzt ging es über Wasser weiter. Und weit war es auch nicht mehr. Er musste nur noch diesen Verbindungsdeckel in der Decke des Kanals wegbekommen. Danach folgte eine Röhre, die sich direkt unter der Straßendecke befand. Weiter bis zu dem Gullydeckel. Dann wäre er draußen.
Noch habt ihr mich nicht erwischt. Noch nicht.
Zwei Zeilen aus dem Song *The Highwayman* kamen ihm in den Sinn: *They buried me in that great tomb that knows no sound, but I am still around ...*
Er legte die klammen Finger auf das betonierte Sims, das neben dem Kanal entlanglief, um sich aus dem Wasser zu ziehen. Ein knackendes Geräusch. Etwas platzte unter seinen Fingern.
Er lauschte. Da war ein Rascheln. Schaben und Kratzen. Trippeln. Er spürte ein Kitzeln an seinen Händen.
Er hob seinen schmerzenden linken Arm und tastete mit der freien linken Hand über das Sims. Irgendetwas bewegte sich da. Ein Auf und Ab wie eine zähflüssige Masse. Er zog sich etwas weiter hoch und wischte mit seinem linken Arm über den Betonboden. Etwas fiel plätschernd ins Wasser. Es klang, als hätte er eine Handvoll Kies ins Wasser gefegt.
Abermals tastete er mit der linken Hand über das Sims. Die zähflüssige Masse kam schnell zurück. Erneut wischte er sie weg. Wieder das Plätschern. Dann zog er sich hoch und

setzte sich auf das Sims. Er hörte mehrere knackende Geräusche. Er zog die Beine aus dem Wasser und schob sich nach hinten, bis sein Rücken an die Wand stieß. Der Boden erschien ihm glitschig.

Jetzt kitzelte es auch an den Beinen und die merkwürdigen Geräusche schienen die ganze Röhre zu füllen. Komisch, dieses Rascheln.

Was war das?

Er tastete über seine Oberschenkel, um herauszufinden, was da raschelte und schabte. Er horchte angestrengt. Das war kein Rascheln. Das war ein Krabbeln. Von Millionen von kleinen Beinen.

Die zähflüssige Masse bestand aus kleinen, robusten Dingern. Und die Dinger bewegten sich. Er bekam eins mit Daumen und Zeigefinger zu fassen und befühlte die Form.

Plötzlich wurde ihm klar, was sich da zwischen seinen Fingern bewegte.

Das war eine Kakerlake.

Ein Prachtexemplar.

Sieben Zentimeter lang, schätzte der Kapitän.

Er unterdrückte den beginnenden Schock. Kein Ton kam über seine Lippen. Seine Gesichtszüge blieben unbewegt.

Aber eins war völlig klar: Er musste hier so schnell wie möglich weg.

Als er versuchte, sich aufzurichten, wurden seine Knie weich und knickten ein. Seine Muskulatur verweigerte ihm den Dienst. Härter konnte sich nicht auf den Beinen halten. Er rang nach Luft.

Die Erschöpfung traf den Kapitän wie ein Vorschlaghammer.

Seine Zähne begannen unkontrolliert zu klappern.

Das Klappern griff auf seinen Köper über.

Zitternd und ausgekühlt lag er in der Dunkelheit. Die hinter ihm liegenden Anstrengungen forderten nun unbarmherzig

ihren Tribut. Das Wimmeln und Krabbeln der Kakerlaken bedeckte nach kurzer Zeit seinen ganzen Overall.
Mit aller Macht kämpfte er gegen die drohende Ohnmacht an. Wenn er jetzt das Bewusstsein verlor, dann würde er hier sang- und klanglos erfrieren.
Dann wäre er Rattenfutter.
Wenn die Kakerlaken den Ratten nicht zuvorkämen.

*

Amelie Karman wachte beim ersten Läuten des Telefons auf. Sie hatte nur leicht geschlafen, nachdem sie zunächst lange wach gelegen hatte. Was war das für ein Tag gewesen! Mit großem Abstand der erfolgreichste Tag ihres bisherigen Berufslebens. Sie war mit zwei Artikeln in der Zeitung vertreten gewesen. In der regulären Morgenausgabe und in der Sonderausgabe am Abend. Mit Artikeln, die bundesweit erschienen waren. Auf Seite eins.
Sie hatte ihre Quelle geschützt. Dem Chefredakteur gegenüber hatte sie den Namen Hirschmoser nicht erwähnt. Der Mann gehörte ihr. Nur ihr. Exklusiv. Sie hatte Hirschmoser den Redakteuren in Hamburg als »gut unterrichtete Quelle« verkauft. Der Chefredakteur hatte die Giftgas-Meldung anstandslos geschluckt.
Sie hatten etwas nervös darauf gewartet, wie die offiziellen Stellen auf diese Meldung reagieren würden. Das wütende Dementi war jedoch ausgeblieben. Der Chef in Hamburg hatte das als Bestätigung interpretiert. Der Mann hatte ausschließlich die Höhe der Auflage im Kopf. Und was die Auflage anbetraf, hatte die abendliche Sonderausgabe alle Rekorde gebrochen.
Sie nahm den Anruf entgegen. Der junge Praktikant, der in der Lokalredaktion Nachtschicht schob, redete wie ein Wasserfall. Wenn sie das alles richtig verstand, hatte ein Obdach-

loser in der Redaktion angerufen und behauptet, am Ufer der Isar läge eine Leiche. Ob das interessant für sie wäre? Allerdings!
Sie notierte sich den Namen des Mannes.
Ludwig Lochbihler.
Und den angeblichen Fundort.
Reichenbachbrücke.
Danach bedankte sie sich und erklärte dem Praktikanten, dass sie sich sofort um die Sache kümmern werde. Sie verabschiedete sich freundlich, legte auf und wählte sofort die Nummer des Fotografen, mit dem sie für gewöhnlich zusammenarbeitete.
Nach dem achten Klingeln meldete sich der Bildjournalist mit verschlafener Stimme. Sie erklärte ihm kurz, worum es ging. Sie verabredeten sich an der Reichenbachbrücke. Zwanzig Minuten mussten reichen, um dorthin zu gelangen.
Schließlich rief sie ein Taxi, zog sich hastig an, schlüpfte in ihre gefütterte Regenjacke, steckte Notizzettel, Kugelschreiber und Diktiergerät ein und verließ die Wohnung. Sie wollte gerade die Wohnungstür hinter sich zuziehen, als sie innehielt. Ihr kam eine Idee.
Was hatte der Praktikant am Telefon gesagt?
Wer hatte da angerufen?
Ein Obdachloser?
Sie öffnete die Wohnungstür wieder, hastete in den Flur zurück und holte die noch verschlossene Jack-Daniel's-Flasche aus der Hausbar. Es war eben immer gut, so etwas im Haus zu haben. Das würde die Verhandlungen mit dem Mann mit Sicherheit beschleunigen. Und die ganze Angelegenheit vermutlich auch noch verbilligen.
Zum zweiten Mal verließ sie die Wohnung und eilte die Treppe hinab.
Sie freute sich darauf, in dieser Nacht den Spieß umdrehen

zu können. Wenn an der Geschichte etwas dran war, dann wäre es heute Nacht an ihr, den Chefredakteur aus dem Bett zu holen.
Werner wäre stolz auf sie, das wusste Amelie Karman. Wenn er heil aus dieser ganzen Sache rauskäme, würde sie ihren Erfolg zusammen mit ihrem Geliebten ganz groß feiern. Und er würde heil rauskommen. Ihre Euphorie hatte mittlerweile sogar die Angst verdrängt.
Alles würde gut werden.

*

Luft werden.
Wind werden.
Sturm werden.
Kapitän zur See Wolfgang Härter versenkte sich in Meditationsübungen. Seine Gedanken gingen weit in der Zeit zurück, über zwanzig Jahre.
Luft werden.
Wind werden.
Sturm werden.
Direkt nach dem Abitur – Leistungskurse: Geschichte und Sport – hatte er seinen Eltern eröffnet, dass er für zwei Jahre nach China gehen wolle. Ins Kloster. Zu den Shaolin-Mönchen.
Er war schon immer sehr sportlich gewesen. In der Schule hatte er die Eins in Sport abonniert. Jedoch nur in Individualsportarten. Mannschaftssportarten konnte er nichts abgewinnen. Kindische Ballspiele. Das war nichts für ihn. Schwimmen. Tauchen. Leichtathletik. Rudern. Reiten. Schießen. Fechten. Turnen. Klettern. Surfen. Im Winter Abfahrtslauf und Biathlon. Das waren seine Sportarten.
Vor allem jedoch Kampfsport.
Luft werden.

Wind werden.
Sturm werden.
Im Alter von fünf Jahren hatte er mit Judo angefangen. Bereits drei Jahre später sattelte er um auf Karate. Mit vierzehn dann auf Taekwondo. Mit sechzehn war er deutscher Jugendmeister im Kickboxen. Aber nicht nur die körperliche Seite der verschiedenen Kampfsportarten weckte damals seinen Ehrgeiz. Mehr noch faszinierte ihn die fernöstliche Philosophie.
Mentale Disziplin.
Totale Kontrolle des Körpers durch den Geist.
Seine Mutter war zwar dagegen gewesen, doch mit der Unterstützung seines Vaters hatte er seinen Wunsch durchgesetzt. Nach einer schonungslosen Eingangsprüfung hatten die Mönche ihn als Schüler bei sich aufgenommen. Er hatte sich als würdig erwiesen.
Zwei Jahre blieb er in China, bevor er seinen Wehrdienst antrat. Und jetzt erinnerte er sich an seinen alten Shifu, seinen Lehrmeister, der ihn drei Monate vor Ende seines Aufenthalts zum Meditieren auf einen Berggipfel des Song-Shan-Massivs geschickt hatte.
»Du musst dein Mantra finden«, hatte der über achtzig Jahre alte Chinese ihm gesagt.
Nach drei Tagen ohne Nahrung hatte er zu halluzinieren begonnen. Und die Stimme des Berges hatte ihm sein Mantra offenbart. Jene Worte, die ihn seither im Kampf begleiteten. Jene Worte, mit deren Hilfe er seine körperliche Energie mental fokussieren konnte. Wie ein Repetierverschluss wiederholte sein Bewusstsein die sechs Wörter.
Luft werden.
Wind werden.
Sturm werden.
In der Meditation vollzog er den Weg zu innerer Harmonie. *Yi yu qi he.* Er spürte, wie seine Kräfte zurückkehrten. Es

war, als zündete durch die totale Konzentration ein innerer Nachbrenner. Energie aus Reservoirs, die sonst nicht zugänglich waren, strömte durch seinen Körper. Seine Muskulatur spannte sich wieder. Das Zittern hörte auf. Mentale Disziplin.

Totale Kontrolle des Körpers durch den Geist.

Wolfgang Härter stand auf und schüttelte die Kakerlaken ab. Widerspenstige Viecher! Die besonders hartnäckigen wischte er sich mit den Händen von Kopf und Körper. Er sah auf seine Sinn-Uhr. Es war halb vier. Er musste sich beeilen.

Wenn Dr. Urs Röhli sich noch heute auf den Weg machen sollte, dann blieb ihm nicht mehr viel Zeit. Mit der rechten Hand hielt er in der Dunkelheit Kontakt zur Wand des Kanals. Gebückt trabte er in Richtung des Ausstiegs. Unter seinen Sohlen starben die Kakerlaken zu Tausenden.

Nach einhundertzwanzig Metern stieß seine rechte Hand an die stählernen Sprossen der Leiter, die in den Kanal führte, der direkt unter der Straßendecke lag. Er stieg drei Sprossen hinauf, dann ertasteten seine suchenden Finger den Hebel, der die Klappe verschloss. Mit einem einzigen Hieb schlug er den rostigen Griff zur Seite. Die Klappe sprang auf, Wasser rauschte auf ihn herab.

Der Gestank verschlug ihm den Atem. Der faulige Auswurf der Großstadt schoss ihm in einem Schwall entgegen. Diese Klappe trennte das System, das ausschließlich Regenwasser ableitete, von dem System, in dem sich Regen- und Abwasser mischten. Die stinkende Brühe lief ihm über den Kopf und den Anzug, während er durch die Öffnung kletterte. Die Kakerlaken, die noch an ihm hingen, wurden weggespült. Als er in dem oberen Kanal stand, schloss er die Klappe wieder und verriegelte sie mit einem Fußtritt.

Links von sich konnte er einen schwachen Lichtschein erkennen, der von oben durch einen Gullydeckel fiel.

Na also!
Wasser lief durch den Deckel in die Kanalisation. Ein paar Ratten huschten in den Schutz ihrer Verstecke. Er lief dem Lichtschein entgegen. Seine Augen hatten sich an die völlige Dunkelheit gewöhnt. So erschien ihm das wenige Licht, das nach unten drang, hell. Er konnte gut sehen.
Unter dem Gullydeckel angekommen, stellte er sich breitbeinig hin und fasste das Gitter mit beiden Händen. Vor seinem inneren Auge erschien eine Szene aus dem Film *Der dritte Mann*. Die Finger von Orson Welles alias Harry Lime, wie sie durch den Gullydeckel griffen. Kurz vor seinem Tod. Eine Jukebox in seinem Kopf begann, leise Zithermusik zu spielen. Er vertrieb das Bild und die Musik und konzentrierte sich.
Luft werden.
Wind werden.
Sturm werden.
Eine ungeheure Spannung baute sich in seinem Körper auf. Er fokussierte alle Energie auf die Anstrengung, die vor ihm lag. *Xin yu yi he.* Gefühl und Verstand vereinen sich durch Konzentration zu Kraft.
Mit einer scheinbar leichten Bewegung hob er den Gullydeckel an und schob ihn zur Seite. Er streckte vorsichtig, Zentimeter um Zentimeter, den Kopf aus der Kanalisation. Die Straßenbeleuchtung erschien ihm unglaublich hell.
Wo war er hier?
Er sah kurz auf seinen Kompass. Orientierte sich. Zwei quaderförmige Häuser erhoben sich westlich und östlich von ihm. Kein Mensch weit und breit. Das war auf jeden Fall gut. Es hätte wohl ziemliches Aufsehen erregt, wenn ein offensichtlich bewaffneter Mann verwundet und verdreckt aus einem Gully stieg. Und Aufsehen konnte er im Moment überhaupt nicht brauchen.
Er musterte seine Umgebung genauer.

In der Nähe entdeckte er ein Wasserbecken, einen Springbrunnen. Aus nördlicher Richtung hörte er die rumpelnden Geräusche eines langsam fahrenden Zuges. *Da-Dang. Da-Dang. Da-Dang.* Im Süden sah er Straßenlampen. Zwei Polizeiwagen fuhren langsam die Straße entlang.
Das musste reichen. Ein Ortskundiger würde aus dieser Beschreibung schließen können, wo er sich befand.
Er zog den Kopf wieder ein und setzte sich auf eine der Sprossen, die in die Wand des Kanals eingelassen waren.
Dann öffnete er den Reißverschluss des triefend nassen Overalls, griff in eine der Innentaschen und förderte das wasserdichte und bruchfeste Etui seines Cryptophones zutage.
Er schaltete das Gerät ein und wartete auf ein Netz. Nach mehr als einer Minute zeigte das Telefon an, dass es sich in das konzerneigene Funknetz der Deutschen Bahn eingeloggt hatte. Alle anderen Netze waren durch den Störsender auf der Theresienwiese blockiert.
Die erste Nummer, die er aus dem Speicher aufrief, war die der Wiesn-Wache.
Kroneder sollte ihn hier abholen lassen. Unauffällig. Und er sollte ihm einen Arzt besorgen, der seine Wunde behandeln konnte. Am besten einen Polizeiarzt.
Kroneder reagierte prompt und unkonventionell. Er versprach, unverzüglich einen Krankenwagen zur Außenstelle des europäischen Patentamtes zu schicken. Mit einem Arzt an Bord, den er persönlich kannte. Kroneder wusste nach Härters Beschreibung auch sofort, wohin genau: zu der Stelle, wo sich der Springbrunnen im Durchgang zur Hackerbrücke befand.
Dann rief Wolfgang Härter beim Chef des Stabes der Abteilung A&Ω an. Vorbereitungen mussten getroffen werden. Dr. Urs Röhli würde heute früh ab Zürich nach Kaliningrad fliegen. Ins Militärarchiv. Dr. Röhli brauchte heute Abend

zwei informelle Termine. Einen bei dem alten Archivar Dr. Alexander Ivanov. Und einen bei Sergej Klarow, einem Oberst der russischen Miliz, der zuvor bei der Militärpolizei gewesen war.

Der Chef seines Stabes zeigte nüchterne Professionalität. Er wiederholte Härters Anweisungen, um sicherzugehen, dass er alles richtig verstanden hatte, und versprach, das Nötige zu veranlassen. Kapitän zur See Wolfgang Härter beendete das zweite Gespräch. Er seufzte einmal tief.

Jetzt konnte er für Minuten nichts anderes tun, als zu warten. Und so saß der Sonderermittler des Bundeskanzlers da und wartete.

Stinkend wie ein Dallschaf.

Ausgepumpt zwar, das schon – im wahrsten Sinne des Wortes.

Aber höchst lebendig.

Und mit einem Plan im Kopf.

*

Der Verteidigungsminister legte den Hörer des abhörsicheren Telefons zurück auf die Konsole. Dann sah er den Bundeskanzler an.

»Ich hab's Ihnen doch gesagt: Poseidon lebt«, sagte er triumphierend.

Ruckartig setzte sich der Regierungschef in seinem Sessel auf. »Wirklich? Ist das sicher?« Die Skepsis in seiner Stimme war nicht zu überhören.

»Ja. Hundertprozentig. Gerade hat mich sein Stabschef angerufen. Der Mann hat persönlich mit Poseidon telefoniert. Irrtum ausgeschlossen.«

»Gott sei Dank«, sagte der Kanzler mit einem erleichterten Seufzen. »Und? Wo ist Poseidon? Was hat er vor? Hat er neue Erkenntnisse?«

»Tut mir leid, Herr Bundeskanzler. Aber darüber hat sein Stabschef nichts gesagt.«

Die Tür wurde geöffnet, und der Finanzminister trat herein, einen Pilotenkoffer voller Akten in der rechten Hand. Jetzt sollten die weiteren Schritte, die Refinanzierung und Beschaffung der Diamanten betreffend, besprochen werden.

Wenn die Börse in Frankfurt öffnete, würde eine Staatsanleihe über zweieinhalb Milliarden Euro auf dem Kapitalmarkt plaziert werden. Damit würden sie die Diamanten bezahlen.

Einer der Staatssekretäre des Finanzministeriums war nach Antwerpen gereist, um die Situation an der dortigen Diamantenbörse zu sondieren. Ein anderer befand sich seit gestern in Südafrika. Die Verhandlungen mit dem Hause De Vries, dem Weltmarktführer in Sachen Diamantenhandel, waren bereits im Gange.

*

So ein gerissenes Luder!

Ludwig Lochbihler hätte sich in den Hintern beißen können. Dieses grünäugige Biest hatte ihn nach allen Regeln der Kunst abgekocht. Die junge Lady war aber auch wirklich unglaublich attraktiv.

Die Lady war eine von den Frauen, die Ludwig Lochbihler schon sein ganzes Leben in dem sicheren Wissen anschaute, dass seine Blicke niemals erwidert würden.

Er war hin und weg gewesen, als dieses göttliche Geschöpf ihn mit einem überwältigenden Lächeln begrüßt hatte. Sie hatte ihm die Hand gegeben und ihn mit »Herr Lochbihler« angesprochen. Das war ihm, außer auf dem Sozialamt, im Krankenhaus und bei der Polizei, seit zehn Jahren nicht mehr passiert.

Dann hatte sie ihm eine randvolle Flasche Jack Daniel's in

die Hand gedrückt. »Ich habe Ihnen was mitgebracht«, hatte die Lady gesagt. »Vielen Dank«, hatte er nur herausgebracht, als sie ihm den Whiskey gegeben hatte.
Jack Daniel's! Das war aber auch wirklich gemein. Konnte die etwa hellsehen? Die Lady hatte genau seinen Geschmack getroffen.
»Ich habe zu danken, dass Sie uns angerufen haben, Herr Lochbihler«, hatte die Lady gesagt. »Nichts zu danken«, hatte er nur erwidert. Was für eine Frau, hatte er gedacht.
So ein durchtriebenes Rabenaas!
Sie hatte ihn mit einem weiteren umwerfenden Lächeln beschenkt und in beiläufigem Ton gefragt, wo denn die angebliche Leiche liegen würde. Die Lady hatte dabei einen so unschuldigen Augenaufschlag am Leib gehabt, Bette Davis wäre noch schonend ausgedrückt, das glaubst du nicht.
Verdammt noch mal!
Dieses Miststück hatte ihn überrumpelt wie einen Teenager.
Hatte ihn eiskalt über den Tisch gezogen.
Hatte ihn nach Strich und Faden verarscht.
»Was heißt hier *angebliche* Leiche?«, hatte er aufgebracht zurückgefragt. »Ich erzähle Ihnen doch keinen Mist. Ich bin ein Ehrenmann.«
Dann hatte er die Lady am Arm genommen und war mit ihr zu der Treppe gegangen, die zum Kiesbett hinunterführt. Im rechten Arm die Lady, in der linken Hand die volle Whiskeyflasche.
Das war ein tolles Gefühl gewesen. Wie Humphrey Bogart war er sich dabei vorgekommen.
Und dann hatte er ihr die Leiche gezeigt.
Ohne vorher sein Geld verlangt zu haben.
Verdammt, verdammt, verdammt!
Was war er doch für ein Idiot. Er hätte sich ohrfeigen können. Aber wie sagte der alte Pepe doch immer so richtig?

Aus.
Vorbei.
Nicht mehr zu ändern.

Jetzt saß er wieder auf seinem Lager unter der Brücke und beruhigte seine Brüder, die allesamt aufgewacht waren, als das Blitzlichtgewitter losgegangen war. Und jetzt kamen auch noch die Bullen. Er konnte den zuckenden Schein der Blaulichter am Hochufer schon sehen. Mit der Nachtruhe war es erst mal vorbei. Die würden ihn mit Fragen bombardieren. Dabei wusste er doch gar nichts.
Immerhin: Seinen Jack Daniel's hatte er verstecken können. Die Flasche war in Sicherheit.
Wenigstens etwas.

> Ein großer Teil der Nachrichten,
> die man im Kriege bekommt, ist widersprechend,
> ein noch größerer ist falsch, und bei weitem der größte
> einer ziemlichen Ungewissheit unterworfen.
>
> Carl v. Clausewitz, *Vom Kriege*

12

Sie erkannte das Signet auf der Uniform des Mannes sofort. GSG 9. Noch vom Ufer der Isar aus rief sie in Hamburg an.
Der Chefredakteur ließ die Druckstraßen anhalten. Der äußere Bogen wurde geändert. Die Fotos des toten GSG-9-Beamten lösten einen Sturm der Begeisterung bis hoch in die Konzernleitung aus. Zumal sie die Aufnahmen exklusiv hatten. Allein der weltweite Verkauf der Druck- und Senderechte brächte Millionen. Niemand sonst hatte auch nur annähernd vergleichbares Bildmaterial. Aber auch Amelie Karman hatte mit ihrer Schlagzeile wieder Punkte gesammelt.
»Desaster auf dem Oktoberfest«, verkündete die erste Seite.
Und darunter, in gigantischen Lettern: »GSG 9 VERNICHTET?«
Die Auflage der Morgenausgabe ging durch die Decke.

*

Die Stimmung im Krisenzentrum war miserabel. Die Nerven lagen blank. Und ausgerechnet jetzt musste ihnen auch noch diese Sache mit dem Foto passieren.
Sie überlegten schon seit Stunden, wie sie der Welt erklären

sollten, dass zweitausendzweihundertachtundvierzig Geiseln, achtundsechzig Bereitschaftspolizisten, fünfzehn Sanitäter, sieben Mitarbeiter des THW, drei Notärzte, ein SEK-Beamter und zwanzig Männer der GSG 9 tot waren.
Dabei waren sie immer wieder auf ein und dasselbe Problem gestoßen: Das war eigentlich nicht zu erklären.
Egal, was man in die Pressemitteilung geschrieben hätte. Egal, was der Regierungssprecher gesagt hätte. Immer hätten sie dagestanden wie inkompetente Idioten. Die Weltpresse wäre über sie hergefallen wie ein Schwarm Wanderheuschrecken.
Doch dann kam der Oberbürgermeister auf die Idee mit dem Kardinal. Dr. Roland Frühe erkannte sofort, dass das eine ausgezeichnete Idee war. Der Erzbischof von München und Freising, Wilhelm Kardinal Donner, sollte die Nachricht verkünden. Geburt, Kommunion, Eheschließung und eben auch der Tod waren ja schließlich seine Fachgebiete, wenn man so wollte.
Der Oberbürgermeister hatte was auf dem Kasten.
Der verstand was von symbolischer Politik.
So ein Kardinal trat ja auf einer ganz anderen Ebene auf als so ein Pressesprecher.
Viel würdevoller.
Dr. Frühe rief umgehend den Bundeskanzler an. Der verstand augenblicklich. Bereits Minuten später rief der Regierungschef ihn zurück. Der Kardinal sei einverstanden. Er habe dem Bundeskanzler gesagt, dass sein Glaube es ihm gebiete, sich »dieser Bitte nicht zu verschließen«, sondern sich vielmehr »dieser schweren Aufgabe zu stellen«.
Die Pressekonferenz in Berlin wurde abgeblasen.
Die Fernsehsender wurden informiert, dass es um acht Uhr eine Live-Übertragung aus dem erzbischöflichen Amtssitz geben würde. Alle Sender ließen daraufhin Laufschriften auf den Bildschirmen erscheinen.

Und nicht nur die deutschen Sender reagierten prompt. Auch das gesamte Auslandsfernsehen war mit dabei. Milliarden von Menschen in aller Welt saßen mit gespannter Erwartung vor den Fernsehschirmen.
Und Wilhelm Kardinal Donner löste die Aufgabe bravourös.
In seiner scharlachroten Robe trat er vor eine einzige Kamera. Es gab keine Schnitte während seiner Ansprache. Die Übertragung dauerte insgesamt zehn Minuten. Während dieser Zeit zoomte die Kamera zweimal auf das Gesicht des Kirchenfürsten, ging danach aber wieder in die Totale.
Der Kardinal hatte ein einfaches Pult mit seinem Wappen vor sich. Am oberen Rand des Pultes war schwarzer Trauerflor angebracht worden. Hinter ihm sah man eine weiße Wand mit einem schlichten Holzkreuz.
Er sprach von einem »Tag der Trauer und des Verlustes, nicht nur für München und für Deutschland, sondern für die ganze Welt« und von einem »ungeheuerlichen, feigen Verbrechen«. Die Vokabel »Schuld« vermied er. Die Täter erwähnte er mit keinem Wort. Er redete von dem »unfassbaren Leid der Familien und Freunde der Toten«, von dem »tief empfundenen Mitgefühl jedes anständigen Menschen« und von dem »Trost, den man nur aus der Stärke des Glaubens erfahren könne«.
Seine ernste und feierliche Stimme verfehlte ihre Wirkung nicht.
Er benutzte die Formulierung »an welchen Gott auch immer man glaubt«. Er sagte, er werde jedes der Opfer, »gleich welchen Glaubens«, in seine Gebete einschließen. Er wünschte den Verantwortlichen »Gottes Segen und Beistand in dieser schweren Stunde der Prüfung«.
Am Ende seiner Ansprache erklärte er, dass alle Kirchen des Landes ab sofort vierundzwanzig Stunden am Tag geöffnet seien. Wie die katholischen, so auch die evangelischen. Er

rief die Bevölkerung zur Besonnenheit auf und dazu, »Kraft und Zuversicht im Gebet zu suchen«. Dann betete er ein Vaterunser und sprach einen bischöflichen Segen. Damit endete die Übertragung.

Dr. Roland Frühe schaltete den Fernseher stumm und sah in die Runde, die in der bayerischen Staatskanzlei versammelt war.

»Ein Meisterstück!«, sagte er mit ergriffener Stimme. Fast eine ganze Minute blieb es still. Man hörte nur ab und an eine Art Schnaufen. Er sah die Herren einen nach dem anderen an. Mehrere der Anwesenden tupften sich mit ihren Taschentüchern die Augen trocken. Als der Staatssekretär fortfuhr, war die kalte Ironie zurückgekehrt. »Einfach brillant!« Dr. Roland Frühe lächelte ein schmales Lächeln und fügte hinzu: »Das war ganz großes Tennis, meine Herren. Da können wir alle noch was lernen.«

*

Blochin musterte den Mann aus der Ferne mit verstohlenen Blicken. Er war sich beinahe sicher, dass er endlich gefunden hatte, was er suchte. Es passte alles: das kurze Haar, die breiten Schultern, die knappen Gesten.

Um sicherzugehen, würde er den Mann mit einem Richtmikrofon von einem der Balkone aus belauschen lassen. Wenn er sich nicht täuschte, dann stünde Phase zwei nichts mehr im Wege. Phase zwei war für den nächsten Spätnachmittag vorgesehen.

In seinem Kopfhörer knackte es. Okidadses Stimme drang an seine Ohren. Der Fernmeldeoffizier klang aufgeregt. »Der erwartete Anruf aus dem Kreml, General. Der Präsident höchstpersönlich hat vor dreißig Sekunden unser Trainingscamp, den ›Spielplatz‹, angerufen. Er möchte Sie sprechen. Sie haben ja vorausgesehen, dass so etwas passieren würde. Ich werde jetzt die Auslöschung der Hintergrundgeräusche aktivieren und die Aufnahme einspielen, die wir auf dem ›Spielplatz‹ gemacht haben. Wenn die Hintergrundgeräusche von misstrauischen Leuten in Moskau analysiert werden sollten, dann hören sie russische Lastwagen mit russischen Motoren vorbeifahren. Und ein paar gebellte Befehle vom Exerzierplatz.« Blochin hörte ein Glucksen. »Ich verbinde Sie in fünf Sekunden, vier, drei, zwei, eins.« Es knackte erneut in Blochins Kopfhörer.

»Guten Morgen, Herr Präsident«, sagte Generalmajor Oleg Blochin. »Was verschafft mir die Ehre Ihres Anrufes? Kann ich etwas für Sie tun?«

»Guten Morgen, General.« Die Stimme kam knisternd durch die Leitung. Das marode russische Telefonnetz. Blochin seufzte lautlos.

Mit der Gelassenheit eines Mannes, der es gewohnt ist, ausschließlich von Untertanen umgeben zu sein, fuhr der Präsident fort. »Ich wollte mich nach Ihrem Status erkundigen, General. Wie Sie wissen, bin ich immer sehr an einer engen Verbindung zu meinen besten Offizieren interessiert.«

Blochin hätte beinahe lachen müssen. So ein Heuchler. Jeder wusste, dass der Präsident dem Militär nicht über den Weg traute. Der starke Arm des Präsidenten war nicht mehr der militärische Geheimdienst, sondern der Inlandsgeheimdienst FSB.

»Wir sind einsatzbereit, Herr Präsident. Ich melde meine Kompanie in voller Stärke beim Geländetraining. Heute steht Häuserkampf auf dem Programm. Aber wenn Sie es befehlen, sind wir in einer halben Stunde abmarschbereit.«

»Sie befinden sich auf dem Gelände Ihres Stützpunktes?«, fragte der Präsident nach.

»Aber selbstverständlich, Herr Präsident. Wo sollten wir denn sonst sein?« Generalmajor Oleg Blochin machte eine Pause. »Haben Sie Befehle für uns? Hat es etwas mit der

Sache in Deutschland zu tun? Wir haben es in den Nachrichten gehört. Das klingt ja nach einer furchtbaren Geschichte.«
»Nein, nein, darum geht es nicht«, wiegelte der Präsident etwas zu entschieden ab.
Hab ich dich erwischt, dachte Blochin.
»Herr Präsident, Sie kennen meine Akte. Sie wissen, dass ich für einen Einsatz in Deutschland ausgebildet bin. Wenn Sie sich entschließen, den Deutschen Ihre Hilfe anzubieten, stehen meine Männer und ich Ihnen natürlich als Freiwillige zur Verfügung.«
»Ich nehme das wohlwollend zur Kenntnis. Sollten die Deutschen tatsächlich um militärische Hilfe bitten, werde ich darüber nachdenken. Meinen Sie denn, es wäre Ihnen möglich, so ein Zelt zu stürmen?«
»Aber selbstverständlich«, sagte Blochin mit dem Brustton der Überzeugung. »Wir haben gerade in den letzten drei Monaten ein Sonderprogramm gefahren, um unsere Fähigkeiten bei Geiselnahmen zu verbessern.«
In diesem Moment verwarf der Präsident, der weit entfernt in Moskau saß, seinen Verdacht gegen Generalmajor Oleg Blochin. Niemand, der Strafe fürchtet und unter Verdacht steht, würde derartig freimütig bestätigen, dass dieser Verdacht zu Recht bestand. War auch sehr weit hergeholt gewesen, der Verdacht. Er hatte das Militär an der kurzen Leine. Die Spitzenmilitärs waren kaltgestellt. Der Präsident traute dem Militär nämlich nicht über den Weg.
»Danke für die Statusmeldung, General. Alles Gute für Sie und Ihre Männer. Auf Wiederhören!«
»Ihnen auch alles Gute, Herr Präsident. Auf Wiederhören!«
Blochin beendete das Gespräch durch den Druck auf eine Taste an seinem Funkgerät. Hatte der Präsident ihm die Geschichte abgekauft? Nach dem Klang der Stimme zu urtei-

len, ja. Außerdem hatte der Präsident nicht weiter nachgefragt. Wenn der Mann misstrauisch gewesen wäre, dann hätte er Genaueres von ihm wissen wollen.

Blochin war mit sich zufrieden. Er meldete sich bei Okidadse. »Ich denke mal, ich habe den Präsidenten überzeugt«, sagte er. Dann kam ein leises Kichern über die Lippen des Generals. Okidadse stutzte. Was hatte er da eben gehört? Es klang, als ob der General kicherte. »Was ist los, General?«

»Ach nichts, Polkownik«, sagte Blochin. Kein Zweifel, der General kicherte. Irgendetwas schien den Mann zu amüsieren.

Als sich Blochin nach einer kurzen Pause wieder meldete, klang seine Stimme kontrolliert und ruhig. So wie immer.

»Nun zu etwas anderem, Polkownik: Ich brauche einen Mann, der mit einem Richtmikrofon umgehen kann. Ich möchte eine bestimmte Person im Zelt abhören lassen.«

»Zu Befehl, General. Ich schicke Tomjedow auf den Westbalkon.«

»Danke, Polkownik. Der Mann soll die nächsten Stunden mitschneiden. Ich werde mich erst einmal hinlegen und schlafen. Sobald Iljuschin aufgestanden ist, bin ich ja wieder an der Reihe. Aber vorher zeige ich Ihrem Mann noch, welche Person ich observiert haben will.«

»Alles klar, General.« Okidadse beendete die Funkverbindung.

Als ihn der Fernmeldeoffizier nicht mehr hören konnte, kicherte Blochin erneut. Von wegen er hatte den Präsidenten überzeugt. Viel mehr. Er hatte den Besserwisser im Kreml an der Nase herumgeführt wie einen tumben Ochsen.

343

8:15 Uhr

Der Start würde sich wegen eines verspäteten Anschlussfluges verzögern. Man warte noch auf Passagiere, hieß es über die Bordlautsprecher. Tatsächlich kam nur noch ein einziger weiterer Fluggast an Bord.

Die Passagiere in der Economyclass wunderten sich. Sie dachten, dass da jetzt irgendein VIP in das Flugzeug steigen würde. Ein Wirtschaftskapitän im Brioni-Anzug mit seiner Entourage. Ein Filmstar vielleicht. Ein Supermodel. Oder ein Rocksänger. Aber der Fluggast fiel dem Aussehen nach in keine dieser Kategorien.

Ein Mann undefinierbaren Alters, bestimmt aber jenseits der fünfzig, betrat das Flugzeug und verschwand mit wenigen, schlurfenden Schritten sofort hinter dem Vorhang zur ersten Klasse. Er sah niemanden an, hob nicht einmal den Kopf. Sein Gang erschien etwas unsicher. Er zog das rechte Bein leicht nach. Um seine schmalen Schultern schlotterte ein unförmiges, anachronistisches Jackett, das sehr schlecht saß. Das Kleidungsstück war gut zwei Nummern zu groß. Der grobe Stoff hatte eine verschossene graue Farbe. Die Ellbogen waren mit dunkelbraunen Lederflicken verstärkt. Der Mann ging vornübergebeugt.

Ein Orthopäde, der sich auf dem Weg zu einem Kongress in Moskau befand, diagnostizierte mit einem Blick einen Morbus Bechterev.

Offenbar trug der Fluggast in der rechten Tasche des Sakkos etwas Schweres, denn das Jackett hing rechts herunter.

Überhaupt schien der Mann keinen gesteigerten Wert auf sein Äußeres zu legen. Die Hose aus abgewetztem, ehemals hellgrünem Cordsamt schlackerte um seine Beine. Der Hosenboden hing wie ein Sack an ihm herunter und war vom vielen Sitzen speckig. Seine Füße steckten in grauen Söckchen und uralten, ausgelatschten Schuhen mit schiefgelaufenen Absätzen.

Obwohl der Fluggast den Kopf gesenkt hielt, konnte man sehen, dass er eine altmodische Brille aus schwarzem Horn auf der Nase trug. Das Einzige, was nicht recht ins Bild passen wollte, war der glänzende schwarze Koffer, den der Mann trug.

Nachdem eine Stewardess den Koffer unter seinen strengen Blicken im Gepäckfach verstaut hatte, ließ er sich langsam auf seinem Erste-Klasse-Sessel nieder. Mit verkniffenem Gesicht sank er in das Polster. Er stöhnte leise. Die Arthritis machte ihm zu schaffen.

Dann bestellte er bei der Stewardess ein umfangreiches Frühstück. Rühreier mit Zwiebeln und Tomaten, gebratenen Speck und vier frische Brötchen mit geräuchertem Schinken, Lachs, Salami und Leberwurst. Dazu ein großes Glas frischen Orangensaft und ein Kännchen Kamillentee. Er sprach ein schleppendes, aber nicht allzu ausgeprägtes Schweizerdeutsch.

Der Mann hat offensichtlich einen gesegneten Appetit, dachte die Stewardess, während sie die Bestellung notierte.

Nach einer Ermahnung durch das Bordpersonal legte er mit widerwilliger Miene den Sicherheitsgurt an. Dabei ließ er ein missmutiges Brummeln vernehmen. Minuten später rollte das Flugzeug in Startposition, beschleunigte und stieg dann in den bewölkten Himmel über Zürich.

Er atmete tief durch.

Seine Sekretärin war ein Schatz. Wahrscheinlich hatte sie sich am Telefon gehörig aufgeplustert. Wie auch immer, sie hatte erreicht, dass die Maschine auf ihn wartete. Jetzt lagen dreieinhalb Stunden Flug vor ihm. Vorsorglich stellte er seine Armbanduhr um zwei Stunden vor.

Dr. Urs Röhli hatte die Morgenmaschine nach Moskau gerade noch erwischt.

*

Als das Gewitter losbrach, kam es im Bärenbräu-Zelt zu einer brenzligen Situation. Infolge des ersten Donnerschlags hatten mehrere Menschen gleichzeitig zu schreien begonnen.
Kreischen wurde im Zelt laut. Panik lag in der Luft.
Aber das war auch nur zu verständlich.
Werner Vogel erschrak selbst fürchterlich. Der Donner kam so unvermittelt und heftig, dass er zuerst an eine Explosion dachte. Seitdem war sein Nervenkostüm ziemlich strapaziert. Warum hatte die Polizei nichts von dem herannahenden Unwetter gesagt?
Manche der Polizisten nestelten unsicher an ihren Schlagstöcken. Andere holten die Maschinenpistolen, die sie auf dem Rücken trugen, nach vorne und fuhrwerkten mit ihnen herum. Das heizte die beginnende Panik weiter an. Werner Vogel bekam es zum ersten Mal richtig mit der Angst zu tun.
Die Bedrohlichkeit und Unsicherheit der Situation fuhr ihm kalt durch die Glieder.
Ihm wurde klar, unter welcher Anspannung die Polizisten standen. Die Beamten waren unglaublich nervös und verbargen dies nur mit Mühe.
Zum Glück reagierten die Sanitäter und Ärzte im Zelt sehr gut. Sofort schwärmten sie aus. Zunächst mit beruhigenden Worten. Später mit beruhigenden Medikamenten.
Schließlich kam die Durchsage eines hohen Polizeibeamten, dass es sich nur um ein Gewitter handelte. Aber dadurch, dass er sich so sehr erschrocken hatte, war er ins Grübeln geraten.
Was war hier eigentlich los?
Wieso dauerte das so lange?
Er hatte hin und her überlegt, aber keine plausible Erklärung dafür gefunden.
Erst vor einer halben Stunde hatte der Regen endlich aufge-

hört. Das Prasseln und Donnern während der Nacht hatte selbst den Gleichmut von Werner Vogel erschüttert. Er hatte kaum geschlafen und fühlte sich erbärmlich. Übernächtigt, nervös und verspannt. Er beschloss, einen Spaziergang durch das Zelt zu machen. Das war erlaubt. Man musste sich schließlich die Beine vertreten können. Während er durch die Gänge lief, sah er in vielen Gesichtern die Anspannung. Die Luft schien aufgeladen mit Angst und Ungewissheit. Er sehnte sich sehr nach Amelie. Er wollte hier raus. Aber natürlich hatten die Beamten und Ärzte recht: Ruhe bewahren, dann würde niemandem etwas passieren.
Während seiner zweiten Runde bemerkte er, dass seine Nervosität langsam nachließ. Er war todmüde. Er würde fragen, ob er sich auf einem der Betten hinlegen dürfte. Sich mal ausstrecken. Das würde jetzt guttun.
Wie es Amelie wohl ging?
Wenn da draußen tatsächlich irgendetwas Schlimmes geschah, und das nahm er mittlerweile an, dann hatte sie sicher viel zu tun. Ob sie an ihn dachte?
Bestimmt.
Er fragte einen der Polizisten nach einem freien Bett. Der Beamte nickte und sagte, dass er die nächsten sechs Stunden schlafen könne, wenn er wolle. Das waren gute Nachrichten.
Werner Vogel kehrte zunächst an seinen Platz zurück, holte seine Jacke und verabschiedete sich von Matthias. Der hatte die Nacht über wieder in einem der Betten geschlafen. Und zwar gut geschlafen. Das lag daran, dass Matthias etwas mit sich führte, das in dieser Situation Gold wert war: Ohrenstöpsel.
Mit einem Lächeln überließ ihm Matthias das Schächtelchen und wünschte ihm angenehme Träume. Was für eine ver-

rückte Situation. Werner Vogel schüttelte den Kopf. Er würde sich *jetzt* schlafen legen. Am Morgen. Am helllichten Tag.

*

Der Polizeipräsident legte auf und sah über den Tisch im Krisenzentrum zu Dr. Roland Frühe, der telefonierte. Er wartete, bis der Staatssekretär sein Gespräch beendet hatte, dann stand er auf und ging zu dem freien Stuhl neben dem von Dr. Frühe.
Der Polizeipräsident setzte sich und sah sein Gegenüber ernst an. Die Sorgen und Strapazen der letzten vierzig Stunden hatten bei ihm deutliche Spuren hinterlassen. Die Trauer um die toten Kollegen – insbesondere um Thomas Aschner – hatte sich tief in sein Gesicht eingegraben. Mit fester Stimme begann er zu sprechen.
»Herr Dr. Frühe, auf ein Wort. Ich möchte Sie zuerst informieren. Aber das, was ich Ihnen jetzt sage, werde ich so auch dem Oberbürgermeister, dem Ministerpräsidenten und dem Bundeskanzler übermitteln. Ich halte das für meine Pflicht. Die Sache ist nämlich die: Wir haben inzwischen ein ernstes Problem, sowohl mit der Moral der Kollegen als auch mit der Stabilität der öffentlichen Ordnung im Stadtgebiet. Die Stimmung in der Stadt ist gefährlich aufgeladen. Die Situation ist instabil und kann jederzeit eskalieren.«
»Wie meinen Sie das? Wenn ich die Zahlen richtig im Kopf habe, dann sind mittlerweile über viertausend zusätzliche Polizisten in der Stadt im Einsatz.«
»Die Zahlen stimmen, Herr Staatssekretär. Aber wir haben zwei Faktoren unterschätzt.«
Der Polizeipräsident wollte weitersprechen, aber Dr. Frühe unterbrach ihn.
»Und welche zwei Faktoren haben wir Ihrer Meinung nach

unterschätzt?« Seine Stimme klang abfällig, fast spöttisch. Doch der Polizeipräsident ließ sich nicht beirren.
»Erstens haben wir die psychische Belastung unterschätzt, der die Polizisten ausgesetzt sind. Und ich meine nicht nur die Polizisten, die in den Zelten Dienst tun, sondern auch diejenigen, die im Stadtgebiet Streife fahren. In den Zelten ist die Situation allerdings am schlimmsten. Die Beamten, die sich vor Ort um die Geiseln kümmern, wissen ja über die Sachlage Bescheid. Sie müssen deshalb stundenlang Todesängste ausstehen. Das zerrt an den Nerven. Da kommen Hunderte von posttraumatischen Belastungsstörungen auf uns zu.« Der Polizeipräsident stockte. »Ist ja auch nur zu verständlich. Wir können sie ja nicht mit Schutzanzügen ausrüsten. Dann würden die Geiseln mit Sicherheit eins und eins zusammenzählen und versuchen, die Zelte zu verlassen.« Der Polizeipräsident schluckte, bevor er fortfuhr.
»Aber wir haben noch ein anderes Problem: Die Beamten sprechen untereinander natürlich darüber. Daher wissen sie, dass eine ganze Menge Kollegen als nervliche Wracks von der Schicht aus einem der Zelte zurückkehren. Viele der Beamten weigern sich inzwischen schlichtweg, in den Zelten Dienst zu tun. Von einer zweiten Schicht auf der Theresienwiese gar nicht zu reden. Das grausame Schicksal der GSG 9 und die Veröffentlichung der Fotos von der Leiche, die inzwischen in jeder Zeitung der Welt abgedruckt sind, haben auch nicht gerade dazu beigetragen, das Selbstbewusstsein der Beamten zu stärken. Und das ist noch schonend ausgedrückt.«
Der Polizeipräsident hielt kurz inne. Mit einer Geste bat er Dr. Frühe, ihn ausreden zu lassen.
»Zweitens haben wir die psychologischen Auswirkungen in der Bevölkerung falsch eingeschätzt. Wir haben nicht vorausgesehen, dass sich ein so starkes kollektives Gefühl der

Furcht aufbaut. Dementi hin oder her, die Menschen bekommen diese vermaledeite Schlagzeile mit der Atombombe nicht mehr aus ihren Köpfen. Die Bevölkerung spricht über nichts anderes mehr. Im Internet schießen immer abwegigere Spekulationen ins Kraut. Manche sprechen schon vom Jüngsten Gericht. Das hat mittlerweile eine bedrohliche Dynamik bekommen. Die Leute schaukeln sich in ihrer irrationalen Angst gegenseitig hoch. Das Gefühl der Unsicherheit bei den Bürgern wächst rapide.« Der Polizeipräsident räusperte sich und hob dann die Stimme etwas.
»In manchen Vierteln sind bereits Bürgerwehren gegründet worden. Stellen Sie sich das mal vor! Bürger dieser Stadt patrouillieren mit Knüppeln und Gaspistolen durch die Straßen ihrer Wohngebiete.« Er sah den Staatssekretär direkt an, als er in eindringlichem Tonfall weitersprach.
»Die Leute haben furchtbare Angst. Und diese Angst sucht sich auf unterschiedliche Arten ein Ventil. Die Bürgerwehren hatte ich ja schon erwähnt. Aber es gibt auch das andere Extrem. Wir kommen mit der Bearbeitung der Meldungen über Diebstähle und Sachbeschädigungen nicht mehr nach. Bürger dieser Stadt werden auf offener Straße und am helllichten Tag zusammengeschlagen und beraubt. Dabei waren wir bis jetzt noch gut dran. In der letzten Nacht hat uns das schlechte Wetter geholfen, aber heute Nacht wird es nicht wieder regnen. In den sozialen Brennpunkten des Stadtgebietes drohen nach Einschätzung der Einsatzleiter vor Ort Krawalle, möglicherweise sogar Straßenschlachten. In der letzten Nacht ist es trotz des schlechten Wetters bereits vereinzelt zu Plünderungen gekommen. Wir haben nicht damit gerechnet, dass es zu öffentlichen Unruhen kommt. Schon gar nicht in diesem Ausmaß. Die Polizei ist an den Grenzen ihrer Möglichkeiten angekommen. Sehen wir den Tatsachen ins Auge, Herr Staatssekretär, die öffentliche Ordnung ist massiv gefährdet.«

Dr. Roland Frühe hatte dem Monolog schweigend zugehört, tiefe Falten zeigten sich auf seiner Stirn. »Was schlagen Sie also vor?«, wollte der Vertreter der Bundesregierung wissen. »Wie viele zusätzliche Männer brauchen Sie noch?«
»Die meisten Beamten können wir nur für acht bis zehn Stunden auf der Theresienwiese einsetzen. Es ist, wie gesagt, zu Nervenzusammenbrüchen gekommen. Ich weiß nicht, ob wir das Problem mit noch mehr Polizei lösen können.«
Dr. Frühe erhob sich, wandte sich ab und sah aus dem Fenster. Seine Stimme hatte einen lauernden Unterton. »Was meinen Sie damit genau? Ich wiederhole meine Frage: Was schlagen Sie vor?«
Als er keine Antwort erhielt, fuhr er auf dem Absatz herum. Sein Blick suchte die Augen des Polizeipräsidenten. Aber der Mann war bereits wortlos aufgestanden und hatte den Raum verlassen.
Der Stuhl neben dem von Roland Frühe war leer.

*

Moskau, 14:05 Uhr Ortszeit

Dr. Urs Röhli stand an der Rezeption des Moskauer Flughafenhotels. Er äußerte den Wunsch nach einem Zimmer. Aber nur für drei Stunden. Um 16:40 Uhr würde er nach Kaliningrad weiterfliegen. Die junge Dame am Empfang musterte die komische Erscheinung des Gastes.
»Nur für drei Stunden?«, fragte sie nach.
»Ja, und ich bräuchte in meinem Zimmer einen Internetanschluss.« Der Mann in den unförmigen Klamotten sprach ein langsames Russisch mit einem undefinierbaren Akzent.
»Wir müssen Ihnen dann aber den Preis für eine ganze Nacht berechnen. Wir sind schließlich kein Stundenhotel.«

»Das verstehe ich. Kann ich gleich bezahlen?«
»Aber gerne!« Die Rezeptionistin lächelte. »Wie möchten Sie bezahlen?«
»Bar«, lautete die knappe Antwort. »In Schweizer Franken.«
Das Lächeln der Rezeptionistin wurde breiter. »In Ordnung.« Sie sah den Mann an, als sie in verschwörerischem Ton weitersprach: »Möchten Sie sich entspannen? Darf ich Ihnen Gesellschaft auf das Zimmer schicken?«
Für einen kurzen Moment zeigte die Miene des Mannes Unverständnis. Dann spiegelten seine Züge plötzliches Begreifen.
»Um Himmels willen, nein«, sagte er erschrocken. Ein schelmisches Lächeln zeigte sich auf seinem Gesicht. »Ich dachte, das hier wäre kein Stundenhotel«, schickte er mit frechem Ton hinterher, als er die Zimmerschlüssel in der Tasche seines Jacketts verschwinden ließ.
Komischer Kauz, dachte die Rezeptionistin.
Aber nicht unsympathisch.

12:30 Uhr

Stefan Meier freute sich. Der Mann hatte geantwortet. Was ist das Internet doch für eine dolle Sache, dachte er. Es war bereits zwei Uhr morgens gewesen, als er das Bild endlich gefunden hatte. Auf der Homepage eines Japaners, der in Hiroshima wohnte und momentan Urlaub in Europa machte.
Haruki Sato – so hieß der Inhaber der Homepage – hatte am Sonntagabend genau um sechs Uhr seine Ehefrau vor dem Benediktiner-Zelt fotografiert.
Vor ihrer Brust hing ein großes Lebkuchenherz mit der Aufschrift »Für immer dein«. Ein kleines Kind auf dem Arm, lächelte die Japanerin in die Kamera.

Ein sehr freundliches Lächeln, wie Meierinho fand.
Das Kind im Arm der Frau sah auch in die Kamera. Allerdings war von dem Kind außer Haaren, Stirn und Augen nicht viel zu sehen. Der Rest des Kindes wurde von einer gigantischen Portion rosafarbener Zuckerwatte verdeckt. Rechts neben der Frau sah man im Hintergrund den Haupteingang des Benediktiner-Zeltes. Und wiederum rechts neben dem Eingang konnte man einen Polizisten erkennen, der gerade mit einer Bedienung sprach. Leider war das Bild im Internet so stark komprimiert, das man das Gesicht des Polizisten nicht vergrößern konnte. Zu geringe Auflösung.
Er setzte daraufhin einen kurzen Text auf und klingelte einen befreundeten Kollegen aus dem Bett. Einen Japaner, einen sehr klugen Kopf aus der Abteilung für Sprachverständlichkeit.
Er erklärte ihm sein Anliegen in groben Umrissen und betonte immer wieder, dass es sehr wichtig sei. Nach einer halben Stunde bekam er eine E-Mail mit einer Übersetzung seines Textes ins Japanische. Diese Übersetzung kopierte er in eine E-Mail an Herrn Sato.
Und soeben hatte er von Haruki Sato eine Antwort bekommen. Was Herr Sato geschrieben hatte, konnte er nicht lesen. Das war aber im Moment auch nicht so wichtig. Viel wichtiger waren die Anhänge, die Herr Sato mitgeschickt hatte. Drei Bilder in hoher Auflösung.
Auf der Ausschnittsvergrößerung konnte man das Gesicht des Polizisten recht gut erkennen. Es war zwar zunächst etwas unscharf, weil sich der Polizist im Hintergrund des Bildes befand, aber das hatte er mit seinem Bildbearbeitungsprogramm hinbekommen. Dann schnitt er das Gesicht, das jetzt gut zu erkennen war, aus dem Foto heraus. So verschwanden Hintergrund und Polizeiuniform.
Ein durchschnittliches Gesicht, wie Meierinho fand.
Die Fotodatei hatte er per E-Mail an Herrn Müller geschickt.

Der hatte äußerst knapp geantwortet. Fünf Wörter und ein Buchstabe: Danke. Sehr hilfreich. Gute Arbeit. M.

Sein Rechner gab ein leises *Ping* von sich. Eine weitere Simulation war durchgerechnet. Er lehnte sich nach vorne und verglich die Ergebnisse mit älteren Aufzeichnungen. Er nahm einige Einstellungen an der Software vor und startete einen weiteren Rechenvorgang. Der neue Algorithmus, der ihm als Ergebnis der Simulation zur Verfügung stand, begann mit der Bearbeitung des Datensalates, den die Täter produzierten. Hoffentlich würde sie das weiterbringen.

Verbleibende Rechenzeit für diesen Prozess: circa einhundertsechsundneunzig Minuten.

Stefan Meier seufzte zufrieden.

Es war Essenszeit.

Und danach konnte er sich ein bisschen ausruhen.

*

Wolfgang Härter lag auf dem Bett in seinem Hotelzimmer. Er hatte wieder nur drei Stunden geschlafen. Er brauchte mehr Ruhe. In erschöpftem Zustand stieg die Wahrscheinlichkeit, dass er einen Fehler machte, sprunghaft an.

Damit war niemandem geholfen.

Seine linke Schulter steckte in einem Kompressionsverband. Die Wunde am Arm hatte der Arzt noch nicht einmal nähen müssen. Der Riss war ausgewaschen, desinfiziert und getackert worden. Manche Bewegungen ließen dennoch Schmerzwellen durch seinen Körper laufen.

Er lag auf der Seite, den Kopf auf die rechte Hand gestützt. Neben ihm auf der Matratze stand ein Apple Powerbook. Die Fotos, die Stefan Meier ihm geschickt hatte, hatte er bereits an seinen Stab weitergegeben. Die Bilder waren ein echter Fortschritt. Die erste verwertbare Spur, die sie hatten. Auf dem Nachttisch stand ein kleiner transportabler Dru-

cker. Das Gerät spuckte gerade unter Rattern und Surren das dritte Foto aus.
Sein Cryptophone spielte die ersten vier Takte der Marseillaise. Er sah auf das Display. Die Kennung des Bundeskanzlers. Er war schlagartig hellwach und konzentriert. Er drückte erst auf den grünen Knopf, um das Gespräch anzunehmen. Dann tippte er seine Authentifizierung ein, um die Ver- und Entschlüsselung zu aktivieren.
»Guten Tag, Herr Bundeskanzler. Hier spricht Poseidon. Ich hoffe, es geht Ihnen gut.«
»Guten Tag, Poseidon. Nein, gut geht es mir nicht. Das wäre übertrieben. Aber ich will Sie nicht langweilen. Lassen Sie mich zur Sache kommen. Wir haben Nachricht in Sachen General Henkel. Die wollte ich Ihnen gleich weitergeben. Und dann wollte ich Sie um einen Rat bitten.«
»Mich?«, fragte Härter überrascht. »Aber Sie haben doch gestern selbst gesagt, dass ich Ihrer Meinung nach nicht allzu viel von Politik verstehe. Apropos: Haben Sie mit dem russischen Präsidenten gesprochen? Hat der russische Präsident schon reagiert?«
»Ja. Der russische Präsident hat mich heute zurückgerufen. Sie haben alles überprüft und nichts gefunden. Er hat mir versichert, bei ihnen sei alles in Ordnung«, sagte der Regierungschef.
»Das ist erstaunlich. Ich habe weitere Indizien dafür, dass die Täter aus Russland kommen.«
»Ach? Und was sind das für Indizien?«
»Darüber kann ich noch nichts sagen. Die Sache ist noch nicht spruchreif. Aber jetzt erzählen Sie mal, Herr Bundeskanzler. Was haben Sie über General a.D. Henkel in Erfahrung bringen können?« Härter hörte, wie am anderen Ende der Leitung Luft geholt wurde.
»Also: Das BKA hat General Henkel am Wörthersee aufgestöbert. Er wohnt dort in einer kleinen Pension. Die Was-

serschutzpolizei hat ihn auf einem Segelboot gefunden. Seine Wirtin bestätigt alle seine Angaben zum Tagesablauf. Frühmorgens Waldlauf, dann Frühstück, dann Segeln. Die BKA-Beamten haben sein Zimmer durchsucht und seine Telefone überprüft. Absolut nichts. Henkel hat noch nicht mal einen Laptop dabei. Der hat zuerst gedacht, der ganze Aufwand würde betrieben, weil er reaktiviert werden sollte. Der hat ernsthaft geglaubt, er solle jetzt in München das Kommando übernehmen. Der ist offenbar nicht mehr ganz richtig im Kopf. Ich glaube, den können wir getrost vergessen.«

»Sieht ganz danach aus. Ist immer gut, wenn man eine Möglichkeit ausschließen kann. Man kann seine Kräfte dann auf die anderen konzentrieren«, antwortete Härter.

»Nun noch zu etwas anderem, Poseidon. Ich habe Ihnen ja bereits gesagt, dass ich Sie um einen Rat bitten möchte«, begann der Bundeskanzler.

»Wenn Sie glauben, dass ich Ihnen helfen kann, dann fragen Sie.«

»Ich habe einen Bericht des Münchner Polizeipräsidenten erhalten. Darin werden die polizeitaktische Situation und die Sicherheitslage in München beschrieben. Der Bericht ist sehr offen und schonungslos. Aber gerade deshalb habe ich Grund, diesem Bericht Beachtung zu schenken. Die Polizisten sind nervlich extrem angespannt. Nicht nur in den Bierzelten kann jederzeit eine Panik ausbrechen. Auch im Stadtgebiet ist die Sicherheitslage problematisch. Die Menschen in München verlieren den Kopf vor Angst.«

Der Bundeskanzler zögerte kurz. Dann sprach er weiter.

»Ich kenne Ihre Einstellung zu dieser Sache im Grunde. Und manche Ihrer Standpunkte teile ich angesichts der veränderten Situation mittlerweile. Ich möchte jetzt zumindest die Option haben, in kurzer Zeit militärisch reagieren zu können. Und dabei möchte ich mich auf eine parlamentari-

sche Mehrheit stützen. Sie wissen so gut wie ich, dass ich aufgrund von Artikel 91, Absatz 2 und Artikel 87 a, Absatz 4 die Bundeswehr auch einsetzen könnte, ohne die Mobilisierung vom Parlament absegnen zu lassen. Diese beiden Artikel sind schließlich auch die Grundlage für Ihren Einsatz, Poseidon. Doch das erscheint mir politisch nicht angeraten.«
Härter hörte ein Räuspern.
»Ich muss offen mit Ihnen reden. Ich habe vor, noch heute Nachmittag den Bundestag einzuberufen. Ich habe vor, einen Antrag auf Feststellung des Spannungsfalles nach Artikel 80 a des Grundgesetzes zu stellen.«
»Das halte ich für eine sinnvolle Maßnahme«, entgegnete der Kapitän. »Wenn der Spannungsfall durch den Bundestag festgestellt ist, haben die eingesetzten Truppen eine Legitimation. Die Bevölkerung wüsste dann, dass der Einsatz der Bundeswehr durch eine demokratische Entscheidung gedeckt ist. Das würde den Einsatz für die Soldaten sehr erleichtern.«
»Genau darum geht es, Poseidon. Welche Einheiten kommen denn Ihrer Einschätzung nach für eine Mobilisierung in Frage? Ich meine, wenn *Sie* die öffentliche Ordnung in München schützen müssten, wie würden Sie das anstellen?«
Wolfgang Härter wollte antworten, doch der Regierungschef ließ ihn nicht zu Wort kommen. »Ich habe hier Vorschläge des Einsatzführungskommandos. Sie plädieren dafür, Krisenreaktionskräfte zu entsenden. Verbände der DSO, der Division für spezielle Operationen. Der Vorschlag lautet, eine komplette Luftlandebrigade nach München in Marsch zu setzen. Fallschirmjäger. Zusätzlich das Panzergrenadierbataillon 352 aus Mellrichstadt. Gehört ebenfalls zu den Krisenreaktionskräften. Das Feldjägerbataillon 451. Und schließlich eine Kommandokompanie des Komman-

dos Spezialkräfte. Was halten Sie davon?« Es vergingen einige Sekunden, ohne dass der Regierungschef eine Antwort erhielt. »Ich frage Sie nach Ihrer Meinung. Sie können offen sprechen. Ich bitte Sie sogar darum«, setzte er deshalb ermutigend hinzu.

Härter ließ sich mit der Antwort fast zwanzig Sekunden Zeit. Er ordnete seine Gedanken. Dann begann er mit ruhiger Stimme zu sprechen. »Im Prinzip sind die Vorschläge gut. Ich kenne die Szenarien ja auch. Aber fangen wir vorne an. Zuerst einmal zu der Situation in den Zelten. Ich schlage vor, den Menschen in den Zelten einen Countdown zu geben, wenn es nicht mehr anders geht. Sagen wir frühestens Donnerstag, acht Uhr abends. Sagen Sie den Geiseln, am Donnerstag um zwanzig Uhr wäre die Situation beendet. Dann wäre die Sache vorbei. Sie geben den Menschen damit ein Ziel. Dann haben die etwas zu tun: Sekunden zählen.«

»Wenn wir jetzt in den Zelten verkünden, dass das Ganze noch über achtundvierzig Stunden andauert, dann wird die Situation dort in kürzester Zeit unkontrollierbar«, antwortete der Kanzler trocken.

»Ich meinte diesen Vorschlag als Mittel zur Bekämpfung einer beginnenden Panik. Auf keinen Fall früher. Jetzt besteht noch kein Grund dafür. Je später, desto besser. Diese Maßnahme kann im Übrigen auch für die ganze Stadt sinnvoll sein. Der Spannungsfall und die damit verbundenen Gesetze sind ja ohnehin nur zeitlich begrenzt zulässig. Wenn Sie einen Countdown veröffentlichen, zeigen Sie der Bevölkerung das Licht am Ende des Tunnels.«

Der Kanzler schwieg.

»Zum nächsten Punkt«, fuhr der Kapitän fort, »was die Einheiten betrifft, wäre ich mit den Vorschlägen einverstanden, wenn es nicht ausgerechnet um München ginge. Die Panzergrenadiere aus Mellrichstadt sind eine gute Idee. Eine hervorragend geführte Einheit. Außerdem kommen die aus Bayern. Landeskinder. Das kommt bei der Bevölkerung gut an. Die Feldjäger sind für den geplanten Einsatz ebenfalls bestens geeignet. Die zweite Kompanie des Feldjägerbataillons 451 ist direkt in München stationiert. Die anderen Kompanien sind über Bayern verteilt, aber schnell vor Ort. Eine Kompanie der KSK wäre eine sinnvolle Ergänzung und Verstärkung.« Härter stockte kurz. »Was die sonstigen Einheiten angeht«, sagte er dann, »wäre mein Vorschlag allerdings ein anderer.«

»Lassen Sie hören!«

»Wenn die Bundeswehr in München einrückt, brauchen Sie einen Stadtkommandanten. Mit dieser Person steht und fällt die ganze Operation. Denn der Stadtkommandant muss einerseits ein guter Offizier sein, andererseits muss er aber auch mit der Münchner Bevölkerung klarkommen. Stimmen Sie so weit mit mir überein?«

»Ich höre Ihnen zu.«

»Als Stadtkommandanten schlage ich Brigadegeneral Moisadl vor, den Kommandeur der …«

»WIE heißt der Mann?«, unterbrach ihn der Bundeskanzler.

»Moisadl. M – O – I – S – A – D – L. General Moisadl ist der Kommandeur der Gebirgsjägerbrigade 23. Standort Bad Reichenhall. Sie werden ihn wohl kaum kennen, aber die Münchner Bevölkerung erinnert sich bestimmt. Der Mann hat 1976 bei den Olympischen Winterspielen in Innsbruck eine Goldmedaille im Biathlon gewonnen. Der Mann ist ein Volksheld. Den ›Teufel in der Loipe‹ haben sie ihn damals genannt. Moisadl kam nach zwanzig Kilometern mit der deutschen Fahne in der Hand ins Ziel. Das Fernsehen kann tolle Bilder zeigen. Was für uns aber wichtiger ist: General Moisadl ist ein überaus besonnener und verantwortungsvoller Offizier. Der hat seine Truppe hervorragend in Schuss.

Und der Mann ist ein Bayer, wie er im Buche steht. Ich schlage deshalb vor, die Gebirgsjäger in München einrücken zu lassen.«

Mit leiernder Stimme zählte er die Bataillone auf. »Bataillon 231 und 210 aus Bad Reichenhall, 232 aus Bischofswiesen und 233 aus Mittenwald. Dazu das Gebirgspionierbataillon 8 aus Brannenburg. Damit haben Sie genug Truppen in der Stadt, um das Regierungsviertel zu schützen und an neuralgischen Punkten schwerbewaffnete Posten aufzustellen. Das wird mit Sicherheit Wirkung zeigen.«

»Und was sollen Gebirgsjäger gegen Plünderer ausrichten? Soll ich auf die eigene Bevölkerung schießen lassen?«

»Das müssen Sie dann schon General Moisadl überlassen. Aber ich halte es für ausgesprochen unwahrscheinlich, dass es so weit kommt. Was wir mit der Entsendung der Truppen vor allem bekämpfen, ist die Angst der Menschen. Ich weiß, das klingt paradox.«

Der Regierungschef stimmte im Stillen zu.

Härter holte tief Luft, bevor er fortfuhr: »Und was die befürchteten nächtlichen Krawalle angeht, empfehle ich Ihnen eine Ausgangssperre ab zehn Uhr abends.« Nach einer kurzen Pause setzte er hinzu: »Oder sagen wir ab elf.«

»Eine Ausgangssperre?«, fragte der Bundeskanzler mit lauter Stimme zurück. »Wie soll so etwas machbar sein? Das kann ich nicht. Eine solche Maßnahme ist im Grundgesetz nicht vorgesehen.«

»Was die Anordnung einer Ausgangssperre angeht, haben Sie natürlich recht. Man kann die Menschen juristisch nicht dazu zwingen, in ihren Wohnungen zu bleiben.«

»Na also. Und wie stellen Sie sich das dann vor? Mit Verlaub, das scheint mir kein besonders durchdachter Vorschlag gewesen zu sein, Poseidon.«

»Lassen Sie den Moisadl mal machen. Der bekommt das schon hin.«

»Ich soll einen Bruch der Verfassung durch die Streitkräfte tolerieren? Unmöglich!«
»So habe ich das nicht gemeint. Aber sehen Sie, auch das Militär hat intern Szenarien ausgearbeitet, die mit der aktuellen Situation in München vergleichbar sind. Das entsprechende Vokabular hat ja im Zusammenhang mit dem Irak-Krieg bereits Eingang in die öffentliche Diskussion gefunden. Die Formel heißt: *Aufbau einer Drohkulisse*. Wenn der Moisadl mit seinen Männern in München Stellung bezogen hat, dann sieht die Situation für die Bevölkerung augenblicklich anders aus. Ich kann Ihnen garantieren, siebentausend Soldaten unter Waffen und im Feldanzug, begleitet von gepanzerten Fahrzeugen mit Maschinengewehren, stellen einen massiven Eingriff in das gewohnte Stadtbild dar. Glauben Sie mir: Da würde auch Ihnen die Lust auf einen Abendspaziergang vergehen. Außerdem kann General Moisadl durch seine Truppen Menschen in Gewahrsam nehmen lassen. Wenn jeder, der nach elf auf der Straße angetroffen wird und nicht etwa als Arzt oder Ähnliches im Einsatz ist, festgesetzt werden kann, dann überlegen sich die Menschen, ob sie das riskieren wollen.« Der Kapitän stockte kurz.

»Da fällt mir noch etwas ein: In den nächsten zwei Tagen und Nächten werden Sie in München möglicherweise viele Richter brauchen. Wenn General Moisadl richtig auf den Tisch hauen muss, dann haben Sie dort innerhalb von Stunden Hunderte Ingewahrsamnahmen. Die Festgesetzten müssen alle schnellstmöglich einem Richter vorgeführt werden. Darauf sollten Sie vorbereitet sein.«
»Vielen Dank für Ihren Rat, Poseidon. Ich werde mir das durch den Kopf gehen lassen.«
»Nichts zu danken. Ich arbeite für Sie, schon vergessen? Ich wünsche Ihnen viel Glück, Herr Bundeskanzler. Auf Wiederhören!«

»Äh, warten Sie einen Moment, ich ...«
Aber Poseidon hatte das Gespräch bereits beendet.
Eigentlich war ja auch alles gesagt, dachte der Kanzler. Er musste auf jeden Fall den Antrag nach Artikel 80 a stellen. Feststellung des Spannungsfalls. Er brauchte eine überwältigende Mehrheit für so einen Beschluss. Mindestens zwei Drittel. Und er würde seine Mehrheit auch bekommen. Er musste die Fraktionsvorsitzenden anrufen. Und seine Redenschreiber. Mit entschlossenem Gesicht griff der Regierungschef zum Telefon, um seine Truppen zu sammeln.

Wenn der Spannungsfall festgestellt wäre, dann wäre zwar nicht die Anordnung, wohl aber die Realisierung einer Ausgangssperre möglich.

Und die Mobilisierung der Streitkräfte wäre demokratisch legitimiert.

*

Kaliningrad, 17:46 Uhr Ortszeit

Dr. Urs Röhli hob mit sichtbarer Anstrengung seinen Koffer vom Gepäckband. Er ging langsam durch die Halle des Flughafens Chrabrowo. Seinen Koffer zog er auf Rollen hinter sich her. Einmal hielt er kurz an und stellte seine Uhr wieder eine Stunde zurück. Er verließ den Flughafen und nahm ein Taxi zum Hotel »Bremerhaven«. Dort war er bereits bekannt. Dr. Röhli hatte schon öfter in Kaliningrad zu tun gehabt. Der Name des Hotels war die Folge von hohen Investitionen aus der Hafenstadt an der Wesermündung. Während er vom Flughafen zu seinem Hotel chauffiert wurde, sah er aus dem Fenster. Die Stadt war in einem beklagenswerten Zustand. Die Fassaden der Mietshäuser waren seit Jahrzehnten nicht mehr renoviert worden. Risse im

Mauerwerk. Heruntergekommene Fenster und Türen. Die Straße hatte tiefe Schlaglöcher, die der Taxifahrer allerdings geschickt umkurvte. Auch als sie sich der Innenstadt näherten, wurde es kaum besser. Schließlich erreichten sie ihr Ziel.
Das kleine Hotel »Bremerhaven« lag in einem erstaunlich gepflegten Park. Dr. Urs Röhli mochte diesen Park. Dort konnte er sehr gut den eigenen Gedanken nachhängen. Dankbar sah er dem kräftigen Taxifahrer dabei zu, wie er das Gepäck aus dem Kofferraum hob, und gab ihm ein hohes Trinkgeld. Dann betrat er die Eingangshalle des Hotels.
»Ah, Доктор Röhli!«, begrüßte ihn der Empfangschef und winkte sofort einen Pagen herbei. Er reichte dem schmächtigen Schweizer die Hand. »Wie schön, dass Sie uns wieder beehren. Und? Geht es Ihnen gut?«
»Guten Abend«, sagte Dr. Röhli in seinem seltsam schleppenden Russisch, als er dem Mann die Hand gab. »Und danke der Nachfrage. Ja, es geht einigermaßen. Nur die Arthritis ...« Er zeigte auf seine Knie.
»Ach, Sie Ärmster«, sagte der Mann mit gespieltem Mitleid. »Ich habe Ihnen wieder Ihr Zimmer vom letzten Mal herrichten lassen. Ich hoffe, das ist in Ordnung?«
»Ja, ausgezeichnet. Sehr aufmerksam. Ich gehe eben nach oben und mache mich etwas frisch. Wenn Sie mir ein Taxi bestellen könnten? Ich brauche eins in einer halben Stunde.«
»Wird für Sie bereitstehen, Dr. Röhli.«
Dr. Urs Röhli nahm den Schlüssel in Empfang, wandte sich ab und ging zu seinem Zimmer.
Der kauzige Wissenschaftler aus der Schweiz ging etwas unsicher, fand der Empfangschef.

*

Matthias runzelte die Stirn. Er sah konzentriert auf das Schachbrett, das vor ihm auf dem Biertisch stand. »Ist das dein Ernst?«, fragte er Werner Vogel irritiert. »Ich habe doch gerade *Gardez* angesagt. Wenn du die Dame nicht wegziehst, dann schlage ich sie.«
»Habe ich schon gesehen. Warte mal ab.«
Drei Züge später musste Matthias sich geschlagen geben. Schachmatt.
»So ein Mist! Ich habe gedacht, dass ich nicht mehr verlieren kann, nachdem ich dir die Dame weggenommen habe. Und dann so was. Aber jetzt ist mir das klar. Dadurch, dass ich deine Dame geschlagen habe, war der Turm nicht mehr hinten. Meine ganze Deckung war im Eimer.«
»Exakt«, stimmte Werner ihm zu. »Manchmal weckt der Wunsch, die Dame zu schlagen, eine solche Begehrlichkeit, dass man für alles andere blind wird. Was ich gemacht habe, nennt man in der Schachsprache Gambit. Das Damenopfer. Es gibt Situationen, in denen ist es sinnvoll, die Dame zu opfern, wenn sich dadurch ein strategischer Vorteil ergibt.«
»Damenopfer, so so«, sagte Matthias nachdenklich. »Gambit nennt man das also. Wieder was gelernt.«

*

Kaliningrad, 18:32 Uhr Ortszeit

Dr. Alexander Ivanov, seines Zeichens Archivar im Militärarchiv von Kaliningrad, hatte gute Laune. Urs Röhli hatte seinen Besuch angekündigt. Das war für den dreiundsechzigjährigen Archivar immer ein Grund zur Freude. Lange Zeit hatte er überhaupt keine ausländischen Wissenschaftler zu Gesicht bekommen.
Erst seit 1992, als die ganze Region zur Freihandelszone

Jantar erklärt und für den internationalen Reiseverkehr geöffnet worden war, konnte er sich mit Kollegen austauschen. Und Dr. Urs Röhli vom renommierten »Zürcher Institut für militärische Zeitgeschichte und strategische Studien« war ein besonders freundlicher und interessanter Kollege. Nicht zuletzt der Fürsprache von Dr. Alexander Ivanov war es zu verdanken, dass Dr. Urs Röhli mittlerweile über ein Dauervisum für Reisen nach Russland verfügte.

Das Leben von Alexander Ivanov war fünfzig Jahre lang sehr gleichmäßig, fast eintönig verlaufen. Erst vor dreizehn Jahren hatte sich seine Situation dann von Grund auf verändert. Michail Gorbatschow hatte damals einen Prozess in Gang gesetzt, der nicht mehr aufgehalten werden konnte. Vorher waren Kaliningrad und die gesamte Kaliningradskaja Oblast militärisches Sperrgebiet gewesen. Bis 1991. Und noch immer war dies eine waffenstarrende Gegend. Die Grenze zum NATO-Land Polen lag direkt vor der Haustür.

Sechs Divisionen der russischen Armee waren im Gebiet um Kaliningrad stationiert. Hier befand sich ein Hauptquartier der Speznas-Verbände. Es gab sechs Militärflughäfen. Und der Hafen von Baltijsk war der Heimathafen der baltischen Flotte. Der einzige russische Hafen, der das ganze Jahr über eisfrei war und daher von überragender strategischer Bedeutung.

Einhundertfünfzig Kriegsschiffe.

Summa summarum ungefähr eine Viertelmillion Soldaten.

Er hatte hier in Isolation gelebt und ausschließlich mit anderen Angehörigen des Militärs und bestenfalls noch ihren Familien zu tun gehabt.

Er hatte die Stadt nicht verlassen dürfen.

Ein einsames Leben hatte er geführt.

Bereits als junger Student an der Militärakademie entwickelte Ivanov sein ausgeprägtes Interesse an militärhistorischen Zusammenhängen. Er promovierte in Geschichte. Bald hatte er selbst Kadetten unterrichtet. Aber seinem jugendlichen Idealismus war ein herber Dämpfer verpasst worden. Er wurde dazu verpflichtet, die politisch gewünschte Lesart der Geschichte zu lehren und nicht eine wissenschaftlich objektive.

Diesen Maulkorb dankte Dr. Ivanov seinen Vorgesetzten mit gelegentlichen spitzen Bemerkungen in seinen Vorlesungen. Wahrscheinlich hatte er eine spitze Bemerkung zu viel gemacht.

Auf jeden Fall war es seinen Vorgesetzten bald gelungen, den störrischen Freigeist aus dem Verkehr zu ziehen. Er wurde bei gleichem Gehalt ins Archiv versetzt, wo er kein Unheil in den Köpfen junger Kadetten anrichten konnte. Und dort arbeitete er nun seit fünfunddreißig Jahren.

Dreiundzwanzig dieser Jahre waren für ihn von intellektueller Trostlosigkeit geprägt gewesen, doch die letzten Jahre hatten ihn fast dafür entschädigt. Nach der Öffnung der Grenze war sein Archiv zu einem Treffpunkt für Wissenschaftler aus aller Welt geworden. Seine Dokumentensammlung reichte bis weit in die Epoche von Preußens Glanz und Gloria zurück. Auch Material aus der Zarenzeit war bei ihm zu finden.

Sein Archiv war unter Fachleuten weltweit bekannt.

Seine Kataloge waren hervorragend geführt.

Viele Universitäten und Stiftungen rund um den Globus unterstützten das Archiv mit Spenden. Er hatte seinen Laden im Griff, wie man so schön sagt. Und das nicht zuletzt dank der Hilfe von Dr. Urs Röhli. Der hatte ihm über das Institut in Zürich drei Computerarbeitsplätze und zwei Fotokopierer gespendet.

Vor drei Jahren hatte hier in Kaliningrad ein großer Fachkongress internationaler Militärhistoriker stattgefunden. Da hatte er Dr. Röhli kennengelernt. Ein feiner Mann. Sehr

belesen. Differenziert im Urteil. Dr. Röhli hatte ihn in den letzten drei Jahren regelmäßig besucht. Ivanov verfolgte auch Röhlis Veröffentlichungen in den einschlägigen Fachzeitschriften. Dr. Röhli beschäftigte sich hauptsächlich mit dem Kalten Krieg, manchmal allerdings auch mit aktuellen Themen. Ein halbes Jahr nach dem 11. September hatte er einen sehr guten Aufsatz über den Krieg gegen den Terrorismus geschrieben. Doch sein Kollege hatte noch eine weitere sehr gewinnende Eigenschaft. Er ließ bei jedem seiner Besuche ein ansehnliches Bündel Schweizer Franken liegen.
Es klopfte.
»Herein!«, sagte er auf Russisch.
»Guten Abend, Herr Ivanov. Ich freue mich, Sie zu sehen!«
»Herr Röhli, die Freude ist auf meiner Seite! Willkommen in der Stadt Immanuel Kants! Kommen Sie rein. Setzen Sie sich. Ich habe frischen Kaffee gemacht. Möchten Sie einen?«
Er lächelte den Schweizer an und schüttelte ihm herzlich die Hand.
»Gerne. Dann können wir uns unterhalten.«
Mit einem Stöhnen ließ sich Dr. Röhli auf einem Sessel nieder, während Dr. Ivanov zur Kaffeemaschine ging und zwei Tassen füllte. Er stellte eine Tasse vor seinem Gast auf den Tisch und setzte sich ihm gegenüber auf das Sofa.
Zunächst hörte man im Raum nur zweifaches, genussvolles Schlürfen.
»O ja, der ist gut, der Kaffee«, lobte Röhli.
Ivanov setzte die Tasse ab und leckte sich die Lippen.
»Stimmt, gut«, seufzte er.
»Ich bin diesmal auf der Suche nach Unterlagen über eine Einheit der Speznas-Verbände, mindestens zwanzig, eher dreißig Jahre zurück«, begann der Schweizer das Gespräch.
»Da habe ich sehr viel. Aber es gab im Laufe der Zeit auch

sehr viele unterschiedliche Stabsstellen. Die Aktenlage ist teilweise unübersichtlich. Wissen Sie vielleicht ein genaues Datum? Oder wissen Sie genau, welche Einheit Sie suchen? Natürlich können Sie's auch wie beim letzten Mal machen und einfach ein bisschen stöbern.«
Nein, nicht wie beim letzten Mal.
Dr. Urs Röhli wusste *ganz genau*, was er suchte.
Er war auf der Suche nach Reisenden.
Puteschestwenniki.
Путещественники.

18:57 Uhr

Achtundsiebzig Prozent der Abgeordneten des Deutschen Bundestages stimmten für die Feststellung des Spannungsfalles. Kurze Zeit später verkündete der Bundespräsident den Beschluss nach Artikel 80 a des Grundgesetzes, der somit rechtskräftig war. Zwanzig Minuten danach erklärte das NATO-Hauptquartier in Brüssel den Bündnisfall. AWACS-Flugzeuge stiegen auf.
Der amerikanische Verteidigungsminister riet seinem Präsidenten zu einer Demonstration unverbrüchlicher Bündnistreue. Der Präsident befolgte den Ratschlag seines Verteidigungsministers.
Wie immer.
Die 1st armoured Division der US-Army, stationiert in Wiesbaden, wurde in Alarmbereitschaft versetzt. Die legendären »Old Ironsides« machten sich bereit, dem Verbündeten jederzeit zu Hilfe eilen zu können.
Die Trägerkampfgruppe der »Enterprise«, die auf Höhe New York die Ostküste der USA sicherte, erhielt Befehl zum Beidrehen. Ihr Kommandeur, Konteradmiral James Tiberius, trug den Spitznamen Steamin' Jim zu Recht: Er zögerte keine Sekunde. Die Kommandanten der sieben Schiffe

wurden angewiesen, die Hebel auf den Tisch zu legen. AK voraus. Im Dunkel unter ihnen ging das Jagd-U-Boot »Philadelphia« ebenfalls auf Höchstfahrt. Mit voller Kraft lief der mächtige Verband der US-Navy in den Nordatlantik. Kurs Ost-Nord-Ost.
Richtung Europa.
Brigadegeneral Xaver Moisadl ließ fünf Bataillone der Gebirgsjägerbrigade 23 feldmarschmäßig antreten. Scharfe Munition wurde ausgegeben, einhundert Schuss pro Mann. Der General hielt eine kurze Ansprache, die in alle betroffenen Standorte übertragen wurde. Dann ließ er die Männer in Bad Reichenhall, Bischofswiesen, Brannenburg und Mittenwald aufsitzen. Aus der Hainberg-Kaserne in Mellrichstadt setzte sich zusätzlich das Panzergrenadierbataillon 352 in Marsch. In Calw brach eine Kompanie des Kommandos Spezialkräfte auf.
Feldjäger sperrten die Autobahnen ab.
Die Lastwagen, Gespanne, Schützenpanzer, Dingos und Vollkettenfahrzeuge bildeten lange Konvois. An allen Fahrzeugen flatterten links und rechts große Fahnen im Fahrtwind: die weiß-blauen Rauten des Freistaates Bayern auf der einen Seite und das schwarz-gelbe Stadtwappen mit dem Münchner Kindl auf der anderen. Die Operation »Schäfflertanz« war angelaufen. General Moisadl selbst hatte den Namen ausgewählt.
Knapp siebentausend Soldaten in voller Kampfmontur rollten auf München zu.
Keine Übung.
Ernstfall.

> Unmittelbarer Zwang ist die Einwirkung auf Personen oder Sachen durch körperliche Gewalt, ihre Hilfsmittel und durch Waffen.
>
> § 10, Abs. 1 UZwBwG

13

Dr. Roland Frühe war außer sich. Er telefonierte mit dem Innenminister und schließlich sogar mit dem Bundeskanzler persönlich. Aber er biss auf Granit. Das war doch nicht zu fassen! Jetzt ließen die Idioten in Berlin doch tatsächlich das Militär aufmarschieren. Damit vergrößerten sie ihre Chancen, Verhandlungen aufzunehmen und vielleicht die Freilassung einiger Geiseln zu erreichen, nicht gerade.

Er musste etwas tun. Und zwar schnell.

Bevor hier diese Uniform-Fuzzis das Kommando übernahmen. Eigentlich hatte er es nicht für möglich gehalten, dass der Bundeskanzler sich zu einem solchen Schritt entschließen würde. Und jetzt hatte der Mann auch noch die Parlamentsmehrheit hinter sich versammelt. Elf Prozent mehr als die erforderlichen zwei Drittel. Er musste etwas tun.

Er musste etwas tun.

Genau, das war es. Wenn du willst, dass etwas richtig gemacht wird, dann mach es selbst, dachte er. Er erhob sich aus seinem Sessel und schloss den obersten Knopf seines Hemdes. Er zog den gelockerten Krawattenknoten zu, schlüpfte in sein Jackett, ging zur Tür und nahm den Mantel vom Haken.

»Wo wollen Sie hin?«, fragte ihn der bayerische Innenminister.

»Ich fahre zur Theresienwiese. Ich werde versuchen, persönlich Verhandlungen mit den Tätern aufzunehmen. Ich werde mich vor dieses vermaledeite Zelt stellen und mit denen reden. Ich bin mir sicher, dass ich eine Antwort erhalte.«
Der Ministerpräsident hob im Hintergrund plötzlich die Stimme. Er telefonierte gerade, aber keiner der Anwesenden wusste, mit wem.
»Das ist nicht Ihr Ernst«, rief der Chef der bayerischen Staatsregierung aufgebracht ins Telefon. Eine kurze Pause entstand. »Ach, das ist die Entscheidung des Stadtkommandanten? Na, das wollen wir ja mal sehen.« Mit einem wütenden Gesichtsausdruck beendete er das Telefonat.
»So ein Idiot!«, stieß er hervor.
»Wer war denn das? Was ist denn los?«, fragte Dr. Frühe nach. Er stand bereits an der Tür, doch die Reaktion des Chefs der Staatsregierung hatte sein Interesse geweckt.
»Der Verteidigungsminister«, seufzte der Ministerpräsident. »Er hat mir gerade gesagt, dieser Moisadl will sein Hauptquartier im Rathaus aufschlagen. Der spinnt doch. Wieso kommt er nicht hierher, in die Staatskanzlei?« Ein übellauniges Schnauben erklang.
Roland Frühe zuckte mit den Schultern. »Das kann ich Ihnen auch nicht sagen. Wer versteht schon, was im Kopf eines Soldaten vorgeht? Wenn da überhaupt etwas vorgeht!«
Der Ministerpräsident war aufgestanden und zog sich ebenfalls an. »Ich werde zum Rathaus fahren und den Mann abfangen. Das Krisenzentrum ist hier, in der Staatskanzlei, in meinem Haus. Und da bleibt es auch!« Er sah sich im Raum um. »Sagen Sie mal, wo steckt eigentlich der Herr Oberbürgermeister?« Seine Frage blieb unbeantwortet im Raum hängen.
Er ging zur Tür, auf Dr. Frühe zu. Die beiden Männer, den Verlust ihrer Macht vor Augen, sahen einander für Sekun-

den an. Und in diesem Blick lag zum Erstaunen beider fast so etwas wie gegenseitige Sympathie.
Gemeinsam verließen sie den Kabinettssaal der bayerischen Staatskanzlei.

*

Kaliningrad, 20:30 Uhr Ortszeit

»Das ist ja merkwürdig. Ich war mir vollkommen sicher, dass ich Unterlagen aus dieser Zeit über die Puteschestwenniki habe.« Alexander Ivanov zweifelte an seinem Verstand. Er ging nochmals seinen Katalog durch. Dann blickte er wieder verwirrt auf das leere Hängeregister in der Schublade, die aus dem Stahlschrank ragte.
Urs Röhli hatte recht. Die Unterlagen über die Ausbildung der Puteschestwenniki, die für einen Einsatz in Deutschland vorgesehen waren, fehlten. Zwischen den Jahren 1967 und 1984 klaffte ein Loch. Nicht eine einzige Akte war vorhanden.
»Das ist mir jetzt aber peinlich, Dr. Röhli«, sagte Ivanov mit verlegener Stimme. »Aber vielleicht kann ich Ihnen etwas anderes anbieten«, schickte er dann eilig hinterher. »Ich habe zum Beispiel sehr viel Material über die spanisch sprechenden Puteschestwenniki. Das war ein lustiger Haufen. Die wurden in Kuba ausgebildet. Dann wurden sie als Dissidenten und Intellektuelle dort inhaftiert. Die USA haben diese Leute freigekauft. Das war geschickt gemacht. Speznas hat den Amerikanern Läuse in den Pelz gesetzt und sich dafür auch noch in harten Dollars bezahlen lassen.« Ivanov gluckste. »Kann man sich heute gar nicht mehr vorstellen.«
Röhli schüttelte den Kopf. »Vielen Dank, Dr. Ivanov. Aber ich arbeite an einer Studie über den Truppenrückzug der

Roten Armee aus Ostdeutschland. Da hätte mich interessiert, mit einem Zeitzeugen zu reden. Tja ...« Der Wissenschaftler aus der Schweiz seufzte bedauernd. »Da kann man wohl nichts machen.«
»Sie haben wirklich Pech, Herr Kollege.« Ivanov sah ihn mitleidig an. »Der alte Professor Stern wäre Ihr Mann gewesen. Aber leider ...«
Röhli unterbrach ihn. »Wer ist das?«
»Die richtige Frage müsste leider lauten: Wer *war* das?« Die Konzentration war in Dr. Ivanovs faltigem Gesicht zu lesen. Dann sprudelten die Daten aus seinem hervorragenden Gedächtnis nur so hervor.
»Professor Samuel Stern. Geboren 1910. In Dresden, glaube ich. Nach dem Großen Vaterländischen Krieg wissenschaftlicher Berater des militärischen Geheimdienstes. Einer der führenden Köpfe bei der Ausbildung deutschsprachiger Puteschestwenniki. Ein sehr vornehmer und gebildeter Mann. Hat früh eine steile Karriere gemacht. War bereits ab Mitte der dreißiger Jahre einer der vielversprechendsten Germanisten. Ich meine, wissenschaftlich gesehen. Für die damaligen Machthaber war Stern jedoch nur ein Jude. Die Nationalsozialisten haben ihn zunächst furchtbar gedemütigt. Er verlor seine Lehrbefugnis an der Universität. Seine Frau durfte nicht mehr studieren. Schließlich haben sie ihm die Wohnung weggenommen. Aber Stern ist nicht emigriert. Er ist in Deutschland geblieben. Es gibt einen Essayband von ihm aus dieser Zeit. Das Büchlein trägt den Titel *Kann Deutschland doch nicht im Stiche lassen*. Kann ich Ihnen empfehlen. Ergreifende Texte. Davon wollte Professor Stern jedoch nach dem Krieg nichts mehr wissen.« Der alte Archivar brach ab und nahm einen weiteren Schluck Kaffee.
»Das ist eine grausame Geschichte. Er hat sie mir selbst einmal erzählt«, sagte er dann langsam.

Als er fortfuhr, hielt er den Blick gesenkt, als spräche er mit seiner Tasse.

»Er ist geblieben, weil er Deutschland liebte. Die Literatur. Die Philosophie. Und weil er das Deutschland, das er liebte, nicht diesen dahergelaufenen, uniformierten Kretins überlassen wollte, wie er das selbst ausgedrückt hat. Ist dann 1943 mitsamt seiner Frau und seinen beiden kleinen Kindern deportiert worden. Auschwitz. Seine Frau und seine Kinder sind dort ermordet worden. Er wurde 1945 von der Roten Armee befreit. Professor Stern wurde damals schwer verwundet. Hat ein Bein verloren. Die wahren Verwundungen saßen jedoch viel tiefer. Doch er hat überlebt.«

Dr. Ivanov stockte. »Er wurde zu einem der treibenden Männer hinter dem Puteschestwenniki-Programm. Er sah in der Bundesrepublik der fünfziger Jahre eine Fortsetzung des Nationalsozialismus unter einem demokratischen Deckmantel. Hat bis 1989 Operateure für den verdeckten Einsatz in Deutschland ausgebildet. Hat sie die deutsche Sprache und ihre Eigenheiten gelehrt. Hat mit den Männern sogar Gedichte studiert. Sprichwörter. Unterschiedliche Dialekte und Mentalitäten. Hat sein ganzes Wissen über Deutschland in den Dienst der Speznas-Einheiten gestellt.«

Wieder machte Dr. Ivanov eine Pause.

»Ich schätze mal, das war seine Form der Rache«, setzte er dann abschließend hinzu.

Dr. Röhli nickte. »Das ist bei dieser Biographie auch nur zu verständlich«, sagte er. »Aber ich habe Sie vorhin unterbrochen. Sie wollten etwas anderes sagen. Der Professor wäre mein Mann gewesen. Aber leider ...« Er hob fragend seine Stimme.

»Das ist schon wieder so eine unfassbare Geschichte. Der alte Professor Stern ist vor einem halben Jahr ermordet worden. Im biblischen Alter von vierundneunzig Jahren hat jemand dem Mann die Kehle durchgeschnitten. Unglaublich, oder? Wer tut denn so was?« Der alte Archivar schüttelte den Kopf.

Jemand, der gute Gründe hat, das Wissen und die Erfahrungen eines ganzen Menschenlebens auszulöschen, wäre es Dr. Röhli beinahe entfahren. Stattdessen schüttelte er ebenfalls den Kopf. »Ja, wirklich, unglaublich.« Nach einer Pause fragte er beiläufig: »Nur aus Interesse, wissen Sie irgendetwas Näheres über dieses Verbrechen? Sind die Täter gefasst?«

»Nein. Die Miliz und die Militärpolizei haben einen ganz schönen Aufstand gemacht. Aber erwischt haben sie niemanden.« Dr. Ivanov hob den Blick und sah seinen Besucher an.

»Da fällt mir etwas ein. Die Miliz hat mir den Nachlass von Professor Samuel Stern übergeben. Die Ermittlungen sind auf Eis gelegt. Eine offene Akte, wie man so schön sagt. Ich habe das Material hier. Seine gesamte Bibliothek. Wenn Sie das interessieren würde?«

»Ja, allerdings. Haben Sie auch Teile des persönlichen Nachlasses?«

»Ich habe alles hier, auch die persönlichen Sachen. Stern hatte keine Angehörigen. Hat nie wieder geheiratet.«

»Meinen Sie, Sie können mir die Unterlagen von 1967 bis 1984 heraussuchen? Oder sagen wir, bis 1988?«

»Aber sicher. Nur, was versprechen Sie sich davon?«

»Ich sagte doch, ich bin auf der Suche nach Zeitzeugen. Vielleicht finden wir eine Liste mit den Namen der Teilnehmer an einem seiner, wie soll ich sagen, Deutschkurse.«

Vielleicht finden wir sogar Klassenfotos, dachte Dr. Urs Röhli für sich.

*

Als die Wagenkolonne des Ministerpräsidenten auf den Marienplatz fuhr, traute der Chef der bayerischen Staatsregierung seinen Augen kaum. Aus dem Fenster seines Wagens sah er auf die ihm wohlbekannte, mächtige Fassade des Rathauses von München.

Obwohl Jahr für Jahr unzählige Touristen das riesige Gebäude als »wunderbares Mittelalter« bestaunten und fotografierten, war der Bau in Wahrheit gerade mal einhundert Jahre alt. Der Architekt Georg von Hauberrisser hatte der Stadt ein Monument der deutschen Neugotik verpasst, an dem sich die Geister schieden.

So fand auch der Ministerpräsident die Fassade eigentlich überladen, musste jedoch zugeben, dass das Bauwerk für repräsentative Zwecke bestens geeignet war. Das hatte der Kommandeur der Gebirgsjäger wohl ebenfalls erkannt.

Auf dem Marienplatz standen überall Fahrzeuge der Bundeswehr. Zwei schwere Lastwagen, mehrere gepanzerte Truppentransporter vom Typ Fuchs sowie ein leichter Kampfpanzer vom Typ Wiesel. Soldaten trugen Kisten oder transportierten Gerätschaften auf Sackkarren durch den Haupteingang.

Links neben dem Hauptportal wurden Sandsäcke aufgestapelt. Auf der rechten Seite war diese Arbeit bereits beendet. Die Soldaten hatten ein Maschinengewehr hinter dem so entstandenen Wall in Stellung gebracht. Daneben parkten zwei schwere Dingo-Jeeps mit Maschinengewehren auf dem Dach. Der Dingo war ein neueres Fahrzeug der Bundeswehr auf Basis des Unimog. Neben einem solchen Gefährt mutete ein amerikanischer Hummer an wie ein eleganter Kleinwagen.

Angesichts der Waffen überkam den Ministerpräsidenten eine Beklemmung. Wie hatte es so weit kommen können? Er sandte ein Stoßgebet zum Himmel. Hoffentlich geht das gut!

Das Auffälligste jedoch waren die Fahnen.
Von der Brüstung des Balkons hingen nebeneinander die Bundesdienstflagge mit dem Adler, die bayerischen Landesfarben sowie die Fahne der Stadt München. In der Mitte, über dem Hauptportal, war die Standarte der Gebirgsjägerbrigade 23 angebracht worden.
Das Tuch mit dem Edelweiß bauschte sich im Wind.
Der Ministerpräsident sah, wie Soldaten weitere Fahnen und Flaggen aus dem Rathaus trugen. Wohl, um die Masten auf dem Marienplatz zu bestücken. Das Rathaus verfügte über ein riesiges Fahnenlager, um auf alle Anlässe mit der richtigen Beflaggung reagieren zu können.
Der Wagen stoppte.
Der Chef der bayerischen Staatsregierung stieg aus seiner Dienstlimousine. Er musste sich eingestehen: Das Bild des Rathauses mit der fahnengeschmückten Fassade beeindruckte ihn tief. Unwillig schüttelte er den Kopf.
Was bildete der Kerl sich ein, hier einen solchen Zinnober zu veranstalten? Er musste diesen Moisadl unbedingt davon überzeugen, in die Staatskanzlei umzuziehen. Hoffentlich war es nicht schon zu spät, denn einige Fernsehteams verfolgten bereits das Geschehen auf dem Marienplatz.
Und prompt kamen Journalisten auf ihn zugestürmt. Mit eiligen Schritten ging er auf das Hauptportal zu. Der Posten hinter dem Maschinengewehr salutierte.
»Grüß Gott, Herr Ministerpräsident! Sie suchen vermutlich den General?«
»Ja, allerdings!« Seine Stimme hatte den üblichen selbstbewussten Klang.
»Der Stab richtet sich gerade im großen Saal ein. Der General dürfte sich im großen Besprechungszimmer befinden.« Der Soldat deutete auf die hohen Fenster auf der rechten Seite, hinter denen der genannte Raum lag.
»Danke, ich kenne mich hier aus. Ich finde den Weg.«

Hinter ihm wurde den Medienvertretern der Weg verstellt. »Militärischer Sicherheitsbereich! Kein Durchgang!«, riefen schwerbewaffnete Posten den Reportern entgegen. Die Journalisten hielten sofort an. Kein einziges Wort des Protestes war zu hören.

Die Fernsehmeute war er schon mal los. Das war schnell gegangen.

Auf den Gängen und in den Räumen des Rathauses herrschte wuselige Betriebsamkeit. Aber er konnte keine Anzeichen von Hektik entdecken. Alle Soldaten schienen genau zu wissen, wohin sie wollten oder was sie zu tun hatten.

Als er die Tür des großen Sitzungssaals erreichte, kam ihm ein Offizier entgegen. Wie alle Soldaten trug er nicht die graue Uniform, die bei offiziellen Anlässen üblich war, sondern den Feldanzug. In einem Holster an seinem rechten Bein steckte eine Pistole.

»Herr Ministerpräsident! Der Posten am Eingang hat uns Bescheid gegeben, dass Sie kommen«, begrüßte ihn der Mann, salutierte und gab ihm dann kurz die Hand. »Ich bin Oberst Buchwieser, der Chef des Stabes von General Moisadl«, stellte der Offizier sich vor. »Bitte sehr!«, fügte er hinzu und bat den Ministerpräsidenten mit einer Geste einzutreten.

In dem großen Raum war die Einrichtung verändert worden. Mehrere zusammengeschobene Tische standen in der Mitte des Saales. Darauf lag ein großformatiger Stadtplan ausgebreitet.

Entlang der Wände waren weitere Tische aufgestellt. Auf ihnen reihte sich Monitor an Monitor. Vor vielen saßen bereits Soldaten. Manche der Bildschirme waren zwar noch schwarz, aber auf den meisten konnte der Chef der bayerischen Staatsregierung schon Daten vorbeiziehen sehen. Andere zeigten Bilder von Kameras.

Die Operationszentrale der Brigade war einsatzfähig.

Ein weiterer Offizier kam ihm entgegen. Der goldene Stern auf den Schulterstücken zeigte dem Ministerpräsidenten, dass es sich um den General handelte. Zwei dunkle Augen blitzten ihn wachsam an. Dann konnte er auch den gestickten Namen auf der Schutzweste des Mannes lesen. Moisadl.

*

Auf dem Weg zur Theresienwiese hatte Dr. Roland Frühe erkannt, dass seine Entscheidung die einzig richtige gewesen war. Er hatte mit seiner Wagenkolonne bereits militärische Kontrollpunkte passieren müssen. Hier lief etwas gewaltig schief.
Deeskalation sah anders aus.
Deshalb war er während der letzten fünfzehn Minuten immer ärgerlicher geworden. Diese Schießbudenfigur von einem Polizisten hier wollte ihm sein Vorhaben, mit den Tätern zu verhandeln, ausreden. Vielleicht stimmte die Einschätzung doch nicht, dass es sich bei diesem Kroneder um den richtigen Mann am richtigen Ort handelte.
»Die Täter verfolgen mit Sicherheit die Berichterstattung in den Medien. Deshalb wissen sie auch, wer ich bin. Ich gehe kein Risiko ein. Ihre Bedenken sind ungerechtfertigt. Die Täter werden bestimmt nicht auf mich schießen. Doch nicht auf den Verhandlungsführer der Bundesregierung. Also geben Sie mir jetzt ein Megafon!«
»Bedenken Sie, Herr Staatssekretär, dass Ihre Stimme, wenn sie durch ein Megafon verstärkt wird, auch in anderen Zelten zu hören ist. Sie riskieren mit Ihrem Vorgehen eine Panik. Bitte überlegen Sie sich das noch einmal! Und wenn Sie schon gehen, dann tragen Sie bitte wenigstens eine Schutzweste.« Kroneders Stimme klang flehend.
»Schutzweste? Auf keinen Fall! Ich möchte ja ein Vertrau-

ensverhältnis aufbauen. Eine Schutzweste wäre da das falsche Signal. Ich werde um ein Gespräch bitten. Die Täter werden mich nach kurzer Zeit ins Zelt lassen. Ich brauche das Megafon nur ein paar Minuten. Wir müssen Verbindung mit den Tätern aufnehmen. Das ist das Wichtigste. Sofortiges Handeln ist das Gebot der Stunde. Also geben Sie mir jetzt endlich ein Megafon! Das ist ein Befehl!«
Kroneder seufzte. »Sie sollen Ihren Willen haben«, sagte er dann resigniert und ließ sich von einem Beamten ein Megafon bringen, das er Roland Frühe reichte.
Der Staatssekretär riss ihm die Flüstertüte aus der Hand und verließ ohne einen Gruß selbstsicheren Schrittes die Wiesn-Wache.

*

Brigadegeneral Xaver Moisadl war einen Meter neunundsiebzig groß und drahtig. Seinen ansonsten kahlen Schädel zierte am Hinterkopf ein kurzgeschorener, grauer Haarkranz. Sein Gang war federnd. Obwohl Moisadl über fünfzig Jahre alt war, wirkte er außerordentlich vital. Seine Augen verströmten die natürliche Autorität eines stabilen Selbstbewusstseins.
»Willkommen bei der Gebirgsjägerbrigade 23, Herr Ministerpräsident«, sagte er, als er nach einem schneidigen militärischen Gruß seinem Gegenüber die Hand gab. »Was kann ich für Sie tun?« In seiner Stimme schwang ein leichter bayerischer Akzent mit.
»Grüß Gott, Herr Moisadl. Ich muss sagen, ich bin beeindruckt. Sie scheinen keine Zeit zu verlieren. Dabei wollte ich mit Ihnen noch mal über Ihre Wahl bezüglich des Ortes Ihres Hauptquartiers sprechen. Ich hielte es für besser, wenn Sie ...«
Ein Soldat eilte herbei, ein Blatt Papier in der Hand.

»Entschuldigen Sie, Herr Ministerpräsident, das ist eilig.« Dann wandte er sich an seinen Kommandeur. »Herr General, die Grennis vom 352sten haben sich gemeldet. Sie sind mit der Sperrung der Straßen fertig. Die Polizei reagiert sehr kooperativ und freundlich. Laut Bericht des Bataillonskommandos sind viele der Beamten ausgesprochen froh, dass wir übernehmen. Jetzt wollen die Grennis mit der Räumung der Häuser beginnen. Was sollen wir ...«
»BUUCH-WIE-SER!«, brüllte der General quer durch den Raum.
Sein Stabschef kam augenblicklich auf ihn zu.
»Jawohl, Herr General?«
»Das 352ste ist mit der Absperrung fertig. Jetzt geht es an die Räumung. Sie fahren unverzüglich zur Theresienwiese und koordinieren das. Wir halten ununterbrochen Kontakt. Das braucht Fingerspitzengefühl. Ich erwarte laufend Bericht. Viel Glück!«
»Zu Befehl, Herr General!« Der Oberst salutierte und wandte sich ab, um seinen Helm aufzusetzen und sein Sturmgewehr G 36 zu schultern. Dann verließ er, ohne sich noch einmal umzudrehen, den Saal.
»Wo waren wir stehengeblieben?«, fragte der General in liebenswürdigem Ton den Ministerpräsidenten.
»Äh, ich wollte ...« Er brach ab.
Was hatte er da gerade gehört?
»Also, Moment mal, Herr Moisadl, was hat das zu bedeuten? Was für eine Räumung?«
»Das Bataillon aus Mellrichstadt baut zur Stunde eine Ringstellung um die Theresienwiese auf. Damit ist die Polizei bereits massiv entlastet. Zudem habe ich befohlen, die angrenzenden Wohnhäuser teilweise zu evakuieren. Ich habe den Bereich um die Theresienwiese zum militärischen Sperrgebiet erklärt. Damit sind wir auf einen Schlag die Presse los. Und die Chancen des Gegners, einen Riegel der Panzer-

grenadiere zu durchbrechen, halte ich, vorsichtig ausgedrückt, für bescheiden.«

Jetzt fängt dieser Kerl doch tatsächlich an, in meiner Landeshauptstadt Krieg zu spielen, dachte der Ministerpräsident.

»Das können Sie nicht machen. Ich meine, die Menschen aus ihren Wohnungen zu vertreiben. Das ist ...«

»Doch, das kann ich«, erwiderte Moisadl barsch. »Machen Sie sich keine Sorgen, ich werde eine zweite Blutnacht von Sendling zu verhindern wissen. Sonst noch was?«

Der Ministerpräsident musste mehrfach ansetzen, bevor er weitersprechen konnte. Was für eine Unverschämtheit!

»Das werde ich prüfen lassen. Ich werde Sie zur Verantwortung ziehen.«

»Tun Sie, was Sie nicht lassen können. Aber bei allem Respekt: Wenn Sie sonst keine Fragen mehr haben, würde ich gerne wieder an die Arbeit gehen.«

Schon sehr lange Zeit hatte niemand mehr gewagt, in einem solchen Ton mit dem Ministerpräsidenten zu sprechen. Das würde er sich nicht gefallen lassen.

»Ich wollte Sie eigentlich bitten, Ihre Kommandozentrale in die bayerische Staatskanzlei zu verlegen. Dort wäre es viel einfacher, unsere Maßnahmen abzustimmen. Dort laufen alle Fäden zusammen. Logistik, Kommunikation, alle Behörden. Dort könnten Sie viel besser arbeiten«, sagte er in beherrschtem Ton. Die jahrelange Routine des Berufspolitikers ließ ihn die Ruhe bewahren.

Das könnte dir so passen, dachte sich General Moisadl. Du willst mir doch nur auf die Finger schauen, Sportsfreund. Aber daraus wird nichts.

»Vielen Dank für das Angebot, Herr Ministerpräsident, doch ich habe mir den Ort für meine Kommandozentrale sehr sorgfältig ausgewählt. Sehen Sie, ich habe es ja nicht mit einem Gegner im Feld zu tun. In erster Linie muss ich die öffentliche Ordnung aufrechterhalten. So lautet mein Auftrag. Das bedeutet, dass ich die Menschen davon überzeugen muss, dass ich und meine Männer *für* sie arbeiten und nicht *gegen* sie. Ich muss die Bürger dieser Stadt emotional erreichen. Dafür ist das Rathaus nun einmal besser geeignet.« »Was soll das denn für einen Unterschied machen? Die Staatskanzlei ist da genauso gut wie das Rathaus.« »Merken Sie eigentlich überhaupt noch irgendetwas, Herr Ministerpräsident?« Die Stimme des Generals hatte plötzlich eine ätzende Schärfe bekommen, die den Chef der Staatsregierung zusammenzucken ließ. »*Wo* kann man jeden Abend um neun Uhr das Münchner Kindl bewundern? *Wo* feiert der FC Bayern seine Meistertitel? *Wo* den Gewinn der Champions League? *Wo* würden die Löwen feiern, wenn es bei denen mal wieder was zu feiern gäbe? Fotografieren die Touristen Ihre Staatskanzlei? Oder das Glockenspiel?« Der General holte tief Luft. »Ich kann doch nicht aus einem seelenlosen, protzigen Glaskasten heraus versuchen, die Menschen zu gewinnen!« Moisadl schüttelte den Kopf. »Nein, mein Platz ist hier. Hier, wo im Jahre 1517 die Schäffler getanzt haben und dadurch den Bürgern dieser Stadt nach der schweren Pestilenz wieder neuen Lebensmut geschenkt haben. Habe die Ehre!«

Bei diesen Worten fasste der Ministerpräsident den Entschluss, beim Verteidigungsminister zu intervenieren. Oder besser gleich beim Bundeskanzler persönlich. Ihm war klar, dass er nach der Katastrophe in der Fischer-Liesl um sein politisches Überleben kämpfte. Um sein Lebenswerk. Und um sein Andenken. Aber dieser wild gewordene Soldat würde nicht auf ihn hören.

Gleichwohl: Der Mann musste aufgehalten werden. Sonst würde das hier ein böses Ende nehmen.

*

Iljuschin durchquerte mit schnellen Schritten das Zelt. Als er die Treppe zum Balkon an der Vorderseite hinaufstieg, nahm er zwei Stufen auf einmal. Einer der Scharfschützen, die dort in Stellung lagen, hatte ihn über Funk gerufen. Vor dem Zelt stand ein Mann und rief irgendetwas in ein Megafon. Iljuschin erreichte die Stellung des Scharfschützen. Jetzt konnte er die Worte verstehen, die blechern aus dem Lautsprecher vor dem Zelt drangen. Die verstärkte Stimme bat darum, ins Zelt kommen zu dürfen, um zu verhandeln. Der Nahkampfspezialist schüttelte den Kopf.
»Was ist das denn für ein Komiker?«, fragte er mehr sich selbst als den Scharfschützen, der auf ein fest montiertes Fernglas deutete.
Dieses Fernglas ermöglichte es den Scharfschützen, den gesamten Vorplatz des Zeltes sowie die Wirtsbudenstraße im Blick zu behalten. Für die Okulare waren kleine Aussparungen in den Spanplatten der Vorderfront angebracht.
Iljuschin bückte sich und sah hindurch. Zwischen zwei überdimensionalen Bierfässern, die als Dekoration für den Eingang zum Biergarten dienten, stand ein hochgewachsener Mann in einem Maßanzug.
Iljuschin erkannte den Mann sofort. Der war bereits mehrfach im Fernsehen aufgetaucht. Das war der Beauftragte der Bundesregierung. Mühe oder Kühe oder so. Und dieser Hampelmann stand jetzt vor dem Zelt und machte Lärm. Ohne erkennbare Eigensicherung.
Was für ein Trottel.
Wenn ein Vertreter des Gegners unbewaffnet zum Feind geht, dann eigentlich nur, um die Bedingungen für die Kapitulation zu verhandeln. Aber es gab nichts zu verhandeln. Das hatten die da draußen wohl immer noch nicht begriffen.
Bei ihrer Planung waren sie davon ausgegangen, dass so et-

was zu diesem Zeitpunkt nicht mehr passieren würde. Sie hatten ihren Standpunkt doch mehrfach unmissverständlich deutlich gemacht.

Der Gegner musste eigentlich inzwischen verstanden haben, dass er gezwungen war, die Forderungen zu erfüllen.

Aber der da draußen glaubte wohl nach wie vor, er habe es mit ein paar Bankräubern zu tun, die langsam nervös wurden. Für diese Fehleinschätzung musste die Gegenseite bestraft werden.

Iljuschin bekam spontan gute Laune.

Zeit für ein weiteres Exempel.

Er öffnete eine der kleinen Schießscharten, die für die Verteidigung im Falle eines frontalen Angriffs in die Vorderfront des Zeltes gesägt worden waren, und sah den Scharfschützen an.

»Das Verhalten dieses Mannes könnte die gesamte Situation destabilisieren.« Iljuschin deutete auf das Scharfschützengewehr mit aufmontiertem Schalldämpfer, das auf einem Zweibein vor ihnen stand. »Darf ich?«, fragte er mit übertriebener Freundlichkeit.

Der Scharfschütze nickte. »Selbstverständlich, Polkownik!«

»Welche Munition befindet sich in der Waffe?«

»Hohlspitzgeschosse mit Quecksilberfüllung, wie Sie es uns beigebracht haben.«

*

Kaliningrad, 21:15 Uhr Ortszeit

Dr. Urs Röhli wusste nun, dass ihm eine langwierige Suche bevorstand. Doch heute Abend würde er nichts mehr ausrichten können. Zumal er um halb elf noch einen weiteren

385

Termin hatte. Mit Oberst Klarow von der Miliz. Den würde er in einem Lokal namens »Oleg« treffen, das er nicht kannte. Auch wusste er nicht, wo dieses Lokal überhaupt lag. Der Milizoffizier hatte diesen Treffpunkt vorgeschlagen. Er würde morgen weitersuchen müssen.

Er wandte sich wieder den Unterlagen zu. Enttäuscht sah er auf das Fotoalbum, das aufgeschlagen vor ihm lag. Da war jemand auf der Hut gewesen. Alle Spuren waren verwischt worden.

Seine größte Hoffnung waren die Fotoalben des alten Professors gewesen. Aber jemand hatte vor nicht allzu langer Zeit eine große Anzahl von Bildern entfernt. Die hellen, ausgerissenen Stellen auf dem alten Papier waren unmissverständliche Indizien.

Gemeinsam mit Dr. Ivanov saß er an einem großen Schreibtisch zwischen hohen Stapeln von Aktenordnern. Während er sich den privaten Nachlass vorgenommen hatte, hatte der russische Archivar in militärischen Akten gewühlt. Immer wieder hörte er seinen Kollegen vor sich hin brummeln.

Die meisten Unterlagen existierten doppelt. Nur waren die Durchschläge auf zahllose andere Aktenbestände verstreut. Akten der medizinischen Abteilungen, Akten der Materialbeschaffung oder auch Akten der Witwenversorgung.

Plötzlich stieß Dr. Ivanov einen lauten Ruf aus. »Ha! Schauen Sie mal, Dr. Röhli. Ich glaube, damit könnte man etwas anfangen. Ich werde Ihnen gleich eine Kopie davon machen.«

Urs Röhli war mit wenigen Schritten bei ihm. Alexander Ivanov hielt ihm einen Durchschlag unter die Nase. Das Papier war vergilbt.

»Was ist das?«

»Eine Liste von einer medizinischen Routineuntersuchung aus dem Jahr 1979. Belastungs-EKG, Blutzuckerwerte und solche Sachen. Sehen Sie hier.« Der Finger des alten Archi-

vars glitt über das Papier und blieb an einer Zeile mit dem Titel »Einheit« hängen, die sich am oberen Rand des Formulars befand. Dahinter war mit Schreibmaschine eingetragen:
»Путещественники. Puteschestwenniki.«
Darunter eine tabellarische Namensliste.
Fünfundsechzig Namen.
»Sind das einige der Puteschestwenniki, die in Deutschland eingesetzt werden sollten?«, fragte Röhli.
»Ohne Zweifel, ja. Hier steht der Name des Sonderausbilders der Männer an der Militärakademie. Sehen Sie.« Der Finger des Russen wanderte weiter über das Papier.
Dr. Urs Röhli sah auf den Namen.
Prof. Dr. Samuel Stern.

*

Iljuschin hob das Heckler & Koch PSG-1 mit einem Arm vom Boden hoch, als handele es sich um ein Spielzeug aus Balsaholz. Nachdem er sich vergewissert hatte, dass sich eine Patrone in der Kammer befand, brachte er die Waffe stehend-freihändig in Anschlag.
Ausatmen.
Einatmen.
Ausatmen.
Halb einatmen.
Er sah durch die Zieloptik. Lächerliche Entfernung für ein solches Gewehr. Nicht einmal einhundert Meter. Langsam senkte er das Visier der Waffe von oben ins Ziel. Sein rechter Zeigefinger suchte den Druckpunkt des Abzugs. Schließlich befand sich die Nasenwurzel seines Ziels genau in der Mitte des Fadenkreuzes.
Mit einer geschmeidigen Bewegung zog Iljuschin den Abzug durch.

Der Schuss war kaum lauter als das Öffnen einer Sektflasche.
Dr. Roland Frühe wurde mitten in die Stirn getroffen.
Das Hohlspitzgeschoss durchschlug zunächst die Stirnplatte des Schädels. Durch den Aufprall auf den harten Knochen pilzte das Projektil auf. Dabei entließ es unzählige kleine Quecksilbertropfen, die sich nun ebenso viele Wege durch den Kopf bahnten.
Der Klumpen deformierten Metalls durchquerte zunächst die vorderen Hirnlappen und dann das Stammhirn. Als er auf dem Schädelknochen an der Rückseite auftraf, hatte er den Durchmesser eines Tischtennisballs.
Noch immer steckte gewaltige Energie in dem Geschoss.
Diese Energie riss Dr. Roland Frühe den Hinterkopf weg und hinterließ ein Loch von der Größe zweier Handteller.
Die durch das Quecksilber breiige Hirnmasse spritzte in einem Halbkreis von acht Metern auf die Wirtsbudenstraße.
Das Megafon flog in hohem Bogen durch die Luft. Der Staatssekretär fiel nach hinten, und ein Schwall Blut ergoss sich aus den Überresten seines Schädels auf den Asphalt. In seinen Zügen war noch immer Erstaunen zu lesen.
Iljuschin ließ das Gewehr sinken.
»Man kann so viele umbringen, wie man will.« Er schüttelte langsam den Kopf, während er mit sich selbst sprach. »Die Schwachköpfe sterben einfach nicht aus.«
In seinen Augen lag ein seltsames Flackern.

*

Amelie Karman saß in ihrem Wohnzimmer auf dem Sofa. Der Aufmarsch des Militärs hatte ihre gute Laune abrupt beendet. Überall Waffen. Die Angst um Werner war zurückgekehrt. Sie sah auf die leergegessene Aluminiumschale, die vor ihr auf dem Couchtisch stand.

Fischfilet à la Bordelaise.
Im Fernsehen lief CNN. Der Ton war abgeschaltet. Seit die Bundeswehr die Theresienwiese abgeriegelt hatte, gab es keine Live-Bilder vom Ort des Geschehens mehr. Dafür zeigten die Nachrichtensendungen jetzt Aufnahmen von den Straßensperren und Kontrollposten. Auch die beflaggte Fassade des Rathauses war ein beliebtes Motiv. Reporter berichteten darüber, dass die Einkaufszentren in der Peripherie der bayerischen Landeshauptstadt bewacht würden.
Sie nahm einen tiefen Schluck aus dem Weinglas.
Eine etwa zehnminütige Ansprache des Stadtkommandanten von München wurde in regelmäßigen Abständen wiederholt. Auch der Rundfunk hatte die Ansprache mehrere Male gesendet. Alle Zeitungen druckten sie im Wortlaut ab.
Sie begann mit dem berühmten Zitat des Grafen von der Schulenburg-Kenert aus dem Jahre 1806: *Ruhe ist die erste Bürgerpflicht.*
Von einer vorübergehenden Einschränkung der Grundrechte aufgrund der vom Bundestag festgestellten Ausnahmesituation sprach der General. Und davon, dass er die Sicherheit jedes Münchners garantiere. Dass er und seine Männer die von der Verfassung gewährleistete freiheitlich-demokratische Grundordnung mit ihrem Leben schützen würden.
Auch die Bilder von den Olympischen Winterspielen in Innsbruck waren wieder und wieder gezeigt worden. Zwanzig Kilometer und kein einziger Fehlschuss. Der »Teufel in der Loipe« bei seinem dramatischen Schlussspurt. Wie der junge Moisadl dann mit der deutschen Fahne in der Hand über die Ziellinie schoss und erschöpft zusammenbrach. Wie er mit Tränen in den Augen, die Goldmedaille um den Hals, die rechte Hand auf dem Herzen, die Nationalhymne bei der Siegerehrung mitsang. *Einigkeit und Recht und Freiheit ...*

Die O-Töne, die von Reportern auf Münchens Straßen gesammelt wurden, zeigten, dass die Menschen Vertrauen zu Moisadl fassten. »Wenn einer das in den Griff bekommt, dann der«, hatte ein dreißigjähriger Softwareingenieur in die Kamera gesagt. Auch diese Aufnahme wurde wiederholt und in mehrere Sprachen übersetzt.
Ein Kollege aus Berlin war in der Münchner Redaktion eingetroffen. Ein Fachmann. Der Journalist berichtete über alles, was mit der Bundeswehr zusammenhing. Er hatte beste Kontakte ins Verteidigungsministerium und kannte sich mit der Thematik sehr gut aus. Der Mann hatte die Berichterstattung übernommen.
Heute Abend konnte sie sich etwas Ruhe gönnen. Aber Entspannung wollte sich nicht einstellen. Zu sehr beschäftigten sie ihre Gedanken an Werner. Nicht zu wissen, ob er wohlauf war, war das Schlimmste.
Amelie seufzte.
Sie sah aus dem Fenster in den niedrigen Himmel, der sich dunkel und bedrohlich über München erstreckte. Schon auf dem Weg in ihre Wohnung war ihr die merkwürdig ruhige Stimmung in der Stadt aufgefallen. Ganz anders als die Aufgeregtheit der letzten Tage.
Bleiern schob sich die Angst durch die Straßen der Isarmetropole und kroch durch die Ritzen der Türen und Fenster bis in jedes Zimmer.
Als an diesem Abend die Dunkelheit über München hereinbrach, verfiel die ganze Stadt in eine Art Schreckstarre. Keine der um diese Jahreszeit sonst zahlreichen Nachtschwärmer bevölkerten die Straßen. Keine Musik drang aus den Wirtshäusern nach draußen. In den Straßen herrschte kaum Verkehr. Nur ab und an dröhnte das Brummen der schweren Dieselmotoren militärischer Fahrzeuge bis in ihre Wohnung. Einmal hatte sie sogar das Rasseln von Panzerketten gehört.

Aber die Maßnahmen zeitigten Wirkung. Die Sicherheitslage im Stadtgebiet verbesserte sich. Es gab über die Nachrichtenagenturen keine Berichte mehr über Sachbeschädigungen, Diebstähle oder Körperverletzungen.
Sie wandte ihren Kopf wieder dem Bildschirm zu. Ihr Atem stockte. Ein rotes Laufband am unteren Bildschirmrand verhieß »BREAKING NEWS«. Der Vertreter der Bundesregierung, Staatssekretär Dr. Roland Frühe, sei während Verhandlungen auf der Theresienwiese von den Geiselnehmern erschossen worden, verkündete die Laufschrift.
An Ruhe war wohl doch nicht zu denken. Sie griff zum Telefon, um in der Redaktion anzurufen. Auch die dritte Nacht der Geiselnahme hatte wieder Opfer gefordert.
Wie viele sollten es noch werden? Und würde am Ende auch Werner unter den Opfern sein?

*

Kaliningrad, 22:08 Uhr Ortszeit

Gennadij Soupkov hatte einen schlechten Tag. Es war nicht der erste schlechte Tag in seinem Leben. Und es würde auch nicht der letzte sein.
Seit seine schwere Verwundung aus dem Tschetschenien-Krieg verheilt war, fuhr er Taxi in Kaliningrad.
Verheilt, dachte er bitter, von wegen.
Er hatte die Verwundung zwar überlebt, aber die Granatsplitter, die ihm den Unterleib aufgerissen hatten, hatten zwischen seinen Beinen nichts übrig gelassen. Einen Orden hatte er dafür bekommen.
Als er nach Kaliningrad zurückgekehrt war, war seine Ehe vor die Hunde gegangen. Er war zwar nicht geschieden. Das brachte seine Frau wohl nicht übers Herz. Aber sie hatte zu

trinken begonnen. Und wenn ihr das Geld für den Fusel ausging, ließ sie sich mit jedem Mann ein, der ihr ein paar Rubel für die nächste Flasche gab.

»Dir kann es doch egal sein«, sagte sie immer, wenn er sie darauf ansprach.

Seine Tochter, die zuvor erfolgreich europäische Sprachen studiert hatte, betätigte sich nun auf demselben Gebiet wie ihre Mutter. Allerdings verdiente sie sehr viel mehr, da sie jünger war. Und schlanker. Sie war aus der kleinen Wohnung ausgezogen und lebte in einem großen Appartement in der Innenstadt in Saus und Braus. Von ihrem vielen Geld fielen für Gennadij Soupkov und seine Frau bestenfalls ein paar Almosen ab. Es war demütigend. Unerträglich.

»Soll ich es wie du machen? Meinem Land dienen und als Krüppel in Armut verrecken?«, fragte sie ihn immer, wenn er sie darauf ansprach.

Er sah aus seinem Wagen zum Haupteingang des Militärarchivs. Die Zentrale hatte ihn über Funk hierhergeschickt. Als die Tür aufging und sein Fahrgast, einen Aktenkoffer in der Hand, mit etwas unsicheren Schritten die Treppen herabstieg, freute sich Soupkov.

Die kleinen Freuden, die ihm geblieben waren.

Die Kleidung des Mannes war zwar altmodisch und etwas abgenutzt, aber der Mann kam aus dem Westen. Kein Russe trägt einen solchen Aktenkoffer. Zumindest keiner, der mit dem Taxi fährt. So etwas erkannte Gennadij Soupkov sofort. Ein Fahrgast aus dem Westen bezahlte gut. Und er hatte vermutlich Devisen dabei.

Dollar.

Euro.

Schweizer Franken.

Er lehnte sich hinüber und öffnete die Beifahrertür. »Guten Abend! Gepäck in Kofferraum?«, fragte er in holprigem Englisch.

»Nein danke, das geht so«, antwortete sein Fahrgast in einem merkwürdig schleppenden Russisch.
Der Fahrgast stellte den Koffer in den Fußraum und ließ sich dann seufzend auf den Beifahrersitz nieder. Schwerfällig zog er seine Beine nach. »Arthritis«, sagte er entschuldigend. Aber mit der Mitleidstour war er bei Gennadij Soupkov an der falschen Adresse. Soupkov brauchte sein ganzes Mitleid für sich selbst.
Sein Passagier schloss die Tür.
»Wo kann ich Sie hinbringen?«, fragte Soupkov ihn höflich.
»In ein Lokal mit Namen ›Oleg‹. Ich weiß aber nicht, wo das ist. Kennen Sie das?«
Gennadij Soupkovs Freude wuchs. Ein Fahrgast aus dem Westen, der nicht wusste, wo sein Ziel lag. Was für ein Glück. Soupkov kannte zwei Lokale, die »Oleg« hießen. Eines lag in der Nähe. In der Innenstadt von Kaliningrad. So, wie sein Fahrgast aussah, meinte er vermutlich dieses Lokal. Doch das wäre nur eine kurze Fahrt. Kein Geld.
Das andere Lokal lag viel weiter entfernt. Nicht direkt in Kaliningrad, sondern in Baltijsk. Die Stadt Baltijsk und der Marinehafen waren Sperrgebiet für Ausländer. Aber er würde den Mann schon an den Kontrollen vorbeischleusen können. Einfache Übung, schon oft gemacht. Ich kenne den Mann, würde er sagen. Ich werde mich in konvertierbarer Währung erkenntlich zeigen. Hatte bislang jedes Mal geklappt.
Das würde eine schöne lange Fahrt werden.
»Ja, das ›Oleg‹ kenne ich«, sagte Soupkov und startete den Motor. »Bitte schnallen Sie sich an«, sagte er noch, bevor er Gas gab.

*

»Die Unruhe in den Zelten nimmt zu. Und es sind noch immer über vierzig Stunden.« Polizeihauptmeister Ulgenhoff saß bei seinem Vorgesetzten im Büro der Wiesn-Wache.
»Unmöglich abzuschätzen, wie lange das noch gutgeht.«
»Wir haben die Erlaubnis, das Ultimatum in den Zelten bekanntzugeben, sollte die Situation eskalieren. Aber je später wir den Leuten sagen, wie lange das noch andauert, desto höher ist die beruhigende Wirkung«, erwiderte Kroneder.
»Die Ärzte in den Zelten verteilen heute Nacht auf Wunsch Schlafmittel. Am besten wäre es, wir würden die Geiseln die ganze Zeit betäuben können. Das wäre ...«
»Wir sind doch keine Veterinäre!«, rief Kroneder entrüstet. Dann sprach er mit nachdenklichem Ton weiter. »Trotzdem haben Sie natürlich recht. Vielleicht kann man was ins Bier mischen. Ich werde mit dem leitenden Polizeiarzt und mit dem Polizeipräsidenten darüber reden.«
»Wir können von Glück sagen, dass niemand in den Zelten den Staatssekretär verstanden hat, als er versucht hat, Verhandlungen aufzunehmen. Das hätte zu einer Panik führen können, die unweigerlich in eine Katastrophe ausgeufert wäre.«
»Trotzdem hat der Mann ein so grausiges Ende nicht verdient. Er war hier, um den Geiseln zu helfen. Wir haben es mit einem Tätertypus zu tun, mit dem wir nicht umgehen können. Unsere Szenarien versagen.«
»Immerhin scheint es hilfreich zu sein, dass jetzt die Bundeswehr da ist. Wie ich von den Kollegen höre, wird die Stimmung besser.«

*

Baltijsk, 22:34 Uhr Ortszeit

Er hatte den Taxifahrer bezahlt, der die Schweizer Franken mit einem Schwall von Dankesworten entgegengenommen hatte. Ein ordentliches Trinkgeld hatte er draufgelegt. Sah nett aus, der Taxifahrer. Sehr traurige Augen. Sympathisch. Dennoch, dass Klarow, der Milizoberst, ein Lokal gewählt hatte, das in einer anderen Stadt lag, wunderte Dr. Urs Röhli. Dass es außerdem in dieser heruntergekommenen Hafengegend lag, irritierte ihn zusätzlich. Und als er das Lokal betrat, wuchs sich seine Verwunderung zu ernster Beunruhigung aus, obwohl er den verblassten Schriftzug »Oleg« draußen hatte lesen können. Eigentlich hatte er mit Klarow gemeinsam essen wollen. Aber das hier war kein Speiserestaurant. Zumindest keines von der Sorte, die sie normalerweise besuchten. Das hier war eine Hafenkneipe. Oder besser gesagt: eine Spelunke.

Der Rauch hing in dichten Schwaden im Raum. Das Lokal war gut gefüllt, wenn auch nicht überfüllt. Aber einen freien Tisch suchten seine Augen vergeblich.

Laut war es. Russische Popmusik kam verzerrt aus überlasteten Lautsprechern, die vergeblich gegen den ungehobelten Gesprächston der Anwesenden anplärrten. Die meisten der Gäste trugen russische Marineuniformen. Dr. Röhli kannte die Rangabzeichen.

Ausschließlich Unteroffiziere.

Er ging zur Theke, vorsichtig darauf bedacht, mit niemanden zusammenzustoßen. Er bemerkte, wie ihm die Anwesenden mit misstrauischen, ja feindseligen Blicken folgten. Am Tresen stellte er seinen Aktenkoffer vor einem freien Barhocker ab und setzte sich. Vor ihm stand ein großer Aschenbecher aus schwerem Kristallglas, der von Zigarettenstummeln beinahe überquoll.

Der Barmann näherte sich. Ein Stier von einem Mann. Vermutlich ein ehemaliger Matrose.
Mit blutunterlaufenen Augen starrte er Dr. Röhli an, machte jedoch keine Anstalten, den Aschenbecher zu entfernen oder zu leeren.
»Hast du dich verlaufen, alter Mann?«, brummelte der Barmann und entblößte dabei ein lückenhaftes, nikotinbraunes Gebiss. In seinem Mundwinkel klemmte eine Zigarette. Im Rhythmus seiner Worte rieselte Asche auf den Tresen.
»Nein. Ich bin hier verabredet. Ich möchte bitte ein Bier«, antwortete Dr. Röhli in betont höflichem Russisch.
Der Mann ließ ein schnaubendes Geräusch hören.
»Wir haben nur Wodka«, raunzte er zurück. Wieder fiel Asche von der Zigarette auf die klebrige Theke.
»Dann nehme ich einen Wodka«, seufzte Urs Röhli. Was sollte das werden? Wo war Klarow? Der Oberst war eigentlich ein pünktlicher Mann. Er hatte heute noch nichts zu Abend gegessen und war hungrig. Aber er verspürte nicht die geringste Lust, den Barmann nach der Speisekarte zu fragen.
Mit einem Knall wurde ein Glas vor ihn auf die schmutzige Bar gestellt. Dr. Röhli zuckte zusammen. Der Stier goss aus einer Flasche drei Finger breit Wodka in das Glas.
»Nasdrowje«, grunzte der Barmann und wandte sich wieder anderen Gästen zu.
Vorsichtig schnupperte Dr. Urs Röhli an dem Glas. Der Schnaps roch wie Lösungsmittel.
Da ertönte eine laute, ihm unbekannte Stimme hinter seinem Rücken. »He, Männlein! Du hast doch bestimmt eine Menge Geld dabei. Meine Freunde und ich haben großen Durst. Lädst du uns auf einen Wodka ein? Oder bist du schwul? Mit Tunten trinken wir nämlich nicht. Tunten schlagen wir aus dem Leben.«
Unverhohlene Aggressivität lag in jedem Wort.

Der Barmann glaubte, sehen zu können, wie dem alten Mann der Schweiß ausbrach. Angstschweiß, vermutete er.

*

Die Männer im Lagezentrum des Kanzleramtes sahen einander stumm an. Noch immer war nicht klar, wer den Platz von Dr. Roland Frühe einnehmen sollte.
»Wie konnte er nur so unvorsichtig sein?«, fragte der Innenminister zum wiederholten Mal. »Er hat nicht einmal seine Leibwächter mitgenommen.«
»Wenn er das getan hätte, wären die Personenschützer jetzt auch tot«, entgegnete der Verteidigungsminister trocken. Dann wandte er sich an den Regierungschef.
»Herr Bundeskanzler, wenn Sie gestatten, werde ich unverzüglich nach München aufbrechen und unsere Aktionen vor Ort leiten.«
»Abgelehnt. Ich brauche Sie hier.«
»Dann gehe ich«, sagte der Innenminister. Der Klang seiner Stimme spiegelte nicht ganz die beabsichtigte Entschlossenheit.
»Auch das haben wir doch schon besprochen. Sie sind der Verfassungsminister. Ich brauche Sie ebenfalls hier. Wir könnten höchstens ...«
In diesem Moment kam der Finanzminister herein.
»Herr Bundeskanzler, meine Herren«, begrüßte er die Anwesenden. »Die Beschaffung der Diamanten läuft problemloser, als wir gedacht haben. Die Firma in Südafrika ist zur Zusammenarbeit bereit. Sie geben uns ihre gesamte Reserve. Das ist deutlich mehr als die Hälfte der geforderten Summe. Außerdem haben wir ein Stillschweigeabkommen vereinbart. Wenn nichts durchsickert, wird der Preis stabil bleiben. Den Rest werden wir hoffentlich im Laufe des morgigen Vormittags in Antwerpen zusammenbekommen.«

»Das sind gute Nachrichten. Je eher wir die Diamanten nach München schaffen, desto schneller ist dieser Horror vorbei. Hoffentlich. Sagen Sie, Herr Finanzminister«, der Kanzler hob die Stimme leicht, »wären Sie bereit, die Übergabe vor Ort zu überwachen und einen reibungslosen Ablauf zu garantieren?«

»Wenn das Ihr Wunsch ist, dann bin ich selbstverständlich bereit, meine Pflicht zu tun. Aber wäre es nicht angemessener, wenn der Innenminister nach München fährt? Ich meine, das wäre auch für die Beamten des Grenzschutzes ein stärkeres Signal.«

Der Regierungschef sah in die Runde.

Der Bundesinnenminister ergriff das Wort. »Der Finanzminister hat recht. Er kann zwar die Übergabe leiten. Doch als Repräsentanten brauchen wir jemanden anderes. Ich akzeptiere Ihre Bedenken, Herr Bundeskanzler. Aber ich befürchte, es wird kein Weg daran vorbeiführen, dass ich den Finanzminister begleite.«

Das Telefon des Bundeskanzlers klingelte. Die Leitung seiner Sekretärin. »Was gibt es?«, fragte er unwillig in den Hörer. »Der Bundespräsident? Jetzt? Stellen Sie durch!« Die Sekretärin entgegnete etwas. Die Züge des Regierungschefs zeigten Verblüffung. »Hier?«, fragte er. »Persönlich?«

In diesem Moment ging die Tür des Sitzungssaals auf. Das Staatsoberhaupt der Bundesrepublik Deutschland betrat mit ernster Miene den Raum. »Herr Bundeskanzler, meine Herren«, begann er. »Mein Entschluss steht unwiderruflich fest. Ich werde mich über die Medien als Geisel anbieten. Im Austausch für die Insassen eines Zeltes. Dieser Staat muss seine bedingungslose Verbundenheit mit den Geiseln demonstrieren. Versuchen Sie nicht, mich umzustimmen.«

*

Wo blieb Klarow nur? Urs Röhli spürte, wie sein Herzschlag schneller wurde.

»He, Männlein! Hast du was an den Ohren? Soll ich dir die Ohren mal mit Wodka durchspülen? Dann verstehst du mich bestimmt besser!«, sagte die angriffslustige Stimme hinter ihm.

Er hörte, dass links und rechts hinter ihm zwei andere Männer glucksten. Es waren also drei.

Hilfesuchend sah er zum Barmann. Aber der schien nichts gehört zu haben und unterhielt sich mit einem der anderen Gäste. Die beiden spielten ein Würfelspiel. Gerade drosch der Barmann den Lederbecher auf die Theke.

Langsam drehte sich der Schweizer Wissenschaftler auf dem Barhocker herum. Vor ihm stand ein Schrank von einem Bootsmann, flankiert von zwei kräftigen Matrosen. Drei Augenpaare glitzerten ihn streitsüchtig an. Alle Wege waren ihm abgeschnitten. Es gab keine Möglichkeit zur Flucht.

Die Gesichtszüge von Dr. Urs Röhli spiegelten Panik wider.

Warum kam Klarow nicht? Was war hier los? Der Milizoberst hätte die Sache sofort bereinigt. Allein der Anblick seiner Uniform hätte die drei Kerle lammfromm werden lassen.

»Ihr drei könnt euch gerne was bestellen. Ich lade euch ein.«

»Du bist aber wirklich freundlich, Männlein!« Der Schrank in der Mitte brüllte eine Bestellung durch den Raum. Der Barmann stellte augenblicklich drei Gläser auf den Tresen, die er reichlich füllte.

»Du hast schon Freunde gefunden, wie ich sehe«, raunzte er Dr. Röhli zu und zeigte ein weiteres Mal mit einem hämischen Grinsen seine schadhaften Zähne. Dann drehte er sich um und kehrte zu seinem Würfelspiel zurück.

Die drei Männer nahmen ihre Gläser und prosteten sich zu.

399

Sie sahen den Schweizer Wissenschaftler grinsend an. »Na los!«, sagte der rechte.

Dr. Urs Röhli nahm sein Glas. Seine Hand zitterte leicht.

»Nasdrowje«, sagte er mit unsicherer Stimme. Er setzte das Glas an und zwang sich, einen Schluck von dem Lösungsmittel zu trinken. Ein Brennen floss seine Kehle hinab. Sein Magen verkrampfte sich in einer spontanen Abwehrreaktion. Gerade noch konnte er verhindern, dass er den Schnaps sofort wieder ausspuckte.

Was für ein fürchterliches Zeug!

»He, Männlein! Magst du unseren Wodka nicht? Bist wohl was Besseres? Wolltest dir mal ein bisschen Elend anschauen und dir daraus einen Spaß machen, was? Aber wir drehen den Spieß um, Männlein! Wir schauen uns *dein* Elend an und machen *uns* einen Spaß daraus!«

Der Mann in der Mitte lachte schallend. Seine beiden Kumpane stimmten ein.

»Nein, ich wollte mich hier mit einem Freund treffen ...«

»Hier gibt's keine Tunten, Männlein!«, sagte der linke Matrose.

»Du hast hier keine Freunde, Männlein!« Wieder lachte der Mann in der Mitte. »Außer, du kannst sie bezahlen. Wie viel Geld hast du denn dabei, Männlein? Wie viel fällt dir wohl aus den Taschen, wenn ich dich kopfüber ein bisschen schüttele?«

Der Mann links von dem Wortführer zeigte auf den Aktenkoffer. »Und wie viel finden wir wohl, wenn wir deinen Koffer aufmachen, Männlein?«

Der Bootsmann kam einen Schritt auf ihn zu.

Das war der Moment, in dem Dr. Urs Röhli keinen anderen Ausweg mehr sah, als Wolfgang Härter um Hilfe zu bitten.

Luft werden.

Er nahm seine Brille aus Fensterglas ab und legte sie auf die Bar.

Wind werden.
Der Angriff dauerte nicht ganz sechs Sekunden.
Sturm werden.
Kapitän zur See Wolfgang Härter sprang von seinem Hocker und richtete sich auf. Das viel zu große Jackett glitt von seinem Oberkörper und fiel auf den Hocker. Seine Schultern spannten sich. In den Mienen seiner drei Gegner konnte er völlige Überraschung ablesen.

Seine Hand befand sich bereits neben dem Kopf des Mannes, der rechts von ihm stand, bevor der Matrose reagieren konnte.

Der Mann hatte die Bewegung des Armes nicht gesehen. Viel zu schnell. Daumen und Zeigefinger packten den oberen Rand der Ohrmuschel. Härter hob den Ellbogen, holte Schwung. Dann flog der Ellbogen nach unten. Er riss dem Mann das linke Ohr vom Kopf.

Die Wunde blutete sofort sehr stark.

Der Mann schrie auf.

Der Schrank in der Mitte kam auf ihn zu und holte mit der Faust zu einem Schlag gegen seinen Kopf aus. Links von sich hörte er das Geräusch eines aufspringenden Klappmessers.

Mit einer Bewegung, die an einen Fußball-Torwart beim Abschlag erinnerte, trat er dem Bootsmann gezielt zwischen die Beine. Härters Schienbein traf ihn wie die stumpfe Seite einer Axt. Die Wucht des Tritts hob den sicher neunzig Kilo schweren Mann kurz ein wenig an.

Dauerhafte Schädigung des Gegners billigend in Kauf genommen. Bestimmt kein Verlust für den Genpool der Menschheit.

Seine linke Hand griff nach hinten zum Tresen. Mit der Schlagkraft einer Tennis-Vorhand schmetterte er dem Matrosen, der links von ihm stand, den schweren Aschenbecher genau ins Gesicht.

Voll durchgezogen.
Mitten in die Fresse rein.
Der Aschenbecher zerbarst beim Aufprall. Der Kopf des Mannes wurde in einer Wolke aus Asche, Kippen, Blut, Glas, Fleischfetzen, Nasenknorpel und Zahnsplittern nach hinten gerissen. Das Messer klapperte auf den Boden. Der Angreifer konnte sich nicht auf den Beinen halten, riss noch zwei weitere Männer mit sich und stürzte dann nach hinten.
Der Wortführer war schlagartig kalkweiß geworden. Sein Atem ging keuchend. Seine Hände hielten seine zerquetschten Hoden. Sein Oberkörper kippte langsam nach vorne. Wolfgang Härter traf ihn mit einem Kopfstoß genau auf die Nasenwurzel. Er spürte, wie das Nasenbein seines Gegners zerbrach.
Blut schoss aus den Nasenlöchern.
Der Mann taumelte einen Schritt nach hinten, seine Knie gaben dabei nach. Er sank zu Boden und kippte auf die Seite, wo er sich heftig erbrach.
Der Kapitän hielt das abgerissene Ohr direkt vor das Gesicht seines ehemaligen Besitzers. Dann ließ er das Ohr fallen.
In einer Reflexhandlung bückte sich der Mann, um sein eigenes Körperteil aufzufangen.
Das rechte Knie des Kapitäns traf ihn ungebremst im Gesicht. Beide Jochbeine brachen mit einem hässlichen Knacken.
Auch der dritte Angreifer wurde nach hinten geschleudert und ging zu Boden. Sein Gesicht war eingedrückt und schrecklich entstellt. Er rührte sich nicht mehr.
Es war schlagartig still geworden. Niemand sprach ein Wort.
Nur eine russische Popsängerin sang davon, wie schmerzhaft der Verlust ihres Geliebten für sie war.

Rund einhundertfünfzig Augenpaare sahen Härter an. Langsam glitten die Augen des Kapitäns durch das Lokal. Blaues Feuer.
»Sonst noch jemand ohne Fahrschein?«, fragte er in gestochen scharfem Russisch.
Fünf Sekunden vergingen. Zehn. Dann wandten die Gäste des Lokals – wie auf einen unhörbaren Befehl hin – ihre Köpfe wieder ab und setzten ihre Gespräche fort, als wäre nichts geschehen.
Wolfgang Härter zog sein Jackett an, setzte seine Brille auf und griff nach dem Aktenkoffer. Schließlich sah er den Barmann an, der mit bleichem Gesicht hinter seiner Theke stand.
»Was bin ich schuldig?«, fragte er.
»Das geht aufs Haus«, stammelte der Mann.
Unbehelligt verließ Härter das Lokal. Kaum hatte sich die Tür hinter ihm geschlossen, als seine Schultern nach vorne fielen. Seine Silhouette wandelte sich zu der eines schmächtigen Mannes. Sein ganzer Körper sackte von einer Sekunde auf die andere in sich zusammen. Wie er dann so gebückt und mit etwas unsicheren Schritten die Straße entlangging, wirkte er zehn Zentimeter kleiner und zehn Jahre älter. Erst an der nächsten Straßenecke blieb er stehen und stellte den Koffer ab.
Aus einer der großen Taschen seines Sakkos förderte er ein Päckchen zutage, das aussah wie die Verpackung eines Erfrischungstuches. Er riss es auf. Ein kleines Tuch kam zum Vorschein, das stark alkoholisch roch. Härter reinigte sich sorgfältig die Hände und das Gesicht.
Das Mittel, mit dem das Tuch getränkt war, war eine Entwicklung der amerikanischen Kollegen. Es hatte die Eigenschaft, Blut zuverlässig von der Haut zu entfernen. Das Mittel brannte an seinen Händen und Wangen. Nachdem er den

Vorgang ein weiteres Mal wiederholt hatte, warf er die beiden Tücher in einen Abfluss der Kanalisation.
Wie sehr er es hasste, wenn er eine seiner Tarnungen fallenlassen musste. Und dann auch noch auf so spektakuläre Weise. Er war immer darauf bedacht, unnötige Brutalität und das mit ihr verbundene Aufsehen zu vermeiden. Aber in diesem Fall war es nicht anders gegangen. Die Situation hatte ihn gezwungen, sich demonstrativ Respekt zu verschaffen. Hätte er die drei Angreifer ohne sichtbare Verletzungen kampfunfähig gemacht, wäre möglicherweise das ganze Lokal über ihn hergefallen.
Härter schüttelte ärgerlich den Kopf.
Ausgerechnet bei Urs Röhli. Dr. Urs Röhli war eines seiner Meisterwerke. Eine »lebende Legende«, wie man so etwas in Geheimdienstkreisen nannte. Über Jahre aufgebaut.
Dr. Urs Röhli hatte ein Büro und eine Sekretärin. Seine Zürcher Privatadresse war ebenfalls bekannt. Seine Schweizer Herkunft war lückenlos dokumentiert. Seine Stelle an dem tatsächlich existierenden und tatsächlich sehr renommierten »Zürcher Institut für militärische Zeitgeschichte und strategische Studien« wurde über eine Stiftung in Liechtenstein finanziert.
Da Härter in Geschichte promoviert hatte, war es ihm möglich, unter Historikern als Historiker aufzutreten. Er hielt als Urs Röhli Vorträge auf Fachkongressen. Es gab sicherlich mehr als einhundert hochreputierte Militärhistoriker und Konfliktforscher auf der Welt, die jeden Eid geschworen hätten, dass es sich bei Wolfgang Härter um ihren geschätzten Kollegen Dr. Urs Röhli handelte.
Die entsprechende Maskerade vorausgesetzt.
Die Abteilung A&Ω beschäftigte einen eigenen Historiker, der unter dem Namen Urs Röhli Fachaufsätze publizierte. Kurzum: Im akademischen Sinne existierte Dr. Urs Röhli.
Urs Röhli war nicht die einzige »lebende Legende«, die er

aufgebaut hatte, jedoch eine seiner besten. Ein bisschen stolz war der Kapitän auf Urs Röhli schon.

Er spürte, dass die Wirkung des Adrenalins langsam nachließ. Jetzt musste er sich aus dem Staub machen. Zurück nach Kaliningrad. Herausfinden, was da schiefgelaufen war. Was war mit Klarow?

Er sah sich um.

Was er jetzt brauchte, war ein Taxi.

> Der Listige lässt denjenigen,
> welchen er betrügen will,
> die Irrtümer des Verstandes selbst begehen.
>
> Carl v. Clausewitz, *Vom Kriege*

14

Wien, Februar 2004

Das Restaurant des Hotels »Imperial« war, wie das ganze Haus, von luxuriöser Pracht. Die Wände waren mit dunklen Edelhölzern verkleidet. Kunstvolle Kassettenmuster verliehen dem Raum Struktur. Dreiarmige Leuchter an den Wänden warfen ein warmes Licht auf die Tische. Tiefe Teppiche verschluckten jeden Schritt.

Aus einem ovalen Goldrahmen blickte Kaiser Franz Josef in Öl mit gestrenger Miene auf die Szenerie herab.

Der Gast namens Siedlazek lehnte sich in das weiche Polster des prunkvollen Sessels zurück und seufzte zufrieden. Der Küchenchef hielt einmal mehr, was sein Ruf versprach. Und auch der Weinkeller hatte wahre Kostbarkeiten bereitgehalten. Sein Blick wanderte zu seinem alten Freund, der ihm gegenübersaß.

Der Mann war noch mit dem dritten Gang beschäftigt. Als Nächstes würde ein Zwischengang serviert: ein Fruchtsorbet, um die Geschmacksnerven anzuregen.

Gedämpftes Murmeln der anderen Gäste war zu hören. Der Gast namens Siedlazek hatte um einen abgelegenen Tisch gebeten. Seinem Wunsch war entsprochen worden. Ein Kellner schenkte ihnen noch einmal Wein nach.

»Sind die Herren zufrieden?«, fragte er.

»Oh, ja. Ganz ausgezeichnet. Vielen Dank«, antwortete der Gast namens Siedlazek.

Sein alter Freund hob nur kurz den Kopf und nickte dem Kellner kauend zu. Dann schenkte er seine Aufmerksamkeit wieder den Variationen vom heimischen Wild, die er gerade verspeiste. Reh. Hirsch. Fasan.

Nachdem er einen weiteren Bissen nach genüsslichem Kauen heruntergeschluckt hatte, sah er Viktor Slacek an.

»Das Essen ist unglaublich«, sagte er auf Russisch und tupfte sich mit seiner Serviette den Mund ab. »Bereits als du in meine Abteilung zur Ausbildung abkommandiert worden bist, war mir klar, dass das karge Leben beim Militär auf Dauer nichts für dich sein würde.« Er hob sein Glas. »Du hast es schon immer verstanden, zu leben. Aber langsam erreichst du in dieser Disziplin eine ähnliche Perfektion wie in deinem Beruf. Nasdrowje!«

Viktor Slacek nickte lächelnd. »Ja, das Leben ist zu kurz, um schlechten Wein zu trinken.«

Sie stießen an.

Sein Gegenüber machte sich erneut über das Essen her. Slacek sah ihm wohlwollend dabei zu. Diesem Mann verdankte er so vieles. Er war mehr als ein Freund. Er war sein Lehrer gewesen, sein Mentor. Und, wenn nötig, auch sein Vater.

Slacek stammte ursprünglich aus der Tschechoslowakei. Angesichts seiner besonderen Leistungen beim Militär war er als junger Mann zu den Eliteverbänden des sowjetischen Brudervolkes geschickt worden. In die Schule für Feldoperateure der Speznas-Truppen nach Kaliningrad.

Seine besondere Leistungsfähigkeit lag vor allem darin begründet, dass Slacek seinem Wesen nach ein vollkommen mitleidsloser Mensch war. Gefühlsregungen in diese Richtung waren ihm völlig unbekannt. Er war im Gefecht zwar manches Mal wütend geworden, wenn ein Kamerad verwundet wurde, den er gut gekannt hatte. Aber das war nur kalte Wut auf den Feind und keinesfalls Mitleid mit dem Kameraden. Ideale Voraussetzungen für einen Operateur, der gezwungen sein konnte, ganze Familien auszulöschen. Auch Frauen und Kinder.

Er hatte damals seine Chance ergriffen und war ein sehr gelehriger Schüler gewesen. Er bewährte sich im Feld. Doch als der Ostblock und mit ihm das Militärbündnis des Warschauer Paktes zusammenbrach, war alles anders geworden.

Die Sache, für die zu kämpfen sie geschworen hatten, existierte nicht mehr. Die Tschechoslowakei zerfiel. Mit der tschechischen Republik hatte er nichts am Hut. Das war nicht mehr seine Sache.

Er suchte nach einer neuen Orientierung. Da kam ihm die freie Marktwirtschaft gerade recht. Denn sie hatte eine wundervolle Eigenschaft: Der Kapitalismus bot die Möglichkeit, sich hemmungslos zu bereichern. Wenn man die nötigen Qualifikationen hatte.

Und Viktor Slacek war ein hochqualifizierter Mann.

Schnell wurde ihm klar, dass seine besonderen Fähigkeiten und Fertigkeiten im Westen sehr gefragt waren. Er schied aus der Armee aus und machte sich selbständig. Zunächst arbeitete er von Prag aus. Bald jedoch war er nach Zürich umgezogen und hatte dabei die Spuren seiner wirklichen Identität vollständig verwischt.

Nur die Verbindung zu seinem Kommandeur in Kaliningrad erhielt er aufrecht. Daran war ihm aus mehreren Gründen gelegen. Zum einen war da eine gewisse soldatische Sentimentalität. Damals hatte er noch an etwas anderes geglaubt als an Geld. Zum anderen waren die Verbindungen nach Kaliningrad bei der Beschaffung seiner Arbeitswerkzeuge sehr hilfreich.

Sein früherer Ausbilder hatte ihn niemals hängenlassen.

Deshalb war er froh, jetzt seine Dankbarkeit zeigen zu können. Wenn er seinem alten Freund bei einem Problem helfen konnte, dann würde er das gerne tun. Das war für Viktor Slacek Ehrensache.
Sie hatten noch nicht darüber gesprochen, um welches Ziel es sich handelte. Dafür wäre später noch Zeit. Aber eines stand für Viktor Slacek felsenfest: Wer auch immer, wo auch immer und wann auch immer – die Zielperson war bereits jetzt eine wandelnde Leiche.
Totes Fleisch.

*

Am nächsten Morgen lag München nach wie vor unter einer geschlossenen Wolkendecke. Als im Osten das erste fahle Licht über den bleigrauen Horizont kroch, fiel Brigadegeneral Xaver Moisadl ein Stein vom Herzen.
Die Maßnahmen, die er ergriffen hatte, zeitigten die gewünschte Wirkung. Einerseits war da die hohe Zahl an Patrouillen, die im ganzen Stadtgebiet unterwegs waren. Andererseits hatten auch die befestigten Kontrollposten, die neuralgische Punkte sicherten, ihre Aufgaben erfüllt.
Die Riegelstellung der Panzergrenadiere rund um die Theresienwiese hatte für zusätzliche Beruhigung gesorgt.
Nur bei einem Einkaufszentrum im Stadtteil Perlach hatten sich gegen Mitternacht einige hundert überwiegend junge Menschen zusammengefunden. Die Filiale eines großen Fachmarktes für Unterhaltungselektronik übte wohl eine starke Anziehung aus.
Schnell war es ihm gelungen, dort zwei Kompanien zusammenzuziehen. Und tatsächlich hatte allein die Präsenz der Soldaten ausgereicht, um die Menge wieder zu zerstreuen.
Bis jetzt benötigte er die Turnhallen, die er für eventuelle Ingewahrsamnahmen requiriert hatte, nicht.

Doch nicht nur ihm ging es jetzt, da der Morgen anbrach, besser. Auch in seinem Stab machte sich Erleichterung breit. Er sah sich in seiner Operationszentrale um. In den Gesichtern der Soldaten, die kaum geschlafen hatten, wich die Anspannung langsam der Zuversicht.
Die Bürger Münchens hatten Ruhe bewahrt.
Das Tagebuch der Operation »Schäfflertanz« vermerkte für die vorangegangene Nacht »keine besonderen Vorkommnisse«.
Oberst Buchwieser, sein Stabschef, trat neben ihn und überreichte ihm einen Zettel.
»Herr General, ich habe hier eine dringende Meldung für Sie.«
»Danke.«
Moisadl faltete den Zettel auseinander. Die Meldung war verschlüsselt. Zahlenreihen in Blöcken zu je acht Ziffern. Auf den ersten Blick ein ganz normaler Bundeswehrcode, aber eben nur auf den ersten Blick.
Diesen Code konnte er nur mit einem persönlichen Schlüssel entziffern, denn ihn verwendete nur eine einzige Abteilung. General Moisadl war einer der wenigen, die von dieser Abteilung wussten.
Und von dem Mann, der diese Abteilung leitete.
Von dem Mann mit dem Decknamen Zerberus.

*

Kaliningrad, 9:30 Uhr Ortszeit

Mittlerweile hatte er vieles klären können. Oberst Klarow hatte ihn in dem anderen Restaurant namens »Oleg« erwartet. Die Verwechslung war Schuld des Taxifahrers, dieses sympathischen Mannes mit den traurigen Augen. Ein Blick

auf den Stadtplan hatte auch den Grund aufgezeigt. Die Route, die Härter in dem Taxi gefahren war, war um ein Vielfaches länger. So etwas passiert, wenn keine Zeit ist, eine Operation gewissenhaft vorzubereiten. Deshalb war ihre Verabredung geplatzt. Die sollte nun heute Abend nachgeholt werden. Damit jedes weitere Missverständnis ausgeschlossen war, verabredeten sie sich in einem Lokal, das sie beide kannten. Ob es nicht auch schon zum Mittagessen ginge, hatte Härter noch gefragt. Aber Klarow hatte erst abends Zeit.
Eigentlich hatte Härter gehofft, um zwanzig nach sieben den Nachtzug nach Berlin nehmen zu können. Nun würde er erst morgen früh fliegen. Um kurz vor halb zehn mit der Air Baltic nach Kopenhagen. Dass dort ein ganz bestimmter Operateur auf ihn warten würde, hatte er bereits veranlasst. Sein sogenanntes Stand-in würde bereit sein.

Er sah auf seine Sinn-Uhr.

Kapitän zur See Wolfgang Härter lief die Zeit davon.

Er hatte einen kurzen Bericht an Moisadl abgesetzt. Darin hatte er den General darüber informiert, dass sie es vermutlich mit Puteschestwenniki zu tun hatten. Mit »Reisenden«. Elitesoldaten. Mehr konnte er im Moment nicht tun.

Er würde den Tag wieder bei Ivanov im Archiv verbringen. Obwohl er nicht glaubte, dass weiteres Suchen noch Aussicht auf Erfolg hätte. Der Gegner hatte seine Spuren verwischt. Die Namensliste, die sie dennoch entdeckt hatten, war ein Glückstreffer gewesen. Aber vielleicht hatte der Gegner ja doch etwas übersehen.

Er setzte die falsche Brille auf und zog sich das viel zu große Jackett über. Dann verließ Dr. Urs Röhli mit etwas unsicheren Schritten sein Hotelzimmer, um zu frühstücken.

*

Natürlich hatten sie es versucht. Aber niemand hatte den Bundespräsidenten von seinem Vorhaben abbringen können. Er wollte sich im Austausch für ein Zelt als Geisel zur Verfügung stellen. Keiner der Anwesenden bestritt, dass ein solches Angebot eine politisch kluge Geste war. Allen war klar, dass nicht nur die Bürger im Inland, sondern auch die Regierungen im Ausland diese Selbstlosigkeit schätzen würden.
Jeder Hinweis auf das Risiko war vom Staatsoberhaupt abgeprallt. Der Mann galt ohnehin als starrköpfig, und so waren die Versuche, ihn noch umzustimmen, bald eingestellt worden.
Deshalb trafen um zwölf Uhr an diesem Tag nicht nur der Innen- und der Finanzminister in der bayerischen Staatskanzlei ein, sondern auch der Bundespräsident.
Der Ministerpräsident begrüßte den hohen Besuch. Der Bundespräsident verwehrte ihm jedoch die erhofften Pressefotos. Der offizielle Pressetermin war auf Wunsch des Staatsoberhauptes gemeinsam mit dem Stadtkommandanten angesetzt. Der bayerische Regierungschef reagierte zwar äußerst ungehalten, ändern konnte er jedoch an der Entscheidung nichts.

*

Polizeihauptmeister Ulgenhoff absolvierte eine weitere Schicht in einem der Zelte. Freiwillig, denn diese Stadt war auch seine Stadt. Er wohnte hier gerne. Und er nahm seinen Beruf sehr ernst. Er war verpflichtet, die Sicherheit der Bürger Münchens zu gewährleisten.
Seine Verlobte hatte ihn angefleht, nicht noch einmal in eines der Zelte zu gehen. Sie hatte gebeten und gebettelt. Schließlich hatte sie gedroht, ihn zu verlassen. Auch Kroneder hatte versucht, ihn davon abzubringen.

Aber er hätte sich selbst vorgeworfen, die Geiseln im Stich zu lassen. Er wollte diesen Menschen zeigen, dass die Polizei ihnen beistand. Und wenn diese Menschen sterben mussten, dann würde er mit ihnen sterben. Diese Sicht der Dinge teilte er mit vielen Kollegen, Ärzten und THW-Mitarbeitern, die in den Zelten Dienst taten. Das wusste er aus Gesprächen mit ihnen.

Seit zwei Stunden kümmerte er sich im Zelt der Korbinian-Brauerei um die Geiseln. Er rief Ärzte herbei, wenn es nötig war, und fand tröstende Worte für diejenigen, die mit den Nerven am Ende waren.

Das Problem war nur: Eigentlich waren alle mit den Nerven am Ende.

Und plötzlich nahm der Alptraum seinen Lauf.

Ulgenhoffs ganz persönlicher Alptraum.

Alles begann bei den Sitzreihen rechts vorne, nahe dem Haupteingang.

»Wir wollen raus!«, skandierten zunächst nur wenige Menschen, dann schnell immer mehr. Das rhythmische Rufen schwoll an und trieb ihm einen Schauder über den Rücken. Das war eine gefährliche Entwicklung. Er bat in der Wiesn-Wache um Verstärkung. Kroneder setzte augenblicklich fünfzig weitere Bereitschaftspolizisten in Marsch.

War dies der Zeitpunkt, das Ultimatum zu verkünden und den Countdown bekanntzugeben?

»Wir wollen raus!«, riefen die Menschen. Inzwischen schlugen sie dazu im Rhythmus ihrer Rufe mit Maßkrügen auf die Biertische.

Er stand mit acht weiteren Beamten am Haupteingang. Seine Blicke strichen unruhig durch das riesige Bierzelt. Auch mit fünfzig zusätzlichen Beamten würden sie eine Massenpanik nicht aufhalten können. Wie würden die Täter reagieren, wenn aus einem der Zelte plötzlich die Leute herausdrängten?

»Wir wollen raus!« Lauter und lauter.
Ulgenhoff befahl zwei Trupps an die Ausgänge. Die Männer holten die dort lagernden Schilde und stellten sich in einer Reihe vor die Türen.
Die ersten Leute im Zelt standen auf. Bald hatten sich an die fünfzig erhoben, die sich nun aus den ersten beiden Gängen zwischen den Biertischen schoben. Langsam kamen sie durch den Hauptgang auf die Tür zu. Vorneweg marschierte ein stämmiger Kerl in bayerischer Tracht. Oberbayern, registrierte Ulgenhoff.
»Wir wollen raus!« Im Takt ihrer Rufe reckten sie die rechte Faust nach oben.
Ulgenhoff ging ihnen zwei Schritte entgegen und forderte sie mit erhobener Hand auf, stehen zu bleiben. Doch die Leute schoben sich unaufhaltsam weiter nach vorne, nicht schnell, aber beständig.
Ulgenhoff begann, mit lauter und fester Stimme zu sprechen. »Ich muss Sie bitten, sich alle wieder hinzusetzen. Es ist aus Sicherheitsgründen ...«
»Leck mich am Arsch!«, wurde er von dem stämmigen Oberbayern grob unterbrochen.
»Gehen Sie auf Ihre Plätze zurück!« Ulgenhoff schrie jetzt.
»Niemandem wird etwas geschehen. Gehen Sie auf Ihre Plätze zurück!«
Kurz hielten die Menschen inne, dann bewegten sie sich weiter auf Ulgenhoff zu.
Die Gedanken in Ulgenhoffs Kopf rasten. Was sollte er nur tun? Ihm war klar, dass diese Menge mit den paar Männern, die er hatte, nicht lange aufzuhalten war. Wo blieb die Verstärkung?
Es war auch zu spät, den Leuten jetzt den Countdown zu erklären. Die Stimmung, zumindest hier, im rechten vorderen Viertel des Zeltes, war zu aufgeheizt.
Er rief Kroneder über Funk, bekam jedoch keine Antwort.

Schließlich teilte die Funkzentrale mit, Kroneder spreche auf einer anderen Leitung.
Ulgenhoff musste eine Entscheidung treffen.
Jetzt.
Und Ulgenhoff traf eine Entscheidung. Eine Entscheidung, die gegen alles verstieß, wofür er gearbeitet und woran er geglaubt hatte. Eine Entscheidung, die ihn bis ans Ende seiner Tage verfolgen sollte.
Eine einsame Entscheidung.
Ulgenhoff zog seine Dienstwaffe und lud die Pistole.

*

Amelies Mobiltelefon klingelte, es war die Sekretärin von Josef Hirschmoser. Der Herr Hirschmoser ließ ausrichten, er befinde sich auf dem Weg ins Rathaus.
Der Herr Hirschmoser habe beschlossen, den Stadtkommandanten zur Rede zu stellen. Und das würde der Herr Hirschmoser in seiner Eigenschaft als Sprecher der Wiesn-Wirte innerhalb der nächsten Stunde tun. Das wäre für die Presse doch sicher interessant?
Amelie bedankte sich für den Anruf.
Da sie im Moment ohnehin nichts Besseres zu tun hatte, würde sie zum Rathaus fahren. Sie rief ihren Fotografen an und verabredete sich mit ihm auf dem Marienplatz.
Eine große Geschichte würde das voraussichtlich nicht werden. Aber die Auftritte von Sepp Hirschmoser unterlagen einer gewissen Unberechenbarkeit, die im Temperament des Mannes begründet lag. Wenn Hirschmoser in Rage geriet, war er Gold wert.

*

Polizeihauptmeister Martin Ulgenhoff brachte seine H&K P7 in Vorhalte und zielte auf die Brust des stämmigen Kerls, der noch immer die Menge anführte.

»Stehen bleiben!«, schrie Ulgenhoff. »Stehen bleiben, oder ich schieße!«

Er hob die Waffe zum Dach des Zeltes und gab einen Warnschuss ab.

»Schleich dich!«, rief der Oberbayer ihm entgegen. »Du Würschterl schießt doch nicht auf mich!« Der Mann lachte höhnisch. Er drehte sich halb um und winkte den Leuten hinter ihm zu. »Auf geht's! Raus gemma!«

Ulgenhoff senkte seine Dienstpistole und zielte auf den linken Oberschenkel des Mannes.

»Zum letzten Mal, bleiben Sie stehen, oder ich schieße!«

Erneut lachte der Mann höhnisch.

Ulgenhoff war vollkommen verzweifelt. Ich kann doch nicht auf unschuldige Menschen schießen. *Vater unser, der du bist im Himmel.* Ich werde schießen müssen. *Geheiligt werde dein Name.* Auf Menschen, die zu schützen meine Aufgabe ist. *Dein Reich komme, dein Wille geschehe.* Wenn sie noch zwei Schritte näher kommen, werde ich schießen müssen. *Führe uns nicht in Versuchung, sondern erlöse uns von dem Bösen.* Wenn ich ihnen doch nur erklären könnte, dass es um Zehntausende Menschenleben geht. *Und vergib uns unsere Schuld, wie auch wir vergeben unseren Schuldigern.*

Dann drückte Ulgenhoff ab.

Die Kugel durchschlug den Oberschenkel des Oberbayern, streifte einen zweiten Mann, der sich hinter ihm befand, auf Höhe des Knies und blieb schließlich in der Wade einer Frau stecken.

Drei Menschen brachen schreiend zusammen. Die Menge blieb stehen.

»Bitte, gehen Sie bitte auf Ihre Plätze zurück, damit die Ärzte durchkommen können, bitte!« Seine Stimme war bemerkenswert ruhig, obwohl sein Inneres in großem Aufruhr war. Noch nie hatte er bei einem Einsatz seine Dienstwaffe gezielt abgefeuert.

Die Menschen gehorchten. Wie ferngesteuerte Maschinen, manche mit schreckgeweiteten Augen, bewegten sich die Geiseln zu ihren Plätzen zurück. Ungläubiges Gemurmel wurde hörbar.

Die Polizei hatte auf einen von ihnen geschossen. Drei von ihnen waren verwundet. Das war doch gar nicht vorstellbar. Was hatten sie getan, dass man sie behandelte wie gefährliche Verbrecher?

Ulgenhoff suchte in den Gesichtern der Menschen nach Verständnis und Vergebung. Die Mienen spiegelten jedoch nur Angst, Fassungslosigkeit und Wut wider.

Keine Vergebung, nirgends.

Die Verstärkung traf ein. Einer der Beamten klopfte ihm aufmunternd auf die Schulter. »Sie hatten keine andere Wahl, Kollege.« Die Ärzte machten sich an die Versorgung der Wunden. Einer wandte sich kurz zu Ulgenhoff um. »Nichts Schlimmes«, sagte der Mediziner. »Glatte Durchschüsse. Bis auf die Frau. Aber auch bei der sitzt die Kugel nur oberflächlich. Nichts Dramatisches passiert.«

Die Worte erreichten Ulgenhoffs Ohren, aber nicht seinen Verstand. Die Stimme des Arztes schien von weit her zu kommen. Wie in Trance steckte er seine Waffe zurück in das Holster. Ihm war, als wäre etwas in ihm zerbrochen. Irreparabel zerstört. Ihm wurde klar, dass er etwas sehr Wertvolles verloren hatte. Unwiederbringlich.

Als er sprach, klang seine Stimme mechanisch. Ohne Melodie. »Ich gehe zur Wiesn-Wache. Ich muss einen Bericht schreiben.«

*

Amelie Karman hatte recht behalten. Seit zehn Minuten versuchte Sepp Hirschmoser, ins Rathaus eingelassen zu werden, aber die Posten verstellten ihm den Weg. Inzwischen war Hirschmoser tatsächlich in Rage.
»Ich muss mit dem General reden! Ich bin der Sprecher der Wiesn-Wirte! Ich bezahl den Kerl schließlich mit meinen Steuern.«
Hirschmosers Stimme überschlug sich fast, und die anwesenden Journalisten hielten begierig ihre Mikrofone in Richtung des aufgebrachten Mannes.
»Ich bin ein angesehener Bürger dieser Stadt und außerdem der Freund des Ministerpräsidenten. Ich habe gewisse Rechte!«, ereiferte der sich gerade.
Da erschien General Moisadl mit drei weiteren Soldaten.
»Was geht hier vor?«
Amelie fand, dass die Stimme des Generals bedrohlich ruhig klang.
Hirschmoser fuhr herum und blaffte los. Kleine Spuckkügelchen begleiteten die Worte, die seinen Mund verließen.
»Wann jagen Sie die Saukerle endlich von der Wiesn? Warum tun Sie nichts? Soll ich meinen Leuten sagen, dass sie das selber machen müssen?«, fuhr Hirschmoser den General an. Er holte tief Luft. »Ich verlier Geld. Einen Haufen Geld! Ich bin ...«
»Ich weiß, wer Sie sind«, schnitt ihm Moisadl das Wort ab. »Von Ihren Steuergeldern werde ich nicht bezahlt. Ihre Steuern werden hoffentlich ausschließlich für Finanzbeamte verwendet, die versuchen, hinter Ihre Schweinereien zu kommen.«
Moisadl bedachte Hirschmoser mit einem Blick, in dem die Wärme einer Berchtesgadener Winternacht lag.
»Ich kenne Leute wie Sie«, fuhr er fort. »Und ich kann Leute wie Sie nicht ausstehen.« Der Brigadegeneral hob die Stimme. »Durch und durch korruptes Gesindel! Leute wie Sie

haben Schuld daran, dass Bayern als Amigoland verschrien ist.«

Hirschmoser lief rot an. Auf seiner Stirn wurde eine Ader sichtbar.

Der General war noch nicht fertig mit seinem Gegenüber. Sein rechter Zeigefinger stieß wie der Schnabel eines aggressiven Straußenvogels rhythmisch in die schwabbelige Brust des Wiesn-Wirtes. Und seine Worte flogen Hirschmoser wie Wurfmesser entgegen: »Damit die Sache zwischen uns beiden klar ist, Herr Hirschmoser. Ich würde nicht einmal auf Sie pissen, wenn Sie in Flammen stünden.«

Die bayerische Herkunft des Generals wurde in seinem Dialekt hörbar. »Und jetzt schleich dich, du ausgefressener Dultstand, du Zipfel, du! Sonst wirst festgesetzt! Grattler!«

Moisadl drehte sich auf dem Absatz um und ging zurück ins Rathaus.

Josef Hirschmoser verfiel in Schnappatmung.

*

Brighid McNamara hatte rotblondes Haar und helle Haut. Nase und Wangen waren mit Sommersprossen übersät. Dem ersten Eindruck nach, den Professor Heim während seiner Unterhaltung mit der Frau gewonnen hatte, war die Ehefrau des amerikanischen Offiziers eine ganz reizende Person.

Mit einem offenen Lächeln und strahlenden Augen hatte sie begeistert von ihren Erlebnissen in Deutschland und Europa erzählt. Sie fühle sich hier sehr wohl, hatte sie ihm versichert. Die Frau, das wusste Peter Heim inzwischen auch, war irischer Abstammung. Sie hatte ihm die Bedeutung ihres Vornamens erklärt. Brighid war in der keltischen Mythologie die Göttin des Lichtes und der Dichtkunst.

Der Schwächeanfall von Brighid McNamara kam völlig

überraschend. Professor Heim hatte sich gerade mit dem Marineinfanteristen über dessen Erfahrungen im Irak-Krieg unterhalten, als die Frau bleich wurde. Auf ihrer Stirn und Oberlippe bildete sich ein feiner Schweißfilm. Er war total perplex, als Brighid plötzlich zur Seite kippte.

McNamara reagierte sofort. Er fing seine Frau auf, hob sie hoch und bettete sie vorsichtig auf den Boden. Ihre Beine legte er auf eine Bank. Aber auch, als er ihr Luft zufächelte, rührte sich die Frau nicht.

»Sie ist im vierten Monat schwanger«, sagte Oberstleutnant McNamara zu Peter Heim. »Ich wollte deshalb eigentlich gar nicht hierhergehen. Aber sie hat darauf bestanden. Sie hat gesagt, ich hätte mich doch so sehr auf das Oktoberfest gefreut. Sie hat ja auch nur Limonade getrunken.« Besorgnis schwang in seiner Stimme mit. Zärtlich strich er mit einer Hand über die blutleere Wange seiner Frau.

»Ich hole Hilfe«, erwiderte Peter Heim und erhob sich.

Der Professor sah sich im Zelt um. Dann trat er auf einen der Männer im schwarzen Anzug zu. Währenddessen folgte ihm von einem der Balkone aus der Lauf eines Maschinengewehrs.

»Entschuldigung, aber wir brauchen einen Sanitäter«, sagte Heim höflich, als er den Posten erreicht hatte. Der schien nicht zu verstehen, sondern zeigte mit ausgestrecktem Arm in Richtung der Toiletten. »Nein, nein.« Heim schüttelte den Kopf. »Wir brauchen einen Sanitäter. Medizinische Hilfe. Sanitäter«, wiederholte er dann und zeigte auf Brighid McNamara.

Der Mann sagte irgendetwas zu einem unsichtbaren Gesprächspartner. Was war das für eine Sprache? Klang irgendwie osteuropäisch. War das Polnisch? Oder Tschechisch? Oder vielleicht Russisch? Da er keine dieser Sprachen beherrschte, konnte er nur raten.

Der Mann nickte seinem unsichtbaren Gesprächspartner

zu. »Da!«, sagte er. Dieses Wort kannte der Professor. Das war Russisch und bedeutete »ja«.
Der Mann im Kampfanzug winkte ihn mit einer Geste seiner Maschinenpistole zurück an seinen Platz.
Nach ungefähr fünf Minuten sah Peter Heim, wie eine Gruppe von drei Mann sich ihnen näherte. An der Spitze dieser Gruppe lief der Mann mit der Nummer eins auf dem Helm.
Der Mann, der am Sonntag die Ansprache gehalten hatte. Jetzt war bereits Mittwoch.
Die zurückliegenden Tage kamen Professor Peter Heim vor wie ein absurdes Theaterstück mit Überlänge.

*

Das Kriegsglück war ihm hold. Er würde sich gar keinen fingierten Anlass für die Kontaktaufnahme ausdenken müssen. Die Frau des Amerikaners war zusammengeklappt. Ausgezeichnet!
Die Auswertung der Aufzeichnungen des Richtmikrofons hatte ergeben, dass Generalmajor Oleg Blochin mit seiner Einschätzung richtig gelegen hatte. Der Mann war nicht nur Soldat, sondern er war auch noch Amerikaner.
Besser hätte er es gar nicht treffen können.
Seit Beginn der Operation hatte er nach einem Soldaten im Zelt Ausschau gehalten. Denn sollte seine Desinformationsoperation Erfolg haben, brauchte er dafür einen Soldaten. Jetzt hatte er sogar einen amerikanischen Soldaten. Einen Mann mit Kampferfahrung, wie er durch die Abhöraktion wusste.
Er wusste auch, dass der Mann, mit dem sich der Amerikaner und seine Frau unterhalten hatten, ein deutscher Professor war, der gut Englisch sprach. Blochins Englisch war zwar passabel, aber er sprach mit starkem Akzent. Er würde

dem Professor gegenüber lieber als Deutscher auftreten. Der würde übersetzen können.

Aus dem Tonfall und der Thematik der abgehörten Gespräche hatte er herausgehört, dass sich der Professor mit dem Ehepaar angefreundet hatte.

Umso besser.

Blochin und seine beiden Begleiter erreichten die am Boden liegende Frau und den daneben knienden Mann. Der Professor saß wieder auf seinem Platz am Biertisch.

»Was ist hier los?«, herrschte Blochin den Amerikaner an, der ihn mit zu schmalen Schlitzen verengten Augen fixierte.

Peter Heim antwortete für McNamara. »Die Frau hat einen Schwächeanfall. Wir brauchen einen Sanitäter.«

»Wer hat mit *Ihnen* geredet?« Blochin sah den Professor feindselig an.

»Der Mann ist Amerikaner und versteht nicht so gut Deutsch. Deshalb habe ich geantwortet«, antwortete Peter Heim etwas unsicher. Der Kommandeur der Geiselnehmer war eine einschüchternde Erscheinung. Angst kroch in dem Professor empor.

»Aha! Und die Frau braucht also einen Sanitäter? Was ist denn passiert?«

Peter Heim übersetzte die Frage für McNamara.

»Sie ist schwanger, und ihr Kreislauf macht den Stress und das viele Sitzen nicht mehr mit. Bitte helfen Sie ihr«, kam die Antwort.

»Sie haben ja komische Vorstellungen«, sagte Blochin kalt. »Sagen Sie mir einen Grund, warum ich die Frau hier nicht einfach verrecken lassen sollte.«

Er beobachtete das Gesicht des Amerikaners genau, während Peter Heim übersetzte. Und er sah das erhoffte Aufblitzen der Aggressivität in den Augen des amerikanischen Marineinfanteristen.

Das läuft ja wie am Schnürchen, dachte sich Generalmajor Oleg Blochin.
Da meldete sich Okidadse per Funk. »Sie sollten sofort in den Gefechtsstand kommen, General. Das müssen Sie sich ansehen!«
»Wieso? Was ist los?«
»Der Bundespräsident spricht gerade im Fernsehen. Er bietet sich als Geisel an.«
»Ich komme.« Blochin rief seinen Begleitern etwas zu. Dann ging er mit schnellen Schritten in Richtung des Gefechtsstandes und ließ Professor Heim und Oberstleutnant McNamara zurück.
Die beiden wechselten ratlose Blicke. Kurze Zeit später kamen zwei Sanitäter mit einer Bahre auf sie zu.
Die noch immer bewusstlose Brighid McNamara wurde auf die Trage geladen. »Unser Arzt wird ihr helfen«, sagte einer der Sanitäter in gebrochenem Deutsch.
McNamara nickte dem Mann zu. »Danke«, sagte er mit leiser Stimme.
Peter Heim bemerkte den drohenden Unterton, der in dem einen Wort lag.
Während Blochin zu Okidadse ging, musste er sich eingestehen, dass er mit einer solchen Wendung nicht gerechnet hatte.
Der Bundespräsident zeigte eine Charaktereigenschaft, die er von einem dieser degenerierten Demokraten nicht erwartet hätte.
Eine Charaktereigenschaft, die Generalmajor Blochin mehr als jede andere schätzte: Mut.
Iljuschin kam ebenfalls auf den Gefechtsstand zu. Der Nahkampfspezialist hatte geschlafen und war auf dem Weg, sich ein Frühstück zu organisieren. Jetzt wäre Blochin an der Reihe, sich auszuruhen. Aber das musste er wohl verschieben. Zuvor würde er sich anhören, was das Staatsoberhaupt

der Bundesrepublik Deutschland ihm anzubieten hatte. Dann würde er Kriegsrat halten.

*

Zwei Stunden später landete der Luftwaffen-Airbus mit den Diamanten an Bord in Augsburg.
Der Bundesfinanzminister war persönlich anwesend, um die kostbare Fracht in Empfang zu nehmen. Zu seiner Sicherheit hatte General Moisadl ihm dreißig Soldaten des Kommandos Spezialkräfte und die gleiche Anzahl Gebirgsjäger und Feldjäger mitgegeben.
Mehrere gepanzerte Fahrzeuge standen bereit, um die Edelsteine nach München zu bringen.
Nachdem das Flugzeug zum Stillstand gekommen war, wurden Keile unter die Reifen geschoben. Eine Treppe rollte zur vorderen Tür.
Soldaten schwärmten in Dreiergruppen aus und sicherten die Maschine nach allen Seiten. Ein Dingo ging vor dem Airbus in Stellung.
Der Staatssekretär, der den Kauf der Diamanten in Südafrika abgewickelt hatte, kam die Gangway herab und gab seinem Vorgesetzten die Hand.
»Guten Tag, Herr Minister. Die Verhandlungen sind gut verlaufen. Nicht auszudenken, wenn De Vries gemauert hätte. Wir müssen jetzt noch auf die Maschine aus Antwerpen warten. Ich habe über Funk erfahren, dass sie in einer halben Stunde hier sein wird. Dann haben wir die geforderte Menge zusammen.«
»Danke, Herr Staatssekretär. Und herzlichen Glückwunsch zu Ihrem Erfolg bei den sicher schwierigen Verhandlungen.« Der Finanzminister nickte anerkennend. »Gute Arbeit! Ich kann bestätigen, dass die zweite Maschine ebenfalls in der Luft ist. Wir sollten trotzdem sofort mit der Verla-

dung beginnen. Das werden die Soldaten übernehmen. Lassen Sie die Steine zu den Schützenpanzern bringen.«
»Wird erledigt.« Der Staatssekretär hielt kurz inne, dann lächelte er den Finanzminister an. »Das ist ganz schön aufregend, finden Sie nicht?«, fragte er begeistert und zeigte auf die Soldaten, die die Umgebung nach möglichen Zielen absuchten. »Das sieht hier aus wie in einem Bruce-Willis-Film. Da soll noch mal einer sagen, im Finanzministerium gäbe es nur langweilige Jobs für Erbsenzähler.«
Kindskopf, dachte der Finanzminister.

*

Sie hatten die Sache während einer ausgiebigen Mahlzeit von allen Seiten beleuchtet. Okidadse war dagegen gewesen, Iljuschin dafür.
Schließlich war Blochin zu dem Schluss gekommen, dass er von seinem ursprünglichen Plan abweichen und das Angebot des Bundespräsidenten annehmen würde. Eigentlich änderte er niemals den Plan, während eine Operation lief. Aber die Vorteile einer so wertvollen Geisel ließen ihn mit seinen Prinzipien brechen. Er wollte seine Entscheidung gerade Okidadse und Iljuschin mitteilen, als sich Dr. Kusnezow über Funk bei ihm meldete.
»Herr General, der Zustand der Frau ist wieder stabil. Sie ist bei Bewusstsein und fragt nach ihrem Mann.«
»Verstanden, mein lieber Doktor. Halten Sie sie noch etwas hin. Ich möchte den Mann noch ein bisschen im eigenen Saft schmoren lassen. Ich hoffe sehr, dass er irgendwann die Beherrschung verliert.«
Blochin wandte sich an die beiden Offiziere, die ihn aufmerksam ansahen.
»Die Sache mit dem Amerikaner scheint zu funktionieren. Man muss eben manchmal Glück haben. Es ist immer auch

eine Frage des Glücks, ob man Erfolg hat. Und was das Angebot des Bundespräsidenten angeht, da teile ich Ihre Auffassung, Polkownik Iljuschin. Der Mann hat Mut. Und Mut verdient Respekt. Wir werden das Angebot annehmen. Eine Geisel mit einer solchen Bedeutung wird uns die Durchführung von Phase zwei sehr erleichtern. Der Mann soll zu uns ins Zelt kommen, dann lassen wir die Insassen eines anderen Zeltes gehen. Ich werde ein entsprechendes Fax an die Behörden senden.«

»Ich hätte noch einen weiteren Vorschlag, General«, sagte Iljuschin beiläufig. Obwohl Blochin und Okidadse den Mann seit Jahren gut kannten, konnte er seine Aufregung vor ihnen verbergen. Das war die Möglichkeit, auf die er gewartet hatte. Sie bemerkten nicht, dass Iljuschin unter großer Anspannung stand.

»Lassen Sie hören, Polkownik.« Blochin fixierte ihn mit starrem Blick.

Heller Fels.

»Wenn wir den höchsten Repräsentanten dieses Staates hier bei uns haben, sollten wir dann nicht auch jemanden dazuholen, der dieses Ereignis für die Nachwelt festhält?« Iljuschins Stimme klang ruhig, fast gleichgültig.

»Wie meinen Sie das?«

»Ich denke, es wäre sinnvoll, einen Vertreter der Presse zusammen mit dem Bundespräsidenten in unser schönes Zelt zu bitten.« Iljuschin räusperte sich. »Ich denke da an jemand Bestimmtes. Sie haben selbst gesagt, General, dass wir uns sehr amüsieren werden, wenn wir das Buch von Fräulein Karman lesen. Sollten wir ihr nicht ein paar mehr Details liefern?«

»Abgelehnt«, sagte Blochin schroff. »Das destabilisiert die Lage nur unnötig. Davon haben wir nichts.«

Iljuschin hatte befürchtet, dass sich der General sperren würde. Doch er würde in dieser Sache nicht nachgeben. Er dachte an das Foto, das in seiner linken Brusttasche steckte. Genau über dem Herzen.

»Aber sehen Sie, General, wenn wir diese Frau zu uns ins Zelt holen und die Operation weiterhin planmäßig verläuft, dann wird sie für uns die Legende von den kultivierten Geiselnehmern erschaffen. Davon hätten wir schon etwas.« Iljuschin richtete sich in seinem Stuhl auf, bevor er weitersprach. »Und ich übernehme die Verantwortung, dass sie nichts tut, was uns schaden kann. Außerdem ...«

»Was, außerdem?«, unterbrach ihn Blochin scharf.

»Außerdem würden Sie mir persönlich eine Freude machen.«

Blochin sah den Nahkampfspezialisten durchdringend an. Dann wandte er sich an Okidadse. »Was meinen Sie dazu?«

»Wenn es Polkownik Iljuschin Freude macht, warum nicht? Wir halten hier ohnehin knapp fünftausend Geiseln in Schach. Da kommt es auf eine mehr oder weniger meiner Meinung nach nicht an. Ich sehe keine Gefahr für den Fortgang der Operation.«

Iljuschin hätte Okidadse umarmen können. Obwohl er ansonsten von dem Techniker nicht viel hielt. Ein Sesselfurzer, kein Kämpfer.

Es verstrichen einige Sekunden, bevor Blochin langsam antwortete. Er betonte jedes Wort. »Nun gut, Polkownik Iljuschin. Wenn es denn Ihr persönlicher Wunsch ist, sollen Sie Ihren Willen haben. Um der vielen Jahre willen, die wir Seite an Seite im Kampf standen. Aufgrund Ihrer bedingungslosen Loyalität, auf die ich mich immer verlassen konnte. Und in Anerkennung Ihrer Tapferkeit, die Sie im Kampf stets bewiesen haben.«

Wir werden uns nahe sein, dachte Iljuschin.

Ganz nahe.

Es war so weit.

Dann fuhr Blochin mit deutlich schärferer Stimme fort.

»Aber Sie werden auf die Frau aufpassen. Stellen Sie einen Mann daneben, der sie nicht aus den Augen lässt.« Das hatte ich ohnehin vor, dachte Iljuschin, während Blochin weitersprach. »Wenn sie irgendetwas unternimmt, das unsere Operation gefährdet, ist sie augenblicklich zu liquidieren. Wir alle wissen, dass das Fräulein ziemlich clever sein muss. Ich werde ein Schreiben an ihre Redaktion aufsetzen und per Fax losschicken. Die Behörden werden einen entsprechenden Text erhalten, der die Echtheit des Fax bestätigt. Wir werden sehen, ob sie überhaupt den Mumm hat, zu uns zu kommen. Vielleicht ist ihr das Risiko auch zu hoch. Wir können sie ja nicht zwingen.«

»Doch, das können wir.« Iljuschin nickte eifrig. »Schreiben Sie einfach, wir nehmen das Angebot des Präsidenten nur an, wenn Amelie Karman mitkommt.«

Diesmal sprach Generalmajor Oleg Blochin seine Antwort mit einer Bestimmtheit, die keine weitere Diskussion duldete: »Abgelehnt! Ich werde doch den Mut dieses Mannes nicht dadurch herabwürdigen, dass ich die Anwesenheit so eines dummen Huhns als zusätzliche Forderung stelle.«

Der General würde sich noch wundern, sehr sogar.

*

Amelie Karman war gerade zu Fuß auf dem Weg in die Redaktion, als sie der Anruf erreichte. Was ihr der Leiter der Münchner Redaktion da soeben mitteilte, war derart unglaublich, dass sie zunächst an einen schlechten Scherz unter Kollegen dachte.

Die Ernsthaftigkeit in der Stimme ihres Vorgesetzten ließ jedoch keinen Zweifel zu. Das Fax war echt. Die Polizei hatte das bestätigt. Die Täter boten ihr an, zusammen mit dem Bundespräsidenten ins Benediktiner-Zelt zu kommen.

»Ihnen muss klar sein, Frau Karman, dass der Verlag keinerlei Garantie für Ihr Leben übernehmen kann. Die Polizei rät davon ab, dass Sie der Einladung der Täter folgen. Sie gehen damit ein unmittelbares Risiko für Leib und Leben ein.«

Aber wenn ich das überlebe, dachte Amelie, dann bekomme ich für diese Reportage den gottverdammten Pulitzer-Preis. Und ihr Risiko war auch nicht höher als das des Bundespräsidenten oder das von Werner, der immer noch im Bärenbräu-Zelt festsaß.

Amelie sollte später noch oft darüber nachgrübeln, wieso sie sich in diesem Moment nicht gefragt hatte, warum die Geiselnehmer ausgerechnet ihr dieses Angebot machten. Aber in diesem Moment stellte sie sich diese Frage nicht. Zu verlockend war die Aussicht auf eine weltweite Exklusivgeschichte.

»Das ist mir klar. Aber Sie verstehen auch, dass dieses Angebot eine einmalige journalistische Chance darstellt.« Als sie weitersprach, zitterte ihre Stimme zwar leicht, doch ihre Entscheidung stand fest. »Ich werde das Angebot annehmen. Wie wird das vor sich gehen?«

Der Redaktionsleiter seufzte. Er hatte diese Reaktion erwartet. Jugendlicher Leichtsinn gepaart mit Ehrgeiz. Eine gefährliche Kombination.

»Sie finden sich um sechzehn Uhr an der Theresienwiese ein. Sie passieren den militärischen Sperrgürtel am Bavariaring, bei der Paulskirche. Die Soldaten wissen Bescheid. Sie werden zur Wiesn-Wache gebracht. Dort warten Sie auf den Bundespräsidenten.«

»Ich werde pünktlich sein. Jetzt muss ich noch einige Vorbereitungen treffen. Auf Wiederhören.«

»Und, Frau Karman, wenn wir etwas für Sie tun können, dann lassen Sie es mich wissen.«

»Ja, das können Sie. Wünschen Sie mir Glück!«

Sie drückte auf den roten Knopf an ihrem Mobiltelefon, um das Gespräch zu beenden. Was war noch zu tun? Das Dik-

tiergerät zu Hause abholen. Notizbücher und Stifte einpacken. Die kleine Digitalkamera. Oh, Mann! Sie würde sich mit dem Bundespräsidenten direkt in die Höhle des Löwen begeben. Bestimmt würde das im Fernsehen übertragen werden.
Sie musste sich umziehen. Sie würde ihr anthrazitfarbenes Kostüm tragen. Ganz klassisch. Knielanger Rock. Zweireihiger Blazer. Blickdichte Strümpfe. Ihre Beine konnten sich sehen lassen. Eine weiße Bluse dazu. Schmuck? Nein. Makeup? Nur ganz dezent.
Gedankenverloren klappte sie das Telefon zu und ließ es in ihre Handtasche gleiten.
Doch es fiel nicht in die Tasche.
Es fiel daneben.
Mit einem Knall schlug es auf dem Asphalt auf. Der Deckel des Batteriefachs sprang ab. Sie bückte sich fluchend, um das Telefon wieder aufzuheben. Als sie das Gerät aufklappte, sah sie, dass das Display einen Sprung hatte und das Scharnier gebrochen war.
Da war nichts mehr zu machen.
»Auch das noch! Verdammter Schiet!« Sie nahm den Akku aus dem Gerät und entfernte die SIM-Karte aus ihrer Halterung, denn auf dieser Karte waren alle wichtigen Nummern gespeichert. Aus ihrer Handtasche kramte sie eine volle Packung Papiertaschentücher hervor. Sie drückte die Packung an den Seiten zusammen. Dann schob sie die SIM-Karte dazwischen. Sie verschloss die Packung wieder und steckte sie zurück in die Handtasche. So war die empfindliche Karte geschützt. Wo sollte sie jetzt ein neues Telefon herbekommen?

*

Über die letzten Stunden hatten sich in dem amerikanischen Marineinfanteristen Wut und Aggression aufgebaut. Das war für Peter Heim unschwer zu beobachten. Mehrfach versuchte er, Oberstleutnant McNamara zu beruhigen. Doch der hatte zunehmend unwillig auf seine Bemühungen reagiert.

»Diese Bastarde haben ihr bestimmt etwas angetan. Für die zählt doch ein Menschenleben nichts.« Peter Heim hatte den Eindruck, dass der Amerikaner mehr mit sich selbst sprach als mit ihm. »Wenn sie ihr auch nur ein Haar gekrümmt haben, dann werden sie das bitter bereuen.« Der Geheimdienstoffizier redete beunruhigend leise.

Fieberhaft überlegte Professor Heim, mit welchen Argumenten er den Amerikaner davon abhalten könnte, eine Dummheit zu begehen. Wobei Dummheit wohl nicht ganz der richtige Ausdruck war. Der Mann brachte damit sein Leben in Gefahr.

Oder noch genauer: Peter Heim war sich sicher, dass der Marineinfanterist – zumal selbst unbewaffnet – eine Konfrontation mit den Geiselnehmern nicht überleben würde. Aber damit nicht genug: Die Reaktion der Täter war nicht abzuschätzen. Würden sie aus Rache weitere Geiseln töten? Möglicherweise bekamen diese Menschen Angst, dass ihre Autorität in Frage gestellt wäre, wenn sie nicht blutig zurückschlügen. Das musste McNamara doch auch klar sein.

»Sehen Sie, Mr. McNamara …«, begann Heim, stockte jedoch sofort, denn der Marineinfanterist machte eine abwehrende Geste, die ihn zum Schweigen brachte. McNamaras Blick ging an ihm vorbei. Kleine Falten über der Nasenwurzel zeigten an, dass er sich konzentrierte.

Langsam drehte sich der Professor um. Er wollte nachsehen, was die Aufmerksamkeit seines Gegenübers erregt hatte.

Der Anführer der Geiselnehmer kam auf ihren Platz zu. In ungefähr zwanzig Metern Entfernung gab er eine Anweisung an die beiden Männer, die ihn begleiteten. Die zwei Soldaten blieben stehen, während ihr Kommandeur weiterging. Als er ihren Tisch erreicht hatte, baute er sich vor McNamara auf.

Peter Heim konnte von dem Gesicht des Mannes nur die Augen sehen. Der Rest wurde von einer Sturmhaube aus dünnem schwarzen Stoff verdeckt. Der Blick des Geiselnehmers streifte den Professor nur kurz. Danach fixierte er sofort wieder den Amerikaner.

Dieser kurze Moment reichte jedoch, um Peter Heim einen Schauer über den Rücken zu jagen. Die Augen des Mannes waren unnatürlich hell, wirkten wie entfärbt. Ein blasses Grau war zu erkennen. Der Blick des Mannes mit der Nummer eins auf dem Helm war unbeteiligt.

Heller Fels.

Die Attacke des Amerikaners erfolgte ohne jede Vorankündigung. Nicht eine einzige Bewegung war zu sehen gewesen, bevor der Marineinfanterist förmlich explodierte. Es war dem Professor nicht möglich, den einzelnen Bewegungsabläufen McNamaras zu folgen.

Plötzlich stand McNamara neben dem Kommandeur. Irgendwie war es ihm gelungen, einen Arm unter der rechten Schulter seines Gegners durchzustrecken und dessen Handgelenk zu packen.

Bruchteile einer Sekunde später machte der Amerikaner einen schnellen Schritt zur Seite und eine Vierteldrehung nach links. Jetzt hielt er den rechten Arm des Mannes auf dessen Rücken. Polizeigriff. Mit einer schwungvollen Bewegung riss er den Arm nach oben.

Der Kopf des Oberarmknochens sprang mit einem garstigen Geräusch aus der Gelenkpfanne.

Ein schmatzender Knall.

Der maskierte Mann unterdrückte einen Schmerzensschrei. Alles, was Peter Heim hören konnte, war, wie der Anführer unter seiner Maske scharf die Luft einzog. McNamara ließ den rechten Arm seines Gegners los und wollte gerade zu einem Schlag ausholen, als der linke Ellbogen des anderen mit voller Wucht seinen Rippenbogen traf.
Der Amerikaner verlor beinahe das Gleichgewicht, konnte sich jedoch gerade noch auf den Beinen halten. Auch von dem Marineinfanteristen war kein Laut zu hören außer einem scharfen Einatmen.
Unbewusst hatte Peter Heim den Atem angehalten, während er den Kampf der beiden Männer beobachtete. Nun sah er, wie einer der Schäferhunde, von Leine und Maulkorb befreit, auf sie zujagte. Mit einem Satz stürzte sich der Hund auf McNamara und verbiss sich knurrend in dessen rechtem Oberschenkel. Der amerikanische Elitesoldat verpasste dem Tier einen kräftigen Faustschlag auf die Schnauze. Der Schäferhund wich zurück, allerdings ohne seine Kiefer zu öffnen. Dabei riss er McNamara einen großen Klumpen Fleisch aus dem Bein.
Eine klaffende Wunde blieb zurück.
Aber Oberstleutnant McNamara stand noch immer.
Der Hund spuckte das Fleisch aus, zögerte jedoch mit einem weiteren Angriff. Ein zweiter Mann in schwarzer Kampfmontur kam durch den Gang gerannt. Noch immer hatte Peter Heim nicht geatmet.
Der rechte Arm von McNamaras Gegner schlenkerte unkontrolliert herum, als der Mann versuchte, den Marineinfanteristen mit einem Tritt von den Beinen zu holen. Der Amerikaner wich geschickt aus.
Die rechte Seite seines Gegners war jetzt ungedeckt. McNamara erwischte ihn mit einem punktgenauen Schlag auf die ausgekugelte Schulter. Diesmal war der Schmerz so stark, dass sein Gegner einen kurzen Schrei ausstieß.

McNamara wollte nachsetzen, doch der zweite Mann setzte aus vollem Lauf zu einem hohen Tritt an und traf ihn mit seinem Stiefel auf der Brust. Der Amerikaner flog zwei Meter nach hinten und blieb auf dem Rücken liegen.
Sofort war sein neuer Gegner über ihm. Er trat McNamara mit dem Absatz seines Kampfstiefels auf das rechte Knie. Knochen brachen krachend.
McNamara heulte auf.
Mit Grausen entdeckte der Professor, dass der Mann an der rechten, zur Faust geballten Hand einen Schlagring trug. Aus der Vorderseite des Schlagrings ragte eine acht Zentimeter lange, dreieckige Klinge.
Der Mann fiel neben McNamara auf die Knie und holte aus, um die Klinge in den Hals des Amerikaners zu stoßen.
»Halt!«, rief der Kommandeur der Geiselnehmer.
Der zweite Angreifer erstarrte in der Bewegung und wandte sich um. In den Augen des Mannes sah Peter Heim ein seltsames Flackern.
Der Kommandeur sah den Mann nur an und schüttelte langsam den Kopf.
McNamara hustete Blut. Der Tritt hatte offenbar innere Verletzungen des Brustkorbs zur Folge gehabt. Sein rechtes Bein war blutüberströmt und stand auf Höhe des Knies in einem unnatürlichen Winkel ab.
Aber der Kommandeur der Geiselnehmer schien das Leben von Oberstleutnant McNamara schonen zu wollen. Oder wollte er ihn langsam verbluten lassen?
Vorsichtig erlaubte sich Peter Heim, Luft zu holen. Er registrierte, dass seine Hände zitterten. Pochend meldete sich der Schmerz in seiner verletzten Wange zurück.

16:30 Uhr

Generalmajor Oleg Blochin war wütend. Wütend auf sich selbst. Eine solche Unaufmerksamkeit war unter Operationsbedingungen unverzeihlich. Doch dieser Amerikaner war unglaublich schnell gewesen. Der Mann hatte ihn tatsächlich überrascht. Das war schon lange niemandem mehr gelungen. Ein guter Kämpfer.

Er saß auf einem der Betten, die in dem abgetrennten Sanitätsbereich aufgestellt waren. Dr. Kusnezow hatte die Wunde des Amerikaners versorgt. Die Blutung mit einer Arterienklemme gestoppt. Das Bein provisorisch geschient.

Beinahe hätte Iljuschin den Mann umgebracht. Blochin hatte den Nahkampfspezialisten nicht in die Einzelheiten seines Vorhabens eingeweiht, denn er hatte sich nicht vorstellen können, dass die Situation seiner Kontrolle entglitt. Wäre der Amerikaner gestorben, wäre seine schöne Desinformationsoperation beim Teufel gewesen.

Seine rechte Schulter und der Arm steckten in einem widerstandsfähigen Verband. Dr. Kusnezow hatte die Schulter wieder eingerenkt und mit einer Gilchrist-Schlinge fixiert. Danach hatte er ihm mehrere Spritzen gegeben.

»Das wird trotzdem einige Zeit dauern, bis Sie Ihren rechten Arm wieder belasten können, General. Die nächsten Tage über wird die Schulter anschwellen. Sie werden starke Schmerzen haben. Die Schmerzen kann ich wegspritzen, aber der Heilungsprozess braucht seine Zeit«, hatte ihm der Arzt erklärt.

Trotz der Schmerzmittel konnte er ein Mahlen in seiner rechten Schulter spüren. Die kleinste Bewegung des Arms schickte einen stechenden Impuls durch seinen ganzen Körper.

Verdammt noch mal!

Er dachte an ihren Fluchtplan und an die Schwierigkeiten, die durch seine Verletzung entstanden. Er würde die Zähne zusammenbeißen müssen. Irgendwie würde er das schon schaffen. Die Sache lag ganz einfach: Er *musste* es schaffen. Bald wäre er an einem Ort, an dem er sich in Ruhe würde auskurieren können.

Er erhob sich langsam und winkte Dr. Kusnezow heran. Gemeinsam gingen sie zu dem Amerikaner. Eine Infusion glich den Blutverlust aus. Morphium nahm ihm die schlimmsten Schmerzen. Blochin sprach Deutsch mit ihm. Dr. Kusnezow übersetzte.

»Sie sind ein mutiger Mann«, begann Blochin. »Ich respektiere Mut.«

»Sie haben meiner Frau etwas angetan. Wenn Sie mich nicht töten, werde ich Sie töten, das verspreche ich Ihnen«, entgegnete McNamara.

Seine Stimme war leise. Er atmete nur flach. Blanker Hass schwang in jedem Wort mit.

»Sie sind in der Tat ein mutiger Mann«, wiederholte Blochin. »Aber Ihre Sorgen sind unbegründet. Ihrer Frau geht es gut. Unser Arzt konnte ihr helfen. Ihnen übrigens auch.«

Oberstleutnant McNamara riss die Augen auf. Was hatte der Mann gesagt? Seiner Brighid ging es gut? Misstrauisch sah er die beiden Männer an.

Blochin nickte Dr. Kusnezow zu, der seinerseits einem Sanitäter ein Zeichen gab. Kurze Zeit später wurde Brighid McNamara in das Lazarett geführt. Sie war noch etwas wackelig auf den Beinen, doch als sie ihren Mann sah, lächelte sie tapfer.

»Sie haben mir gesagt, dass du wieder gesund wirst«, sagte sie zu ihrem Mann.

»Dir geht es wirklich gut?« Noch immer lag Misstrauen in seiner Stimme.

Brighid McNamara nickte. »Ja, mir geht es gut.«

»Hat dir jemand etwas angetan?«

»Nein. Es ist alles in Ordnung.«

Der amerikanische Offizier lächelte erleichtert.
»Ich werde Sie beide gehen lassen«, meldete sich Blochin wieder zu Wort. »Sie müssen in ein Krankenhaus. Und wie ich schon sagte: Ich respektiere Mut. Sie haben sich das Leben verdient.«
Er nickte zwei Sanitätern zu. »Bringen Sie den Mann zum Ausgang. Im Freien sollen zwei Geiseln die Bahre tragen. Wenn sie zu fliehen versuchen, werden sie erschossen. Ich werde den Scharfschützen die entsprechenden Befehle geben.« Über Funk meldete er sich bei Okidadse. »Schicken Sie dem Gegner eine Mitteilung, dass wir zwei verwundete Geiseln freilassen.«
»Zu Befehl, General«, kam die Stimme des Fernmeldeoffiziers aus dem Kopfhörer.
Die beiden Sanitäter hoben die Liege an und trugen sie aus dem Lazarett.
Blochin wandte sich an Dr. Kusnezow. »Eine Kriegslist basiert darauf, den Gegner dazu zu bringen, eine Situation von sich aus falsch einzuschätzen«, begann der General. »Bald wird der Bundespräsident hier im Zelt eintreffen. Ich habe vor, mein Wort zu halten und die Insassen eines Zeltes gehen zu lassen. Zusätzlich lasse ich zwei Verwundete frei. Mehr kann man wirklich nicht verlangen. Der Gegner hat keinen Grund, an meiner Gutwilligkeit zu zweifeln.«
Blochin lächelte sein unsichtbares Lächeln unter der Sturmhaube.
Dr. Kusnezow sah Blochin an. Er kannte seinen Kommandeur schon lange. Er wusste, dass der Generalmajor zahlreiche gute Charaktereigenschaften hatte.
Verlässlichkeit, beispielsweise.
Auch Entschlusskraft.
Oder Loyalität.
Aber Gutwilligkeit gehörte definitiv nicht dazu.
Oleg Blochin aktivierte sein Funkgerät und stellte es auf den

Sammelkanal ein, der ihn mit allen seinen Männern verband.

»An alle«, sagte er mit ruhiger Stimme. »Sobald die beiden Geiseln das Zelt verlassen haben, beginnt Phase zwei. Ich wiederhole: Phase zwei läuft an, sobald die Geiseln aus dem Zelt gebracht worden sind.«

> Identitäten werden mitten in der Zeit
> und je gegenwärtig konstruiert und reproduziert,
> um für eine gewisse Zeit Zeitbindungen zu erzeugen.
>
> Niklas Luhmann, *Die Gesellschaft der Gesellschaft*

15

Amelie Karman passierte eine Straßensperre der Panzergrenadiere. Dann meldete sie sich in der Wiesn-Wache. Zwanzig Minuten später traf das Staatsoberhaupt der Bundesrepublik ein. Weder Personenschützer noch Mitarbeiter begleiteten ihn. Er begrüßte zunächst die Polizisten und dankte ihnen für ihren Einsatz. Dann wurde Amelie dem Bundespräsidenten vorgestellt.

Als der Mann ihr die Hand gab und sie fragte, ob sie sich diesen Schritt auch gut überlegt habe, konnte Amelie vor Ehrfurcht kaum antworten. Zu beeindruckend war die Erscheinung des ersten Mannes im Staate. Der Bundespräsident wirkte in natura noch weit charismatischer als im Fernsehen. Er hatte volles, silbergraues Haar und aristokratische Züge. Seine wachen Augen ließen auf einen scharfen Verstand schließen. Der hochgewachsene Mann trug einen dunkelblauen Anzug aus feinstem englischen Tuch, einen hellblauen Wollschlips, ein weißes Hemd und einen schwarzen Wollmantel.

Im Knopfloch seines linken Revers steckte das Ordensband des höchsten Ordens der Bundesrepublik Deutschland. Ansonsten hatte er auf Insignien seines Amtes verzichtet. Erst nach zweimaligem trockenen Schlucken gelang es ihr, mit fester Stimme zu antworten. Ja, sie habe sich die Sache überlegt. Ein guter Journalist müsse auch bereit sein, Risiken einzugehen.

Vor zehn Minuten war bekannt geworden, dass die Täter zwei verwundete Geiseln freigelassen hatten. Schnell stellte sich heraus, dass es sich um ein amerikanisches Ehepaar handelte. Der Mann war übel zugerichtet und nicht ganz bei sich. Die beiden waren umgehend ins Universitätskrankenhaus in der Nussbaumstraße gebracht worden.

»Sehen Sie«, sagte das Staatsoberhaupt noch zu Alois Kroneder, »wenn man guten Willen zeigt, dann hat das immer eine positive Wirkung. Ich sehe darin ein klares Zeichen für die Entspannung der Situation. Wir werden diese Sache hier ohne weitere Opfer beenden.«

Die Miene des hohen Polizeibeamten ließ Skepsis erkennen.

»Das wollen wir stark hoffen, Herr Bundespräsident«, erwiderte Kroneder und wünschte ihnen beiden Glück.

Der Bundespräsident wandte sich an Amelie. »Kommen Sie, Frau Karman, lassen Sie uns gehen!«

Und dann brachen sie auf: vor den Augen der ganzen Fernseh-Menschheit. Der Stadtkommandant, Brigadegeneral Xaver Moisadl, hatte tatsächlich eine Drehgenehmigung erteilt. Die heroische Geste des Staatsoberhauptes sollte für alle Welt zu sehen sein.

Und so verfolgten Milliarden von Augen jede ihrer Bewegungen. Ein feiner Sprühregen lag in der Luft, während Amelie neben dem Bundespräsidenten die Wirtsbudenstraße in Richtung des Benediktiner-Zeltes ging. Kleinste Tröpfchen wurden von kalten Windböen durch die Luft getrieben. Die Wasserschleier wirkten wie Schlieren in altem Glas.

Amelie fröstelte und zog ihren Mantel enger um die Schultern.

Als sie das Benediktiner-Zelt erreichten, wurde eine der Tü-

ren aufgestoßen. Die Mündungen zweier Maschinenpistolen blickten ihnen kalt entgegen. Die Männer, die ihre Waffen auf sie richteten, blieben unsichtbar. Der Eingangsbereich zwischen den inneren und äußeren Türen des Zeltes lag im Dunkeln.
»Im Gegensatz zu mir können Sie immer noch umkehren, wenn Sie wollen«, sagte der Bundespräsident zu ihr. Er sah sie prüfend an. Sie waren keine zehn Meter mehr von den Türen entfernt. Für eine Sekunde wollte Amelie dem stärker werdenden Fluchtimpuls folgen. Doch sie hielt mit dem Staatsoberhaupt Schritt und schüttelte nur den Kopf.
Gemeinsam traten sie durch die äußere Tür, die direkt hinter ihnen ins Schloss fiel. Im Eingangsbereich des Zeltes mussten sich ihre Augen erst an die Dunkelheit gewöhnen. Sie hörte einen unverständlichen Ruf. Die inneren Türen öffneten sich, und sie wurden unsanft in den Innenraum des Zeltes gestoßen.
Hier herrschten normale Lichtverhältnisse. Amelie sah sich um. Hinter ihnen standen zwei Männer in schwarzen Kampfoveralls und kugelsicheren Westen. Die Gesichter der Männer wurden durch Sturmhauben verdeckt. Beide trugen einen Helm. Die kurzen Läufe der Maschinenpistolen zielten auf sie und den Bundespräsidenten. Amelie musste an die Borg aus der Fernsehserie *Raumschiff Enterprise* denken. *Wir sind die Borg. Widerstand ist zwecklos.*
Die Menschen saßen auf den Bierbänken wie Hühner in einer Legebatterie. Es war nur gedämpftes Sprechen hörbar. In der Luft lagen – schwach, aber wahrnehmbar – Schweiß und Stress.
Der Geruch der Angst.
Sie sah zu den Balkonen hoch. An der Rückseite des Zeltes konnte Amelie die beiden mächtigen Abschusslafetten und die Raketen darauf erkennen. Sie registrierte, dass viele dieser schwarz gekleideten Männer im Zelt unterwegs waren.

441

Während die einen die Menschen mit Waffen in Schach hielten, trugen die anderen irgendwelche Gegenstände, die sie nicht erkennen konnte, herum. Kisten. Koffer. Stangen. Einer der Männer hatte ein Maschinengewehr geschultert. Ihre Knie wurden weich.
Hilfesuchend sah sie den Bundespräsidenten an. Seine Züge spiegelten Konzentration. Als sie mit ihren Augen seinem Blick folgte, sah sie, dass drei Männer auf sie zukamen. Der mittlere, der den rechten Arm in einer Schlinge trug, blieb vor dem Staatsoberhaupt stehen und salutierte mit links.
»Herr Bundespräsident, Sie sind hiermit mein Gefangener. Ich betrachte Sie als Kriegsgefangenen gemäß der Genfer Konvention. Ihnen wird nichts geschehen, solange Sie nicht versuchen zu fliehen.« Der Wortführer wandte sich an Amelie. »Das gilt auch für Sie, Frau Karman.«
Als die Augen des Mannes sie ansahen, kroch Angst ihren Nacken hoch. Solche Augen hatte sie noch nie gesehen. Oder doch? Sie glaubte plötzlich, die Form dieser Augen irgendwoher zu kennen. Aber woher? Und die Farbe dieser Augen... Nein, unmöglich. Solche Augen hatte sie noch nie gesehen.
Heller Fels.
»Meine Männer werden Sie jetzt durchsuchen. Das ist leider unumgänglich, denn wir müssen auch an unsere eigene Sicherheit denken.« Die Stimme irritierte Amelie. Sie klang wie die Stimme eines kultivierten Deutschen.
Höflich. Beherrscht. Akzentfrei.
»Die Genfer Konvention?«, fragte der Bundespräsident mit kaum verborgenem Sarkasmus. »Ich hätte nicht gedacht, dass Sie sich mit solchen Lappalien abgeben. Ihr bisheriges Verhalten spricht nicht dafür, dass Sie dieser Konvention eine hohe Verbindlichkeit zugestehen. Ich meine, bezüglich Ihres brutalen Vorgehens gegenüber Nicht-Kombattanten.«
Das Staatsoberhaupt schnaubte.

»Wenn Sie Kombattanten in der Nähe von Zivilisten aktiv werden lassen und mich somit zwingen, militärisch zu reagieren, dann trage ich nicht die Verantwortung für die Folgen. Sie bringen wohl die Genfer Konvention und die Haager Landkriegsordnung durcheinander. Persönlich bedauere ich die Eskalation.«

Der Bundespräsident hob eine Augenbraue. »Sie verlangen im Ernst, dass ich Ihnen das glaube?«

Sein Gegenüber antwortete nicht.

»Wenn Sie so ein Ehrenmann sind, dann müssen Sie jetzt die Geiseln eines anderen Zeltes freilassen. Wie steht es damit? Halten Sie Ihr Wort?«

»Sie schätzen mich falsch ein. Selbstverständlich halte ich mein Wort. Ich habe den Behörden bereits mitgeteilt, dass die Menschen das Bärenbräu-Zelt verlassen können. Ich werde nichts tun, um das zu verhindern. Diese Menschen sind frei.«

Amelie dachte an ihren Geliebten. Werner käme endlich frei. Dafür saß sie hier fest. Sehnsucht und Ärger über sich selbst stiegen in ihr auf. Sie könnten wieder zusammen sein. Welcher Teufel hatte sie geritten, sich auf diesen Wahnsinn einzulassen? Wenn sie wenigstens wüsste, ob es Werner gutging.

»Können Sie das beweisen?«, fragte das Staatsoberhaupt der Bundesrepublik misstrauisch.

»Sie können sich die Berichte im Fernsehen ansehen, wenn Sie mir nicht glauben«, sagte der Mann. Dann wandte sich der Anführer zu den beiden Männern um, die ihn eskortiert hatten.

»Durchsuchen!«, befahl er mit schroffer Stimme.

Einer der beiden Begleiter ging zum Bundespräsidenten, der andere kam auf Amelie zu. Wortlos streckte er eine Hand aus, mit der anderen zeigte er auf ihre Handtasche. Sie sah dem Mann in das maskierte Gesicht.

Die Augen seines Anführers waren schon furchteinflößend, doch der Anblick dieser Augen fuhr ihr durch die Glieder wie ein Stromschlag.
Der Mann musterte sie ebenfalls. In seinen Augen lag ein seltsames Flackern.
»Hallo, Amelie. Schön, dass wir uns endlich kennenlernen.«

*

»Wir müssen Sie bitten, beim Verlassen des Zeltes absolute Ruhe zu bewahren. Das ist unbedingt notwendig. Noch einmal, bitte verhalten Sie sich ruhig. Wenn Sie das Zelt verlassen haben, gehen Sie nach links, die Wirtsbudenstraße entlang. Begeben Sie sich zum Haupteingang. Dort werden Ihre Personalien aufgenommen. Dann können Sie nach Hause gehen«, verkündete die Stimme eines Polizeibeamten über die Lautsprecher.
Werner sah Matthias an. »Wurde auch langsam Zeit«, seufzte er erleichtert. Er packte sein Schachspiel ein und steckte die noch halbvolle Schachtel Zigaretten in die Brusttasche seines Hemdes. Dann zog er seine Jacke über und stand auf. Er ließ die Schultern kreisen, um seine Nackenmuskulatur zu lockern, und schüttelte seine tauben Beine aus. Auch Matthias hatte sich erhoben. Gemeinsam reihten sie sich in die Schlange der Wartenden auf dem Gang ein.
Die Türen des Zeltes wurden geöffnet, und alle setzten sich in einer schweigsamen Prozession in Bewegung. Polizisten und Sanitäter hielten immer wieder den erhobenen Zeigefinger vor die Lippen, um die Menschen daran zu erinnern, ruhig zu sein. Langsam schoben sich die Menschen in Richtung Ausgang.
Jetzt, da die Anspannung und die Ungewissheit von ihm abfielen, bemerkte Werner, wie müde er war.

Er gähnte herzhaft. Aber er hatte noch einiges zu erledigen und machte sich in Gedanken eine Liste. Er musste seine Eltern anrufen und ihnen sagen, dass es ihm gutging. Er musste sich in der Firma nach dem Stand der Dinge erkundigen. Vor allem aber musste er Amelie anrufen. Die konnte ihm bestimmt erklären, was geschehen war. Er hoffte, dass seine Geliebte sich würde freinehmen können. Danach wollte er lange und heiß duschen und etwas essen. Und zwar ganz bestimmt kein Brathähnchen. Und dann wollte er sich in sein schönes Bett legen und schlafen. Er glaubte, hören zu können, wie sein Bett nach ihm rief.
Werner musste erneut gähnen.
Schlafen, o ja!
Lange schlafen.

*

Kaliningrad, 19:30 Uhr Ortszeit

Das Verhältnis von Oberst Klarow und Dr. Urs Röhli war nur auf den ersten Blick ungewöhnlich. In Geheimdienstkreisen war eine Beziehung, wie sie die beiden Männer verband, häufiger anzutreffen. Beide vermuteten vom anderen, dass er etwas anderes war, als er zu sein vorgab. Beide wussten jedoch nicht genau, was der andere war.
Kennengelernt hatten sie sich während der Tagung der Militärhistoriker, auf der Dr. Röhli auch den Archivar Alexander Ivanov zum ersten Mal getroffen hatte. Oberst Klarow war ihm als Offizier der Miliz vorgestellt worden. Er war für die Sicherheit der Tagungsteilnehmer verantwortlich. Aber vieles deutete für Härter darauf hin, dass Klarow noch andere Interessen als die der Miliz vertrat.
Klarow hatte während der Tagung großes Interesse nicht

nur an den Vorträgen über aktuelle Strategien im Kampf gegen den Terrorismus gezeigt, sondern auch an den Plänen zur Reform der NATO, die ein englischer Konfliktforscher in einem für Laien unverständlichen Referat erläutert hatte.
Das war für einen russischen Polizeioffizier sonderbar. Er hatte herausgefunden, dass Klarow früher bei der Militärpolizei gearbeitet hatte.
Wer oder was Klarow jedoch jetzt genau war, hatte Härter nie ermitteln können.
Klarow hatte seinerseits den Schweizer Wissenschaftler – wie auch alle anderen Teilnehmer der Konferenz – überprüfen lassen. Diese Überprüfung hatte im Fall von Dr. Urs Röhli nichts ergeben.
Überhaupt nichts.
Und das weckte bei Klarow, der in der Tat für den Geheimdienst des russischen Innenministeriums, den FSB, arbeitete, ein gewisses Misstrauen. Die Biographie des Schweizers war einfach zu perfekt. Welche Interessen Röhli vertrat, lag für Klarow jedoch im Dunkeln. Er tippte bei Dr. Urs Röhli auf einen nebenberuflichen Nachrichtenhändler. Ein freischaffender Spion.
Sie hatten sich seitdem regelmäßig gesehen. Ob gerade wegen oder trotz der gegenseitigen Verdachtsmomente mochte keiner von beiden sagen. Urs Röhli meldete sich jedes Mal bei Wassilij Klarow, wenn er in Kaliningrad war. Er erkundigte sich stets freundlich nach Klarows Familie. Letztes Jahr hatte er ihm einen Computer für seinen Sohn mitgebracht. Klarow hatte seinerseits gelegentlich in Zürich zu tun. Eine gegenseitige Sympathie konnte keiner von beiden verleugnen.
Ihre Bekanntschaft hatte für beide Seiten Früchte getragen. Ihre Gespräche waren ein mittlerweile eingeübtes, aber dennoch erstaunliches Ritual. Während sie über verschiedene

Themen Allgemeinplätze austauschten, flochten sie in Nebensätzen gerne sensiblere Informationen ein, ohne dass einer von ihnen darauf jemals näher eingegangen wäre. Ein Geben und Nehmen, als ob ein ungeschriebener Vertrag zwischen ihnen bestünde.
Und so war es auch dieses Mal. Sie saßen an einem kleinen Tisch des Restaurants »Ztaryj Kaunas« und redeten über vollkommen unverdächtige Themen.
Nur kurz hatten sie über die Vorgänge in München gesprochen.
»Man weiß gar nicht, was da eigentlich los ist«, sagte Dr. Röhli. »Mir kann es ja im Grunde auch egal sein. Ich bin schließlich Historiker. Das bedeutet, dass mich diese Sache erst interessiert, wenn sie vorbei ist und ich an die Unterlagen herankomme.«
»Die Tatsache, dass die Deutschen ihre Armee mobilisiert haben, zeigt, dass es sich um eine ernste Krise handeln muss. Der Bundespräsident hat sich als Geisel austauschen lassen. Aber man erfährt ja nichts Genaues. Die Deutschen haben eine Nachrichtensperre verhängt.«
Urs Röhli nickte. »Es hat ja wohl über zweitausend Tote gegeben. Schrecklich!«
»Ja, wirklich schrecklich«, stimmte Oberst Klarow ihm zu.
Damit war das Thema erledigt, und er erzählte, dass sein Sohn einem Fußballverein beigetreten sei und sich zu einem guten Spieler entwickele.
Die Küche des Lokals bot vor allem litauische Spezialitäten an. Wolfgang Härter hatte sich schon den ganzen Tag darauf gefreut, *Cepelnai* essen zu können. Klarow beobachtete, wie Urs Röhli die großen, mit Fleisch gefüllten Kartoffelknödel, zu denen saure Sahne serviert wurde, mit sichtlichem Vergnügen verspeiste.
Ihr Gespräch war bei der Fußball-Weltmeisterschaft angelangt, die in zwei Jahren in Deutschland stattfinden sollte.

Sie kamen übereinstimmend zu der Meinung, dass sich die Mannschaft der Schweiz bestimmt qualifizieren würde. »Hopp, Schwyz!«, rief Wassilij Klarow ausgelassen quer durch das Lokal und erntete verwunderte Blicke.

Dann stellten sie fest, dass sie ebenso übereinstimmend der Meinung waren, dass die spielerischen Qualitäten des deutschen Mannschaftskapitäns überschätzt würden.

Während dieser Unterhaltung zog Dr. Röhli ein Foto aus der Tasche seines Jacketts.

Auf dem Foto war das freigestellte Gesicht eines Mannes zu sehen.

Kein Hintergrund.

Nur das Gesicht.

»Kennen Sie diesen Mann zufällig?«, fragte er in beiläufigem Ton.

Klarow sah nur kurz auf das Foto und schüttelte dann den Kopf. »Nein, nie gesehen. Wieso? Wer ist das? Ein Fußballspieler?«, entgegnete er ebenso beiläufig. Das Foto verschwand wieder in der Tasche des Sakkos.

Dr. Röhli winkte ab. »Nein, kein Fußballspieler. Habe nur interessehalber gefragt. Hätte ja sein können, dass Sie den Mann kennen.« Er machte sich wieder über sein Essen her.

Sie wechselten das Thema und kamen auf den Krieg im Irak zu sprechen.

»Eine sehr unglückliche Entwicklung für die Amerikaner«, sagte Klarow.

»Meiner Meinung nach haben sie den entscheidenden Fehler in den ersten vierundzwanzig Stunden nach der Einnahme von Bagdad gemacht«, entgegnete Urs Röhli nickend. »Sie haben nur das Ölministerium bewacht. Ansonsten haben die Amerikaner dabei zugesehen, wie der Mob in der ersten Nacht die gesamte öffentliche Infrastruktur geplündert hat, Krankenhäuser, Schulen, Universitäten, Museen. Dabei hätte eine schwere Infanteriebrigade vermutlich voll-

kommen ausgereicht, um den Pöbel im Zaum zu halten. Und die Amerikaner hätten ausreichend Truppen vor Ort gehabt. Ein verheerendes Signal an die Bevölkerung. Das haben die Menschen sich gemerkt. Und so ein Fehler ist im Krieg nicht mehr wiedergutzumachen.«
»Da bin ich ganz Ihrer Meinung. Ich meine, die Amerikaner waren militärisch haushoch überlegen. Natürlich haben sie den Krieg gegen die irakische Armee gewonnen, aber ...«
»... den Frieden mit dem irakischen Volk haben sie verloren«, vervollständigte Urs Röhli den Satz.
Ein scharfsinniger Mann, dachte Oberst Klarow im Stillen und entschied sich zu einem sehr unkonventionellen Schritt.
Als sie sich eine halbe Stunde später vor dem Lokal voneinander verabschiedeten, sagte er: »Hören Sie, Herr Dr. Röhli. Ich habe Sie als verschwiegen und vertrauenswürdig kennengelernt. Und ich muss Ihnen ehrlich sagen, dass ich mir ernste Sorgen um Ihre Gesundheit mache.«
»Sie meinen wegen der Arthritis? Das geht schon. Ich habe inzwischen einen guten Rheumatologen gefunden. Ist schon besser als letztes Jahr.« Urs Röhli lächelte ihn an.
»Nein, es geht mir um etwas anderes.« Oberst Klarow sah dem Schweizer Wissenschaftler lange und durchdringend in die Augen. »Ich werde Ihnen jetzt etwas sagen, das ich Ihnen nicht gesagt haben kann, weil ich es nicht weiß. Verstehen Sie, was ich meine?«
Dr. Urs Röhli nickte wortlos.
»Woher Sie dieses Foto haben, ist mir egal. Ich will es auch gar nicht wissen. Ich kann Ihnen in dieser Sache nur einen freundschaftlichen Rat geben: Werfen Sie es einfach weg! Machen Sie einen großen Bogen um den Mann auf diesem Foto und um jeden, der mit ihm zu tun hat. Der Mann ist ein hochdekorierter Operateur bei Speznas. Seinen Klarnamen kenne ich nicht. Die Namen der Speznas-Offiziere

sind geheimer als die Namen der Mätressen des Präsidenten.« Oberst Klarow hielt inne.
Dr. Röhli schwieg.
»Der Deckname dieses Mannes ist ›Drache‹. Ein überaus gefährlicher und sehr grausamer Mann. Dieser Mann tötet Menschen, wie andere Leute ihre Wäsche wechseln. Schlimmer noch, das Töten bereitet ihm Vergnügen. Tun Sie mir den Gefallen und halten Sie sich von diesem Mann fern. Ich schätze Sie und unsere Begegnungen sehr. Ich würde nur ungern darauf verzichten.«
Härter hatte den Eindruck, in der Stimme des russischen Offiziers tatsächlich Angst hören zu können. Als der Russe fortfuhr, hatte er seine Stimme wieder unter Kontrolle. Die Furcht war ihm nicht mehr anzumerken.
»Das meinte ich, als ich sagte, ich mache mir Sorgen um Ihre Gesundheit.«
»Vielen Dank für Ihren guten Rat, Oberst Klarow. Auch ich freue mich immer, Sie zu sehen. Ihre Sorge um meine Gesundheit macht mich etwas verlegen. Seien Sie versichert, ich werde gut auf mich aufpassen.« Er hustete trocken. »Und Sie müssen mir versprechen, dasselbe zu tun. Und grüßen Sie Ihre Frau und Ihren Sohn von mir.«
Oberst Klarow nickte. »Das werde ich. Wir sehen uns hoffentlich bald wieder.«
Die beiden Männer gaben sich die Hand. Dann ging Dr. Röhli mit etwas unsicheren Schritten zu dem Taxi, das auf ihn wartete.
Oberst Wassilij Klarow sah ihm nach.
Das Taxi fuhr ab.
Er stand noch immer unbeweglich da, als der Wagen schon lange nicht mehr zu sehen war.

*

Seit sie das Zelt betreten hatten, war ihr der Kerl mit den unsteten Augen nicht mehr von der Seite gewichen. Bei der Leibesvisitation hatte er sie schamlos begrapscht. Jetzt schienen seine unverhohlen gierigen Blicke sie wieder und wieder auszuziehen.

Doch damit nicht genug. Je länger der Kerl auf sie einredete, desto mehr verstärkte sich ihr Eindruck, dass er sehr viel über sie wusste. Zu viel. Woher? Und warum? Nur die Anwesenheit des Bundespräsidenten verhinderte, dass sie in Panik ausbrach.

Der Kerl stellte ihr ein Bier hin, setzte sich neben sie und tätschelte ihr Knie. Die Berührung ließ Abscheu in ihr aufsteigen. »Hier, trink, Amelie! Das hilft gegen die Nervosität!« Hinter der kindlichen Freundlichkeit in seiner Stimme spürte Amelie die Anwesenheit eines lauernden Tieres.

Dankbar setzte sie den Maßkrug an und trank einige große Schlucke. Das Bier beruhigte sie tatsächlich etwas. Das Staatsoberhaupt saß ihr gegenüber und lächelte sie aufmunternd an.

»Immerhin haben die Geiselnehmer Wort gehalten und tatsächlich die Insassen eines Zeltes freigelassen. Sie werden sehen, Frau Karman, alles wird sich zum Guten wenden«, sagte er mit sonorer Stimme.

Der Kerl griff sich mit der rechten Hand auf Höhe des Ohres an die Sturmhaube und drehte den Kopf zur Seite. Anscheinend bekam er gerade einen Funkspruch. Dann wandte er sich ihr wieder zu. »Bitte entschuldige mich, Amelie. Ich werde gebraucht. Aber ich komme zurück, sobald ich kann. Außerdem haben wir beide ohnehin noch so viel Zeit.« Seine Stimme klang wie die eines Kindes, das einen Streich ausheckt. Er erhob sich, nicht ohne vorher nochmals ihr Knie zu streicheln, und ging.

Wenig später kam der Anführer an ihren Tisch.

»Ich wollte mich vergewissern, dass Sie korrekt behandelt

werden. Haben Sie Grund zu Beschwerden?«, fragte er mit sachlicher Stimme.
»Ihr Kumpan, der bis eben hier war, ist aufdringlich«, entgegnete Amelie. Die Bestimmtheit ihres Tons erstaunte sie selbst. Unter dem Biertisch zitterten ihr die Knie.
»Ich werde meinen Kameraden darauf ansprechen. Ich werde ihm sagen, dass Ihnen sein Verhalten unangenehm ist.« Blochin sah von ihr zum Bundespräsidenten. »Sonst noch was?«
»Eine Frage hätte ich schon«, begann das Staatsoberhaupt. »Warum hier in Deutschland? Warum gerade München? Warum das Oktoberfest?«
Blochin lächelte sein unsichtbares Lächeln unter der Sturmhaube. »Das waren schon drei Fragen, Herr Bundespräsident.« Er räusperte sich. »Aber ich wüsste nicht, warum ich Ihnen das nicht beantworten sollte. Vielleicht lernen Sie etwas daraus. Sehen Sie, die Wahl dieses Ziels hat keine persönlichen Gründe«, log er. »Ich habe das Ziel vielmehr nach dem Ausschlussverfahren ausgesucht. Ich brauchte einen überschaubaren Ort, an dem sehr viele Menschen zur gleichen Zeit in unterschiedlichen Räumen versammelt sind. Außerdem sollte dieser Ort idealerweise in einem reichen Land liegen, dessen Militär keinerlei Kampferfahrung hat. Kurzum, ich brauchte ein Land mit viel Geld und wenig Kampfgeist. Ein Land von wohlhabenden Weicheiern. Eine Nation von vollgefressenen Jammerlappen. Da blieb nur Deutschland übrig.« Blochin schwieg einige Sekunden. »Der Ort war dann schnell gefunden.« Wieder folgte eine kurze Pause. »Eine gute Wahl, finden Sie nicht?«, setzte er spöttisch hinzu.

22:18 Uhr

Brigadegeneral Xaver Moisadl betrat das Krankenzimmer des Amerikaners. Patrick McNamara hieß der Mann und war ein hoher Offizier der Marineinfanterie. Er war im Universitätskrankenhaus operiert worden. Die Ärzte hatten das Bein retten können. Ob das Kniegelenk allerdings seine volle Bewegungsfähigkeit wiedererlangen würde, war ungewiss. Nachdem er aus der Narkose erwacht war, hatte er verlangt, den Stadtkommandanten zu sprechen.

Die Ärzte hatten sich zunächst gesperrt. Er brauche jetzt Ruhe und solle sich nicht anstrengen.

Aber McNamara hatte darauf bestanden. Und er hatte verlangt, dass Moisadl Grundrisszeichnungen des Benediktiner-Zeltes mitbrachte.

Die Frau des Amerikaners, die neben seinem Bett gesessen hatte, stand auf und begrüßte Moisadl. Ihr Mann wandte den Kopf und nickte ihm zu. Dann hob er langsam eine Hand und winkte dem General, zu ihm zu kommen.

Moisadl trat neben das Bett und salutierte. Dann griff er nach der Hand des Mannes, die wieder auf die Bettdecke gesunken war, und drückte sie zur Begrüßung.

»Oberstleutnant McNamara, ich grüße Sie. Wie geht es Ihnen? Werden Sie gut behandelt? Kann ich etwas für Sie tun?«, fragte er in fließendem Englisch mit bayerischem Akzent.

McNamara antwortete mit leiser, brüchiger Stimme. »Danke der Nachfrage, General. Es geht mir den Umständen entsprechend gut, wie man so sagt. Die Ärzte sagen, ich hätte Glück gehabt. Die inneren Verletzungen sind nicht so schwer wie ursprünglich angenommen.« Der amerikanische Offizier schluckte trocken und befeuchtete seine Lippen mit der Zunge, bevor er weitersprach.

»Ich habe verlangt, mit Ihnen zu reden, weil ich Ihnen meine Beobachtungen mitteilen wollte. Und nur Ihnen. Mit

Ihnen kann ich von Soldat zu Soldat sprechen. So muss ich nicht alles noch erklären.« McNamara hustete und verzog das Gesicht. Sein Blick suchte nach dem Wasserglas auf seinem Nachttisch.
Die Frau hielt ihrem Mann das Glas hin. Mühsam hob er den Kopf und trank einige Schlucke. »Bitte, lass uns jetzt allein, Brighid.«
»Wie du willst, mein Liebling« Sie streichelte ihrem Mann zärtlich über die Stirn und wandte sich an Moisadl. »Ich warte vor der Tür. Und denken Sie daran, die Ärzte haben gesagt, er soll sich nicht anstrengen.«
Der General nickte. »Ich weiß.«
Die Frau verließ das Krankenzimmer. Die Tür fiel ins Schloss.
McNamara holte tief Luft. »Ich will versuchen, einen möglichst vollständigen Bericht zu liefern. Wegen der Schmerzmittel fällt es mir schwer, mich zu konzentrieren. Trotzdem will ich es versuchen.« Wieder ein tiefer Atemzug. »Sie haben es mit einer Kompanie Kommandosoldaten zu tun. Ich habe neunzig Mann gezählt. Im Zelt habe ich mit einem deutschen Professor gesprochen, der der Meinung war, es handele sich um Deutsche. Wir haben uns das beide nicht recht erklären können. Kann ja eigentlich nicht sein. Aber der Professor meinte, der Kommandeur spreche so gut Deutsch, dass es ausgeschlossen sei, dass es sich um einen Ausländer handelt. Er meinte, der Mann habe Redewendungen benutzt, die nur ein Muttersprachler kennt und benutzt. Auch die Bewaffnung spricht dafür. Die Männer tragen MP5s.«
Die Augen des Amerikaners wanderten wieder zu dem Glas. Moisadl reichte ihm das Wasser. Nachdem er einige Schlucke getrunken hatte, gab er dem General das Glas zurück.
Moisadl nickte. »Das deckt sich mit den Erkenntnissen unserer Aufklärung.«

»*Ihrer* Aufklärung?« McNamara sah ihn verblüfft an. »So etwas *haben* Sie? Woher kommen diese Informationen?«
»Verdeckte Operateure. Mehr darf ich nicht sagen«, lautete die knappe Antwort.
Der Amerikaner nickte. »Verstehe. Haben Sie die Grundrisse dabei, um die ich gebeten hatte?«
Wortlos rollte Moisadl die Pläne des Benediktiner-Zeltes aus. Er zückte einen schwarzen Filzstift und sah den amerikanischen Offizier erwartungsvoll an.
Der orientierte sich kurz auf dem Plan. »Insgesamt fünf MG-Stellungen. Russische Modelle. PKS. Hier, hier, hier, hier und hier.« Sein Finger deutete auf verschiedene Stellen des Grundrisses. Moisadl markierte die Positionen mit dem Stift.
»Die beiden Dreier-Lafetten der Raketen stehen hier und hier. Sechs Scharfschützen.« Er zeigte Moisadl die Stellungen. »Acht stationäre Zweier-Posten.« Wieder glitt sein Finger über das Papier. Moisadls Stift folgte ihm.
Dann ließ McNamara seinen Kopf auf das Kissen sinken. Sein Mund zeigte ein schwaches Lächeln. »Ach, und noch etwas, der Kommandeur kann seinen rechten Arm nicht mehr benutzen. Ich habe dem Bastard die Schulter ausgekugelt.«
Moisadl grinste.
»Eine schlimme Einschränkung für einen Wichser wie ihn.«
Ein einzelner Lacher kam über die Lippen des Amerikaners. Sofort verzog sich sein Gesicht. »Verdammt! Ich sollte nicht lachen. Lachen tut weh.«
Die Miene von Brigadegeneral Xaver Moisadl wurde wieder ernst. Er sah auf den Plan, der auf der Bettdecke lag, und wiegte den Kopf hin und her. Nach etwas mehr als einer Minute begann er zu sprechen: »Ich frage mich, warum die Sie haben gehen lassen. Denen muss doch klar sein, dass Sie uns

Informationen zugänglich machen. Bislang hat der Gegner keinen Fehler gemacht. Und jetzt plötzlich so eine Schlamperei. Ohne zwingenden Grund. Das ist merkwürdig.«
»Sie haben recht. Vielleicht war es ja beabsichtigt, dass Sie diese Informationen erhalten. Aber warum? Einschüchterung?«
»Oder sie wollen, dass wir bei einem Sturmangriff, den wir aufgrund dieser Informationen planen, ins offene Messer laufen. Diese Art der Täuschung würde zu dem bisherigen Verhalten des Gegners passen.«
McNamara nickte. »Das wäre eine Erklärung.« Er atmete mehrfach tief ein. Schweiß glänzte auf seinem Gesicht. »Ich fühle mich noch sehr erschöpft. Ich habe starke Kopfschmerzen.«
Die letzten Minuten hatten den amerikanischen Offizier enorm angestrengt. Er schloss für mehrere Sekunden die Augen, bevor er weitersprach.
»Bitte entschuldigen Sie, General. Aber ich glaube, wir machen morgen weiter. Mir fällt im Moment auch nichts ein, was für Sie noch von Bedeutung sein könnte.«
Moisadl rollte die Pläne wieder zusammen. »Geht in Ordnung, Oberstleutnant. Vielen Dank für Ihre Informationen. Gute Besserung! Ich werde Ihnen Ihre Frau wieder ins Zimmer schicken.«
Brigadegeneral Moisadl salutierte abermals.
»Gute Nacht, Oberstleutnant McNamara! Schlafen Sie gut!«

*

Kopenhagen, 10:10 Uhr

Am nächsten Vormittag pünktlich um zehn Minuten nach zehn landete die Fokker-Maschine der Baltic Air aus Kaliningrad in Kopenhagen. Nachdem Dr. Urs Röhli sein Gepäck in Empfang genommen hatte, begab er sich in einen der großzügigen Toilettenräume.
Identitätsübergabe.
Ein Operateur der Abteilung A&Ω erwartete ihn bereits. Von Statur und Größe glich er Wolfgang Härter. Ein sogenanntes Stand-in. Der Mann hatte in der Toilette bereits die Tarnung angelegt. Die Kleidung, die Haare, die Brille und natürlich der schwarze Samsonite-Koffer. Alles identisch. Ein eventueller Beobachter würde in ihm Dr. Urs Röhli erkennen. Einem biometrischen Vergleich der Gesichter würde das Manöver zwar nicht standhalten, aber dieses Risiko war nicht zu vermeiden.
Er musste improvisieren. Die Zeit drängte.
Sechs Minuten später verließ Dr. Urs Röhli die Toilette. Er kaufte sich die aktuelle Ausgabe der *Neuen Zürcher Zeitung*. Dann ging er mit etwas unsicheren Schritten zum Loungebereich für Erste-Klasse-Passagiere der Swiss. Die nächste Maschine nach Zürich würde erst in vier Stunden starten.
Er ließ sich mit dem charakteristischen Seufzen in den Sessel sinken und schlug die Beine übereinander. Ein Kaffee wurde serviert. Sein Gesicht verschwand hinter der aufgeschlagenen Zeitung.
Mit großem Interesse begann Dr. Röhli, die Berichte und Kommentare über die Vorgänge in München zu studieren. Er hatte Zeit.
Weitere vier Minuten später verließ ein Deutscher namens Alexander Schmidt die Toilette. Der Außendienstmitarbeiter einer Vertriebsfirma für wasserdichte Reißverschlüsse

hatte keine Zeit. Bereits in einer Stunde hatte er einen dringenden Termin in Hamburg.

Herr Schmidt durchquerte mit zielstrebigen Schritten den Flughafen, bis er das Terminal für Charterflüge erreichte. Der Pilot der einmotorigen Propellermaschine erwartete ihn bereits. Nachdem der Reißverschlussvertreter noch schnell einige E-Mails von seinem Laptop abgeschickt hatte, ging er an Bord des Lufttaxis.

Das kleine Flugzeug kletterte gemächlich in den bewölkten Kopenhagener Himmel.

Erwartete Ankunftszeit in Hamburg: 11:45 Uhr.

Kapitän zur See Wolfgang Härter haderte mit den Umständen. Er würde bei der Übergabe der Diamanten nicht anwesend sein können. Hoffentlich versuchte niemand einen Angriff auf die Geiselnehmer. Ein solcher Versuch würde mit hoher Wahrscheinlichkeit in einer Katastrophe enden.

Er hatte sowohl Alois Kroneder als auch Xaver Moisadl ausdrücklich davor gewarnt. Sogar den Bundeskanzler persönlich hatte er wissen lassen, dass es seiner Einschätzung nach das Beste wäre, die Diamanten wie gefordert zu übergeben.

Er sagte sich immer wieder, dass seine Sorgen unbegründet seien. Er kannte Moisadl. Ein besonnener Mann, der nicht zu unüberlegten Aktionen neigte.

Dennoch blieb ein ungutes Gefühl.

11:15 Uhr

Eigentlich hätte Generalmajor Oleg Blochin mit dem Verlauf der Operation zufrieden sein können. Die letzte Nacht war weitgehend ruhig verlaufen. Nur zwei Geiseln hatten einen Schreikrampf bekommen und waren von Dr. Kusnezow mit Valium ruhiggestellt worden. Er selbst hatte sechs Stunden geschlafen und reichlich gegessen.

Phase zwei war bereits am gestrigen Abend abgeschlossen worden.
Sämtliche stationären Posten und schweren Waffen waren an andere Positionen im Zelt verlegt worden. Blochins Idee dahinter war, den Gegner in die Irre zu führen. Mittlerweile hatte der freigelassene Amerikaner bestimmt detaillierte Informationen über ihre Waffen und deren Standorte im Zelt an den Gegner weitergegeben.
Sollte sich der Gegner aufgrund dieser Informationen zu einem Sturmangriff entschließen, würde ihm ein vernichtender Empfang bereitet. Alle Verteidigungswaffen waren nun so aufgestellt, dass sie einen Angriff, der auf ihre früheren Stellungen zielte, würden abfangen können. Der Gegner wäre von der neuen Situation überrascht und würde im Kugelhagel ihres Kreuzfeuers sterben.
Aber der erwartete Angriff war ausgeblieben.
Umso besser! Denn selbst ein gut vorbereitetes Gefecht birgt immer Unwägbarkeiten.
Auch sonst liefen die Vorbereitungen für den Fortgang der Operation nach Plan. In fünfundvierzig Minuten sollten die Diamanten übergeben werden. Vor dem Gefechtsstand waren mehrere Biertische aufgebaut worden. Daneben lag ein großer Stapel stabiler Plastikbeutel. Ein Gerät zum Vakuumieren und Verschweißen der Beutel war gerade angeschlossen worden und heizte sich nun auf.
Auf den Tischen standen ein Dutzend Präzisionswaagen. Neben diesen Waagen lagen ebenso viele Diamantenprüfgeräte vom Typ Mizar DiamondNite bereit. Diese kleinen, batteriebetriebenen Apparate ermöglichten eine sichere Überprüfung von Diamanten auf ihre Echtheit. Der Test eines Steines dauerte gerade mal eineinhalb Sekunden. Dennoch würden sie natürlich nicht die gesamte Menge der Diamanten testen können.
Zu wenig Zeit.

Stichproben mussten genügen.

Er erwartete jedoch nicht, dass der Gegner versuchen würde, ihnen falsche Diamanten unterzujubeln. Zu groß war das Risiko, dass weitere Geiseln getötet würden.

Über Funk hatte er erfahren, dass sowohl in der Halle der Import-Export-Firma als auch auf seinem Stützpunkt, dem »Spielplatz«, alles nach Plan lief. Dort stand die Yakovlev Yak-42D startbereit auf der Rollbahn. Sobald die Diamanten übergeben waren, würde das Transportflugzeug abheben. Die Vorbereitungen für die Operation zur Extraktion waren abgeschlossen.

Eigentlich hätte Generalmajor Oleg Blochin mit dem Verlauf der Operation zufrieden sein können. Aber drei Dinge machten ihn nachdenklich.

Da war erstens die Tatsache, dass die Operation bislang so glatt gelaufen war. Beinahe zu glatt. Das weckte sein Misstrauen. Zwar hatten sie ihr Vorgehen akribisch geplant. Seit eineinhalb Jahren hatten sie versucht, jede Eventualität vorauszuahnen. Sie hatten sich die bestmögliche Ausrüstung besorgt. Sie hatten das Terrain aufgeklärt.

Und dennoch ... Das bisherige Ausbleiben größerer Probleme war ihm nicht geheuer. Er war es gewohnt, dass er im Feld auf unvorhergesehene Probleme reagieren musste. Doch diese Probleme waren bislang nicht aufgetaucht.

Dann war da zweitens das merkwürdige Verhalten seines Nahkampfspezialisten.

Oberst Iljuschin, Codename »Drache«, benahm sich auffällig. Seit diese deutsche Journalistin im Zelt war, ließ er sie kaum aus den Augen. Er sprach viel mit ihr. Das war sonst nicht seine Art. Iljuschin war kein Mann, der viele Worte verlor. Vielleicht bekam Blochin es gar nicht mit Problemen von außen zu tun, sondern musste auf Probleme reagieren, die in seiner eigenen Truppe entstanden. Was war los mit Iljuschin?

Und drittens war da dieser bohrende Schmerz in seiner rechten Schulter. Dr. Kusnezow hatte ihm zwar starke Schmerzmittel und Entzündungshemmer gespritzt. Aber bei der kleinsten Belastung des fixierten Armes brannten sich Höllenqualen durch die dämpfenden Analgetika hindurch und loderten in den Nervenbahnen seiner rechten Körperseite.

Der andauernde Schmerz kostete ihn Kraft. Seine Konzentrationsfähigkeit litt. Und das zu einem denkbar ungünstigen Zeitpunkt. Noch nie hatte er seine vierundfünfzig Lebensjahre so deutlich gespürt. Ausgerechnet jetzt, da er seine volle Leistungsfähigkeit so dringend brauchte.

Würde er den Belastungen der Extraktionsoperation überhaupt gewachsen sein? Bei der Beantwortung dieser Frage kam er immer wieder zu dem Schluss, den er gleich nach seiner Verletzung schon gezogen hatte. Es würde gehen *müssen*. Bald hätte er Zeit, sich auszukurieren und zu erholen.

Er schob sich den letzten Bissen Schmalzbrot mit der linken Hand in den Mund und erhob sich. Sofort meldete sich seine Schulter. Nur mühsam unterdrückte er ein Stöhnen. Über Funk rief er Okidadse.

»Wie kommen Sie mit den Vorbereitungen für die ›Lebensversicherung‹ voran, Polkownik? Gibt es irgendwelche Probleme?«

»Nein, General. Keine Probleme. Ich lasse gleich den dritten Test durchlaufen. Bislang alles wie vorgesehen«, meldete sein technischer Führungsoffizier.

»Das höre ich gerne, Polkownik. Machen Sie weiter. Sie wissen, dass wir nicht mehr viel Zeit haben.«

»Alles klar, General. Das System wird einsatzbereit sein, wenn wir es brauchen. Machen Sie sich keine Sorgen.«

Blochin unterbrach die Funkverbindung. Langsam schüttelte er den Kopf.

Eigentlich hätte er mit dem Verlauf der Operation zufrieden sein können.
Eigentlich.
Aber ...

*

»Da! Schon wieder! Schauen Sie sich das an!«
Stefan Meier fuhr auf seinem Stuhl herum. Der junge Assistent, der an dem Terminal rechts neben ihm saß, zeigte aufgeregt auf den Bildschirm vor sich. Meierinho musterte die Wellenformen, die eines der Fenster auf dem Monitor zeigte, mit zusammengekniffenen Augen.
Tatsächlich! Da war das Signal wieder. Jetzt schon zum dritten Mal. Und es kam vom Benediktiner-Zelt.
Im Unterschied zu dem codierten Digitalfunk, den die Täter für ihre interne Kommunikation benutzten, war dieses Signal jedoch sehr viel stärker.
»Die müssen da einen unglaublich starken Sender haben! Aber was hat dieses Signal zu bedeuten? Für wen ist es bestimmt?« Der junge Mann sah Meierinho fragend an.
Das ist die Eine-Million-Euro-Frage, sagte der sich im Stillen.
»Es sieht so aus, als ob es sich um ein Trägersignal handelt. Sehen Sie, der Verlauf ist gleichförmig. Als würden mit diesem Signal gar keine Informationen transportiert. Zumindest nicht im Moment.« Meierinho hielt inne und dachte nach.
»Wofür auch immer die Täter das brauchen, es scheint wichtig zu sein. Einen Sender dieser Stärke haben die bestimmt nicht zufällig dabei. Zeichnen wir auf?«, fragte er dann.
»Na klar!«, kam die prompte Antwort.
»Bereiten Sie das Signal als Schleife auf. Vielleicht können wir uns dazwischenhängen, wenn die Täter Informationen auf dieses Trägersignal draufpacken. Dann könnten wir ...«

»Sie meinen, wir sollen eine Man-in-the-middle-Attack vorbereiten?«
»Genau!« Kluges Kerlchen, dachte Meierinho. Er klopfte dem Mann anerkennend auf die Schulter. »Wenn wir den Träger identifizieren können, dann können wir später auch die darüberliegende Information isolieren.«
Vielleicht, dachte Stefan Meier, vielleicht haben die Täter gerade ihren ersten Fehler gemacht. Die Wahrscheinlichkeit war zwar gering, aber sie bestand. Und wenn die Täter tatsächlich dabei waren, einen Fehler zu machen, dann musste er bereit sein, diesen auch ausnützen zu können.
Er rief seinen beiden Assistenten ein aufmunterndes »Los geht's! Attacke!« zu.
Er schickte eine E-Mail an Herrn Müller vom BKA. Denn wollten sie mit diesem Plan Erfolg haben, dann brauchten sie mehr Rechenleistung.
Viel mehr Rechenleistung.

12:00 Uhr

Sie hielten sich genau an die Forderungen der Geiselnehmer. Kanzlerentscheidung. Der Finanzminister hatte den Konvoi aus Dingos und Radpanzern vom Typ Fuchs bis zur Theresienwiese begleitet. Am Haupteingang wurde die Fracht in einen Polizeiwagen umgeladen.
5er BMW. Touring-Ausführung.
Wie gefordert.
Langsam fuhr der Polizeiwagen die Wirtsbudenstraße entlang. Vor dem Benediktiner-Zelt hielt er an. Bedrohlich erhob sich der Radarmast mit der rotierenden Antenne an seiner Spitze über dem Zeltdach. Der Fahrer fuhr das Fahrzeug rückwärts vor den Haupteingang. Die beiden unbewaffneten Beamten stiegen aus. Der Fahrer ging zur Heckklappe und öffnete sie.

Sein Blick blieb nur kurz an der Ladung hängen. Dann kehrte er zusammen mit seinem Kollegen zurück zur Wiesn-Wache.
Wie gefordert.
Im Laderaum des Polizeiwagens lagen sechs verschweißte Säcke aus stabilem Kunststoff. Jeder enthielt genau fünfundzwanzig Kilogramm des teuersten Rohstoffes, den die Welt zu bieten hat. Ungeschliffene Diamanten.
Wie gefordert.

*

Der Handlungsreisende namens Schmidt landete mit seinem Lufttaxi in Hamburg. Er bezahlte die Rechnung sofort. Bar. Im Flughafen empfing ihn jedoch kein Geschäftspartner, der an Reißverschlüssen interessiert gewesen wäre, sondern ein Oberst der Luftwaffe in Zivil.
Zehn Minuten später rollte der IDS-Tornado mit Kapitän zur See Wolfgang Härter an Bord in Startposition. Die Tragflächen des Schwenkflüglers waren ausgestellt. Durch die Feststellung des Spannungsfalles hatte der Pilot eine Freigabe für die Alarmstartprozedur.
Er arretierte das Fahrwerk und zündete die Nachbrenner der MTU-199-Turbinen. Als die ganze Maschine unter dem Druck der Triebwerke erzitterte, löste er die Bremsen. Die ungeheure Beschleunigung presste den Kapitän in den Sitz. Der Tornado hob ab und ging in einen steilen Steigflug. Der Pilot änderte die Pfeilung der Flügel.
Sekunden später durchbrach der Kampfjet die Schallmauer. Der Knall ließ in ganz Hamburg die Fensterscheiben beben.
Das Flugzeug stieg auf fünfzehntausend Meter. Mit einer Geschwindigkeit von zweitausenddreihundert Stundenki-

lometern schoss der schwere Jagdbomber in südlicher Richtung durch den deutschen Luftraum.
Keine zwanzig Minuten später begann der Pilot mit dem Landeanflug auf Augsburg.

*

In der Operationszentrale im Münchner Rathaus baute sich Oberst Buchwieser, Stabschef der Gebirgsjägerbrigade 23, vor seinem Vorgesetzten auf und grüßte militärisch.
»Herr General, wir haben eine Meldung der NATO-Luftraumüberwachung. Ein unbekanntes Flugzeug ist unerlaubt in polnischen Luftraum eingedrungen. Müssen niedrig angeflogen sein. Wo genau die Maschine gestartet ist, wissen wir nicht. Irgendwo in der russischen Enklave des Kaliningrader Gebiets. Aber jetzt fliegt sie in einer Höhe von konstant neuntausend Metern über Polen hinweg. Unsere polnischen Verbündeten wollten den Eindringling sofort abschießen. Aber das Flugzeug hat eine positive Freund-Feind-Kennung aktiviert. Das Interessanteste daran ist ...«
»Eine Freund-Feind-Kennung? Ist es denn eins von unseren?«
»Nein. Aber der Transponder, den das Flugzeug an Bord hat, ist einer von unseren. Das Interessanteste daran ist aber ...«
»War da nicht was? Ende letzten Jahres? Irgendein Diebstahl im Kosovo? Ist damals nicht auch ein Transponder abhandengekommen? Überprüfen Sie das, Buchwieser!«
»Zu Befehl, Herr General« Oberst Buchwieser atmete tief ein. Dann nahm er zum dritten Mal Anlauf. Und diesmal unterbrach ihn sein Vorgesetzter nicht. »Das Interessanteste daran ist der Kurs, auf dem die Maschine fliegt. Wenn man die bisherige Flugroute verlängert, dann kommt die

465

Maschine zu uns. Sie fliegt direkt auf den Münchner Flughafen zu.«
»Ha!« Brigadegeneral Xaver Moisadl schlug mit der flachen Hand auf den Tisch. »Die wollen mit einem Flugzeug abhauen. Mit einem eigenen. Ganz schön clever! Die von den BKA-Technikern präparierten Maschinen können wir also vergessen. Immerhin wissen wir jetzt, woran wir sind. Ich werde sofort den Bundesinnenminister in der bayerischen Staatskanzlei anrufen. Der soll entscheiden, ob er die KSK oder die GSG 9 zum Flughafen schickt. Wenn die Gegner in das Flugzeug steigen, dann machen wir ihnen den Garaus.«
Eines der Telefone auf dem Schreibtisch klingelte. »Herr General, der Bundesinnenminister möchte Sie sprechen.«
»Das trifft sich gut. Stellen Sie durch.«
Nachdem er sich gemeldet hatte, hörte er einige Sekunden zu, während der Minister sprach. Dann legte er seine Hand über die Sprechmuschel und sah Buchwieser an. »Der Gegner hat ein neues Fax geschickt. Der Minister leitet es uns gerade weiter. Herholen!«
Oberst Buchwieser legte eine Hand zum Gruß an die Stirn und machte sich auf den Weg zu den Faxgeräten.
»Gut. Ich werde mir das Schreiben anschauen und Sie dann zurückrufen. Ach ja, es sieht so aus, als ob wir auf dem Flughafen die Möglichkeit zu einer Konfrontation mit dem Gegner bekommen. Aber das können wir auch gleich noch genauer besprechen. Bis dann, Herr Minister.«
Oberst Buchwieser übergab dem General vier eng beschriebene Seiten. Während sie gemeinsam den Text lasen, hörte man ab und an ein ärgerliches Schnauben von den beiden Offizieren.
»Das mit der ständigen Funkverbindung zwischen Zelt und Flugzeug ist eine schöne Schweinerei! Wirklich ausgebuffte Dreckskerle! Und auftanken sollen wir ihnen die Maschine auch noch!«, sagte Buchwieser schließlich.

»Sauhunde, miserablige!«, entfuhr es Xaver Moisadl.
Die beiden Männer lasen schweigend weiter.
»Ein Hubschrauber? Wir sollen den Busparkplatz an der Theresienwiese räumen?«, sagte Moisadl erstaunt. »Und wir sollen ihn nicht abschießen, sonst werden Geiseln exekutiert? Die wollen neunzig Mann mit einem Hubschrauber zum Flughafen schaffen? Da sind die aber beschäftigt! Wie oft wollen die denn da hin- und herfliegen?«
Der Stadtkommandant von München schüttelte den Kopf.
»Das dauert ja ewig.«

*

In der Halle der Import-Export-Firma erhielten die vier Männer ihren Einsatzbefehl. Mit ihren Vorbereitungen waren sie seit zwei Tagen fertig. Und das waren ohnehin nur noch Feineinstellungen gewesen. Die Montage war bereits vor einer Woche abgeschlossen worden. Fünfunddreißig Mann waren vonnöten gewesen, um die Maschine, deren Einzelteile sich ebenfalls in den Containern befunden hatten, zusammenzusetzen.
Die beiden Türen des gewaltigen Rolltores, fünfunddreißig Meter breit und zehn Meter hoch, glitten auseinander.
Ein Helikopter wurde sichtbar.
Ein Monstrum von einem Helikopter.
Genauer gesagt: der größte Helikopter der Welt.
Langsam rollte der russische Mil Mi-26 Halo ins Freie. Noch standen die Blätter des Rotors still. Aber die Turbinen liefen bereits. Als sich die gigantische Maschine durch das Tor schob, musste der Rotor ein Stückchen gedreht werden, damit er unbeschädigt blieb. Zentimeterarbeit.
Dann war es geschafft.
Die vier Männer, alle erfahrene Piloten, setzten sich in dem Helikopter an ihre Stationen. Sie wussten genau, welches

Ungetüm sie jetzt dazu bringen würden, sich in die Lüfte zu erheben.

Der Mil Mi-26 Halo war eine absolute Meisterleistung russischer Ingenieurskunst. Bei diesem Helikopter war es zum ersten Mal gelungen, einen Rotor mit acht Blättern zu konstruieren. Doch nicht nur die Tatsache, dass diese acht Blätter einen enormen Auftrieb erzeugten, sondern auch der Durchmesser des Rotors von fünfunddreißig Metern versetzte den Mi-26 in die Lage, über zwanzig Tonnen Last zu heben.

Der Rumpf bot genügend Platz für die neunzig Männer, die ihn auf dem Oktoberfest erwarteten: Der Helikopter maß von der Nase bis zum fünfblättrigen Heckrotor vierzig Meter.

Die Finger der vier Besatzungsmitglieder glitten geübt über die Konsolen. Die beiden Lotarew D-136 Turbinen, die zusammen eine Leistung von über zweiundzwanzigtausend PS liefern konnten, heulten auf. Langsam begann sich der riesige Rotor in über acht Metern Höhe zu drehen.

Der Funker aktivierte die Kommunikationselektronik. »Das Taxi ist unterwegs«, sagte er kurz in sein Helmmikrofon, als die dreißig Tonnen des Helikopters vom Boden abhoben.

»Dann wollen wir die Kameraden mal abholen.« Er erhöhte den Schub. »Über uns sind nur die Sterne.« Die Maschine hob ab. Brüllender Lärm füllte die Luft und trieb staunende Menschen auf die Straßen. Der Mi-26 schwebte niedrig über das Münchner Stadtgebiet.

Richtung Theresienwiese.

14:45 Uhr

Alois Kroneder trommelte seine leitenden Beamten im Gemeinschaftsraum der Wiesn-Wache zusammen. Lagebesprechung.

»Liebe Kolleginnen und Kollegen! In Abstimmung mit dem Polizeipräsidenten und dem bayerischen Innenminister bin ich befugt, Ihnen folgende Übersicht über die derzeitige Lage zu geben. Die Täter haben uns die Bedingungen für ihren Abzug mitgeteilt. Sie werden demnächst das Benediktiner-Zelt verlassen und in einen Hubschrauber umsteigen, der auf dem Busparkplatz landen wird. Sie haben vielleicht bemerkt, dass wir den Parkplatz geräumt haben.«

»Warum schnappen wir sie uns dann nicht?«, unterbrach ihn der neue Kommandeur der bayerischen Sondereinsatzkommandos.

»Da sprechen Sie den entscheidenden Punkt an, Herr Kollege. Aber lassen Sie mich den Plan der Täter der Reihe nach erläutern. Der Hubschrauber wird die Täter zum Flughafen bringen. Dort steigen sie in eine Maschine um, die sich bereits im Anflug auf München befindet.«

»Dann erfolgt der Zugriff also am Flughafen?«, wurde Kroneder erneut unterbrochen.

»Das liegt außerhalb meiner Zuständigkeit. Darüber weiß ich nichts. Doch hier auf der Theresienwiese erfolgt von unserer Seite aus kein Zugriff. Ich wiederhole: kein Zugriff.«

»Warum nicht? Ist das irgend so eine Entscheidung von einem dieser großkopferten Preußen in Berlin?«, rief eine junge Polizeibeamtin, die in den vergangenen Tagen ungewöhnlich starke Nerven gezeigt hatte. Ihr winkte eine baldige Beförderung.

»Wenn Sie mich ausreden lassen würden, könnte ich Ihnen das erklären. Also, im Benediktiner-Zelt befindet sich ein starker Sender. Die Täter haben uns wissen lassen, dass sie durch diesen Sender in der Lage sind, die Vorgänge auf der Theresienwiese weiterhin zu überwachen. Sie leiten die Signale der Überwachungskameras per Funk an das Flugzeug weiter.« Er machte eine kurze Pause. »Die Signale *unserer* Überwachungskameras«, setzte er dann in bitterem Ton hinzu. »Ein zweiter Sender befindet sich an Bord des Flugzeuges, das im Moment auf München zufliegt. Der Sender an Bord dieses Flugzeuges gibt den Tätern nach eigenen Angaben die Möglichkeit, jederzeit eine Kontamination der Zelte mit Giftgas herbeizuführen. Auch wenn wir dieses Signal stören oder unterbrechen, wird automatisch das Gas freigesetzt. Erst wenn die Täter einen sicheren Ort erreicht haben, wird das Funksignal deaktiviert, und die Geiseln dürfen die Zelte verlassen. Kurz gesagt, die Täter haben den Finger weiterhin auf dem roten Knopf. Auch wenn sie den Tatort verlassen haben.« Kroneder räusperte sich. »Die Entscheidung, die Täter abziehen zu lassen, hat der Bundeskanzler persönlich getroffen. Und wenn Sie meine Meinung dazu hören wollen: Das ist das einzig Vernünftige. Wir können nicht riskieren …«

Die Tür ging auf, und der BKA-Mann namens Müller kam herein. Er grüßte kurz in Richtung des überraschten Alois Kroneder und durchquerte mit schnellen Schritten den Raum. Erst als er an der Tür angekommen war, die in den hinteren Teil des Gebäudes führte, fand Kroneder die Stimme wieder. »Ah, Herr …«

Der BKA-Mann namens Müller brachte ihn mit einer schnellen Geste der rechten Hand zum Schweigen. »Entschuldigen Sie. Ich wollte nicht stören. Wir sehen uns gleich, Herr Kroneder. Ich bin hinten im Büro beim Kollegen Meier.«

Damit war Müller durch die Tür verschwunden.

Die versammelten Beamtinnen und Beamten schauten sich verwundert um, Ratlosigkeit im Blick.

Wer war das denn gewesen?

Und welcher Kollege Meier in welchem Büro hinten?

*

Generalmajor Oleg Blochin konnte es kaum fassen. Während der ganzen Operation keine Probleme. Und jetzt das: Oberst Iljuschin drehte durch.

Er hatte ja schon geahnt, dass möglicherweise interne Probleme auftauchen würden. Beispielsweise, dass einzelne Männer bei der Aufteilung der Diamanten in kleine Beutel à eintausendeinhundert Gramm Gewicht misstrauisch würden. Irgendetwas in der Art. Aber nicht das.

Oberst Iljuschin drehte durch.

Gerade hatte ihm Iljuschin eröffnet, dass er Amelie Karman mitnehmen würde. Kriegsbeute, sozusagen.

»Ich werde keine Änderung des Plans dulden, Polkownik!«, herrschte Blochin seinen Nahkampfspezialisten an. Aus dem Augenwinkel bemerkte er, dass die Männer aus Iljuschins Zug, jeder ein erfahrener und erbarmungsloser Kämpfer, hinter ihrem Zugführer Aufstellung nahmen. Ein Vorgang kaum verhohlener Aggression.

»Wir alle werden den Plan wie vorgesehen bis zum Ende durchführen! Das gilt auch für Sie, Polkownik! Das ist ein Befehl!«

»Ein Befehl?«, fragte Iljuschin mit Hohn in der Stimme zurück. »Für Sie ist die Zeit des Befehlens vorbei, General! Dies ist Ihre letzte Operation. Und sie steht kurz vor dem erfolgreichen Abschluss. Wie bei einer von Ihnen geplanten Operation auch nicht anders zu erwarten war. Wir werden uns danach in alle Winde zerstreuen. Es gibt nichts mehr, womit Sie mir drohen könnten.«

Blochin wurde für einen Moment schwindelig. Noch niemals hatte ein Untergebener es gewagt, in einem solchen Ton mit ihm zu sprechen. Er wusste allerdings, dass Iljuschin recht hatte. Blochin hatte ihm in einem Zweikampf kaum etwas entgegenzusetzen. Schon gar nicht in seinem Zustand. Wenn sein rechter Arm gesund gewesen wäre, hätte er es darauf ankommen lassen und seine Waffe gezogen.

Obwohl seine Chancen auch dann sehr gering gewesen wären. Sogar die sechzig Mann, die auf seiner Seite waren – Techniker, Scharfschützen, Sprengstoffexperten –, hatten gegen die dreißig Nahkämpfer von Iljuschins Zug keine Aussicht auf Erfolg.

Oberst Iljuschin sah ihn an. In seinen Augen lag ein seltsames Flackern. »Aber *ich* könnte *Ihnen* drohen, General«, sagte er kalt. »Ich könnte Sie jetzt einfach töten, mir Ihre fünfzehn Kilogramm unter den Nagel reißen und das Kommando übernehmen. Oder fällt Ihnen jemand ein, der mich aufhalten könnte?«

Blochins Mund war plötzlich trocken. Iljuschin war außer Kontrolle. Okidadse hatte ihn davor gewarnt, dass das eines Tages passieren würde, doch er war sich der Loyalität von Iljuschin immer sicher gewesen. So kann man sich irren, dachte Blochin.

Ein fataler Irrtum.

Vielleicht sogar mein letzter.

Da schlug der Ton in Iljuschins Stimme um. Er klang freundlich, als er weitersprach. »Jetzt habe ich Ihnen aber einen Schrecken eingejagt, was, General? Doch keine Angst! Ich werde Sie am Leben lassen. Und Sie werden diese Operation bis zum Ende kommandieren. Sie werden als der größte Erpresser aller Zeiten in die Geschichte eingehen. Nur dass niemand wissen wird, wie Sie heißen. Aber eine kleine Änderung wird es geben, General, denn ich werde diese Frau mitnehmen!« Iljuschin nahm Haltung an und salutierte. »Erlauben Sie, dass ich den Männern befehle, sämtliche Minen und Sprengfallen im Zelt und an den Türen zu aktivieren und sich abmarschbereit zu machen?«

Blochin nickte langsam. »Tun Sie das, Polkownik! Tun Sie das!«

*

Dieser Herr Müller vom BKA musste wirklich über sehr gute Verbindungen verfügen.

Vor zehn Minuten war der Mann in dem kleinen Büro erschienen, in dem Stefan Meier und seine beide Assistenten unverdrossen versuchten, die Signalcodierung der Geiselnehmer zu knacken.

Und er hatte eine Überraschung parat: eine Liste von Benutzernamen und Passwörtern, die es ihnen erlaubte, auf mehrere Großrechenzentren zuzugreifen.

Priorität eins.

Einhundert Prozent CPU-Zeit.

»Erklären Sie mir, was Sie vorhaben«, sagte Herr Müller.

»Ich muss Ihnen gleich sagen, dass ich mir nicht sicher bin, ob unser Plan Erfolg hat. Ich verstehe das Signal, das die Täter benutzen, nur teilweise. Wir haben einfach zu wenig Zeit. Wir müssen raten. Das ganze Vorhaben basiert auf Spekulationen.«

»Ach, wissen Sie«, entgegnete der BKA-Mann namens Müller mit ruhiger Stimme, »wenn alle Menschen nur von Dingen reden würden, von denen sie wirklich etwas verstehen, dann wäre es ziemlich still auf diesem Planeten.«

Meierinho gluckste.

»Also spekulieren Sie!«, forderte der BKA-Mann ihn auf.

»Im Prinzip ist es ganz einfach. Wir wollen versuchen, den Tätern ein falsches Bildsignal unterzujubeln. Dann sehen sie in ihrem Flugzeug, dass sich in den Zelten und auf dem Gelände nichts Besonderes tut. Währenddessen können wir die Zelte evakuieren. Live-Bilder von der Theresienwiese gibt es ja im Fernsehen nicht mehr. Aber ich bin mir nicht sicher, ob wir es tatsächlich schaffen, den Tätern vorzugaukeln, dass die Bilder authentisch sind. Mit der Rechenleistung, die uns jetzt zur Verfügung steht, können wir die Bilddaten, die zum Flugzeug gesendet werden, vermutlich bald isolieren. Dann stellen wir eine Bildschleife her. Doch es wird erkenn-

bare Sprünge geben. Und niemand weiß, wie die Täter reagieren, wenn sie bemerken, dass wir ihnen ein falsches Signal überspielen.«
»Bereiten Sie sich trotzdem darauf vor, es zu versuchen!«

*

Der Oberbürgermeister und der Ministerpräsident sahen einander überrascht an. Dies war, soweit sie sich erinnern konnten, das erste Mal, dass sie auf Anhieb einer Meinung waren. Im Krisenzentrum der bayerischen Staatskanzlei saßen sie zusammen mit dem Bundesinnenminister und dem Finanzminister, der inzwischen von der Theresienwiese zurückgekehrt war.
Aus Berlin waren der Bundeskanzler und die übrigen Mitglieder des Sicherheitskabinetts per Videoübertragung zugeschaltet.
»Auf gar keinen Fall!«, wiederholte der Oberbürgermeister mit erhobener Stimme. »Ich bin der höchste gewählte Vertreter der Bürger dieser Stadt. Und ich sage, dass wir auf keinen Fall stürmen. Stellen Sie sich vor, was ein Fehlschlag bedeuten würde. Wer weiß, wie viele Unschuldige in den Zelten einen qualvollen Tod sterben. Und dazu dieselben Bilder wie 1972. Ein ausgebrannter Hubschrauber auf einem Münchner Flughafen. Das darf nicht sein. Das wird nicht sein. Das würde nicht mehr und nicht weniger als das Ende dieser Stadt bedeuten. Niemand kann eine solche Verantwortung übernehmen.«
Er atmete erleichtert aus, als er sah, dass der Bundeskanzler langsam nickte. Die Erleichterung währte allerdings nur kurz. Dem Oberbürgermeister war klar, dass diese Stadt, seine Stadt, ohnehin *nie mehr* die sein würde, die sie noch vor vier Tagen gewesen war.

*

Amelie Karman war speiübel.
Im Benediktiner-Zelt hatte ihr der Kerl mit dem flackernden Blick die Hände mit Kabelbindern auf den Rücken gefesselt. Danach hatte man ihr einen schwarzen Sack über den Kopf gestülpt. Seitdem umgab sie Dunkelheit.
Einer der Männer hatte sie über seine Schulter gelegt wie eine Stoffpuppe. Dann war der Kerl, der sie trug, losgelaufen. Wie lange, konnte sie nicht sagen.
Zehn Minuten?
Zwanzig?
Oder noch länger?
Sie hörte das Geräusch eines Hubschraubers. Lauter und lauter. Schließlich ohrenbetäubend. Der Wind zerrte an ihren Kleidern. Es ging eine Rampe hoch.
Jetzt waren sie wohl im Inneren des Hubschraubers. Sie wurde von der Schulter des Mannes gehoben und auf den Boden gesetzt. Der Boden unter ihr schwankte, als der Hubschrauber abhob.
Brechreiz stieg in ihr auf.
Dann waren sie geflogen. Wie lange, konnte sie nicht sagen.
Zehn Minuten?
Zwanzig?
Oder noch länger?
Um sie nur Dunkelheit. Sie bekam Panik, dass sie unter dem schwarzen Stoff ersticken würde. Ängstlich rang sie nach Luft. Sie hörte Stimmen, die sie nicht verstand. Immer wieder kehliges Lachen.
Schließlich setzte der Hubschrauber höchst unsanft auf. Sie schlug sich den Kopf an. Wieder wurde sie hochgehoben.
Wieder der Lärm.
Wieder der Wind.
Wieder lief der Mann, der sie trug, im Laufschritt. Diesmal kürzer.
In die Geräusche des Hubschraubers mischte sich der Krach

von Flugzeugdüsen. Sie mussten sehr nahe an einem Flugzeug sein. Es ging eine Treppe hoch. Sie wurde von der Schulter des Mannes gehoben und in einen Sessel gesetzt. Jemand legte ihr einen Gurt um den Bauch und zog ihn fest. Sie hörte das Zuschlagen der Türen.
Ja, sie war an Bord eines Flugzeugs. Ihr Magen meldete sich erneut. Säuerlich stieg es ihr die Speiseröhre hoch. Dann die Beschleunigung. Sie stiegen in einer steilen Rechtskurve. Der Boden kippte nach Steuerbord weg. Schweiß brach ihr aus.
Und plötzlich wurde Amelie Karman klar, dass sie sterben würde.
An Bord dieses Flugzeugs.
Mit einem schwarzen Sack über dem Kopf.
Sie würde Werner nie wiedersehen.
In diesem Moment nahm ihr jemand die Kapuze ab. Es war der Mann mit den unsteten Augen. Er trug nach wie vor die Sturmhaube, die sein Gesicht verdeckte, aber den Blick erkannte sie sofort.
»Es tut mir leid, dass wir dich etwas unsanft behandeln mussten, Amelie. Aber wir konnten nicht riskieren, dass du irgendwelche Dummheiten machst. Du musst verstehen, dass wir einen relativ engen Zeitplan haben.« Die Augen des Mannes kamen überraschend zur Ruhe.
»Du hast ja Angst«, sagte er mitfühlend. »Das brauchst du nicht. Wir haben ein tolles Abenteuer vor uns. Einen Tandemsprung mit dem Fallschirm! Und sieh mal ...« Er zog eine Hand hinter seinem Rücken hervor. »Ich habe sogar daran gedacht, deine Handtasche mitzunehmen. Ich habe gehört, Handtaschen seien Frauen ungeheuer wichtig. Und du sollst dich doch wohlfühlen.«
»Ich glaube, mir wird schlecht«, brachte sie mühsam hervor. Wortlos griff der Mann in das Netz neben ihrem Sitz und zog eine Spucktüte hervor, die er ihr vor das Gesicht hielt. Amelie übergab sich mehrfach. Danach wischte ihr der

Mann mit einer Papierserviette den Mund ab wie einem kleinen Kind.

»Ich hole dir etwas Wasser, Amelie«, sagte er mit sanfter Stimme und ging Richtung Cockpit.

Nun hatte sie zum ersten Mal Gelegenheit, sich umzusehen.

Das Flugzeug hatte ungefähr die Größe einer Boeing 737. Die Inneneinrichtung sah aus, als wäre sie schon viele Jahre alt. Sämtliche Beschriftungen waren in kyrillischen Buchstaben, die Amelie zwar als solche erkannte, aber nicht lesen konnte.

Alle Sitze waren besetzt mit den Männern in den schwarzen Overalls. Die meisten hatten ihre Maschinenpistole neben ihrem Helm auf den Boden gelegt. Der eine oder andere zog seine Sturmhaube vom Kopf. Einer warf einen verschweißten Kunststoffbeutel mit der rechten Hand in die Luft, fing ihn wieder auf und lachte.

Dann sah Amelie, wie der Anführer sich erhob und ebenfalls seinen Helm abnahm. Sie erkannte ihn eindeutig: Der Mann trug den rechten Arm in der Schlinge. Mit der linken Hand fasste er an den unteren Rand seiner Sturmhaube und zog sie sich vom Gesicht.

Der Schock traf Amelie wie ein Schlag in den Magen. Sie hatte plötzlich das Gefühl, sich erneut übergeben zu müssen.

Sie sah in das Gesicht eines Mannes, den sie gut kannte.

Sie sah in das Gesicht eines Mannes, den sie als großzügig und liebenswert kennengelernt hatte.

Sie sah in das Gesicht eines Mannes, den sie jederzeit als ihren Freund bezeichnet hätte.

Vollkommen fassungslos starrte Amelie Karman in das Gesicht von Karl Romberg.

*

Okavango-Delta, Botswana, Afrika

Karl Romberg war begeistert. Die Safari hatte alle seine Erwartungen weit übertroffen. Die Vielzahl der neuen Eindrücke, die diese fremde Welt bereithielt, war überwältigend. Nicht umsonst wurde das Okavango-Delta als Naturwunder bezeichnet. Er konnte kaum glauben, dass es erst fünf Tage her war, seit er München verlassen hatte.
Er war in Johannesburg gelandet und von dort nach Maun im Nordwesten von Botswana weitergeflogen. Zunächst hatten sie ein Bergbaumuseum besucht. Die Förderung von Diamanten war der Motor für die Volkswirtschaft des Landes. Interessiert hatte Romberg sich die Ausstellung angesehen, die jeden einzelnen Schritt von der Förderung bis zum fertigen Edelstein nachvollzog.
Dann waren sie in Jeeps mit Allradantrieb ins Okavango-Delta aufgebrochen. Seit vier Tagen waren sie unterwegs. Abgeschnitten von jeglicher Zivilisation. Wundervoll: kein Fernsehen, kein Radio, keine Mobiltelefone. Sie hatten vollkommen autark gelebt. Trinkwasser und Treibstoff führten sie in Tanks auf den Wagen mit. Die Nächte verbrachten sie in einem Camp, das sie selbst errichtet hatten.
Tagsüber fuhren sie mit dem Jeep oder in kleinen Mokoros, wie die Einbäume der Ureinwohner hier hießen, durch die faszinierende Natur dieser einzigartigen Landschaft.
Und was hatte er nicht alles gesehen: Elefantenherden. Ein Löwenrudel. Eine Giraffe und ihr Junges. Grazile Gazellen. Eine Horde Flusspferde hatte sie gelangweilt gemustert, als sie in den Mokoros an den majestätischen Tieren vorbeiglitten. Eine unglaubliche Vielfalt von Pflanzen. Ungezählte exotische Vögel.
Absolut atemberaubend.
Jetzt verstand Karl Romberg, wovon die Leute sprachen, wenn sie vom Zauber Afrikas erzählten.

Heute Abend würden sie zum ersten Mal in einer Lodge übernachten. Fließendes Wasser, eine Dusche, um Schweiß und Staub abzuwaschen, eine Klimaanlage, ein europäisches Hotelbett.

Vor allem auf die Dusche freute sich Karl Romberg.

> Dem Sieger kann ein Gefecht
> niemals schnell genug entschieden sein,
> dem Besiegten niemals lange genug dauern.
>
> Carl v. Clausewitz, *Vom Kriege*

16

16:35 Uhr

Die Sonne stand niedrig über der deutschen Hauptstadt. Eine dünne Wolkendecke dämpfte ihre frühherbstlichen Strahlen. Der Spreebogen lag in einem weichen Licht. Die Gebäude von Parlament und Regierungssitz warfen diffuse Schatten. Im Konferenzraum des Kanzleramtes nahm jedoch niemand Notiz von dem Naturschauspiel. Das kleine Sicherheitskabinett war zur Lagebesprechung einberufen worden. Der Raum war leicht abgedunkelt. Der Innenminister war aus München über Videoleitung zugeschaltet.

Der Verteidigungsminister erhob sich und ging zu einer großen Leinwand, auf die ein Ausschnitt der Weltkarte projiziert wurde. Im Mittelpunkt der Karte war die Stadt München eingezeichnet. Um diesen Punkt herum verlief ein roter Kreis. Der Radius des Kreises betrug fünftausend Kilometer.

»Herr Bundeskanzler, meine Herren, die Lage ist folgende: Die Täter haben München vor wenigen Minuten mit der Beute verlassen. Sie befinden sich mit einer Geisel an Bord eines Flugzeugs.« Der Minister räusperte sich. »Ich fasse die letzten fünf Stunden für uns alle nochmals kurz zusammen.

Pünktlich um zwölf Uhr haben wir die geforderte Menge Diamanten übergeben. Zweieinhalb Stunden später ist ein Hubschrauber in einem Münchner Industriegebiet gestartet.«
Der Verteidigungsminister hatte die Projektionsfläche erreicht. Die Karte verschwand. Ein Film wurde eingespielt. Man sah die Wirtsbudenstraße und den Eingang zum Benediktiner-Zelt. Plötzlich flogen die Türen auf. Bewaffnete Männer stürmten in Dreiergruppen heraus.
Schwarze Kampfanzüge.
Kevlar-Helme.
Sturmhauben.
»Sie sehen hier Aufnahmen der Bundeswehr. Die Täter haben das Zelt verlassen und sich zum Busparkplatz begeben, wo der Hubschrauber wartete.« Der Film ließ erkennen, dass die Männer diszipliniert und koordiniert vorgingen. Ihre Bewegungen erinnerten an einen Walzer. Niemals war auch nur eines der Teams ungedeckt.
Rundumsicherung.
»Die Täter haben eine weitere Geisel genommen. Angaben zur Person finden Sie in Ihren Unterlagen.«
Auf der Leinwand wurde ein weiterer Trupp sichtbar, der im Laufschritt aus dem Zelt stürmte. Der Mann in der Mitte dieses Trupps trug einen Menschen über seiner linken Schulter.
Eine Frau.
Eine Frau in einem knielangen Rock, der man die Hände auf dem Rücken zusammengebunden hatte. Ihr Kopf war von einem Sack aus schwarzem Stoff verhüllt.
Während der Film weiterlief, fuhr der Minister mit seiner Zusammenfassung fort. »Sie sind mit dem Hubschrauber zum Flughafen geflogen, wo sie in ihr Flugzeug umgestiegen sind, das kurz zuvor dort gelandet war. Den Startplatz des Hubschraubers haben wir inzwischen lokalisiert. Es

handelt sich um eine einzelne Halle, deren Ausmaße ...« Der Verteidigungsminister holte tief Luft. »... ausgesprochen deutlich an ein Bierzelt erinnern. Aber wir kommen dort momentan nicht weiter. Das ganze Gelände ist mit Sprengfallen gespickt. Einige Spezialisten des KSK und der Gebirgspioniere sowie Sprengstoffexperten des Landeskriminalamtes sind bereits vor Ort. Zusätzlich habe ich nach Rücksprache mit dem Streitkräfteunterstützungskommando angeordnet, dass die Kampfmittelbeseitigungskompanie 21 aus Stetten am Kalten Markt unverzüglich nach München in Marsch gesetzt wird. Aber bis wir in der Halle sind, das kann dauern. Zudem wissen wir nicht, ob dort nicht ein Zeitzünder rückwärts zählt und uns das ganze Gebäude jeden Moment um die Ohren fliegt.«

Er sah mit gequältem Gesichtsausdruck in die Runde. Dann sprach er weiter. »Die Täter haben ihre Flucht auf eine technisch sehr ausgeklügelte Art und Weise abgesichert. Das Flugzeug, mit dem die Täter jetzt unterwegs sind, verfügt über eine ungewöhnlich leistungsstarke Funkanlage. Diese sendet ein ständiges Signal an einen Empfänger, der sich im Benediktiner-Zelt befindet. Nach eigenen Angaben können die Täter durch dieses Signal jederzeit in einem Zelt ihrer Wahl Giftgas freisetzen. Die Täter haben das Benediktiner-Zelt vermint. Und nach ihren Angaben befindet sich in dem Zelt ausreichend Sprengstoff, um alle Insassen zu töten. Ungefähr fünftausend Geiseln und der Bundespräsident halten sich nach wie vor in dem Zelt auf.«

Der Verteidigungsminister stockte kurz.

»Dort, im Benediktiner-Zelt, ist ebenfalls ein starker Sender in Betrieb, der wiederum an Bord des Flugzeugs zu empfangen ist. Die Bilder, die von diesem Sender übermittelt werden, garantieren den Tätern volle Videokontrolle über alle Vorgänge auf der Theresienwiese. Wir vermuten, dass auch die Daten der Radaranlage an das Flugzeug weiterge-

leitet werden. Das bedeutet, dass wir im Moment eine Pattsituation haben.«
Der Verteidigungsminister sah den Herren am Tisch in die Augen. »Wir können weder mit der Evakuierung der Geiseln beginnen, noch können wir gegen das Flugzeug der Täter vorgehen. Uns sind die Hände gebunden. Ein direkter Angriff auf dieses Flugzeug ist keine Option. Eine Unterbrechung der Funkverbindung durch einen Störsender auch nicht. Beides hätte die sofortige Freisetzung von Giftgas in allen Zelten zur Folge. Und die anschließende Sprengung des Benediktiner-Zeltes. Aber …«
Der Minister hob die Stimme ein wenig. Die Karte mit dem roten Kreis um München wurde wieder auf der Leinwand sichtbar.
»Diese Situation ist nur von begrenzter Dauer. Die Reichweite einer Yakovlev Yak-42D beträgt maximal fünftausend Kilometer. Bei einer durchschnittlichen Reisegeschwindigkeit von siebenhundert Stundenkilometern ergibt das ein Zeitfenster von sieben Stunden. Das bedeutet, diese Frist endet noch vor Mitternacht. Spätestens dann müssen die Täter landen und auftanken. Mit jeder Minute in der Luft wird ihr Aktionsradius kleiner. Die gesamte Luftraumüberwachung der NATO ist im Einsatz. Die Täter können uns nicht entkommen. Wir sehen sie. Sie können so tief fliegen, wie sie wollen, die Augen der AWACS finden sie.«
Der Verteidigungsminister brach ab. Sein Blick suchte den des Regierungschefs.
Der Bundeskanzler nickte zuerst ihm und dann den anderen Männern aufmunternd zu, bis seine Augen an denen des Außenministers hängenblieben.
»Sie haben es ja gehört, meine Herren, sieben Stunden. Nutzen wir sie.«

*

Die Yakovlev Yak-42D flog in achttausend Metern Höhe auf südsüdöstlichem Kurs. Der Autopilot war aktiviert. Der Flug verlief nach Plan. Die gesamte Fluchtroute befand sich in Form von Datensätzen im Bordcomputer des Flugzeugs. Kurswechsel. Steig- und Sinkflüge. Druckausgleich.
Die beiden Offiziere saßen im hinteren Teil der Kabine. Dr. Wladimir Kusnezow redete mit ernster Miene auf Generalmajor Oleg Blochin ein.
Obwohl die beiden Sitzreihen vor ihnen leer waren, sprach der Arzt sehr leise.
»Ich sehe keine andere Möglichkeit, als Ihnen eine Spritze direkt ins Schultergelenk zu geben. Das ist sehr unangenehm und schmerzhaft, aber sonst schaffen Sie die nächsten Stunden nicht. Sie haben einiges vor sich.«
Dr. Kusnezow senkte kurz die Augen. »Wir alle haben einiges vor uns«, murmelte er. Dann sah er Blochin wieder an.
»Sie können mit Ihrem rechten Arm in diesem Zustand keinen Fallschirm lenken. Und schwimmen können Sie schon gar nicht.«
»Dann geben Sie mir eben diese Spritze! Was spricht dagegen?«
»Eine Spritze birgt immer das Risiko einer Infektion. Wenn sich das Gelenk aufgrund dieser Injektion entzündet, dann kann die Schulter steif werden. Das ist ein zwar geringes, aber folgenreiches Risiko. Und es gibt einen zweiten Nachteil. Die Spritze wirkt höchstens vierundzwanzig Stunden. Wegen der schweren Belastungen vermutlich kürzer. Danach werden Sie sehr starke Schmerzen bekommen. Dagegen kann ich Ihnen Medikamente mitgeben. Aber Sie brauchen innerhalb von vierundzwanzig Stunden einen Ort, an dem Sie sich erholen können. Mindestens eine Woche.«

Dr. Kusnezow zuckte mit den Achseln. »Ich sage Ihnen nur, wie es ist, General.«
»Ich weiß selbst, dass ich mit dem Arm nicht springen kann. Ein sicheres Haus ist bereit. Ein sehr gutes Versteck. Dort kann ich mich auskurieren. Aber können Sie mir nicht einfach jetzt schon Schmerzmittel geben?«
Der Arzt schüttelte den Kopf. »Ich müsste Sie so vollpumpen, dass Sie zu benommen wären, zu unkonzentriert. Sie würden Fehler machen. Sie würden es nicht schaffen.«
»Dann also die Spritze.« Blochin musterte seinen medizinischen Offizier mit einem seltsam unbeteiligten Blick.
Heller Fels.
Wortlos erhob sich Dr. Kusnezow aus dem Sessel. Er ging durch den Korridor nach hinten, bis er eine Ansammlung großer Tornister erreichte. Hier befand sich der Gefechtsstand während des Fluges. Eine Vielzahl elektronischer Geräte zeigten dem Arzt für ihn unverständliche Daten. Okidadse sah kurz von seinen Bildschirmen hoch und nickte ihm zu.
Der Arzt grüßte mit einem Augenzwinkern zurück. Er öffnete einen der Tornister und entnahm ihm eine metallene Kassette mit sterilen Instrumenten. Aus einem anderen Fach holte er sich mehrere Ampullen und steckte sie in die Taschen seines Overalls.
Als er seinen Kommandeur wieder erreichte, lächelte er.
Er stellte die Kassette neben sich und begann, eine Spritze aus Glas und Metall zusammenzusetzen. Er zog aus drei verschiedenen Ampullen Medikamente in die Spritze. Während er die Spritze schüttelte, sah er Blochin an. »Eigene Spezialmischung!«, sagte er grinsend. Dann zog er die kleine Kanüle ab. Der Kassette entnahm Dr. Kusnezow nun eine silbrige Nadel. Er verschraubte sie mit der Spritze und drückte die noch verbliebene Luft hinaus. Die vorbereitete Injektion legte er in die Kassette zurück.

Die zwanzig Zentimeter lange Nadel ragte spitz und glänzend über den Rand hinaus.

»Augen zu und durch, General«, sagte er, während er den Verband an Blochins Schulter mit einer Schere aufschnitt. Er legte die Schere weg und nahm eine Flasche Desinfektionsspray. Dann besprühte er die Schulter und rieb sie mit einem Tupfer ab.

»Sie werden sehen. Ich kann Lahme gehen machen.« Der Arzt nahm die Spritze in die rechte Hand, während seine linke die Schulter seines Kommandeurs abtastete.

»Aber nur für höchstens vierundzwanzig Stunden«, sagte Oleg Blochin mit gleichgültiger Stimme, wandte seinen Kopf nach vorne und schloss die Augen.

*

Okavango-Delta, Botswana, Afrika

Seit zehn Tagen sondierte Viktor Slacek das Terrain. Die Hitze und die hohe Luftfeuchtigkeit hatten ihm anfangs zu schaffen gemacht. Doch bald hatte er sich akklimatisiert. Es würde schnell gehen. Eine saubere Arbeit. Wie immer.
Unbemerkt.
Lautlos.
Gewaltsam.
Gute Vorbereitung war das Wichtigste bei der Durchführung eines Projekts. Alle Eventualitäten von vorneherein bedenken. Alle möglichen Fehler dadurch vermeiden. Auf seine Vorbereitungen war er immer stolz gewesen. Er kannte die Lodge mittlerweile besser als der Geschäftsführer, vermutete er.

Die Lage sämtlicher Ein- und Ausgänge. Die Fallschächte für die dreckige Wäsche. Die beiden Treppenhäuser. Die

Brandschutztüren. Die Notausgänge. Die Dienstzeiten der Angestellten. Die Wege der Zimmermädchen. Die Routen der Putzfrauen. Die Namen und Zimmernummern der Gäste. In seinem Sortiment hatte er auch den passenden Schlagschlüssel für das Schließsystem gefunden. Seitdem konnte er sich in der ganzen Anlage frei bewegen. Zu jeder Zeit. In etwa zweieinhalb Stunden würde seine Zielperson hier eintreffen. Als Mitglied einer Touristengruppe, die auf Safari war. Sein Projektplan sah vor, dass die Zielperson nach der Ankunft auf ihr Zimmer gehen würde. Er würde das Zimmer kurze Zeit später betreten und seine Waffe ziehen. Die Zielperson würde bei der Rezeption anrufen und das Abendessen aufs Zimmer bestellen. Sie würde am Telefon sagen, dass sie sehr müde sei und nicht gestört werden wollte. Sie würde die Tür öffnen und das Abendessen in Empfang nehmen. Sie würde sich bedanken und Trinkgeld geben. Dann würde er der Zielperson in den Kopf schießen. Drei Mal. Aus nächster Nähe. Kleines Kaliber, kaum Blut. Er trug eine schallgedämpfte .22er SIG Sauer Moskito in seinem Gürtelholster. Am nächsten Morgen wäre die Zielperson mitsamt ihrem Gepäck verschwunden. Bargeld in Höhe der Hotelrechnung würde im Zimmer der Zielperson gefunden werden. Überraschend abgereist, offensichtlich. Er selbst würde, wie vor einem halben Jahr gebucht, zwei Tage später das Hotel verlassen. Slaceks Gedanken gingen acht Monate zurück. Nach Wien. In eine Suite des Hotels »Imperial«. Zuerst war er beunruhigt gewesen, als ihm sein alter Freund das Foto der Zielperson präsentiert hatte. Die Aufnahme zeigte das Gesicht des Mannes, der ihm in diesem Moment gegenübersaß. Für einen Moment hatte er sich gefragt, ob sein alter Ausbilder,

sein Lehrer, sein Mentor vielleicht lebensmüde geworden war und ihn um einen Gnadendienst bat. Aber dann war ihm die alte Geschichte wieder eingefallen, die angeblich – lange vor Slaceks eigener Ausbildung in Kaliningrad – dort geschehen war. Er hatte von der Geschichte nur in Form vager Gerüchte gehört. Und er hatte diesen Gerüchten nie Glauben geschenkt. Seit acht Monaten war ihm jedoch klar: Die Geschichte war tatsächlich passiert.
Wie lange mochte das zurückliegen?
Dreißig Jahre?

*

Meierinho überprüfte ein letztes Mal die Messergebnisse der Senderstärken. Dabei nickte er mehrfach mit dem Kopf. Dann sah er den BKA-Mann namens Müller an. »Wir sind jetzt in der Lage, das Signal der Täter zu überlagern.« Kapitän zur See Wolfgang Härter stand vor einer Wand von sechzehn Monitoren, die Bilder der Überwachungskameras zeigten. »Sehr beeindruckend.« Er nickte knapp, ohne den Blick von den Schirmen abzuwenden. »Sie haben das Bildsignal der Täter geknackt.«
»Wie gefällt Ihnen unser Material?«, fragte Stefan Meier mit übertriebener Freundlichkeit.
»Der Schnitt der Videoschleife überzeugt mich. Die ausgewählten Bilder zeigen keine Ereignisse, die einen markanten Erinnerungswert hätten.«
»Irgendwann werden die Täter trotzdem merken, dass sie an der Nase herumgeführt werden. Nach einer halben Stunde beginnt unser Material von vorn. Auch wenn wir versucht haben, es unauffällig zu halten, irgendwann fallen einem die Wiederholungen auf. Außerdem bin ich mir nicht ganz sicher, ob die Täter in ihrem Signal nicht noch einen zweiten Code eingelagert haben, den wir nicht gefunden ha-

ben. Einen Zeitstempel beispielsweise. Dann merken sie es sofort.«

»Jetzt malen Sie mal nicht den Teufel an die Wand, Herr Meier. Das wird klappen. Die Polizei geht davon aus, dass die Zelte innerhalb von dreißig Minuten evakuiert werden können. Die Kampfmittelbeseitiger des KSK und des LKA werden unverzüglich versuchen, ins Benediktiner-Zelt zu gelangen, um die Geiseln herauszuholen. Mir ist klar, dass wir ein Risiko eingehen, trotzdem müssen wir es versuchen. Aktivieren Sie die Wiedergabe.« Seine Stimme duldete keinen Widerspruch.

Meierinho zuckte mit den Achseln. »Wir sollten aber mit der Evakuierung erst fünf Minuten nach der Einspielung beginnen. Wir sollten abwarten. Für den Fall, dass die Täter unsere Täuschung sofort bemerken. Denn ich befürchte, wenn der Evakuierungsbefehl erst einmal gegeben ist, kann er nicht mehr widerrufen werden. Die Menschen werden aus den Zelten drängen.«

»Bin ich ganz Ihrer Meinung. Aktivieren Sie jetzt die Wiedergabe!«

*

Okavango-Delta, Botswana, Afrika

Adele Mbwale kam an diesem Tag zu spät zur Arbeit.

Das war in den gesamten fünfzehn Jahren, die sie in dieser Hotelanlage arbeitete, noch nie vorgekommen. Sie nahm den Hintereingang, in der Hoffnung, dass ihre Verspätung unentdeckt bliebe.

Doch der Geschäftsführer stellte sie zur Rede.

Dabei stellte sich heraus, dass Adele Mbwale wahrlich einen guten Grund hatte, zu spät zu kommen. Sie sei vor einer

Stunde Großmutter geworden, erklärte sie. Ihre älteste Tochter habe ihr den ersten Enkel geboren. Einen gesunden, kräftigen Jungen.
Diese Nachricht ließ den Chef freudig lachen und ihr ganz herzlich gratulieren. Der Geschäftsführer war im Grunde ein freundlicher Mensch und bei seinen Mitarbeitern beliebt. Er war zwar ein penibler Vorgesetzter, aber wenn jemand mit einem Problem zu ihm kam, hatte er immer ein offenes Ohr.
Ob der Kleine denn schon einen Namen habe?
»Festus soll er heißen«, sagte Adele Mbwale strahlend. »Wie unser Präsident«, fügte sie selbstbewusst hinzu. Adele Mbwale war sich sicher, dass ihr Enkel etwas ganz Besonderes war.
»Ein schöner Name, wirklich.« Ihr Chef sah auf die Uhr. »Beginnen Sie jetzt mit Ihrer Arbeit, Adele. Es macht nichts, wenn Sie nicht fertig werden. Heute ist ein großer Tag für Sie. Nochmals meinen Glückwunsch. Wo wollen Sie anfangen?«
»Ich fange im östlichen Treppenhaus an und mache als Erstes die Feuertreppe, wenn es Ihnen recht ist.«
»Von mir aus. Gut.« Der Geschäftsführer sah wieder auf die Uhr und rechnete im Stillen nach, wie sich die Verspätung auswirken würde. Das Treppenhaus hätte vor zwei Stunden gewischt werden sollen. Egal. Es verirrte sich ohnehin nur selten ein Gast dorthin.
Adele Mbwale machte sich mit bester Laune ans Werk. In persönlicher Bestzeit putzte sie die Treppen. Ihre Lippen pfiffen dabei fröhliche Lieder. Das Wasser glänzte auf den Stufen. Nach nicht einmal zwanzig Minuten war sie fertig und verließ das Treppenhaus, um in der Eingangshalle weiterzuputzen.
In diesem Moment löste sich Viktor Slacek aus dem Schatten des benachbarten Gebäudes und hastete auf die Tür zu,

die ins östliche Treppenhaus führte. Dies war der kürzeste Weg zum Zimmer der Zielperson.
Er bewegte sich schnell. Die glatten Kreppsohlen seiner Schuhe hinterließen keine erkennbaren Abdrücke im staubigen Boden.

*

Mit wenigen Schritten war Oleg Blochin bei Oberst Okidadse im Gefechtsstand an Bord der Yakovlev.
»Seit einer Minute überlagert ein zweites Signal unseren Sender in München. Eine verdammt gut gemachte Täuschung. Aber sie haben den Zeitstempel übersehen. Die glauben, sie können Spielchen mit uns treiben.« Okidadse sah seinen Kommandeur an, der neben ihm stand.
»Sind Sie sicher? Zweifel ausgeschlossen?«
Blochin registrierte ein kurzes Nicken seines technischen Offiziers.
»Donnerwetter! So viel Entschlossenheit und Risikobereitschaft hätte ich denen gar nicht zugetraut«, murmelte der General leise. Seit einer halben Stunde ließen die Schmerzen in seiner Schulter stetig nach. Er konnte den Arm schon wieder ganz gut bewegen. Die düsteren Gedanken waren vergangen.
Er würde es schaffen.
Sie alle würden es schaffen.
»Schicken Sie sofort ein Ultimatum an die Verantwortlichen. Wenn sie ihr Signal nicht innerhalb von zwei Minuten abschalten, dann exekutieren wir ein Zelt.« Blochins Stimme wurde kalt.
»Nehmen Sie eins von den großen.«
»Alles klar, General.« Okidadses Finger huschten über die Tastatur. Ab und an griff die rechte Hand nach der Maus. Nach kurzer Zeit sah er Blochin wieder an.

»Ultimatum abgeschickt.
Zeit läuft.
T minus zwei Minuten.«

*

Okavango-Delta, Botswana, Afrika

Dass er eigentlich duschen wollte, hatte er vollkommen vergessen. Seit zehn Minuten saß Karl Romberg bewegungslos auf seinem Hotelbett. Mit weit aufgerissenen Augen starrte er wie hypnotisiert auf den Fernsehapparat. CNN berichtete live aus München. Die Zwillingstürme der Frauenkirche. Bilder eines riesigen Helikopters. Wie ein urzeitliches Insekt flog die Maschine in niedriger Höhe über die Stadt. Straßensperren der Bundeswehr. Die rotierende Radarantenne über dem Benediktiner-Zelt. Das Rathaus. Der Auftritt des Kardinals. Aber Rombergs Augen schienen das alles nicht zu sehen. Sein Blick verlor sich an einem weit entfernten Punkt.
Unbewusst begann seine rechte Hand, rhythmisch zu zucken.
Eine Kette zunächst loser Assoziationen hatte von ihm Besitz ergriffen und war binnen Sekunden zu grausiger Gewissheit geworden. Seine Gedanken bildeten rasende Kaskaden. Durch das Mauerwerk des Selbstschutzes brachen sich verdrängte Bilder und Gefühle Bahn.
Die Demütigung. Der Schmerz. Das gütige Gesicht seiner Mutter. Die unendliche Trauer ihrer Augen in der Stunde des Abschieds. Das Gesicht seines Vaters, außer sich vor Wut. Er selbst, zweiundzwanzig Jahre alt, in Schimpf und Schande. Die Nacht an den Eisenbahngleisen.
Die Nacht seiner Schuld.

Unvergeben.
Ungesühnt.
Romberg hatte plötzlich das Gefühl, zu frieren. Ein Zittern lief durch seinen Körper.
Sein Gefährte war nicht länger ein gelegentlicher, unscharfer Traum. Sein Gefährte war real. Hier und jetzt. Wie eine gewaltige Brandung schlug die Vergangenheit über der Gegenwart zusammen und riss Karl Rombergs heile Welt in Stücke.
Sein Gefährte war zurückgekehrt.

*

Der Bundeskanzler persönlich rief Wolfgang Härter auf dem Cryptophone an. Der Kapitän brauchte nur fünfzehn Sekunden, um zu verstehen, was los war. Der Gegner hatte sie entdeckt.
»Abbruch! Brechen Sie ab! Schalten Sie den Sender ab!«, brüllte er durch den Raum zu Stefan Meier. Der reagierte sofort. Weitere zehn Sekunden später war der Sender abgeschaltet.
Härter beendete das Gespräch und sah Stefan Meier mit zerknirschtem Gesichtsausdruck an. »Pech! Hat nicht funktioniert. Die Täter haben uns entdeckt. Aber versuchen mussten wir es.« Wolfgang Härter seufzte. »Von den großen Dingen reicht es, sie gewollt zu haben, sagt Nietzsche.«
Meierinho wiegte nachdenklich den Kopf, seine Züge spiegelten den Anflug eines spitzbübischen Grinsens. »Vielleicht war es sogar ganz nützlich.«
»Wie meinen Sie das, Herr Meier?«
»Wir wissen jetzt, dass das Bildsignal der Täter durch einen Zeitstempel abgesichert ist. Aber ist auch das Signal, das von dem Flugzeug gesendet wird, mit einer solchen Sicherheitsmaßnahme versehen? Jetzt, da uns klar ist, wonach wir su-

chen müssen, können wir das Muster vermutlich isolieren. Wenn ein solches Muster in dem anderen Signal fehlt, können wir dieses Signal angreifen. Eine Replay-Attacke, wenn Sie verstehen. Wir würden den Tätern dadurch die Möglichkeit nehmen, Giftgas freizusetzen oder eine Detonation auszulösen. Wir hätten gewonnen. Wir könnten das Flugzeug abschießen.«

»Jetzt machen Sie mal langsam mit den jungen Pferden, Herr Meier. Sie vergessen, dass sich an Bord des Flugzeugs eine Geisel befindet. Aber ich habe Ihren Vorschlag verstanden. Und da ich im Moment keine bessere Idee habe, kann ich nur sagen: an die Arbeit!«

Stefan Meier fuhr auf dem Drehstuhl herum und sah auf den Bildschirm. Seine Finger begannen, über die Tastatur zu tanzen.

»Ach, und was diese Geisel angeht ...«, fing Härter erneut an.

»Ja?« Meierinho hob den Blick und schaute in seine Richtung.

»Sie haben sicherlich bemerkt, dass Sie auf Ihrem Rechner ein Programm zur Ortung von Mobiltelefonen haben?«

Stefan Meier nickte.

»Geben Sie die Nummer der Geisel in die Überwachung. Man kann nie wissen.«

»Sie glauben doch nicht im Ernst, dass die Täter so etwas übersehen?«

»*Machen* Sie es einfach!«

»Geht in Ordnung, Herr Müller. Ist so gut wie erledigt.«

Stefan Meier wandte sich wieder seinem Terminal zu. Er streckte seine Arme nach vorne aus. Dann verschränkte er die Finger und drückte die Handflächen nach außen, so dass die Fingergelenke knacksten.

*

Okavango-Delta, Botswana, Afrika

Die Stimme des Gastes aus Deutschland klang belegt, fand die Rezeptionistin des Hotels, als sie den Anruf aus dem Zimmer im zweiten Stock entgegennahm. Schnell sah sie auf die Liste der Namen.
»Herr Romberg, was kann ich für Sie tun?«
»Bitte bringen Sie mir mein Abendessen aufs Zimmer. Ich werde nicht herunterkommen heute Abend.«
»Das machen wir gerne, Herr Romberg. Ist irgendetwas passiert? Geht es Ihnen nicht gut?«
»Nein, es ist alles in Ordnung.« Der Klang seiner Stimme straft ihn Lügen, dachte die Frau an der Rezeption.
»Machen Sie bitte meine Rechnung fertig. Ich muss noch heute abreisen. Ein Jammer! Es ist wirklich wunderschön hier.«
»Schade, dass Sie uns schon verlassen wollen. Ihr Essen wird Ihnen so schnell wie möglich gebracht.« Nach einer kurzen Pause fragte sie: »Ist wirklich alles in Ordnung? Was ist denn passiert, dass Sie so schnell aufbrechen müssen?«
Am anderen Ende der Leitung hörte sie so etwas wie ein Keuchen.
»Eine Familienangelegenheit«, sagte Herr Romberg knapp und legte auf.

*

Sie lagen perfekt im Zeitplan. Soeben hatte der General seine kurze Ansprache an die Männer im Flugzeug beendet. Eine unsentimentale Abschiedsrede. Er dankte den Männern und sprach ihnen seine Anerkennung aus. Jedem gab er danach einzeln die Hand und verabschiedete sich schließlich von Oberst Iljuschin und Dr. Kusnezow. Iljuschin wich nicht von Amelies Seite.

Dann wurde der Behälter mit Blochins Ausrüstung abgeworfen. Ein Schlauchboot mit einem kleinen Motor. Verpflegung, Medikamente, Munition, Kleidung, Bargeld. Ein Behälter von Größe und Aussehen einer Rettungsinsel fiel der Adria entgegen. Der Fallschirm würde sich erst in niedriger Höhe öffnen.
Okidadse sah Blochin auf sich zukommen und stand auf. Der General trug bereits den schwarzen Fallschirmspringeranzug. Auch das Gurtzeug hatte er schon angelegt.
»Polkownik Edouard Okidadse, ich komme, um mich zu verabschieden. Der Zeitpunkt ist da. Ich übergebe Ihnen hiermit das Kommando! Leben Sie wohl!« Blochin nahm Haltung an und salutierte.
Okidadse hob ebenfalls die Hand zum militärischen Gruß an die Stirn.
»Es war mir eine Ehre, General!«
»Die Ehre war ganz auf meiner Seite, Polkownik. Ich wünsche Ihnen viel Glück.«
Okidadse blickte über seine Schulter nach hinten zu den Bildschirmen. »Das kann ich brauchen. Bitte entschuldigen Sie, General. Ich habe zu arbeiten. Verdammt viel zu arbeiten. Und es muss schnell gehen. Dieser Angriff auf unser Bildsignal beunruhigt mich. Ich werde unseren Sender an Bord ebenfalls mit einem Zeitstempel versehen. Das hatte ich bei der Planung nicht für nötig gehalten. Ein Fehler, wie sich nun zeigt. Ein Fehler, den ich jetzt in aller Eile ausbügeln muss. Ich möchte nicht noch so eine Überraschung erleben.«
»Sie sind der kommandierende Offizier. Sie brauchen sich für gar nichts zu entschuldigen.«
Heller Fels.
Blochin wandte sich nach einem angedeuteten Nicken ab und ging in das Heck des Flugzeugs, wo die Druckschleuse an der Innenseite der Gepäckluke montiert war. Zwei Sol-

daten befestigten den HALO-Fallschirm auf seinem Rücken. Ein weiterer kümmerte sich um das Atemgerät und die Sauerstoffflasche.
Der Autopilot ließ das Flugzeug sinken und drosselte die Geschwindigkeit.
Blochin schnallte sich ein Paket vor die Brust. In diesem Paket befanden sich fünfzehn Kilogramm ungeschliffene Diamanten. Seine Diamanten. Er als Kommandeur der Operation hatte zehn Prozent der Beute für sich veranschlagt. Niemand hatte widersprochen.
Er überprüfte seine Pistole und seine MP5. Dann kontrollierte er die Druckanzeigen des Atemgerätes und sah auf seine Uhr und seinen Kompass.
Die Schmerzen in der rechten Schulter spürte er kaum noch. Die Schulter war wieder voll beweglich. Mit einer ruckartigen Bewegung öffnete er die innere Tür der Druckschleuse. Er ging hindurch und schloss sie. Dann öffnete er auch die äußere Tür und trat in die eisige Höhenluft, die das Flugzeug noch immer mit hoher Geschwindigkeit durchschnitt. Sofort griff der Wind heulend nach seinem Körper. Seine Hände schlossen sich um die Sicherheitsleinen. Wütende Böen zerrten an ihm. Um ihn war nur noch Flattern und Knattern.
Mühsam das Gleichgewicht haltend, drehte er sich zur Druckschleuse um und salutierte.
Ein letztes Mal.
Nachdem er einige Sekunden verharrt hatte, wandte er sich ab und trat an die Schwelle der Gepäckluke. Seine Hände ließen die Sicherheitsleinen los.
Generalmajor a.D. Oleg Blochin sprang mit dem Kopf voran der Wolkendecke entgegen.

*

Okavango-Delta, Botswana, Afrika

Viktor Slacek machte kein Licht im Treppenhaus. Das war nicht nötig. Das hätte die Wahrscheinlichkeit einer Entdeckung nur sinnlos erhöht. Der schwache Schein einiger Glasbausteine an den Treppenabsätzen musste reichen.

Mit kraftvollen Sätzen, drei Stufen auf einmal nehmend, jagte Viktor Slacek die Treppe hinauf. Gut vorbereitet. Voll konzentriert. Er musste in den zweiten Stock. An seiner Hüfte spürte er das Gewicht der SIG Sauer Moskito.

Selbst wenn es nicht so dunkel gewesen wäre, Viktor Slacek hätte nicht auf den Boden geachtet. Das war nicht nötig. Er kannte sich hier aus.

Nur noch eine Treppe. Dann durch die schwere Brandschutztür. Er hatte die Scharniere gestern geölt. Danach acht Meter Hotelflur, auf dem sich aber aller Wahrscheinlichkeit nach niemand befand. Er hatte an alles gedacht. Auf dem Treppenabsatz wechselte er in vollem Lauf die Richtung. Er musste zur dritten Tür auf der linken …

In diesem Moment verloren seine profillosen Sohlen in einer Pfütze seifigen Wassers den Halt.

Der eigene Schwung riss Viktor Slacek die Beine nach links unter dem Körper weg. Der Sturz erfolgte so schnell und heftig, dass selbst seine trainierten Reflexe nicht mehr reagieren konnten. Mit ungeheurer Wucht krachte er auf die Stufen der Treppe vor ihm. Die Stahlkante der siebten Stufe zertrümmerte zwei seiner Halswirbel vollständig.

So starb Viktor Slacek, wie er selbst getötet hatte:
Unbemerkt.
Lautlos.
Gewaltsam.

18:17 Uhr

Unter den unbestechlichen Augen der AWACS-Systeme war die Yakovlev nach ihrem Start in München zunächst auf direktem Weg zur Adria geflogen. Das Flugzeug war der östlichen Küstenlinie gefolgt und hatte die Geschwindigkeit gedrosselt. Über dem Mittelmeer hatten die Täter auf West gedreht und waren dann auf Nordwestkurs gegangen. Momentan flog die Maschine durch spanischen Luftraum auf die südeuropäische Atlantikküste zu. Mehrfach hatte die Yakovlev Flughöhe und -geschwindigkeit geändert.

Brigadegeneral Xaver Moisadl runzelte missmutig die Stirn.

Was hatte das zu bedeuten? Waren sich die Täter uneins über die Richtung ihrer Flucht? Hatten sie sich wegen der Aufteilung der Beute in die Haare bekommen? Wäre ja nix Ungewöhnliches bei marodierendem Gesindel.

Die Stimme von Oberst Buchwieser riss Moisadl aus seinen Gedanken.

»Sie wollten mich sprechen, General?«

»Hören Sie zu, Buchwieser. Ich werde zur Theresienwiese fahren. Ich brauche Freiwillige. Hundert. Besser noch hundertfünfzig. Wenn die Täter in einem weiteren Zelt Nervengas freisetzen, werde ich nicht danebenstehen und zusehen. Sondern ich gehe mit Freiwilligen in das Zelt und helfe den Leuten. Ich habe mit dem Stabsarzt gesprochen und mit den Sanis draußen. Wenn wir alles, was wir an Atropin haben, zur Theresienwiese schaffen, dann können wir sehr vielen Menschen das Leben retten.«

Moisadl hielt kurz inne und ließ seinen Blick durch den Sitzungssaal des Rathauses schweifen. »Geben Sie den Aufruf an die Truppe weiter! Und vergessen Sie nicht, den Männern klarzumachen, dass der Einsatz riskant ist. Die Freiwilligen sollen sich mit ihrer Gummisau beim Bataillonsgefechtsstand der Grennis melden.«

»Verstanden, Herr General.« Die inoffizielle Bezeichnung für die ABC-Schutzanzüge ließ Oberst Buchwieser grinsen.
»Ich breche jetzt auf. Sie bleiben hier in der Operationszentrale, Buchwieser. Sie übernehmen ab jetzt die Leitung der OPZ ›Schäfflertanz‹.« Der General schlug seinem Stabschef freundschaftlich auf den Rücken. Dann schulterte er seine Gummisau.
»Zu Befehl, Herr General.« Buchwieser salutierte, noch immer grinsend.

*

Okavango-Delta, Botswana, Afrika

Der Landrover Defender des Hotels setzte Karl Romberg am Flughafen der Stadt Maun ab. Der Fahrer lud Rombergs Gepäck aus.
»Ich verstehe Sie nicht, Herr Romberg. Wir haben doch bereits telefonisch versucht, eine Reiseroute für Sie herauszufinden. Von hier aus kommen Sie heute höchstens noch bis nach Johannesburg. Dort sitzen Sie über Nacht fest. Es geht erst morgen ein Flieger nach Europa. Sind Sie sicher, dass Sie nicht lieber morgen abfliegen wollen? Sie könnten sich im Hotel ausruhen und würden gut ausgeschlafen starten.«
Karl Romberg schüttelte den Kopf.
»Nein, ich muss versuchen, noch heute von hier wegzukommen. Manchmal ergibt sich kurzfristig etwas. Oder ich frage nach einem Lufttaxi. Vielleicht habe ich ja Glück.«
Und Karl Romberg hatte Glück.
Das Glück begegnete ihm in Person von Angelo Invitto. Angelo Invitto arbeitete seit drei Jahren als Pilot für die Ver-

einten Nationen. Nach der Geburt seines ersten Kindes hatte er seine Karriere bei der italienischen Luftwaffe beendet und bei der UNO angeheuert.
Seine Familie bedeutete Angelo Invitto alles. Deshalb flog er keine Militärmaschinen mehr, sondern Transportflugzeuge für das Flüchtlingshilfswerk und die Weltgesundheitsorganisation. Vor neun Stunden war er hier gelandet und hatte im Auftrag der WHO Aids-Medikamente abgeliefert. Er hatte sieben Stunden geschlafen und etwas gegessen. In einer halben Stunde würde er zum Rückflug nach Frankfurt starten.
Als er durch das kleine Flughafengebäude ging, fiel ihm der Mann sofort auf. Ein Europäer, Mitte fünfzig, kräftige Statur, in teuren Touristenklamotten.
Der Mann stand mutterseelenallein vor der Galerie geschlossener Schalter des afrikanischen Provinzflughafens. Seine Blicke fuhren dennoch unruhig durch die Halle, als warte er auf etwas. Seine Hände massierten einander krampfhaft. Seine Züge verrieten große Anspannung. Der Mann wirkte so verzweifelt, so sorgenvoll, dass Angelo Invitto als guter Katholik beschloss, ihn zu fragen, ob er ihm irgendwie helfen könne.
Er konnte.

*

Mit energischen Bewegungen zog Dr. Wladimir Kusnezow sein Gurtzeug stramm. Er sah zur Druckschleuse. Gerade wurde seine Gepäckbombe abgeworfen. Zweiundzwanzig Männer waren bereits abgesprungen. Jeder mit eintausendeinhundert Gramm der Beute. Als Führungsoffizier und Verantwortlichem für chemische Kampfstoffe stand Dr. Kusnezow mehr zu. Seine rechte Hand strich über das Päckchen, das er vor der Brust trug.

501

Zehn Kilogramm Diamanten.
Sein Fallschirm wurde ihm auf den Rücken geschnallt. Er überprüfte sein Atemgerät. Wie alle vor ihm würde auch er einen HALO-Sprung durchführen. HALO stand für high altitude, low opening. Der Absprung erfolgte aus siebentausendfünfhundert Metern Höhe. Der Fallschirm öffnete sich erst neunhundert Meter über dem Boden. Jeder von ihnen hatte zur Übung fünf dieser Sprünge absolviert.
Seine Flucht war auch sonst gut vorbereitet.
Auf ihn wartet eine große Finca und ein bewirtschafteter Weinberg in Spanien. Er hatte das Haus und den Grund bereits vor einem Jahr gekauft und renoviert. Die Geschäftsführer des Weinbergs und der Kellerei hatte er vom Vorbesitzer übernommen. Einen schönen Rotwein kelterten sie auf seinem Land. Er hatte sich öfter im nächsten Ort sehen lassen und in den Kneipen ein paar Runden spendiert. Ein billiger Trick, um sich beliebt zu machen, aber ein wirkungsvoller.
Er freute sich auf sein ruhiges Leben auf dem Lande.
Ein Leben in unermesslichem Reichtum.
Nachdem seine Ausrüstung vollständig angelegt war, setzte er seine Sauerstoffmaske auf und öffnete die Tür zur Druckschleuse. Er hatte sich in aller Eile von seinen langjährigen Kameraden verabschiedet. So sah es der Plan vor. Nach dem Ende der Operation einzeln abspringen und jeden Kontakt untereinander vermeiden.
Die Vorbereitungen für das Leben nach der Operation hatte jeder für sich getroffen.
Dr. Kusnezow passierte die Druckschleuse und erreichte die offene Gepäckluke. Fauchender Wind umgab ihn. Nur mit Mühe konnte er sich auf den Beinen halten.
»Über uns sind nur die Sterne«, murmelte er und stürzte sich in die bodenlose Leere.
Während er fiel, behielt er den Höhenmesser an seinem Arm

ständig im Auge. Unterhalb der Wolkendecke erkannte er vertraute Orientierungspunkte. In der Abenddämmerung gingen die ersten Lichter an. Er sah zwei Dörfer und im Norden sein eigenes Haus.

Ja, er hatte sich ein hübsches Fleckchen Erde ausgesucht. *Eviva España!* Er kontrollierte, ob der Peilsender seiner Gepäckbombe funktionierte. Alles in Ordnung. Das Gepäck war in einem Feld neben der Straße runtergekommen. Er würde ganz in der Nähe landen können.

Der Höhenmesser zeigte zweitausendeinhundert Meter an. Noch zwanzig Sekunden, bis sich der Fallschirm öffnen würde.

Dr. Kusnezow raste mit sechzig Metern pro Sekunde der Erde entgegen.

Noch elfhundert Meter.

Noch eintausend.

Neunhundert.

Jetzt!

Los!

Der automatische Auslösemechanismus versagte. Dr. Kusnezow griff nach der Reißleine, um den Schirm manuell zu öffnen. Nichts geschah. Seine rechte Hand suchte und fand die Reißleine des Ersatzschirms. Verzweifelt zerrte er an der Schlaufe, aber das Paket auf seinem Rücken blieb verschlossen.

Ihm war, als würde die Zeit stehenbleiben. Als wäre er aus sich herausgetreten und würde sich von außen beobachten, sah er sein Leben in kristalliner Klarheit: Niemand würde ihn vermissen. Niemand würde um ihn weinen. Auf der anderen Seite aber warteten die Opfer seiner Gifte schon auf ihn, um ihn bis vor die Tore der Hölle zu geleiten. Er glaubte, ihre Stimmen hören zu können.

Dr. Wladimir Kusnezow durchlebte fünfzehn Sekunden der

Reue, die sich für ihn zu einer Ewigkeit zu dehnen schienen. Dann schlug er auf.
Der ungebremste Aufprall zerbrach ihm jeden Knochen im Leib.

19:03 Uhr

Alois Kroneder bemühte sich um einen sachlichen Tonfall, konnte jedoch den Vorwurf in seiner Stimme nicht vollständig unterdrücken. »Sie haben mir gesagt, Sie hätten nicht vor, die Täter davonkommen zu lassen. Das waren *Ihre* Worte, Herr Müller. Erinnern Sie sich? Und was ist jetzt? Die Täter sind weg. Mit der Beute. Noch immer befinden sich fast siebzigtausend Menschen in unmittelbarer Lebensgefahr.«
»Die Täter sind nicht davongekommen«, antwortete Wolfgang Härter ruhig.
»Ach, nein? Und wie nennen Sie das dann? Die Täter sind vorübergehend abwesend?« Sofort bereute Kroneder seine scharfe Wortwahl. Seine Gedanken waren bei dem toten Thomas Aschner gewesen, und er hatte sich hinreißen lassen.
»Entschuldigung«, schickte er deshalb schnell hinterher. »Ich wollte Sie nicht …«
Der BKA-Mann namens Müller winkte ab. Dann sah er Kroneder mit einem langen, durchdringenden Blick an.
Blaues Feuer.
»Wissen Sie, was man in China über Schnecken sagt?«, fragte er unvermittelt.
»Schnecken? China?« Alois Kroneder schüttelte befremdet den Kopf. »Was haben Schnecken in China damit zu tun?«
Die Stimme des BKA-Mannes namens Müller sank zu einem Flüstern. Die Worte raschelten wie trockenes Laub.
»Sie hinterlassen immer eine Schleimspur.«

Es klopfte. Die Blicke der beiden Männer gingen zu Kroneders Bürotür.
»Herein!«, rief Kroneder.
Der Kopf von Stefan Meier erschien in der Tür. »Entschuldigen Sie die Störung, aber ich müsste ganz dringend mit Herrn Müller sprechen. Wir sind einen großen Schritt weitergekommen. Ich muss Ihnen was zeigen, Herr Müller.« Wolfgang Härter erhob sich schweigend und ging zur Tür.
»Ich bringe ihn in zehn Minuten zurück«, sagte Stefan Meier zu Alois Kroneder, während er Härter die Tür aufhielt. Auf der Schwelle drehte sich der Kapitän noch einmal um. »Was habe ich Ihnen gesagt, Herr Kroneder?« Seine Stimme klang deutlich fröhlicher als eben noch.
Kroneder sah ihn verständnislos an.
»Eine Schleimspur. Sie hinterlassen *immer* eine Schleimspur.«
Stefan Meier hastete ihm voran den Gang hinunter. Nach wenigen Schritten hatten sie den Arbeitsraum erreicht.
»Wenn Sie mich fragen, Herr Müller, dann haben wir den Dreckskerlen in ihrem Flugzeug ganz schön Feuer unterm Hintern gemacht«, sagte Meierinho mit hämischem Unterton.
»Sagen Sie mir, was passiert ist. Was wollten Sie mir zeigen?«
»Die Täter haben Daten vom Flugzeug zum Zelt geschickt. Wir haben die Übertragung mitgeschnitten. Wir konnten die Daten vom Trägersignal isolieren. Ich habe die Daten analysiert. Sehen Sie, hier.« Er deutete auf den großen TFT-Bildschirm, der auf seinem Schreibtisch stand.
Der Kapitän sah mit zusammengekniffenen Augen auf den Monitor.
»Einen Codec? Sind Sie sicher? Haben Sie das überprüft?«
Meierinho nickte. »Ja, aber es kommt noch besser. Es ist uns offensichtlich gelungen, die Täter so sehr unter Druck zu

setzen, dass sie Flüchtigkeitsfehler machen. Der Codec ist meinem Eindruck nach mit heißer Nadel gestrickt. Nach unserer misslungenen Attacke auf ihr Bildsignal haben die Täter Angst bekommen. Die wollen auf Nummer sicher gehen, den Laden dichtmachen. Wenn ich spekulieren darf...« Er hob fragend eine Augenbraue in Härters Richtung.
Mit einer Geste deutete ihm der Kapitän, fortzufahren.
»Ich glaube, das Signal, das vom Flugzeug gesendet wird, hat bislang keinen Zeitstempel. Ich schätze aber, dass die Täter in den nächsten zehn Minuten einen senden werden. Und dann werden wir zur Stelle sein. Denn wir haben den Codec, den die Täter verwenden. Wir haben jetzt immerhin einen Fuß in der Tür. Mit etwas Glück und sehr viel Rechenleistung können wir das Okay-Signal der Täter an das Zelt aller Voraussicht nach künstlich herstellen. Dann können Störsender das Original des Signals blockieren. Die Täter hätten nicht länger den Finger auf dem roten Knopf. Wir könnten augenblicklich mit der Evakuierung der Zelte beginnen und den Luftraum wieder öffnen.«
»Wie lange werden Sie brauchen?«
»Schwer zu sagen. Aber in ein bis zwei Stunden könnten wir so weit sein.« Meierinho streichelte mit der rechten Hand über den oberen Rand des Bildschirms. »Das Baby hat nämlich richtig Dampf unter der Haube«, sagte er dann und dachte dabei an die sechs an sein Terminal angeschlossenen Großrechenzentren, die nur darauf warteten, mit der Primfaktorenzerlegung zu beginnen.

*

Letzte Kontrolle: Anzug und Gurtzeug. Atemmaske und Sauerstoffgerät.
Oberst Okidadse sah auf die Uhr. Es war Zeit. Noch ein Blick auf die Positionsanzeige. Alles wie geplant. Als sie die

Atlantikküste erreicht hatten, waren sie auf nördlichem Kurs der Küstenlinie gefolgt. Sie befanden sich mittlerweile im französischen Luftraum.

Seine Gepäckbombe wurde bereits zur Druckschleuse gebracht. Nur noch zwei Männer, dann war er an der Reihe. Eine Wohnung in Marseille wartete auf ihn. Er drückte auf die Return-Taste. Das Signal, das von dem Flugzeug zum Benediktiner-Zelt gesendet wurde, war nun ebenfalls mit einem Zeitstempel gesichert. Er nickte zufrieden und wandte sich an Hauptmann Tomjedow, der neben ihm saß.

»Hauptmann Tomjedow, Sie übernehmen ab jetzt. Achten Sie auf jedes Anzeichen einer Attacke auf die Signale. Der Gegner ist nicht von gestern. Ich glaube zwar nicht, dass sie uns jetzt noch gefährlich werden können. Aber sicher ist sicher.«

»Zu Befehl, Polkownik!«, sagte er schneidig.

Oberst Okidadse stand auf, nickte ihm noch einmal kurz zu und verließ den Gefechtsstand in Richtung Druckschleuse. Der Alte sieht Gespenster, dachte Tomjedow, als er Okidadse verächtlich hinterhersah. Wird Zeit, dass der endlich abspringt.

Hauptmann Tomjedow hatte nämlich noch einiges zu erledigen. Schon vor über einem Jahr hatte er von Iljuschins alternativem Plan erfahren, was nach dem Ende der Operation geschehen sollte. Einem viel besseren Plan als dem des Generals.

Und ab jetzt hatte Iljuschin das Kommando.

Genau wie Iljuschin hielt Hauptmann Tomjedow nichts von Blochins Idee, dass sie sich in alle Winde zerstreuen sollten. Eine Bündelung der Kräfte leuchtete ihm viel mehr ein. Er hatte deshalb auch bei der Vorbereitung ihres Verstecks mitgearbeitet. Identitäten gefälscht. Häuser angemietet. Zweiunddreißig Mann würden unter Iljuschins Kommando

gemeinsam abspringen. Hauptmann Tomjedow war stolz darauf, einer von ihnen zu sein.
Und sie hatten sich ein wirklich gutes Versteck ausgewählt. An einem Ort, an dem sie garantiert niemand suchen würde: in Deutschland.
Tomjedow lächelte, während er eine CD-ROM in das Laufwerk des Rechners schob. Auf Iljuschins Befehl hatte er die Befehlssequenz programmiert, die er gleich installieren würde. Das ging erst jetzt, nachdem Oberst Okidadse das Kommando abgegeben hatte. Der hätte den Inhalt der Sequenz nämlich bestimmt nicht gutgeheißen.
Die Sequenz enthielt genaue Anweisungen für den Rechner auf dem Oktoberfest.
Iljuschin hatte sie »letzter Gruß« getauft.
Ein durchaus passender Name, fand Tomjedow.

21:48 Uhr

Seit über einer Stunde flogen sie durch völlige Dunkelheit. Durch die Fenster des Flugzeugs sah man nichts als schwarze Nacht. Ferne Sterne leuchteten. Amelie Karman nahm die Geschehnisse nur noch wie durch einen Schleier wahr.
Ein böser Traum.
Sie tat, was man ihr befohlen hatte. Mit mechanischen Bewegungen zog sie sich bis auf die Unterwäsche aus. Der Kerl mit den unsteten Augen ließ sie dabei keine Sekunde unbeobachtet. Aus der Schwärze seiner Pupillen sprang ihr die nackte Gier entgegen. Seine Blicke wollten die Formen ihres Körpers regelrecht verschlingen. Sie fragte sich nüchtern, wie lange es wohl noch dauern würde, bis dieses Monster über sie herfiele.
Der Mann kam einen weiteren Schritt näher und schnüffelte. »Du riechst gut, Amelie. Frisch. Wie in meinen Träumen.« Sie hörte ein tiefes Atmen unter der Sturmhaube. »Du

bist wunderschön.« Die Worte wurden begleitet von einem schlangenartigen Zischen. Mit einer schnellen, reptilienhaften Bewegung glitt seine Zunge über die Lippen. Die seltsame mimische Regung wurde durch die Sturmhaube verborgen.

Abrupt drehte der Mann sich um, griff nach etwas, das hinter ihm auf einem der Sitze lag, und gab es Amelie.

»Hier. Zieh das an!«

In seiner rechten Hand hielt er ein schwarzes Kleidungsstück. Amelie erkannte sofort, dass es sich um einen Overall handelte. Ein Anzug, wie ihn die Männer trugen, wenn sie nach hinten gingen. Ihr war schon seit Stunden klar, dass die Geiselnehmer mit Fallschirmen absprangen.

Mit den gleichen mechanischen Bewegungen begann Amelie, in den Anzug zu steigen.

»Eins nach dem anderen, Amelie. Du musst das hier drunterziehen.« Seine Hand wies auf einen Stapel säuberlich zusammengelegter Kleidungsstücke. Obenauf lag lange Unterwäsche. »Sonst erfrierst du. Es ist ziemlich kalt in siebentausend Metern Höhe.« Durch den Stoff der Sturmhaube hörte sie ein Kichern. Kindlich. Wie über einen gelungenen Streich.

Sie nickte teilnahmslos und stieg wieder aus dem Overall. Dann wandte sie sich ab und begann erneut, sich anzuziehen. Die Kleidung war weich. Angenehm.

»Ich kleide dich in Seide«, hörte sie die Stimme des Mannes hinter sich.

In ihrem Rücken schienen seine Blicke ihre nackte Haut zu versengen.

Sie wagte nicht, sich umzusehen.

*

»Die haben tatsächlich gepfuscht. Sie haben ungeprüfte Primzahlen verwendet, sogenannte schwache Primzahlen. Unser Signal ist seit einer halben Stunde absolut identisch mit dem der Täter. Wir laufen synchron. Ich denke, wir können es riskieren.« Eine gewisse Selbstgefälligkeit lag in Meierinhos Stimme. Er lehnte sich in seinem Stuhl zurück. Seine Hände klopften seine Taschen ab. Sein Blick fiel auf die Zigarettenschachtel, die neben der Tastatur lag. Er schüttelte die Packung und verzog das Gesicht. »Verdammt. Keine Zichten mehr. Ich gehe welche besorgen. Bin gleich wieder da.« Er stand auf und zog sich seine Jacke über.

»Tun Sie das, Herr Meier. Es dauert sowieso noch einige Zeit, bis wir loslegen können. Ich muss mich vorher noch um den Störsender kümmern, der das Signal der Täter blockiert.«

Meierinho verließ den Raum.

Kapitän zur See Wolfgang Härter zog sein Cryptophone aus der Tasche und rief den Chef seines Stabes an. Der brachte ihn kurz auf den neuesten Stand der AWACS-Überwachung.

Die Yakovlev war zunächst an der europäischen Atlantikküste entlang nach Norden geflogen. Über dem Ärmelkanal hatte sie kurz nach Westen gedreht. Ihre Route zeichnete einen Teil der englischen Küstenlinie nach. Später hatte das Flugzeug den Kurs wieder nach Osten korrigiert und war der niederländischen Küste gefolgt. Danach hatte die Maschine die deutsche Bucht und die Nordseeinseln überflogen. Schließlich war sie in den dänischen Luftraum eingedrungen. Kurz darauf hatten die Geiselnehmer einen weiteren Richtungswechsel vollzogen und flogen nun auf den Nordatlantik hinaus.

»Dem Gegner bleibt eigentlich nur noch ein Ziel: Die wollen in Island runtergehen«, schloss sein Stabschef den Bericht. Der Kapitän verabschiedete sich und wählte sofort die nächste Nummer.

Das Gespräch mit dem Bundeskanzler dauerte nur wenige Minuten. Härters Informationen deckten sich mit denen des Regierungschefs. Eine Einsatzeinheit der GSG 9 war bereits Richtung Reykjavik in der Luft. Die Verhandlungen mit der isländischen Regierung waren problemlos verlaufen.

Der Bundeskanzler war mit den Vorschlägen seines Sonderermittlers einverstanden und ließ unverzüglich entsprechende Authentifizierungscodes an das NATO-Hauptquartier in Brüssel übermitteln.

Keine drei Minuten später sprach Wolfgang Härter mit dem NATO-Oberbefehlshaber über eine gesicherte Leitung. Die Autorisierung aus Berlin lag dem amerikanischen Vier-Sterne-General bereits vor. Härter beschrieb sein Anliegen in knappem Military English. Der General versprach, ihn sofort mit dem zuständigen NATO-Offizier zu verbinden.

Während Härter darauf wartete, dass dieser sich meldete, dachte er über die Flugroute der Täter nach.

Was hatte dieser Rundflug über Europa zu bedeuten? Und was wollten die Täter in Island? Von dort konnten sie nicht entkommen. Und untertauchen konnten sie dort auch nicht. Er hatte damit gerechnet, dass die Täter nach Afrika fliegen würden. Somalia. Rechtsfreier Raum. Oder in einen der sogenannten Schurkenstaaten. Iran. Nordkorea. Auch an Weißrussland hatte er gedacht. Aber Island? Hatte er irgendetwas übersehen?

Im Hörer seines Cryptophones knackte es. Das vertraute digitale Rauschen. Dann hörte er eine ihm unbekannte Stimme. Ein Amerikaner.

Als Wolfgang Härter klar wurde, mit wem er da sprach, zollte er der Organisation der NATO im Stillen Respekt. Er hatte genau den Mann am Telefon, den er jetzt brauchte: Konteradmiral James »Steamin' Jim« Tiberius.

*

Der kommandierende Offizier der Carrier Strike Group 12 stand auf der Admiralsbrücke im zweitobersten Deck der Insel des Flugzeugträgers mit der Rumpfnummer CVN 65, dem Funkrufzeichen November-India-Quebec-Mike und dem bezeichnenden Spitznamen »The big E«.
Die zusammengekniffenen Augen des Admirals blickten über das beleuchtete Flugdeck. Die Schaumkronen der grauen Dünung des Nordatlantiks fluoreszierten in der Dunkelheit. Steuerbord querab waren die Positionslichter des Kreuzers »Gettysburg« zu erkennen. James Tiberius hörte konzentriert auf das, was der Deutsche ihm zu sagen hatte. Mehrfach nickte er, wobei er immer wieder zustimmend brummte.
»Positiv, Sir!«, antwortete er schließlich. »Ist mir und meinen Jungs ein Vergnügen. Habe selbst deutsche Vorfahren. War vor zwei Jahren in München. Wunderschöne Stadt. Sehr nette Menschen. Und erst das Bier, einfach großartig. Ha! Die werden sich wundern. Ich schicke den Bastarden eine Prowler entgegen. In dreißig Minuten knipsen wir denen das Licht aus. Dann sind sie stumm, taub und blind. Melde mich, kurz bevor wir den Stecker ziehen. *Ready on arrival.* Over and out.«
»Verstanden, Sir«, sagte Härter. »Vielen ...«
Doch die Leitung war bereits tot.
Aber das war keine Unhöflichkeit. Er wusste genau, dass der Admiral jetzt eine Menge zu tun hatte. Was für ihn genauso galt. Dringend musste er mit Alois Kroneder sprechen.
Er sah auf seine Sinn-Uhr.
Ihm lief die Zeit davon.

*

Härter fand den Einsatzleiter im Aufenthaltsraum der Wiesn-Wache, vertieft in ein Gespräch mit anderen Beamten. Die aktuelle Lage in den Zelten wurde erörtert. Als er eintrat, erfuhr er, dass es in drei Zelten mittlerweile zu Zusammenstößen zwischen Polizei und Geiseln gekommen war. Die Ärzte in den Zelten verabreichten mittlerweile Beruhigungsmittel in großen Mengen. »Lange können wir den Deckel nicht mehr draufhalten. Und das Ende der Situation ist laut Krisenzentrum der Staatskanzlei immer noch nicht abzusehen«, sagte einer der Polizeibeamten gerade, als Kroneder den Blick hob und Härter fragend ansah.
»Herr Müller, was kann ich für Sie tun?«
»Hätten Sie Zeit für ein kurzes Gespräch unter vier Augen?«
Kroneder nickte und stand auf. »Gehen wir in mein Büro.«
In dem Raum des Einsatzleiters hatten die letzten fünf Tage ihre Spuren hinterlassen. Einweggeschirr mit Essensresten stapelte sich auf dem Boden. Berge von Papier türmten sich auf dem Schreibtisch. Das Feldbett, das sich Kroneder in sein Büro hatte bringen lassen, war unordentlich. Die Anspannung, die hier seit einhundert Stunden herrschte, stieg dem Kapitän in die Nase.
Schweiß.
Kalter Rauch.
Verbrauchte Luft.
Alois Kroneder schloss die Tür und sah den BKA-Mann gespannt an. »Also, was gibt es, Herr Müller?«
»In etwa einer halben Stunde beginnen Sie mit der Evakuierung der Zelte. Es besteht dann keine Gefahr mehr für die Geiseln. Ich gebe Ihnen den genauen Zeitpunkt noch bekannt.«
»Da sind Sie sicher?«, fragte Kroneder, Zweifel in der Stimme.
Der BKA-Mann namens Müller nickte.

»Ich frage nach, weil wir aus dem Krisenzentrum davon noch nichts gehört haben«, sagte Kroneder beinahe entschuldigend.

»Je weniger Leute davon wissen, desto geringer ist die Wahrscheinlichkeit, dass jemand darüber spricht und die Täter – wissentlich oder unwissentlich – vorher warnt.« Geheimhaltung polizeilicher Maßnahmen vor den politisch Verantwortlichen. Nicht zuletzt vor dem eigenen Dienstherrn, dem Bundesinnenminister. Dieses Vorgehen war Kroneder neu. Dieser Herr Müller ist in der Tat der ungewöhnlichste Polizist, der mir jemals begegnet ist, dachte er.

»Sagen Sie Ihren Beamten Bescheid. Sie sollen sich darauf vorbereiten, die Zelte zu räumen. Die Verletzten und Kranken transportfertig machen. Wenn die Zeit gekommen ist, muss die Evakuierung so schnell wie möglich durchgeführt werden.«

»Werde ich sofort weitergeben.« Kroneder seufzte. »Ich dachte schon, dieser Alptraum endet nie.«

In Müllers Gesicht regte sich kein Muskel. Er sprach mit ruhiger Stimme. »Aber warnen Sie die Einsatzkräfte. Vorsicht ist geboten. Die Geiseln dürfen von den Vorbereitungen nichts mitbekommen. Noch erhalten die Täter Bilder aus den Zelten. Wenn die bemerken, dass etwas vor sich geht, werden sie reagieren. Und wir wissen beide, was das bedeutet.« Der BKA-Mann namens Müller zwinkerte ihm verschwörerisch zu. »Wird schon schiefgehen. An die Arbeit.«

Der Kapitän verließ Kroneders Büro. Seine Gedanken gingen zu den Geiseln, die zusammen mit dem Bundespräsidenten im Benediktiner-Zelt festsaßen. Die würden sie nicht einfach evakuieren können. Vorher mussten die Sprengladungen entschärft werden. Sie brauchten dringend mehr Kampfmittelbeseitiger auf der Theresienwiese.

Er griff nach seinem Cryptophone, wählte die Nummer der

Operationszentrale im Rathaus und verlangte, den Stadtkommandanten zu sprechen. Er erfuhr, dass der General die OPZ verlassen habe und sich zum Gefechtsstand des Panzergrenadierbataillons 352 begeben habe. Xaver musste also ganz in der Nähe sein.

*

Admiral Tiberius machte seinem Spitznamen Steamin' Jim einmal mehr alle Ehre. In voller Fahrt ließ er das dreihundertzweiundvierzig Meter lange Schiff wenden. Acht nukleare Druckwasserreaktoren trieben den Träger mit zweihundertachtzigtausend PS nach Backbord. Die »Enterprise« drehte in den Wind. Während des Manövers hob einer der vier Aufzüge eine EA-6B-Prowler auf das Flugdeck. Die Maschine wurde in Startposition gebracht. Ein Sea-King-Hubschrauber stieg auf. Routine. Im Falle eines Fehlstarts würde die Mannschaft des Flugzeugs von dem Helikopter geborgen. Das Dampfkatapult wurde am Fahrwerk der Prowler eingeklinkt. Die Grumman EA-6B-Prowler war ein Spezialflugzeug zur elektronischen Kriegsführung. Ihre Jammer genannten Störsender konnten annähernd das komplette elektromagnetische Spektrum blockieren. Die drei Offiziere, die für die Bedienung der Jammer zuständig waren, überprüften ein letztes Mal die Bordsysteme. Sowohl das ALQ-99 als auch das USQ-113 waren funktionsfähig und einsatzbereit. Der Pilot hob den Daumen. Der Air Boss gab den Start frei. Das Dampfkatapult beschleunigte die Prowler mit ohrenbetäubendem Zischen auf einer Strecke von nur sechsundsiebzig Metern auf eine Geschwindigkeit von über zweihundertfünfzig Stundenkilometern. Das Flugzeug schoss über

die Startbahn und hob ab. Sofort begann die EA-6B zu steigen und Kurs auf die Position der Yakovlev zu nehmen. Während die weißglühenden Triebwerksstrahlen im bewölkten Nachthimmel verschwanden, beförderten die Aufzüge zwei weitere Flugzeuge aus dem Hangardeck nach oben.
F/A-18 Hornet.
Kampfjets.
Voll bewaffnet.
Die Startprozedur begann von neuem.
Admiral James Tiberius wollte kein Risiko eingehen.

*

Der Deutsche war Angelo Invitto auf Anhieb sympathisch. Der Mann hatte sich als Karl Romberg vorgestellt und erklärt, er müsse wegen einer dringenden Familienangelegenheit so schnell wie möglich nach Europa. Da es um die Familie ging, war es für Angelo Invitto eine Selbstverständlichkeit, dem Mann zu helfen.
Romberg hatte ihm seinen Pass und seinen Personalausweis ohne Zögern ausgehändigt. Angelo Invitto ließ die Daten überprüfen. Er wollte vermeiden, dass seine Hilfsbereitschaft ausgenutzt wurde. Dass er beispielsweise einem gesuchten Verbrecher zur Flucht verhalf. Vorsicht ist besser als Nachsicht. Das hatte er beim Militär gelernt.
Aber keine Datenbank hatte etwas ausgespuckt. Gegen den Mann lag nichts vor. Und so hatte er Karl Romberg gestattet, mit ihm zurückzufliegen.
Ausnahmsweise.
Seit drei Stunden befanden sie sich in der Luft. Der Autopilot steuerte das Flugzeug nach Frankfurt. Er bat seinen Copiloten, die Anzeigen im Auge zu behalten. Dann ging er nach hinten in den Laderaum, um sich ein wenig mit seinem

Fluggast zu unterhalten. Der Mann schien Zuspruch gut brauchen zu können.
Zunächst erzählte Romberg von seinen Erlebnissen während der letzten Tage. Wie sehr ihn die Natur des Okavango-Deltas fasziniert hatte. Invitto bot Romberg Kaffee aus einer Thermoskanne an, der das Angebot dankend annahm. Während Karl Romberg versonnen auf den Kaffee blickte, summte er leise eine Melodie.
Angelo Invitto spitzte die Ohren. Er erkannte die Melodie sofort. Eine Melodie, die er sehr gerne mochte. Als der Italiener ihn darauf ansprach, stellte sich heraus, dass Romberg Opern liebte. Genau wie Angelo Invitto.
So kam es, dass an Bord eines Transportflugzeugs der Weltgesundheitsorganisation hoch im Himmel über Afrika ein äußerst wunderliches Schauspiel seinen Lauf nahm: zwei Männer sangen.
Nicht schön, sondern geil und laut.
Nessun Dorma aus *Turandot*. Jene italienische Arie, die den großen Tenor Luciano Pavarotti endgültig unsterblich gemacht hatte. Und steinreich noch dazu.
Niemand schlafe! Niemand schlafe!
Auch du, Prinzessin,
in deinem kalten Zimmer
siehst die Sterne, die beben
vor Liebe und Hoffnung!
Aber mein Geheimnis ist verschlossen in mir,
niemand wird meinen Namen erfahren!
Karl Romberg schmetterte die Puccini-Arie mit glühender Inbrunst. Viele Menschen hielten Opern für ein verstaubtes Stück Musikgeschichte, das in der Gegenwart nichts zu bedeuten hatte. Karl hatte das immer anders empfunden.
Voller Ergriffenheit und Hingabe intonierte er gemeinsam mit Angelo Invitto das Finale. Sie standen nebeneinander, jeder einen Arm um die Schulter des anderen gelegt, noch

immer die Plastiktassen mit Kaffee in der Hand. Durch das Oberlicht des Laderaumes sahen sie Myriaden von Sternen leuchten. Den beiden Männern standen Tränen in den Augen.
Verschwinde, Nacht!
Geht unter, Sterne! Geht unter, Sterne!
Bei Sonnenaufgang werde ich siegen!
Ich werde siegen!
Ich werde siegen!

22:33 Uhr

An Bord der Yakovlev zählte die Uhr des Rechners im Gefechtsstand rückwärts. Noch siebenundzwanzig Minuten bis zur Aktivierung der Befehlssequenz »Letzter Gruß«.
Tick. 26:59.
Tick. 26:58.
Tick. 26:57.

> Im Kriege mehr als irgendwo sonst in der Welt
> kommen die Dinge anders, als man sich es gedacht hat.
>
> Carl v. Clausewitz, *Vom Kriege*

17

Über ihnen keine Sterne mehr. Kein Mondlicht.
Als sie durch die Wolken stürzten, war um sie schlagartig Finsternis. Der Regen, der plötzlich gegen das Glas ihrer Schutzbrille schlug, nahm Amelie auch noch die letzte Sicht. Sie verlor jegliches Zeitgefühl.
Dann der scharfe Ruck, als sich der Fallschirm öffnete.
Der Mann hinter ihr, mit dem sie durch Gurte verbunden war, hatte Mühe, ihren Fall zu kontrollieren. Immer wieder erfassten Böen den Schirm und wirbelten sie durch die Luft. Sie verlor jede Orientierung.
Die fluoreszierenden Schaumkronen sah sie erst Sekunden, bevor der Mann hinter ihr die Schäkel öffnete und die Gurte löste. Die Atemmaske wurde ihr vom Gesicht gerissen. Aus ungefähr sieben Metern Höhe klatschte sie ins Wasser. Der Mann, noch immer am Fallschirm, wurde vom Wind in die Dunkelheit getragen. Sie ging unter, ruderte panisch mit Armen und Beinen, verschluckte sich.
Zischend entlud sich die Gaspatrone ihrer Rettungsweste. Der Auftrieb riss ihren Kopf an die Oberfläche. Während das Salzwasser sie immer wieder würgen ließ, schnappte sie verzweifelt nach Luft. Und obwohl sie einen wasserdichten Schutzanzug trug, begann die Kälte des Meeres, augenblicklich durch die Schichten ihrer Kleidung zu kriechen.

Mit der Dünung trieb sie von Berg zu Tal zu Berg. Auf den Wellenkämmen reckte sie den Kopf so weit wie möglich aus dem Wasser, versuchte, sich zu orientieren, irgendetwas zu erkennen. Nichts. Nur der Regen prasselte gleichmäßig herab. Ein anderes Geräusch mischte sich dazu. Dumpf. Rhythmisch. Das Rauschen einer Meeresbrandung. Sie befand sich in Küstennähe. Land! Sie zog die Schutzbrille ab und kniff die Augen zusammen.

Kleine Lichter tanzten auf den Wellen. Sie schienen weit entfernt zu sein. Sie sah sie aufleuchten und wieder verlöschen. Nach und nach schienen es mehr zu werden. Erst zehn, dann zwanzig. Dreißig vielleicht oder sogar noch mehr.

Sie drehte sich wassertretend um die eigene Achse. Nach einer halben Drehung sah sie ein helles Licht über dem Horizont. Das Licht blinkte. Nein, das Licht rotierte durch die regnerische Nacht.

Der Lichtfinger eines starken Scheinwerfers.

Ein Leuchtturm.

Später sollte sich Amelie Karman erinnern, dass es das Licht dieses Leuchtturms gewesen war, das sie beschließen ließ, zu kämpfen. Sie würde nicht sterben. Nein, der Tod würde warten müssen. In Rückenlage schwamm sie mit energischen Beinzügen dem Licht entgegen. Alle zehn Züge drehte sie kurz den Kopf, mit ihren Blicken den Leuchtturm suchend.

Als sie das schwarze Schlauchboot bemerkte, war es nur noch wenige Meter von ihr entfernt. Kräftige Arme griffen nach ihrem Gurtzeug und hoben sie über die Bordwand. Sie versuchte vergeblich, sich zu wehren. Im Boot überkam sie erneut Übelkeit. Ihr Magen verkrampfte sich.

»Bald haben wir es geschafft, Amelie.« Die Stimme klang sanft. »Dann kannst du dich erholen. Es wird dir gefallen dort, wo wir hingehen.«

Hätte sie es nicht besser gewusst, sie hätte geglaubt, Zärtlichkeit in dieser Stimme zu hören.

*

Wolfgang Härter erreichte den Bataillonsgefechtsstand. Er zückte seinen Dienstausweis und verlangte, unverzüglich zum Stadtkommandanten vorgelassen zu werden. Ein Feldwebel begleitete ihn in das Kommandozelt.
»Müller mein Name. Bundeskriminalamt. Herr Moisadl, ich müsste Sie kurz unter vier Augen sprechen.«
Moisadl nickte. »Sie haben es gehört, meine Herren. Bitte lassen Sie uns für einen Moment allein.« Der General sah die anderen Offiziere an, die sich in dem Zelt befanden. Die Männer verließen den Raum. Moisadl ging zum Eingang, um sich zu vergewissern, dass die Zeltplanen blickdicht abschlossen und niemand vor dem Zelt lauschte. Dann drehte er sich herum. Sein Mund verzog sich zu einem breiten Grinsen.
»Wolf, alter Eisbrecher, alles im Lot auf dem Boot?« Er kam dem Kapitän entgegen, gab ihm die Hand und schlug ihm mit der anderen kräftig auf die Schulter.
»Xari, altes Steigeisen, alles entspannt in der Wand?« Härter gab den Schulterschlag mit gleichem Schwung zurück. In seinem Gesicht deutete sich ein Lächeln an.
Moisadl und Härter kannten sich seit fast zwanzig Jahren. Härter hatte damals die Hochgebirgsausbildung in Mittenwald absolviert. Seit dieser Zeit wussten sie um die Fähigkeit und Zähigkeit des anderen.
Gegen Ende der Ausbildung bildeten sie eine Zweierseilschaft. Sie nahmen sich eine Route vor, die noch keiner vor ihnen bezwungen hatte: die Winterbegehung der Ha-He-Verschneidung an der Nordwand der Dreizinkenspitze.
Geröll. Kamine. Überhänge.

Sie waren an ihre Grenzen gegangen.
Grate. Spalten. Brüchiges Gestein.
Und darüber hinaus.
Eisfelder. Klirrende Kälte. Tortur.
Sie hatten es geschafft.
Diese Tatsache bildete einen Pfeiler ihrer Freundschaft. Ein anderer waren erbittert ausgefochtene Tischfußball-Duelle. Leider hatte niemand je von ihrer alpinistischen Glanztat erfahren. Schon damals durfte Härters Name nicht mehr veröffentlicht werden.
»Müller nennst du dich. Ich habe was Originelleres erwartet. Otto Herzog hätte besser gepasst.« Moisadl lachte. »Mir war klar, dass du hier mitmischst. Und das nicht erst, seit dein Pilot in Mittenwald gelandet ist.« Er machte eine Pause. »Was treibt dich aus der Deckung? Wie kann ich dir helfen?«
»Wir beginnen in zwanzig Minuten mit der Evakuierung der Zelte. Wir haben allerdings ein Problem, was das Benediktiner-Zelt angeht. Wir haben zu wenig ...«
»Evakuierung? In zwanzig Minuten? Warum weiß ich nichts davon?«
Härter zwinkerte ihm zu. »Weißt doch, Xari: Esse non videtur. Außerdem erzähle ich dir ja gerade davon. Ich wollte fragen, ob du ...«
»Immer noch der Alte. Tarnen und Täuschen. Pass auf, dass du dich nicht verlierst in all deinen Tarnungen und Täuschungen. Manchmal frage ich mich, ob du selbst deinen richtigen Namen noch weißt. Entschuldige, ich habe dich unterbrochen. Was wolltest du fragen?«
»Wir brauchen Kampfmittelbeseitiger, um das Benediktiner-Zelt so schnell wie möglich räumen zu können. Wir haben zwar schon ein paar Leute hier, aber wir könnten Verstärkung gut brauchen. Du weißt doch, der Bundespräsident befindet sich in dem Zelt.«

Moisadl seufzte. »Ja, ich weiß. Niemand konnte ihm diesen Wahnsinn ausreden. Aber für uns muss gelten: Ein Leben ist so viel wert wie jedes andere. Was die Verstärkung betrifft, warte kurz. Ich rufe die OPZ an und frage, welche Kräfte wir zur Verfügung haben.«
Härter hörte schweigend zu, während sich der General mit der OPZ verbinden ließ.
»Moisadl hier. Buchwieser, wir brauchen Kampfmittelbeseitiger auf der Theresienwiese. Wir müssen den Bundespräsidenten rausholen.« Eine Pause entstand, während am anderen Ende der Leitung gesprochen wurde.
»Die 21er aus Stetten? Das ist ja hervorragend. Momentaner Standort?« Wieder entgegnete sein Stabschef etwas.
»Kommando zurück! Die sollen die Hühner satteln und hier antanzen. Mit Sack und Pack. Am besten gestern.« Moisadl legte auf.
»Die Kampfmittelbeseitigungskompanie 21 ist gerade in München angekommen. Du hast es ja gehört, sie waren unterwegs zu der Lagerhalle, dem Startplatz des Hubschraubers. Jetzt sind sie auf dem Weg hierher. Eintreffen frühestens in einer Viertelstunde. Kommt darauf an, wie sie durchkommen.«
»Das ist gut. Die Spezialisten aus Stetten sind genau die Leute, die wir brauchen. Ich muss jetzt gehen. Vielleicht sehen wir uns noch. Sonst melde ich mich, wenn ich Zeit habe. Kannst schon mit dem Kicker-Training anfangen.«
»Davon träumst du, Wolf. Du bist der, der hier Training nötig hat. Alles Gute und viel Glück!«

22:57 Uhr

Drei Minuten vor Ende des Countdowns kam die Yakovlev in Reichweite der EA-6B-Prowler. Ein wahres Unwetter elektronischer Störsignale entlud sich über dem russischen

Flugzeug und hüllte es in einen undurchdringlichen elektromagnetischen Kokon. Die Hornets stießen aus dem Nachthimmel herab und setzten sich an die Flügelspitzen der Transportmaschine.

Als der Rechner an Bord der Yakovlev die Sequenz »Letzter Gruß« auszuführen begann, erreichte kein einziger Befehl den Empfänger auf der Theresienwiese. Kein Kompressor sprang an. Die Ventile blieben geschlossen. Der Zündimpuls für die Sprengsätze im Benediktiner-Zelt blieb aus. Der Empfänger auf dem Oktoberfest erhielt sein Signal schon seit zehn Minuten von jemand anderem.

Die Abteilung A&Ω hatte übernommen.

Ein neuer DJ war in der Stadt.

Stefan Meier war auf Sendung.

Die Evakuierung der Zelte lief an.

*

»Überzeugen Sie sich selbst. Schalte den Funkverkehr der Piloten auf unsere Leitung!« Die Stimme von Admiral James Tiberius drang an Härters Ohr. Aber der Kapitän hörte kaum zu. Die Informationen, die er soeben erhalten hatte, brachten alles durcheinander. Er wusste noch nicht, wie er sie in seine bisherige Situationsabschätzung integrieren sollte.

Durch das Knistern der Funkübertragung hindurch war die Stimme eines Piloten der F/A-18-Hornets gut verständlich. »Habe Sichtkontakt zum Zielflugzeug, Sir. Bestätige: keine Personen an Bord des Zielflugzeugs. Zumindest niemand, der noch am Leben ist. Wenn noch jemand am Leben ist, kann er sich nicht bewegen. Wir haben dem Zielflugzeug vor zwei Minuten eine Salve zwanzig Millimeter Leuchtspur vor den Bug gesetzt. Reaktion negativ. Im Cockpit zeigt sich niemand. Wiederhole …«

Während der Pilot die Meldung bestätigte, nahm ein neues Szenario in Härters Kopf Gestalt an. Plötzlich ergab alles einen Sinn. Die merkwürdige Flugroute. Die Steig- und Sinkflüge. Oh, verdammt! Als ihm klar wurde, was geschehen war, hätte er sich am liebsten selbst eine saftige Ohrfeige verpasst.

»Danke, Admiral! Mein Vorschlag wäre, das Flugzeug zu verfolgen, bis der Sprit alle ist und es runterkommt. Wir brauchen von der Maschine, so viel wir bekommen können. Wir brauchen Kontaktspuren des Gegners.«

»Positiv, Sir!«, antwortete Steamin' Jim. »Meine Jungs bleiben dran. Lasse die SAR-Hubschrauber klarmachen. Ein Kreuzer läuft bereits auf Kurs des Banditen. Wir fischen alles aus dem Bach, was wir finden können. Over and out.«

Die Leitung verstummte.

Kapitän zur See Wolfgang Härter wählte die Nummer des Bundeskanzlers. Als sich der Regierungschef meldete, kam der Kapitän sofort zur Sache. »Herr Bundeskanzler, hier spricht Poseidon. Wir haben eine neue Situation. Die Täter haben das Flugzeug mit Fallschirmen verlassen. Wiederhole, die Täter befinden sich nicht mehr an Bord.«

Einige Sekunden vergingen, ohne dass einer der beiden Männer etwas sagte.

»Mit Fallschirmen, sagen Sie? Wie soll das möglich sein? Man kann doch nicht mit einem Fallschirm aus einem Düsenflugzeug abspringen. Schon gar nicht aus dieser Höhe.«

»Leider doch, Herr Bundeskanzler. Man kann. Ich habe das selbst bereits mehrfach gemacht. Das Verfahren ist unter dem Kürzel HALO bekannt. Die technischen Einzelheiten soll Ihnen ein anderer erklären. Wir haben leider wertvolle Zeit verloren. Mein Fehler. Ich hätte daraufkommen können. Wir …«

»Wollen Sie damit sagen, dass sich die Täter in Luft aufgelöst haben?«, wurde er unterbrochen. »Dass sie entkommen sind?

Ich meine, was sollen wir jetzt tun? Haben wir eine Ahnung, wo sich die Täter befinden? Die Geisel? Die Beute?«
»In Luft aufgelöst haben sie sich bestimmt nicht. Nein, wir brauchen dringend eine Auswertung der Flugroute. Vor allem die Änderungen der Flughöhe sind interessant. Wir müssen die möglichen Landezonen identifizieren.«
»Und dann?«
»Zielfahndung. Ermittlungsarbeit, Herr Bundeskanzler. Fremde, die plötzlich auftauchen und Geld haben. Leute, die Diamanten schleifen lassen wollen. So etwas. Da kommt eine Menge Arbeit auf die Zielfahnder des Bundeskriminalamts zu. Sie werden die Abteilungen personell aufstocken müssen. Meine Abteilung wird eine Liste mit Namen von Verdächtigen an die zuständigen Stellen weiterleiten.« Der Kapitän räusperte sich kurz. »Aber zunächst brauchen wir entlang der Flugroute Polizei oder Militär, das auf dem Boden nach Spuren sucht.«
»In ganz Europa? Das wird die Suche nach der berühmten Nadel im Heuhaufen. Aber es bleibt uns wohl nichts anderes übrig. Ich werde das veranlassen.«
»Sehr schön. Auf Wiederhören, Herr Bundeskanzler. Und nicht vergessen: All you need is love.«
»Und Sie, Poseidon, was haben Sie jetzt vor? Wo sind Sie überhaupt?«
Aber der Regierungschef bekam keine Antwort. Sein Sonderermittler hatte das Gespräch bereits beendet.

23:35 Uhr

Hauptfeldwebel Kramer von der Kampfmittelbeseitigungskompanie 21 schwitzte. Zwar war sein vierzig Kilo schwerer Splitterschutzanzug klimatisiert. Dennoch lief ihm der Schweiß in Strömen über den Körper. Nur zögernd normalisierte sich unter dem großen kugelrunden Spezialhelm sei-

ne Atmung. Er steckte den Seitenschneider zurück an seinen Platz. Langsam ließ er den Kopf gegen den Türpfosten sinken.
Die ersten beiden Zugdrähte waren durchtrennt. Zwei Claymore-Minen hatte er dadurch unschädlich gemacht. Andreas Kramer seufzte. Das war erst der Anfang, doch der erste Schritt war getan. Die äußere Tür des Benediktiner-Zeltes war offen.

*

Die Küstenlinie war trotz der Dunkelheit mit bloßem Auge zu erkennen. Heller, fast weißer Sand reflektierte das Mondlicht, das immer wieder durch die dahinjagenden Wolkenfetzen fiel. Wo waren sie gelandet? Wohin hatte das Flugzeug sie gebracht?
Noch vor der Brandung stoppte das Schlauchboot seine Fahrt. Der Kerl mit den unsteten Augen sprang mit einem zweiten Mann ins Wasser. Sie zerrten Amelie über die Bordwand.
Die beiden Männer nahmen sie in die Mitte und schwammen mit ihr durch die Brandung. Als sie seichtes Wasser erreicht hatten, setzten die beiden Nachtsichtbrillen auf. Nachdem sie nach eventuellen Beobachtern Ausschau gehalten hatten, hoben sie Amelie hoch. Im Laufschritt ging es über den verlassenen Strand. Rechts von ihnen rotierte der Lichtfinger des Leuchtturms durch die Nacht.
Obwohl es regnete, konnte Amelie die Umrisse einiger vereinzelter Strandkörbe erkennen. Strandkörbe? War das hier etwa die deutsche Küste? Unsinn. Der Flug war viel zu lang gewesen.
Nachdem sie den Strand überquert hatten, erklommen sie die sandige Abbruchkante einer Düne. Amelie fror mittlerweile ganz erbärmlich.

Vor sich sah sie einige schwach erleuchtete Fenster auftauchen. Dann die Umrisse mehrerer kleiner, reetgedeckter Häuser, die sich zwischen die Dünen duckten. Sie hörte den Wind um die Ecken heulen.
Ihr wurde klar, dass sie mit ihrem ersten Eindruck doch recht gehabt hatte. Sie erkannte die charakteristischen Umrisse dieser Häuser wieder. Zwischen solchen Häusern war sie groß geworden. Sie befanden sich in Norddeutschland. Sie waren vermutlich irgendwo auf einer Insel.
Nordsee?
Ostsee?
Sie erreichten den Windschatten eines der Häuschen. Die Tür schwang nach innen auf. Ein Schwall warmer Luft kam ihr entgegen. Amelie wurde in einen hellen, sehr wohnlich eingerichteten Flur gestoßen. Ein Spiegel an der Wand. Eine Kommode davor. Eine Tischdecke, verziert mit maritimen Motiven: Anker, Kompass, Steuerrad. Eine kleine Vase mit Blumen darauf. Daneben ein Mobiltelefon. Ein Mann im schwarzen Overall legte gerade seine Koppel mit Ausrüstung auf der Kommode ab. Grinsend winkte er ihr zu.
Amelies Schritte verursachten klatschende Geräusche. Sie senkte den Blick. Wasser lief an ihrem Schutzanzug herab. Ihre Füße standen in einer größer werdenden Pfütze. Der Boden störte den wohnlichen Eindruck ganz empfindlich. Der Flur war mit Plastikfolie ausgelegt.

0:12 Uhr

Im Benediktiner-Zelt ging der Bundespräsident von Tisch zu Tisch. Sprach Mut zu. Schüttelte Hände. Lächelte zuversichtlich. Mit seinem ganzen Charisma stemmte sich das Staatsoberhaupt der Bundesrepublik Deutschland gegen den dumpfen Fatalismus, der von den Menschen Besitz ergriffen hatte.

Professor Peter Heim war weit über den Punkt hinaus, noch Furcht empfinden zu können. Stattdessen betrachtete er die Gegebenheiten mit der professionellen Distanz eines Wissenschaftlers. Die Situation war für ihn zum Forschungsgegenstand geworden. Sein Verstand analysierte die Zeichenhaftigkeit der Vorgänge, denn die Semiotik war eines seiner Steckenpferde.

Wo zeigten sich hier Index, Ikone und Symbol?

Als eine der inneren Türen des Eingangs sich langsam öffnete, erblickte Professor Heim deshalb nicht Hauptfeldwebel Andreas Kramer, sondern zunächst nur ein zeichenhaftes Phänomen, das der Interpretation bedurfte. Er runzelte die Stirn.

Die Gestalt, die langsam das Zelt betrat, sah aus wie ...

Er suchte nach einer kulturell codierten Analogie. Sein Hirn lieferte prompt.

Das war ein lebensgroßes Michelin-Männchen im Tarnanzug.

*

Es war die einzige Idee, die sie hatte.

Es war eine gute Idee.

Das versuchte sie sich zumindest einzureden. Seit Amelie die Idee gehabt hatte, glaubte sie, die Kerle um sie herum müssten ihr ansehen, dass sie etwas im Schilde führte. Sie spürte ihren eigenen Herzschlag beinahe schmerzhaft in der Brust. Bestimmt war sie rot angelaufen. Aber niemand reagierte.

Die Idee war ihr gekommen, als sie das Mobiltelefon auf der Kommode im Flur gesehen hatte. Beim Anblick des schon einige Jahre alten Gerätes war ihr eingefallen, dass sich ihre SIM-Karte noch immer in ihrer Handtasche befand. Niemand hatte das Päckchen Papiertaschentücher untersucht.

Sie wusste, dass es möglich war, Mobiltelefone zu orten. Wenn es ihr also gelang, ihre SIM-Karte unbemerkt in das Telefon einzusetzen, könnte sie der Polizei einen Hinweis auf ihren Aufenthaltsort geben. Wenn es ihr nicht gelang, würden die Männer sie früher oder später wohl sowieso umbringen. An das, was diese Männer vorher noch mit ihr machen würden, wollte sie nicht denken.

Aber sie würde nicht sterben. Nein, der Tod würde warten müssen.

Sie war in ein kleines Zimmer im Erdgeschoss gebracht worden. Man hatte ihr die Fesseln abgenommen. Der Raum war angenehm warm. Frische Kleidung lag für sie bereit. Der Rollladen war herabgelassen. Ein Teller Nudeln stand dampfend auf einem kleinen Tisch, ein Becher Tee daneben.

Sie zog sich Jeans und T-Shirt an. Dann setzte sie sich an den Tisch. Die Nudeln schmeckten salzig und fettig. Der Tee war stark gesüßt. Aber sie war hungrig und hätte so ziemlich alles gegessen, was man ihr vorsetzte. Während ihre Kiefer kauten, kehrten ihre Gedanken zu der Idee zurück. Wie sollte sie es anfangen? Wie kam sie aus diesem Raum heraus? Sie würde sagen, dass sie zur Toilette musste. Sie musste darauf hoffen, dass die Aufmerksamkeit der Männer nicht mehr so hoch war. Vielleicht konnte sie irgendeine Ablenkung inszenieren.

Sie würde sich das Telefon schnappen und auf der Toilette verschwinden. Die Karten vertauschen. Das Telefon stumm schalten. Dann konnte sie nur noch warten und hoffen, dass die Polizei sie fände, bevor jemand die Manipulation bemerkte.

Der Teller war inzwischen leer. Sie nahm die Reste ihrer Zuversicht und ihres Mutes zusammen, wischte sich mit dem Handrücken den Mund ab, stand auf und ging zur Tür.

Sie bekam Bauchweh vor Aufregung. Lampenfieber. Doch ihr war klar, dass sie jetzt handeln musste. Sie erreichte die

Tür und hob die rechte Hand, um zu klopfen. Sie dachte an das Licht des Leuchtturms. Entschlossen setzte sie ihr charmantestes Lächeln auf.
Sie würde nicht sterben.
Nein, der Tod würde warten müssen.

*

Immer mehr Geiseln verließen die Bierzelte und sammelten sich auf der Wirtsbudenstraße. Die Polizei verkündete über Lautsprecher, dass sie zunächst auf dem Gelände bleiben sollten. Ihre Personalien müssten aufgenommen werden. Dann erst würden sie alle in ihre Hotels oder Wohnungen gebracht werden.
Das Benediktiner-Zelt war noch immer weiträumig abgesperrt.
Alois Kroneder stand auf einem Panzerwagen des Grenzschutzes. Er überwachte die Evakuierung. In den Mienen der Menschen, die aus den Zelten kamen, sah er Unsicherheit und Erschöpfung. Mit lethargischen Bewegungen sammelten sie sich im Freien. Die nervliche Anspannung und die verabreichten Beruhigungsmittel ließen ihre Haut im Licht der Scheinwerfer ungesund blass erscheinen.
Kroneder atmete aus. Die Menschen blieben ruhig. Die medizinische Versorgung klappte. Eine Evakuierungsoperation wie aus dem Lehrbuch.
Immer wieder erklärten die Einsatzkräfte den ehemaligen Geiseln die Situation, obwohl die Beamten es selbst kaum glauben konnten: Die Geiselnahme war beendet worden, ohne weitere Opfer zu fordern. Dennoch: Die Trauer um ihre Kollegen und die über zweitausend Unschuldigen saß tief. Noch wollte sich keine Erleichterung einstellen.
Dann bemerkte Alois Kroneder erste Anzeichen eines Stimmungsumschwungs.

Als den Befreiten klar wurde, welche Gefahr sie überstanden hatten, kippte die Niedergeschlagenheit zunächst in nur zaghafte Freude um. Sie waren davongekommen. Sie hatten überlebt. Die ersten begannen, sich bei Polizeibeamten und anderen Helfern zu bedanken. Hände wurden geschüttelt. Vereinzelt wurde Lachen hörbar.

Der BKA-Mann namens Müller tauchte neben dem Panzerwagen auf. Er winkte Kroneder zu. Der Einsatzleiter kletterte von dem Wagen und sah ihn fragend an.

»Herr Kroneder, ich habe gerade Vollzugsmeldung aus dem Benediktiner-Zelt erhalten. Der zentrale Zündkontakt wurde gefunden und neutralisiert. Jeden Moment werden die Geiseln das Zelt verlassen. Sie können die Absperrung aufheben.«

»Und der Bundespräsident?«, fragte Kroneder. »Wie geht es ihm?«

»Der Bundespräsident ist wohlauf und besteht darauf, das Zelt als Letzter zu verlassen.«

»Das ist typisch. Als ob er sich nicht schon genügend exponiert hätte. Es wäre sinnvoller, ihn als Ersten unauffällig vom Gelände zu schaffen.«

»Polizeitaktisch gesehen haben Sie recht. Aber so tickt unser verehrtes Staatsoberhaupt nun mal nicht. Er hat den Männern des Bombenkommandos bereits gesagt, dass er so bald wie möglich zu den Menschen sprechen will. Erst hier auf dem Gelände, dann über das Fernsehen.«

Kroneder schüttelte den Kopf. »Was will er denn sagen?«

»Das ist glücklicherweise nicht unser Problem.« Der BKA-Mann namens Müller schlug Kroneder auf die Schulter. »Jetzt machen Sie mal nicht so ein Gesicht, Herr Kollege. Ihren professionellen Pessimismus in Ehren, aber die Sache ist vorbei.« Auf Härters Gesicht deutete sich ein Lächeln an. »Die Messe ist gelesen, wie man in Bayern wohl sagen würde.«

Der Ausspruch ließ Kroneder wieder an seinen toten Freund Thomas Aschner denken. Bitterkeit stieg in ihm auf. Nur langsam fand sich sein Gehirn bereit, anzuerkennen, dass keine Gefahr mehr bestand. Weder für die Geiseln noch für seine Männer oder die anderen Einsatzkräfte. Er nickte seinem Gegenüber langsam zu. Dann kletterte er wieder auf den Panzerwagen.

Der BKA-Mann namens Müller wandte sich zum Gehen. Alois Kroneder sah, dass die Türen des Benediktiner-Zeltes weit offen standen. Bereits mehrere hundert Menschen hatten das Zelt verlassen. Zwischen den befreiten Geiseln konnte er Soldaten ausmachen. Polizeibeamte und Sanitäter waren bei der Arbeit. Auch hier: eine Evakuierungsoperation wie aus dem Lehrbuch.

Alois Kroneder kniff die Augen zusammen. Was war das? Einige der Menschen benahmen sich merkwürdig. Sie formierten sich zu Kreisen und hüpften. Was sollte das nun wieder?

Schließlich begriff er. Die Menschen tanzten. Das waren Freudentänze. Erneut hörte er Lachen, diesmal lauter, ausgelassener. Ein ganz besonderes Lachen: erlösendes Lachen, das sich bald zu Jubelrufen steigerte. Unbeabsichtigt hoben sich seine Mundwinkel ebenfalls.

Langsam machte sich auch bei Alois Kroneder Entspannung breit.

Der Wahnsinn war wohl tatsächlich zu Ende.

*

Härter ging in das zur Kommunikationszentrale umgebaute Büro in der Wiesn-Wache. Er brauchte eines der Terminals. Er wollte wissen, wie weit die Analyse der Flugroute gediehen war. Hatten sie bereits Landezonen identifizieren können?

Als er den Raum betrat, sah ihn Stefan Meier mit weit aufgerissenen Augen an. »Können Sie hellsehen, Herr Müller?«
Härter schüttelte kurz, aber energisch den Kopf. »Nein, wie kommen Sie darauf?«
»Ich wollte Ihnen gerade eine Nachricht schicken. Wir haben das Mobiltelefon der Geisel geortet.«
Jetzt war es Härter, der die Augen aufriss. »Wann? Und wo befindet sich die Geisel?«
»Vor fünf Minuten hat sich ihre SIM-Karte bei ihrem Netzbetreiber registriert. Ich habe das Telefon sofort für eingehende Anrufe gesperrt. Die IMEI-Nummer des Telefons kennen wir nicht. Zumindest haben die mir zugänglichen Datensätze nichts ausgespuckt. Wahrscheinlich ein Telefon, das als Prepaid verkauft wurde, bevor es Vorschrift wurde, dass auch bei Prepaid-Verträgen Ausweispapiere ...«
»Wo?«, unterbrach ihn Härter ungeduldig.
Stefan Meier zwinkerte dem BKA-Mann zu. »Das werden Sie nicht ...«
»Wo?«
»Auf Sylt.«
»Auf Sylt?«, echote Härter verblüfft.
»Auf Sylt!«, bestätigte Meierinho.
Härter rief sich die Flugroute ins Gedächtnis. Das Flugzeug war an der deutschen Küste entlang bis nach Dänemark geflogen. Es konnte sein. Auf Sylt. Die Königin der Nordsee-Inseln. Deutsches Gebiet. Ganz schön dreist. Aber denkbar.
»Bewegt sich das Signal?«
»Bislang nicht. Es befindet sich in einer Mobilfunkwabe irgendwo im Süden der Insel. Genaueres kann ich noch nicht sagen. Die Triangulation läuft noch. In ein paar Minuten kennen wir die Position des Telefons bis auf wenige Meter genau.« Während Meierinho sprach, ließ er seinen Bildschirm nicht aus den Augen. Jeden Moment konnte die Berechnung der genauen Position abgeschlossen sein.

In Härters Kopf nahm eine Operation Gestalt an. Noch war der Spannungsfall nicht aufgehoben. Er griff zum Telefon, um zunächst seinen Stabschef anzurufen. Dann würde er mit dem Bundeskanzler sprechen. Der würde als Inhaber der Befehls- und Kommandogewalt die Entscheidung über die Anwendung unmittelbarer Zwangsmittel treffen müssen. Kapitän zur See Wolfgang Härter war froh, dass er diese Entscheidung nicht selbst treffen musste.
Im Geiste hielt er Heerschau ab. Eine Kompanie KSK war noch in München. Verlegung auf dem Luftweg. Landung auf dem Gelände der Marineversorgungsschule in List, dem nördlichsten Ort der Insel. Das SEK Schleswig-Holstein war vermutlich am schnellsten dort. Die Kampfschwimmer aus Eckernförde waren auch nicht weit weg. Waren die Männer der GSG 9 noch in der Luft? Oder waren die in Reykjavik gelandet?
Meierinhos Stimme riss ihn aus seinen Überlegungen.
»Da! Wir haben die Position.« Stefan Meier klickte auf eine Schaltfläche, die die Legende der Luftbildkarte aktivierte, und lehnte sich nach vorne. »Hörnum«, entzifferte er. »Hörnum heißt das Nest. Das Signal kommt aus einem Haus an der Westküste der Insel. Sieht von oben aus wie eine Siedlung von Ferienhäusern. Insgesamt sechs Häuser, an einer Ringstraße gelegen.«
»Wie weit von der Küste entfernt?«
Meierinho sah auf den eingeblendeten Maßstab. »Luftlinie? Zweihundert Meter ungefähr.«
Kapitän zur See Wolfgang Härter veränderte in Gedanken die bisherigen Parameter der Operation. Er brauchte nicht nur Zugriffsspezialisten auf der Insel. Er brauchte noch etwas anderes.
Er brauchte ein Schiff.

0:48 Uhr

Die Männer der spanischen Guardia Civil waren die ersten, die etwas entdeckten. Von ihrem Hubschrauber aus sichteten sie einen Fallschirm, der sich im Wind bauschte wie das Segel eines gestrandeten Bootes.
Der Helikopter landete in sicherer Entfernung. Die schwerbewaffneten Männer näherten sich vorsichtig dem Fallschirm. Bald jedoch erkannten sie, dass ihnen keine Gefahr drohte. Ausgehend von der Gepäckbombe, die an dem Fallschirm hing, suchten sie die Umgebung ab. Weitere zwanzig Minuten später entdeckten sie die Leiche.
Der Fallschirm hatte sich nicht geöffnet.
Pech gehabt.
Interessiert inspizierte der spanische Offizier den zerschmetterten Körper von Dr. Kusnezow, während er den Fund seinem Vorgesetzten meldete.

*

Beim Flottenkommando der Deutschen Marine in Glücksburg herrschte trotz der nächtlichen Stunde normaler Dienstbetrieb. Die Gebäude des Bundeswehrstandortes in dem kleinen Ort in der Nähe von Flensburg waren hell erleuchtet. Durch die Feststellung des Spannungsfalles befanden sich auch die Einheiten der Marine in erhöhter Alarmbereitschaft.
Der Befehlshaber der Flotte, Vizeadmiral Lars Akker, nahm das Telefonat in seinem Dienstzimmer entgegen. Als er die Codierung erkannte, schickte er alle Mitarbeiter vor die Tür. Eine Codierung, die seinen persönlichen Schlüssel verlangte. Während er seine Kennung in das Tastenfeld tippte, um sich zu legitimieren, kratzte er sich mit der linken Hand unruhig in seinem dichten Vollbart. Er war gespannt, was Zerberus von ihm wollte.

»Gott zum Gruß, Herr Admiral. Hier spricht Zerberus. Können Sie mich verstehen?«

»Laut und deutlich. Sprechen Sie!«

»Es geht um eine Anforderung im Rahmen der Operation ›Frauenkirche‹. Die Autorisierung durch den Bundeskanzler liegt mir vor. Die entsprechende Authentifizierung wird Ihnen jeden Moment über die gesicherte Faxleitung zugehen.«

»Operation ›Frauenkirche‹? Nichts von gehört. Worum handelt es sich?«

»Eine A&Ω-Operation. Robustes Mandat. Low Profile SAR. Geiselbefreiung. Dabei kann es zu einer Konfrontation mit Tätern aus München kommen. Ich brauche eine Fregatte in der Deutschen Bucht.«

»Eine Fregatte? Wozu brauchen Sie dafür ein Kampfschiff dieser Größe?«

»Wir werden seegestützt operieren. Ich will zudem die Option haben, die Geisel mit dem Hubschrauber zu extrahieren. Außerdem brauchen wir eventuell überlegene Feuerkraft.«

»Ich verstehe«, sagte der Befehlshaber der Flotte langsam. Härter schwieg.

»Haben Sie Vorschläge, was das Kommando betrifft?«, fragte Lars Akker.

»Am liebsten würde ich mit Thomsen fahren. Den kenne ich schon lange. Und ich weiß, dass er einen kühlen Kopf behält, wenn es heiß hergeht.«

»Thomsen? Das kann ich nachvollziehen. Hat auch damals bei Ihrer Algerien-Sache die Nerven behalten. Und das war, wie wir beide wissen, keine Optimisten-Regatta auf dem Dorfteich. Ich prüfe gerade, wo er sich befindet.«

Vizeadmiral Akker gab den Namen von Broder Thomsen, einem aktiven Schiffskommandanten des zweiten Fregattengeschwaders, in sein Terminal ein. Ein Fenster erschien.

Er nickte und schnaufte in seinen Bart, während er den Telefonhörer wieder vom Tisch nahm.
»Sie haben Glück, Zerberus. Thomsen liegt in Wilhelmshaven. Soll morgen zum Horn von Afrika auslaufen. Operation ›Enduring Freedom‹.«
»Sie wollen sagen, Herr Admiral, dass Thomsen auslaufbereit in Wilhelmshaven liegt? Mit Mannschaft und Material für einen Einsatz an Bord? Verpflegung? Treibstoff? Bordhubschrauber? Alles da?«
»Alles da. Inklusive scharfer Munition.«
»›Enduring Freedom‹ wird warten müssen, Herr Admiral. Ich fordere hiermit Thomsen mit seinem Schiff z.b.V. an.«
Lars Akker hob den Blick.
Die Tür seines Dienstzimmers wurde geöffnet. Eine Ordonanz kam herein. Der Stabsbootsmann legte dem Befehlshaber der Flotte ein Papier auf den Tisch und verließ das Dienstzimmer wortlos. Vizeadmiral Lars Akker überflog das Dokument.
»Die Autorisierung durch den Kanzler liegt vor«, bestätigte er dann. »Ich werde die entsprechenden Befehle an das Geschwaderkommando weiterleiten. Sie können sich ab jetzt direkt mit Thomsen in Verbindung setzen.«
»Verstanden, Herr Admiral. Vielen Dank.« Der Kapitän hielt kurz inne. »Ach, eine Frage noch«, fuhr er dann fort. »Welches Schiff kommandiert Thomsen gegenwärtig?«
»F 217«, antwortete der Befehlshaber der Flotte. »Die Fregatte ›Bayern‹.«
»Die ›Bayern‹? Wie passend!«

*

Oberst a.D. Okidadse fand den alten VW Polo genau dort, wo er ihn vor drei Wochen abgestellt hatte. Mit der Gepäckbombe im Kofferraum fuhr er vierzig Kilometer nach Marseille. Peinlich genau hielt er sich an die Geschwindigkeitsbeschränkungen. Ohne Zwischenfälle erreichte er seine Wohnung in der französischen Hafenstadt.

Okidadse mixte sich einen starken Wodka Tonic. Mit dem Glas in der Hand ließ er sich seufzend in einen Sessel im Wohnzimmer fallen. Vor seinem inneren Auge zogen die letzten vier Tage vorbei. Sie hatten die Operation »Freibier« tatsächlich durchgeführt.

Vor siebzehn Monaten war Blochin zu ihm gekommen. Erzählte ihm von der besonderen Situation in München. Umriss die Möglichkeiten, die sich aus dieser besonderen Situation für sie ergaben. Schilderte den Plan in groben Zügen. Bat ihn, die technischen Einzelheiten auszuarbeiten.

Er hatte sämtliche technischen Probleme eins nach dem anderen aus dem Weg geräumt. Und die Arbeit hatte sich gelohnt: Er war reich.

Jetzt lag ein ruhiges Leben vor ihm. Aber untätig wollte er nicht sein. Er würde ein kleines Geschäft eröffnen, spezialisiert auf Rundfunk-, Kommunikations- und Sicherheitstechnik.

Und es dauerte nur kurze Zeit, bis sich in Marseille herumsprach, welche außerordentliche Fähigkeiten der Besitzer des kleinen Geschäfts hatte.

*

»Wir sind hier fertig. Vielen Dank für Ihre Mitarbeit.« Der BKA-Mann namens Müller sah Stefan Meier in die Augen und schüttelte ihm die Hand. Ein fester und langer Händedruck.

»Nichts zu danken. Es war eine große Herausforderung für mich, diesen Schweinehunden ins Handwerk zu pfuschen«, antwortete er.

Herr Müller ließ seine Hand los.

»Und jetzt?«, fragte Meierinho etwas ratlos.
»Jetzt gehen Sie erst mal nach Hause. Erholen Sie sich. Ich schätze mal, Sie werden gut schlafen. Sie hören in den nächsten Tagen von den Bundesbehörden. Ich werde Sie in meinem Bericht ausführlich erwähnen. Ich werde Sie für einen Orden vorschlagen, Herr Meier.«
»Und Sie?«, hakte Stefan Meier nach. »Werde ich Sie wiedersehen?«
»Ich? Ich habe noch ein wenig zu tun. Sie wissen doch, Herr Meier, die Schleimspur.« Herr Müller zwinkerte ihm zu. »Ob wir uns wiedersehen, kann ich Ihnen nicht sagen. Aber in Kenntnis Ihrer Fertigkeiten halte ich es durchaus für möglich, dass ich Ihren fachmännischen Rat ein weiteres Mal brauchen werde.«
Meierinho fasste sich ein Herz. »Das war der spannendste Job, den ich jemals hatte. Wenn Sie mich brauchen, ich helfe gerne.« Er zögerte. »Ich glaube nämlich, Sie arbeiten gar nicht für das Bundeskriminalamt. Ich glaube, Sie arbeiten für eine andere Behörde.«
Der BKA-Mann namens Müller sah ihn verschwörerisch an.
»Sie haben recht, Herr Meier.«
»Für welche Behörde arbeiten Sie in Wirklichkeit?«, fragte ihn Stefan Meier, unbewusst flüsternd.
Der BKA-Mann namens Müller senkte ebenfalls die Stimme, als er antwortete: »Für die Stadtreinigung. Als Kammerjäger. Aber sagen Sie es nicht weiter.«
Mit diesen Worten verließ Herr Müller das kleine Büro in der Wiesn-Wache.
Stefan Meier schüttelte verdutzt den Kopf, während er seine Jacke anzog.
Ja, er würde irgendwann schlafen gehen. Aber noch nicht jetzt. Er war viel zu aufgeregt. Er würde sich noch ein Bierchen in seiner Stammkneipe genehmigen. Oder auch fünf. Die hatte er sich redlich verdient.

Nur schade, dass er niemandem von seinen Erlebnissen erzählen durfte.

*

Brigadegeneral Xaver Moisadl war in die OPZ »Schäfflertanz« im Rathaus zurückgekehrt. Auf Oberst Buchwieser machte sein Vorgesetzter den Eindruck, als hätten die letzten Tage Moisadl nichts ausgemacht. Er wirkte frisch und entschlossen.
»Das war's, Buchwieser. Wir können zusammenpacken. Abmarsch. Der Spuk ist vorbei.«
»Zu Befehl, Herr General!« Buchwieser salutierte, blieb jedoch vor Moisadl stehen und sah ihn an.
»Wenn Sie was auf dem Herzen haben, nur raus damit.«
»Irgendwie finde ich es unbefriedigend, dass wir die Täter nicht aufhalten konnten. Wir waren bereit, uns diesem Feind zu stellen. Ich bin sicher, wir hätten uns gut geschlagen, Herr General!«
»Ich sehe die Sache so, Buchwieser: Der erste Einsatz bewaffneter Truppen auf deutschem Boden nach 1945 ist zu Ende. Wir haben unseren Auftrag, die öffentliche Ordnung zu schützen, erfüllt. Und dabei ist kein einziger Schuss gefallen. Als Kommandeur dieses Einsatzes werte ich das als persönlichen Erfolg. Und noch eines, *wir haben uns gut geschlagen*. Gerade deshalb. Stellen Sie sich einen Feuerkampf im Zentrum von München vor. Furchtbar. Zum Glück konnten wir das verhindern.«
Oberst Buchwieser sah Moisadl nachdenklich an. Dann nickte er. »Sie haben recht, Herr General. Gott sei Dank ist es dazu nicht gekommen.«
General Moisadl grinste. »Ja, man muss Gott für alles danken. Auch für Ober-, Unter-, Mittelfranken.«
Jetzt grinste auch Oberst Buchwieser. Er salutierte abermals.

»Lasse die Brigade fertig machen zum Abrücken, Herr General!«

*

Für Polizeihauptmeister Ulgenhoff war der Spuk nicht vorbei. Er wurde die Erinnerung an die Gesichter der Menschen, die ihn fassungslos und hasserfüllt angestarrt hatten, nicht mehr los. Er hätte eine andere Lösung finden müssen. Er hätte nicht schießen dürfen.
Mit einigen Kollegen stand er neben dem Benediktiner-Zelt. Er wartete darauf, dass die Kampfmittelbeseitiger ihnen grünes Licht gaben. Es ging um die Absperrung des Durchgangs. Spezialisten der Spurensicherung sollten hier unverzüglich mit der Arbeit beginnen. Sie würden den Kühllaster untersuchen, den die Täter neben dem Zelt hatten stehen lassen.
Einer der Bombenspezialisten hob einen Daumen in die Höhe.»Alles sauber. Sie können anfangen.«
Die Spurensicherer in ihren weißen Overalls öffneten die hintere Tür des Transporters. Der Anblick, der sich ihnen bot, trieb ihnen das Grausen in die Glieder. Die Leichen lagen in Stapeln. Ihre Körper waren steif gefroren und bläulich verfärbt.
In Ulgenhoffs Kopf rief das Bild eine furchtbare Assoziation hervor.
Er hatte als Kind in einem Geschichtsbuch ein solches Bild gesehen. Ein Bild, von amerikanischen Soldaten aufgenommen. Kurz nach der Befreiung eines Konzentrationslagers. Dieses Bild hatte sich damals tief eingebrannt. Er hatte immer wieder davon geträumt. Seine Mutter hatte ihn aus seinen Alpträumen geweckt und ihn getröstet.
Damals.
Als Kind.

Jetzt würde niemand kommen und ihn trösten, das wusste er.
Ulgenhoff wurde klar, dass er sein Leben ändern musste. Er musste weg von seinem Beruf, in dem er so schrecklich versagt hatte. Weg von dieser Stadt, von seinem jetzigen Leben. Weg von den Menschen, den grausamsten unter allen Geschöpfen. Weit weg.
Zwei Stunden später quittierte er den Dienst. Alle Versuche von Kroneder, ihn umzustimmen, blieben erfolglos. Ulgenhoff verließ München, verließ Deutschland. Kroneder konnte die Verzweiflung in Ulgenhoffs Augen niemals vergessen.
Drei Jahre später sollte sich Kroneder, inzwischen zum Polizeipräsidenten von München aufgestiegen, auf die Suche nach seinem ehemaligen Kollegen machen. In einem Handelsposten, hoch in den kanadischen Bergen, identifizierte einer der Jäger, die dort an der Bar saßen, Ulgenhoff auf einem Foto. Sechs Whiskeys hatte Kroneder ausgeben müssen, um die Zunge des Jägers zu lösen.
Der Mann auf dem Foto lebe in einer Blockhütte, erzählte ihm der Jäger. Er vermeide den Kontakt zu Menschen. Manchmal komme er zu dem Handelsposten, um Goldnuggets zu verkaufen und mit Benzin, Medikamenten und Munition wieder zu verschwinden.
Niemand habe die Hütte jemals gefunden. Einmal habe einer versucht, dem Mann mit den verzweifelten Augen zu folgen. Wegen der Goldnuggets. Aber in der zweiten Nacht seien mehrere Bären um sein Lager herumgestrichen. Nur das Feuer habe sie ferngehalten. In dieser Nacht habe der Verfolger eine menschliche Stimme gehört. Doch die Sprache, die diese Stimme gesprochen habe, sei nicht menschlich gewesen, habe er später berichtet.
Der narbige Zeigefinger des Jägers tippte auf das Foto, das

auf dem Tresen lag. Dann sah er Kroneder mit blutunterlaufenen Augen an.
»Man sagt, die Bären schützen diesen Mann. Man sagt, dieser Mann kann mit den Bären sprechen.«

*

Als Meierinho in dieser Nacht ins »Klenze 66« kam, befanden sich nur noch wenige Gäste in dem Lokal. Sein Blick suchte nach bekannten Gesichtern.
In einer Ecke des Raumes, fast hätte er ihn übersehen, saß Werner Vogel und starrte auf das halbvolle Bierglas vor sich.
Stefan Meier durchquerte den Raum und winkte Vogtländer, dem Barmann, die übliche Bestellung zu. Dann setzte er sich neben Vogel. Der schien ihn nicht zu bemerken.
»Servus, Werner! Was machst du denn für ein Gesicht?«, fragte Meierinho, obwohl er sich den Grund denken konnte.
Vogel hob langsam den Blick.
»Stefan! So spät noch unterwegs? Musst du morgen nicht zur Arbeit?«
Vogtländer stellte ein Bier vor Meierinho ab. »Zum Wohle!« Stefan Meier hob sein Glas und stieß mit Vogel an. Nachdem er einen großen Schluck getrunken hatte, seufzte er und stellte das Glas ab.
»Nein, ich habe morgen frei. Und bei dir? Was ist los?«
Werner kniff den Mund zusammen. Als er sprach, klang seine Stimme brüchig. Meierinho wurde klar, dass sein Freund mit den Tränen kämpfte.
»Die haben sie mitgenommen. Diese Schweine haben sie mitgenommen.«
»Wen mitgenommen?« Meierinho fragte sich, ob seine gespielte Unwissenheit überzeugend wirkte.
»Amelie. Sie haben Amelie mitgenommen. Ihr Chefredak-

teur hat angerufen und es mir erzählt. Ich bin sofort zur Polizei. Aber keiner wollte mir etwas sagen. Irgendein Gefasel von polizeitaktischen Gründen. Dann haben sie mich wieder weggeschickt.«
Unvermittelt befand sich Stefan Meier in einem Loyalitätskonflikt. Sollte er seinem Freund sagen, was er wusste? Würde er damit dessen Sorgen, dessen Angst mildern können? Dann dachte er an die Verschwiegenheitserklärung, die er hatte unterschreiben müssen.
Er sah eine Träne über Werners Wange rollen. Um nichts sagen zu müssen, nahm er einen weiteren Schluck aus seinem Bierglas.
»Bestimmt ist sie tot. Die haben sie umgebracht. Warum hat sie das nur gemacht? Warum ist sie in dieses Zelt gegangen? Und warum haben diese Dreckskerle sie mitgenommen? Warum nicht den Bundespräsidenten? Oder irgendjemand anderen? Warum?« Werner wurde von einem Schluchzen geschüttelt und starrte wieder in sein Bier, als wäre von dort eine Antwort zu erwarten.
»Das wird schon. Bestimmt ist ihr nichts passiert«, startete Meierinho einen schwachen Versuch, Werner Vogel zu trösten.
Der sah ihn nicht an, als er mit leiser Stimme sprach. »Lieb gemeint. Aber wenn Amelie etwas passiert ist, dann will ich auch nicht mehr. Das halte ich nicht aus. Wie oft passiert es einem im Leben, dass man den richtigen Menschen findet?« Er zog laut die Nase hoch. »Den meisten Menschen passiert es überhaupt nicht. Mir ist es passiert. Einmal. Aber dass es mir ein zweites Mal passiert, glaubt keiner.« Als er den Blick hob, waren seine Augen leicht gerötet.
Meierinho hielt ihm ein Taschentuch entgegen.
»Sie lebt noch. Ich weiß es.«
»Ach ja? Und woher?«
»Das darfst du mich nicht fragen. Aber ich weiß es!«

Vogel schüttelte den Kopf. Dann putzte er sich vernehmlich die Nase. »Ich wünschte, ich könnte dir glauben.«
»Du kannst mir glauben. Ich weiß sogar, wo sie ist. Und die Polizei weiß es auch. Die genaue Adresse ist bekannt. Sie werden sie retten.« Stefan Meier wusste, dass er bereits viel zu weit gegangen war, aber er mochte Werner nicht so leiden sehen. Freundschaft siegte über Dienstpflicht.
»Du weißt, wo sie ist? Erzähl doch keinen Quatsch! Woher solltest du das wissen?«
»Sagen wir mal so, ich habe der Polizei in den letzten Tagen etwas geholfen.«
»Wobei? Hast du ihre Handys repariert?«
»Das darfst du mich nicht fragen. Aber Amelie lebt.«
»Und? Wenn du es weißt, sag mir, wo sie ist.« Werner sah ihn mit einem kleinen Funken Hoffnung in den Augen an.
»Das darf ich nicht.«
»Netter Versuch, Stefan. Fast wäre ich drauf reingefallen.« Bitterkeit lag in seiner Stimme. Er schluchzte erneut und begann wieder, sein Glas zu fixieren.
»Also gut«, sagte Meierinho mit fester Stimme. »Sie ist auf Sylt. In einem kleinen Ort ganz im Süden der Insel. Der Ort heißt Hörnum.«
Die Ernsthaftigkeit, mit der Stefan Meier sprach, ließ Werner wieder die Augen heben. »Sylt? Im Ernst? Verarschst du mich?«
»Käme ich in dieser Situation bestimmt nicht drauf, Werner.«
Werner setzte sich aufrecht hin. Er schneuzte sich ein weiteres Mal. Von der Brüchigkeit seiner Stimme war nichts mehr zu hören. »Dann weiß ich, was ich zu tun habe. Ich fahre hin. Ich werde sie retten.«
»Das ist Blödsinn, Werner. Die Polizei bereitet eine Befreiungsaktion vor. Amelie wird dann bestimmt so schnell wie möglich nach München gebracht. Du störst höchstens …«

»Ich kann hier nicht herumsitzen«, unterbrach ihn Vogel.
»Ich fahre sofort los. Ich muss zu ihr.«
»Du kannst nicht fahren. Du bist betrunken.«
»Bin ich nicht. Das hier ist erst mein zweites. Nicht einmal das Bier schmeckt mir mehr.« Er wandte den Blick zum Barmann. »Länderer! Zahlen!«
Stefan Meier wurde klar, dass er die Irrationalität der Liebe unterschätzt hatte.
Eigentlich kannte er Werner Vogel als einen Mann mit klarem Verstand, der mit Argumenten immer zu überzeugen war. Aber diesmal nicht. Mit Argumenten war hier nichts zu machen. Es war sowieso nichts mehr zu machen. Wenn er Müller Bescheid sagte, musste er zugeben, dass er geredet hatte. Und bis Werner auf Sylt war, wäre die Sache vermutlich vorbei.
Hoffentlich.
Oh, Himmel, dachte Stefan Meier, was habe ich getan?

4:32 Uhr

Karl Romberg und Angelo Invitto verabschiedeten sich freundschaftlich. Sie tauschten ihre Telefonnummern aus und versicherten einander, den Kontakt nicht abreißen zu lassen. Sie wollten sich verabreden, um gemeinsam in die Oper zu gehen.
In die Mailänder Scala.
»Jetzt sehen Sie zu, dass Sie zu Ihrer Familie kommen«, sagte der Italiener schließlich und gab ihm ein letztes Mal die Hand. »Ich drücke Ihnen die Daumen, dass alles wieder in Ordnung kommt. Grüßen Sie Ihre Familie von mir.«
»Ich werde die Grüße ausrichten. Nochmals vielen Dank. Ich weiß gar nicht, wie ...«
Angelo Invitto unterbrach ihn mit einer Geste. »Schon gut, Herr Romberg. Ich habe gern geholfen.« Der Italiener sah

dem Deutschen nach, der sich auf den Weg durch die riesigen Gebäude des Frankfurter Flughafens machte. Jetzt hat er es nicht mehr weit, dachte der Pilot, als er Romberg aus den Augen verlor. Er muss nach München. Bestimmt fährt schon bald ein Zug. Der kommt wahrscheinlich sogar früher an als die erste Maschine.
Doch Angelo Invitto täuschte sich.
Karl Romberg hatte andere Pläne.
Er würde nicht nach München zurückkehren.
Noch nicht.

*

»Ich komme, um mich von Ihnen zu verabschieden, Herr Kroneder.«
Der Einsatzleiter sah den BKA-Mann namens Müller an. In seinem Gesicht waren die Erschöpfung und die Müdigkeit deutlich zu erkennen. Er beendete das Telefonat, das er gerade geführt hatte. Sofort klingelte der Apparat erneut. Kroneder ignorierte das Läuten und kam um seinen Schreibtisch herum.
»Sie kommen aber doch sicher morgen wieder? Ich würde gerne einige Einzelheiten meines Berichtes mit Ihnen besprechen.«
»Ich werde morgen nicht mehr in der Stadt sein. Was Ihren Bericht angeht, von mir aus können Sie ihn so schreiben, als ob ich gar nicht hier gewesen wäre. Offen gesagt, wäre ich Ihnen dafür sogar ausgesprochen dankbar.«
»Aber Sie haben doch großen Einfluss auf den Lauf der Dinge hier genommen. Sie wollen, dass ich Ihre Verdienste einfach unter den Tisch fallen lasse?«
Härter nickte stumm. Dann reichte er Kroneder die Hand. Der Polizeibeamte schlug ein.
»Machen Sie es gut, Herr Kroneder. Wenn Sie einen Rat von

mir haben wollen, gehen Sie erst mal ins Bett. Sie haben großartige Arbeit geleistet. Ruhen Sie sich aus.«
»Äh ... Ihnen auch alles Gute, Herr Müller. Aber bevor ich mich hinlege, werde ich garantiert noch einen doppelten Kirschgeist auf Ihr Wohl trinken. Wie kann ich Sie erreichen?«
»Sollte ich noch Fragen haben, ich weiß ja, wie ich Sie erreiche.«
»Sie meinen, Sie verschwinden jetzt einfach?«
Wieder das wortlose Nicken.
»Eine Sache noch, Herr Kroneder. Wir kennen jetzt die Kapazitäten der Kühlhäuser von diesem Hirschmoser. Wenn ich die Sache richtig sehe, dann hat der Mann die Nachrichtensperre ignoriert. Beweisen können wir ihm das natürlich nicht. Aber Sie könnten die Steuerfahndung dazu anhalten, die Kapazitäten der Kühlhäuser mit den Umsätzen zu vergleichen, die Hirschmoser versteuert. Ich müsste mich sehr täuschen, wenn das nicht zu einer umfangreichen Nachzahlung führen würde.«
Kroneder lächelte. »Ich würde den Kerl zu gerne bei einer Sauerei erwischen.«
Härter nickte, wandte sich ab und verließ das Büro.
Wenig später saß er in dem dunkelblauen 5er-BMW, der ihn zunächst zu seinem Hotel brachte. Dort bezahlte der Geschäftsreisende seine Rechnung in bar. Dann ließ er sich mit seinem Gepäck zum Klinikum rechts der Isar fahren. Der Marinehelikopter wartete bereits auf dem Landeplatz des großen Krankenhauskomplexes.
»Willkommen an Bord, Herr Kapitän!«, sagte der Pilot, als Härter die Tür geschlossen hatte und sich den Helm aufsetzte. »Wo soll's hingehen?«
»Seeposition«, erwiderte Härter knapp. »Nordwestlich Helgoland. Die genaue Position gebe ich Ihnen noch durch. Wo Sie auftanken, überlasse ich Ihnen.«

»Zu Befehl!«
Zehn Minuten danach verließ der Sea-Lynx-Hubschrauber den Münchner Luftraum in nördlicher Richtung.

*

Karl Romberg eilte zum ersten Informationsschalter, den er finden konnte. Er erkundigte sich nach einer Flugverbindung nach Tirana, der Hauptstadt Albaniens. Zufrieden mit der Auskunft, ließ er sich das Ticket aushändigen. Zusätzlich buchte er einen Mietwagen am Zielflughafen.
In knapp zwei Stunden konnte er seine Reise bereits fortsetzen. Zunächst würde er nach Wien fliegen. Dort musste er umsteigen. Viel Zeit blieb ihm nicht.
Dennoch gönnte er sich ein schnelles Frühstück. Dann begab er sich auf direktem Weg zum Check-in-Schalter. Dabei dachte er an den letzten Brief, den er von seiner Mutter erhalten hatte. Das lag Jahre zurück. Aber seine Mutter hatte ihm vor ihrem Tod noch etwas mitgeteilt, das jetzt von großer Bedeutung war.
Er glaubte zu wissen, wo sein Gefährte zu finden war.
Und er war entschlossen, die Sache zu Ende zu bringen.
Ein für alle Mal.

*

Iljuschin nahm ein heißes Bad. Doch er spürte die Hitze des Wassers nicht. Er spürte nur Katharina. Etwas in ihm ließ ihn seufzen.
Etwas Vergangenes. Etwas Vergangenes, das er wieder in die Gegenwart geholt hatte.
Er hatte Unmögliches vollbracht: Er hatte die Zeit zurückgedreht. Er hatte das Schicksal bezwungen. Er hatte das Fräulein mitgenommen. Seine Trophäe.

Was für ein Triumph!
Er schloss die Augen und dachte zurück an das Foto, das während der Gegneraufklärung aufgenommen worden war. Die Aufnahme zeigte das Fräulein beim Verlassen einer Bar in München. Als er das Bild zum ersten Mal sah, fiel ihn die Ähnlichkeit an wie ein reißendes Tier versunkener Zeitalter.
Ein bislang unbekanntes Gefühl ergriff von ihm Besitz.
Ein mächtiges Erinnern.
Überwältigend.
Noch immer konnte er dieses Gefühl nicht recht verstehen, nicht in Worte fassen. Die Ähnlichkeit hatte ihn schaudern lassen. Er nahm dieses Schaudern irritiert zur Kenntnis. Er hatte niemals zuvor Schaudern empfunden.
Das Fräulein sah aus wie Katharina, Olgas beste Freundin.
Erwachsener zwar, aber unverkennbar: Katharina.
Iljuschin seufzte erneut. Seine kleine Schwester Olga Iljuschina, die nicht älter als acht Jahre geworden war. Genau wie Katharina. Er selbst war zwölf Jahre alt, als das Unglück geschah.
Die beiden Mädchen waren zum Eislaufen gegangen.
Er hatte sie gehen lassen.
Und das Eis hatte nicht gehalten.
Katharina, die beste Freundin seiner Schwester. Für ihn die schönste Frau auf Erden. Katharina und er hatten einander versprochen, dass sie eines Tages heiraten würden. Die Erwachsenen lachten sie deshalb aus. Aber ihnen war es bitter ernst.
Olga hatte Katharina mitgenommen.
Wohin?
Ein Kranz ward gewunden aus schwärzlichem Laub in der Gegend von Akra ...
Ihm war als Kind nicht klar gewesen, was geschehen war. Wie sollte es auch?

Das Unglück hatte ihn zurückgelassen als den, der er war. Doch jetzt war das alles vergessen. Katharina war ihm ein zweites Mal geschenkt worden. Und er hatte zugegriffen.
Dort riss ich den Rappen herum und stach nach dem Tod mit dem Degen ...
Diesmal würde er sie nicht wieder gehen lassen.
Katharina die Zweite.
Seine Trophäe.

*

Marinehafen Wilhelmshaven, an Bord der Fregatte »Bayern«

Als der Kommandant Broder Thomsen vom Klopfen des Wachhabenden geweckt wurde, erkannte er bereits am Klang des Klopfens, dass dieses Klopfen nichts Gutes zu bedeuten hatte.

Kurze Zeit später hallte der Weckruf durch die Quartierdecks und trieb die zweihundertsechzehn Frauen und Männer der Besatzung aus ihren Kojen.

»Reise, Reise, aufstehn!«

> Das Vernichtungsprinzip des Feuers ist in unseren jetzigen Kriegen offenbar das überwiegend wirksame, dem ungeachtet ist aber ebenso offenbar der persönliche Kampf Mann gegen Mann als die eigentlich selbständige Basis des Gefechts anzusehen.
>
> Carl v. Clausewitz, *Vom Kriege*

18

Die Villa war an drei Seiten vom Wasser der Adria umgeben. Sie lag am Ende einer länglichen, schmalen Halbinsel, am Rand einer dreißig Meter hohen Steilküste. Beinahe senkrecht erhob sich schroffer Fels aus dem Meer. Wobei das Anwesen nur auf den ersten Blick aussah wie eine Villa mit Nebengebäuden. Bei genauerer Betrachtung handelte es sich um eine moderne Festung.

Von der Landstraße aus, die in einem Kilometer Entfernung an dem Grundstück vorbeilief, war keines der Gebäude zu sehen. Selbst die Abzweigung war nur schwer als solche zu erkennen.

Dennoch bog der Wagen ab.

Der Fahrer wusste, wohin er wollte.

Die Zufahrt führte von der Hauptstraße durch dichtbewaldetes Gelände. Nach ungefähr siebenhundert Metern versperrte ein drei Meter fünfzig hohes Stahltor den Weg. Links und rechts des Tores verlief quer über die gesamte Breite der Landzunge eine ebenso hohe Betonmauer. Die Krone von Tor und Mauer war zusätzlich mit Stacheldraht gesichert. Zehn Meter vor und hinter der Mauer war der Wald abgeholzt worden.

Hatte man das Tor passiert, ging es noch einmal fünfzig Meter durch bewaldetes Gelände. Dann mündete die Zufahrt in einen Platz vor dem Haupthaus. Rechts davon stand eine große Garage. Links befand sich ein kleineres Gebäude. Früher einmal hatten dort die Dienstboten gewohnt. Heute war hier die Technik untergebracht. Das Haupthaus selbst war ein zweistöckiges, herrschaftliches Gebäude mit vierhundert Quadratmetern Wohnfläche.

Der Wagen stoppte vor dem Tor.

Es war noch keine zehn Jahre her, dass ein albanischer Waffenhändler das damals heruntergekommene Haus gekauft hatte. Dieser Waffenhändler hatte es dann renoviert und mit allem erdenklichen Luxus ausstatten lassen. Und er hatte auch ein nahezu unüberwindliches Sicherheitssystem in das Haus eingebaut.

Die Deaktivierung dieses Sicherheitssystems erfolgte über einen Scanner, der rechts neben dem Tor in die Mauer eingelassen war. Der Scanner tastete das Gesicht mittels Laser ab und verglich es mit dem Gesicht, das im Speicher des Systems abgelegt war.

Nur bei Übereinstimmung öffnete sich das Tor, und die anderen Sicherheitsvorkehrungen wurden abgeschaltet. Nur bei Übereinstimmung konnte jemand das Grundstück betreten und länger als zehn Minuten am Leben bleiben.

Der Fahrer stieg aus dem Wagen.

In den Wirren des Balkan-Krieges war dieser albanische Waffenhändler den Geschäften eines russischen Generals in die Quere gekommen. Der hatte mit dem unliebsamen Konkurrenten kurzen Prozess gemacht. Nicht nur, dass er die Organisation des Albaners zerschlagen hatte. Der russische General hatte auch den Waffenhändler und dessen gesamte Familie getötet und sich dieses Anwesen unter den Nagel gerissen.

Oleg Blochin hielt sein Gesicht vor den Scanner und aktivierte ihn.

Grünliches Laserlicht glitt flackernd über seine Züge. Sekunden später schob sich das schwere Tor zur Seite. Oleg Blochin stöhnte leise, während er zu dem Wagen zurückging. Er war mit seinen Kräften am Ende. Die Schmerzen in seiner rechten Schulter wurden von Minute zu Minute stärker. Aber hier würde er sich erholen können.
Hier.
In seinem sicheren Haus.

*

Seeposition 54°21'N 7°35'O

Der Sea Lynx mit Kapitän zur See Wolfgang Härter an Bord befand sich im Radaranflug auf die »Bayern«.
Während des Fluges hinaus auf das offene Meer wurde der Wind ständig stärker. Böen schüttelten den Helikopter. Die Nordsee unter ihnen war bereits von Bändern weißer Gischt durchzogen. Im Nordwesten türmten sich über dem Horizont unheilvolle, dunkle Wolken auf.
Sie näherten sich der Kontaktposition, waren noch etwa eine Meile entfernt. Zuerst sahen sie unter sich nur das Weiß der Bugwelle und des Kielwassers. Das graue Schiff im grauen Meer war kaum auszumachen. »Mother in sight«, meldete der Pilot an den HC-Offizier in der OPZ, die sich tief im Inneren der Fregatte befand.
Ansonsten war kein weiteres Schiff zu sehen. Nur Wasser, so weit das Auge reicht.
Mit einer Geschwindigkeit von sechzig Knoten flog der Hubschrauber in einhundertzwanzig Metern Flughöhe von achtern auf die »Bayern« zu. Das Landedeck am Heck war jetzt deutlich zu erkennen. Weiß leuchteten ihnen die Buchstaben der Schiffskennung entgegen, »BY«.

Das einhundertvierzig Meter lange Kampfschiff lief auf Nordwestkurs in den Wind, um dem Piloten die Landung zu erleichtern. Wolfgang Härter lächelte. Jedes Mal, wenn er eine dieser Fregatten zu Gesicht bekam, dachte er an eine Waldorf-Schule. Kaum rechte Winkel. Durch diese Bauweise wurde das Radarecho minimiert.
Der elegante Rumpf der »Bayern« schnitt durch die kurze, rauhe Dünung. Die niedrigen Aufbauten schienen sich in die See zu ducken. Die Fregatte wirkte wie ein zum Sprung bereites Raubtier.
Härter konnte die riesige Antenne des SMART-3D-Radarsystems erkennen, die sich über dem Schiff drehte. Davor befanden sich die beiden V-förmig angeordneten, wärmegedämmten Schornsteine der Dieselmotoren und Gasturbinen.
Mittlerweile hatten sie sich dem Schiff bis auf eine Viertelmeile genähert. Das Tor eines der beiden Hubschrauberhangars stand offen. Der Pilot ließ die Maschine auf knapp vierzig Meter absacken. Dann begann der traversierende Landeanflug von Backbord. Der Flugdeckoffizier erschien auf der Landeplattform, in seinen Händen rote Paddel. Er war für die manuelle Einweisung verantwortlich.
Noch einmal übermittelte die »Bayern« die aktuellen Daten. Wellenhöhe, Windrichtung und -geschwindigkeit. »Mother is ready to receive you«, hörte Härter die Stimme des Flugkontrolloffiziers.
Der Pilot konzentrierte sich auf die Bewegungen der roten Paddel. Plötzlich riss der Flugdeckoffizier beide Paddel zweimal ruckartig nach unten. Der Pilot reagierte sofort. Der Helikopter sackte durch und setzte unsanft auf dem schwankenden Landeplatz auf. Sekunden später fuhr der Sea Lynx seine sogenannte Harpune aus – einen Greifarm, der sich in dem Gitterrost in der Mitte der Landezone festkrallte. Jetzt war der Hubschrauber gesichert.

Härter nahm den Helm ab und nickte dem Piloten anerkennend zu.»Eine Landung wie aus dem Bilderbuch, Herr Kapitänleutnant. Lassen Sie den Helo in den Hangar bringen. Sagen Sie dem HCO, dass in Kürze noch eine zweite Maschine landen wird.«
Dann stieg er aus und entfernte sich rasch von dem Marinehelikopter. Der Wind war kräftig, die frische Luft wirkte belebend. Der Kapitän schloss die Augen und atmete zweimal tief durch, bevor er durch das offene Hangartor trat.
Ein weiblicher Leutnant zur See erwartete ihn.»Willkommen an Bord, Herr Kapitän!«, sagte die junge Frau und legte ihre Hand zum Gruß an den Mützenschirm.
»Danke. Bringen Sie mich zum Kommandanten.«

*

Der 8-Zylinder-Big-Block des Ford Mustang fraß brüllend Kilometer um Kilometer. Seit Stunden raste Werner Vogel mit durchgetretenem Gaspedal über die Autobahn nach Norden.
Bevor er München verlassen hatte, war er noch ins Büro gefahren. Dort hatte er mehrere tausend Euro aus dem Panzerschrank genommen. Bei dieser Gelegenheit war ihm das Kästchen aufgefallen, das hinten in dem Schrank lag. Als er es öffnete, fand er darin zwei Ringe. Auch dieses Kästchen hatte er eingesteckt. Er war sich sicher, dass ihm Karl das verzeihen würde.
Während der Fahrt schwelgte er in romantischen Phantasien, zu denen Cindy Lauper immer wieder *I drove all night* sang. *Er*, der Ritter in schimmernder Rüstung, würde Amelie retten und sie fragen, ob sie seine Frau werden wolle. Er hatte Meierinho sogar dazu gebracht, ihm noch die genaue Adresse des Hauses zu nennen, in dem die Polizei Amelie vermutete. *Er* wäre ihr Held. Und er konnte ihr inzwischen

einiges bieten. Geld zumindest hatte er. In letzter Zeit hatte sich sein Vermögen höchst erfreulich entwickelt.

Der Grund dafür waren einige Nebentätigkeiten, die er während des letzten halben Jahres im Auftrag eines gewissen Malow ausgeübt hatte. Sehr gut bezahlte Nebentätigkeiten, von denen er niemandem erzählt hatte. Außerordentlich gut bezahlte Nebentätigkeiten.

Nichts Schlimmes.

Und alles ohne Rechnung. Brutto für netto.

Mal hatte er einen Kühllaster für drei Tage verliehen. Aber das war in der Zeit vor dem Oktoberfest kein großes Problem. Sie hatten ohnehin ein Fahrzeug mehr angeschafft, als sie eigentlich brauchten. Falls eines ausfiele.

Mal hatte er diesem Malow ein paar Unterlagen verkauft. Lieferpläne aus dem letzten Jahr. Nichts wirklich Brisantes. Er hatte einige Fragen beantwortet. Behördengänge erledigt. Den einen oder anderen Stempel besorgt.

Nichts, was er nicht mit seinem Gewissen hätte vereinbaren können.

Dieser Malow war ihm zunächst nicht ganz geheuer gewesen. Aber sein Misstrauen war unbegründet. Josef Hirschmoser wusste nur Gutes über den Mann zu sagen. Und was Malow von ihm wollte, war nichts Verbotenes. Als Malow ihm das Geld gebracht hatte, war das Misstrauen dann zurückgekehrt. Zusätzlich zur vereinbarten Summe brachte Malow ein Geschenk mit.

Eine Schusswaffe.

Wer verschenkt Schusswaffen? Doch Malow hatte ihm erklärt, dass er früher bei der russischen Armee gedient hätte und dass es dort alter Brauch sei, einem neuen Freund eine Waffe zu schenken. Die Dinger könne man in Russland an jeder Straßenecke kaufen. Man wisse ja nie, hatte Malow gesagt, wann man in eine Situation kommt, in der man sich verteidigen müsse. Er erklärte ihm die Waffe und sagte, er

solle keine Dummheiten damit machen. Das zerstreute seine Bedenken.
Jetzt war er Malow für das Geschenk dankbar.
Die Makarow-Pistole lag im Handschuhfach.

*

Der Kommandant der »Bayern«, Fregattenkapitän Broder Thomsen, war nicht nur für einen Marineoffizier sehr groß. Seine fast zwei Meter waren ehrfurchteinflößend. Die hellblauen Augen und das rotblonde Haar wirkten auf Anhieb sympathisch. Und dieser Eindruck war richtig: Broder Thomsen war eigentlich ein gutmütiger Mensch. In der Sache jedoch – das wusste Härter – war der Mann absolut humorlos.

Der Kapitän hatte Broder Thomsen vor zehn Jahren während eines Lehrgangs zum Thema »Innere Führung« an der Führungsakademie der Bundeswehr kennengelernt. Härter hatte Thomsen aber bereits vorher gekannt, jedoch nicht persönlich.

Das lag daran, dass Fregattenkapitän Broder Thomsen leidenschaftlicher Jazz-Saxophonist war. Manchmal trat er zusammen mit der Bigband des Marinemusikcorps Nordsee auf. Legendär waren die Silvester-Konzerte in Wilhelmshaven. Seine virtuosen Soli hatten ihn zu einem bekannten und beliebten Mann gemacht, nicht nur bei seiner Besatzung, sondern innerhalb der ganzen Marine.

Bereits vor einem Jahr hatten sie bei einer Operation zur Befreiung deutscher Geiseln in Algerien zusammengearbeitet. Seitdem schätzten sie einander sehr. Als Härter die Kabine von Thomsen betrat, begrüßten sich die beiden Offiziere herzlich.

Dann wurde die Stimme des Schiffskommandanten sachlich. »Was liegt an, Wolf? Ich höre von einer Operation ›Frauenkirche‹, robustes Mandat, aber niemand konnte mir Genaueres sagen.«

»Im Prinzip ist es wie in Algerien. Geiselbefreiung. Mit einem Unterschied. Wir werden nicht in das Operationsgebiet fliegen, sondern tauchen. Rebreather werden mit einem zweiten Helo an Bord gebracht. Dazu kommt, die Nachrichtenlage ist schlechter. Genau genommen, gleich null. Das Operationsgebiet und die Gegnerkräfte sind nicht aufgeklärt.«

»Wie in Algerien? Das heißt, wir bekommen noch mehr Besuch?«

»Ich habe zwei Kampfschwimmer aus Eckernförde angefordert, die mir bei der Operation Rückendeckung geben werden. Acht weitere in Bereitschaft. Und eine Ärztin vom Bundeswehrkrankenhaus Hamburg, falls wir schwerere Verwundungen hier an Bord versorgen müssen. Die drei müssten im Laufe der nächsten Stunde landen. Zusammen mit der noch fehlenden Ausrüstung.«

»Eine Ärztin vom Bundeswehrkrankenhaus? Doch nicht etwa …?«, fragte Thomsen erschrocken.

»Doch«, entgegnete Härter trocken. »Sie ist nun mal die beste Chirurgin, die wir haben. Für die Versorgung von Schussverletzungen möglicherweise die beste in ganz Europa.«

Thomsen nickte gottergeben. »Schon gut!« Er stockte kurz. »Also werden wir dich mit zwei Mann auf Unterwasserschlitten aussetzen. Wie sieht es mit der Extraktion aus? Wie viele Geiseln sind es?«

»Eine. Extraktion entweder auf dem Seeweg oder mit dem Helo. Das müssen wir aus der Situation heraus entscheiden. Das Problem ist, dass wir nicht wissen, ob wir es mit zehn Gegnern zu tun bekommen oder mit fünfzig. Aber wir wissen, dass wir mit kampfstarken Gegnern rechnen müssen. Rein kommen wir vielleicht noch unbemerkt, aber ich rechne mit einem Feuerkampf während des Rückzugs.«

»Wissen wir eigentlich, wer der Gegner ist? Woher er kommt?«, fragte Thomsen.
»Mit letzter Sicherheit weiß ich es nicht, aber ich habe Grund zu der Annahme, dass wir Besuch aus der Vergangenheit bekommen haben. Ich glaube, es handelt sich um Russen. Blast from the past, gewissermaßen. Der Kalte Krieg ist zwar vorbei, aber ich befürchte, hier fliegt alte Scheiße durch einen neuen Ventilator.«
»Verstehe.« Thomsen nickte. »Wo genau befindet sich unser Operationsgebiet?«
»Nordwestlich der Südspitze der Insel Sylt. Die Geisel wird ...«
Thomsen unterbrach Härter mit einer Geste. Er griff zum Mikrofon der Bordsprechanlage. »Eins-O, hören Sie mich? Hier spricht der Kommandant.«
»Eins-O hört«, kam die Stimme des Ersten Offiziers aus dem Lautsprecher.
»Kurswechsel auf Null-Vier-Null. Beide Maschinen AK voraus. Verschlusszustand Zulu in dreißig Minuten. Gefechtsstationen besetzen. Decksmannschaften Flammschutz anlegen«, befahl Thomsen.
»Kurswechsel auf Null-Vier-Null. Beide Maschinen AK voraus. Verschlusszustand Zulu in dreißig Minuten. Gefechtsstationen besetzen. Decksmannschaften Flammschutz anlegen. Verstanden, Herr Kapitän«, wiederholte sein Erster Offizier.
Wenige Sekunden später drehte der Bug der »Bayern« in nordöstliche Richtung, auf die Insel Sylt zu. Die beiden Gasturbinen schoben knapp fünftausend Tonnen grau lackierten deutschen Stahl mit zweiundfünfzigtausend PS auf neuem Kurs durch die aufgewühlte Nordsee.
Thomsen wandte sich wieder an Härter. »Also, wie ist die Situation der Geisel, Wolf?«
Härter setzte an der Stelle ein, an der er unterbrochen wor-

561

den war. »Die Geisel wird in einem Ferienhaus an der Westküste festgehalten. Von der Landseite her wird das gesamte Gebiet von Einheiten des SEK Schleswig-Holstein, von GSG 9 und KSK abgeriegelt. An der Ostseite der Insel bräuchten wir zusätzlich ein schnelles, flachwassertaugliches Boot, das eventuelle Flüchtige abfängt. Haben wir dort ein Schiff mit hoheitlichen Befugnissen?«
»In Hörnum liegt der Zollkreuzer ›Kniepsand‹, der ein Beiboot mit sich führt.«
»Hervorragend! Die Jungs vom Wasserzoll sollen sich aufrödeln wie für den Dritten Weltkrieg und sich zum Auslaufen bereitmachen. Weitere Kampfschwimmer werden an Bord der ›Kniepsand‹ gehen. Dann haben wir ausreichend Feuerkraft auf der Wattseite. Vor allem aber brauchen wir dein Schiff, denn wenn es während des Rückzugs ungemütlich wird, brauchen wir Unterstützung. Eventuell wirst du die Schlagkraft der ›Bayern‹ entfesseln müssen.«
Thomsen sah Härter unglücklich an. »Du weißt ja, wie ich das sehe. Ich habe mein ganzes Leben mit diesen Waffen geübt, in der Hoffnung, dass diese Demonstrationen von Professionalität dazu führen, dass wir diese Waffen niemals einsetzen müssen. Diese Hoffnung war wohl trügerisch.«
»Sieht so aus, Broder. Du kannst mir glauben, dass auch ich nicht glücklich bin, wenn ich einen Feuerschlag gegen unsere Küste befehlen muss.«
»Noch etwas«, Thomsen machte eine Pause, »ein großes Problem werden wir mit dem Wetter bekommen. Ein Sturmtief kommt aus Nordwesten direkt auf die Deutsche Bucht zu. Zehn Beaufort, in Böen zwölf sind angesagt. Starker Regen. Dunkelheit. Miserable Sicht.« Der Kommandant seufzte. »Aber ein lauer Dreier aus Ost wäre wohl zu viel verlangt.«
Härter nickte. »Ich konnte die Waschküche am Horizont schon sehen. Man kann es sich leider nicht aussuchen.« Ein

schwaches Lächeln. »Aber Kampfschwimmer warten nicht auf gutes Wetter. Im Gegenteil! Kampfschwimmer können unter den widrigsten Bedingungen operieren, und sie nutzen diese Bedingungen zu ihrem Vorteil und verwenden sie gegen den Feind.«

*

Oleg Blochin konnte keinen Schlaf finden. Gleich nach seiner Ankunft hatte er zwei der Tabletten genommen, die Dr. Kusnezow ihm mitgegeben hatte. Der Schmerz in seiner Schulter ließ daraufhin ein wenig nach. Er hatte etwas gegessen, geduscht und sich dann hingelegt.

Nun lag er in dem riesigen Bett im ersten Stock des Hauses. Die Jalousien waren heruntergelassen und sperrten den phantastischen Blick über die Adria aus. Doch die innere Unruhe wollte nicht vergehen. Dabei war bis zu diesem Moment alles genau so gelaufen, wie er es geplant hatte.

Trotzdem fühlte er sich, als ob ein Einsatz unmittelbar bevorstünde, und nicht, als ob einer erfolgreich abgeschlossen worden war. Du bist hier völlig sicher, redete er sich immer wieder ein. Alle, die von diesem Haus wissen, sind tot. Niemand kann dich hier finden.

Aber sosehr er sich auch zu beruhigen versuchte, immer wieder kamen die Zweifel zurück. Vor allem eine Frage trieb ihn um: Warum hatte Viktor Slacek noch nichts von sich hören lassen? Warum blieb die Vollzugsmeldung des Killers aus? Das passte gar nicht zu Slacek. Viktor Slacek war immer ein zuverlässiger Mann gewesen. Ein Mann mit Prinzipien.

Aber auf dem Anrufbeantworter war keine Meldung.
War etwas schiefgegangen?
Oleg Blochin schloss die Augen und versuchte einzuschlafen.

10:33 Uhr

Werner Vogel musste nur kurze Zeit warten, bis sein Wagen auf einen der Autozüge verladen wurde, die zwischen der Insel und dem Festland über den Hindenburgdamm pendelten. In Westerland angekommen, folgte er den Schildern nach Hörnum ganz im Süden der Insel.

Windböen rüttelten an dem Ford Mustang. Die Scheibenwischer liefen im höchsten Gang.

Er passierte den Ort Rantum. Kurz vor der Einfahrt nach Hörnum entdeckte er in einiger Entfernung vor sich eine Straßensperre der Polizei. Er fuhr auf einen der Parkplätze entlang der Straße. Vogel wollte sich nicht zu erkennen geben. Er wollte zu Amelie. *Er* war ihr Retter. Seine Entscheidung war längst gefallen: kein Damenopfer, kein Gambit.

Er zog seine Regenjacke über, steckte die Makarow-Pistole in die Tasche und stieg aus. Von dem Parkplatz aus führte ein Weg zum Strand. Werner rief sich den Plan des Dorfes ins Gedächtnis. Dann machte er sich durch den starken Regen auf, um die Feriensiedlung, die im Südwesten auf den Dünen thronte, zu erreichen. Nach kurzer Zeit verließ er den Weg aus Holzbrettern und schlug sich querfeldein in die wilde Landschaft aus Sand und Strandhafer.

Der Wind zerrte an seiner Kleidung.

Er konnte sich kaum auf den Beinen halten.

»Dünenschutz ist Inselschutz!«, verkündete ein Schild. »Betreten der Dünen abseits der markierten Wege verboten!«

Fünfzehn Minuten später sollten Beamte des SEK Schleswig-Holstein genau an dieser Stelle die letzte Lücke in dem Sperrgürtel schließen, der um die Feriensiedlung gezogen wurde. Doch davon wusste er nichts.

Inselschutz am Arsch, dachte Werner Vogel.

Trotzig stapfte er seinem Ziel entgegen.

*

Die »Bayern« lief durch schwere See. Gischt stob vom Bug in die Höhe und prasselte auf den Turm des 76-mm-OTO-Melara-Bordgeschützes auf dem Vordeck. Der HCO meldete der Brücke, dass der zweite Helikopter im Anflug sei. Das Wetter war in den letzten zwei Stunden deutlich schlechter geworden. Es hatte angefangen zu regnen. Der Wind kam mit Stärke acht aus Nordwesten. Der Himmel hatte sich verdunkelt. Fast schien es, als wäre am helllichten Tag plötzlich die Nacht hereingebrochen.

Die Landung des zweiten Hubschraubers war für den Piloten sehr viel anspruchsvoller. Die Wellenhöhe hatte zugenommen. Das Landedeck der »Bayern« hob und senkte sich um mehrere Meter im Rhythmus der Dünung. Drei Anflüge waren nötig, bis der Flugdeckoffizier die Landung freigab.

Kaum hatte sich der Helikopter festgekrallt, verließen drei Personen die Maschine und eilten in den Schutz des Hangars: zwei breitschultrige Männer, die jede Menge Gepäck trugen, und eine dritte, kleinere Person mit dem Ansatz zur Korpulenz. Weitere Ausrüstung wurde ausgeladen.

Der Hubschrauber startete unverzüglich und flog in Richtung Osten davon.

Die beiden Männer trugen Sturmhauben, die ihre Gesichter verbargen, und gingen grußlos an den Mannschaftsmitgliedern vorbei, denen sie auf ihrem Weg durch das Schiff begegneten. Schließlich erreichten sie die Kabine, in der sich normalerweise die Minentaucher des Schiffes auf ihre Einsätze vorbereiteten. Wolfgang Härter erwartete die beiden bereits.

Die schweren Stahlriegel wurden vor die Tür geschoben.

Einsatzbesprechung.

Die beiden Männer nahmen ihre Sturmhauben ab. Die zwei Gesichter, die den Kapitän erwartungsvoll ansahen, hätten unterschiedlicher kaum sein können. Während der eine die fünfzig sicherlich überschritten hatte, mochte der andere gerade zwanzig Jahre zählen.

Der Ältere stellte einen großen, länglichen Aluminiumkoffer, der an Kanten und Ecken zusätzlich verstärkt war, neben sich auf den Boden. Sein Gesicht war von zahllosen Falten durchzogen. Quer über die wettergegerbte Haut der rechten Wange verlief eine breite Narbe. Eisgraues Stoppelhaar. Ein Kinn wie ein Amboss.

Die Haut des anderen war von jugendlicher Makellosigkeit. Aus der Außentasche seiner Hose zog der junge Mann eine Baseballkappe und setzte sie mit dem Schirm nach hinten auf.

Härter begrüßte den Älteren mit Handschlag. »Moin, Moin, MOF, alter Junge, schön, dass du kommen konntest. Jetzt ist mir wohler. Jetzt weiß ich, dass ich nicht allein in die Scheiße marschiere, sondern dass wir diesen Eiertanz zusammen durchstehen werden.«

Der mit MOF Angesprochene nickte stumm.

»Viel Zeit haben wir nicht mehr. Das wenige, das ich weiß, ist schnell erklärt.« Der Kapitän sah auf seine Sinn-Uhr. »In fünfzehn Minuten gehen wir ins Wasser. Wir fangen sofort mit dem Anlegen der Einsatzklamotten an. Der Deckname der Operation lautet ›Frauenkirche‹.« Die Augen des Kapitäns glitten zu dem Aluminiumkoffer. »Ich sehe, du hast Lili Marleen dabei. Gut so! Allerdings hoffe ich, dass sie nicht für uns singen wird.« Er lächelte dem Älteren zu.

Wieder erntete Wolfgang Härter nur ein wortloses Nicken. Kein Lächeln.

Der Blick des Kapitäns ging zu dem jungen Mann. »Und wen hast du mitgebracht? Ich glaube, wir kennen uns nicht.«

Der junge Mann grüßte zackig. »Bootsmann Lenz meldet sich freiwillig zum Einsatz, Herr Kapitän. Aber nennen Sie mich doch MC. Alle nennen mich MC.« Härter sah den Mann

mit zusammengekniffenen Augen an. Dann zeigte er auf die Baseballkappe. »Sieht mir nicht nach vorschriftsmäßiger Kopfbedeckung aus. Was hat das zu bedeuten, Bootsmann?«
»Hip-Hop, Herr Kapitän.«
Härter sah sein Gegenüber verblüfft an. »Hip-Hop? Was meinen Sie mit Hip-Hop?«
»Mein Lebensgefühl, Herr Kapitän. Meine Einstellung zur Welt und so.«
»Aha.« Härter machte eine kurze Pause. »Was habe ich mir unter Hip-Hop als Lebensgefühl vorzustellen, Bootsmann?«, fragte er dann scharf.
»Alle No-Styler werden weggeburnt, Herr Kapitän.«
Härter wandte sich dem Älteren zu. »Was hast du dir dabei gedacht, einen Clown mitzubringen? Der tödliche Witz? Soll der Feind sich totlachen?«
Als MOF zu sprechen begann, klang seine Stimme, als würde grobes Sandpapier über Stahl gezogen. »Dazu wird er keine Gelegenheit bekommen.«
Härter hob fragend die Augenbrauen.
»Der Bootsmann hat letztes Jahr das Abzeichen bekommen. Er war einer der besten. In deiner Anfrage hast du gesagt, wir bräuchten einen Scharfschützen. Nun ...« MOF zeigte auf den jungen Bootsmann. »Mit dem G-22 ist Bootsmann Lenz ein Künstler. Extrem ruhige Hand. Restlicht. Wärmebild. Egal. Ich möchte mich nicht am falschen Ende des Gewehrs befinden, wenn er auf der Lauer liegt.«

*

Hauptmann Tomjedow war euphorisch. Ihr Plan hatte funktioniert. Es war aber auch ein verdammt guter Plan gewesen. Zwar hatte ihr »letzter Gruß« versagt. Die Nachrichten hatten keine Meldungen über Explosionen in München gebracht. Wie die Deutschen es geschafft hatten, die

Freisetzung des restlichen Gases und die anschließende Zündung der Minen zu verhindern, war ihm rätselhaft.
Aber das war nicht schlimm.
Jetzt konnten sich die Deutschen freuen, einer noch größeren Katastrophe knapp entgangen zu sein. Mehr konnten sie jedoch nicht machen. Niemand würde sie hier finden. Einfach, weil niemand sie hier suchen würde. Deshalb hatte Iljuschin es auch nicht für nötig befunden, Wachen aufzustellen. Die Wahrscheinlichkeit, dass sich jemand bei diesem Unwetter zufällig hierher verirren würde, war denkbar gering. Und wennschon. Er dürfte nichts Ungewöhnliches bemerken. Die nächsten drei Wochen wären sie hier in Sicherheit. Dann würde es in kleinen Gruppen Richtung Balkan weitergehen.
Wirklich ein großartiger Plan.
Er hatte es sich in einem Sessel im Wohnzimmer bequem gemacht. Er war momentan der Einzige von ihnen in diesem Haus. Sie hatten sich auf alle der insgesamt sechs Ferienhäuser verteilt. Die gesamte abgelegene Siedlung war ausschließlich von ihnen bewohnt.
Seine Augen glitten einmal durch den Raum, bevor sie zu ihrem Ausgangspunkt zurückkehrten. Das wunderschöne Aquarium mit den Zierfischen. Die offene Küche, durch einen Tresen vom Rest des Zimmers abgetrennt. Die großen Panoramascheiben, die den Blick auf die Dünen und das Meer freigaben.
Die tosende Brandung war kaum zweihundert Meter von dem luxuriösen Ferienhaus entfernt. Doch er konnte die herrliche Aussicht nicht genießen. Der Regen rauschte herab wie ein grauer Vorhang. Immer wieder trieb der Wind das Wasser gegen die Scheiben. Die Fensterläden klapperten.
Sein Blick kehrte zurück zu dem Sofa, auf dem die Frau wie ein Häufchen Elend saß. Sie vermied jeglichen Blickkontakt.

Hauptmann Tomjedow hatte das kürzeste Streichholz gezogen. Deshalb schob er jetzt Wachdienst bei der Schlampe, die Iljuschin aus München mitgenommen hatte. Ihm war nicht ganz klar, warum sein Kommandeur so einen Aufwand betrieb. Nutten, auch hübsche Nutten, gab es doch nun wahrlich überall.
Eigentlich hätte er sie in dem Raum neben dem Wohnzimmer einschließen sollen. Aber dann wäre der Wachdienst noch langweiliger. So konnte er sie wenigstens ansehen und sich an ihrer Angst berauschen. Ja, das Miststück hatte Angst.
Sie hatte Angst vor ihm.
Er hatte die Kontrolle. Sie war *ihm* ausgeliefert.
Er spürte das beginnende Pulsieren der Geilheit zwischen seinen Beinen.
Iljuschin würde ihn töten, wenn er ihr etwas antun würde, das wusste Tomjedow. Obwohl das, was Iljuschin mit ihr machen würde, wenn die Zeit gekommen war, sicherlich abscheulicher wäre als alles, was er sich in seinen wildesten Phantasien vorstellen konnte.
Eigentlich, dachte sich Tomjedow, eigentlich könnte mir die Nutte doch wenigstens einen blasen.
Was war da schon dabei?
Die kleine Schlampe würde Iljuschin bestimmt nichts sagen. Die wäre schon froh, wenn sie am Leben bliebe.
Als er aufstand und langsam in ihre Richtung ging, hob die Frau den Blick. Die Angst in ihren Augen ließ einen wohligen Schauer seinen Rücken hinunterlaufen. Die Wohligkeit erfasste seinen Unterleib und pumpte weiteres Blut in Richtung Schwellkörper.
Ein sardonisches Grinsen zeigte sich auf seinem Gesicht.
Er zog die Makarow hinter seinem Rücken hervor. Während er weiter auf Amelie zuging, nestelte er mit der linken Hand seine Hose auf. Der Abscheu in den Zügen der kleinen deutschen Fotze ließ seinen Schwanz wachsen.

Direkt vor der Frau blieb er stehen. Mit der Mündung der Waffe stieß er mehrfach seitlich an ihren Kopf. »Dawai, Dawai!«, keuchte er und zeigte mit der Waffe erst auf seine Erektion, dann auf ihren Mund.
Er packte den Hinterkopf der Frau mit der linken Hand und zwang sie zu rhythmischen Bewegungen.
Vor.
Zurück.
Vor.
Zurück.
Als er losließ, setzte sie die Bewegungen allein fort. Sie können es alle, dachte Tomjedow. All die kleinen Nutten können es. Sie wollen es sogar.
Er ließ ein behagliches Grunzen vernehmen.
Doch Tomjedow täuschte sich. Nach etwas mehr als neunzig Sekunden konnte Amelie ihren Ekel nicht länger beherrschen. Mit der gesamten Kraft ihrer Kiefermuskulatur biss sie zu. Ein Schrei, in dem nichts Menschliches mehr lag, stieg in Tomjedows Kehle empor. Er taumelte einen Schritt zurück, riss seine Waffe hoch und richtete sie auf den Kopf der Frau.
Wie von ferne hörte Amelie einen scharfen Knall. Unmittelbar danach zerbarst eine der Panoramascheiben in Tausende Splitter.
Eine Gestalt sprang mit einem langgezogenen »NEEIIIN!« durch die herabregnenden Scherben. Kalter Wind und Regen drangen durch die zerbrochene Scheibe in den Raum. Aus dem Augenwinkel sah Amelie die Gestalt und wusste instinktiv, dass es sich um Werner handelte. Sie kreischte gellend.
Tomjedow riss die Waffe herum und schoss.
Mit einem feuchten Klatschen schlug das Projektil in Vogels Oberkörper. Der hielt in der Vorwärtsbewegung inne, einen ungläubigen Ausdruck im Gesicht. Seine Pistole fiel ihm aus

der Hand. Er sank langsam in die Knie. Dann kippte er nach vorne und schlug mit dem Gesicht auf den Boden.
Die Waffe in Tomjedows Hand fuhr wieder zurück, bis die Mündung auf Amelies blutverschmiertes Gesicht zeigte. Wut und Schmerz hatten Tomjedows Züge ins Viehische entgleisen lassen.
In diesem Moment nahm Amelie eine weitere Bewegung wahr: Wie ein böser Geist aus uralten friesischen Sagen erhob sich eine schwarze Silhouette hinter dem Küchentresen.

11:08 Uhr
Oleg Blochin schreckte aus unruhigem Schlaf hoch. Reflexartig wollte sein rechter Arm nach seiner Waffe auf dem Nachttisch greifen, doch ein scharfer Schmerz ließ ihn in der Bewegung innehalten. Langsam griff er nun nach der Pistole. Ganz langsam.
Als sich seine Finger um den Griff schlossen, fühlte er sich sicherer. Was war nur mit ihm los? Er war hier sicher. Dennoch, was hatte ihn geweckt? Seine Instinkte waren durch Jahre auf den Gefechtsfeldern dieser Welt schärfer geschult als die anderer Menschen. Er konnte Gefahr wittern. Und irgendetwas in seinem Unterbewusstsein hatte ihn gewarnt, hatte ihn aus dem Schlaf gerissen. Er lauschte angestrengt in die Dunkelheit.
War da ein Geräusch?
Schritte? Eine Tür?
War jemand im Haus?
Unmöglich, sagte ihm sein Verstand. Er war umgeben von magnetischen Schlössern, Sensoren und Kontaktdrähten, von Selbstschussanlagen und Minen. Niemand konnte zum Haus vordringen. Niemand konnte das Haus betreten.
Wieder konzentrierte er sich auf sein Gehör.

Hörte er schleichende Schritte?
Langsam tasteten die Finger seiner linken Hand nach dem Lichtschalter. Als das indirekte Licht der sündhaft teuren Deckenbeleuchtung aufflammte, stand er vorsichtig auf. Jedes Geräusch könnte einen Eindringling warnen. Nur auf den Ballen seiner nackten Füße schlich er zur Tür des Schlafzimmers, die auf die offene Galerie hinausführte.
Er horchte. Doch nichts war zu hören. Behutsam drückte er die Klinke herunter. Dann riss er die Tür auf.
Der Eindringling stand nur zwei Meter von ihm entfernt. Als er Blochin sah, öffnete er die Arme wie zu einer Umarmung. Die Hände ausgestreckt, unbewaffnet.
Das Licht fiel dem Mann ins Gesicht.
Blochin hatte das Gefühl, den Boden unter den Füßen zu verlieren. Sein Herz setzte einmal aus. »Du ... du ... bist ... doch ... tot«, stammelte er. Mühsam hob er seine Waffe.
Als der Eindringling sah, dass Blochin auf ihn anlegen wollte, ballten sich seine Hände zu Fäusten, und er stürzte ihm mit Wutgeheul entgegen.

*

Hauptmann Tomjedow sah den dunklen Schemen ebenfalls und richtete seine Waffe auf die Bewegung. Aber er war viel zu langsam.
Kapitän zur See Wolfgang Härter feuerte viermal in maximaler Schussfolge. Die schallgedämpfte Glock in seiner Hand zuckte. Die erste Doublette traf den Hauptmann in die Brust, die zweite in den Kopf. Die geballte Geschossenergie riss Tomjedow in die Luft und schleuderte ihn durch den Raum. Er prallte gegen die Wand, wo er, während er langsam zu Boden rutschte, einen breiten roten Streifen hinterließ.
Der Laserstrahl des Visiers der Glock glitt auf der Suche

nach weiteren Zielen durch den Raum. Das Wärmebild hatte zwar nur einen Bewacher gezeigt, aber Härter überzeugte sich lieber selbst. Erst als der Kapitän sicher war, dass sich sonst niemand im Raum befand, ließ er die Pistole sinken.
»Was ist das für ein Krach? Habe zwei ungedämpfte Schüsse gehört. Bei dir alles in Ordnung?« MOFs Raspelstimme kam scheinbar unbeteiligt aus Härters Ohrhörer.
»Alles in Ordnung. Habe die Zielperson gefunden. Außerdem ist hier ein verletzter Zivilist. Keine Ahnung, wer das ist oder was der hier will.« Der Kapitän seufzte. »Ich schleiche mich an wie weiland Intschutschuna und der veranstaltet hier Karneval in Rio. Melde mich wieder.«
»Lass dir nicht allzu viel Zeit. Der Karneval dürfte die Nachbarn geweckt haben. Die werden jetzt mitfeiern wollen.«
Amelie war mittlerweile auf allen vieren zu Werner gekrochen. Sie drehte ihn auf den Rücken und legte seinen beängstigend bleichen Kopf in ihren Schoß. Dabei fiel ihm ein kleines Kästchen aus der Hosentasche. Amelie griff danach und öffnete es. Ein Reflex. Tränen stiegen ihr in die Augen, als sie die beiden Ringe sah. Sie musste sich beherrschen. Das Licht des Leuchtturms. Sie klappte das Kästchen wieder zu und steckte es ein.
Härter kam näher. Sie sah zu ihm auf. Sie sah einen Mann, der sich äußerlich nicht von denen unterschied, die sie entführt hatten. Doch einen Unterschied konnte sie entdecken: Auf den Ärmeln des Mannes waren die Farben Schwarz-Rot-Gold angebracht.
Das Austauschen der SIM-Karte war offensichtlich erfolgreich gewesen.
»Sie haben ihn einfach erschossen. Erschossen wie einen tollwütigen Hund, Sie eiskalter Bastard«, keuchte Amelie mit einem Grinsen ihres blutverschmierten Mundes.
Der Kapitän musterte sie mehrere Sekunden, bevor er durch den Stoff seiner Sturmhaube antwortete. »Sie haben eine

außergewöhnliche Art, sich dafür zu bedanken, dass ich Ihnen gerade das Leben gerettet habe, Frau Karman.«
»Sie verstehen mich falsch. In diesem Moment möchte ich niemanden an meiner Seite wissen außer einem eiskalten Bastard. Vielen Dank, also. Wer sind Sie?«
»Ich arbeite für die deutsche Regierung. Mein Auftrag lautet, Sie in Sicherheit zu bringen. Das muss Ihnen reichen. Können Sie mir sagen, wie viele von seiner Sorte« – er zeigte mit der Glock auf Tomjedows Leiche – »noch hier sind?«
»Weiß ich nicht genau. Aber ich schätze dreißig, vielleicht ein paar mehr.«
Härter aktivierte sein Mikrofon. »Gegnerstärke geschätzt dreißig.« Mit der linken Hand zeigte der Kapitän dann auf Vogel. »Und wer ist er? Kennen Sie ihn?«
»Das ist mein …« Amelie zögerte. Ihre Unterlippe begann zu zittern. Nüchtern erkannte Wolfgang Härter die Symptome eines beginnenden hysterischen Anfalls. »… mein Verlobter. Sein Name ist Werner Vogel.«
»Zivilist durch Zielperson identifiziert als Vogel, Werner«, sagte der Kapitän in sein für Amelie unsichtbares Mikrofon. Härter ging in die Knie. Er legte die Waffe neben sich auf den Boden. »Haben Sie eine Austrittswunde gesehen, bevor Sie ihn umgedreht haben?«, fragte er Amelie ruhig.
»Äh … wie bitte?«
»Eine Austrittswunde. Ist die Kugel hinten wieder rausgekommen? Hatte er Blut am Rücken?«
Amelie sah ihn entgeistert an. »Nein.«
»Dann wollen wir mal.«
Härter fasste seitlich an Vogels Hals. Der Puls war schwach, aber vorhanden. Er nickte Amelie zu, dann öffnete er Vogels Regenjacke und das blutgetränkte Hemd darunter. Er schob das T-Shirt hoch, bis er die Wunde sehen konnte. Seine rechte Hand griff in eine Tasche an seinem Gürtel und zog ein Päckchen hervor, das er sofort aufriss. Mit einem weißen

Tuch reinigte er die Wunde. Doch die Wunde blieb nicht lange sauber. Hellrotes Lungenblut quoll blasenwerfend aus dem Einschussloch.

»Verflucht! Lungensteckschuss!« Wolfgang Härter stockte kurz. Dann rief er über Funk die »Bayern«.

»Zerberus für Aurora. Aurora, kommen.«

»Aurora für Zerberus. Aurora hört.« Härter erkannte die ruhige Stimme von Broder Thomsen.

»Zerberus für Aurora. Der Helo soll starten. Extraktion aus der Luft. Ich komme mit der Zielperson und einem Verletzten zum Strand. Verbinden Sie mich jetzt mit Aeskulap.«

»Aurora für Zerberus. Verstanden. Ich verbinde.« Sekundenlang rauschte der Stöpsel in seinem Ohr. Dann hörte Härter die ihm ebenfalls bekannte, wie immer übellaunige Stimme von Generalärztin Professor Dr. Gertrude Oehde-Nöligh.

»Aeskulap für Zerberus. Aeskulap hört.«

»Zerberus für Aeskulap. Ich habe hier einen Zivilisten mit rechtsseitigem Lungensteckschuss. Würde ihn nur ungern zurücklassen. Helfen Sie meinem Gedächtnis auf die Sprünge. Was kann ich tun, um ihn zu stabilisieren?«

»Aeskulap für Zerberus. Provisorische Bühlau-Drainage. Erinnern Sie sich? Wissen Sie, was zu tun ist?«, antwortete die Ärztin.

»Zerberus für Aeskulap. Positiv. Bleiben Sie auf Empfang, falls ich Fragen habe.« Der Blick des Kapitäns streifte durch das Zimmer. Dann stand er auf und ging zu dem Aquarium. Er schnitt mit seinem Messer, das er aus einer Scheide am Bein gezogen hatte, ein zwanzig Zentimeter langes Stück Gummischlauch von der Sauerstoffpumpe ab. Während er zu dem bewusstlosen Werner Vogel zurückging, holte er einen Latex-Handschuh aus seiner Gürteltasche. Mit dem Messer trennte er einen Finger des Handschuhs ab.

Daraus würde er ein einfaches Auslassventil konstruieren können.

»Das wird jetzt unangenehm«, sagte er mehr zu sich als zu Amelie. Er sah der jungen Frau in die Augen. »Ich hoffe, Sie haben gute Nerven. Bis jetzt haben Sie sich gut gehalten, aber ...«

Wieder kniete er neben dem Verwundeten nieder.

Amelies Atem hatte sich inzwischen beruhigt. Sie dachte an das Licht des Leuchtturms. »Mein Vater ist Tierarzt. Ich habe bereits als Kind einiges gesehen.«

»Gut. Ich werde mit dem Messer seitlich zwischen den Rippen ein Loch in den Thorax stechen. Ich werde die Wunde mit der Klinge offen halten. Sie müssten dann den Schlauch in den Brustkorb Ihres Verlobten schieben. Das verhindert das Kollabieren der Lunge.«

Amelie nickte und griff nach dem Schlauch.

Tapferes Mädchen, dachte Härter.

Da meldete sich MOF in seinem Ohrhörer. »Zwei Mann kommen auf deine Position zu. Sehe sie nur im Wärmebild. Der Haltung nach tragen sie Sturmgewehre. Ich empfehle sofortiges Verpissen!«

»Wir kriegen hier gleich Ärger. Wir müssen ihn zurücklassen. Mein Auftrag lautet, Sie in Sicherheit zu bringen«, sagte Härter zu Amelie.

»Ich gehe nicht ohne ihn.« Amelies Stimme klang fester, als sie es sich selbst zugetraut hätte.

»Dann werde ich Sie niederschlagen und tragen müssen.«

Sein Ohrhörer knackte. Diesmal hörte er die Stimme des jungen MC. »Berichtige, zwei Mann *kamen* auf Ihre Position zu. Wiederhole: *Kamen.*« MC machte eine kurze Pause. »Ich hab's Ihnen doch gesagt, Herr Kapitän, alle No-Styler werden weggeburnt!«

Respekt, junger Freund, dachte Härter. Respekt.

Er sah Amelie an.

»Wir haben etwas Zeit gewonnen. Also los!«, sagte der Kapitän in versöhnlichem Ton. Dann setzte er die Spitze des Messers unterhalb der Achselhöhle auf Höhe der Brustwarzen an.

*

Die beiden Männer rangen erbittert miteinander. Schließlich gelang es Blochin, den anderen von sich zu stoßen. Sein rechter Arm kam frei. Wieder hob er die Waffe. Doch dieses eine Mal, dieses eine einzige Mal, zögerte Oleg Blochin den Bruchteil einer Sekunde, abzudrücken.
Lange genug, dass Karl Romberg, vor vierundfünfzig Jahren als Kolja Blochin geboren, seinem Zwillingsbruder eine krachende rechte Gerade ins Gesicht schlagen konnte. Der Schlag ließ Blochin rückwärtsstolpern. Seine Waffe fiel ihm aus der Hand.
Er fing sich schnell und ging in Grundstellung. Normalerweise stand er im Nahkampf in Rechtsauslage. Das war jetzt jedoch nicht möglich. Er musste seine schmerzende Schulter schonen. Also wechselte er den Stand und hielt seinem Gegner die linke Schulter entgegen.
Karl Romberg sah seinen Bruder taumeln und setzte nach. Doch diesmal war Blochin vorbereitet. Er fing den Angriff mit einem Fußtritt in den Solarplexus ab.
Romberg rang nach Luft. Bei jedem Atemzug hatte er das Gefühl, jede einzelne Rippe in seinem Köper sei gebrochen.
Die Brüder fingen an, einander belauernd zu umkreisen.
»Warum?«, keuchte Romberg. »Warum lässt du mich nicht in Ruhe? Warum brichst du in mein Leben ein?«
»Ich breche nicht in dein Leben ein, Kolja. Ich stehle dir dein Leben. Ich werde in wenigen Tagen als unbescholtener Karl Romberg nach München zurückkehren. Tolle Ge-

schichten werde ich von meiner Afrika-Reise zu erzählen haben ...«
»Woher weißt du ...«, unterbrach ihn Romberg ungläubig. Blochin lachte ein kurzes, kicherndes Stakkato. »Du glaubst doch wohl nicht ernsthaft, dass du wirklich gewonnen hast? Du hast noch nie gewonnen. Du warst schon immer ein Verlierer. Es gab nur eine einzige Teilnahmekarte für dieses Preisausschreiben.« Wieder das Kichern. »Und du hast sie mir artig zurückgeschickt. Ich konnte sicher sein, dass du mitmachen würdest. Du warst schon immer leicht zu durchschauen, Kolja.« Oleg Blochin sah seinen Bruder an.
Heller Fels.
»Ab jetzt werde ich dein Leben weiterleben. Du hast dieses Leben nicht verdient. Du hast das Recht, zu leben, seit langem verloren.«
»Warum kannst du die Dinge nicht auf sich beruhen lassen?« Rombergs Stimme klang verzweifelt. »Reicht es dir nicht, dass ich seit damals nicht mehr schlafen kann? Reicht es dir nicht, dass ich alles zurücklassen musste? Warum willst du mir alles wegnehmen?«
»Du hast dir selbst alles weggenommen. Schon vor langer Zeit!« Blochin spuckte ihm die Worte voller Verachtung entgegen. »Du hast keine Ehre. Was heißt hier, du musstest alles zurücklassen? Deine Kameraden hast du verraten! Davongeschlichen hast du dich!«
»Ich wurde freigesprochen.«
»Freigesprochen, dass ich nicht lache!« Blochins Stimme kippte ins Höhnische. »Vater hat seinen Einfluss geltend gemacht. Er hat gegen seine eigenen eisernen Regeln verstoßen. Er hat die Schande danach nicht ertragen können und hat seinen Abschied genommen. Ich verstehe bis heute nicht, wieso er dich vor deiner gerechten Strafe bewahrt hat.«
»Unsere Mutter und er waren der Meinung ...«
»Natürlich fängst du jetzt von Mutter an. Du hast ja auch

ihren Geburtsnamen angenommen, als du dich aus dem Staub gemacht hast, du jämmerlicher Feigling. Bestimmt war sie es auch, die dir von diesem Haus hier erzählt hat. Warst ja immer ihr Lieblingskind. Sie hat Vater damals überredet, dir das Leben zu retten. Aber dein Leben war da schon verwirkt!«
»Sie hat ihn nicht überredet. Mag sein, dass sie ihn gebeten hat, ja. Aber dass er es dann auch gemacht hat, war seine Entscheidung. Dass du das nicht verstehen kannst, überrascht mich nicht. Er hat aus Liebe gehandelt. Aus Liebe zu unserer Mutter und aus Liebe zu mir, seinem Sohn. Aber von Liebe weißt du nicht allzu viel.«
»Liebe! Um den Finger gewickelt hat sie ihn. Vater konnte nicht mehr logisch denken, wenn es um seine Margarethe ging. Er war ein tapferer Mann, ein Mann von Ehre, ein Soldat mit Prinzipien. Glaubst du, er hätte sich für jemand anderen eingesetzt? Nein!« Blochin schüttelte den Kopf und lachte bitter. »Bei jedem anderen hätte er sich freiwillig gemeldet, um das Erschießungskommando zu befehlen. Ich bringe nur zu Ende, wozu er zu schwach war.« Mit einer blitzschnellen Bewegung drang er auf seinen Bruder ein, täuschte links einen Faustschlag an und trat ihm dann mit dem rechten Fuß seitlich gegen das Knie.
Hätte Oleg Blochin Stiefel getragen, das Bein wäre gebrochen gewesen. Karl Romberg torkelte seitwärts. Der Schmerz ließ kleine weiße Lichter vor seinen Augen tanzen.
Blochin sah sich um, bis sein Blick die Pistole auf dem Boden fand.
»Aber es ist doch gar nicht wahr, dass ich das Lieblingskind unserer Mutter war. Sie hat keinen bevorzugt. Sie hat uns beide geliebt«, presste Romberg hervor.
»Du hast ihr mit deiner Begeisterung für all das weibische Zeug viel mehr Aufmerksamkeit abverlangt. Klassische Musik! Oper! Sie war vernarrt in dich. Aber als Soldat, als es

darauf ankam, hast du versagt. Mehr noch, du hast drei deiner Kameraden getötet. Und darauf steht der Tod.«
»Ich habe sie nicht getötet, Oleg. Ich bin damals ...«
»Wir beide wissen, was du getan hast, Kolja. Du hast Verrat begangen. Du trägst die Schuld am Tod dieser Männer.«
Blochin hatte die Pistole fast erreicht und bückte sich, um sie aufzuheben. Für einen Moment ließ er seinen Bruder aus den Augen.
Romberg stürmte mit dem Mut der Verzweiflung nach vorne. Als er das linke Bein belastete, glaubte er, sein Knie würde explodieren. Unter Qualen warf er das rechte Bein nach vorne. Dann wieder das linke. Aber diesmal war die Belastung zu groß. Er knickte ein und stürzte nach vorne.
Im Fallen bekam er Blochins rechte Hand mit der Waffe zu fassen. Wütend verdrehte er ihm den Arm, um ihm die Pistole zu entwinden. Oleg Blochin schrie auf. Der Schwung des Angriffs riss sie beide nach hinten. Gemeinsam krachten sie gegen einen offen stehenden Schrank. Wieder klapperte die Waffe auf den Steinboden und rutschte an der Sitzgruppe aus weißem Leder und dem Couchtisch vorbei bis zur Terrassentür.
Für fast zehn Sekunden lagen die Brüder Oleg und Kolja Blochin nur einen Meter voneinander entfernt und versuchten, zu Atem zu kommen.
Karl Rombergs Bewusstsein glitt in die Vergangenheit. Als würde ein kräftiger Windstoß Nebelschwaden vertreiben, konnte er sich plötzlich wieder erinnern. Die Nacht an den Eisenbahngleisen.
Die Nacht seiner Schuld.

*

»Zerberus für Aurora. Elvis verlässt das Gebäude. Die Landeinheiten sollen vorrücken. Wie sieht es mit dem Helo aus?«

»Aurora für Zerberus. Der Helo ist in der Luft. Ankunft über dem Strand in fünf Minuten. Landeinheiten rücken unverzüglich vor, verstanden.«

Als sie aus dem Windschatten des Ferienhauses kamen, trafen Böen und Regen sie mit voller Wucht. Amelie war innerhalb von Sekunden vollkommen durchnässt. Härter ging neben ihr, Werner Vogel auf den Armen. Sein linker Arm umfasste Vogels Schultern, während Vogels Knie in der rechten Ellenbeuge lagen. In der rechten Hand hielt er die Glock nach vorne gerichtet.

Es war nichts zu hören außer dem Jaulen des Windes, der Regentropfen wie Schrotkugeln vor sich hertrieb.

Zunächst ging es den steilen Weg durch den Garten des Hauses nach unten. Sie stiegen über einen niedrigen Gartenzaun. Dann mussten sie durch die Dünen weiter, auf das Meer zu. Nicht nur, dass der Sturm sie mehrfach beinahe umgeworfen hätte, auch der tiefe Sand erschwerte das Fortkommen. Nach kurzer Zeit war Amelie außer Atem.

Der schrille Schrei einer Möwe, der das Heulen des Sturms übertönte, klang wie eine Warnung.

Plötzlich stob der Sand vor ihren Füßen in einer kleinen Fontäne in die Höhe. »Deckung!«, brüllte Härter, noch bevor Amelie verstanden hatte, was die Fontäne zu bedeuten hatte. Mit dem Ellbogen gab der Kapitän ihr einen Stoß. Sie landete in einer Mulde. Härter ging neben ihr in die Knie, legte Vogel ab und presste sich dann ebenfalls flach auf den Boden.

»Wir haben mittlerweile jede Menge Feindbewegung«, meldete sich MC. »Ich konnte nicht identifizieren, woher das Feuer kam.« Härter kniff die Augen zusammen und versuchte, irgendetwas zu erkennen. Der Regen hatte ein wenig nachgelassen. Er glaubte, einzelne Gestalten auszumachen, die gebückt von einem Haus zum anderen rannten. Glas klirrte.

Dann brach das Gefecht los.

In einem Dachfenster sah er Mündungsfeuer aufblitzen. Unmittelbar vor ihm stob Sand empor. Sofort senkte er den Kopf. Direkt danach hörte er das trockene Knattern mehrerer Sturmgewehre und Maschinenpistolen. Der Feind hatte ihre Position erkannt und begann, sie mit Feuer zu belegen. Er formulierte im Kopf noch seinen Funkspruch, als MOF bereits von sich aus in das Geschehen eingriff.

Das charakteristische, hochfrequente Rattern der Feuerstöße des Maschinengewehrs hatte auf Härter komischerweise eine beruhigende Wirkung.

MOF war ein Virtuose, was den Umgang mit dem MG 3 anging. Er besaß sogar eine persönliche Waffe. Ein Einzelstück aus Edelstahl. Handgefertigt vom leitenden Waffenmechaniker des Standortes Eckernförde. Böse Zungen behaupteten, MOF nähme die Waffe mit ins Bett. Aber das war nur ein Gerücht. Tatsache war, dass MOF seinem Maschinengewehr einen Namen gegeben hatte: Lili Marleen.

Und jetzt begann Lili Marleen, ihr grausames Lied zu singen.

Härter sah sich um. Amelie hatte sich zusammengerollt und presste die Hände seitlich auf die Ohren. Härter robbte zu ihr. Er zog eine der Hände weg. Die Hand zitterte.

»Wir bekommen Feuerschutz. Wir müssen weiter. Sehen Sie die Abbruchkante der Düne?«

Amelie hob den Kopf und blickte Härter an, als sähe sie ihn zum ersten Mal.

Dann folgten ihre Augen seinem ausgestreckten Zeigefinger. Sie nickte.

»Da müssen wir hin. Wenn wir es über die Kante schaffen, sind wir in Sicherheit.« Der Kapitän hob Werner Vogel wie-

der vom Boden hoch. Er registrierte dessen flachen, aber regelmäßigen Atem.
»Sprung auf, marsch, marsch!«, rief er Amelie zu und rannte in Zickzacklinien los. Neben ihm spritzte der Sand auf. Ein wütender Feuerstoß von Lili Marleen drang an seine Ohren. Dann hörte er MOF in seinem Kopfhörer missmutig knurren. »Das sind verdammt viele. Und sie wissen, was sie tun. Sie verteilen sich, verschanzen sich in den Häusern. Wo bleibt die Verstärkung von der Landseite?«
»Ist unterwegs!«, antwortete Härter, während er geduckt durch die Dünen rannte.
»Ja, ja, der Scheck ist in der Post«, grummelte MOF zurück.
Der Kapitän erreichte die Kante der Düne und sprang. Er landete auf dem Hosenboden und rutschte – Werner Vogel noch immer in den Armen – mehrere Meter durch den Sand. Schließlich erreichte er den Fuß der Düne, den Strand. Er blickte sich um. Aber er konnte Amelie nirgends entdecken. Still fluchte er. Natürlich hatte die Frau mit seinem Befehl nichts anfangen können. Hoffentlich war es nur das. Hoffentlich lag sie noch in der Mulde und war nicht getroffen worden.
Er legte Werner Vogel hinter einem Strandkorb vorsichtig ab. Durch den pfeifenden Wind hörte er leise das Schlagen von Rotorblättern. Wieder kletterte er die Düne hoch. Vorsichtig spähte er über die Abbruchkante.
Erneut hörte er einen Feuerstoß des Maschinengewehrs. Links von sich sah er die Flammenzunge aus der Mündung des Laufes zucken. MOF selbst konnte er nicht ausmachen, denn der erfahrene Oberstabsbootsmann hatte zwischen zwei Büschen von Kamtschatka-Rosen Deckung gesucht.
Vor sich sah er Amelie, die noch immer in der Mulde lag. Der Kapitän wartete auf den nächsten Feuerstoß. Dann rannte er zu ihr zurück. »Feuerschutz!«, bellte er in sein Mi-

krofon. »Hoch mit Ihnen, Frau Karman!«, rief er und zerrte sie an einem Arm in die Höhe.

Dann zog er sie in Richtung Abbruchkante. Mehrmals stolperte sie, aber Härter hielt ihren Arm mit eisernem Griff umklammert.

Als sie das Ende der Düne erreichten, stieß er Amelie über die Kante und sprang hinterher. Sie landeten nebeneinander im weichen Sand. Härter hob den linken Zeigefinger.

»Hören Sie mal, Frau Karman. Das ist ein Hubschrauber. Der holt Sie ab. Bald haben Sie es geschafft«, sagte er beruhigend. Tatsächlich wurde das Knattern des Rotors ständig lauter. Seine Augen suchten den Himmel ab.

Da hörte er MOFs Stimme. »Der Feind hat meine Position. Liege unter schwerem Feuer. Werde nicht mehr lange halten können.«

»Kann die Situation sehen, aber nichts ändern«, meldete sich MC, der irgendwo rechts von ihm in den Dünen in Stellung lag. »Der Feind nutzt die Häuser als Deckung.«

Kapitän zur See Wolfgang Härter traf seine Entscheidung im Bruchteil einer Sekunde. »Zerberus für Aurora. Aurora, kommen.«

»Aurora für Zerberus. Aurora hört.«

»Wir liegen unter Feuer. Der Feind hat sich in den Häusern verschanzt. Er bestreicht auch den Strand. Keine Extraktion möglich. Daher Feuerschlag gegen die Häuser. Im Schutz des Feuerschlags führen wir die Extraktion durch. Der Helo ist fast da. Sie sollen eine Trage und eine Schlinge mit der Winde herunterlassen.«

»Aurora für Zerberus. Verstanden. Feuerschlag in sechzig Sekunden.« Broder Thomsen saß auf dem Kommandantenstuhl in der OPZ, tief im Bauch der Fregatte »Bayern«. Er wandte sich an den Waffensystemoffizier, der das Terminal der Bordkanone bediente. »Haben Sie ein klares Zielbild?«, fragte er mit sachlicher Stimme.

»Kann die Fenster der Häuser auf dem Infrarot deutlich erkennen. Bin dabei, sie als Ziele zu markieren.«
»Wir feuern eine Sechzig-Schuss-Salve. Zuerst Mauerbrecher, dann Gefechtsköpfe mit Splitterwirkung. Als drittes Thermit-Brandmunition. Feuerbereitschaft melden.«
Die linke Hand des Waffensystemoffiziers huschte über die Tastatur. Die rechte sprang zwischen Maus und Tastatur hin und her. Vierzig Sekunden vergingen. »Bereit zum Feuern auf Ihren Befehl, Herr Kapitän.«
Härter rief MC und MOF über Funk. »Hier geht gleich ein Feuerwerk los. Sobald das Theater anfängt, setzt ihr euch ab. Zurück ins Wasser. Zurück zum Schiff. Ich bin direkt hinter euch.«
»Verstanden«, bestätigte MC.
»Verstanden«, presste MOF hervor. »Mich hat es am Bein erwischt. Werde etwas langsamer sein. Aber ich komme zurecht.«
Fregattenkapitän Broder Thomsen hielt den Blick starr auf die Uhr in der OPZ gerichtet. Nachdem der Sekundenzeiger seine Runde vollendet hatte, sagte er langsam und deutlich: »Auf erkannte Ziele: Feuer frei!«
Der siebeneinhalb Tonnen schwere Turm des OTO-Melara-Bordgeschützes drehte sich nach Steuerbord. Die Kanone glich das Rollen des Schiffes durch vollautomatische Bewegungen des Laufes aus. In fünfundvierzig Sekunden jagte das Schnellfeuergeschütz die Salve heraus. Sechzig 76-mm-Geschosse, jedes mit einem Gewicht von über zwölf Kilogramm, verließen den Lauf mit einer Anfangsgeschwindigkeit von neunhundertfünfundzwanzig Metern pro Sekunde.
Wolfgang Härter hörte die heranorgelnden Granaten. Er rief Amelie zu, sie solle den Mund öffnen. Wegen des Trommelfells.
Die Pforten der Hölle taten sich auf.

Die Salve der »Bayern« traf ihre Ziele mit der Wirkung von dreißig glühenden Abrissbirnen. Die Detonationen verschmolzen zu einer einzigen ohrenbetäubenden Kakophonie der Zerstörung.

Heiße Druckwellen walzten durch die Dünen der beliebtesten Urlaubsinsel Deutschlands. Vereinzelt fielen Strandkörbe um.

Die sechs exklusiven Ferienhäuser verwandelten sich binnen nicht einmal einer Minute in rauchende Ruinen. Trotz des starken Regens ließ das Thermit die reetgedeckten Dachstühle wie Zunder brennen. Flammen schlugen meterhoch aus den Fenstern. Wände barsten. Schreie wurden laut.

»Thermit, der Frosch, Applaus, Applaus!«, raspelte MOF in Härters Kopfhörer. Die Verwundung war wohl tatsächlich nicht so schlimm.

Der Kapitän sah sich um. Die Explosionen hallten dröhnend in seinem Schädel nach. Der Sea Lynx hatte den Strand erreicht. Die Windböen ließen den Helikopter tanzen wie einen Kinderdrachen. Er erkannte, dass die seitliche Tür bereits geöffnet war und die Verwundetentrage an dem Stahlseil der Winde langsam zum Strand herabgelassen wurde. Er winkte mit dem dunklen Rotlicht seiner Lampe. Rotlicht aus dem Hubschrauber blinkte bestätigend zu ihm zurück. Wolfgang Härter hob Werner Vogel hoch. Er konnte nicht sagen, ob dieser noch atmete. Der Lärm um ihn herum war zu laut. Mit einer Geste forderte er Amelie auf, ihm zu folgen.

»MOF, MC, wo seid ihr? Meldung!«

Sie umkurvten einige Strandkörbe und erreichten die Trage in dem Moment, als diese auf dem Sand aufsetzte. Schnell legte er Vogel darauf und zog die Riemen fest. Dann zog er die Schlinge fest um Amelie Karman. »Sie haben es geschafft, Frau Karman! Genießen Sie den Flug!«, brüllte er über den Wind und das Rotorengeräusch hinweg.

Er winkte zum Hubschrauber hinauf, der zu steigen begann. Die Trage und Amelie wurden hochgehoben. Der Sturm ließ sie bedenklich hin- und herpendeln. Die Winde holte das Seil jedoch schnell ein. Als der Helikopter abdrehte, sah Härter noch, wie Amelie in das Innere des Hubschraubers gezogen wurde.

»Habe das Wasser erreicht. Wir sehen uns an Bord«, meldete MOF.

»MC? Meldung!«

Von Land vernahm er jetzt aufkommenden Gefechtslärm. Maschinenpistolen. Sogar das Fauchen einer Panzerfaust glaubte er zu hören. KSK, SEK und die GSG 9 rückten vor. Die Schlinge zog sich um die überlebenden Gegner von der Landseite her zu.

Aber der Kopfhörer in Härters Helm blieb stumm.

Er richtete sich im Schatten eines Strandkorbes auf. Flammen tauchten die Küste in zittriges Licht. Er suchte den Strand zu beiden Seiten mit den Augen ab, konnte jedoch nichts erkennen. Erneut rief er den jungen Bootsmann über Funk.

Erneut blieb die Antwort aus.

Dann sah er einen dunklen Schatten in etwa zweihundert Meter Entfernung im Spülsaum liegen. Was war das? Konnte auch Strandgut sein. Er lief los, auf den Gegenstand zu. Dabei schlug er immer noch Haken. Man konnte nie wissen. Er wollte kein leichtes Ziel abgeben.

Je näher er kam, desto klarer wurde erkennbar, was da lag. Eine menschliche Gestalt. Er beschleunigte seine Schritte. Immer wieder umspülten die Ausläufer der Wellen den Körper.

Irgendetwas stimmte nicht.

Aus zehn Meter Entfernung sah er schließlich, was nicht stimmte.

Der Körper lag bäuchlings im feuchten Sand.

Dennoch starrten seine Augen blicklos in den Himmel.
Er erkannte die deutsche Fahne auf dem Anzug. Jemand hatte dem jungen Bootsmann Lenz den Hals umgedreht. In Härter stieg fürchterliche Bitterkeit empor. Kalte Leere angesichts der Sinnlosigkeit des Todes ergriff von ihm Besitz. Er fiel neben der Leiche auf die Knie. »Zerberus für Aurora. Aurora, kommen!«
»Aurora für Zerberus. Aurora hört.«
Kapitän zur See Wolfgang Härter spürte die Bewegung in seinem Rücken mehr, als dass er sie gesehen hätte. Die Instinkte eines Shaolin.
Luft werden.
Er warf sich nach vorne und vollführte in der Luft eine halbe Drehung. Knirschend bohrte sich ein Messer in den Sand, wo er gerade noch gekniet hatte. Mit den Schulterblättern stieß er sich ab und schnellte hoch. Er fand sich einem Mann gegenüber, der aus mehreren oberflächlichen Wunden im Gesicht blutete.
Wind werden.
Er erkannte das Gesicht des Mannes. Der Polizist vor dem Benediktiner-Zelt. Der Mann mit dem Decknamen »Drache«, vor dem ihn Oberst Klarow gewarnt hatte. Er sah dem Mann in die seltsam flackernden Augen.
Sturm werden.

*

Kaliningradskaja Oblast, 1974

Er steht allein in sternloser Nacht.
Die Gefechtsübung dauert bereits vier Tage. Fähnrich Kolja Blochin hat während dieser vier Tage so gut wie nicht geschlafen. Er ist vollkommen erschöpft. Immer wieder sieht

er Leuchtkugeln am nächtlichen Himmel. Sicherlich ein anderer Teil dieses großen Manövers. Sein Feldanzug ist klamm. Er friert erbärmlich und hat Hunger. Er darf auf keinen Fall einschlafen.

Er ist einem Trupp zugeteilt, der den Auftrag hat, die Gleise auf einer Eisenbahnbrücke zu sprengen. Natürlich werden die Gleise nicht wirklich gesprengt. Die Semtex-Päckchen sind nur Attrappen. Es ist nur eine Übung.

Er steht allein in sternloser Nacht.

Kolja Blochin hat die Gleiswache übernommen. Er muss seine Kameraden warnen, sollte ein Zug kommen. Deshalb ist er nicht bei den anderen auf der Brücke. Er konzentriert sich auf Melodien in seinem Kopf, um wach zu bleiben. Die Ouvertüre der *Zauberflöte*. Er darf auf keinen Fall einschlafen. Bald kann er die Musik in seinem Kopf nicht mehr hören.

Er versucht, sich auf Gedichte zu konzentrieren. Was haben sie letzte Woche im Unterricht bei Professor Stern gelesen? Die *Todesfuge* von Paul Celan. Ein Gedicht, das ihn tief berührt hat. Im Stillen beginnt er, das Gedicht zu rezitieren.

Schwarze Milch der Frühe wir trinken sie abends/wir trinken sie mittags und morgens wir trinken sie nachts/wir trinken und trinken/wir schaufeln ein Grab in den Lüften da liegt man nicht eng/Ein Mann wohnt im Haus der spielt mit den Schlangen der schreibt ...

Er wacht auf. Um ihn ist das Donnern eines herannahenden Zuges. Kolja Blochin ist desorientiert. Wo ist er? Was ist das für ein Lärm? Dann fällt es ihm wieder ein. Die Kameraden auf der Brücke. Der Zug rast an ihm vorbei.

Es ist zu spät.

Er hört ihre Schreie. Schreie, die lauter sind als das Rumpeln der Räder. Er flieht. Kopflos. Nur weg von den Schreien. Bald erreicht er einen Wald. Der Boden ist durchnässt. Er hört, dass sie ihn bereits verfolgen. Er hört die Hunde bellen. Er hört das Rufen und Pfeifen der Hundeführer.

Er steht allein in sternloser Nacht.
Das Geräusch genagelter Sohlen. Von woher kommen sie?
Da ist nur Angst, nur Angst.
Zwielicht bricht sich Bahn durch das dichte Blätterdach des Waldes.
Er wird verfolgt. Es regnet. Seine Lungen rasseln vor Anstrengung.
Der Hang ist nass und von glitschigem Laub bedeckt. Er muss diese Böschung hoch, sich in Sicherheit bringen.
Seine Füße rutschen ab.
Immer wieder.
Schweiß läuft ihm übers Gesicht. Hinter ihm sind die Hunde, er kann ihr wütendes Bellen hören. Sie kommen näher.
Bald werden sie ihn einholen.
Schließlich legt sich die Hand auf seine Schulter.
Schwer, kräftig und furchteinflößend.
Er versucht, sich zu befreien, aber die Hand hält ihn fest. Sein Bruder Oleg sieht ihn an. Mit diesen seltsam entfärbten Augen, Folge einer Stoffwechselerkrankung im Säuglingsalter. Augen wie heller Fels.
Er sieht Feindschaft und Verachtung in diesen Augen glühen.
Er hört die Stimme seines Bruders wie von ferne. »Ich habe das Schwein. Hierher! Hier ist der Deserteur!«

*

Härter riss die Glock aus dem Brustholster. Doch sein Gegner trat sie ihm mit einer schnellen Sichelbewegung des Beines aus der Hand. Die Waffe flog mehrere Meter weit, bevor sie im Sand landete. Die Geschwindigkeit der Beintechnik war enorm. Der Kapitän taumelte zurück. Dabei trat er in eine Vertiefung im Strand und stolperte. Er fiel nach hinten.

In der Erdebene kämpft der Leopard. *Bao Xing Quan.*
Sein Gegner kam ihm mit einem Sprung näher, das rechte Bein zu einem Tritt auf den Liegenden angewinkelt.
Härters Hände wurden zu Klauen. Er bekam das Standbein seines Gegners an der Wade zu packen und riss an den Muskeln. Für einen Augenblick verlor der andere die Balance.
Der Tritt ging ins Leere.
Der Kapitän konzentrierte sich.
Die Harmonien *Liu He.*
Yi yu qi he. Konzentration lässt die Lebensenergie frei fließen.
Qi fließt. Er atmet Energie. Der Atem dringt tief in sein Energiezentrum, etwas unterhalb des Bauchnabels. *Qi* fließt zu *Dan Tian.* Das Wissen um die eigene Mitte macht den Kämpfer stark. Erkenne die Struktur deines Gegners, um seine Mitte zu zerstören.
Qi yu li he. Die innere Energie fließt in die äußere Kraft.
Sein Geist klärte sich. Er nahm die Unausweichlichkeit des Kampfes an. Er verbannte Wut, Hass, Rachsucht und Schmerz aus seinem Geist. Er war bereits tot. Er hatte keine Angst vor dem, was kommen würde.
Bodhidharma. ... *and when I reach the other side ...*
Die Vollkommenheit. ... *I may simply be a single drop of rain ...*
Das Wunderbare. ... *but I will remain ...*
Der Kapitän glitt aus der Erdebene in die Menschebene.
In der Menschebene kämpft die Schlange. *She Xing Quan.*
Mit weichen Bewegungen wich er einem Hagel von Handkanten- und Faustschlägen aus. Was für ein Gegner! Noch niemals hatte er gegen einen Mann gekämpft, der sich mit solcher Koordination und Geschwindigkeit bewegte.
Zwei Finger seines rechten Arms wurden zu Giftzähnen der Schlange. Seine Hand stieß nach vorne wie der Kopf einer Kobra. Er versuchte, die Nervenenden an der linken Schul-

ter seines Gegners zu treffen. Die Giftzähne schossen nach vorne.

Aber der andere reagierte blitzschnell. Härters Angriff traf nur einen Unterarmblock. Er sah die Bewegung der Hüfte im letzten Moment. Der Arm des Kapitäns zuckte gerade noch rechtzeitig an seinem Körper herab, um seine Rippen zu schützen.

Der Tritt lähmte ihm den Arm. Er rang nach Luft. Sein Gegner deckte ihn mit einer weiteren Kombination aus Schlägen und Tritten ein. Doch er konnte Wolfgang Härter nicht treffen.

In der Menschebene kämpft die Schlange.

Qi yu li he. Die innere Energie fließt in die äußere Kraft. Heißes Kribbeln kündigte ihm an, dass die Stärke in seinen Arm zurückkehrte.

Er sah in irrlichternde Augen. Für den Bruchteil einer Sekunde glaubte er, dass eines der Lider flatterte. Dann sah er die rechte Hand seines Gegners. Der Oberkörper hatte sie zuvor verdeckt. Jetzt schoss die rechte Hand des Mannes vorwärts. Daumen, Zeige- und Mittelfinger waren in Form eines gleichschenkligen Dreiecks nach vorne gerichtet. Die drei Fingerspitzen zielten auf Härters Brustkorb.

Genau auf das Herz.

Kapitän zur See Wolfgang Härter bog sich wie ein Schilfhalm im Wind.

Qi yu li he. Die innere Energie fließt in die äußere Kraft. Härter schob sich aus dem rückwärts gerichteten Stand über sein eigenes Zentrum nach vorne. Seine Bewegungen vereinigten sich mit seinem Bewusstsein in der Kampfform *Ba Bu Lian Huan Quan*. Sein linker Ellbogen kippte nach außen und oben. Sein Unterarm blockierte für einen Moment beide Arme des Gegners. Seine rechte Hand wurde zur Kralle. Die Kralle griff nach der Kehle.

In der Menschebene kämpft der Tiger. *Hu Xing Quan.*

Seine Finger schlossen sich wie eine Schraubzwinge.
Die weiche Haut am Hals platzte auf. Seine Fingerspitzen drangen an Muskelsträngen vorbei weiter in das Gewebe vor, gruben sich tiefer und tiefer. Blut lief dem Kapitän über die Hand. Er hörte ein blubberndes Röcheln.
Xin yu yi he. Gefühl und Verstand vereinen sich durch Konzentration zu Kraft.
Durch den Körper des Kapitäns schien eine Welle zu laufen. Sie begann bei den Knöcheln seiner Füße. Als sie die Schultern erreichte, übertrug sich eine ungeheure Energie auf seinen Arm.
Er riss die rechte Hand zurück.
Kehlkopf, Luft- und Speiseröhre hielt er dabei mit unerbittlichem Griff umklammert.
Eine riesige Wunde klaffte im Hals seines Gegners. Blut pulste in breitem Schwall hervor. Der Mann sank sterbend in die Knie. Die Zunge hing noch an der Speiseröhre, die unter seinem Kinn baumelte. Seine Pupillen verdrehten sich zum Himmel.
Dann fiel er seitlich in den Sand.
Der Kampf hatte keine zwei Minuten gedauert.
Wortlos wandte sich Wolfgang Härter ab, holte seine Waffe und steckte sie ein. Dann hob er den toten Bootsmann vom Boden auf und trug ihn in die Wellen, wo sein Tauchschlitten auf ihn wartete.
Das Wasser der Nordsee wusch ihm das Blut von den Händen.

*

Die Brüder kamen gleichzeitig wieder auf die Beine.
»Ich trage keine Schuld«, sagte Karl Romberg so ruhig wie möglich. »Wir sind Brüder. Wir sollten nicht kämpfen. Erinnerst du dich an Professor Stern? Er hat immer gesagt, wir

sollten nicht untereinander kämpfen, sondern gegen den Feind. Du bist nicht mein Feind.«
Aber Oleg Blochins Augen glühten mit derselben Feindschaft und Verachtung wie vor dreißig Jahren. »Stern, der alte Träumer! Ein Mann der Vergangenheit. Seine Ideen, seine Ideale, alles aus einer längst vergangenen Epoche. Gedichte! Der kategorische Imperativ! Einfach lachhaft!« Blochin ließ einige meckernde Laute hören. »Er war der Erste, der dran glauben musste. Er wäre der Einzige gewesen, der noch von uns beiden gewusst hätte. Vater hat dich damals sehr kunstvoll aus den Akten des deutschen Spätaussiedlerprogramms verschwinden lassen.«
»Der dran glauben musste? Wie meinst du das?«, fragte Romberg fassungslos.
»Der alte Mann hat meinen Plan gefährdet. Seine Zeit war ohnehin lange vorbei.« Als Karl Romberg das hörte, brannten bei ihm die letzten Sicherungen durch. Er hatte den alten Professor Stern immer sehr gemocht. Mehr noch, er hatte ihn bewundert.
Oleg Blochin sah zur Seite. Romberg folgte dem Blick seines Bruders zu der Waffe, die vor der Terrassentür auf dem Boden lag. Blochin stürzte los.
Karl Romberg folgte ihm. Jeder Schritt ließ den Schmerz in seinem Knie lodern.
Blochin erreichte die Waffe.
Romberg stieß sich mit dem gesunden Bein ab. Mit einem Hechtsprung stürzte er sich auf seinen Zwilling. Sie prallten zusammen. Ihr gemeinsames Gewicht ließ das Glas der Terrassentür zerbrechen. Sie rollten auf die Terrasse. Die plötzliche Helligkeit ließ sie blinzeln.
Die Welt erschien wie ein überbelichteter Film.
Als Romberg wieder etwas erkennen konnte, sah er aus seinem linken Oberarm einen großen Glassplitter ragen.
Oleg Blochin versuchte, sich am Geländer hochzuziehen.

Das Glas hatte seine Wange aufgeschnitten. Die rechte Hälfte seines Gesichtes war blutüberströmt.
Beide sahen sich um. Wo war die Waffe? Romberg kam wieder auf die Beine und ging auf seinen Bruder zu. Seine rechte Hand war zur Faust geballt.
Plötzlich drückte Blochin sich mit dem linken Arm auf dem Geländer in die Höhe. Sein rechtes Bein vollführte einen weiteren Tritt gegen Rombergs Kopf. Aber Karl Romberg hatte genug Tritte bekommen. Er wich dem Fuß aus.
Dann sah er wie in Zeitlupe, dass sein Bruder das Gleichgewicht verlor. Der Schwung des hohen Tritts hatte ihn zu weit nach hinten kippen lassen.
Sein rechter Arm ruderte durch die Luft. Vergeblich. Oleg Blochin stürzte rücklings über das Geländer.
Mit zwei Schritten war Romberg an der Brüstung.
Sein Gefährte fiel.
Er fiel dreißig Meter tief.
Noch einmal drehte er sich in der Luft. Dann verschlang ihn die kochende Brandung am Fuß der Klippe.

*

Wolfgang Härter befand sich in der Kabine von Broder Thomsen. Der Kommandant der »Bayern« hatte seinen knappen Bericht angehört. Jetzt saßen die beiden Offiziere einander gegenüber und schwiegen. Was gab es auch zu sagen angesichts eines gefallenen Kameraden?
Schließlich brach Thomsen das Schweigen. »Ich habe mit Aeskulap gesprochen. MOF hat einen Durchschuss. Er wird sich aber schnell wieder erholen. Was den anderen betrifft, diesen …«
»Werner Vogel.«
»Richtig, diesen Vogel. Aeskulap hat gesagt, sie hat getan, was ärztliche Kunst vermag. Es steht noch auf der Kippe.

Wahrscheinlich stirbt er. Er hat eine Menge Blut verloren.«
Thomsen räusperte sich. »Der Geisel hat sie eine Beruhigungsspritze gegeben. Frau Karman schläft.«
Härter nickte. »Sie hat sich erstaunlich gut gehalten, wenn man bedenkt, was sie in den letzten Tagen durchgemacht hat.« Wieder verfielen die beiden Männer in Schweigen. Schließlich erhob sich Thomsen und holte eine Flasche und zwei Gläser, die er auf den Tisch stellte. »Dänischer Aquavit. Der beste, den ich habe. Einer der besten der Welt. Das sind wir dem jungen Bootsmann schuldig.« Er goss beide Gläser drei Finger hoch ein. Sie stießen wortlos an und tranken.
Thomsen kannte Härter gut. Nach seiner eigenen Einschätzung war er vermutlich einer der ganz wenigen, die der Kapitän jemals hatte in sein Herz sehen lassen. Thomsen kannte die Verwüstungen, die dort herrschten. Und er wusste um die Ausweglosigkeit der Situation. Er wusste, was Wolfgang Härter quälte: der lebenslange Gram einer unerfüllten Liebe. Thomsen zog einen Koffer unter seiner Bank hervor und begann, sein Saxophon zusammenzusetzen. Mit Bewegungen, die an ein Ritual erinnerten, montierte er das Instrument.
Ein Selmer Mark VI mit fünfstelliger Seriennummer.
Ein Juwel.
Während Thomsen das Mundstück aufsteckte, goss Härter die zweiten drei Finger ein.
»Auf die freiheitlich-demokratische Grundordnung!«, sagte er, Bitterkeit in der Stimme.
Thomsen nickte mit gequältem Gesichtsausdruck.
Der zweite Aquavit verschwand.
Dann hob Thomsen sein Saxophon. Leise ertönte die Melodie *In a sentimental mood* von Duke Ellington.
Kapitän zur See Wolfgang Härter ließ sich in die Töne fallen und träumte ihnen nach, von einer besseren Welt.

*

Langsam humpelte Karl Romberg zurück in das Zimmer. Er sah sich um und entdeckte einige Flaschen, die auf einer Hausbar neben dem Couchtisch standen. Als er die Bar erreicht hatte, griff er nach der Glasscherbe und zog sie aus seinem Fleisch. Scharf sog er Luft ein.
Er langte nach einer der Flaschen.
Eine Flasche ohne Etikett, gefüllt mit klarer Flüssigkeit.
Er zog den Korken mit den Zähnen heraus und hielt sich den Flaschenhals unter die Nase. Dann nickte er zufrieden und schüttete sich ein Drittel des Inhalts über den Schnitt in seinem Oberarm. Der Wodka brannte in der Wunde.
Romberg nahm mehrere Stoffservietten, die ebenfalls auf der Hausbar lagen und verband die Verletzung. Dann schleppte er sich zu dem Sofa.
Stöhnend sank er in die weichen Polster.
Er hob die Flasche an die Lippen und nahm einen tiefen Zug. Sein Blick fiel auf den Couchtisch. In der Mitte der gläsernen Tischplatte türmte sich ein großer Berg unansehnlicher kleiner Kiesel auf. Der Haufen sah aus, als bestünde er aus stumpfem Glasgranulat. Auf Rombergs Gesicht begann sich ein schmales Lächeln zu zeigen. Er nahm einen weiteren großen Schluck.
Er wusste, dass dies kein gemahlenes Glas war, denn er hatte so etwas schon einmal gesehen. In einem Bergbaumuseum in Botsuana. Das Lächeln wurde breiter und immer breiter, bis es sich über sein ganzes Gesicht zog.
Dann lachte er lauthals los.
Karl Romberg war sich immer ganz sicher gewesen, dass er eines Tages gewinnen würde.

Yet the poor fellows think they are safe!
They think that the war is over!
Only the dead have seen the end of war.

George Santayana, *Soliloquies in England*

Epilog

Berlin lag in dichtem Herbstnebel. Weiße Schwaden dämpften die Flugfeldbeleuchtung. Der Hubschrauberlandeplatz des Kanzleramtes war in milchiges Licht getaucht. Der Bundeskanzler und der Verteidigungsminister erwarteten ihren Sonderermittler in sicherer Entfernung. Wolfgang Härter nahm den Helm ab und tauschte ihn gegen seine Mütze aus. »Warten Sie hier. Es wird nicht lange dauern. Wenn Sie nach Hause fliegen, können Sie mich unterwegs absetzen.«
»Zu Befehl, Herr Kapitän!« Der Pilot drosselte die Turbinen.
Härter stieg aus dem Helikopter und ging auf die Wartenden zu. Vor dem Regierungschef nahm er Haltung an und grüßte militärisch. Der Bundeskanzler streckte ihm die rechte Hand entgegen. Härter ignorierte die Geste.
»Herr Bundeskanzler, melde mich wie befohlen.«
»Nun mal nicht so förmlich, Poseidon. Sie haben tolle Arbeit geleistet. Wir haben bereits über dreißig Prozent der Beute wieder in unserem Besitz. Die Geisel ist am Leben. Da kann ich nur gratulieren. Ich freue mich, Ihnen mitteilen zu können, dass der Bundespräsident zur Stunde Ihre Verleihungsurkunde für das Große Bundesverdienstkreuz unterschreibt. Dieses Land ist Ihnen zu tiefem Dank verpflichtet.«

»Das ehrt mich«, sagte Härter leise. »Leider kann ich Ihre positive Bewertung der Vorgänge nicht teilen. Ich habe einen Mann verloren.« Der Kapitän schwieg einige Sekunden. »Was diesen Orden betrifft«, fuhr er dann fort, »rege ich an, ihn posthum dem gefallenen Kameraden zu verleihen. Vielleicht hilft es seinen Eltern, wenn sie sehen, dass dieses Land das Opfer ihres Sohnes anerkennt.« Härter räusperte sich. »Ich würde das Ding ohnehin nie in der Öffentlichkeit tragen können.«
»Das ist ein guter Vorschlag. Ich bin sicher, dass der Präsident einverstanden ist.« Der Kanzler nickte ernst. »Aber jetzt stellen Sie Ihr Licht nicht unter den Scheffel, Poseidon. Ihre Operation bleibt ein großer Erfolg.«
»Für *Sie* vielleicht. *Ich* habe einen Mann verloren.«
»Dieses Risiko besteht bei solchen Operationen immer. Ich bleibe dabei, gute Arbeit.« Der Kanzler schmunzelte, bevor er fortfuhr. »Ich muss schon sagen, Poseidon, Sie sind tatsächlich eine Art deutscher James Bond!«
»Nein, Herr Bundeskanzler.« Der Kapitän schüttelte kurz, aber energisch den Kopf. »Das bin ich nicht.«
Ich bin Härter.
Wolfgang Härter.

Danksagung

Mein Dank gilt zuerst den freundlichen und engagierten Menschen beim Droemer Verlag. Allen voran Denise Schweida, meiner »guten Fee«, die den Stein ins Rollen brachte. Ich danke Peter Hammans, der dem Debütanten von Anfang an das Gefühl gegeben hat, dass sein Buch in guten Händen ist. Ich danke Beate Kuckertz und meinem Verleger Hans-Peter Übleis dafür, dass sie das Wagnis eingegangen sind, dieses Debüt zu veröffentlichen.
Dank schulde ich meiner Lektorin Kerstin von Dobschütz, die mit Sachverstand, Geduld und Erfahrung Schwachstellen des Manuskripts aufgespürt und das Buch dadurch besser gemacht hat. Ich habe eine Menge von ihr gelernt.
Bei der Arbeit an diesem Roman haben mir viele Menschen geholfen. Dies gilt insbesondere für meinen »technischen Beraterstab«: Ich danke Thorsten Adam für die Hinweise im Bereich »Bearbeitung von akustischen Signalen«, Stefan Bergmann für die schönen Bundeswehr-Geschichten und für den Aschenbecher, Thomas Frühbeis, der mich ganz am Anfang auf einige Schwächen in der Konzeption hingewiesen hat, Alexander Kohlmann für das Privat-Seminar zum Thema »Wirkungsweise und Symptomatik von Neurotoxinen«, Joachim Krick für die Nachhilfe in Russisch, Lars Podszuweit, der einige knifflige technische Einzelheiten recherchiert hat, Anselm Rößler dafür, dass er sich über Jahre hinweg mit Engelsgeduld meine Spinnereien angehört hat, Dominik Schiwy für seine Kompetenz in allen Belangen der Kampf- und Kochkunst, Michael Schneider für ausführlichste Beratung in Sachen Nachrichtentechnik und einige überraschende juristische Erörterungen, Quintus Stierstorfer, der mich mit Methoden der Verschlüsselung und den

Möglichkeiten des Codeknackens vertraut gemacht hat und schließlich Thomas Wimmer für seine zahlreichen Anregungen und seine vor allem anfangs nachgerade stilbildenden Eingriffe in den Text.
Ich danke meinen Probelesern Kerstin Adam, Thomas Bucher, Philipp Catterfeld, Monika Dobler von der Krimibuchhandlung Glatteis in München, Alexandra Dohse, Golo Euler, Eckart Foos, Matthias Göbel, Thomas Graf, Severin Groebner, Judith Häusler, Klaus Hirschburger, Boris Holzer, André Kieserling, Elmar Krick, Thomas Leander, Christoph Mänz, Christian Moser, Sebastian Rasp, Sascha Rixen, Ute Roesger, Alexander Schmidt, Sabine und Oliver Schmidt, Karsten Voigt, Stefan Voit, Karen Weiß und allen, die ich hier vergessen habe, für ihre Vorschläge und Ermutigungen.
Zu Dank verpflichtet bin ich auch einigen Damen und Herren in geheimen Diensten, deren Namen hier verständlicherweise nicht veröffentlicht werden können.
Von ganzem Herzen danke ich meiner Mutter für ihre bedingungslose Unterstützung, ihre beachtliche Krimi-Sammlung und dafür, dass sie mich gelehrt hat, meine Phantasie zu achten und zu nutzen.
Zu bester Letzt danke ich Anna, der Frau an meiner Seite, für ihren Beistand, ihre Liebe und dafür, dass sie die Nerven behalten hat, bis ich von dieser geheimen Mission, die kein Ende nehmen wollte, zurückgekehrt bin.

Christoph Scholder
Helgoland, im Januar 2010